HEYNE
BÜCHER

Das Buch

Rachel Walsh ist 27 Jahre alt, lebt in New York und genießt das Leben: auf Partys die wirklich »wichtigen« Leute treffen, in hippen Bars Männer anmachen, trinken, koksen, Spaß haben. Doch dann trifft Rachel Luke Castello – Ire wie sie, wirklich gutaussehend, nur leider völlig uncool. Trotzdem funkt es zwischen den beiden. Als Rachel nach einer heißen Nacht fast an einer Überdosis Kokain und Schlaftabletten stirbt, alarmiert Luke Rachels Familienangehörige in Irland, die sie überreden, sich in Dublin behandeln zu lassen. Rachel, die »The Cloisters« für eine Art Gesundheitsfarm hält, hofft auf erholsame Ferien mit Prominenz, Whirlpool und Sauna. Doch die Realität sieht anders aus. Nur langsam wird Rachel klar, daß sie ein ernstes Problem hat und daß »The Cloisters« der einzige Ort ist, wo sie ihr Leben in den Griff bekommen kann.

In *Rachel im Wunderland* schildert Marian Keyes ein nicht ganz einfaches Thema engagiert, unterhaltsam und mit Bravour – witzig, spannend, manchmal tragisch, aber niemals schwer.

Die Autorin

Marian Keyes wurde 1963 als ältestes von fünf Kindern in Cork/Irland geboren. Sie studierte Jura in Dublin und ging danach für über zehn Jahre nach London, wo sie verschiedene Gelegenheitsjobs annahm. In die irische Hauptstadt zurückgekehrt, schrieb Marian Keyes ihren ersten Roman *Wassermelone*, der zum internationalen Bestseller wurde. Im Wilhelm Heyne Verlag erscheinen: *Wassermelone* (01/10742) und *Lucy Sullivan wird heiraten* (01/13024).

MARIAN KEYES

RACHEL IM WUNDERLAND

Roman

Aus dem Englischen
von Susanne Höbel

WILHELM HEYNE VERLAG
MÜNCHEN

HEYNE ALLGEMEINE REIHE
Nr. 01/12269

Die Originalausgabe erschien unter dem Titel
»Rachel´s Holiday«
1997 bei Penguin, London

Umwelthinweis:
Dieses Buch wurde auf
chlor- und säurefreiem Papier gedruckt

Taschenbuchausgabe 09/2001

Printed in Germany 2001
http://www.heyne.de
Umschlagillustration: IFA-Bilderteam I. P. S., Frankfurt/Main
Umschlaggestaltung: Hauptmann und Kampa
Werbeagentur, CH-Zug
Druck und Bindung: Elsnerdruck, Berlin

ISBN: 3-453-18738-5

1

Die haben gesagt, ich wäre drogensüchtig. Das war wie ein Schlag in die Magengrube – schließlich gehörte ich zur Mittelschicht, war in einer Klosterschule erzogen worden und nahm Drogen ausschließlich zur Entspannung. Und Drogensüchtige waren doch dünner als ich, oder? Es stimmte schon, ich nahm Drogen, aber keiner schien zu verstehen, daß Drogen für mich das gleiche waren wie für andere ein oder zwei Gläschen am Freitag nach Feierabend. Sie genehmigten sich womöglich ein paar Wodka Tonic und schlugen ein bißchen über die Stränge, und bei mir waren es eben eine Line Kokain oder zwei. Wie ich meinem Vater, meiner Schwester, dem Ehemann meiner Schwester und irgendwann auch den Therapeuten in Cloisters zu erklären versuchte: »Wenn man Kokain in flüssiger Form und in Flaschen abgefüllt kaufen könnte, würde sich dann einer aufregen, daß ich es nehme? Jede Wette, daß nicht!«

Die Unterstellung drogensüchtig zu sein, kränkte mich, denn ich war überhaupt nicht der Typ. Abgesehen von den Einstichstellen am Arm hatten Junkies wirres, fettiges Haar, liefen ständig frierend und mit hochgezogenen Schultern durch die Gegend, trugen Billigturnschuhe von Woolworth, hingen auf der Straße rum und waren, wie schon erwähnt, *dünn*.

Ich war kein bißchen dünn.

Nicht, daß ich nicht dünn sein wollte. Ich habe jede Menge Zeit auf dem Stairmaster im Fitneßstudio zugebracht. Aber ich konnte Treppen steigen, soviel ich wollte, am Schluß siegten die Gene. Hätte mein Vater eine kleine zierliche Frau geheiratet, hätte ich vielleicht ein ganz anderes Leben gehabt. Mit Sicherheit hätte ich ganz andere Oberschenkel gehabt.

So war es statt dessen mein Schicksal, daß die Leute über mich sagten: »Sie ist eine stattliche Erscheinung.« Und dann fügten sie rasch hinzu: »Nicht dick. Das will ich nicht gesagt haben!«

Was indirekt heißen sollte, daß ich, wenn ich dick wäre, etwas dagegen tun könnte.

»Nein«, sagten sie dann, »sie ist ein großes, kräftiges Mädchen. *Kräftig*, das trifft es genau.«

Wie oft ich schon als kräftig bezeichnet worden war!

Ich konnte das nicht mehr hören.

Luke, mein Freund, hat mich manchmal als üppig bezeichnet. (Bei indirektem Licht und nach ein paar Gläsern Bier.) Mir gegenüber hat er das getan. Zu seinen Freunden hat er wahrscheinlich gesagt: »Ich will nicht sagen, daß sie dick ist ...«

Die Sache mit der Drogensucht kam an einem Morgen im Februar auf, als ich in New York lebte.

Ich hatte nicht zum ersten Mal das Gefühl, daß mein Leben in *Versteckte Kamera* lief. Ständig geriet es aus der Bahn, und ich glaubte schon lange nicht mehr, daß der liebe Gott, der für mich zuständig war, ein gütiger alter Mann mit langen Haaren und einem Bart war. Er war eher ein hämischer alter Spötter, und mein Leben war wie eine Theatervorstellung zur Unterhaltung der anderen Götter.

»Wollt ihr mal sehen«, fragte er und lachte, »wie es Rachel geht, als sie denkt, daß sie einen neuen Job hat und ihren alten ruhig kündigen kann? Und sie weiß noch gar nicht, daß die neue Firma kurz davorsteht, Pleite zu gehen!«

Schallendes Gelächter von den anderen Göttern.

»Und jetzt könnt ihr euch anschauen«, kichert er, »wie sie sich mit ihrem neuen Lover treffen will. Habt ihr gesehen, wie ihr Absatz in einem Kanalgitter hängenbleibt? Jetzt ist er ab. Sie konnte ja nicht wissen, daß wir damit rumgespielt haben. Jetzt muß sie die restliche Strecke humpeln.« Wieder lachen die versammelten Götter ausgelassen.

»Aber das Beste ist«, freut sich der liebe Gott, »daß der Mann, mit dem sie verabredet war, gar nicht erscheint. Er hat sich nur mit ihr verabredet, weil jemand mit ihm gewettet hatte. Guckt mal, wie unwohl sich Rachel in dieser vornehmen Bar fühlt. Und wie mitleidig die anderen Frauen gucken. Jetzt bringt ihr der Kellner eine enorm hohe Rechnung für das Glas Wein, aber das Heißeste kommt noch, denn Rachel *hat ihr Geld zu Hause vergessen.*«

Brüllendes Gelächter.

Die Ereignisse, die dazu führten, daß man mich für drogensüchtig hielt, waren die gleichen Versatzstücke einer himmlischen Farce wie der Rest meines Lebens. Und das kam so: Ich hatte es an einem Abend mit den aufputschenden Mitteln ein bißchen übertrieben und konnte nicht einschlafen. (Nicht, daß ich zuviel nehmen wollte, aber ich hatte einfach die Qualität von dem Kokain unterschätzt). Da ich wußte, daß ich am nächsten Tag unbedingt zur Arbeit gehen mußte, nahm ich ein paar Schlaftabletten. Nach ungefähr zehn Minuten war ich immer noch wach, also nahm ich gleich noch mal zwei. Trotzdem konnte ich nicht zur Ruhe kommen, und aus lauter Verzweiflung – ich mußte unbedingt ein paar Stunden schlafen, um für die Arbeit fit zu sein – legte ich noch ein paar nach.

Endlich schlief ich ein. Es war ein wunderbarer, tiefer Schlaf. So wunderbar und tief, daß ich am Morgen, als der Wecker klingelte, ganz vergaß aufzuwachen.

Brigit, meine Mitbewohnerin, klopfte an die Tür, dann kam sie in mein Zimmer und schrie mich an, dann schüttelte sie mich und, in letzter Not, schlug sie mir ins Gesicht. (Das mit dem »in letzter Not« nehme ich ihr nicht ab. Es muß ihr klar gewesen sein, daß ich davon nicht aufwachen würde. Aber schließlich ist am Montagmorgen keiner gut drauf.)

Doch dann fiel Brigits Blick zufällig auf ein Stück Papier, auf das ich noch kurz vorm Einschlafen ein paar Worte gekritzelt hatte. Es waren die üblichen lyrischen Ergüsse, wie ich sie manchmal, wenn ich unter Drogen stand, zu Papier brachte: weinerlich, rührselig und selbstgefällig. Jedesmal hielt ich mein Geschreibsel für irrsinnig tiefschürfend und dachte, ich hätte das Geheimnis des Universums entdeckt, aber wenn ich es bei kaltem Tageslicht las, vorausgesetzt, ich *konnte* es überhaupt lesen, trieb es mir die Schamesröte ins Gesicht.

Das Gedicht ging ungefähr so: »Brummel, brummel, das Leben ...«, das nächste war unleserlich, »Schale voller Kirschen, brummel, und ich krieg die Kerne ...« Und dann – daran kann ich mich vage erinnern – fiel mir ein wirklich guter Titel für ein Gedicht über eine Ladendiebin ein, die pötzlich ihr Gewissen entdeckt. Er lautete: *Ich mag nicht mehr.*

Aber Brigit, die in letzter Zeit so komisch und empfindlich war, hat es nicht für das peinliche Gewäsch gehalten, das es eindeutig war, sondern sie kam, als sie auch noch das leere Schlaftablettenröhrchen auf meinem Kissen sah, zu dem Schluß, daß es ein Abschiedsbrief war. Und bevor ich wußte, wie mir geschah – buchstäblich bevor ich es wußte, denn ich schlief ja noch, beziehungsweise ich war bewußtlos, wenn man der Version der anderen Glauben schenkt –, hatte sie den Notarzt gerufen, und ich wurde ins Mount-Sinai-Krankenhaus verfrachtet, wo sie mir den Magen auspumpten. Das war schon nicht sehr angenehm, aber es kam noch schlimmer. Brigit hatte sich offensichtlich zu einer Enthaltsamkeitsfanatikerin entwickelt, von denen es in New York inzwischen wimmelt; die stempeln einen zum Alkoholiker ab, wenn man sich mehr als zweimal in der Woche die Haare mit Bierschampoo wäscht, und drücken einem dann gleich das Zwölf-Schritte-Programm auf. Sie rief also meine Eltern in Dublin an und sagte ihnen, daß ich Drogenprobleme hätte und gerade versucht hätte, mich umzubringen. Und bevor ich mich einschalten konnte, um zu erklären, daß es sich um ein peinliches Mißverständnis handelte, hatten meine Eltern schon meine entsetzlich brave Schwester Margaret angerufen. Die kam dann auch prompt mit dem ersten Flug aus Chicago, den sie kriegen konnte, zusammen mit Paul, ihrem ebenfalls entsetzlichen Mann.

Margaret ist nur ein Jahr älter als ich, aber sie kam mir eher wie vierzig vor. Sie war fest entschlossen, mich nach Irland in den Schoß der Familie zu befördern. Und dort würde man mich nach kurzem Zwischenaufenthalt in eine Art Betty-Ford-Klinik einweisen, wo sie mir »ein für alle Mal«, wie mein Vater sagte, als er anrief, den Kopf zurechtsetzen würden.

Ich hatte natürlich nicht die geringste Absicht, überhaupt zu verreisen, aber inzwischen bekam ich es richtig mit der Angst zu tun. Nicht nur, weil alle davon redeten, daß ich nach Hause und in so ein Sanatorium kommen sollte, sondern weil mein Vater mich *angerufen* hatte. *Er* hatte *mich* angerufen. Das war in den ganzen siebenundzwanzig Jahren meines Lebens noch nie passiert. Es war schon schwer genug, ein Hallo aus ihm herauszubekommen, wenn ich zu Hause anrief und er zufällig am Apparat war. Meistens reichte es nur für: »Wer ist es denn? Ach, Rachel? Warte, deine Mutter kommt schon.« Danach hörte man nur noch das Knallen des Hörers, bevor er Mum holte.

Wenn Mum nicht da war, geriet er in Panik. »Deine Mutter ist nicht da«, sagte er dann, und seine Stimme wurde schrill vor Angst. Was er eigentlich sagte, war: »Bitte, verlang nicht, daß ich mit dir spreche.«

Es lag aber nicht daran, daß er mich nicht mochte oder daß er ein strenger, unnahbarer Vater war.

Er war ein sehr lieber Mann.

Mit siebenundzwanzig, nachdem ich seit acht Jahren nicht mehr zu Hause wohnte, konnte ich das widerstrebend zugeben, und auch, daß er nicht nur Der-große-Geldverweigerer-für-neue-Jeans war, auf den meine Schwestern und ich als Teenager mit Vorliebe unseren ganzen Groll richteten. Aber auch wenn er ein lieber Mann war, so war er dennoch kein brillanter Konversationspartner. Es sei denn, man wollte über Golf sprechen. Daß er mich angerufen hatte, mußte also heißen, daß ich diesmal wirklich ernsthaft in Schwierigkeiten war.

Beklommen versuchte ich, ihn zu beschwichtigen.

»Ich habe gar nichts«, sagte ich zu ihm. »Es ist alles ein Mißverständnis, mir geht es gut.«

Davon wollte er nichts hören. »Du kommst nach Hause«, befahl er.

Davon wollte ich nun nichts hören. »Dad, sei doch mal vernünftig. Du mußt das ... realistisch sehen, ich kann nicht einfach mein Leben hier hinschmeißen.«

»Was kannst du nicht hinschmeißen?«

»Meine Arbeit, zum Beispiel«, sagte ich. »Ich kann doch nicht einfach meine Stelle aufgeben.«

»Ich hab' schon mit denen gesprochen. Sie sind auch der Meinung, daß du nach Hause kommen sollst«, sagte er.

Plötzlich tat sich vor mir ein Abgrund auf.

»WAS hast du getan?« Mir verschlug es fast die Sprache, so furchtbar war das alles. Was hatten sie Dad über mich erzählt?

»Ich habe mit deinem Chef gesprochen«, wiederholte Dad im selben Tonfall.

»Das kann doch nicht dein Ernst sein.« Ich mußte schlucken. »Mit wem denn?«

»Mit einem gewissen Eric«, sagte Dad. »Er meinte, er sei dein Chef.«

»O nein!« sagte ich.

Also gut, ich war siebenundzwanzig, und es sollte mir gleichgültig sein, ob mein Vater wußte, daß ich manchmal zu spät zur Arbeit kam. Aber es war mir *nicht* gleichgültig. Ich kam mir vor wie vor zwanzig Jahren, als meine Eltern zur Lehrerin bestellt wurden und erklären sollten, warum ich nie mit vollständig gemachten Hausaufgaben in die Schule kam.

»Das ist ja schrecklich«, sagte ich. »Warum mußtest du auch bei meiner Arbeit anrufen? Es ist mir so peinlich! Was sie wohl denken? Wahrscheinlich feuern sie mich jetzt.«

»Rachel, soweit ich ihn verstanden habe, wollten sie das sowieso tun«, sagte Dads Stimme über den Atlantik hinweg.

Verdammt, ich war durchschaut. Dad wußte Bescheid! Eric hatte ihm wahrscheinlich alles erzählt.

»Das glaube ich dir nicht«, wehrte ich mich. »Du sagst das nur, damit ich nach Hause komme.«

»Überhaupt nicht«, sagte Dad. »Ich kann dir sagen, was dieser Eric mir erzählt hat ...«

Nein, schönen Dank! Es war schon schlimm genug, daß ich mir denken konnte, was Eric gesagt hatte, ich wollte es nicht auch noch hören.

»Bis zu dem Zeitpunkt, als du sie angerufen hast, war alles in bester Ordnung«, log ich hemmungslos. »Da hast du mir ja was Schönes eingebrockt. Ich werde Eric anrufen und ihm sagen, daß du völlig übergeschnappt und aus einer Anstalt entflohen bist und daß er dir auf keinen Fall glauben darf.«

»Rachel.« Dad seufzte hörbar. »Ich habe kaum ein Wort zu diesem Eric gesagt, er hat die ganze Zeit geredet und schien sehr froh zu sein, dich loszuwerden.«

»Mich loszuwerden?« sagte ich dünn. »Du meinst, mich auf die Straße zu setzen? Heißt das, ich habe meinen Job verloren?«

»So ist es.« Dad klang sehr sachlich.

»Na, toll«, sagte ich, den Tränen nah. »Schönen Dank, daß du mir mein Leben kaputtgemacht hast.«

Wir schwiegen, während ich mich an den Gedanken zu gewöhnen versuchte, daß ich mal wieder ohne Arbeit war. Rieb sich der liebe Gott jetzt angesichts meines neuen Unglücks die Hände?

»Und was ist mit meiner Wohnung?« wollte ich wissen. »Wo du doch schon alles andere zerstört hast.«

»Margaret kümmert sich mit Brigit darum«, sagte Dad.

»Kümmert sich darum?« Ich hatte erwartet, daß diese Frage Dad aus der Bahn werfen würde. Ich war entsetzt, daß er da auch schon etwas unternommen hatte. Sie taten geradezu so, als fehlte mir *wirklich* etwas.

»Sie gibt Brigit die Miete für zwei Monate, so daß Brigit Zeit hat, eine neue Mitbewohnerin zu finden.«

»Eine neue Mitbewohnerin?« kreischte ich. »Aber das ist mein Zuhause.«

»Soweit ich verstanden habe, seid ihr beiden in letzter Zeit nicht so gut miteinander klargekommen.« Dad klang verlegen.

Er hatte recht. Und unsere Beziehung hatte sich noch einmal deutlich verschlechtert, seit Brigit meine Eltern angerufen und mir meine gesamte Familie auf den Hals gehetzt hatte. Ich war wütend auf sie, und sie schien aus irgendeinem Grund wütend auf mich zu sein. Aber Brigit war meine beste Freundin, und wir hatten immer zusammengewohnt. Es kam gar nicht in Frage, daß jemand anders bei ihr einzog.

»Da hast du aber viel verstanden«, sagte ich trocken.

Er schwieg.

»Unheimlich viel«, sagte ich, jetzt mit weinerlicher Stimme.

Ich verteidigte mich längst nicht so gut wie sonst. Aber um ehrlich zu sein, dieser Krankenhausaufenthalt hatte mich nicht nur meinen Mageninhalt gekostet, sondern auch eine Menge Kraft. Ich fühlte mich schwach und war nicht in der Lage, den Kampf gegen meinen Vater aufzunehmen, und das sah mir gar nicht ähnlich. Mit meinem Vater zu streiten, kam bei mir so instinktiv wie meine Weigerung, mit schnurrbärtigen Männern zu schlafen.

»Es hindert dich also nichts daran, nach Hause zu kommen und dein Leben wieder ins Lot zu bringen«, sagte Dad.

»Aber ich habe eine Katze.« Das war gelogen.

»Dann suchst du dir eine neue«, sagte er.

»Aber ich habe einen Freund«, sagte ich.

»Dann suchst du dir einen neuen«, sagte Dad.

Er hatte leicht reden.

»Gib mir noch mal Margaret, wir sehen uns dann morgen«, sagte Dad.

»Ich denke gar nicht dran«, murmelte ich.

Und damit schien die Sache besiegelt. Zum Glück hatte ich zwei Valium genommen, sonst hätte mich das Gespräch wahrscheinlich *sehr, sehr* unglücklich gemacht.

Margaret saß neben mir. Irgendwie war sie die ganze Zeit in meiner Nähe, fiel mir auf.

Nachdem sie mit Dad gesprochen hatte, beschloß ich, dem ganzen Spuk ein Ende zu machen. Es war an der Zeit, daß ich mein Leben wieder in die Hand nahm. Denn das hier war nicht lustig, es war nicht unterhaltsam und nicht amüsant. Es war unangenehm und vor allem völlig unnötig.

»Margaret«, sagte ich forsch, »ich habe gar nichts. Es tut mir leid, daß ihr umsonst hierhergekommen seid, und jetzt fahr bitte wieder weg und nimm deinen Mann mit. Das hier ist ein riesiger, enormer, schrecklicher Irrtum.«

»Das glaube ich nicht«, sagte sie. »Brigit hat mir erzählt...«

»Was Brigit sagt, spielt keine Rolle«, unterbrach ich sie. »Ehrlich gesagt mache ich mir Sorgen um Brigit. Sie ist in letzter Zeit so komisch. Früher war sie richtig lustig.«

Margaret sah mich zweifelnd an und sagte dann: »Du nimmst anscheinend wirklich viele Drogen.«

»Dir kommt das vielleicht viel vor«, erklärte ich sanft. »Aber du bist eben auch eine Schleimerin, dir würde alles viel vorkommen.«

Es stimmte, daß Margaret eine Schleimerin war. Ich hatte vier Schwestern, zwei ältere und zwei jüngere, und Margaret war die einzige, die wirklich brav war. Früher musterte unsere Mutter uns manchmal und sagte traurig: »Na ja, eine von fünfen, so schlecht ist das gar nicht.«

»Ich bin keine Schleimerin«, protestierte sie. »Ich bin einfach nur normal.«

»Das stimmt, Rachel.« Paul meldete sich zu Wort und nahm Margaret in Schutz. »Sie ist keine Schleimerin. Bloß weil sie kein... kein Junkie ist und arbeitslos und von ihrem Mann sitzengelassen worden ist... im Gegensatz zu anderen«, fügte er düster hinzu.

Ich erkannte sofort die Schwachstelle in seiner Argumentation.

»Mein Mann hat mich nicht sitzengelassen«, verteidigte ich mich.

»Bloß, weil du keinen hast«, erwiderte Paul.

Offenbar spielte Paul auf meine älteste Schwester Claire an, deren Mann sich an dem Tag aus dem Staub gemacht hatte, als sie ihr erstes Kind bekam.

»Und eine Stelle habe ich auch«, sagte ich.

»Jetzt nicht mehr.« Er grinste.

Wie ich ihn verabscheute!

Und er verabscheute mich. Ich nahm das nicht persönlich. Er verabscheute meine ganze Familie. Es fiel ihm nicht leicht zu entscheiden, welche von Margarets Schwestern er am meisten verabscheute. Das war kein Wunder, denn unter uns tobte ein harter Kampf um die Position des schwärzesten Schafes. Da war Claire, einunddreißig, die sitzengelassene Ehefrau. Ich, siebenundzwanzig, angeblich ein Junkie. Anna, vierundzwanzig, die noch nie richtig gearbeitet hatte und manchmal mit Haschisch dealte, um sich über Wasser zu halten. Und dann Helen, zwanzig, und bei ihr wußte man gar nicht, wo man anfangen sollte.

Wir verabscheuten Paul ebenso inbrünstig wie er uns.

Auch Mum verabscheute ihn, obwohl sie es nie zugeben würde. Sie tat gern so, als würde sie jeden mögen, weil sie hoffte, so schneller einen Platz im Himmel zu bekommen.

Paul war so ein aufgeblasener Wichtigtuer. Er trug die gleichen Pullover wie Dad und hatte mit dreizehn oder so, jedenfalls unheimlich jung, sein erstes Haus mit dem Geld gekauft, das er von der Erstkommunion gespart hatte.

»Am besten, du rufst Dad gleich wieder an«, sagte ich zu Margaret. »Denn mit mir wird das nichts.«

»Wie recht du hast«, sagte Paul böse.

2

Die Stewardeß zwängte sich zwischen Paul und mir hindurch. »Könnten Sie bitte Ihre Plätze einnehmen? Sie verstellen den Gang.«

Paul und ich blieben aber stehen. Margaret, stets die Brave, hatte sich schon auf ihren Platz am Fenster gesetzt.

»Gibt es ein Problem?« Die Stewardeß überprüfte die Bordkarten, dann blickte sie auf die Sitznummern.

»Aber die Sitze stimmen doch«, sagte sie.

Das war das Problem. Laut unserer Bordkarten saß ich neben Paul, und der Gedanke, auf dem ganzen Flug nach Dublin neben ihm zu sitzen, stieß mir übel auf. Mein rechter Oberschenkel würde sich sieben Stunden lang nicht entspannen können.

»Tut mir leid«, sagte ich, »aber ich will nicht neben ihm sitzen.«

Ich zeigte auf Paul.

»Und ich will nicht neben ihr sitzen«, sagte er.

»Und was ist mit Ihnen?« fragte die Stewardeß Margaret. »Haben Sie irgendwelche Vorbehalte, neben wem Sie sitzen?«

»Nein.«

»Gut«, sagte sie mit äußerster Geduld. »Dann setzen Sie sich doch ans Fenster.«

Das war an Paul gerichtet.

»Und Sie«, sagte sie zu Margaret, »Sie nehmen den Platz in der Mitte.« Dann sagte sie zu mir: »Und Sie sitzen am Gang.«

»In Ordnung«, sagten wir drei beschämt.

Der Mann in der Reihe vor uns verrenkte sich den Kopf, um uns ansehen zu können.

Eine Weile lang starrte er uns verwundert an, dann sagte er: »Verzeihen Sie mir die Frage, aber wie alt sind Sie?«

Ja, ich hatte mich bereit erklärt, nach Irland zu fliegen.

Obwohl ich anfangs nicht die geringste Absicht hatte mitzukommen, waren ein paar Dinge dazwischengekommen, die meine Einstellung geändert hatten. Zuerst besuchte mich Luke – groß, dunkel und sexy – in meiner Wohnung. Ich freute mich, ihn zu sehen.

»Mußt du nicht arbeiten?« fragte ich und stellte ihn dann voller Stolz Margaret und Paul vor.

Luke begrüßte sie höflich mit Handschlag, aber sein Ausdruck war verschlossen und angespannt. Um wieder ein Lächeln in sein Gesicht zu zaubern, begann ich, die Geschichte von meiner Eskapade im Mount-Sinai-Krankenhaus zum besten zu geben. Er fand sie aber offenbar nicht lustig. Statt dessen packte er mich mit festem Griff am Arm und murmelte: »Ich muß mit dir unter vier Augen sprechen.«

Ich war verblüfft. Wir ließen Paul und Margaret im Wohnzimmer sitzen, und ich ging mit Luke in mein Zimmer. Seiner steinernen Miene nach zu urteilen, war er nicht im Begriff, mich an sich zu reißen und zu sagen: »Schnell, jetzt wollen wir dir mal die nassen Kleider ausziehen«, was er sonst immer tat.

Dennoch war ich nicht auf das vorbereitet, was dann kam. Er gab mir zu verstehen, daß er kein bißchen amüsiert sei über meinen Ausflug ins Krankenhaus. Im Gegenteil, er klang angewidert.

»Wo ist dein Sinn für Humor geblieben?« fragte ich erstaunt. »Du bist fast so schlimm wie Brigit.«

»Darauf antworte ich erst gar nicht«, zischte er.

Dann erklärte er mir zu meinem Entsetzen unsere Beziehung für beendet. Mir wurde ganz kalt vor Schreck. *Er* machte mit *mir* Schluß? »Warum denn?« fragte ich, während jede Faser meines Körpers »NEIN!« schrie. »Hast du eine andere kennengelernt?« »Wie kannst du so eine unsinnige Frage stellen?« herrschte er mich an.

»Warum denn dann?« fragte ich.

»Weil du nicht die bist, für die ich dich gehalten habe«, sagte er.

Na, jetzt war ich genauso schlau wie zuvor.

Dann fing er an, mich aufs gemeinste zu beleidigen, und behauptete, daß es alles *meine* Schuld sei und er keine andere Wahl habe, als unsere Beziehung zu beenden.

»O nein, mein Lieber.« So leicht würde ich nicht klein beigeben. »Wenn du mit mir Schluß machen willst, bitte, aber gib mir nicht die Schuld.«

»Himmel«, sagte er wütend. »Du willst es einfach nicht kapieren.«

Er stand auf und ging zur Tür.

Geh nicht.

Er blieb nur kurz stehen, um mir noch ein paar Beleidigungen an den Kopf zu werfen, und verließ dann türenknallend die Wohnung. Ich war am Boden zerstört. Es war nicht das erste Mal, daß ein Mann mich ohne ersichtlichen Grund sitzengelassen hatte, aber von Luke Costello hatte ich das nicht erwartet. Wir hatten schon seit sechs Monaten eine Beziehung und ich war langsam zu der Auffassung gekommen, es sei eine gute.

Mit enormer Anstrengung gelang es mir, nicht unter dem Schock zusammenzubrechen und vor Margaret und Paul so zu tun, als wäre alles in Ordnung. Dann, mitten in mein Unglück hinein, das mir fast die Sinne raubte und den Magen umdrehte, sagte Margaret: »Rachel, du mußt mit nach Hause kommen. Dad hat schon einen Platz für dich in Cloisters reserviert.« Ich hatte das Gefühl, daß man mir eine Rettungsleine zuwarf.

Cloisters! Cloisters war berühmt.

Hunderte von Rocksängern hatten sich in das ehemalige Kloster in Wicklow einweisen lassen (wo sie sich gleichzeitig dem Zugriff ihres Finanzamtes entzogen, das war ja klar) und blieben dort die erforderlichen zwei Monate. Und bevor man Zeit hatte zu sagen: »Für mich bitte ein Sprudelwasser«, hatten sie aufgehört, Kleinholz aus Hotelzimmern zu machen und ihre Autos in Swimming-Pools zu fahren, und brachten statt dessen ein neues Album heraus, traten in jeder Talkshow auf, sprachen leise und freundlich und hatten die Haare sauber geschnitten und gekämmt, während die Kritiken von einer anderen Qualität und einer neuen Dimension ihrer Musik sprachen.

Ich hätte nichts dagegen, nach Cloisters zu gehen. Das wäre keine Schande. Ganz im Gegenteil. Und man wußte nie, wem man dort begegnen würde.

Daß Luke mit mir Schluß gemacht hatte, warf ein ganz neues Licht auf mein Leben.

Vielleicht wäre es nicht das Schlechteste, wenn ich eine Weile aus New York verschwand, dachte ich. Besonders, da es ja so schien, als würde mir der Spaß an diesem Leben gründlich verdorben. Es mußte ja nicht für immer sein, nur für ein paar Monate, bis es mir wieder besser ging.

Was konnte es schon schaden, da ich jetzt sowieso keine Arbeit und keinen Freund mehr hatte, die mich halten konnten. Eine Stelle zu verlieren, war nicht so schlimm, schließlich konnte ich mir jederzeit eine neue suchen, aber den Freund … nun ja …

»Was meinst du, Rachel?« fragte Margaret besorgt. »Hast du dich entschieden?«

Natürlich mußte ich erst noch ein bißchen protestieren. Ich konnte ja nicht zugeben, daß mein Leben so wertlos war, daß ich es ohne mit der Wimper zu zucken einfach hinwerfen konnte. Also leistete ich einigen Widerstand, aber es war nur leeres Gehabe.

»Wie würde es dir gefallen, wenn ich in dein Leben hineinmarschierte und sagte: ›Los, Mags, jetzt verabschiede dich mal von Paul und deinen Freunden, von deiner Wohnung, deiner Arbeit und deinem Leben, und dann bringen wir dich in eine Klapsmühle dreitausend Meilen von hier, obwohl dir gar nichts fehlt.‹ Was würdest du dann sagen?«

Margaret war den Tränen nahe. »Rachel, es tut mir leid. Aber es ist keine Klapsmühle und …«

Ich konnte die Show nicht lange aufrechterhalten, weil ich es nicht ertrug, wenn ich Margaret unglücklich machte. Auch wenn sie komisch war, ihr Geld zusammenhielt und den ersten Sex erst in der Ehe hatte, so mochte ich sie doch. Und als ich sagte: »Margaret, wie kannst du mir das ruhigen Gewissens antun? Wie kannst du nachts ruhig schlafen?«, hatte ich meinen Widerstand schon aufgegeben.

Brigit, Margaret und Paul wechselten erleichterte Blicke, als ich sagte: »Also meinetwegen, ich komme mit«, und das ärgerte mich, weil sie so taten, als sei ich leicht debil.

Nachdem ich mich erst einmal an den Gedanken gewöhnt hatte, schien es mir eine gute Idee, an einen Ort zu kommen, wo ich mich entspannen konnte. Eine großartige Idee sogar.

Ich hatte seit Ewigkeiten keine Ferien gemacht. Ein bißchen Ruhe und Erholung konnten mir nur gut tun.

Ein Ort, wo ich mich verstecken und mir meine Luke-förmigen Wunden lecken konnte.

Die Worte von Patrick Kavanaghs *Advent* gingen mir im Kopf herum: »Wir haben zuviel geschmeckt und gekostet, Geliebter, durch einen zu breiten Spalt dringt kein Staunen.«

Über Cloisters hatte ich schon viel gelesen, und es klang wunderbar. Ich stellte mir vor, daß ich mich, in ein großes Badetuch gewickelt, auf einer bequemen Liege entspannen würde. Ich träumte von Dampfbad, Sauna, Massage, Algentherapie und dergleichen mehr. Ich würde nur Obst essen, gelobte ich, Obst und Gemüse. Und ich würde literweise Wasser trinken, mindestens acht Gläser pro Tag, um meinen Körper durchzuspülen und mich zu reinigen.

Bestimmt würde es mir gut tun, mal einen Monat ohne Alkohol und ohne Drogen auszukommen.

Einen ganzen Monat, dachte ich plötzlich voller Panik. Doch in dem Moment zeigte das Valium seine beruhigende Wirkung. Zum Abendessen gab es bestimmt Wein. Und vielleicht war es solchen wie mir, die kein ernstliches Problem hatten, erlaubt, abends in den nächsten Pub zu gehen.

Ich würde in einer schlichten ehemaligen Mönchszelle wohnen: Steinfußboden, gekalkte Wände, ein schmales Bett mit hölzernem Gestell; und durch die Abendluft würden die fernen Klänge gregorianischer Gesänge zu mir dringen. Und natürlich gäbe es ein Fitneß-Studio. Jeder weiß, daß körperliche Betätigung das beste Mittel für Alkoholiker und Konsorten ist. Am Ende meines Aufenthalts wäre mein Bauch hart wie ein Brett. Zweihundert Sit-ups pro Tag. Endlich einmal Zeit für mich! Und bei meiner Rückkehr nach New York sähe ich so toll aus, daß Luke mich auf Knien bitten würde, wieder zu ihm zurückzukommen.

Bestimmt würde es auch irgendeine Therapie geben. Eine richtige Therapie, meine ich, keine Cellulitis-Behandlung. Wo man sich auf die Couch legt und über seinen Vater erzählt, so in der Art. Dagegen hätte ich nichts.

Ich selbst würde natürlich keine Therapie machen. Aber es wäre sicherlich interessant zu sehen, wie die richtigen Drogensüchtigen, die mit den Anoraks und den strähnigen Haaren, wieder zu Fünfjährigen wurden. Ich würde gereinigt, erfrischt und wie neugeboren Cloisters wieder verlassen. Alle, die im Moment alles mögliche an mir auszusetzen hatten, wären plötzlich hellauf begeistert von mir. Das alte Ich gäbe es nicht mehr, das neue Ich wäre voller Energie und Tatendrang.

»Meinst du, ehm, sie kriegt Entzugserscheinungen?« fragte Margaret Brigit, als wir uns für die Fahrt durch den Schnee zum Flughafen bereit machten.

»Mach dich doch nicht lächerlich«, regte ich mich auf. »Ihr übertreibt doch alle maßlos. Entzugserscheinungen, so ein Quatsch. Das kriegt man doch nur bei Heroin.«

»Und Heroin nimmst du nicht?« fragte Margaret.

Ich verdrehte vor Empörung die Augen.

»Wie soll ich das denn wissen?« schrie sie mich an.

»Ich muß aufs Klo«, sagte ich.

»Ich komme mit«, erbot sich Margaret.

»Auf keinen Fall.« Ich rannte los, kam vor ihr an und knallte ihr die Tür vor der Nase zu.

»Verpiß dich«, schrie ich hinter der Tür. »Sonst fang' ich an zu spritzen, nur um dich zu ärgern.«

Als das Flugzeug startete, lehnte ich mich in meinen Sitz zurück und war überrascht, daß sich ein enormes Gefühl der Erleichterung in mir ausbreitete. Es war, als würde ich aus der Gefahrenzone ausgeflogen. Plötzlich war ich sehr froh, aus New York wegzukommen. In letzter Zeit war das Leben ziemlich schwierig gewesen. Und so einengend.

Ich war pleite und hatte bei fast jedem, den ich kannte, Schulden. Beinahe hätte ich gelacht, denn in dem Moment klang ich wirklich wie eine Drogensüchtige. Ich meinte ja nicht *solche* Schulden. Aber ich hatte alle meine Kreditkarten bis an die Grenzen ausgeschöpft und von sämtlichen Freunden Geld geborgt.

Die Arbeit als stellvertretende Geschäftsführerin in einem Hotel war immer schwieriger geworden. An manchen Tagen kam ich durch die Drehtür, um meine Schicht anzutreten, und wäre am liebsten laut schreiend wieder rausgerannt. Eric, mein Chef, war oft gereizt und schlecht gelaunt. Ich war oft krank gewesen und häufig zu spät gekommen. Worauf Eric noch unleidlicher wurde. Worauf ich natürlich noch öfter krank feierte. Bis mein Leben nur aus zwei Gefühlen zu bestehen schien: Verzweiflung, wenn ich arbeitete, Schuldgefühle, wenn ich nicht zur Arbeit ging.

Als das Flugzeug über Long Island durch die Wolken stieß, dachte ich: Eigentlich müßte ich jetzt arbeiten. Aber ich bin hier, und darüber bin ich froh.

Ich schloß die Augen, und unwillkürlich mußte ich an Luke denken. Der anfängliche Schmerz der Zurückweisung war ein wenig gewichen, statt dessen merkte ich jetzt, wie sehr er mir fehlte. Wir hatten so gut wie zusammengelebt, und seine Abwesenheit war wie ein dumpfer Druck. Ich hätte mir nicht erlauben sollen, über ihn und das, was er gesagt hatte, nachzudenken, denn ich merkte, daß es mich ein bißchen hysterisch machte. Ein fast unwiderstehlicher Drang, ihn *auf der Stelle* zu sehen, ihm seinen Irrtum zu erklären und ihn zu bitten, zu mir zurückzukommen, überkam mich. Einen solchen Drang in einem Flugzeug zu Beginn eines siebenstündigen Fluges aufkommen zu lassen, war sehr töricht. Ich unterdrückte mühsam das Verlangen, die Notbremse zu ziehen. Zum Glück kam die Stewardeß mit den Getränken, und ich nahm einen Wodka mit Orangensaft ebenso dankbar entgegen wie ein Ertrinkender das Rettungsseil.

»Guckt mich nicht so an«, sagte ich leise, als Margaret und Paul mich mit blassen, besorgten Gesichtern ansahen. »Ich bin deprimiert. Und überhaupt, seit wann darf ich keinen Alkohol trinken?«

»Solange du es nicht übertreibst«, sagte Margaret. »Versprichst du mir das?«

Anscheinend hat Mum die Nachricht, daß ich drogensüchtig war, sehr schlecht aufgenommen. Meine jüngste Schwester Helen und sie sahen sich gerade eine Vorabendsendung im Fernsehen an, als Dad ihr die Nachricht brachte. Offenbar kam er, nachdem er mit Brigit telefoniert hatte, ins Wohnzimmer geschossen und platzte heraus: »Deine Tochter ist drogensüchtig.«

Mum sagte nur: »Hmmm?« und wandte den Blick nicht von dem Geschehen auf dem Bildschirm ab.

»Aber das weiß ich doch«, ergänzte sie noch. »Warum regst du dich so auf?«

»Nicht Anna«, sagte Dad verärgert. »Ich meine es ernst. Es geht nicht um Anna. Ich spreche von Rachel!«

Offenbar nahm Mums Gesicht daraufhin einen merkwürdigen Ausdruck an, und sie stemmte sich hoch. Dann tastete sie sich – während Dad und Helen, der eine nervös, die andere frohlockend, ihr zusahen – blind in die Küche, legte den Kopf auf den Küchentisch und fing an zu weinen.

»Drogensüchtig«, schluchzte sie. »Das überlebe ich nicht.«

Dad legte ihr tröstend die Hand auf die Schulter.

»Anna vielleicht«, klagte sie. »Anna *bestimmt*. Aber nicht Rachel. Es ist schon schlimm genug mit einer, Jack, aber zwei? Und ich weiß auch nicht, was sie immer mit der Alufolie machen. Wirklich! Anna braucht massenweise davon, und wenn ich sie frage, was sie damit macht, kriege ich keine vernünftige Antwort.«

»Sie wickelt das Hasch in kleine Päckchen, um es zu verkaufen«, erklärte Helen hilfsbereit.

»Mary, hör mal auf, von der Alufolie zu faseln«, sagte Dad und versuchte, einen Plan zu meiner Rettung zu entwerfen. Dann drehte er sich plötzlich zu Helen um. »*Was* macht sie damit?« fragte er entsetzt.

Inzwischen war Mum wütend geworden.

»Ach, du sagst also, ich soll aufhören zu faseln, ja?« wandte sie sich an Dad. »Für dich ist es ja leicht, so was zu sagen. Du brauchst ja auch nicht den Truthahn zu braten, und wenn du ihn in die Folie wickeln willst, um ihn in den Backofen zu schieben, findest du nur noch die Papprolle. Es ist schließlich nicht dein Truthahn, der trocken und schrumpelig aus dem Ofen kommt.«

»Mary, bitte, um Himmels willen …«

»Wenn sie mir nur sagen würde, daß sie sie genommen hat, dann wäre es ja nicht so schlimm. Wenn sie die Papprolle draußen liegen lassen würde, dann würde ich ja dran denken, neue Alufolie zu kaufen …«

»Fällt dir der Name von der Klinik ein, in die dieser Mann eingewiesen wurde«, fragte er.

»Welcher Mann?«

»Du weißt schon, der Mann, der Alkoholiker, der das ganze Geld unterschlagen hat, er ist verheiratet mit der Schwester von der, mit der du immer zu deinem Kaffeekränzchen gehst, du weißt *genau*, wen ich meine.«

»Patsy Madden, meinst du den?« fragte Mum.

»Genau den!« Dad war hoch erfreut. »Du könntest mal herausfinden, wo der war, um sich behandeln zu lassen.«

»Aber Rachel hat kein Alkoholproblem«, protestierte Mum.

»Ich weiß«, sagte Dad, »aber da behandeln sie alle möglichen Sachen. Alkohol, Drogen, Spielsucht, Eßsucht. Heutzutage kann man nach fast allem eine Sucht entwickeln.«

Dad kaufte jeden Monat zwei Frauenzeitschriften. Angeblich für Helen und Mum, aber eigentlich für sich. Deshalb kannte er sich mit allem möglichen aus, wovon Väter sonst keine Ahnung hatten: Selbstverstümmelung, freie Radikale, Modetrends, Jean Paul Gaultier und wo es die besten Sonnenstudios gab.

Mum telefonierte also herum und zog diskret Erkundigungen ein. Wenn jemand nachfragte, sagte sie, daß ein entfernter Cousin von Dad eine übermäßige Vorliebe für Alkohol zeigte, bedankte sich für die Auskunft und legte schnell auf.

»Cloisters«, sagte sie.

»Cloisters!« wiederholte Dad erleichtert. »Es hat mich ganz verrückt gemacht, daß mir das nicht mehr eingefallen ist. Ich hätte kein Auge zugetan, ich hätte die ganze Nacht wach gelegen und gegrübelt ...«

»Ruf da mal an«, unterbrach Mum ihn unter Tränen.

3

Der Aufenthalt in Cloisters kostete ein Vermögen. Deswegen war es bei vielen Popstars so beliebt. In manchen Fällen übernahm die Krankenkasse die Kosten, aber da ich seit ungefähr acht Jahren nicht mehr in Irland lebte, hatte ich keine Krankenversicherung. Allerdings hatte ich in New York auch keine. Ich hatte immer vorgehabt, mich darum zu kümmern, wenn aus mir ein erwachsener und verantwortungsbewußter Mensch geworden war.

Da ich weder eine Krankenversicherung noch irgendwelche Ersparnisse hatte, erklärte sich Dad bereit, die Kosten zu übernehmen. Er meinte, es lohne sich, das Geld in mich zu investieren.

Die Folge davon war, daß meine Schwester Helen mich, als ich – nach dem Flug völlig übermüdet, mit einem Kater von dem Wodka und wegen der Valiumtabletten deprimiert – zur Tür hereinstolperte, vom Treppenabsatz aus so begrüßte:

»Du blöde Kuh, das ist mein Erbe, mit dem die deine Entziehungskur bezahlen.«

»Hallo, Helen«, sagte ich matt.

Dann sagte sie erstaunt: »Mann, bist du dünn geworden. Siehst ja richtig emanzipiert aus, du Bohnenstange!«

Fast hätte ich mich bedankt, aber mir fiel noch rechtzeitig ein, wie es normalerweise ablief. Jedesmal kam von mir: »Wirklich? Findest du?«, und sie sagte darauf: »Haha, natürlich nicht, du fällst doch jedesmal drauf rein, du dumme Pute.«

»Wo ist Pollyanna?« fragte Helen.

»Draußen, sie spricht mit Mrs. Henessey«, sagte ich.

Margaret war die einzige von uns, die gern mit den Nachbarn sprach: über Hüftoperationen, die Erstkommunion der Enkel, den ungewöhnlichen Regen und die Frage, ob es in Chicago Tayto-Chips zu kaufen gab.

Dann kam Paul, mit Taschen beladen, ins Haus.

»Ach, du liebe Zeit«, sagte Helen, die immer noch oben am Treppenabsatz stand. »Keiner hat mir gesagt, daß du auch kommst. Wie lange bleibst du?«

»Nicht lange.«

»Zum Glück. Sonst müßte ich mir noch eine Stelle suchen, damit ich aus dem Haus komme.«

Obwohl Helen mit all ihren Professoren geschlafen hatte (das erzählte sie wenigstens), hatte sie die Prüfungen am Ende des ersten Studienjahres nicht bestanden. Sie wiederholte das Jahr, doch als sie wieder durch die Prüfungen fiel, gab sie das Studium ganz auf.

Das war im letzten Sommer gewesen, und seitdem hatte sie keine Arbeit gefunden. Statt dessen hing sie zu Hause rum und ging Mum auf die Nerven, weil sie sie ständig zum Kartenspielen überreden wollte.

»Helen! Laß deinen Schwager in Ruhe«, hörte ich die Stimme meiner Mutter. Dann erschien sie neben Helen auf der Treppe.

Vor dem Wiedersehen mit meiner Mutter hatte ich richtig Angst. Ich hatte das Gefühl, als würde mein Magen Achterbahn fahren.

Helen beschwerte sich: »Aber ich finde ihn abscheulich. Und du sagst immer, ehrlich währt am längsten ...«

Mum war nicht mit Dad zum Flughafen gekommen. Das war das erste Mal, seit ich nicht mehr zu Hause lebte, daß meine Mutter nicht mit zum Flughafen gekommen war. Daraus schloß ich, daß sie ernstlich böse auf mich war.

»Hallo, Mum«, brachte ich hervor. Ich konnte ihr kaum in die Augen sehen.

Sie sah mich mit einem traurigen, märtyrerhaften Lächeln an, so daß mich meine Schuldgefühle beutelten und ich am liebsten auf der Stelle zu den Valiumtabletten gegriffen hätte.

»Wie war der Flug?« fragte sie.

Ich konnte die vorgetäuschte Höflichkeit, dieses Um-den-heißen-Brei-reden nicht ertragen.

»Mum«, platzte ich heraus, »es tut mir leid, daß ich dir einen Schreck eingejagt habe, aber mir fehlt überhaupt nichts. Ich habe keine Drogenprobleme, und ich habe auch nicht versucht, mich umzubringen.«

»Rachel, MACH DIR DOCH NICHTS VOR!«

Mein Magen vollführte inzwischen die reinste Akrobatik, so daß mir speiübel wurde. Schuld und Scham mischten sich mit Wut und Zorn.

»Ich mache mir nichts vor«, sagte ich.

»Rachel«, sagte sie mit schriller Stimme, »man hat dich im Notarztwagen in die Klinik gefahren und dir den Magen ausgepumpt.«

»Aber das war nicht notwendig«, erklärte ich. »Es war ein Irrtum.«

»Es war kein Irrtum!« rief sie aus. »Der Mageninhalt wurde analysiert, es war unbedingt notwendig.«

Stimmt das? dachte ich überrascht. Bevor ich sie fragen konnte, fuhr sie fort: »Und du hast ein Problem mit Drogen«, sagte sie. »Brigit sagt, du nimmst jede Menge, und Margaret und Paul bestätigen das.«

»Ja, aber …«, versuchte ich zu erklären. Gleichzeitig packte mich ein gewaltiger Zorn gegen Brigit, aber das mußte ich auf später verschieben. Ich konnte es nicht ertragen, wenn meine Mutter böse auf mich war. Daran, daß mein Vater mich anschrie, war ich gewöhnt, das störte mich nicht im geringsten. Außer, daß es mich vielleicht zum Lachen brachte. Aber daß Mum mich spüren ließ, wie sehr ich sie enttäuscht hatte, war schwer zu ertragen.

»Meinetwegen, ab und zu nehme ich Drogen«, gab ich zu.

»Was für welche?« fragte sie.

»Ach, du weißt schon.«

»Weiß ich nicht.«

»Na ja, manchmal eine Line Kokain, oder zwei ...«

»Kokain!« Ihr blieb fast der Mund offenstehen, und ich hätte sie am liebsten geohrfeigt. Sie hatte keine Ahnung. Sie gehörte zu der Generation, die schon bei dem Wort »Drogen« entsetzt aufschrie.

»Wie ist das so?« fragte Helen, aber ich beachtete sie nicht.

»Es ist nicht so schlimm, wie es sich anhört.«

»Ich finde, es hört sich gar nicht schlecht an.« Ich wünschte, Helen würde endlich abhauen.

»Es ist harmlos und macht nicht süchtig, und alle nehmen es«, versuchte ich Mum zu überzeugen.

»Ich nicht«, warf Helen ein. »Das wär' ja mal was.«

»Ich kenne keinen, der das nimmt. Keine der Töchter meiner Freunde tut so etwas.«

Ich unterdrückte die Wut, die in mir hochkochte. So wie sie redete, konnte man denken, ich wäre die einzige auf der ganzen Welt, die je über die Stränge geschlagen oder einen Fehler gemacht hatte.

Du bist meine Mutter, dachte ich kämpferisch, du hast mich zu der gemacht, die ich bin.

Doch zum Glück – mein Gott machte wohl gerade eine Pause – verkniff ich es mir.

Ich verbrachte zwei Tage zu Hause, bevor ich nach Cloisters mußte.

Es waren keine angenehmen Tage.

Ich war nicht beliebt.

Mit der Ausnahme von Margaret, die schon in der Qualifikationsrunde ausgeschieden war, ging der Titel der unbeliebtesten Tochter nach dem Rotationsprinzip von einer zur nächsten über, wie die Präsidentschaft der EU. Mein Beinahe-Zusammenstoß mit dem Tod bedeutete, daß ich Claire von dieser Position verdrängt hatte und jetzt die Krone trug.

Wir waren kaum aus dem Flugzeug gestiegen, da sagte Dad, daß in Cloisters bei der Aufnahme eine Blutprobe entnommen würde. »Ich will nicht behaupten, daß du das vorhast, aber solltest du was nehmen wollen, und ich bin mir sicher, daß du das nicht tun wirst, dann können sie das anhand der Blutprobe feststellen, und dann nehmen sie dich nicht auf.«

»Dad«, sagte ich, »ich habe dir schon tausendmal gesagt, daß ich nicht drogensüchtig bin, du brauchst dir keine Sorgen zu machen.«

Fast hätte ich noch hinzugefügt, daß ich noch auf das mit Kokain gefüllte Kondom wartete, das ich verschluckt hatte, aber er schien nicht in der Stimmung für Scherze zu sein, also ließ ich es.

Dads Befürchtungen waren unbegründet, weil ich nicht die Absicht hatte, irgendwelche Drogen zu nehmen.

Das lag daran, daß ich gar keine hatte, die ich nehmen konnte. Wenigstens keine illegalen. Zwar hatte ich eine Doppelpackung Valium, aber das zählte nicht, weil ich die auf Rezept bekommen hatte (auch wenn ich das Rezept von einem schmierigen Arzt im East Village kaufen mußte, der eine kostspielige Frau und ein noch kostspieligeres Smackproblem hatte.) Keineswegs war ich so dumm, daß ich Kokain, eine illegale Droge, ins Land geschmuggelt hätte. Was ja sehr erwachsen und vernünftig von mir war.

Und es war auch kein so großes Opfer, wie es sich jetzt anhört. Ich wußte ja, daß ich keine Drogenknappheit zu befürchten hatte, solange Anna da war.

Aber da lag das Problem: Anna war *nicht* da. Aus Mums knappen Einlassungen darüber entnahm ich, daß Anna praktisch mit ihrem Freund Shane zusammenlebte. Das war auch so ein Knabe, der wußte, wie man zu seinem Vergnügen kam! Shane »genoß das Leben in vollen Zügen«, wie es so schön heißt. Bis zum Überfließen. Bis zum Bersten.

Seltsamerweise fehlte mir nicht das Kokain, sondern das Valium. Eigentlich war das nicht erstaunlich, denn schließlich war ich ganz durcheinander, weil sich in meinem Leben so viel so schnell verändert hatte, und die Spannungen zwischen mir und meiner Mutter waren alles andere als angenehm. Aber ich schaffte es, auch nicht eine von meinen kleinen weißen Pillen zu nehmen, weil ich dringend nach Cloisters wollte. Hätte ich mehr Zeit (und Geld) gehabt, dann hätte ich mir zu Ehren des Anlasses neue Kleider gekauft.

Welche Willenskraft! Und die nannten mich drogensüchtig! Also wirklich!

In diesen zwei Tagen zu Hause schlief ich sehr viel. Etwas Besseres konnte ich nicht tun, denn ich hatte Jetlag und war völlig von der Rolle, und die anderen waren gegen mich.

Ein paarmal versuchte ich Luke anzurufen. Ich wußte, daß das nicht gut war. Er war so wütend auf mich, daß es eigentlich am besten war, ihn eine Weile in Ruhe zu lassen, aber ich konnte mich nicht zurückhalten. Zum Glück war beide Male nur der Anrufbeantworter dran, und soweit hatte ich mich im Griff, daß ich keine Nachricht hinterließ.

Am liebsten hätte ich ihn viel öfter angerufen. Wenn ich nicht gerade schlief, konnte ich mich kaum davon abhalten, ständig zum Telefon zu laufen. Doch weil die letzte Telefonrechnung enorm hoch gewesen war (ich weiß nicht, was Helen gemacht hatte), bewachte mein Vater den ganzen Tag das Telefon. Jedesmal, wenn ich den Hörer in die Hand nahm, merkte Dad das, wo immer er war, und sei es vier Meilen entfernt auf dem Golfplatz, und lauschte angestrengt. Wenn ich eine Nummer wählen wollte, die mehr als sieben Stellen hatte, kam er spätestens bei der achten Ziffer ins Zimmer und schrie: »Leg den verdammten Hörer auf!« Das verhinderte gründlich, daß ich Luke erreichte, aber es förderte nostalgische Erinnerungen. Ich fühlte mich in meine Zeit als Teenager zurückversetzt. Fehlte nur noch, daß er sagte: »Punkt elf Uhr, Rachel, und keine Minute später. Es ist mir ernst. Wenn du mich wieder warten läßt, war das das letzte Mal.« Dann hätte ich mich wirklich wie vierzehn gefühlt. Aber warum sollte ich vierzehn sein wollen? Vierzehn, bei einer Größe von einszweiundsiebzig und Schuhgröße einundvierzig.

Zwischen meiner Mutter und mir knisterte es die ganze Zeit. Als ich mich am ersten Tag auszog und ins Bett gehen wollte, sah ich, wie sie mich anstarrte, als wäre mir ein zweiter Kopf gewachsen.

»Gott Allmächtiger.« Ihre Stimme zitterte. »Woher hast du bloß die ganzen blauen Flecken?«

Ich sah an mir herab und dachte, es müßte der Körper von einer anderen sein. Auf meinem Bauch, an den Armen und auf der Brust hatte ich eine Unmenge dunkellila Flecken.

»Oh«, sagte ich kläglich. »Das kommt wahrscheinlich vom Krankenhaus, als sie mir den Magen ausgepumpt haben.«

»Gott im Himmel.« Sie wollte mich in den Arm nehmen. »Das hat mir keiner gesagt ... ich dachte ... ich wußte nicht, daß es so brutal dabei zugeht.«

Ich schob sie weg. »Jetzt weißt du es.«

»Mir ist ganz schlecht«, sagte sie.

Sie war nicht die einzige.

Danach vermied ich es beim An- und Ausziehen, in den Spiegel zu sehen. Zum Glück war es Februar und eiskalt, so daß ich im Bett langärmlige und hochgeschlossene Nachthemden tragen konnte.

In diesen zwei Tagen hatte ich einen abscheulichen Traum nach dem anderen.

In einem, meinem alten Lieblingstraum, war ein furchterregendes Wesen in meinem Zimmer, und ich konnte nicht aufwachen. Es bedrohte mich und wollte mir weh tun. Und wenn ich aufwachen wollte, um mich zu verteidigen, konnte ich das nicht. Das Wesen kam immer näher und beugte sich schließlich über mich, und obwohl ich in panischem Entsetzen dalag, konnte ich einfach nicht aufwachen. Ich war wie gelähmt. Unaufhörlich versuchte ich, an die Oberfläche, ins Wachsein zu kommen, aber ich wurde unter der Decke des Schlafs erstickt.

Dann träumte ich den Traum, in dem ich sterbe. Das war schrecklich, weil ich spürte, wie sich meine Lebenskraft aus mir herauszwirbelte, wie ein umgekehrter Wirbelsturm, und ich konnte nichts tun, um das zu verhindern. Ich wußte, daß es meine Rettung wäre, wenn ich aufwachte, aber ich konnte nicht aufwachen.

Ich träumte, daß ich von den Klippen stürzte, daß ich einen Autounfall hatte, daß ein Baum auf mich fiel. Jedesmal spürte ich den Aufprall und schreckte hoch. Schwitzend und zitternd wachte ich auf, und ich wußte weder, wo ich war, noch, ob es Tag war oder Nacht.

Bis zum zweiten Abend nach meiner Rückkehr ließ Helen mich in Ruhe. Ich lag im Bett und hatte Angst aufzustehen, als sie, ein Cornetto-Eis lutschend, ins Zimmer kam. Ihre nonchalante Art verhieß nichts Gutes.

»Hallo«, sagte ich. »Ich dachte, du wärst mit Margaret und Paul in den Pub gegangen.«

»Wollte ich auch, hab's mir aber anders überlegt.«

»Warum?«

»Weil dieser Geizkragen Paul gesagt hat, er lädt mich nicht mehr ein«, sagte sie gehässig. »Und wo soll ich das Geld hernehmen, um in den Pub zu gehen? Immerhin bin ich arbeitslos. Dieser Paul würde einem nicht einmal den Dampf von seiner eigenen Pisse abgeben«, sagte sie und setzte sich auf mein Bett.

»Aber bist du nicht gestern abend mit ihnen ausgewesen und hast dich komplett vollaufen lassen?« fragte ich überrascht. »Margaret sagte, du hättest den ganzen Abend einen doppelten Whiskey nach dem anderen getrunken und nicht eine einzige Runde selbst bezahlt.«

»Ich bin arbeitslos!« brüllte sie. »Ich bin arm! Was soll ich denn machen?«

»Schon gut. Schon gut«, sagte ich beschwichtigend. Bloß keinen Streit. Außerdem stimmte ich ihr zu. Paul war der knauserigste Mensch unter der Sonne. Sogar Mum hatte einmal gesagt, daß Paul sein Abendessen in einer Schublade verstecken und sich eine Apfelsine in der Hosentasche schälen würde. Und obwohl sie zu dem Zeitpunkt einen sitzen hatte – sie hatte ein kleines Radler getrunken –, meinte sie es ernst.

»Gott, was für ein Gedanke!« Helen lächelte mir zu und machte es sich auf dem Bett bequem. Es sah so aus, als wollte sie eine ganze Weile bleiben. »Meine Schwester! Hat 'ne Schraube locker und kommt in die Klapsmühle.«

»Das ist keine Klapsmühle«, widersprach ich schwach. »Es ist eine Kurklinik.«

»Eine Kurklinik«, spottete sie. »Das ist nur ein feiner Name für Klapsmühle. Damit kannst du keinen täuschen.«

»Du hast das ganz falsch verstanden«, wandte ich ein.

»Die Leute werden auf die andere Straßenseite gehen, wenn sie dich sehen«, sagte sie fröhlich. »Und dann sagen sie: ›Das ist eine von den Walshs. Die ist nicht ganz richtig im Kopf, deswegen mußte sie eingesperrt werden.‹ Du wirst schon sehen.«

»Hör auf damit.«

»Und die Leute kriegen das dann nicht auf die Reihe, wegen Anna, und dann fragen sie: ›Welche von den Walshs? Ich habe gehört, daß mindestens zwei von denen nicht mehr ganz klar im Oberstübchen sind und ...‹«

»Popstars gehen da auch hin«, unterbrach ich sie und spielte meinen Trumpf aus.

Das verfehlte seine Wirkung nicht.

»Wer?« fragte sie.

Ich nannte ein paar Namen, und sie war sichtlich beeindruckt.

»Stimmt das?«

»Natürlich.«

»Woher weißt du das?«

»Hab' ich in der Zeitung gelesen.«

»Und wieso weiß ich das nicht?«

»Weil du nie die Zeitung liest.«

»Nicht? Stimmt, wozu soll ich auch die Zeitung lesen.«

»Vielleicht wüßtest du dann auch, daß Popstars zur Behandlung nach Cloisters gehen«, sagte ich von oben herab, was mir einen bösen Blick von Helen eintrug.

»Sei doch still, du Klugscheißerin«, sagte sie. »Du wirst noch von deinem hohen Roß runterkommen, wenn du erst mal in der Gummizelle sitzt und in einer von diesen hübschen Zwangsjacken steckst.«

»Ich komme nicht in eine Gummizelle«, sagte ich. »Statt dessen werde ich mit berühmten Leuten am Tisch sitzen.«

»Meinst du wirklich, daß Popstars sich da behandeln lassen?« Sie war jetzt richtig aufgeregt, obwohl sie versuchte, das nicht zu zeigen.

»Ja.«

»Wirklich?« fragte sie abermals.

»Ja, wirklich.«

»Wirklich, wirklich?«

»Wirklich, wirklich!«

Einen Moment lang sagte sie nichts.

»Nicht schlecht.« Sie klang beeindruckt.

»Hier, kannst du aufessen.« Sie streckte mir das Cornetto hin.

»Nein, schönen Dank.« Bei dem Gedanken an Essen wurde mir schlecht.

»Das ist kein Angebot, das ist ein Befehl«, sagte sie. »Ich sage dir, ich kann keine Cornettos mehr sehen. Jedesmal sage ich zu Dad, er soll Magnums mitbringen, und jedesmal kommt er mit diesen bescheuerten Cornettos an. Außer ein Mal. Was bringt er da? Magnum Mint. Ich bitte dich, *Mint*...«

»Ich möchte es nicht.« Ich schob die Hand mit dem Cornetto weg.

»Wie du willst«, sagte Helen schulterzuckend und legte das Eis auf meinen Nachttisch, wo es zu zerlaufen begann. Ich wandte mich schöneren Gedanken zu.

»Während ich mich also mit Leuten wie Madonna anfreunde«, sagte ich gelassen, »sitzt du...«

»Du spinnst doch, Rachel«, unterbrach sie mich. »Aber das ist ja wahrscheinlich einer der Gründe, warum sie dich dahin schicken: weil du spinnst...«

»Was meinst du damit?« Diesmal fuhr ich dazwischen.

»Na ja«, sagte sie und lächelte nachsichtig. »Sie werden die berühmten Leute wohl kaum mit den anderen zusammen unterbringen, oder? Man muß doch deren Privatsphäre schützen. Sonst würden Leute wie du ja zu den Zeitungen gehen, sobald sie wieder draußen sind, und deren Geschichten verkaufen. *Sex in meiner Kokainhölle*, und so was.«

Sie hatte recht. Ich war enttäuscht, aber nicht übermäßig. Schließlich würde ich die Berühmtheiten bei den Mahlzeiten und den geselligen Abenden treffen. Vielleicht wurden auch Tanzabende veranstaltet.

»Und sie haben bestimmt bessere Zimmer und bekommen besseres Essen«, sagte Helen, was mich noch unglücklicher machte. »Du kriegst das nicht, weil Dad viel zu geizig ist. Du kriegst nur zweiter Klasse, und die anderen können im Luxusflügel Orgien feiern.«

Zorn gegen meinen knickerigen Vater flammte in mir auf. Wieso bezahlte er nicht dafür, daß ich mit berühmten Leuten an einem Tisch sitzen konnte?

»Es hat gar keinen Zweck, ihm mehr Geld abknöpfen zu wollen.« Helen hatte meine Gedanken erraten. »Er sagt, wir sind jetzt deinetwegen arm und können uns keine richtigen Chips mehr leisten. Jetzt müssen wir die billigen nehmen.«

Ich war deprimiert und lag still da. Auch Helen schwieg, was ungewöhnlich für sie war.

»Trotzdem«, sagte sie schließlich, »irgendwo mußt du ja mit ihnen zusammentreffen. Auf dem Flur oder im Garten. Und vielleicht freundest du dich mit einem von ihnen an.«

Plötzlich war ich guten Mutes und voller Hoffnung. Wenn Helen daran glaubte, dann würde es so sein.

4

Luke Costello und ich kannten uns schon lange vom Sehen, bevor ich mit ihm im Bett landete. Er war Ire und ich war Irin, und wir lebten vier Blocks voneinander entfernt, aber das wußte ich damals nicht.

Ich sah ihn hin und wieder, weil wir in dieselben Bars gingen. Es waren irische Kneipen, aber nicht diese Ghettokneipen, in denen man »A Nation Once Again« oder »Spancil Hill« sang, heiße Tränen vergoß und Geld für die »Irische Sache« sammelte. Unsere Kneipen waren anders. Sie waren »in«, so wie vor ein paar Jahren die Brasserien »in« waren. Sie hatten witzige irische Namen. Angeblich gehörte eine von ihnen einem irischen Popstar, aber ich weiß nicht, welche es war. Welchem Popstar sie gehören sollte, wußte ich übrigens auch nicht.

Wenn man als Ire in New York lebt, ist man abgestempelt, aber meine Zeit dort war toll.

Brigit und ich hingen in diesen Kneipen ab (wir benutzten den gängigen Jargon, machten uns aber darüber lustig), in die auch Luke und seine Freunde gingen, und amüsierten uns prächtig über sie.

Nicht, daß Brigit und ich gemein waren, aber wirklich, man mußte sie gesehen haben! Sie hätten alle wunderbar in die Rockgruppen der siebziger Jahre gepaßt. Die Sorte Rocksänger, die in riesigen Stadien auftrat, Ferraris in Swimming-Pools versenkte und sich mit mageren Blondinen photographieren ließ, die untereinander austauschbar waren.

Luke und seine Kumpel waren alle ungefähr gleich groß, so um die einsachtzig, und hatten lange, gewellte Haare mit einem Einheitsschnitt. Der aktuellen Mode entsprechend war langes Haar bei einem Mann nur hinnehmbar, wenn es rundum die gleiche Länge hatte, glatt und in der Mitte gescheitelt war. Für gestuftes, welliges Haar bekam man *null Punkte*.

In der ganzen Zeit, in der wir sie ständig sahen, kam nicht einer von ihnen auch nur ein einziges Mal mit dem

Haarschnitt des Monats in die Kneipe. Kurz, nach vorne gekämmt und wasserstoffblond, zum Beispiel. Oder mit dem Messerschnitt der Messerschnitte. Oder mit kahlrasiertem Schädel und Koteletten, die unter dem Kinn fast zusammenwuchsen. Oder irgendwas in der Art.

Auch das, was sie anhatten, war, wie ihre Frisuren, modisch völlig überholt. Jeans, Jeans und noch mal Jeans, und gelegentlich ein bißchen Leder. Und die Betonung lag auf *eng*, wenn ich mich klar genug ausdrücke. An manchen Tagen konnte man erkennen, wer von ihnen beschnitten war.

Gegen die Mode der übrigen Welt schienen sie völlig immun zu sein. Anzüge von Tommy Hilfiger, Stussy-Hüte, Phatpharm-Jacken, Diesel-Taschen, Skaterschuhe von Adidas oder Timberlands – ich glaube, diese Typen wußten nicht einmal, daß solche Teile *existierten*. Jeder, der etwas auf sich hielte, wüßte das. Das einzige, was ich zu ihrer Verteidigung sagen kann, ist, daß keiner von ihnen eine Wildlederjacke mit Fransen hatte. Wenigstens habe ich nie einen von ihnen mit einer gesehen.

Luke und seine Kumpel waren für unseren Geschmack zu anachronistisch. Wir nannten sie die »Echten Männer«, aber mit einer gehörigen Portion Ironie.

Was das oben erwähnte Leder anging, nun... dazu gehört eine Geschichte. Nachdem Brigit und ich monatelang damit zugebracht hatten, die Typen zu beobachten und uns über sie lustig zu machen, fiel uns allmächlich etwas Merkwürdiges auf. Wenn sie als Gruppe auftraten, trug immer nur einer von ihnen Lederhosen. Wie kriegten sie das auf die Reihe? fragten wir uns. Ob sie sich anriefen, bevor sie sich trafen? Und miteinander besprachen, was jeder von ihnen anziehen wollte, wie Frauen das tun?

Im Laufe der Monate versuchten wir herauszufinden, ob sich ein Muster entdecken ließ. Ging es reihum? Durfte Joey seine Hosen mittwochs tragen, Gaz seine donnerstags, so etwa? Und was würde geschehen, wenn *zwei* in Lederhosen auftauchten?

Doch eines Abends fiel uns etwas auf, was noch merkwürdiger war als die idiotensichere Reihenfolge: In der Gesäßtasche von Gaz' Hose war ein Riß. Nichts Besonderes – außer daß Shakes Hose am letzten Wochenende an derselben Stelle auch einen Riß hatte. Interessant, fanden wir, *höchst interessant*.

Zwei Tage später sahen wir sie im »Lively Bullock«, und Joeys Hose hatte an genau dieser Stelle auch einen Riß.

Vor Staunen ließen wir die Münder offenstehen, aber wir beschlossen, das endgültige Urteil erst zu fällen, wenn auch der vierte eine Hose mit Riß trug. (Wer aber schwach im Glauben ist ...) Und siehe da, kurz darauf sahen wir Johnno in der »Cute Hoor«. Nur daß er stundenlang auf seinem Platz sitzenblieb und wir schon dachten, er würde gar nicht mehr aufstehen, um uns seinen Po zu zeigen. Ewigkeiten nippten wir zu zweit an dem einen Bier! Wir hatten kein Geld, aber den ganzen Abend zu Hause zu bleiben, hätte uns um den Verstand gebracht. Endlich, viele Stunden später, als unser Bier fast *verdunstet* war, erhob sich Johnno mit der Kamelblase. Brigit und ich klammerten uns aneinander fest und hielten den Atem an, als er sich langsam herumdrehte, und da war er! Der Riß! Derselbe Riß auf derselben Tasche!

Wir stießen einen schrillen, triumphierenden Schrei aus. Es stimmte also!

Mitten in unserem Lachanfall hörte ich jemanden mit einem irischen Akzent sagen: »Grundgütiger! Gehen hier die Gespenster um oder was?«

Wir krümmten uns vor Lachen, Tränen rannen uns die Wangen herunter, während uns die anderen Gäste, die inzwischen verstummt waren, anstarrten.

»O nein«, keuchte Brigit. »Und wir dachten, daß jeder eine ... eine ... eine ...« Vor lauter Lachen bekam sie die Worte nicht heraus. »... Hose hat!« prustete sie schließlich.

»Wir dachten ... wir dachten ...«, schnaubte ich mit bebenden Schultern, »wir dachten, immer nur einer dürfte seine Hose ... Hose ...« – ich legte den Kopf auf die Theke und hämmerte mit der Faust auf das Holz – »... Hose tragen. Kein Wunder, daß immer nur einer eine Lederhose anhatte ...«, keuchte ich.

»Weil sie nämlich ...«, trompetete Brigit mit knallrotem Gesicht, »weil sie ... weil sie nämlich ... nur eine Hose *haben*!«

»Hör auf«, bat ich sie, »sonst kotz' ich gleich.«

»Na, Mädels«, sagte einer der Männer an der Bar, »wollt ihr uns nicht verraten, was so lustig ist?«

Plötzlich waren wir sehr beliebt. Die Kneipe war gestopft voll mit Männern aus Mayo, die zu einer Konferenz über Rindfleisch in die Stadt gekommen waren. Sie hatten irrtümlicherweise angenommen, daß sie in einer Kneipe, die »Cute Hoor« hieß, den Abend über irische Weisen singen und über irische Politik diskutieren könnten. Es hatte ihnen gar nicht gefallen, daß sie von den schicksten und trendbewußtesten New Yorkern mit einem Naserümpfen gemustert und belächelt worden waren. *Kein bißchen* hatte ihnen das gefallen. Schließlich waren sie in Ballina und Westport sehr wichtige Geschäftsleute.

Als Brigit und ich unseren Lachanfall bekamen, war das für sie deshalb wie frischer Wind. Jeder einzelne von ihnen wollte uns zu einem Drink einladen und wissen, was uns so erheitert hatte. Doch obwohl wir die Einladung zu einem Bier gern annahmen – schließlich kann man sie nicht ausschlagen –, konnten wir ihnen unmöglich sagen, worüber wir lachten.

Wir beruhigten uns ein wenig. Nur ab und zu hielt Brigit mich am Arm fest und brachte zwischen mühsam kontrolliertem Lachen hervor: »Stell dir mal vor, du teilst dir eine ... eine ... eine Hose mit vier anderen.« Und wieder krümmten wir uns minutenlang und hielten uns die Seiten, während die Tränen über unsere geröteten Gesichter liefen und die Männer aus Mayo uns lächelnd zusahen.

Oder ich sagte: »Du mußt die gleiche Taillenweite und Beinlänge haben, wenn du in ihre Gruppe aufgenommen werden willst!« Und schon prusteten wir wieder los.

Es war ein toller Abend. Die ganzen Trendies hatten aus Protest gegen die Bauern aus Mayo das Lokal verlassen, so daß Brigit und ich uns hemmungslos unserem Vergnügen hingeben konnten und keine Angst zu haben brauchten, daß man uns für nicht cool halten würde.

Wir waren bis mindestens drei Uhr in der Kneipe, und mein Gott, waren wir *blau*. So blau, daß wir sogar in den obligatorischen, tränenseligen Gesang mit einstimmten. Ist es nicht lustig, wie Iren jedesmal, wenn sie von zu Hause weg sind – und sei es nur für einen Tagesausflug nach Holyhead, um auf der Fähre Duty-free-Waren einzukaufen – herzergreifende, wehklagende Gesänge anstimmten, von der grünen Insel, die sie verlassen mußten, und ihrer unstillbaren Sehnsucht danach?

Obwohl die Männer aus Mayo nur für vier Tage in New York waren, sangen wir alle einschlägigen Lieder. *Und* wir waren leichtsinnig genug, im Zustand fortgeschrittener Trunkenheit die »Walls of Limerick« tanzen zu wollen. Was der Besitzer aber unterband (»Jetzt ist aber Schluß hier, setzt euch mal schön hin, sonst schick' ich euch alle postwendend nach Westport zurück.«), nachdem zwei Männer beinahe eine Schlägerei angefangen hätten, weil sie sich über die Schrittfolge nicht einig waren. Anscheinend hatte einer von ihnen die »Walls of Limerick« mit der »Siege of Ennis« verwechselt. Das kann ja mal passieren …

5

Insgesamt war die Vorstellung, mit Luke oder einem seiner Kumpel zu schlafen, lachhaft. Undenkbar, ehrlich gesagt. Damals wußte ich noch nicht …

Der Abend, um den es hier geht, fand ungefähr einen Monat nach dem feuchtfröhlichen Abend mit den Mayo-Männern in der »Cute Hoor« statt. Brigit und ich gingen zu einer Party – zu der wir zugegebenermaßen keine Einladung hatten – in den Rickshaw Rooms. Wir hatten uns alle Mühe gegeben, sexy auszusehen, weil wir – wie jedesmal, wenn wir ausgingen – hofften, daß wir ein paar attraktiven und, was fast noch wichtiger war, *ungebundenen* jungen Männern begegnen würden.

New York war ein schlechtes Terrain für ungebundene junge Männer. Man fand sie nicht, und hielt man noch so scharf Ausschau. Von Freundinnen in Australien und Dublin hörten wir, daß die Ausbeute überall mager war, aber New York übertraf alles andere bei weitem. Nicht nur kamen auf jeden nicht schwulen Mann locker eine halbe Milliarde Frauen, sondern jede einzelne dieser Frauen war auch noch so schön, daß einem schier das Herz stehenblieb. Ich meine *bildschön*. Und die Erklärung für diese atemberaubende Schönheit hörte sich meistens so an: »Ach, ihre Mutter ist halb schwedisch und halb australische Aboriginal und ihr Vater ist halb birmesisch, ein Viertel Eskimo und ein Viertel italienisch.«

Da Brigit und ich beide hundertprozentig irisch waren, wie konnten wir da mithalten? Unser Aussehen trieb uns regelmäßig zur Verzweiflung. Besonders, weil wir beide groß waren und schwere Knochen hatten. Unser einziger Pluspunkt waren unsere Haare: meins war lang und dunkel, und Brigits war lang und blond. Zum Teil sogar naturblond.

Was auch noch für uns sprach, war die Tatsache, daß die meisten New Yorkerinnen völlig neurotisch waren und wir nicht.

Wir waren nur ein *bißchen* neurotisch. (Eine krankhafte Angst vor Ziegen und eine Obsession mit Kartoffeln, in welcher Form auch immer, war nicht halb so schlimm wie der Wunsch, während des Geschlechtsverkehrs mit einer zerbrochenen Flasche ins Gesicht geschlagen zu werden.)

Trotz des bedauerlichen Mangels an ethnischer Mischung fanden wir, daß wir an dem fraglichen Abend absolut scharf aussahen. Wenn ich mich recht entsinne, waren Brigits Worte, als wir uns vor dem Aufbruch gegenseitig musterten: »Gar nicht so schlecht für zwei Tussen.« Ich stimmte ihr zu, und das, obwohl wir uns keinen das Selbstbewußtsein hebenden Schnee reingezogen hatten! Wie gern hätten wir welchen gehabt, aber es war zwei Tage vor Brigits Zahltag, und das Geld reichte nur knapp zum Leben.

Ich trug ein paar wunderbare, nagelneue Schuhe. Wegen meiner Schuhgröße war es unmöglich, hübsche Schuhe zu finden, die auch paßten. Sogar in New York, wo es doch die skurrilsten Dinge gab. Aber die Mode der Saison war mir freundlich gesonnen. Es war Sommer, und ich trug Pantoletten, die vorne und hinten offen waren, giftgrün, nicht zu hoch, so daß es nichts ausmachte, daß sie eigentlich zwei Nummern zu klein für mich waren, weil meine Zehen vorne und meine Fersen hinten überstehen konnten. Darin zu gehen, war natürlich eine Qual, aber was macht das schon? Wer schön sein will, muß leiden!

Also auf zu den Rickshaw Rooms, wo eine Party anläßlich des Starts einer neuen Fernsehserie stattfand. Brigit hatte im Büro davon gehört, offenbar waren ein paar berühmte und gutaussehende Männer eingeladen, es würde jede Menge Gratisgetränke geben und hoffentlich haufenweise Leute, die Kokain snifften und bereit waren, von ihren Vorräten etwas abzugeben.

Obwohl wir keine Einladung hatten, ließ man uns ein, weil Brigit dem Türsteher anbot, daß er nicht mir ihr zu schlafen brauchte.

Sie drückte das so aus: »Meine Freundin und ich haben keine Einladung, aber wenn Sie uns reinlassen, brauchen Sie mit keiner von uns zu schlafen.«

Und wie vorhergesagt, hatten wir von da ab seine ganze Aufmerksamkeit.

»Bei ihrer Arbeit«, sagte Brigit zu Erklärung, »muß es doch Hunderte von phantastisch aussehenden Frauen geben, die sagen: ›Wenn Sie mich reinlassen, lasse ich Sie auch rein.‹ Sie verstehen schon, was ich meine.« Sie zwinkerte ihm unter Einsatz ihres ganzen Körpers zu, falls er sie nicht verstanden hatte.

»Sie müssen das Spielchen doch gründlich satt haben«, stellte sie fest.

Der Türsteher, ein junger, nicht unattraktiver Italiener, nickte benommen.

»Meine Freundin hier und ich«, fuhr Brigit fort, »wir haben den großen Vorteil, daß wir *nicht* phantastisch aussehen, und den wollten wir für uns nutzen. Lassen Sie uns herein?«

»Ja, sicher«, stammelte er und begriff überhaupt nichts.

»Warten Sie«, rief er uns nach. »Die brauchen Sie.« Und er drückte uns zwei Einladungen in die Hand, als wir gerade zum Aufzug sprinten wollten.

Als wir oben ankamen, mußten wir die zweite Staffel Türsteher passieren, aber jetzt hatten wir ja die Einladungen.

Und dann stürzten wir uns hinein. Wir versuchten, nicht zu zeigen, wie beeindruckt wir waren. Was für ein wunderschöner Jugendstilraum! Was für ein atemberaubender Blick! Welche Unmengen von Getränken!

Wenige Sekunden, nachdem wir uns lachend und durch unseren Erfolg übermütig gemacht umgeschaut hatten, blieb Brigit wie angenagelt stehen und packte mich am Arm.

»Da hinten«, zischte sie, »die Männer aus der Zeitmaschine.«

Ich folgte ihrem Blick, und da waren sie, mit lockigen Mähnen und roten Levi's-Schildchen: Gaz, Joey, Johnno, Shake und Luke. Und wie immer hatten sie als Beigabe zwei blonde Mädchen dabei, die mit ihren dünnen Beinen aussahen, als wären sie rachitisch.

»Was machen denn die Echten Männer hier?« wollte ich wissen. Plötzlich war unser Sieg über den Türsteher bedeutungslos geworden, das gute Gefühl war verflogen. Anscheinend ließen sie auch die letzten Trottel rein.

Mit konzentrierter Miene verteilte Luke die Getränke. »Joey, Mann, J. D. pur, hier, für dich.«

»Danke, Luke, Mann.«

»Johnno, Mann, J. D. on the Rocks, das ist deiner.«
»Besten Dank, Luke, Mann.«

»Gaz, wo haben wir dich denn, Mann? Ach ja, hier, Tequila, mit Salz und Zitrone.«

»Super, Luke, Mann.«

»Melinda, Babe, roten Champagner gab's nicht, aber sie haben dir normalen gegeben und einen Schuß Cassis reingemacht. Netter Typ, der Barkeeper.«

»Danke, Luke.«

»Tamara, Babe, J. D. pur, tut mir leid, Babe, keine Papierschirmchen.«

»Danke, Luke.«

Habe ich das Bild deutlich genug gezeichnet? Richtig, sie nannten sich *wirklich* gegenseitig »Mann« und die Frauen »Babe«, sie tranken *wirklich* fast ununterbrochen Jack Daniels, und selbstverständlich kürzten sie es zu J. D. ab. Ich will nicht behaupten, daß die Jungs sich gegenseitig anstachelten, wenn sie zusammen waren, aber manchmal sah es ganz so aus.

»Wer trägt die Gemeinschaftshose heute?« fragte Brigit. Und damit waren die nächsten fünf Minuten gelaufen, weil wir uns lachend in den Armen lagen und uns die Tränen die Wangen herunterliefen.

Schließlich sah ich zu ihnen hinüber.

»Luke hat sie an«, sagte ich, offenbar lauter, als ich beabsichtigt hatte, weil er zu uns rüberguckte. Er betrachtete uns und dann, wir konnten es kaum glauben, zwinkerte er uns zu. Brigit und ich starrten uns einen Moment lang an, dann brachen wir wieder in schallendes Gelächter aus. »Wie er aussieht«, flüsterte ich, vom Lachen heiser geworden.

»Wofür hält er sich eigentlich?« platzte Brigit heraus.

Dann löste sich Luke zu meinem Entsetzen aus seiner Gruppe und schlenderte mit der für ihn typischen lässigen Unbekümmertheit in unsere Richtung.

»Mein Gott«, prustete ich, »er kommt zu uns.«

Bevor Brigit etwas sagen konnte, stand Luke vor uns. Er lächelte uns freundlich an wie ein zutrauliches Hundejunges.

»Du bist Rachel, richtig?«

Ich nickte, denn hätte ich den Mund aufgemacht, hätte ich ihm glatt ins Gesicht gelacht. Mir fiel vage auf, daß ich den Kopf in den Nacken legen mußte, um ihm ins Gesicht zu sehen. In mir prickelte etwas.

»Und du Brigit?«

Brigit nickte stumm.

»Ich bin Luke«, sagte er und streckte die Hand aus. Brigit und ich schüttelten sie stumm.

»Ich hab' euch beiden schon oft gesehen«, sagte er. »Bei euch gibt's immer was zu lachen. Das finde ich toll!«

Ich suchte nach dem spöttischen Ausdruck in seinem Gesicht, aber anscheinend meinte er es ernst. Allerdings hatte ich auch nicht angenommen, daß die Typen superintelligent wären.

»Kommt rüber, dann stell ich euch den anderen vor«, forderte er uns auf.

Und obwohl wir dazu keine Lust hatten, weil wir auf diese Weise wertvolle Zeit verschwendeten, die wir nutzen könnten, um uns an einen der gutaussehenden Männer heranzumachen, folgten wir ihm brav.

Dann mußten wir das Spiel »Ire trifft Iren im Ausland« spielen. Das fing damit an, daß wir so tun mußten, als hätten wir noch nicht gemerkt, daß die anderen auch aus Irland waren. Dann mußten wir entdecken, daß wir jeweils in unmittelbarer Nachbarschaft voneinander aufgewachsen waren, oder daß wir zur selben Schule gegangen waren, oder daß wir uns schon einmal gesehen hatten, nämlich in den Sommerferien, als wir elf waren, oder daß unsere Mütter Brautjungfern bei der Hochzeit der jeweils anderen gewesen waren, oder daß sein älterer Bruder mit meiner älteren Schwester befreundet war, oder daß seine Familie unseren Hund, als der sich verlaufen hatte, gefunden und zurückgebracht hatte, oder daß mein Vater irgendwann einen Unfall mit seinem Vater hatte und die beiden mitten auf der Ausfallstraße von Stillorgan einen Streit anfingen, woraufhin beide wegen Störung der öffentlichen Ordnung vor Gericht erscheinen mußten, und endlos so weiter. Auf jeden Fall hatten sich unsere Wege schon einmal gekreuzt, darüber konnte es keinen Zweifel geben.

Und so war es auch. Innerhalb weniger Sekunden hatten Joey und Brigit festgestellt, daß sie sich vor neunzehn Jahren in einem Butlins-Sommerlager kennengelernt hatten, wo sie auf einem Kostümfest den ersten beziehungsweise zweiten Preis gewonnen hatten. Offensichtlich war Joey, damals neun, als Johnny Rotten gegangen und hatte so überzeugend gewirkt, daß sogar Brigit fand, er habe den ersten Preis verdient.

Kurz darauf stellten Gaz und ich eine Verbindung fest. Er sagte: »Du kommst mir bekannt vor«, und fing dann an, mich auszufragen: »Wie heißt du mit Nachnamen? Walsh? Wo wohnt ihr? Hast du eine ältere Schwester? War die mal in Wesley? Lange Haare? Enorme ehm … Augen? Sehr unkompliziert? Wie heißt sie noch? Roisin? Imelda, so in der Richtung? Claire! Genau! Mit der hab' ich mal gevögelt, auf einer Party in Rathfarnham, vor ungefähr zehn Jahren.«

Alle waren entrüstet.

»So was kannst du nicht sagen!« riefen wir aus. »Das gehört sich nicht!«

Wir sahen uns angewidert an und wiederholten kopfschüttelnd: »Das gehört sich nicht!«

Ich sah Shake an, und er mich, und wir sagten beide: »Das gehört sich nicht!«

Brigit drehte sich zu Joey, und Joey drehte sich zu Brigit, und beide erklärten: »Das gehört sich nicht!«

Luke und Johnno sahen sich entsetzt an und sagten einstimmig: »Das gehört sich nicht!«

Melinda sah Tamara an, und Tamara zog die Augenbraue hoch, und Melinda sagte: »Wir müssen auf dem Weg nach Hause noch Milch kaufen.«

»Gaz, Mann«, sagte Luke, als die Empörung sich ein wenig gelegt hatte. »Ich habe dir schon oft gesagt, daß du so nicht über die Damen sprechen kannst, das tut man nicht als Gentleman.«

Gaz war verwirrt und verärgert. »Was habe ich denn gemacht?« wollte er wissen.

»Du beleidigst sie, wenn du so von ihr sprichst«, erklärte Luke behutsam.

»Ich beleidige sie überhaupt nicht«, ereiferte sich Gaz. »Sie war eine supergeile Braut.«

Dann kam er näher an mich heran und fragte: »Seid ihr euch ähnlich, deine große Schwester und du?«

6

Es machte Spaß, sich mit den Echten Männern zu unterhalten. In New York gelang es mir so selten, die Aufmerksamkeit eines Mannes auf mich zu ziehen, daß es Balsam für mein Ego war, im Mittelpunkt des männlichen Interesses zu stehen. Auch wenn man die fraglichen Männer nicht zu nah an sich herankommen lassen würde. Brigit und ich wurden von ihnen umringt, so daß Melinda, beleidigt und mit ihrem kleinen Kinderpopo wackelnd, abzog. Wie ich sie um den beneidete! Kurz darauf stelzte auch Tamara davon, auf Beinen, die aussahen, als würden sie gleich abbrechen.

»Sie sind mit Blondheit geschlagen«, sagte ich, was allseitige Erheiterung hervorrief. Wie schon gesagt, ich hielt sie nicht gerade für besonders helle.

»Arme Tamara«, fuhr ich fort, »ihr Sexualleben muß schrecklich sein.«

Alle wollten wissen, warum. Das war ja nur fair, wenn man bedenkt, daß mindestens drei von den Männern für Tamaras Vergnügen in horizontaler Lage verantwortlich waren.

»Weil sie nie kommt«, erklärte ich.

Luke, Shake, Joey und Johnno lachten, bis ihnen die Luft wegblieb. Gaz blickte verwirrt um sich und fragte kläglich: »Was meint sie damit?«, worauf Luke, der sich vor Lachen bog, es ihm erklärte.

Dann war es an der Zeit, sich von den Echten Männern zu verabschieden. Es war ein durchaus angenehmes Zwischenspiel gewesen, aber Brigit und ich hatten Wichtigeres vor. In dem Raum standen zu viele männliche Wesen mit markanter Kinnpartie, als daß wir es uns leisten konnten, unsere Zeit mit diesen haarigen Typen, so nett sie auch waren, zu verplempern.

Doch als ich mich gerade fortstehlen wollte, sagte Luke zu mir: »Mit neun hätte ich mich nicht getraut, als Johnny Rotten zu gehen. Eher hätte ich mich als Mutter Teresa verkleidet.«

»Warum?« fragte ich höflich.

»Damals war ich Ministrant und wollte Priester werden.«

Seine Worte lösten in mir eine Erinnerung an meine Kindheit aus.

»Das ist ja witzig. Als ich neun war, wollte ich Nonne werden«, platzte ich heraus, bevor ich mich besinnen konnte.

Im nächsten Moment bereute ich es. Ich war ja keineswegs stolz darauf. Im Gegenteil, ich hütete es als mein Geheimnis und wünschte mir, ich könnte es auslöschen.

»Ist das wahr?« Luke lächelte belustigt. »Ist das nicht ein komischer Zufall? Ich dachte, nur mir wäre es so gegangen.«

Da er ganz entspannt war, als müßte man sich deswegen nicht schämen, beruhigte ich mich ein wenig.

»Das dachte ich auch.«

Er lächelte wieder und zog mich dadurch in einen intimen Kreis der Gemeinsamkeiten. Ich spürte, wie sich eine zarte Blüte des Interesses in mir entfaltete, und beschloß, noch nicht gleich zu gehen.

»Wie weit bist du gegangen?« fragte er. »Ich glaube kaum, daß du schlimmer warst als ich. Kannst du dir das vorstellen: Ich war tatsächlich traurig darüber, daß die Katholiken nicht mehr verfolgt wurden, weil ich unbedingt als Märtyrer sterben wollte. Ich stellte mir vor, daß man mich in Öl braten würde.«

»Ich habe Bilder von mir gemalt, auf denen ich mit Pfeilen gespickt war«, gestand ich und war erstaunt, wie verrückt mein Verhalten gewesen war, während es mir doch damals unheimlich wichtig und ernst war.

»Das war noch nicht alles«, sagte Luke, und in seinen Augen blitzte es bei der Erinnerung. »Ich habe mich selbst kasteit, mir Sachen zu eng umgebunden und so. Fast so was wie Sadomaso für Kinder, wenn du weißt, was ich meine.« Er zog fragend die Augenbrauen hoch, und ich lächelte ermutigend.

»Und dann konnte ich in der Garage kein Seil finden, also mußte ich die Kordel vom Morgenrock meiner Mutter nehmen und sie mir um die Taille binden. Ein, zwei Tage habe ich tapfer bei läuternden Schmerzen ausgehalten, bis mein Bruder herausfand, was ich trieb, und mich beschuldigte, ein Transvestit zu sein.«

Ich merkte, wie ich näher an Luke heranrückte, weil ich mehr darüber wissen wollte, wie andere mit gehässigen älteren Geschwistern klargekommen waren.

»Wirklich?« fragte ich. »Und wie ging es weiter?«

»Eigentlich gab es ja nur eine Reaktion darauf«, sagte er nachdenklich.

»Was denn? Für ihn zu beten?« fragte ich.

»Nein! Ich hätte ihm eine knallen sollen.«

Überrascht fing ich an zu lachen.

»Statt dessen habe ich ihm mit großartiger Ergebenheit die andere Wange hingehalten und gesagt, ich würde ein Ave Maria für ihn beten. Die Freuden einer katholischen Kindheit!«

Ich lachte hemmungslos.

»War ich nicht ein widerlicher kleiner Kerl, Rachel?« Mit einem charmanten, entwaffnenden Lächeln forderte er mich auf, ihm zuzustimmen.

Ich mochte die Art, wie er meinen Namen sagte. Und ich beschloß, noch ein bißchen zu warten, bevor ich die Runde machte. Diskret hatte ich mich in eine Ecke manövriert, und da Luke vor mir stand, konnte mich niemand, der möglicherweise von Bedeutung war, sehen.

»Warum, meinst du, waren wir so?« fragte ich verlegen. »Warum wollten wir etwas Besonderes sein? War es vielleicht der Beginn der Pubertät? Außer Rand und Band geratene Hormone?«

»Vielleicht«, gab er zurück, während ich die Antwort in seinem Gesicht suchte. »Aber vielleicht waren wir ein bißchen zu jung dafür. Bei mir spielte es sicher eine Rolle, daß wir gerade umgezogen waren und ich keine Freunde hatte.«

»Bei mir auch.«

»Ihr wart auch umgezogen?«

»Nein.«

Ein paar Sekunden lang sahen wir uns gedankenverloren an. Er wußte nicht, ob er mich bemitleiden, mir gut zureden oder einfach lachen sollte. Zum Glück fingen wir dann beide an zu lachen und ließen uns dabei nicht aus den Augen, so daß wir in unserem Lachen vereint waren, davon umfangen.

Und in den nächsten ein, zwei Stunden erzählte Luke eine lustige Geschichte nach der anderen. Zum Beispiel hatte er in einem indischen Restaurant in der Canal Street ein Currygericht gegessen, das so scharf war, daß er, wie er steif und fest behauptete, drei Tage danach auf einem Auge blind war. Als wir vom Essen sprachen, entdeckten wir, daß wir beide Vegetarier waren. Damit eröffneten sich unendliche Gefilde gemeinsamer Erfahrungen, und wir sprachen ausführlich darüber, daß Vegetarier diskriminiert und nicht ernst genommen würden. Und mit Begeisterung erzählten wir uns Als-ich-fast-gezwungen-wurde-Fleisch-zu-essen-Geschichten.

Eine von Lukes Geschichten war unübertroffen. Er hatte in einem Gasthaus in County Kerry übernachtet und bestellte sich ein vegetarisches Frühstück. Als aufgetragen wurde, waren auf seinem Teller riesige Mengen von Frühstücksspeck verführerisch angerichtet.

»Was passierte dann?« fragte ich erwartungsvoll.

»Ich sagte zu Mrs. O'Loughlin: ›Verehrte Wirtin, sagte ich nicht, ich sei Vegetarier?‹«

»Und was hat sie geantwortet?« fragte ich begierig.

»Sie sagte: ›Durchaus, junger Mann, durchaus. Was gibt es denn?‹ Und ich sagte: ›Frühstücksspeck, Missus, das gibt es.‹ Darauf wäre sie beinahe in Tränen ausgebrochen und sagte: ›Aber das geht doch nicht, Sie sind doch ein junger Mann, und dann essen Sie nur so ein paar Pilze und vier oder fünf Eier. Was schadet denn da ein bißchen Frühstücksspeck?‹«

Wir verdrehten die Augen und stöhnten und schnalzten mit der Zunge und fühlten uns großartig.

Ein paar Minuten lang klagten wir über den allgemein verbreiteten, übermäßigen Eiweißkonsum, und stellten fest, daß Alfalfa-Sprossen viel besser als ihr Ruf waren und eine wunderbare Quelle aller möglichen Nährstoffe.

»Was brauchen wir sonst noch?« stellte ich die rhetorische Frage. »Nichts, Alfalfa-Sprossen reichen vollkommen.«

»Genau«, pflichtete Luke mir bei. »Ein erwachsener Mann ernährt sich ausreichend, wenn er alle zwei Monate eine Handvoll Sprossen zu sich nimmt.«

»Man kann sogar Sprit für Autos aus ihnen gewinnen«, sagte ich. »Aber das ist noch nicht alles, von Alfalfa-Sprossen bekommt man Röntgenaugen, übermenschliche Kräfte und… was noch…?«

»Ein glänzendes Fell«, war Lukes Idee.

»Richtig. Stimmt genau.«

»Und man erkennt das Geheimnis des Universums.«

»Genau.« Ich lächelte. Ich fand ihn toll, ich fand mich toll, ich fand Alfalfa-Sprossen toll.

»Schade, daß sie so scheußlich schmecken.«

»Das stimmt allerdings«, mußte auch er zugeben.

Ich legte mich mächtig ins Zeug, um jede von Lukes umwerfend komischen Anekdoten mit einer Anekdote aus meinem Schatz zu übertreffen. Er konnte wunderbar erzählen und Akzente und Stimmen nachmachen. Erst stellte er einen mexikanischen Banditen dar, dann einen russischen Präsidenten und dann einen übergewichtigen Polizisten aus Kerry, der jemanden verhaftete.

Er schien in einer tristen, schwarzweißen Welt farbig zu leuchten.

Und auch ich war witzig und unterhaltsam, denn ich war ganz entspannt. Nicht nur, weil ich allerhand getrunken hatte, sondern auch, weil ich keinerlei Absichten auf Luke hatte.

So wie ich nie nervös war, wenn ich mich mit einem Schwulen unterhielt, und sah er noch so gut aus, so konnte ich Luke und seine Freunde nicht ernsthaft als potentielle Liebhaber betrachten. Vor ihnen würde ich es einfach nicht schaffen, zu erröten und wie eine Gehirnamputierte zu verstummen; niemals würde ich aus lauter Verlegenheit statt des Portemonnaies eine Binde aus der Tasche ziehen oder mir mit den Fingern durch die Haare fahren und mir dabei einen falschen Fingernagel abreißen oder mit einer Telefonkarte für die Runde bezahlen wollen, was mir jedesmal passierte, wenn ich es auf einen Mann abgesehen hatte.

Es ist unglaublich *befreiend*, wenn man auf einen Mann nicht scharf ist, weil man es dann auch nicht darauf anlegt, ihn scharf zu machen.

Bei Luke konnte ich ganz ich selbst sein.

Was immer das hieß.

Nicht daß er unattraktiv war. Er hatte schönes dunkles Haar – beziehungsweise es hätte schön sein können, wenn es ordentlich geschnitten gewesen wäre. Und er hatte blitzende Augen, ein ausdrucksstarkes Gesicht und ein lebhaftes Mienenspiel.

Ich erzählte ihm die Geschichte meiner Familie, weil die Leute das aus irgendeinem Grund erheiternd finden. Ich erzählte ihm von meinem Vater, dem einzigen Mann unter sechs Frauen. Wie er in ein Hotel ziehen wollte, als die Menopause meiner Mutter zur gleichen Zeit einsetzte wie die Pubertät meiner älteren Schwester.

Ich erzählte ihm, wie mein Vater einen kleinen Kater nach Hause brachte, um die Geschlechterverteilung in unserer Familie ein wenig auszugleichen, und dann feststellen mußte, daß es kein Kater war. Und wie er auf der

Treppenstufe saß und jammerte: »Selbst der olle Kater ist ein Mädchen.«

Luke lachte hemmungslos, was mich ermutigte, ihm von der Klassenfahrt nach Paris zu erzählen, die ich mit fünfzehn gemacht hatte: Bei der Stadtrundfahrt war der Bus in Pigalle in einen Stau geraten, und die Nonnen rasteten fast aus, weil draußen die Neonreklame der Nacktbars blinkte.

»Du weißt schon«, sagte ich zu Luke. »›Mädchen, nackte Körper, nackte Haut!‹«

»Von solchen Sachen habe ich schon gehört«, sagte Luke, die Augen groß in gespielter Unschuld. »Aber gesehen habe ich so was noch nicht.«

»Natürlich nicht.«

»Was haben also die guten Nonnen gemacht?«

»Erst mal haben sie die Vorhänge im Bus zugezogen.«

»Das ist ein Witz!« Luke war verblüfft.

»Und dann ...«, sagte ich langsam, »Du wirst nicht glauben, wie es weiterging.«

»Wie ging es denn weiter?«

»Schwester Canice nahm im Gang Aufstellung und verkündete: ›Hierhergesehen, Mädchen, die schmerzensreichen Geheimnisse, zuerst das Leiden Christi. Vater unser, der du bist im Him – Rachel Walsh, komm vom Fenster weg! – der du bist im Himmel ...‹«

Luke prustete los. »Ihr mußtet den Rosenkranz beten?«

»Du kannst es dir richtig vorstellen, oder?« sagte ich, und er lachte noch mehr. »Vierzig fünfzehnjährige Mädchen und fünf Nonnen in einem Bus, der im Rotlichtbezirk in Paris im Stau steht, die Vorhänge vorgezogen, und alle beten den Rosenkranz, mit allem Drum und Dran. Und das ist eine wahre Geschichte«, sagte ich feierlich in sein gerötetes, lachendes Gesicht.

Wie ein Bagger förderte Luke alles mögliche in mir zutage, und ich erzählte ihm Dinge, die ich einem Mann, auf den ich es abgesehen hatte, nie erzählen würde.

Irgendwie entschlüpfte mir auch, daß ich die Gesammelten Werke von Patrick Kavanagh neben meinem Bett liegen hatte. Kaum war es raus, wünschte ich mir, ich hätte es nicht gesagt. Ich wußte genau, was »in« war und was nicht.

»Nicht, weil ich so eine Intelligenzbestie bin«, erklärte ich hastig. »Aber hin und wieder lese ich ganz gern, und meine Konzentration reicht nur für ein kurzes Gedicht.«

»Das verstehe ich gut«, sagte er und warf mir einen argwöhnischen Blick zu. »Bei einem Gedicht muß man sich nicht die ganze Handlung oder die verschiedenen Personen merken.«

»Ich glaube, du machst dich über mich lustig.« Ich lächelte.

»Es ist nichts dagegen einzuwenden, wenn man Gedichte liest«, beharrte er.

»Das würdest du nicht sagen, wenn du meine Schwestern hättest«, sagte ich bekümmert und verzog das Gesicht, so daß er lachen mußte.

Gelegentlich versuchten die anderen, mit ihren Geschichten an unserer Unterhaltung teilzunehmen, aber sie konnten nicht mithalten. Keiner konnte so amüsant erzählen wie Luke oder ich. Zumindest dachten Luke und ich das, und wir warfen uns verschwörerische Blicke zu, als Gaz schleppend die Geschichte erzählte, wie sein Bruder fast an einem Rice Crispie erstickt wäre. Oder war es ein Frostie? Nein, Moment, vielleicht war es ein Weetabix. Kein ganzes, es könnte unmöglich ein *ganzes* Weetabix gewesen sein. Oder vielleicht doch …?

Alle anderen, einschließlich Brigit, gingen wenigstens einmal zur Bar, um Nachschub zu besorgen, nicht jedoch Luke oder ich. Wir überhörten Gaz, der mehrmals rief: »Deine Runde, du jämmerlicher Geizkragen.« (Irgendwann konnte Joey ihm begreiflich machen, daß die Getränke umsonst waren, und danach hielt Gaz den Mund.)

Währenddessen waren Luke und ich so sehr damit beschäftigt, uns gegenseitig mit komischen Anekdoten zu übertreffen, daß wir es kaum merkten, wenn jemand uns ein volles Glas in die gestikulierende Hand drückte. Selbst das gemurmelte: »Du könntest wenigstens danke sagen«, hörten wir kaum.

Ich dachte einfach nur: *Er ist so nett, so lustig.*

Er fing eine neue Geschichte an: »Hör zu Rachel, da war ich also, in einem der geblümten Röcke meiner Mutter … (er hatte sich das Bein gebrochen) … und wem begegne ich? Meiner Ex-Freundin …«

»Nicht die, die dich und Shake dabei erwischt hat, wie ihr euch gegenseitig gefesselt habt?« rief ich aus. (Sie hatten verschiedene Knoten geübt, nicht Sadomaso-Fesseln probiert.)

»Genau die«, sagte Luke. »Sie warf einen Blick auf mich und sagte voller Entrüstung: ›Du bist einfach pervers, Luke Costello.‹«

»Und was hast du gesagt?« Ich war ganz gebannt.

»Ich dachte, jetzt kommt es auch nicht mehr drauf an, und habe gefragt: ›Ein kleiner Fick ist wohl nicht drin?‹«

»Konntest du bei ihr landen?«

»Sie drohte, mir auch noch das andere Bein zu brechen.«

Ich lachte, bis mir die Seiten wehtaten. Insgesamt war ich sehr angetan von meinem neuen Freund.

Es war mir allerdings gleich klar, daß ich an seinem Aussehen etwas verändern müßte. Was würden die Leute denken, wenn sie mich mit so einem sähen? War das nicht ein Jammer? Denn mit vernünftigen Sachen hätte man ihn halbwegs attraktiv nennen können.

Ich fing an, ihn einer genaueren Betrachtung zu unterziehen, indem ich meinen Blick immer wieder für Sekundenbruchteile von seinem Gesicht abwandte, ohne daß er es bemerkte. Und ich mußte zugeben, daß man auch in den nicht sehr schmeichelhaften Lederhosen lange, kräftige Beine erkennen konnte sowie … ich wartete, bis er von Joey ein Glas entgegennahm und sich dabei halb umdrehte … einen hübschen kleinen Arsch. Plötzlich stellte ich mir vor, wenn ich eine Rock-Braut wäre und nach einem Lover Ausschau hielte, dann wäre dieser hier gar nicht so übel.

Nach Stunden der ununterbrochenen Heiterkeit wurde es ein bißchen ruhiger, und die Geräusche der Außenwelt drangen in den magischen Kreis, den Luke und ich um uns gezogen hatten.

Mit halbem Ohr hörte ich, wie Johnno Brigit zurief: »He, Brigit aus Madison County, bring auch Zigaretten, ja?«

»Ist es nicht komisch, daß wir heute zum ersten Mal miteinander sprechen«, sagte Luke.

»Kann man wohl sagen.«

»Denn du fällst mir schon seit einiger Zeit auf, weißt du«, sagte er und sah mir länger in die Augen als unbedingt notwendig.

»Ach ja?« sagte ich mit einem affektierten Lächeln, während ich innerlich aufjuchzte: *Er will was von mir, einer der Echten Männer will was mit mir anfangen, stellt euch das vor!* Am liebsten hätte ich es gleich Brigit erzählt, wir hätten uns totgelacht.

»Aber sag mir doch«, sagte er vertraulich, »was findet ihr, du und deine Freundin, so komisch an mir und meinen Freunden?«

Ich wäre am liebsten im Erdboden versunken. Das schöne, warme Gefühl verflog. Er wollte gar nichts von mir, wie hatte ich mir das nur einbilden können? Obwohl meine Empfindungen ein solides Polster, bestehend aus zwanzig Cocktails, hatten, wurde ich rot und stammelte hilflos.

»Ich habe euch nämlich beobachtet, weißt du«, sagte er, und plötzlich wirkte er gar nicht mehr freundlich. Er sah auch nicht mehr freundlich aus.

Er war ein anderer Mensch, streng und erzürnt. Einer, dem man Respekt zollen mußte.

Ich senkte den Blick und hatte auf einmal seinen Bauch vor mir. Sein weißes Hemd war ihm aus der Hose gerutscht, und ich konnte seinen flachen, gebräunten Bauch und die Linie schwarzer Haare sehen, die hinunterführte zu seinem ...

Mit klopfendem Herzen sah ich wieder auf, ihm in die Augen. Er warf einen raschen Blick dorthin, wo mein

Blick gewesen war, und versenkte sich dann wieder in meine Augen. Wir sahen einander schweigend an. Ich wußte nicht, was ich sagen sollte. Und plötzlich *explodierte* die Lust regelrecht in mir.

In dem Moment hörte Luke auf, jemand zu sein, über den ich mich lustig machen konnte. Was kümmerten mich sein aus der Mode gekommener Haarschnitt oder seine dumme Kleidung. Alles an ihm, einschließlich der engen Jeans und, wichtiger noch, ihres Inhalts, erschien mir plötzlich auf unerklärliche Weise unglaublich sexy. Ich wollte, daß er mich küßte. Ich wollte ihn aus den Rickshaw Rooms abschleppen. Ich wollte, daß er mich in ein Taxi zerrte und mir die Kleider vom Leibe riß. Ich wollte, daß er mich aufs Bett warf und fickte.

Ihm muß es genauso gegangen sein, und ich weiß nicht, wer den ersten Schritt tat, aber einen Moment sahen wir uns voller Zorn an, und im nächsten waren seine Lippen auf meinen. Erst kühl und zart, dann heiß, süß und fest.

Mir schwindelte vor Überraschung und Lust. Himmel, war ich froh, daß ich hergekommen war! Seine Arme umfaßten mich, und unter meinen Haaren lösten seine Finger auf der zarten Haut an meinem Nacken Wellen des Verlangens in mir aus. Ich legte ihm die Arme um den Leib und zog ihn an mich. Fast verlor ich die Besinnung, als ich merkte, daß das Harte, das sich an meinen Bauch preßte, seine Erektion war. Ich war wie berauscht, als mir das bewußt wurde. Er wollte mich ebenso sehr wie ich ihn. Das hier war die Wirklichkeit.

Er zog meinen Kopf an den Haaren nach hinten. Es tat weh, aber ich wollte es so. Er rieb seine rauhe Wange an meiner und biß mir in die Lippen. Mir wurden die Knie weich.

»Du bist ein sexy Luder«, murmelte er in mein Ohr, und meine Knie drohten nachzugeben. Ich fühlte mich wie ein sexy Luder. Mächtig und begehrenswert.

»Komm«, sagte er, »hol deine Tasche, wir gehen.«

Wir sagten keinem auf Wiedersehen. Halb bemerkte ich, daß Brigit und die anderen Echten Männer uns überrascht nachsahen, aber das war mir gleichgültig.

So etwas passierte nicht mir, dachte ich verwirrt, diese unbezähmbare Lust ist nicht meine. Oder wenigstens wurde sie sonst nicht erwidert.

Wir fanden sofort ein Taxi. Kaum waren wir eingestiegen, preßte Luke mich in den Rücksitz und schob seine Hand unter mein Top. Ich trug keinen BH, und als er meine Brustwarzen berührte, hatten sie sich schon knallhart aufgerichtet. Er zwickte sie zwischen Daumen und Zeigefinger, und die Lust zuckte durch meinen Körper.

»O Gott«, stöhnte ich.

»Du bist schön, Rachel«, flüsterte er.

Außer mir vor Verlangen schob ich meinen Rock hoch und zog seine Hüften zu mir herunter. Ich fühlte seine Erektion durch meine Unterhose. Ich legte die Hände auf seinen Po und preßte ihn an mich, so fest, daß es weh tat. Köstlicher Schmerz.

»Ich will ihn, ich will ihn«, dachte ich.

Voller Gier öffnete ich die Knöpfe an seinem Hemd, damit ich meine Hände auf seine Brust legen konnte; dann umfaßte ich wieder seinen Po, damit ich seine Härte auf mir spürte; dann wanderten meine Hände wieder zu seiner Brust.

Ganz benommen merkte ich, daß das Taxi stehenblieb, und ich dachte schon, der Fahrer würde uns wegen unseres ungebührlichen Benehmens rauswerfen. Aber wir waren bei Lukes Wohnung angekommen. Ich hätte das wissen sollen. Die Taxifahrer in New York kümmert es nicht, was man im Fond macht, solange sie am Schluß das Fahrgeld und ein ordentliches Trinkgeld bekommen. Man kann auf dem Rücksitz jemanden ermorden, Hauptsache, man hinterläßt kein Blut auf den Polstern.

Ich weiß nicht mehr, wie wir in seine Wohnung gekommen sind. Ich weiß nur noch, daß wir, uns an den Händen haltend, die vier Stockwerke raufliefen, weil wir es nicht ertragen konnten, auf den Lift zu warten. Wir gingen sofort in sein Schlafzimmer, und er stieß die Tür mit dem Fuß zu, was mir unglaublich sexy vorkam. Doch zu dem Zeitpunkt war mein Verlangen nach ihm so groß, daß ich alles an ihm sexy gefunden hätte.

Dann warf er mich aufs Bett und hatte sich in Sekundenschnelle seine Sachen ausgezogen. Er war sowieso schon halbnackt: Die große, männlich-sexy Gürtelschnalle war geöffnet, so wie die obersten beiden Knöpfe seines Hosenschlitzes, und sein Hemd stand bis zur Taille offen. Das mußte ich im Taxi gemacht haben, aber ich erinnerte mich nur schwach daran.

Ohne Kleider war er herrlich.

Ich machte Anstalten, mich auch auszuziehen, aber er ließ mich nicht. Erst schob er mein Top bis zum Hals hoch, so daß meine Brüste frei lagen, zog es mir aber nicht aus. Mit einem Grinsen kniete er sich auf meine Arme, so daß ich mich nicht rühren konnte, und spielte mit meinen Brustwarzen, indem er mit der feuchten Spitze seines Penis darüberfuhr. Die leiseste Berührung sandte wilde Zuckungen der Lust durch mich hindurch.

»Jetzt«, sagte ich.

»Was jetzt?« fragte er unschuldig.

»Können wir jetzt?«

»Können wir was?«

»Du weißt schon«, bettelte ich und drängte mich an ihn.

»Sag ›bitte‹.« Er lächelte hinterlistig.

»Bitte, du Scheißkerl!«

Und dann riß er mir die Kleider vom Leib. Als er in mich eindrang, kam ich sofort. Und kam und kam. Es hörte gar nicht mehr auf. Noch nie hatte ich so etwas erlebt. Ich hielt mich an seinen Schultern fest, während wilde Wogen der Lust durch mich hindurchjagten. Und dann ging sein Atem schneller und keuchender, und er kam. »Oh, Rachel«, stöhnte er, seine Finger in meinen Haaren. »Oh, Rachel!«

Dann war es still. Er lag auf mir und bekam eine Gänsehaut, sein Kopf lag an meinem Hals.

Nach einer Weile stützte er sich auf die Ellbogen und sah mich ganz lange an. Dann lächelte er, es war ein großes, schönes, fast glückseliges Lächeln. »Rachel, Babe«, sagte er, »ich glaube, ich liebe dich.«

7

»Da ist es, das ist Cloisters.« Dad fuhr langsamer (was gar nicht so leicht war, weil er zu Helens Verdruß den ganzen Weg von Dublin schon nicht schneller als zwanzig Meilen pro Stunde gefahren war) und zeigte in das Tal hinunter. Helen und ich reckten die Hälse. Als wir schweigend über die kahle, winterliche Landschaft auf das große, graue Haus im neugotischen Stil blickten, spürte ich, wie sich mein Magen zusammenkrampfte.

»Meine Güte, es sieht wirklich aus wie ein Irrenhaus.« Helen war sichtlich beeindruckt.

Offen gestanden, ich war ziemlich entsetzt. Mußte es wirklich wie eine Anstalt aussehen? Das Haus wirkte schon furchterregend genug, und dieser Eindruck wurde noch durch die hohe, mit dichtem, dunkelgrünen Efeu überwachsene Mauer verstärkt. Ich wäre nicht überrascht gewesen, wenn Fledermäuse die Turmspitzen im Licht des Vollmonds umschwirrt hätten, obwohl es elf Uhr an einem Freitagmorgen war und es gar keine Türme gab.

»Cloisters«, murmelte ich, und um meine Beklommenheit zu verbergen, fügte ich locker hinzu: »Wo mich die Nemesis erwartet.«

»Nemesis?« fragte Helen interessiert. »Was singen die denn?«

Ich versuchte, Helens Geschwätz zu überhören, und dachte, daß das Haus auch einen gewissen herben Charme hatte. Schließlich konnte es nicht wie ein Luxushotel aussehen, weil es dann keiner ernst nehmen würde, auch wenn es genau das war.

»Wie sehen die aus?« wollte Helen wissen.

Mitten auf dem Lande zu sein, war wunderbar, sagte ich mir und gab mir alle Mühe, Helens Stimme auszublenden. Man stelle sich vor: Saubere Luft, ein einfaches Leben und die Chance, dem Stadtgetümmel zu entkommen.

»Sind alle von denen hier?« bohrte Helen weiter, »oder nur ein …?«

Ich hielt es nicht länger aus. »Sei doch endlich still!« schrie ich sie an. Ich wünschte, Helen wäre nicht mitgekommen, aber seit ich ihr von den Popstars erzählt hatte, ließ sie nicht mehr locker.

Helens Blick verdunkelte sich, doch Dad schaltete sich schleunigst ein und sagte: »Laß sie in Ruhe, Helen.«

Sie starrte mich wütend an, dann gab sie klein bei. »Meinetwegen«, sagte sie in einem eher seltenen Anflug von Selbstlosigkeit. »Schließlich wird sie nicht jeden Tag in die Klapsmühle eingewiesen.«

Als wir ausstiegen, ließen Helen und ich den Blick über die Anlage schweifen, ob eine freilaufende Berühmtheit zu entdecken wäre, aber wir sahen keine Menschenseele. Dad interessierte sich natürlich nicht für dergleichen. Er hatte einmal Jack Charlton, dem ehemaligen Nationalspieler, die Hand gedrückt, und nichts konnte das überbieten. Er erklomm vor uns die grauen Steinstufen zu der schweren hölzernen Tür. Er und ich hatten uns nicht viel zu sagen, aber wenigstens war er mitgekommen. Nicht nur hatte Mum sich geweigert, mich zu begleiten, sondern sie hatte darüber hinaus noch verhindert, daß Anna mitkam. Ich glaube, sie hatte Angst, daß man Anna gleich dabehalten würde, besonders, da Helen Stein und Bein geschworen hatte, daß es in Cloisters für Februar ein besonderes Angebot gab: zwei Patienten für den Preis von einem.

Die Tür war aus solidem Holz und wurde feierlich geöffnet. Wie es sich gehörte. Doch dann war ich überrascht, daß wir in einem modernen Büro mit Empfangsbereich standen. Es gab einen Kopierer, Telefone, Faxgeräte, Computer, einen Raumteiler und ein Schild an der Wand, auf dem stand: »Man muß nicht süchtig sein, um hier zu arbeiten, aber es ist von Vorteil.« Aber vielleicht habe ich mir das auch nur eingebildet.

»Guten Tag«, flötete eine freundliche junge Frau. Der Typ, der sich auf eine Anzeige meldet, in der eine »quirlige« Mitarbeiterin gesucht wurde. Blonde Locken, strahlendes Lächeln, aber nicht so strahlend, daß man sie für uneinfühlsam halten würde. Dies war schließlich kein glücklicher Moment.

»Ich bin Jack Walsh«, sagte Dad. »Und dies ist meine Tochter Rachel. Wir werden erwartet. Und das ist Helen, aber um die geht es jetzt nicht.«

Die Quirlige warf Helen einen nervösen Blick zu. Wahrscheinlich befand sie sich nur selten im selben Raum mit einer Frau, die attraktiver war als sie. Dann sammelte sie sich soweit, daß sie für mich und Dad ein professionelles, anteilnehmendes Lächeln zustande brachte.

»Sie hat, ehm, in letzter Zeit, wissen Sie, mit Drogen und so ...«, sagte Dad.

»Mmm, ja.« Sie nickte. »Dr. Billings erwartet Sie. Ich sage ihm, daß Sie hier sind.«

Sie preßte den Knopf der Sprechanlage, lächelte Dad strahlend und mich besorgt an, warf Helen einen finsteren Blick zu und sagte dann: »Er kommt sofort.«

»Es ist doch nicht zu spät, oder?« fragte Dad. »Für Rachel, meine ich. Man kann ihr doch helfen, oder?«

Die Quirlige sah ihn überrascht an. »Das kann ich nicht sagen. Dr. Billings macht die Aufnahme, und nur er ist in der Lage ...«

Entrüstet stieß ich Dad in die Rippen. Wieso fragte er dieses Kind, ob für mich Hoffnung bestand?

Normalerweise tat mein Vater so, als wüßte er alles. Was hatte ich getan, daß er so verändert war?

Während wir auf Dr. Billings warteten, nahm ich einen Hochglanzprospekt in die Hand, der auf dem Schreibtisch lag. »Cloisters. In den geschichtsträchtigen Wicklow Hills gelegen …« Es las sich wie der Aufkleber auf einer Mineralwasserflasche.

Dr. Billings sah John Cleese von Monty Python zum Verwechseln ähnlich. Er war ungefähr zwei Meter fünfzig groß und fast kahl. Seine Beine reichten ihm bis zu den Ohren, sein Po saß kurz unterhalb des Nackens, und seine Hosen gingen ihm bis zur halben Wade, wo sie den Blick auf mindestens zwanzig Zentimeter weiße Socken freigaben. Er sah aus wie jemand, der nicht ganz dicht war. Später erfuhr ich, daß er Psychiater war. Das paßte haargenau.

Während Helen im Hintergrund hämisch kicherte, folgte ich ihm zur »Aufnahme« in sein Büro. Die darin bestand, daß wir uns gegenseitig davon zu überzeugen versuchten, daß es sich lohnte, mich aufzunehmen. Die meiste Zeit blickte er versonnen, sagte »hmhmm« und schrieb fast jedes Wort auf, das ich sagte.

Es verwirrte mich ein bißchen, daß er keine Pfeife rauchte.

Er fragte mich nach den Drogen, die ich nahm, und ich versuchte, ihm wahrheitsgemäß zu antworten. Also, mehr oder weniger wahrheitsgemäß. Merkwürdigerweise klang die Vielfalt und die Menge der Drogen, die ich nahm, so aus dem Zusammenhang gerissen, viel schlimmer, deswegen milderte ich die Sache ziemlich ab. Ich meine, ich wußte ja, daß ich meine Situation völlig unter Kontrolle hatte, aber wer weiß, ob er das kapierte. Er schrieb einiges auf eine Karteikarte und sagte so etwas wie: »Ich verstehe, ja, da haben Sie wirklich ein Problem.«

Was ich gar nicht gern hörte. Besonders deswegen nicht, weil ich gelogen hatte. Bis mir einfiel, daß meine Drogensucht für ihn ein Einkommen von mehreren Tausend Pfund bedeutete.

Dann tat er das, worauf ich schon die ganze Zeit gespannt wartete: Er stützte die Ellbogen auf den Tisch und legte die Finger zu einem spitzen Dreieck zusammen. Er beugte sich vor und sagte: »Rachel, Sie haben offensichtlich ein chronisches Drogenproblem, und so weiter, und so fort …«

Das hieß, er nahm mich auf.

Anschließend gab er lauter Erklärungen ab.

»Keiner zwingt Sie hierherzukommen, Rachel. Das hier ist keine Zwangseinweisung. Haben Sie bereits Erfahrung mit anderen Institutionen?«

Ich schüttelte den Kopf. Eine bodenlose Frechheit!

»Nun«, fuhr er fort, »bei vielen unserer Klienten ist das der Fall. Aber wenn Sie bereit sind hierherzukommen, erwarten wir, daß Sie gewisse Bedingungen einhalten.«

Ach ja? Bedingungen? Was für Bedingungen, bitte?

»Gewöhnlich bleiben unsere Klienten zwei Monate hier«, sagte er. »Manche wollen den Aufenthalt vielleicht vorzeitig abbrechen, aber wer aufgenommen wird, verpflichtet sich, mindestens drei Wochen zu bleiben. Danach kann jeder gehen, es sei denn, wir sind der Auffassung, daß er damit gegen seine eigenen Interessen handeln würde.«

Was er sagte, verursachte in mir ein eisiges Kribbeln, ein kleines Angstgefühl. Ich hatte gar nichts dagegen, drei Wochen zu bleiben. Im Gegenteil, ich beabsichtigte ja sogar, die vollen zwei Monate auszuhalten. Aber was mir nicht gefiel, war sein Tonfall. Warum betrachtete er das alles so ernst? Und warum wollten manche Leute gehen, bevor die zwei Monate um waren?

»Verstehen Sie diese Bedingung, Rachel?« fragte er.

»Ja, Dr. Cleese«, murmelte ich.

»Billings«, sagte er stirnrunzelnd, griff nach meiner Karte und kritzelte etwas darauf.

»Ja, Billings«, sagte ich, »natürlich, Billings.«

»Wir nehmen niemanden gegen seinen Willen«, fuhr er fort. »Und wir nehmen niemanden, der keine Hilfe möchte. Wir erwarten von Ihnen Kooperation.«

Das gefiel mir auch nicht. Ich wollte einfach einen ruhigen, entspannten Aufenthalt. Ich würde niemandem irgendwelchen Ärger bereiten. Aber ich wollte auch keine Ansprüche erfüllen müssen. Ich hatte einiges durchgemacht und war hier, um mich zu erholen. Dann wurde Dr. Billings richtig komisch.

»Rachel.« Er sah mir tief in die Augen. »Geben Sie zu, daß Sie ein Problem haben? Möchten Sie, daß wir Ihnen helfen, von Ihrer Sucht freizukommen?«

Ich fand, daß eine Lüge nicht schlimm war. Aber doch ein bißchen schlimmer, als ich mir vorgestellt hatte.

Mach dir einfach nichts draus, dachte ich mit Unbehagen. Denk doch an die Zeit zum Lesen, die Jacuzzi-Bäder, die Entspannungsübungen, die Solarien. Denk an den flachen Bauch, die schlanken Oberschenkel und die reine, klare Haut. Denk daran, wie sehr Luke dich vermissen wird und wie unglücklich er sein wird, wenn du im Triumphzug wieder in New York einziehst.

Dann erklärte Dr. Billings die weiteren Bedingungen meines Aufenthaltes.

»Besuch darf nur an den Sonntagnachmittagen empfangen werden, nicht jedoch am ersten Wochenende. Sie dürfen zweimal in der Woche telefonieren beziehungsweise zwei Anrufe empfangen.«

»Aber das ist brutal«, sagte ich. »Zwei Anrufe. In der Woche?«

Normalerweise telefonierte ich zweimal in der Stunde. Ich mußte mit Luke sprechen und vielleicht wollte ich jede Menge anderer Leute anrufen. Zählte es als Anruf, wenn ich seinen Anrufbeantworter dran hatte? Und wenn er den Hörer auflegte? Das zählte doch nicht, oder ...?

Dr. Billings schrieb etwas auf meine Karte und sagte dann, während er mich eingehend musterte: »Das ist ein interessantes Wort, Rachel. Brutal. Warum nennen Sie es brutal?«

O nein, dachte ich, als ich die Falle erkannte und ihr geschickt auswich. Ich kenne diese psychoanalytischen Tricks. So blöd bin ich nicht. Ich habe in New York gelebt, das höchstens noch von San Francisco übertroffen wird, was den Psychojargon angeht. Wahrscheinlich könnte *ich ihn* analysieren.

Ich widerstand der Versuchung, ihn mit eindringlichem Blick zu fragen: »Fühlen Sie sich von mir bedroht, Dr. Billings?«

»Ich habe mir nichts dabei gedacht«, sagte ich mit einem reizenden Lächeln. »Gar nichts. Zwei Anrufe in der Woche? Wunderbar.« Das ärgerte ihn, aber da konnte er nichts tun.

»Sie verzichten während Ihres Aufenthaltes voll und ganz darauf, stimmungsverändernde Mittel zu nehmen«, fuhr er fort.

»Heißt das, daß ich zu den Mahlzeiten keinen Wein bekomme?« Ich fand, ich sollte den Stier bei den Hörnern packen.

»Wieso fragen Sie?« schoß er zurück. »Mögen Sie Wein? Trinken Sie oft Wein?«

»Keineswegs«, sagte ich, obwohl ich normalerweise nie »keineswegs« sagte. »Ich wollte es einfach nur wissen.«

Das darf doch nicht wahr sein, dachte ich enttäuscht. Zum Glück hatte ich die Valiumtabletten dabei.

»Wir müssen Ihren Koffer überprüfen«, sagte er. »Sie haben doch nichts dagegen?«

»Überhaupt nicht.« Ich lächelte anmutig. Wie raffiniert, daß ich die Tabletten in meine Handtasche gesteckt hatte.

»Und Ihre Handtasche auch, selbstverständlich«, fügte er hinzu.

Mist!

»Ehm, ja, natürlich.« Ich versuchte ruhig zu klingen. »Kann ich erst zur Toilette gehen?«

Seine selbstgefällige, wissende Miene gefiel mir gar nicht. Aber er sagte nur: »Den Flur entlang, auf der linken Seite.«

Mein Herz pochte wild, als ich zur Toilette hastete und die Tür hinter mir zuschlug. Voller Panik drehte ich mich in dem kleinen Raum im Kreis und suchte einen Platz, wo ich meine kostbare kleine Flasche verschwinden lassen konnte. Oder, besser noch, einen Platz, wo ich sie verstecken und mir später wiederholen konnte. Es gab nichts. Keinen Mülleimer, keinen Eimer für Binden, keine Ecken, keine Nischen. Die Wände waren glatt, der Fußboden blank. Vielleicht war der Mangel an Verstecken kein Zufall? (Später fand ich heraus, daß es tatsächlich Absicht war.)

Wie paranoid waren die denn hier? dachte ich in hilfloser Wut. Verdammt paranoid, verdammt langbeinig, verdammt verrückt, verdammt verdammt!

Ich stand mit der Flasche in der Hand, und mir wurde schwindlig, während Angst sich zu Wut verwandelte und wieder zu Angst. Irgendwie mußte ich die Pillen loswerden. Es war wichtig, daß ich nicht mit Drogen erwischt wurde, mochten sie auch noch so harmlos sein.

Meine Handtasche! jubilierte ich. Da könnte ich sie verstecken! Nein, Moment mal. Deswegen stand ich ja hier, in dieser Toilette, und der Schweiß lief mir den Rücken runter, weil ich sie gerade *nicht* in meine Handtasche stecken konnte.

Wieder drehte ich mich im Kreis, weil ich hoffte, ich hätte vielleicht etwas übersehen. Betrübt machte ich mir klar, daß ich wenigstens die Tabletten loswerden mußte. Und zwar schnell. Dr. Billings wunderte sich bestimmt schon, wo ich so lange blieb, und ich wollte nicht, daß er schlecht von mir dachte. Wenigstens nicht am Anfang. Ich meine, irgendwann würde er sowieso schlecht von mir denken. Jede Autoritätsperson kam irgendwann zu dieser Auffassung, aber jetzt war es zu früh dafür, selbst für meine Begriffe ...

Eine Stimme in meinem Kopf drängte mich zur Eile. Ich mußte alles, was auf mich deuten konnte, entfernen. Das kann doch alles nicht wahr sein, dachte ich, als ich mit schwitzenden Händen das Schild von der Flasche riß. Ich kam mir vor wie eine Verbrecherin.

Ich warf den Aufkleber in die Toilette, und mit einem heftigen, stechenden Gefühl von Verlust schüttete ich die kleinen weißen Pillen hinterher.

Als ich die Spülung zog, mußte ich den Kopf abwenden.

Kaum waren sie weggespült, fühlte ich mich nackt und leer, aber ich konnte mich da jetzt nicht hineinsteigern. Ich hatte größere Sorgen. Was sollte ich mit der leeren braunen Flasche tun? Ich konnte sie nicht einfach liegenlassen, man würde sie bestimmt finden und mir zuordnen können. Ein Fenster, aus dem ich sie hätte werfen können, gab es nicht. Besser wäre es, sie zu behalten und später wegzuwerfen, dachte ich. Meine Handta...! O nein, ich hatte es wieder vergessen. Ich könnte sie in meinen Kleidern verstecken und hoffen, daß es – ein klägliches Lachen – keine Leibesvisitation gab.

Mir erstarrte das Blut in den Adern. Vielleicht gab es *sehr wohl* eine Leibesvisitation! Wo sie mit meinem Koffer und meiner Handtasche so gründlich vorgingen.

Na, ich würde mich einfach weigern. Das ist doch eine Unverschämtheit!

Aber wo an meinem Körper sollte ich die Flasche verstecken? Mein Mantel war im Empfangsraum, und andere Taschen hatte ich nicht. Fast wie im Traum hob ich meinen Pullover hoch und steckte die Flasche in meinen BH zwischen meine Brüste. Aber das tat zu weh, weil ich überall blaue Flecke hatte. Ich versuchte es mit dem einen, dann mit dem anderen Körbchen, aber man konnte die Form unter meinem eng anliegenden Angorapullover deutlich erkennen (»mein« ist nicht ganz zutreffend, denn der Pullover gehörte eigentlich Anna), also holte ich sie wieder heraus.

Es gab keine andere Lösung, es gab keinen anderen Platz. Ich steckte die Flasche in meine Unterhose. Das Glas lag kalt an meiner Haut, und ich kam mir vor wie der letzte Idiot, aber ich machte ein paar Schritte, und die Flasche blieb stecken. Na, endlich!

Ich fühlte mich nicht schlecht, doch dann sah ich mich einen Moment lang vor meinem inneren Auge, und etwas widerstrebte mir bei dem Anblick.

Wie war ich an diesem Punkt angelangt? War ich nicht eine unabhängige, selbstbewußte und erfolgreiche junge Frau, die in New York lebte? Oder war ich siebenundzwanzig, arbeitslos und angeblich drogensüchtig, befand mich in einer Klinik am Arsch der Welt und hatte eine leere Valiumflasche in meiner Unterhose stecken?

8

»Arme Schweine«, dachte ich voller Mitleid, als ich die Alkoholiker und anderen Süchtigen an dem langen, hölzernen Tisch beim Mittagessen sah. »Diese armen Schweine.«

Ich war jetzt offiziell eine Insassin.

Die Blutprobe hatte ich anstandslos hinter mich gebracht, meine Unterhose war nicht durchsucht worden, meine Reisetasche *sehr wohl*, aber es war nichts Auffälliges gefunden worden, und Dad und Helen waren nach den allernotwendigsten Zärtlichkeitsbezeugungen gegangen (»Benimm dich um, Himmels willen. Sonntag in einer Woche komme ich dich besuchen«, sagte Dad. »Bis dann, du Hirni, bastel mir mal was Schönes«, sagte Helen.).

Als ich sah, wie Dads Auto langsam davonfuhr, beglückwünschte ich mich dafür, daß ich die Fassung bewahrt und noch gar nicht an Drogen gedacht hatte. Drogensüchtig, also wirklich!

Ich sah aus dem Fenster und hing meinen Gedanken nach, doch Dr. Billings unterbrach sie und sagte, die anderen Klienten, wie er sie nannte, säßen jetzt beim Mittagessen. Um Haaresbreite verpaßte er den Anblick von Helen, die ihm aus dem Rückfenster des Autos Grimassen schnitt.

»Kommen Sie, wir gehen zum Mittagessen«, forderte er mich auf. »Und anschließend zeige ich Ihnen Ihr Zimmer.«

Der Gedanke, endlich ein paar Popstars zu Gesicht zu bekommen, beflügelte mich. Obwohl Helen überzeugend argumentiert hatte, daß die Berühmtheiten vom gewöhnlichen Volk getrennt gehalten würden, kam in mir ein hoffnungsvolles Gefühl auf.

Und natürlich wäre es interessant, sich die Verrückten und die Alkoholiker, die Eßsüchtigen und die Spielsüchtigen, aus denen ja die Klientel bestand, aus der Nähe anzusehen. Leichten Schrittes folgte ich also Dr. Billings die Treppe hinauf in den Speiseraum, wo er mich vorstellte, indem er sagte: »Meine Damen und Herren, darf ich Ihnen Rachel vorstellen, die ab heute bei uns ist.«

Ein Meer von Gesichtern sah zu mir auf und sagte: »Hallo.« Ich ließ meinen Blick rasch über die Anwesenden gleiten, konnte aber auf Anhieb keinen Popstar ausmachen. Schade.

Es sah auch niemand aus wie in »Einer flog über das Kuckucksnest«. Außerordentlich schade.

Allerdings muß ich sagen, daß die Alkis recht freundlich wirkten. Mit großem Eifer machten sie für mich Platz am Tisch.

Der Raum war, als ich ihn mir genauer ansehen konnte, erstaunlich schlicht. Obwohl es durchaus möglich war, daß der Innenarchitekt mit dem Anstaltsgelb der Wände eine ironische Aussage über die Postmoderne beabsichtigt hatte. Und Linoleum war natürlich wieder im Kommen. Obwohl die rissigen braunen Fliesen so aussahen, als stammten sie noch aus der Vorkriegszeit.

Ich verschaffte mir einen Überblick über die »Klienten« am Tisch und schätzte ihre Zahl auf ungefähr zwanzig. Darunter waren offenbar nur fünf Frauen.

Zu meiner Rechten schaufelte sich ein dicker alter Mann das Essen in den Mund. War er eßsüchtig? Der dicke junge Mann links von mir stellte sich als Davy vor.

»Hallo, Davy.« Ich lächelte würdevoll. Allzu hochnäsig wollte ich auch nicht sein. Ich würde zwar eine deutliche Distanz wahren, aber ich nahm mir vor, immer freundlich und höflich zu sein. Schließlich war das Leben dieser Menschen erbärmlich genug. Ich brauchte es nicht noch schlimmer zu machen.

»Warum bist du hier?« fragte er.

»Drogen«, sagte ich und lachte, als wollte ich sagen: »Kannst du dir das vorstellen?«

»Sonst noch was?« fragte Davy gespannt.

»Nein«, sagte ich verdutzt. Er schien enttäuscht und senkte den Blick auf seinen Teller. Berge von Kohlrübenmus, Kartoffeln und Koteletts.

»Und du?« fragte ich der Höflichkeit halber.

»Spielsucht«, sagte er finster.

»Alkohol«, sagte der Mann daneben, obwohl ich ihn nicht gefragt hatte.

»Alkohol«, sagte auch der nächste Mann.

Ich hatte etwas ins Rollen gebracht. Wenn man einen nach seiner Sucht fragte, war das so, als würde man den ersten Dominostein umstoßen, und alle fühlten sich aufgerufen, ihre Sucht zu spezifizieren.

»Alkohol«, sagte der nächste Mann, den ich gar nicht sehen konnte.

»Alkohol«, kam eine Stimme aus noch weiterer Ferne.

»Alkohol«, ertönte es schwach vom Ende des Tisches.

»Alkohol.« Diesmal hörte sich die Stimme etwas näher an. Sie waren auf der anderen Seite des Tisches angekommen.

»Alkohol.« Ein bißchen lauter.

»Alkohol.« Schon recht nah.

»Alkohol«, sagte der Mann, der mir gegenüber saß.

»Und Drogen«, fügte eine Stimme weiter weg hinzu. »Das darfst du nicht vergessen, Vincent. In der Gruppe hast du erkannt, daß du auch ein Drogenproblem hast.«

»Verpiß dich, du Kinderschänder«, sagte der Mann mir gegenüber erbost. »Sei du mal ganz still, Frederick, du Fummler.«

Keiner zuckte bei dem Wortgefecht auch nur mit der Wimper. Es klang wie bei uns zu Hause beim Essen.

War Frederick wirklich ein Kinderschänder und Fummler? Das sollte ich nicht herausfinden. Wenigstens jetzt noch nicht.

»Alkohol«, sagte der nächste Mann.

»Alkohol.«

»Alkohol.«

»Drogen«, kam die Stimme einer Frau.

Drogen! Ich reckte den Hals, um einen Blick auf sie zu erhaschen. Sie war um die fünfzig. Wahrscheinlich eine Hausfrau, die von Beruhigungsmitteln abhängig war.

Schade, einen Moment dachte ich, ich hätte jemanden zum Spielen gefunden.

»Drogen«, sagte eine Männerstimme.

Ich sah ihn an, und mein Puls beschleunigte sich. Er war jung, der erste, den ich bisher gesehen hatte, der ungefähr in meinem Alter war. Und er sah richtig gut aus. Vielleicht irrte ich mich, aber *anscheinend* sah er gut aus, im Vergleich mit der Bande kahlköpfiger, dickbäuchiger und eindeutig unattraktiver Männer – womit ich aber nicht sagen will, daß sie nicht nett waren –, die um den Tisch herum saßen.

»Drogen«, sagte eine andere Männerstimme. Aber der sah eher aus wie ein LSD-Geschädigter. Die hervortretenden Augen, der stiere Blick und die aus der Stirn gekämmten Haare verrieten ihn.

»Alkohol.«

»Eßsucht.«

»Eßsucht.«

Und endlich hatten sich alle vorgestellt. Oder zumindest hatten sie mir mitgeteilt, weswegen sie in der Klinik waren. Die Alkoholiker waren im Verhältnis von ungefähr vier zu eins in der Überzahl gegenüber den Drogensüchtigen. Aber es gab nur einen mit Spielsucht. Davy. Kein Wunder, daß er enttäuscht war.

Eine dicke Frau in orangefarbenem Overall knallte einen Teller mit Kohlrübenmus und Kotelett vor mir auf den Tisch.

»Danke.« Ich lächelte anmutig. »Aber ich bin Vegetarierin.«

»Na und?« Die Art, wie sie die Lippen aufwarf, erinnerte mich an Elvis.

»Ich esse kein Fleisch«, erklärte ich. Ihre aggressive Art machte mich nervös.

»Pech«, sagte sie. »Dann fängst du am besten gleich damit an.«

»W…wie bitte?« fragte ich verwirrt.

»Hier wird gegessen, was auf den Tisch kommt«, sagte sie drohend. »Und von dem ganzen Unsinn will ich nichts hören – Essen verweigern, oder zu viel essen, oder essen und sich dann den Finger in den Hals stecken. Hat man so was schon gehört! Und wenn ich dich in der Küche erwische und du nach den Süßigkeiten schnüffelst, dann fliegst du gleich raus.«

»Laß sie doch, Sadie«, sagte der Mann, der mir schräg gegenüber saß. Ich mochte ihn auf Anhieb, obwohl er wie ein Boxer aussah und, was noch schlimmer war, ganz kleine Löckchen hatte, wie sie bei den römischen Kaisern so beliebt waren. »Sie ist wegen Drogen hier, nicht wegen Eßproblemen. Also laß sie in Ruhe.«

»Oh, da bitte ich aber um Entschuldigung, Miss.« Sadie war ganz überschwenglich. »Aber du bist so dünn, da dachte ich, du gehörst zu denen, die nichts essen, und die regen mich so was von auf, das kann ich dir sagen. Wenn die wüßten, wie das ist, wenn man richtig Hunger hat, dann würden sie den Quatsch schnell sein lassen.«

Das gute Gefühl, versehentlich für eine Magersüchtige gehalten worden zu sein, ließ mich einen Moment lang meine Angespanntheit vergessen.

»Sadie wäre gerne Therapeutin, stimmt's Sadie?« witzelte einer der Männer. »Aber dazu bist du zu blöd, hab' ich recht, Sadie?«

»Halt die Klappe, Mike.« Dafür, daß Sadie soeben von einem Alkoholiker (wenn ich mich recht erinnerte) beleidigt worden war, wirkte sie ganz vergnügt.

»Aber du kannst nicht mal lesen und schreiben, stimmt's, Sadie?« sagte der Mann – Mike?

»Kann ich wohl.« Sie lächelte. (Sie lächelte! Ich hätte ihm eine geknallt!)

»Das einzige, was sie kann, ist kochen, und das kann sie auch nicht«, sagte Mike und zeigte auf den Tisch, und die anderen stimmten ihm eifrig zu.

»Du bist eine Niete, Sadie!« rief jemand vom anderen Ende des Tisches.

»Ja, genau, eine Niete«, wiederholte ein Junge, der nicht älter als vierzehn aussah. Wie konnte er Alkoholiker sein?

Nachdem Sadie uns versichert hatte: »Ihr kriegt alle kein Abendessen!«, verschwand sie, und ich merkte erstaunt, daß mir zum Weinen zumute war. Die harmlosen Beleidigungen, die ja diesmal gar nicht mir galten, trieben mir die Tränen in die Augen.

»Sprich nach dem Essen mit Billings«, riet mir der Mike-Typ, der bestimmt meine zitternde Oberlippe bemerkt hatte. »Und so lange kannst du doch die Kartoffeln und das Gemüse essen, und die Koteletts läßt du liegen.«

»Gibst du sie mir?« Ein Mann mit Mondgesicht streckte seinen Kopf um den dicken Alten zu meiner Rechten herum.

»Du kannst alles haben.« Ich wollte kein Kohlrübenmus und keine Kartoffeln. Das aß ich zu Hause auch nicht, warum sollte ich es dann in diesem Luxusschuppen essen? Ich wußte ja, daß es wieder Mode war, Würstchen mit Kartoffelbrei, Mehlsoße, Dampfnudeln und dergleichen auf die Speisekarte zu setzen, aber ich mochte es einfach nicht. Und auch wenn es vielleicht völlig aus der Mode war, hatte ich mich doch auf Obst gefreut. Wo war das Salatbuffet zur Selbstbedienung? Wo die köstlichen, kalorienarmen Mahlzeiten? Wo der frischgepreßte Obstsaft?

Ich schob dem Dicken meinen Teller hin und erntete Empörung.

»Gib es ihm nicht, Rachel.«

»Sag ihr, sie soll's nicht tun.«

»Eamonn darf das nicht essen.«

»Er ist eßsüchtig.«

»Füttern des Elefanten verboten.«

»Es gehört nicht zu unseren Grundsätzen, auf Sonderwünsche beim Essen Rücksicht zu nehmen«, sagte Dr. Billings.

»Nicht?« fragte ich erstaunt.

»Nein.«

»Aber es sind keine Sonderwünsche«, wandte ich ein. »Ich bin Vegetarierin.«

»Die meisten Menschen, die hierherkommen, haben

Eßprobleme, und es ist wichtig, daß sie lernen, das zu essen, was ihnen vorgesetzt wird«, sagte er.

»Das verstehe ich«, sagte ich höflich. »Sie machen sich um diejenigen Sorgen, die Anorexie oder Bulimie haben oder eßsüchtig sind. Die könnten sich beschweren, wenn ich etwas anderes als die anderen zu essen bekomme.«

»Nein, Rachel«, sagte er bestimmt. »Ich mache mir Sorgen um Sie.«

Um mich? Er machte sich Sorgen um mich? Wozu, um Himmels willen?

»Warum?« Jetzt mußte ich mir Mühe geben, höflich zu bleiben.

»Weil Sie, obwohl Sie primär drogensüchtig sind, möglicherweise auch mit anderen Substanzen wie Nahrung oder Alkohol, Probleme haben. Es besteht das Risiko einer Suchtübertragung.«

Aber ich war nicht drogensüchtig. Das konnte ich natürlich nicht sagen, weil er mich dann fortschicken würde. Und was war eine Suchtübertragung?

»Eine Suchtübertragung kann auftreten, wenn Sie versuchen, die Primärsucht in den Griff zu bekommen. Möglicherweise gelingt Ihnen das, aber Sie entwickeln eine Sucht nach einer anderen Substanz. Oder die zweite Sucht entsteht neben der ersten, und man ist nach beiden Substanzen süchtig.«

»Ach so«, sagte ich. »Ich komme also her, um mein Drogenproblem in den Griff zu bekommen, und wenn ich wieder rauskomme, bin ich zusätzlich noch Alkoholikerin und habe Bulimie. So wie jemand, der ins Gefängnis kommt, weil er einen Strafzettel nicht bezahlt hat, und wenn er rauskommt, weiß er, wie man eine Bank ausraubt und eine Bombe bastelt.«

»Nicht ganz so«, sagte er mit einem geheimnisvollen Lächeln.

»Was soll ich also essen?«

»Was Ihnen vorgesetzt wird.«

»Sie klingen wie meine Mutter.«

»Wirklich?« Sein Lächeln war neutral.

»Und was sie mir vorgesetzt hat, habe ich auch nicht gegessen.«

Das lag daran, daß meine Mutter die schlechteste Köchin in dem heute bekannten Universum war. Das ganze Gerede von Alufolie und Truthähnen, als sie von meinem sogenannten Selbstmordversuch erfuhr, war ja nur Wunschdenken ihrerseits. Sie konnte noch so viel Alufolie zur Verfügung haben, ihr Truthahn kam immer verschrumpelt und vertrocknet aus dem Ofen.

Dr. Billings zuckte die Achseln.

»Und woher soll ich genügend Eiweiß bekommen?« Ich war überrascht, daß er nicht daran dachte.

»Es gibt Eier, Milch, Käse. Essen Sie Fisch?«

»Nein«, sagte ich, aber das war gelogen.

Ich war schockiert, daß es ihm so gleichgültig schien. Dr. Billings ging einfach über meine sichtbare Verwirrung hinweg.

»Sie kriegen das schon hin.« Er lächelte. »Kommen Sie, ich mache Sie mit Jackie bekannt.«

Wer war Jackie?

»Die Frau, mit der Sie das Zimmer teilen«, sagte er noch.

Das Zimmer teilen? Ich mußte wirklich einen Schock nach dem anderen verdauen. Bei den Preisen, die die hier verlangten, hatte ich doch wohl ein Anrecht auf ein Einzelzimmer. Doch bevor ich ihm weitere Fragen stellen konnte, hatte er die Tür geöffnet und ging voran zu einer blonden, eleganten Frau, die einen Staubsauger halbherzig im Empfangsbereich herumschob. Ich zauberte also ein Lächeln auf mein Gesicht, das ausdrückte: »Ich bin nett, du magst mich bestimmt.« Ich würde einfach warten, bis sie weg war, dann könnte ich mich beschweren. In ausgesucht höflichem Ton, versteht sich.

Sie reichte mir ihre glatte, gebräunte Hand. »Freut mich, dich kennenzulernen, ich bin Jackie«, lächelte sie.

Sie war vielleicht fünfundvierzig, aber aus einiger Entfernung konnte man sie durchaus für zehn Jahre jünger halten.

»Und das schreibt sich C-H-A-Q-U-I-E«, sagte sie. »Jackie ist so gewöhnlich, wenn man es J-A-C-K-I-E schreibt, findest du nicht auch?«

Mir fiel darauf überhaupt nichts ein, also lächelte ich wieder.

»Ich bin Rachel«, sagte ich höflich.

»Hallo, Rachel«, sagte sie. »Schreibt man das mit Y und mit zwei L?«

Und mit dieser Verrückten sollte ich ein Zimmer teilen?

Und warum staubsaugte sie? War sie keine Insassin? Ich dachte, ich hätte sie mittags am Tisch gesehen. Plötzlich wurde mir flau. Wurden die Betty-Ford-Ideen hier etwa so ernst genommen?

»Bei der Tür haben Sie was übersehen, Chaquie«, rief Dr. Billings und ging zur Treppe.

Bei dem Blick, den Chaquie seinem entschwindenden Rücken hinterherschickte, wurde mir richtig mulmig.

»Vergessen Sie Ihre Tasche nicht, Rachel«, erinnerte mich Dr. Billings.

Und dann stieg er die Treppe hinauf, und ich kletterte hinter ihm her, mit der Tasche. Die gut zwei Zentner wog. Für den Fall, daß es in Cloisters berühmte Menschen gab, hatte ich alle meine eigenen Sachen eingepackt und einige von Helens, die mir paßten. Ich hätte mir gern alles, was ihr gehörte, ausgeliehen, aber sie war klein und zierlich, und ich war einszweiundsiebzig, so daß ich außer den Sachen, die für alle Größen passend waren, gar nichts einzupacken brauchte. Abgesehen davon, daß sie es nicht besonders lustig finden würde, wenn sie ihren Kleiderschrank aufmachte und nichts mehr darin vorfände.

Als ich also meine Tasche die Treppe mit dem Linoleumbelag hinaufhievte und -zerrte, vorbei an den Wänden, von denen die Farbe abblätterte, verfluchte ich mein Pech, daß ich gerade zu dem Zeitpunkt in Cloisters war, da das Haus offensichtlich renoviert wurde.

»Wie lange dauern die Renovierungsarbeiten noch?« rief ich Dr. Billings zu und hoffte, daß er sagen würde: »Nicht mehr lange.«

Er lachte nur und sagte nichts. Er war ein gemeiner Kerl, dachte ich in aufbrausendem Zorn.

Keuchend und schnaufend schleppte ich mein Gepäck und wurde immer mutloser. Wenn die Wände frisch gestrichen und neue Teppiche verlegt waren, würde das Haus tatsächlich wie das Luxushotel aussehen, das ich mir vorgestellt hatte, da war ich mir sicher. Doch im Moment ähnelte es mehr einem Waisenhaus aus einem Dickens-Roman.

Als ich mein Zimmer sah, war meine Enttäuschung noch größer. Ich war perplex, um ehrlich zu sein. Mußte es so winzig sein? Es war kaum genug Platz für die zwei Betten, die über Eck standen. Abgesehen von der Größe oder dem Mangel an Größe hatte das Zimmer keinerlei Ähnlichkeit mit einer Mönchszelle. Es sei denn, Mönche hatten auch rosafarbene Nylonüberdecken, an die ich mich noch aus meiner Kindheit in den Siebzigern erinnerte. Nicht ganz die handgewebte Decke aus weißem irischen Leinen, die ich mir vorgestellt hatte.

Als ich an dem Bett vorbeiging, hörte ich ein Knistern, und die Haare an meinen Beinen richteten sich auf.

Eine wacklige weiße Kommode war voll beladen mit Pflegeutensilien von Clinique, Clarins, Lancôme und Estée Lauder. Das mußte alles Chaquie gehören. Für meine zwei Dosen Hautcreme war kein Platz mehr.

»Ich lasse Sie jetzt allein«, sagte Dr. Billings. »Die Gruppensitzungen fangen um zwei an, Sie sind in der Gruppe von Josephine. Seien Sie pünktlich.«

Die Gruppensitzungen? In der von Josephine? Was würde passieren, wenn ich mich verspätete? Welches Bett war meins? Wo gab es Bügel?

»Aber was …?«

»Fragen Sie die anderen«, sagte er. »Die helfen gern.«

Und weg war er!

Was für ein ungehöriger Mensch, dachte ich wutschnaubend. Arbeitsscheuer, ungehobelter fauler Sack. Vegetarisches Essen hat er mir nicht zugestanden. Die Tasche hat er mir nicht getragen. Und dann ist er nicht geblieben, um meine Fragen zu beantworten. Das hätte mich sehr, sehr unglücklich machen können. Er konnte ja nicht wissen, daß ich nicht wirklich süchtig war. Ich soll die anderen fragen – was denkt der sich eigentlich! Wenn ich rauskam, würde ich an die Zeitung schreiben und seinen Namen nennen. Fauler Sack. Wahrscheinlich kassierte er ein Riesengehalt. Von *meinem* Geld.

Ich sah mich in dem winzigen Zimmer um. Was für ein Loch! Niedergeschlagen warf ich mich aufs Bett, da hätte mich beinahe die vergessene Valiumflasche durchbohrt. Als der Schmerz nachließ, holte ich sie heraus und wollte sie im Nachttisch verstecken. Aber jedesmal, wenn ich aufstehen wollte, blieb die rosa Bettdecke an mir haften. Wenn ich sie abstreifte, klebte sie wieder an mir.

Ich war endlos frustriert, enttäuscht, sauer.

9

Jetzt reiß dich mal zusammen, befahl ich mir selbst. Denk doch an die schönen Seiten. Die Jacuzzi-Bäder, die Massagen, die Algenbehandlung, die Schlammpackungen, und was es noch so alles gab.

Na gut, sagte ich brummig, wollte aber das Selbstmitleid nicht recht abschütteln.

Halbherzig packte ich ein paar Sachen aus, doch dann stellte ich fest, daß der winzige Schrank bis zum Bersten mit Chaquies Sachen vollgepackt war. Also frischte ich mein Make-up auf, weil ich hoffte, in Josephines Gruppe auf ein paar berühmte Leute zu treffen, und zwang mich, wieder nach unten zu gehen.

Ich mußte mich richtig überwinden, das Zimmer zu verlassen. Schüchtern und verängstigt, wie ich war, argwöhnte ich, daß die anderen über mich redeten. Als ich den Speiseraum betrat (ich drückte mich an der Wand entlang und lutschte an einem Finger wie ein Kind; aber eine Frau von meiner Größe hatte es schwer, wenn sie

»niedlich« erscheinen wollte), hatte ich Mühe, überhaupt jemanden zu erkennen, weil die Luft voller Zigarettenqualm war. Aber soweit ich es mitbekam, saßen die anderen herum, tranken Tee, lachten, unterhielten sich und sprachen ganz offensichtlich *nicht* über mich.

Ich schlängelte mich in den Raum. Ich kam mir vor wie auf einer Party, bei der man niemanden kennt. Einer Party, bei der es nichts zu trinken gibt.

Erleichtert erkannte ich Mike wieder. Draußen hätte ich ihn kaum gegrüßt, aus Angst, daß man denken könnte, ich sei mit ihm befreundet, aber im Moment war ich vor lauter Angst froh, ihn zu sehen, und durchaus bereit, über die Tatsache, daß er Hosen mit Schlag trug und aussah wie ein Stier mit einer Lockenperücke, hinwegzusehen, weil er mich vor Sadie im orangefarbenen Overall beschützt hatte.

»Wo finde ich die Gruppe von Josephine?« fragte ich ihn.

»Komm mal mit, ich erklär' dir, wie das hier funktioniert.« Er zeigte mir ein schwarzes Brett an der Wand mit einem Stundenplan.

Ich überflog ihn kurz, er schien sehr voll. Morgens und nachmittags Gruppentherapie, Vorträge, Gesprächsrunden, Termine für AA, für NA, für AS ...

»Bedeutet das AA soviel wie Anonyme Alkoholiker?« fragte ich Mike ungläubig.

»Genau.«

»Und NA?«

»Narcotics Anonymous.«

»Was soll das denn sein?« fragte ich.

»Dasselbe wie AA, nur für Drogen«, erklärte er.

»Das kann nicht sein«, sagte ich belustigt. »Meinst du das im Ernst?«

»Ja.« Er sah mich merkwürdig an. Ich hatte keine Ahnung, was der Blick bedeutete.

»Und AS?«

»Anonyme Spieler.«

»Und AE?« Ich konnte das Lachen kaum noch unterdrücken. »Nein, warte, ich weiß schon – anonyme

E-Mailer – Leute, die nicht aufhören können, E-Mails zu schreiben.«

»Anonyme Eßsüchtige«, sagte er mit unbewegter Miene. Sein häßliches Gesicht war wie ein Brocken Granit.

»Verstehe.« Ich versuchte, nicht loszuprusten, und schämte mich, weil ich mich über die AA und NA und AS und alle anderen lustig gemacht hatte. Ich konnte mich ja darüber amüsieren, aber für die armen Kerle hier war es sicherlich eine Frage des Überlebens.

»Und hier steht, wo die Sachen stattfinden.« Er zeigte auf eine weitere Spalte. Ich bemühte mich, interessiert zu wirken. »Hier, heute ist Freitag, um zwei Uhr trifft sich die Gruppe von Josephine in der Abtklause ...« Die Gruppen trafen sich in Räumen mit wunderschönen Namen wie Stille Einkehr, Wintergarten oder Meditationszimmer.

»Das ist also die neue Dame«, unterbrach uns eine Männerstimme.

Ich drehte mich um, aber das hätte ich auch lassen können. Es war einer der kleinen, dicklichen, mittelalten Männer, die es hier zuhauf gab. Wieviele Männer in braunen Acrylpullovern paßten in ein Haus hinein?

»Wie kommst du klar?« fragte er.

»Ganz gut«, sagte ich höflich.

»Mein erster Tag hier war auch furchtbar«, sagte er freundlich. »Aber nach einer Weile wird es besser.«

»Wirklich?« fragte ich kläglich. Seine Freundlichkeit kam so unerwartet, daß mir plötzlich zum Weinen zumute war.

»Ja«, sagte er, »und dann wird es wieder schlimmer.« Das sagte er, als wäre es die Pointe von einem Witz, warf den Kopf zurück und lachte schallend. Nach einer Weile beruhigte er sich wieder, streckte seine Hand aus und schüttelte meine. »Ich heiße Peter.«

»Rachel.« Ich brachte ein Lächeln zustande, obwohl ich ihm lieber eine runtergehauen hätte.

»Mach dir nichts draus«, sagte er mit einem Zwinkern. »Ich bin komplett übergeschnappt.«

Schon bald stellte ich fest, daß Peter einen wunderbaren Sinn für Humor hatte und über alles lachte, auch über die schlimmen Dinge. Besonders über die schlimmen Dinge.

Bald würde ich ihn hassen.

»Komm, trink doch eine Tasse Tee, bevor die Gruppensitzungen anfangen«, schlug er vor.

Ich goß mir eine Tasse Tee ein, die erste von mehreren Tausenden (obwohl ich eigentlich keinen Tee mochte), und setzte mich an den Tisch. Im Handumdrehen war ich von Männern umringt, von denen leider kein einziger jung war oder gut aussah, und alle wollten etwas über mich erfahren.

»Du hast schöne lange Haare«, sagte ein Mann in einer – nein, das war nicht möglich! – in einer Schlafanzugjacke, doch, es war eindeutig eine Schlafanzugjacke. Und einer senffarbenen Strickjacke darüber. Er war fast kahl, hatte sich aber ein paar Strähnen von einem Ohr zum anderen quer über den Schädel gekämmt. Es sah aus, als hätte er sie mit Sekundenkleber festgekleistert. Er lächelte mir verklemmt zu und rückte ein bißchen näher an mich heran.

»Ist das Schwarz echt?«

»Ehm, ja«, sagte ich und versuchte mein Unbehagen zu verbergen, als er meine Haare zu streicheln anfing.

»Hahaha«, hörte man Peter, den Komiker, weiter oben am Tisch. »Als du zur Welt kamst, war es bestimmt nicht schwarz. HAHAhahah!«

Ich war zu sehr damit beschäftigt, mich nicht zu bewegen und zu hoffen, daß der Haarestreichler aufhören würde, als daß ich Anstoß an Peters Bemerkung nehmen konnte. Ich rückte so weit von ihm ab wie möglich, aber er hörte nicht auf zu streicheln. Dann schien Mike, der eine Zigarette rauchte und mürrisch in die Ferne blickte, zu sich zu kommen, denn er sagte: »Nimm die Pfoten weg, Clarence! Laß das Mädel in Ruhe!«

Ungern ließ Clarence von mir ab.

»Er meint es nicht böse«, erklärte Mike, als ich, ungefähr zum fünfzehnten Mal an diesem Tag, mit den Tränen kämpfte.

»Sag ihm einfach, er soll sich verpissen.«

»Natürlich meine ich es nicht böse«, begehrte Clarence mit verletzter Miene auf. »Sie hat so schöne Haare. Was ist denn schon dabei? – Was ist denn schon dabei?« wiederholte er und kam mit seinem Gesicht ganz nah an meines heran.

»Nichts …«, konnte ich nur entsetzt herausbringen.

»In welcher Gruppe bist du?« fragte ein Mann mit dem rötesten Gesicht, das ich je gesehen hatte, und wechselte plump das Thema.

»Was sind das denn für Gruppen?« fragte ich, als Clarence endlich von mir abrückte, und ich wieder frei atmen konnte.

»Es ist dir vielleicht schon aufgefallen, daß hier ziemlich viel Gruppentherapie gemacht wird«, erklärte Mike, worauf alle lachten. Warum, weiß ich nicht, aber ich lächelte auch, damit sie nicht dachten, ich wäre eine eingebildete Ziege. »Und wir sind in Gruppen von jeweils sechs oder sieben Personen aufgeteilt. Es gibt drei Gruppen: die von Josephine, die von Sauerkraut und die von Barry Grant.«

»Sauerkraut?« fragte ich verständnislos.

»Eigentlich heißt sie Heidi«, sagte der Rotgesichtige.

»Helga«, verbesserte Peter.

»Helga, Heidi, was macht das schon«, sagte der Rotgesichtige. »Jedenfalls können wir sie nicht ausstehen. Außerdem ist sie Deutsche.«

»Warum könnt ihr sie nicht ausstehen?« Das rief wieder lautes Gelächter hervor.

»Weil sie unsere Therapeutin ist«, erklärte jemand. »Mach dir keine Sorgen, du wirst deine auch nicht leiden können.«

Vielleicht aber doch, wollte ich sagen, ließ es aber besser.

»Und Barry Grant?« fragte ich.

»Sie ist aus Liverpool.«

»Ach so. Ich bin bei Josephine in der Gruppe.« Ich war enttäuscht, daß ich nicht eine von denen mit den komischen Namen hatte.

Sofort tönte es mir entgegen: »*Nicht* bei Schwester Josephine!« und: »Ach du liebes bißchen!« und: »Da hat man nichts zu lachen!« und: »Sie kann einen ausgewachsenen Mann zum Heulen bringen.«

Die letzte Bemerkung löste einen Streit zwischen – wenn ich die Namen richtig im Kopf hatte, und vielleicht irrte ich mich, denn die Männer in dem Raum verschmolzen vor meinem geistigen Auge zu einem – Vincent und Clarence, dem Haarestreichler.

»Ich habe nicht geheult«, beharrte Clarence. »Ich war erkältet.«

»Und ob du geheult hast«, beharrte seinerseits Vincent, der ziemlich streitsüchtig zu sein schien.

Ich würde mich mit niemandem auf einen Streit einlassen, dachte ich. Ich würde meine zwei Monate absitzen und wieder gehen. Rein, raus. Würde mich mit keinem anfreunden. (Es sei denn, sie waren reich und berühmt, natürlich.) Und mich mit keinem anlegen.

Der Streit wurde unterbrochen, weil jemand sagte: »Hier kommt Misty.«

Alle Männer rutschten verlegen hin und her. Misty, so nahm ich an, war das hübsche Mädchen, das erhobenen Hauptes lässig durch den Raum geschritten kam. Obwohl sie schlichte Jeans und einen grünen Pullover trug, sah sie umwerfend aus. Daneben kam ich mir richtig aufgedonnert vor. Sie hatte lange rote Haare, so lang, daß sie darauf sitzen konnte. Wenn sie das wollte. Und sie war dünn und zart und hatte das Gebaren vornehmer Zurückhaltung zur Perfektion gebracht.

Sie setzte sich ans andere Ende des Tisches, so weit ab von den anderen wie möglich, und ignorierte uns. Ich betrachtete sie, bis mir vor Neid ganz schlecht wurde. Wie gerne würde ich vornehme Zurückhaltung üben, aber ich schaffte es nie. (Man tat sich nämlich keinen Gefallen, wenn man fragte: »Wie wirke ich? Bin ich überzeugend in meiner vornehmen Zurückhaltung?«)

Ich hatte das Gefühl, daß die Männer um mich herum die Luft anhielten. Sie starrten gebannt auf Misty, die eine Zeitung nahm und anfing, das Kreuzworträtsel zu lösen.

»Sie findet sich großartig«, höhnte Mike. »Bloß weil sie mit siebzehn ein Buch geschrieben hat.«

»Sie hat ein Buch geschrieben?« Das interessierte mich wahnsinnig, aber ich versuchte, es nicht zu zeigen. Es war kein bißchen *cool*, interessiert und beeindruckt zu sein.

»Du hast doch bestimmt schon von Misty gehört«, fragte Mike. Er klang ironisch, aber ich war mir nicht sicher.

»Sie war eine echte Schnapsdrossel«, war sein erster Tip.

Ich schüttelte den Kopf.

»Und letztes Jahr hat sie aufgehört und das Buch geschrieben.«

Wieder schüttelte ich den Kopf.

»Und dabei war sie erst siebzehn.« Diesmal war die Ironie deutlich.

»Nein? Aber es stimmt. Und bevor man wußte, wie einem geschah, ist sie jedesmal auf der Mattscheibe, wenn man den Fernseher anschaltet, und erzählt, wie sie den Alkohol aufgegeben und das Buch geschrieben hat, und das mit siebzehn.«

Langsam kam mir Mistys Geschichte bekannt vor.

»Und im nächsten Moment ist sie wieder auf Alk und kommt hierher, um noch einmal ›gerettet‹ zu werden.« Inzwischen war Mikes Ironie unüberhörbar. »Nur daß sie jetzt keine siebzehn mehr ist.«

Ja, doch, ich hatte von ihr gehört. Natürlich. Die Zeitungen, die ich auf dem Flug von New York aus unerträglicher Langeweile gelesen hatte, waren voll mit Geschichten von ihrem Sündenfall. Mit der versteckten Andeutung, daß das alles nur ein Werbegag sei. Es sei doch sicherlich kein Zufall, daß gleichzeitig mit ihrem Rückfall ihr neues Buch und ihr Photo in jedem Buchgeschäft zu sehen waren?

»Warum sie dachte, daß man sie überall bewundern würde, bloß weil sie vom Alk abgelassen hat, begreife ich nicht«, fuhr Mike fort. »Es ist so ähnlich wie mit Yassir

Arafat und dem Friedensnobelpreis: Erst führt man sich auf wie der reinste Unmensch, dann läßt man es plötzlich bleiben und erwartet, daß alle einem sagen, wie toll man ist…«

Misty hatte wohl gemerkt, daß wir über sie sprachen, denn plötzlich hob sie den Blick von der Zeitung, starrte voller Abscheu auf die Gruppe und machte mit zwei Fingern eine unmißverständliche Geste. Ich war zwischen haltloser Bewunderung und extremem Neid hin- und hergerissen.

»Sie macht jeden Tag das Kreuzworträtsel in der *Irish Times*«, flüsterte Clarence. »Das unlösbare.«

»Und sie ißt nie was«, sagte Eamonn mit dem Mondgesicht und dem dazu passenden Gesäß.

»Heißt sie Misty O'Malley?« fragte ich mit unterdrückter Stimme.

»Hast du von ihr gehört?« fragte Mike. Fast klang er ängstlich.

Ich nickte.

Mike sah aus, als ob ihm die Tränen kommen würden. Aber er munterte sich selbst auf, indem er sagte: »Wahrscheinlich kann sowieso keiner was von dem verstehen, was sie geschrieben hat.«

»Sie hat damit einen Preis gewonnen, oder?«

»Genau das meine ich«, sagte Mike.

»Laß uns mal was raten, Misty«, rief Clarence zu ihr hinüber.

»Verpiß dich, Clarence, du fetter Banause«, sagte sie böse ohne aufzusehen.

Clarence seufzte mit einem Gesichtsausdruck unverhohlener, hungernder Verehrung.

»Ich hätte gedacht, einer Schriftstellerin würde eine bessere Beleidigung als ›fetter Banause‹ einfallen«, sagte Mike höhnisch.

Sie sah auf und lächelte süßlich. »Oh, Mike«, säuselte sie und schüttelte den Kopf. Das Licht fing sich in ihrem Haar und verwandelte es in zarte Goldfäden. Sie sah so schön aus, so verletzlich, so anrührend. Ich hatte sie falsch eingeschätzt. Mike dachte offenbar das gleiche. Er war so still, daß ich mich nicht zu rühren wagte, während ein langer, intensiver Blick zwischen den beiden hin- und herging.

Aber Moment! Sie sagte etwas: »Warum läßt du dir nicht endlich mal eine Portion Bromid in den Tee geben, Mike? Kannst du mich nicht einfach in Ruhe lassen?« Sie lächelte ihm boshaft zu, und Mike erblaßte. Mit spöttischer Miene nahm sie ihre Zeitung und stolzierte aus dem Zimmer. Aller Augen folgten ihr, als sie ihre mageren Hüften schwang. Alle schwiegen, bis sie verschwunden war. Dann wandten sie, noch ganz benommen, ihre Aufmerksamkeit wieder mir zu.

»Sie läßt uns schmoren«, sagte Clarence in einem Ton, der verdächtig nach Bewunderung klang. »Zum Glück bist du ja jetzt hier. Jetzt können wir dich verehren, und du bist nicht so gemein zu uns, oder?«

Aufgeblasene, eingebildete kleine Ziege, dachte ich. So würde ich mich nie aufführen, nie im Leben. Ich würde so nett sein, daß mich alle lieben würden. Obwohl ich natürlich nicht die geringste Absicht hatte, mich mit einem der Leute hier einzulassen. Ganz gegen meinen Willen spürte ich doch eine gewisse Ehrfurcht vor ihr …

Dann rief jemand: »Es ist fünf vor zwei.«

»Himmel!« ertönte es mehrfach, während die Männer ihre Zigaretten ausdrückten, den restlichen Tee hinunterschütteten und aufsprangen. Und man hörte Ausrufe wie: »Auf zur Lektion in Demut«, und: »Heute habe ich das Vergnügen, über glühende Kohlen gezerrt zu werden«, und: »Lieber würde ich mich an den Pranger stellen und auspeitschen lassen.«

»Komm mit«, sagte Mike.

10

Mike packte mich beim Handgelenk und zerrte mich hinter sich her, den Flur entlang und in einen Raum hinein.

»Das soll die Abtklause sein?« fragte ich zweifelnd und sah mich in dem zugigen Raum um, in dem nichts weiter als ein paar durchgesessene Stühle im Kreis aufgestellt waren.

»Ja.« Mike hörte sich an, als säße ihm die Panik im Nacken. »Du sitzt hier. Setz dich, Rachel, mach schon.«

Mike und ich setzten uns.

»Hör zu«, sagte er mit eindringlicher Stimme. »Ich sag dir jetzt was. Das Wichtigste, was du in der ganzen Zeit hier lernen wirst.«

Nervös und aufgeregt rückte ich näher an ihn heran.

»Du darfst nie ...!« erklärte er, dann atmete er tief durch. »Du darfst nie ...!« Noch ein tiefer Atemzug. Ich rückte noch ein bißchen näher. »Du darfst nie *den* Stuhl, *den* Stuhl, *den* Stuhl oder *den* Stuhl nehmen. Die Gruppensitzung dauert mindestens zwei Stunden, und danach ist dein Arsch in Fransen, wenn du das Pech hast und auf einem der Stühle da sitzt. Paß auf, ich zeige sie dir noch mal ...«

In dem Moment wurde die Tür aufgerissen, einige der Insassen stürzten herein und stimmten ein lautes Wehklagen an, daß die besten Plätze schon besetzt seien. Sofort stiegen Schuldgefühle in mir auf, weil die anderen ja schreckliche Probleme hatten; wenigstens sollten sie auf bequemen Stühlen sitzen können, während ihre Leiden geheilt wurden.

Es waren sechs, die ich größtenteils aus dem Speiseraum kannte. Leider war der gutaussehende Mann mit den Drogenproblemen nicht darunter. Da waren Mike, Misty, die Schriftstellerin, Clarence, Chaquie, meine Zimmergenossin, und Vincent, der Wüterich. Mein Magen krampfte sich ein bißchen zusammen, als ich Vincent sah, weil er vor Aggressivität richtig stachelig war. Ich hatte

Angst, daß er es auf mich abgesehen haben könnte und nicht merkte, daß ich eigentlich nicht dazugehörte. Der sechste war ein alter Mann, den ich im Speiseraum nicht gesehen hatte, aber ich war mir ziemlich sicher, daß er nicht aus der Abteilung für Popstars kam. Entweder hatten die Popstars ihre eigene Gruppe, was ich mir gut vorstellen konnte, oder aber sie waren bei Barry Grant und Sauerkraut.

»Schön, daß jetzt noch eine Frau in der Gruppe ist«, sagte Chaquie. »Das macht es etwas ausgeglichener.«

Sie meinte mich. Tatsächlich machte es die Situation *theoretisch* etwas ausgeglichener, aber da ich mich nicht beteiligen würde, konnte von einem Ausgleich nicht die Rede sein.

Josephine kam herein. Ich betrachtete sie mit großem Interesse, aber ich konnte nicht erkennen, wieso die anderen solche Angst vor ihr hatten: sie war *harmlos*. Sie war eine Nonne, aber eine moderne, poppige. Oder so gab sie sich wenigstens. Ich finde es nicht besonders poppig, wenn man einen grauen, knielangen Flanellrock trägt und graue, glatte Haare hat mit einer braunen Spange drin. Aber sie sah nett aus, richtig lieb, mit ihren runden blauen Augen, wie Mickey Rooney.

Als sie sich gesetzt hatte, starrten alle auf ihre Füße. Nichts war von dem Gelächter und den angeregten Gesprächen im Speiseraum geblieben. Das Schweigen dehnte sich immer weiter aus. Ich sah belustigt von einem zum anderen. Warum so beklommen, meine Lieben?

Schließlich sagte sie: »Meine Güte, es ist Ihnen sehr unbehaglich, wenn einmal Stille herrscht. Gut, John Joe, würden Sie uns bitte Ihre Lebensgeschichte vorlesen?« Ein kollektiver Seufzer der Erleichterung ging durch den Raum.

John Joe war der alte Mann. Genau genommen war er *uralt*, er hatte buschige Augenbrauen und trug einen schwarzen Anzug, dessen Tuch vom vielen Tragen glänzte. Später erfuhr ich, daß dies der Anzug war, den er zu besonderen Anlässen trug. Zu Hochzeiten, Beerdigungen, außergewöhnlich einträglichen Stierverkäufen oder beim Aufenthalt in einer Entziehungsklinik, in der seine Nichte ihn abgeliefert hatte.

»Ehm, ja gut, also«, sagte John Joe.

Wann würden die anderen anfangen, über ihn herzufallen und ihn zu beschuldigen? Ich hatte mir Gruppentherapie viel dynamischer und *gemeiner* vorgestellt.

John Joes Lebensgeschichte dauerte ungefähr fünf Sekunden. Er war auf einem Bauernhof aufgewachsen, hatte nie geheiratet und lebte jetzt mit seinem Bruder auf dem ehemaligen Hof seiner Eltern. Er hatte sie auf ein Blatt geschrieben, das scheinbar aus einem Schulheft herausgerissen worden war. Er las sie langsam und bedächtig vor. Sie war nicht besonders interessant.

Dann sagte er: »Das war's schon«, lächelte verlegen und senkte den Blick wieder auf seine großen, schwarzen Schuhe.

Und abermals hüllte sich alles in Schweigen.

Schließlich sagte Mike: »He, sehr genau hast du das aber nicht beschrieben.«

John Joe linste unter seinen Augenbrauen hervor, zuckte mit den Achseln und lächelte sanft.

»Ja«, sagte Chaquie, »du hast deine Trinkgewohnheiten gar nicht erwähnt.«

Wieder zuckte John Joe mit den Achseln und lächelte. Er wagte einen vorsichtigen Blick. Er war der Typ, der sich auf der Straße hinter einem Busch verstecken würde, wenn ein Auto vorbeikam. Ein Mann der Berge. Ein Mann vom Land. Ein irischer Bauer.

»Ehm, vielleicht könntest du das etwas genauer erzählen«, schlug Clarence unbeholfen vor.

Schließlich sprach Josephine. Sie klang viel furchterregender, als ihr harmloses Äußeres erwarten ließ.

»Das ist also Ihre Lebensgeschichte, John Joe?«

Ein kleines Nicken.

»Und kein Wort über die zwei Flaschen Brandy, die Sie in den letzten zehn Jahren jeden Tag geleert haben? Kein Wort über das Vieh, das Sie verkauft haben, ohne Ihrem

Bruder etwas davon zu sagen? Kein Wort über die Hypothek, mit der Sie das Haus belastet haben?«

Hatte er das wirklich alles getan? Ich war ganz aufgeregt. Wer hätte das gedacht? Ein unscheinbarer alter Mann wie er.

John Joe reagierte nicht. Er saß still, als wäre er aus Stein gehauen, also vermutete ich, daß das alles stimmte. Wenn nicht, wäre er doch sicher aufgesprungen und hätte sich heftig zur Wehr gesetzt.

»Und was ist mit Ihnen?« Ihr Blick wanderte über die Versammelten. »Fiel Ihnen nichts anderes ein als …«, an dieser Stelle ahmte sie einen kindlichen Singsang nach, »… ›das ist aber ziemlich kurz, John Joe‹?«

Alle wanden sich unter ihrem Blick. Einen Augenblick lang auch ich.

»Also, John Joe, fangen wir noch einmal von vorne an. Erzählen Sie der Gruppe, wie das mit Ihren Trinkgewohnheiten ist. Wir beginnen mit den Gründen, warum Sie trinken *wollten*.«

John Joe war unbewegt. Ich wäre außer mir. Ich war auch jetzt außer mir. Schließlich hatte der arme Mann sich redlich Mühe gegeben. Am liebsten hätte ich Josephine gesagt, sie solle ihn in Ruhe lassen, aber dann dachte ich, vielleicht wäre es besser, erst ein paar Tage abzuwarten, bis ich mich mit Verbesserungsvorschlägen zu Wort meldete.

»Na ja«, sagte John Joe. »Sie wissen ja, wie das ist.«

»Um ehrlich zu sein, John Joe, nein, ich weiß es nicht«, sagte Josephine kühl. »Ich bin nicht diejenige, die aufgrund von chronischem Alkoholismus in Behandlung ist, müssen Sie bedenken.«

Mein Gott, war sie grausam!

»Ehm, na ja, es ist so«, begann John Joe bereitwillig zu erklären. »Wenn man abends so dasitzt, dann fühlt man sich ein wenig einsam, und dann trinkt man ein Gläschen …«

»Wer?« fuhr Josephine ihn an.

John Joe lächelte wieder sein gutmütiges Lächeln.

»Wer trinkt dann ein Gläschen?« drängte Josephine ihn.

»Ich«, sagte John Joe. Es fiel ihm sichtlich schwer zu sprechen. Anscheinend hatte er in seinem Leben bisher auch nicht viel Anlaß dazu gehabt.

»Ich kann Sie nicht verstehen, John Joe«, sagte Josephine. »Sprechen Sie lauter. Wer hat ein Gläschen getrunken?«

»Ich.«

»Lauter.«

»Ich.«

»Noch lauter.«

»ICH.«

John Joe war ganz unglücklich und zitterte, weil er seine Stimmbänder so anstrengen mußte.

»Stehen Sie zu dem, was Sie getan haben«, fuhr Josephine ihn an. »Sie haben es getan, also sagen Sie auch, daß Sie es getan haben.«

Man konnte richtig zusehen, wie sie versuchte, den armen Mann fertigzumachen, dachte ich anteilnehmend. Wie grausam. Ich mußte zugeben, daß ich Josephine unterschätzt hatte. Sie glich weniger Mickey Rooney als vielmehr Dennis Hopper.

Es würde ihr jedoch nicht gelingen, *mich* so in die Enge zu treiben. Ich würde mich nicht auf diese Weise provozieren lassen, ich würde die Ruhe bewahren. Außerdem hatte sie gegen mich gar nichts in der Hand. Ich trank keine zwei Flaschen Brandy am Tag, und ich verkaufte auch kein Vieh, ohne es meinem Bruder zu sagen.

Josephine bedrängte John Joe, feuerte Fragen auf ihn ab, über seine Kindheit, über seine Beziehung zu seiner Mutter, das *Übliche*, vermutete ich. Aber ihn zum Sprechen zu bringen, war so, als wollte man Blut aus einem Kohlkopf pressen. Außer Achselzucken und ein paar ausweichenden Antworten war nicht viel aus ihm herauszubekommen.

»Warum haben Sie nicht geheiratet, John Joe?« fragte sie jetzt.

Erneutes Achselzucken, erneutes sanftes Lächeln.

»Hat sich nicht die Gelegenheit ergeben, denk' ich.«

»Hatten Sie mal eine Freundin, John Joe?«

»Na ja, vielleicht eine oder zwei«, gab er zu.

»War es was Ernstes?«

»Na ja, vielleicht schon, wer weiß?« John Joe zuckte mit den Achseln (schon wieder!).

Langsam ging es mir auch auf die Nerven. Konnte er Josephine nicht einfach erzählen, warum er nicht geheiratet hatte? Sicherlich gab es eine einleuchtende wirtschaftliche, typisch irische Erklärung dafür. Vielleicht hätte der Hof nicht genug abgeworfen, wenn er zwischen ihm und seinem Bruder aufgeteilt worden wäre, oder vielleicht mußte er mit dem Heiraten warten, bis seine Mutter starb, weil zwei rothaarige Frauen unmöglich unter einem (Stroh-)Dach leben konnten. (In den ländlichen Gegenden Irlands schien das wirklich ein Problem zu sein, das auch in der Volkskunst eine beherrschende Rolle spielte. Ich hatte einmal einen Sommer in Galway verbracht, ich kannte mich mit solchen Dingen aus.)

Josephine ließ nicht locker und stellte eine Frage nach der anderen, eine unverblümter als die andere. »Waren Sie einmal verliebt?«

Und schließlich fragte sie: »Haben Sie je Ihre Unschuld verloren?«

Ein kollektives Einatmen war zu hören. Wie konnte sie so was fragen?

Und bestand überhaupt die Möglichkeit, daß er sie nicht verloren hatte?

Ein Mann in seinem Alter?

Aber John Joe gab nichts preis. Er starrte unverwandt auf seine Schuhe.

»Lassen Sie mich die Frage anders stellen.« Josephine gab nicht auf. »Haben Sie ihre Unschuld mit einer Frau verloren?«

Was wollte sie damit sagen? Daß John Joe seine Unschuld mit einem Schaf verloren hatte?

John Joe saß da wie eine Statue aus Stein.

Auch wir übrigen rührten uns nicht. Ich hielt den Atem an.

Der voyeuristische Kitzel wurde von dem unschönen Gefühl, daß ich einem Menschen zu nahetrat, überschattet. Das Schweigen dauerte immer noch an. Und irgendwann sagte Josephine: »Gut, die Zeit ist um.«

Das war eine herbe Enttäuschung. Wie schrecklich, so im Ungewissen hängengelassen zu werden. Es war wie eine Seifenoper, nur schlimmer, weil dies hier die Wirklichkeit war.

Als wir uns zur Tür hinausdrängten, schwirrte mir der Kopf. Ich suchte Mike.

»Was sollte das denn bloß?«

»Weiß der Himmel.«

»Wann erfahren wir mehr?«

»Die nächste Sitzung ist am Montag.«

»O nein, so lange warten!«

»Hör zu!« Er klang verärgert. »Es bedeutet vielleicht gar nichts. Vielleicht ist es nur ein Spiel. Josephine stellt immer alle möglichen Fragen, in der Hoffnung, einen Nerv zu treffen. Sie wirft ihre Netze weit aus.«

Aber das nahm ich ihm nicht ab. Ich kannte das Prinzip der Spannungsverzögerung aus Seifenopern.

»Ach was ...«, sagte ich spöttisch, aber es hörte mir keiner zu. Verärgert stellte ich fest, daß Mike zu John Joe gegangen war, der ganz zittrig und mitgenommen aussah.

11

Und was kommt jetzt? fragte ich mich begierig. Geht es jetzt endlich zur Massage? Schon ganz aufgeregt beobachtete ich die anderen, um zu sehen, wohin sie gingen. Den Flur entlang, um die Ecke und ... o nein! ... wieder in den Speiseraum. Alle Teilnehmer aus Josephines Gruppe und den anderen Gruppen strömten in den Raum, gossen sich Tee ein, redeten laut miteinander und zündeten sich Zigaretten an. Vielleicht tranken sie nur schnell ein Täßchen, bevor es in die Sauna ging? Vielleicht.

Ich saß auf der Stuhlkante und lehnte ab, als mir eine Tasse Tee angeboten wurde. Ich wollte ja nicht mitten in der Aromatherapie dringend zur Toilette müssen! Angespannt sah ich zu, wie der Tee getrunken wurde. Jetzt macht schon, drängelte ich still für mich, trinkt schnell aus! Sonst ist es Zeit zum Abendessen, und wir hatten gar keine Zeit zu einer richtigen Massage. Aber sie tranken den Tee im Zeitlupentempo. Am liebsten hätte ich alle Tassen in mich selbst hineingeschüttet.

Als sie endlich in aller Ruhe, die mich ganz kribbelig machte, den letzten Schluck nahmen, sah ich mit Entsetzen, wie sie zur Teekanne griffen und sich eine zweite Tasse eingossen, die sie dann langsam und genüßlich schlürften.

Meinetwegen, sagte ich mir nervös, vielleicht nach der zweiten Tasse?

Doch als die Minuten langsam verstrichen, die zweiten Tassen geleert und neue Zigaretten angezündet wurden, und als dann eine dritte Runde Tee eingegossen wurde, mußte ich widerstrebend zugeben, daß sie alle so aussahen, als wollten sie noch eine geraume Weile bleiben. Vielleicht ging es nach dem Abendessen richtig los?

Natürlich konnte ich auch einfach jemanden fragen.

Aber irgendwie brachte ich das nicht fertig.

Vielleicht befürchtete ich, daß die gewöhnlichen Klienten wie Mike und John Joe mich für oberflächlich halten würden, wenn ich mich zu sehr für die Luxusbehandlung und die Unterbringung der berühmten Insassen interessierte. In Wirklichkeit, so ging mir auf, *erwarteten* sie wahrscheinlich, daß ich danach fragte. Wahrscheinlich hatten sie die Nase voll von Leuten, die gleich nach ihrer Ankunft abschätzig sagten: »Aus dem Weg, ich gehe jetzt ins Dampfbad mit Hurricane Higgins und seinen Kumpels.«

Nun gut, ich würde also so tun, als wäre ich vollauf zufrieden damit, bis in alle Ewigkeiten Tee mit ihnen zu trinken. So würde ich mich bei ihnen beliebt machen. Vor mir lagen ja zwei Monate. *Massenhaft* Zeit also.

Ich sah mir die Menschen am Tisch an. Da saßen sie, schaufelten sich den Zucker löffelweise in die Tassen, kippten den Tee in sich hinein und beteuerten, wie gut er sei. Wie traurig für sie!

»Rauchst du nicht?« fragte eine Männerstimme. Erschreckt stellte ich fest, daß sie Vincent, dem Wüterich, gehörte.

»Nein«, sagte ich nervös. *Wenigstens keine Zigaretten.*

»Hast du aufgehört?« Er kam näher an mich heran.

»Nie angefangen.« Ich rückte von ihm weg. Oh, wenn er mich doch bloß in Frieden ließe! Ich wollte mich nicht mit ihm anfreunden. Er machte mir angst, mit seinem schwarzen Bart und seinen großen Zähnen. *Wölfisch* war das Wort, mit dem ich ihn beschreiben würde.

»Wenn du hier wieder rauskommst, rauchst du sechzig am Tag«, prophezeite er mir. Er grinste böse und verströmte einen starken Körpergeruch. (»Ei, Großmutter, was hast du für einen starken Geruch.«)

Ich sah mich suchend nach Mike um, damit er mich beschützen solle, aber er war nirgends zu sehen.

Ich drehte Vincent den Rücken zu, soweit das möglich war, ohne unhöflich zu wirken, und hatte Clarence vor mir. Vom Regen in die Traufe! Obwohl ich Angst hatte, daß er wieder anfangen würde, mein Haar zu streicheln, überwand ich mich und sprach mit ihm.

Plötzlich wurde mir bewußt, daß ich schon einen ganzen Nachmittag da war und noch keine Minute an Drogen gedacht hatte. War mir nicht in den Sinn gekommen! Ein warmes, selbstzufriedenes Gefühl breitete sich in mir aus und hielt an, solange ich mit allen Männern im Raum nacheinander die gleiche Unterhaltung führte. Jeder von ihnen wollte alles über mich herausfinden. Alle, außer dem gutaussehenden Mann, den ich beim Mittagessen gesehen hatte. Weil ich mich ganz gern mit ihm unterhalten hätte, ignorierte er mich völlig.

Also, um fair zu sein, er war gar nicht da.

Im Laufe von zwei Stunden erzählte ich unzählige Male die Geschichte meines Lebens. Immer wieder sagte ich: »Ich heiße Rachel. Ich bin siebenundzwanzig. Ich bin nicht magersüchtig, aber danke der Nachfrage. Nein, ich war nicht schon immer so groß, bei meiner Geburt war ich ein bißchen kleiner. In den letzten zweieinhalb Jahren habe ich in New York gelebt, davor war ich in Prag …«

»Wo liegt denn Prag?« fragte John Joe. »In Tipperary?«

»Großer Gott.« Clarence saugte zischend die Luft ein und schüttelte angewidert den Kopf. »Habt ihr das gehört? ›In Tipperary?‹ Du Riesentrottel. Weiß doch jeder, daß das in Sligo ist«, fügte er hinzu.

Ich bedauerte, daß ich das mit Prag überhaupt erwähnt hatte, weil es immer für große Aufregung sorgte, und in Cloisters war es nicht anders. Wenn man jemandem erzählt: »Ich habe in Prag gelebt«, muß man darauf vorbereitet sein, Fragen gestellt zu bekommen. Drei Fragen. Die Drei Gleichen Fragen. *Jedesmal*. Es war nicht zum Aushalten. Wenn ich während meiner Zeit in Prag Ferien in Irland machte, mußte ich mich wappnen, weil Die Drei Fragen wieder gestellt werden würden. Am Schluß hätte ich am liebsten fotokopierte Zettel verteilt, auf denen stand: »Erstens: Ja, Sie haben recht, Prag ist wunderschön. Zweitens: Nein, es gibt fast alles in den Geschäften, was man hier auch kaufen kann. Aber natürlich keine Kerrygold-Butter, hahaha.« (Die Frage nach der Butter machte mich wirklich sauer. Und wenn einer nicht nach Kerrygold fragte, dann war es Barry's Tee.) »Drittens: Ja, Sie sollten wirklich einmal hinfahren, bevor die Amis es ganz vereinnahmt haben.«

Wenn die Rede von Prag war, wurde mir immer wieder bewußt, was für eine Banausin ich war. Ich schämte mich, weil ich mich in Prag, das ja so schön und voller Atmosphäre ist, nicht richtig wohlgefühlt hatte. Das Leben dort war mir zu gesund, zu sportlich und zu wenig ausschweifend. Wäre an den Wochenenden seltener Skifahren und Wandern angesagt gewesen und hätte man statt dessen häufiger ein paar Nächte in einigen Clubs durchgemacht, hätte es mir sicherlich besser gefallen.

Während Eddie, der mit dem knallroten Gesicht, mich über die Preise in Prag ausfragte, kam der gutaussehende Jüngling in den Raum.

»Hier kommt Christy«, rief ein Mann mit üppigem, schwarzem Haar und einem riesigen Stalin-Schnurrbart, der seltsamerweise grau war. So wie er den Namen aussprach, gab er mir zu verstehen, daß er ein waschechter Dubliner war. Christy suchte sich in einiger Entfernung von mir einen Platz. Das brachte mich dermaßen durcheinander, daß ich den Faden verlor und Eddie erzählte, das Bier sei in Prag viel teurer als in Irland. Was natürlich nicht stimmte. Er sah mich verblüfft an und setzte seine Befragung in einem schärferen Ton fort.

»Wodka?« fragte er.

»Was ist damit?«

»Teurer oder billiger?«

»Billiger.«

»Whiskey?«

»Teurer.«

»Bacardi?«

»Eh … billiger, glaube ich.«

»Aber warum sollte Bacardi billiger sein und Whiskey teurer?« fragte er.

Ich redete mich irgendwie heraus. Meine ganze Aufmerksamkeit galt Christy, den ich gründlich, wenn auch aus dem Augenwinkel, musterte. Mein erster Eindruck war richtig gewesen: Er sah *tatsächlich* gut aus. Selbst außerhalb von Cloisters würde man ihn gutaussehend nennen. Seine Augen waren von einem durchdringenden hellen Blau, als wäre er zu lange in gechlortem Wasser gewesen.

Eine kleine Stimme in mir gab zu bedenken, daß ich Luke lieber mochte, aber ich brachte sie umgehend zum Schweigen. Ich nahm mir vor, mich in diesen Christy zu verknallen, ob mir das nun gefiel oder nicht. Ich wollte unbedingt den Schmerz auslöschen, den Luke verursacht hatte, und das war am einfachsten, wenn ich mich auf einen anderen stürzte. Es war einfach ein Zufall und ein Glück, daß Christy so gutaussehend war, daß ich mein Auge gar nicht wieder von ihm abwenden konnte. (Ich konnte leider nur eins für ihn erübrigen, weil Eddie mich immer noch ins Gespräch verwickelt hatte.)

Ich sah Christy aus dem Augenwinkel an, während er mit dem Mann mit dem Stalin-Schnurrbart sprach. Er hatte einen Mund wie David Allen, der Komiker.

Ein David-Allen-Mund ist sagenhaft attraktiv bei einem Mann. Er ist ungewöhnlich, weil er aussieht, als wäre er ein bißchen zu groß für das Gesicht, in das er gehört. Aber auf äußerst anziehende Weise. Ein lebhafter Mund, dessen Enden sich nach oben oder nach unten bewegen, als hätten sie ein Eigenleben. Menschen mit einem David-Allen-Mund wirken immer ein bißchen spöttisch.

Ich fuhr mit Christys Begutachtung fort. Selbst sein Haar sah gut aus. Weizenfarben, gut geschnitten.

Trotz seines lebhaften Mundes sah er aus wie ein *Mann*, jemand, auf den man sich verlassen konnte. Aber nicht wie einer, bei dem man sich darauf verlassen konnte, daß er einen nicht anrief. Seine Verläßlichkeit war von anderer Art, nämlich der eines Menschen, der einen aus einem brennenden Gebäude retten würde.

Ich fand ihn toll, abgesehen natürlich von seiner Größe. Als er aufstand, um sich die Teekanne zu holen, sah ich, daß er nicht größer war als ich. Was eine Enttäuschung war, aber eine, die ich schon kannte.

Dennoch konnte er sich ansonsten wirklich sehen lassen. Er war dünn. Nicht von der blassen, eingefallenen, schmächtigen Sorte, mit Toastständer-artigen Rippen und Baguette-förmigen Oberschenkeln. Rank und schlank, die Beschreibung würde ihm eher gerecht. Er hatte die Hemdsärmel hochgeschoben, und seine kräftigen Unterarme weckten in mir das Bedürfnis, sie zu berühren. Und seine Beine waren phantastisch. Ein winziges bißchen kürzer als das Idealmaß. Dagegen hatte ich nichts. Wenn ich fand, daß ein Mann gut aussah, dann machten ihn etwas zu kurze Beine eindeutig sexy. Warum das so war, wußte ich nicht. Vielleicht, weil es eine gewisse Robustheit versprach.

Oder auf einen dicken Schwanz hinwies. Obwohl ich wußte, daß lange Beine bewundernswert waren, war ich nicht wild auf Männer mit extra-langen Beinen. In der Welt der Beine waren sie der Kaviar. Damit will ich sagen, daß ich nicht recht verstand, warum man so ein Aufhebens darum machte. Männer mit schlaksigen Beinen erinnerten mich an Giraffen oder an Ballerinen – insgesamt an etwas Weibisches.

Christy war in keiner Weise weibisch.

Plötzlich verstand ich, warum in der Messe ein solches Getue um den Leib Christi gemacht wurde. Erst jetzt, da ich es selbst erlebte, würde ich keine Einwände mehr dagegen haben, in die Knie zu gehen vor so einem … jetzt aber Schluß mit diesen Hirngespinsten. In einem Anflug von Einsamkeit vermißte ich plötzlich Brigit, vermißte Luke, vermißte jemanden, mit dem ich schmutzige Gedanken austauschen konnte.

Ich zwang meine Gedanken fort von Luke und hin zu Christy und seinem Körper.

Wäre es nicht wunderbar, wenn es zwischen mir und Christy funkte? Wenn wir uns ineinander *verlieben* würden. Und wenn er mit mir nach New York käme und wir Luke begegneten. Und wenn Luke am Erdboden zerstört wäre und mich anflehen würde, Christy zu verlassen. Und dann würde ich Luke eine Gemeinheit an den Kopf werfen wie: »Tut mir leid, Luke, aber jetzt weiß ich, wie oberflächlich du bist. Was Christy und ich füreinander empfinden, ist *echt* …«

In meiner Phantasie war ich gerade so weit, daß Luke Christy schlagen wollte, worauf Christy Lukes Arm abfing und voller Mitleid sagte: »Hör zu, Mann, sie will dich nicht, kapiert?«, als ein paar der Männer anfingen, mit großem Geklapper Messer und Gabeln auf den Tisch zu werfen. Christy war einer von ihnen, was mich überraschte, denn in meinen Gedanken war er noch dabei, es Luke heimzuzahlen.

»Abendessen«, rief der dicke Eamonn begeistert.

Was ...? Was soll das ...? Was hatten sie bloß vor?

Zu meinem großen Erstaunen deckten die Insassen den Tisch! Ich dachte, sie hätten mit den Bestecken geklappert, um so dem Küchenpersonal anzudeuten, daß sie Hunger hatten. Doch nein, der Lärm war lediglich die Vorstufe zum Tischdecken. Sie trugen Kannen mit Milch und Körbe voller Brot herbei und verteilten Butterschalen und Marmeladengläser auf dem langen Tisch. (»Hier, reich das mal zum anderen Ende, aber laß Eamonn nicht ran.«)

»Warum deckt ihr den Tisch?« fragte ich Mike nervös. Sie sollten bloß nicht denken, daß ich helfen würde. Ich deckte schon normalerweise nicht den Tisch, da würde ich es in meinen Ferien bestimmt nicht tun.

»Weil wir nette Leute sind.« Er lächelte. »Wir wollen Cloisters Ausgaben sparen, denn wir zahlen nicht genug.«

Meinetwegen, dachte ich, so lange man es nicht tun *muß*. Ich war jedoch nicht überzeugt. Das hatte möglicherweise etwas mit dem brüllenden Gelächter zu tun, mit dem Mikes Bemerkung quittiert wurde.

12

Das Abendessen war köstlich und widerlich zugleich. Es gab Pommes frites, Fischstäbchen, Zwiebelringe, grüne Bohnen und Erbsen. Unbegrenzte Mengen von allem, laut Clarence.

»Du kannst essen, soviel du willst«, erklärte er mir in verschwörerischem Flüstern. »Du mußt einfach in die Küche gehen und Sadie die Sadistin fragen. Jetzt weiß sie ja, daß du süchtig bist, dann gibt sie dir, so viel du willst.«

Ich zuckte zusammen, als er sagte »daß du süchtig bist«, doch dann gewann meine große Vorliebe für Pommes frites die Oberhand, und ich fing an, mich damit vollzustopfen.

»Seitdem ich hier bin, habe ich sechs Kilo zugenommen«, sagte er noch.

Ich spürte, wie eine kalte Hand sich um mein Herz legte und meine beladene Gabel mitten in der Luft stehenblieb, bevor ich mir sie in den Mund stecken konnte. Ich wollte keine sechs Kilo zunehmen, ich war so schon aus der Form.

Noch während ich mir einredete, daß eine einzelne fetttriefende Mahlzeit nicht viel schaden könnte und ich am nächsten Tag anfangen würde, vernünftig zu essen, drang plötzlich ein unangenehmes Geräusch zu meiner Linken an mein Ohr. Es waren John Joes Eßgeräusche!

Es war richtig laut! Und wurde immer lauter. Wieso hatten die anderen das nicht bemerkt? Ich versuchte nicht hinzuhören, aber es war unmöglich. Meine Ohren waren plötzlich wie diese besonders feinen Mikrophone, mit denen man im Fernsehen das Atmen von Ameisen hörbar machte.

Ich konzentrierte mich auf meine Pommes frites, aber die ganze Zeit hörte ich John Joe, wie er schlürfte und schmatzte und wie ein Rhinozeros schnaubte.

Ich verkrampfte mich immer mehr und zog die Schultern bis zu den Ohren hoch. Das Mampfen und Malmen wurde immer lauter, bis ich schließlich nichts anderes mehr hörte. Es war ekelhaft. Maßlose, heiße, mörderische Wut stieg in mir hoch.

»Sag doch was«, redete ich mir zu. »Sag ihm doch einfach, er soll leiser essen.« Aber es kam mir nicht über die Lippen. Statt dessen stellte ich mir vor, wie ich mich auf ihn stürzte und heftig auf ihn eindrosch, wie ich auf seine Brust hämmerte und alle Geräusche aus ihm herausprügelte.

Kein Wunder, daß ihn keine geheiratet hat, dachte ich wutschäumend. Geschieht ihm ganz recht, wenn er nie seine Unschuld verloren hat. Er hat es nicht besser verdient. Wer würde mit einem Mann schlafen wollen, der dreimal täglich diese schmatzenden, widerlichen Geräusche machte?

Jetzt kaute er besonders laut auf einem herzhaften Bissen herum. Es war unerträglich! Mit großem Getöse warf ich mein Besteck auf den Teller. Unter diesen Umständen konnte ich keinen weiteren Bissen herunterbringen.

Mein Zorn schwoll noch an, weil keiner bemerkte, daß ich nicht weiteraß. Ich hatte Anteilnahme erwartet und Worte wie: »Rachel, warum ißt du denn nicht?« Aber keiner sagte etwas. Schon gar nicht dieser schmatzende alte Widerling John Joe.

Ich verstand nicht, *warum* ich so wütend war. Den ganzen Tag über war immer wieder ein rasender Zorn in mir aufgeflammt. Und heiße Tränen. Beides sah mir gar nicht ähnlich. Meistens ging ich sorglos und unbekümmert durchs Leben. Eigentlich hätte ich glücklich sein müssen, denn ich wollte ja nach Cloisters kommen. Und ich war froh, daß ich da war. Aber vielleicht wäre ich froher, wenn ich endlich ein paar Berühmtheiten zu Gesicht bekäme und einen Plausch mit ihnen halten könnte.

Nach den Pommes frites und so weiter gab es Kuchen. John Joe langte kräftig zu. Wahrscheinlich konnte man ihn bis nach Peru hören.

Und während ich wutverkrampft dasaß und mir ausmalte, mit welchen Mitteln man John Joe foltern konnte, stand der Braune Pullover auf, der auf der anderen Seite von mir saß, und Christy nahm den Platz ein. Ich war plötzlich ganz aufgeregt, als er dem Braunen Pullover zurief: »He, Brauner Pullover« (oder wie immer er hieß), »bist du fertig? Hast du was dagegen, wenn ich mich einen Moment lang auf deinen Platz setze? Ich habe noch gar nicht mit Rachel gesprochen.« Und er setzte sich, als wäre es das Natürlichste von der Welt. Ich verbannte John Joe mit seinem Gemampfe aus meinem Kopf und zauberte ein strahlendes Lächeln auf mein Gesicht.

»Hallo, ich bin Chris«, sagte er.

Seine chlorhellen Augen waren so blau, daß man dachte, das Licht müßte ihnen weh tun.

»Ich dachte, du heißt Christy.« Ich lächelte mit einem Gesichtsausdruck, der, so hoffte ich zumindest, halb frech, halb intim war. (*Mag mich, mag mich!*)

»Nein, das liegt an Oliver.« (Stalin, nahm ich an.) »Er hängt an alle Namen ein ›y‹.«

Wie verzaubert hing ich an seinem schönen, lebhaften Mund, während er die üblichen Fragen stellte. Woher ich kam, wie alt ich war, und so weiter, und so fort. Aber ich antwortete mit erheblich mehr Begeisterung als am Nachmittag bei den absolut identischen Gesprächen. (»Ja, haha, die Stadt ist wunderschön. Nein, die meisten Sachen, die man hier bekommt, kann man da auch kaufen. Außer *Kerrygold*-Butter, hahaha.«)

Er lächelte mich die ganze Zeit an. Es war herrlich, und was er sagte, war voller Ironie. Er ist cool, dachte ich bewundernd, viel cooler als Luke. Luke *dachte* nur, er wäre cool und sein Leben wäre aufregend. Aber an Chris kam er nicht heran. Ich meine, Chris war *drogensüchtig*. Mach das erst mal nach, Luke Costello!

Und obwohl ich es toll fand, wenn Männer cool waren und meinetwegen auch drogensüchtig, war ich dennoch so bürgerlich, daß ich mit Erleichterung Chris' klare Aussprache und gute Ausdrucksweise registrierte. Es stellte sich heraus, daß er ungefähr zehn Minuten von meinem Elternhaus enfernt wohnte.

»Ich habe gehört, daß New York phantastisch ist«, sagte er. »Es ist so viel los. Tolle Theater, besonders die Off-Broadway Theaterszene.«

Ich war nicht im geringsten seiner Meinung, aber ich war ohne weiteres bereit, so zu tun, als stimmte ich ihm exakt zu. Hauptsache, er mochte mich.

»Großartig!« sagte ich mit gespielter Begeisterung. Zum Glück war ich erst vor kurzem mit Luke und Brigit in dieser entsetzlichen »interaktiven Installation« gewesen. Einer Art Theaterstück, das in einer ehemaligen Garage in TriBeCa stattfand. Darin wurde Körpermalerei und Piercing live auf der Bühne vorgeführt. Mit Bühne meine ich allerdings das abgeteilte Stück ölgetränkten

Zementbodens, auf dem die Zuschauer nicht stehen durften.

Der Grund, warum wir überhaupt hingegangen waren, war allein der, daß Brigit sich mit einem Knaben namens José eingelassen hatte. (Die anderen sprachen das spanisch aus, aber Luke und ich nannten ihn Josie, um Brigit zu ärgern.) Josies Schwester trat in dem Stück auf, und Brigit wollte sich bei Josie beliebt machen, indem sie es sich ansah. Sie bat Luke und mich mitzukommen, damit wir ihr unmoralische Unterstützung gaben, und bot uns sogar Geld dafür. Aber das Stück war so schauderhaft, daß wir nach einer halben Stunde wieder gingen, Brigit auch. Und dann steuerten wir die nächste Bar an, ließen uns vollaufen und verfaßten garstige Kritiken (»Der letzte Dreck«, »Leihen Sie der Platzanweiserin Ihre Kleider«).

Ich wehrte mich gegen das Verlustgefühl, das in mir aufkam, als ich an den Abend dachte, und bemühte mich stattdessen, Chris eine begeisterte Beschreibung von dem Stück zu liefern, indem ich Worte wie »bahnbrechend« und »erstaunlich« einwarf (das war es auf jeden Fall).

Ich war noch mitten im Redefluß, als er aufstand und sagte: »Ich sollte beim Aufräumen helfen. Ich kann das nicht alles den Jungs überlassen.«

Verdutzt sah ich mich um: Die Insassen kratzten die Essensreste von den Tellern und luden das Geschirr auf einen Servierwagen. Einer fegte den Linoleumboden. Warum taten sie das? fragte ich mich verwirrt. Gab es in Cloisters keine Putzkolonne, die das Aufräumen besorgt? Und das Tischdecken? Taten die Insassen das wirklich nur, weil sie nette Leute waren?

Warum denn nicht? fragte ich mich. Es gab doch nette Leute. Und ich schüttelte den Kopf, weil mein Glaube an das Gute im Menschen so gering war. Wahrscheinlich hatte ich zu lange in New York gelebt.

»Kann ich vielleicht helfen?« fragte ich höflich. Obwohl ich das nicht wirklich meinte. Wenn sie ja gesagt hätten, wäre ich stinksauer gewesen, aber ich wußte, daß sie das nicht tun würden. Im Verein erwiderten sie: »Kommt nicht in Frage«, und: »Auf keinen Fall«. Das gefiel mir, denn sie merkten offenbar, daß ich nicht richtig dazugehörte.

Doch als ich schnell in mein Zimmer lief, um mein Make-up zu Ehren dessen, was nach dem Abendessen geschah, aufzufrischen, kam ich an der Küche vorbei. Wo Misty O'Malley einen enormen Topf auswusch. Dazu mußte sie sich auf einen Schemel stellen. Obwohl ich mir nicht sicher war, daß sie sich wirklich auf einen Schemel stellen mußte. Sie tat das nur, um süß und zierlich auszusehen.

Auf der Stelle tat es mir leid, daß ich nicht darauf bestanden hatte, beim Abräumen zu helfen. Ich hatte das Gefühl, daß nichts, was ich machte, richtig war. Wenn ich geholfen hätte, und Misty hätte nichts getan, wäre ich mir wie ein Schleimscheißer vorgekommen, aber andersherum, da Misty geholfen und ich mich gedrückt hatte, fühlte ich mich faul und wertlos.

Deswegen nahm ich, als ich wieder runterkam, eine Butterschale vom Tisch und wanderte ziellos damit herum, bis einer der Braunen Pullover mich anhielt.

»Das brauchst du doch nicht zu machen.« Sanft nahm er mir die Butter aus meiner gebewilligen Hand.

Ich war hoch erfreut. Da staunst du nicht schlecht, was, Misty O'Malley?

»Wir haben dich in Dons Team gesteckt«, fuhr er fort.

Was bedeutete das? Dons Team? War das so etwas wie Josephines Gruppe?

»Aber da heute dein erster Tag ist, brauchst du erst morgen anzufangen«, sagte er.

Sorry, keine Ahnung, wovon die Rede war.

»Aber morgen bist du dann beim Frühstück dran. Hoffentlich kommst du leicht aus den Federn, es fängt nämlich schon um sieben Uhr an.«

Da verstand ich ihn. Es war ein Witz.

»Haha.« Ich zwinkerte ihm freundlich zu. »Nicht schlecht.«

13

Ich wartete im Speisesaal, bis die Reste des Abendessens weggeräumt waren. Immer wenn ich nichts zu tun hatte, stürzten Gedanken an Luke über mich herein. Der Schmerz der Zurückweisung verwandelte sich dann von einem dumpfen Druck im Hinterkopf zu akuter Verzweiflung. Ich brauchte Ablenkung, und zwar schnell. Jetzt *mußte* es doch endlich Zeit für die Massage und das Fitneßstudio sein. Ich konnte einfach nicht mehr stillsitzen und Tee trinken und mich dabei von dem Gedanken, daß Luke mich sitzengelassen hatte, martern lassen. Es ging einfach nicht mehr!

Ein hysterisches Gefühl stieg aus meiner Magengrube auf und schnürte mir die Kehle zu. Auf meiner Kopfhaut prickelte der Schweiß, und plötzlich mußte ich etwas tun. Ich sprang auf und suchte Mike. Ich vergaß meine anfängliche Scheu, mit ihm zusammen gesehen zu werden, ging auf ihn zu und fragte in kämpferischem Ton: »UND WAS PASSIERT JETZT?«

Ich konnte mich gerade noch davor zurückhalten, ihn am Pullover zu packen und mit wildem Blick und schriller Stimme zu schreien: »Und damit du es gleich weißt, ich trinke keinen einzigen Schluck Tee mehr!«

Er schien von meiner Wut überrascht, aber nur einen kurzen Moment. Dann lächelte er entspannt und sagte: »Der Abend ist zur freien Verfügung. Freitag abends gibt es keine Vorträge oder Treffen, und wir können tun, was wir möchten.«

»Zum Beispiel?« fragte ich. Ich merkte, wie mein überwältigender Zorn mich atemlos gemachte hatte.

»Wenn du willst, führe ich dich ein bißchen rum«, bot er an.

Einerseits war ich neugierig, andererseits wollte ich meine Zeit nicht mit ihm verbringen. Doch er eilte schon voraus, also folgte ich ihm, immer noch nach Luft ringend.

Die erste Station war der Aufenthaltsraum. Wie das ganze Gebäude wurde auch er gerade renoviert. Aber hier sah es besonders schlimm aus. Abgesehen von ein paar ramponierten Sofas waren alle Möbel ausgeräumt worden, und auf dem Teppich lag Putz in Klumpen, die von der Decke gefallen sein mußten. Die Fenster wurden offenbar erneuert, aber in der Zwischenzeit pfiff ein eisiger Wind durch den Raum. Wir trafen nur einen Insassen an. Es wunderte mich, daß überhaupt jemand da war, bei der Kälte. Bei näherem Hinsehen erkannte ich, daß es Davy war, der einsame Spieler. Ich hatte ihn nicht erkannt, weil er einen Mantel und eine Mütze mit Ohrenklappen trug. Er saß auf der Sofakante und sah sich im Fernsehen *You Bet Your Life* an. »Alles«, murmelte er vor sich hin, »mach schon, setz das Ganze.«

»Was gibt es denn, Davy?« fragte Mike in einem komischen Singsang.

Davy sprang hoch – er sprang wirklich – und drehte den Fernseher aus.

»Sag keinem was, ja, bitte?« flehte er.

»Diesmal nicht«, sagte Mike. »Aber paß bloß auf, du Oberidiot.«

Ich hatte keine Ahnung, wovon die beiden sprachen.

Als nächstes sahen wir uns den Leseraum an.

Auch hier wurde renoviert. Dennoch saßen ziemlich viele der Insassen hier. Obwohl es Leseraum hieß, schrieben die meisten. Was schrieben sie wohl? Briefe? Aber warum schlugen sie dann immer wieder mit der Hand auf den Tisch und riefen: »Ich kann das nicht!«? Denn das taten sie. Ich war bestimmt nur wenige Sekunden da, aber in der Zeit schlugen mindestens fünf von ihnen auf den Tisch. Andere zerknüllten ein Blatt und warfen es an die Wand. Im Raum hing dichter Zigarettenqualm und der Odem der Verzweiflung. Ich war froh, als wir wieder gingen.

»Jetzt kommt das Beste«, sagte Mike.

Mein Herz juchzte, und ich verscheuchte auch den restlichen Zorn. Was würde er mir zeigen? Das Fitneß-Studio? Den Flügel, in dem die Berühmtheiten untergebracht waren? Das Schwimmbad?

Er zeigte mir sein Zimmer.

Er ging vor mir die Treppe hinauf, riß die Tür auf und sagte: »Die absolute Krönung.«

Nachdem mein Zorn jetzt verraucht war, blieb nur ein Gefühl von Scham und der Wunsch, freundlich zu sein. So ging es mir jedesmal. Zwar hätte ich mich vielleicht geweigert, ihm einen zu blasen, falls er mich zu diesem Zweck hierhergebracht hatte – so groß waren meine Schuldgefühle nun auch nicht –, doch ich war durchaus willens, meinen Kopf zur Tür hereinzustecken und sein Zimmer in überschwenglichen Tönen zu bewundern.

Aber ich konnte kaum glauben, was ich da zu sehen bekam! Man könnte meinen, daß es einen Wettbewerb »Wieviele Betten bekomme ich in ein Zimmer?« gegeben hatte. Es war gestopft voll mit Betten. Jedes Bett berührte mindestens ein weiteres.

»Hübsch intim, nicht?« sagte Mike trocken.

Ich lachte. Ich dachte, er machte Spaß. Obwohl ich auch dann gelacht hätte, wenn ich das nicht gedacht hätte.

»Komm, laß uns wieder runtergehen«, sagte Mike, nachdem ich alle Komplimente gemacht hatte, die mir einfielen.

»Nein, zeig mir den Rest«, protestierte ich.

»Ach nein«, sagte er. »Jetzt ist es dunkel und kalt draußen. Das machen wir morgen.«

Daraus entnahm ich, daß das Fitneß-Studio und das Schwimmbad und die Sauna in einem anderen Gebäude untergebracht sein mußten. Also gingen wir wieder nach unten. Wieder in den Speisesaal, wo immer noch ungefähr zehn Männer saßen, die *immer noch* Tee tranken, *immer noch* löffelweise Zucker in ihren Tee schaufelten, *immer noch* eine Zigarette nach der anderen anzündeten.

Offenbar liebten sie diesen Speiseraum, es war wie eine Art spiritueller Heimat. Schweren Herzens mußte ich schließlich erkennen, daß diese Männer nie in ein Fitneß-Studio gingen. Daß sie wahrscheinlich nie den Speisesaal verließen. Es hätte mich nicht gewundert, wenn sie dort schliefen. Sie alle kümmerten sich einen Dreck um ihre

Figur und ihr Aussehen. Das war ja nur allzu offensichtlich.

Mit Ausnahme von Chris. Er war verschwunden, und ich hätte wetten können, daß ich wußte, wo er war.

Ich setzte mich und war – ich konnte es nicht leugnen – deprimiert. Die gelben Wände setzten mir zu, die Teetrinkerei zermürbte mich, obwohl ich gar nicht mitmachte. Und ich mußte wieder an Luke denken. Der Glanz dieser Stätte, der mir helfen sollte, Luke zu verdrängen, blieb im Verborgenen, und das machte mich ganz kribbelig.

Ich versuchte mich aufzuheitern, indem ich Oliver, den Mann mit dem Stalin-Schnurrbart, fragte, woher er käme. Ich wollte einfach hören, daß er sagte: »Ich bin ein waschechter Dubliner.« Und als er sagte: »Ich bin aus Dublin, ein waschechter Dubliner«, heiterte mich das ein bißchen auf, aber nur für einen Moment.

So hatte ich mir das hier nicht vorgestellt, dachte ich in einem heftigen Anflug von Traurigkeit.

Als mir der Gedanke kam, daß es vielleicht zwei Cloisters gab und dies das andere war, worauf mein Magen sich zusammenkrampfte, kam Clarence herein. Er hatte ein knallrotes Gesicht, seine Haare waren naß, und er grinste von einem Ohr zum anderen.

»Und wo kommst du denn her?« fragte Peter mit einem aufgesetzten Lachen, woraufhin ich ihm am liebsten eine Tasse heißen Tee über den Kopf gegossen hätte.

»Drüben aus der Sauna«, sagte Clarence.

Bei diesen Worten machte mein Herz vor Freude einen Sprung. Und auch, ich gebe es zu, vor Erleichterung. Jetzt, da der Beweis erbracht war, schienen mir meine Sorgen dumm. Lächerlich geradezu.

»Und, wie war's?« fragte Mike.

»Klasse!« sagte Clarence. »Einfach klasse.«

»War es nicht das erste Mal?« fragte jemand.

»Ja«, sagte er. »Und es war toll, wirklich wahr. Jetzt fühle ich mich richtig gut.«

»Das hast du auch verdient«, sagte ein anderer. »Gut gemacht.«

»Ist es nicht ein wunderbares Gefühl, wenn man all die Unreinheiten los wird?« sagte ich begierig, weil ich unbedingt mitreden wollte.

»Sprich mir nicht von Unreinheiten«, lachte Clarence. »Klar, ich hatte keine saubere Unterhose mehr in meinem Besitz.«

Lieber Himmel! Ich zuckte angewidert zurück. Igitt! Wie eklig! Warum mußte er seine Unterhosen erwähnen. Das war ja abstoßend. Schade eigentlich, wo ich doch gerade angefangen hatte, ihn zu mögen.

Clarence setzte sich, und die anderen nahmen den Faden da wieder auf, wo sie ihn verloren hatten, als er kam. Plötzlich war ich sehr schläfrig und konnte dem Gespräch kaum noch folgen. Ich hörte nur noch das Auf und Ab ihrer Stimmen, während die Unterhaltung diese und jene Wendung nahm. Es erinnerte mich an unsere Besuche bei Granny Walsh in ihrem Cottage. Abends nach der Arbeit kamen immer Besucher, die um den Kamin saßen, Tee tranken und bis spät in die Nacht plauderten. Meine Schwestern und ich lagen in einem Zimmer neben dem Wohnzimmer, und das Gemurmel der Männer nebenan, die Granny besuchten, drang sanft an unsere Ohren, während wir langsam in den Schlaf sanken. (Nein, sie war keine Prostituierte.)

Und als jetzt die Stimmen, überwiegend Männerstimmen mit ländlichem Zungenschlag, über mich hinweggingen, wurde ich schläfrig, so wie damals.

Ich wollte schlafen gehen, aber die Angst, daß ich auf mich aufmerksam machen würde, wenn ich aufstand und gute Nacht sagte, lähmte mich. Ich hatte einfach einen Fehler gemacht, als ich mich noch einmal hinsetzte.

Ich fand es schon immer furchtbar, groß zu sein, und als ich zwölf war und meine Schwester Claire zu mir sagte, daß meine Mutter mit mir über meine körperlichen Veränderungen sprechen wollte, dachte ich, sie meinte meine Körpergröße.

Seltsamerweise rief meine Mutter mich ungefähr zwei Monate nach dem Aufklärungsgespräch über monatliche

Blutungen (in dem die Aussage »Tampons sind das Werk des Teufels« unterschwellig mitschwang) noch einmal zu sich. Diesmal wollte sie tatsächlich über meine Größe sprechen, weil ich so krumm und bucklig durch die Gegend lief.

»Stell dich gerade hin, jetzt mach schon, häng nicht so krumm da, wie ein Baum über einer Mauer«, sagte sie forsch. »Schultern zurück, Kopf hoch. Gott hat dich groß geschaffen, da brauchst du dich nicht zu schämen.«

Sie glaubte natürlich kein Wort von dem, was sie sagte. Obwohl sie selbst groß war, vertrat sie ganz offensichtlich die Meinung, daß eine Größe von einsfünfundsechzig im Alter von zwölf Jahren einen Eintrag im Guinnessbuch der Rekorde gerechtfertigt hätte. Aber ich murmelte: »Ist gut«, und versprach, mich daran zu halten.

»Nicht mit der Nase auf dem Bürgersteig entlang«, sagte sie. »Zeig deine ganze Größe!« Daraufhin fing sie hysterisch an zu kichern. »Klar, wie sollst du sie auch verstecken?« prustete sie und stürzte aus dem Zimmer, während ich ihr verdutzt nachsah. Hatte sie mich etwa ausgelacht? Meine eigene Mutter …?

Kaum war sie aus dem Zimmer, kam Claire herein und stürzte sich auf mich. »Hör mir zu«, sagte sie eindringlich. »Glaub ihr kein Wort.«

Mit ihren sechzehn Jahren schien Claire mir atemberaubend schön, und ich verehrte sie uneingeschränkt. Selbstverständlich glaubte ich ihr vorbehaltlos.

»Halt dich *nicht* aufrecht«, sagte sie, »Halt deinen Kopf *nicht* hoch. Nicht«, so fuhr sie düster fort, »wenn sich je ein Junge für dich interessieren soll.«

Ja, aber natürlich sollten sich Jungen für mich interessieren. Ich wollte einen Freund noch mehr als einen Minirock oder Tukka-Boots, also hörte ich ihr genau zu.

»Die machen einen großen Bogen um dich, wenn du größer bist als sie«, klärte sie mich auf. Ich nickte feierlich. Was sie alles wußte! »Eigentlich muß man ziemlich viel kleiner sein, damit sie einen mögen. Sonst fühlen sie sich bedroht«, sagte sie finster.

»Klein und dumm«, faßte sie zusammen. »Das mögen sie am liebsten.«

Ich nahm mir also Claires Ratschlag zu Herzen. Und ich fand, daß sie recht hatte. Ehrlich gesagt hätte sie sich selbst mehr an ihre eigenen Worte halten sollen. Ich war überzeugt, daß ihre Ehe deswegen gescheitert war, weil Claire, wenn sie hochhackige Schuhe trug, genauso groß war wie James. Und das hatte sein Ego nicht verkraftet.

14

Zeit, ins Bett zu gehen. Ich hatte mir das so vorgestellt: Gähnen, die Arme über den Kopf strecken, die Augen mit den Fingerknöcheln reiben, ächzen und stöhnen, ein flauschig-weiches Nachthemd überstreifen und sich gemütlich unter einer dicken Daunendecke zurechtkuscheln, um dankbar in einen zwölf Stunden währenden, erholsamen, heilenden und glücklichen Schlaf zu sinken.

Von wegen!

Man könnte auch sagen: in den Arsch gekniffen!

Mir stand ein ganz schöner Schock bevor, als ich ins Zimmer kam, bereit, sofort ins Bett zu kriechen, ohne mein Make-up zu entfernen. (Das gestattete ich mir nur an besonderen Abenden – wenn das Leben besonders anstrengend war oder nach exzessivem Rauschmittelkonsum.) Denn zu meiner Überraschung war Chaquie bereits im Zimmer. Mist, ich hatte sie ganz vergessen.

Sie saß auf der Bettkante, die Beine elegant übereinandergeschlagen, und manikürte sich die Fingernägel – so interpretierten zumindest meine ungeschulten Augen das, was sie da sahen. Ich hatte noch nie eine Maniküre gebraucht. Meine Angewohnheit, die Nägel bis zum Nagelbett herunterzubeißen, erfüllte den gleichen Zweck.

»Ach, hallo«, sagte ich nervös. Mußte ich mich mit ihr unterhalten?

»Hallo, Rachel.«

Anscheinend ja.

»Komm, setz dich doch.« Einladend klopfte sie auf das Bett neben sich. »Ich hatte richtig Mitleid mit dir beim Abendessen, weil du neben diesem ekelhaften Tier, diesem John Joe sitzen mußtest. Die Geräusche, die er macht! Bei sich zu Hause muß er mit den Schweinen essen.«

Was für eine Erleichterung! Es war, als hätte jemand den hoffnungslos verknäulten Knoten in meiner Brust entwirrt.

»Ja«, sagte ich und war ausgesprochen erfreut, daß jemand darüber genauso dachte wie ich. »Ich wußte nicht, was ich tun sollte. So was habe ich noch nie …«

Sie nickte mit geschürzten Lippen, während ich sprach, und behandelte ihre Nägel mit einer Art Lutscherstiel. Dann fragte sie übergangslos: »Bist du verheiratet, Rachel?«

»Nein.« Gerade war es mir gelungen, zwei Sekunden lang nicht an Luke zu denken, als ihre Frage mich wieder kopfüber in mein Unglück hineinschleuderte. Alles in mir zog sich zusammen, weil ich einen Moment lang *wirklich nicht glauben konnte*, daß es zwischen uns vorbei war.

»Und du?« fragte ich schließlich.

»Meine Güte, ja!« perlte sie. Sie verdrehte die Augen, um mir ihr langjähriges Leid anzudeuten.

Da merkte ich, daß sie überhaupt nicht an mir interessiert war. Sie hatte das Gespräch nur angefangen, um auf sich selbst zu sprechen zu kommen.

»Ich büße für meine Sünden.« Sie warf mir ein bezauberndes Lächeln zu. »Mein Mann heißt Dermot.« Sie sprach die zweite Silbe ganz kurz aus, also Durm't, damit ich merken sollte, daß sie vornehmer Herkunft war.

Ich lächelte schwach.

»Fünfundzwanzig glückliche Jahre«, sagte sie. Und hastig fügte sie hinzu: »Ich habe gleich nach der Schule geheiratet. Von der Schulbank weg.«

Wieder zwang ich mich zu einem Lächeln.

Plötzlich warf sie das Holzstäbchen mit Nachdruck von sich.

»Ich fasse es einfach nicht, daß Durm't mich hier reingesteckt hat!« rief sie. Sie rückte näher an mich heran, und ich sah entsetzt, daß ihr Tränen in den Augen standen. »Ich kann es einfach nicht glauben. All die Jahre war ich ihm eine treusorgende Ehefrau, und so dankt er es mir!«

»Bist du wegen, ehm, Alkoholproblemen hier?« fragte ich diskret. Ich wollte nicht, daß sie dachte, ich würde ihr Vorhaltungen machen oder was.

»Ich bitte dich«, sagte sie und wedelte wegwerfend mit der Hand. »Ich und Alkoholikerin!« Sie riß ihre tadellos geschminkten Augen weit auf. »Hin und wieder ein Bacardi Cola, wenn ich mich mit meinen Freundinnen treffe«, erklärte sie. »Wenn wir uns mal was gönnen wollten. Das habe ich weiß der Himmel verdient, schließlich arbeite ich mir für diesen Mann den Rücken krumm.«

»Warum hat Durm't dich dann hier reingesteckt?« fragte ich beunruhigt. Ein paar Bacardi Cola klangen nicht sehr gefährlich.

Und ich wünschte, ich hätte nicht Durm't gesagt. Das war eine schreckliche Angewohnheit von mir: Ich ahmte immer den Akzent desjenigen nach, mit dem ich mich gerade unterhielt.

»Frag mich nicht, Rachel«, sagte Chaquie. »Sehe ich etwa wie eine Alkoholikerin aus?«

»Himmel, natürlich nicht.« Ich lachte verständnisvoll. »Sehe ich etwa wie eine Drogensüchtige aus?«

»Dazu kann ich nichts sagen, Rachel.« Ihr Widerwille war ganz deutlich herauszuhören. »Ich verkehre nicht in solchen Kreisen.«

»Ich bin natürlich nicht süchtig.«

Blöde Kuh, dachte ich. Das hatte mich getroffen. Besonders, da ich mich doch so nett über ihr Alkoholproblem geäußert hatte.

»Wo wohnt deine Familie?« fragte sie und wechselte wieder unvermittelt das Thema.

»Blackrock«, knurrte ich mißmutig.

»Welche Straße?«

Ich sagte ihr die Adresse. Offenbar fand das ihre Zustimmung. »Ah, die Gegend kenne ich. Freunde von mir haben dort gewohnt, aber dann haben sie ihr Haus verkauft und eins in Killiney gekauft, mit Blick über die Bucht und fünf Badezimmern. Ein berühmter Architekt aus London hat es für sie eingerichtet.«

»Ach, tatsächlich?« fragte ich abfällig. »Wie heißt der? Ich kenne mich auf dem Gebiet nämlich ein bißchen aus.« Ich hatte keinen blassen Schimmer, aber immerhin hatte sie mich verärgert.

»Ach, wie hieß der denn noch?« sagte sie vage. »Geoff oder so ähnlich.«

»Nie von ihm gehört.«

»Dann scheinst du dich ja nicht besonders gut auszukennen«, sagte sie, ohne mit der Wimper zu zucken.

Das geschah mir recht, weil ich gemein zu ihr gewesen war. Ich hatte meine Lektion gelernt.

O ja, dachte ich erbittert, ich hatte meine Lektion gelernt, und beim nächsten Mal würde ich noch viel gemeiner zu ihr sein.

Dann fing sie an, von *ihrem* Haus zu erzählen. Sie hatte ein unnatürliches Interesse an Badezimmern, die man vom Schlafzimmer aus betreten konnte.

»Unser Haus ist perfekt, ein richtiges Vorzeigehaus!« behauptete sie. »Dabei haben wir keinen Architekten aus London dafür geholt.« Sie verdrehte belustigt die Augen und ermunterte mich, ihr mit einem Lächeln zuzustimmen.

Ich ging darauf ein. Ich wollte gefallen, auch wenn mir die, der ich gefallen wollte, zuwider war.

»Es ist in Monkstown«, sagte sie mit Stolz. »Du warst ja eine Weile im Ausland und bist vielleicht nicht richtig auf dem laufenden, aber Monkstown wird immer vornehmer. Massenweise Popstars in der Nachbarschaft. Chris de Burgh wohnt gleich um die Ecke.«

Ich schüttelte mich.

»Die singenden Augenbrauen? Na,'ne feine Nachbarschaft.« Ich meine, sie war doch nicht *wirklich* stolz darauf, oder?

»Ich hoffe, ihr hört ihn nicht, wenn er übt«, fuhr ich fort. »Das wäre ja das aller …«

Als ich ihre Miene sah, sprach ich nicht weiter.

Oje! Oje! Oje! Das war kein guter Anfang. Hoffentlich ging sie bald wieder nach Hause.

»Ehm, wie lange bist du schon hier, Chaquie?«

»Seit sieben Tagen.«

So ein Mist!

Dann fing sie zu meiner großen Beunruhigung an zu reden. Ich meine, zu reden wie ein Wasserfall. Ich dachte, meine Bemerkung über Chris de Burgh hätte das Gespräch beendet, was mir nur recht gewesen wäre. Aber sie entpuppte sich plötzlich als Schwatzbase ersten Ranges. Das bißchen über Badezimmer und Ehemänner war nur das Vorspiel, während sie wartete, daß sie freie Bahn bekam. Und jetzt hatte sie auf ein Signal hin, das nur sie hörte, aufgedreht und raste mit Volldampf in atemberaubender Geschwindigkeit über die Konversationspiste.

Der Kern ihres verbitterten Monologs war, daß man keinem trauen konnte. Angefangen beim Gynäkologen über den Milchmann bis hin zum Ehemann.

Dem Ehemann besonders nicht.

Die Flut ihrer Worte ergoß sich über mich.

»... ich sagte, ich hätte ganz bestimmt nicht zwei Flaschen für Dienstag bestellt, weil Durm't und ich an dem Tag gar nicht zu Hause waren ...« (Der Milchmann hatte ihr Mißtrauen geweckt.)

»... und wie soll ich ihm trauen, wenn er das nächste Mal seine Hand unter meinen Rock schiebt ...?« (Ihr Gynäkologe hatte mit einer ihrer Freundinnen eine Affäre.)

»... Ich kann es immer noch nicht fassen, daß er mich hier reingesteckt hat! Wie konnte er das tun? ... (Durm't hatte sie unglücklich gemacht.)

»... wenn ich daran denke, wie oft ich mich vor ihm ausgezogen habe ...« (Ich glaube, das war der lüsterne Gynäkologe. Obwohl, später fand ich Dinge über Chaquie heraus, wonach es sich ebensogut um den Milchmann handeln konnte.)

Ich konnte mich kaum wachhalten und verlor immer wieder den Faden. Ich hoffte, daß ich ohnmächtig werden oder einen Anfall bekommen würde, aber zwischendurch schreckte ich immer mal wieder hoch und merkte, daß sie noch mittendrin war.

»... und dabei war es Vollmilch, und Durm't und ich trinken nur Magermilch, schließlich muß man ja auf seine Gesundheit achten, oder ...« (Wieder der Milchmann.)

»... und jedesmal, wenn ich bei ihm bin, habe ich das Gefühl, daß er mich lüstern ansieht ...« (Entweder der Gynäkologe oder Durm't. Oder halt, doch eher nicht Durm't.)

»... Was hab' ich denn bloß getan, daß er mich hier reingesteckt hat? Wie konnte er das tun? ...« (Durm't, klarer Fall.)

»... und dann hat er gesagt, daß er nichts tun könne. Daß die Rechnungen mit dem Computer erstellt würden. Und da habe ich zu ihm gesagt: ›Reden Sie nicht so mit mir, junger Mann‹ ...« (Wahrscheinlich der Milchmann.)

»... und dann waren sie fünfzehn Zentimeter zu kurz für unser Erkerfenster, also habe ich sie nicht bezahlt ...« (Keine Ahnung, tut mir leid.)

Sie redete und redete ohne Unterlaß, während ich den Kopf an die Wand gelehnt hatte, als wäre ich von der Zentrifugalkraft ihres Wortschwalls plattgewalzt worden. Ich hätte gern gewußt, ob ich so verzweifelt aussah, wie ich mich fühlte.

Ich brachte kein Wort über die Lippen und nickte nur stumm. Aber das war nicht schlimm, sie machte nicht einmal zum Luftholen eine Pause.

Vielleicht lag es daran, daß mein Tag lang und anstrengend gewesen war, aber ich hatte wirklich das Gefühl, daß ich sie haßte. Ich konnte gut verstehen, daß Durm't Chaquie nach Cloisters gebracht hatte. Wäre ich mit Chaquie verheiratet gewesen, hätte ich sie nur zu gern in eine Anstalt gesperrt. Nein, noch lieber wäre es mir, sie wäre tot. Und ich würde keinen Killer anheuern. Warum sollte ich mir das Vergnügen versagen?

Ich kämpfte mich gegen den Schwall ihrer Worte hoch und beschloß, mich schlafen zu legen. Aber ich wollte mich nicht vor ihr ausziehen. Ich meine, ich kannte die Frau ja überhaupt nicht.

Als ich mich wie ein Schlangenmensch in Mums Nachthemd zwängte und versuchte, auch nicht einen Millimeter meines schamvollen Fleisches zu enthüllen, schimpfte Chaquie in schulmeisterlichem Ton: »Du mußt mit deiner Cellulitis aufpassen, Rachel. In deinem Alter sollte man das nicht auf die leichte Schulter nehmen.«

Mit schamgerötetem Gesicht krabbelte ich in das schmale Bett.

»Sprich mit Durm't darüber«, sagte sie, »der kann was dagegen tun.«

»WIE BITTE?« Ich war schockiert. Was war das für eine Frau, die ihren Ehemann anbot, damit er etwas gegen die Cellulitis einer anderen Frau tat?

»Durm't arbeitet in einem Schönheitssalon.«

Das erklärte vieles. Als erstes erklärte es, wieso sie so schick und gepflegt aussah.

»Na ja, ich sage, er arbeitet in einem«, säuselte sie, »dabei sollte ich besser sagen, er besitzt ihn. Wir besitzen ihn. Durm't sagt immer: ›Mit Cellulitis kann man jede Menge Geld machen.‹«

Dann verdunkelte sich ihre Miene. »Der Dreckskerl«, zischte sie.

Chaquie genierte sich nicht im mindesten, als sie sich entkleidete. Im Gegenteil, sie zog eine richtige Schau vor mir ab. Ich versuchte, nicht hinzusehen, aber ich kam um ihren Anblick nicht herum, weil sie viel länger als nötig in Unterhose und BH herumstand. Und obwohl es mir schwerfiel, mußte ich doch zugeben, daß sie ziemlich gut in Schuß war. Ein bißchen schlaff, aber eben nur ein bißchen. *Angeberin*, dachte ich mit zusammengebissenen Zähnen und wünschte, daß alles Unheil der Welt auf sie und ihre gebräunten, schlanken Oberschenkel niedergehen würde.

Sie brauchte Stunden, um ihr Make-up zu entfernen, bearbeitete ihre Haut endlos mit den Fingerspitzen, klopfte und streichelte sie in sanfter Massage. Wenn ich, was selten genug vorkam, mein Make-up entfernte, warf ich mir einfach eine Handvoll Coldcream ins Gesicht, so wie ein Töpfer einen Klumpen Ton auf seine Drehscheibe wirft, und rieb sie mit der flachen Hand ein, als würde ich ein Fenster putzen. Dann wischte ich alles flüchtig mit einem Kosmetiktuch ab. Jetzt wollte ich dringend schlafen. Mir reicht es für heute, dachte ich, ich habe wirklich die Nase gestrichen voll. Ich würde gern ins Vergessen absinken, wenn du soweit bist, bitte. Aber Chaquie gewährte mir den Wunsch nicht. Sie redete weiter, auch, als ich mich hinter meinem Raymond-Carver-Buch versteckte. Ich hatte das zwar nur mitgebracht, weil Luke es mir geschenkt hatte, aber möglicherweise hätte ich es lesen wollen.

Und als ich mir die (kratzigen, eigentümlich riechenden) Decken über den Kopf zog und so tat, als schliefe ich schon, hörte sie immer noch nicht auf. Ich versuchte, sie zu ignorieren und tiefen Schlaf vorzutäuschen, indem ich regelmäßig atmete, aber sie sagte: »Rachel, Rachel, schläfst du schon?« Als ich nicht antwortete, schüttelte sie mich und sagte in scharfem Ton: »Rachel, SCHLÄFST du schon?«

Es war schrecklich, vor Erschöpfung und Enttäuschung hätte ich beinahe geweint. Ich hatte das Gefühl, eine dünne Glasplatte zu sein, die jeden Moment unter übermäßigem Druck zerbersten würde. Wenn sie doch nur DIE KLAPPE HALTEN würde! dachte ich, als heiße Wut durch meine Adern pulsierte.

So wütend war ich, daß ich in der Dunkelheit geleuchtet hätte, wenn sie bloß das verdammte Licht ausgemacht hätte!

In dem Moment wollte ich etwas nehmen. Möglichst viel. Ich hätte alles für eine Handvoll Valium gegeben. Oder Schlaftabletten. Oder Heroin. Irgendwas, egal was. Alle Spenden werden dankbar entgegengenommen.

Ich brauchte Rauschmittel. Und ich war nicht der Meinung, daß die Tatsache, daß ich unter diesen unerträglichen Umständen den sehnsüchtigen Wunsch nach Drogen spürte, mich zu einer Drogensüchtigen machte. Denn ich spürte auch den sehnsüchtigen Wunsch nach einer abgesägten Schrotflinte. Aber deswegen war ich noch lange keine Mörderin. Nicht unter normalen Umständen.

Um sie und all das Schreckliche auszublenden, versuchte ich, meine Gedanken auf etwas Schönes zu lenken. Und unversehens kreisten sie wieder um Luke.

15

Als ich am Morgen nach der ersten Nacht bei Luke aufwachte, hätte ich sterben mögen.

Es dauerte einen Moment, bevor ich begriff, daß ich nicht in meinem eigenen Bett war. Hmmm, dachte ich zufrieden, die Augen noch geschlossen, mal sehen, in wessen Bett ich bin. Hoffentlich ist er nett. Dann, als hätte mir jemand einen Eimer eiskaltes Wasser über den Kopf geschüttet, fiel es mir wieder ein: die Rickshaw Rooms, die Echten Männer, das Gefummel im Taxi, Sex mit Luke und, das Schlimmste überhaupt, ich lag immer noch in seinem Bett.

In meinen Gedanken schoß ich in die Höhe, raufte mir die Haare und schrie: *Wie konnte ich nur?* Aber in Wahrheit lag ich ganz, ganz still und gab mir größte Mühe, Luke nicht zu wecken. Wirklich allergrößte Mühe.

Meine Vernunft hatte mit dem Tageslicht wieder angefangen zu funktionieren, und ich war entsetzt. Nicht nur hatte ich mit einem der Echten Männer geschlafen, sondern ich hatte es auch versäumt, mitten in der Nacht aufzuwachen, mich im Dunkeln anzuziehen und auf Zehenspitzen aus dem Zimmer zu stehlen, hinter mir den Mann, meine Ohrringe und etwas Peinliches wie meinen Pickelabdeckstift zurücklassend, und nichts davon würde ich je wiedersehen. Das hätte mir nichts ausgemacht. Auch jetzt hätte ich mit Freuden eine Tube Anti-Hämorrhoiden-Salbe auf seinem Kissen als Abschiedsbrief zurückgelassen, wenn mich jemand dafür aus dem Zimmer gezaubert hätte.

Ich blieb still liegen und machte die Augen auf. Ich sah auf eine Wand. Die Wärme und die Geräusche eines fremden Atems sagten mir, daß noch jemand im Bett lag.

Jemand, der mir den Fluchtweg abschnitt.

Wie eine Ratte im Käfig wanderten meine Gedanken rastlos hin und her, während ich versuchte, meine Kleider zu orten. Oh, wie ich es bereute, nicht um drei Uhr morgens aufgewacht zu sein!

Nein, ich mußte zugeben, daß meine mißliche Lage schon vorher ihren Anfang genommen hatte. Jetzt tat es mir aus tiefster Seele leid, daß ich Luke Costello erlaubt hatte, mich zu küssen. Aber eigentlich, so dachte ich, bahnte sich die Katastrophe in dem Moment an, als ich die Rickshaw Rooms betrat. Warum hatte uns der Türsteher nicht einfach gesagt, wir sollten uns vom Acker machen, was Türsteher sonst immer tun. Je länger ich darüber nachdachte, desto klarer wurde mir, daß das Unglück in dem Augenblick seinen Lauf nahm, als ich zum ersten Mal von New York hörte. Wenn mir bloß Prag besser gefallen hätte, dann wäre dies alles nicht passiert. Wenn es dort nur ein paar mehr Nachtclubs gegeben hätte.

Ich lag stocksteif da und überdachte die Stationen in meinem Leben. Wenn ich einen Platz in der Hotelfachschule in Dublin bekommen hätte; wenn ich an meinem ersten Schultag bloß nicht neben Brigit gesessen hätte, sie übte eindeutig einen schlechten Einfluß auf mich aus; wenn ich nur als Junge zur Welt gekommen wäre …

Als ich erkannte, daß der Ursprung meines Unglücks darin lag, daß meine Mutter mich geboren hatte, hörte ich eine Stimme sagen: »Morgen, Babe.« Es war – Lukes Stimme, so hoffte ich, es sei denn, die Männer teilten nicht nur die Lederhosen. Er war also wach. Das machte auch das letzte Fünkchen Hoffnung zunichte, daß ich mich unbemerkt aus dem Staub machen könnte. Hätte ich nicht so getan, als wäre ich taubstumm und querschnittsgelähmt, dann hätte ich den Kopf in die Hände gelegt und geweint.

Bestürzt bemerkte ich, wie er einen Arm um meinen nackten Körper legte und mich zu sich heranzog. Sehr machohaft, denn ich war ja kein Fliegengewicht.

Mühelos glitt ich über das Laken und kam mit einem anderen Körper in Berührung. Einem Männerkörper. Seine Dreistigkeit empörte mich. Ich hatte nicht die geringste Absicht auf eine Morgennummer mit Mr. Luke-von-den-Echten-Männern. Er konnte von Glück reden, von *großem* Glück, daß er am Abend zuvor bei mir gelandet war. Einen Moment lang überlegte ich, ob man es mir abnehmen würde, wenn ich behauptete, er hätte mich überrumpelt, oder wenn ich ihn der Vergewaltigung bezichtigte. Ich entschied mich aber dagegen. Es war jedoch ein schrecklicher Irrtum meinerseits gewesen, und es würde nie wieder vorkommen.

»Hallo«, murmelte er in mein Haar. Ich antwortete nicht. Ich lag mit dem Rücken zu ihm und wollte ihn nicht ansehen. *Konnte* ihn nicht ansehen.

Statt dessen kniff ich die Augen fest zu und betete, daß er weggehen oder sterben würde, irgendwas.

Ich lag immer noch auf der Seite mit dem Gesicht zur Wand. Während ich steif und unbeweglich wie eine Puppe liegenblieb, fing er an, meine Haare von der zarten Stelle an meinem Nacken fortzustreichen. Das war so unerhört, daß es mir fast den Atem raubte. Wie konnte er es wagen, dachte ich erbost. Soll er sich bloß nicht einbilden, daß ich sanft und gefügig und bereitwillig bin. Ich bleibe einfach ganz still liegen, beschloß ich, dann verliert er das Interesse, und ich kann fliehen.

Dann spürte ich etwas auf meinem Oberschenkel, so zart und sanft, daß ich zuerst dachte, ich bildete es mir ein. Mitnichten. Luke fuhr zart mit seiner Hand über meinen Oberschenkel, so daß sich all die kleinen daunigen Härchen aufrichteten. Kribbelnd und kitzelnd. Rauf zu meinem Hüftknochen und runter zu meinem Knie, dann wieder rauf…

Ich schluckte.

Ich verspürte den unbezähmbaren Drang, von ihm wegzukommen, aber ich wollte nicht mit großer Geste die Decke zurückwerfen (und mir vielleicht den Luxus erlauben, Luke in die Nieren zu boxen), solange ich nicht wußte, wo ich wenigstens einen Teil meiner Kleider finden konnte.

Warum hatten wir am Abend nicht die Vorhänge zugezogen? So, in dem kalten Morgenlicht, konnte ich meine Nacktheit nicht vor ihm verbergen.

Mit der einen Hand fuhr Luke mir immer wieder über den Oberschenkel, während seine andere Hand meinen Nacken streichelte. Dann lösten die sehr angenehmen Empfindungen an meinem Nacken ein wollüstiges Zucken aus, das durch meinen ganzen Körper raste. Was ging hier vor sich? Ich mußte feststellen, daß Luke meine Nackenhaut mit zärtlichen Bissen liebkoste.

Das ging zu weit!

Ich mußte hier weg. Aber wie sollte ich das anstellen?

Ich könnte schamlos aus dem Bett springen und so tun, als machte es mir nichts aus, auf dem Fußboden nach meinen Kleidern zu suchen. Wenn ich bloß meine Unterhose finden und meinen Po bedecken könnte, dann würde ich mir um den Rest keine großen Sorgen machen …

Oder ich könnte die Sache humorvoll gestalten und das Bettuch wie eine Toga um mich winden und … Moment mal, was machte er jetzt?

Ich schluckte schwer. Der Mistkerl hatte es geschafft, eine Hand unter meinen steif an den Körper gepreßten Arm zu schieben, und streichelte meine Brustwarze mit ganz leichten, federartigen Berührungen, so daß sie hart wurden wie Stollen an einem Fußballschuh.

Immer noch blieb ich wie ein lebloser Brocken liegen. Er rückte näher an mich heran, bis seine Vorderseite an meiner Rückseite lag. Damit ich seine morgendliche Erektion besser fühlen konnte.

Ich liebe halb angeschwollene Penisse, dachte ich versonnen. Natürlich nicht so sehr wie einen zu ganzer

Größe angeschwollenen, aber sie fühlen sich so dick und wulstig und *lebendig* an, daß man nie weiß, was als nächstes passiert. Also, man weiß es schon, und dennoch ...

Überrascht stellte ich fest, daß mein Unterleib aufgewacht war. Nicht nur aufgewacht, sondern er verlangte nach seinem Frühstück.

Ich konnte Luke nicht sehen, aber ich roch ihn. Zigaretten, Zahnpasta und noch etwas, ein moschusartiger Geruch, sexy und männlich. Der Duft des Mannes.

Und ich spürte meine eigene Erregung. Er fühlte sich einfach gut an – groß und fest, glatt und zart.

Aber er konnte ihn sich sonstwohin stecken, beschloß ich. Der gestrige Abend war ein Fehler gewesen.

Er bewegte seine Beine, so daß unsere Oberschenkel sich berührten. Ich fühlte, wie kräftig und fest sie waren. Jede seiner Berührungen empfand ich so stark, als hätte ich keine Haut. Schon bei der geringsten Erregung hatte ich das Gefühl, daß ich mich gänzlich entblätterte.

Ich kam mir erstaunlicherweise nicht dick und häßlich vor, wie normalerweise, wenn ich mit einem Mann im Bett lag. Ich hielt die Macht in der Hand, weil ich wußte, daß Luke mich wie wahnsinnig begehrte.

Ich spürte seine Erektion hinter mir, sie berührte kaum meinen Po.

Er biß mich wieder in den Nacken und ließ seine Hand über meinen gewölbten Bauch (schnell einsaugen!) gleiten, und noch tiefer. Wieder hielt ich den Atem an, diesmal aus ganz anderen Gründen.

Er fuhr mit der Hand über meinen Bauch und berührte ihn nur ganz zart, er umkreiste meinen Hüftknochen, wanderte zu meinem Oberschenkel, schwebte über meinen Schamhaaren (ich unterdrückte ein Stöhnen, das mir als hohes Quieken entwich, wie ein Hund es macht, wenn er sich den Schwanz in der Tür einklemmt), zurück zu meinem Bauch, zu dem Hüftknochen, zur Innenseite des Hüftknochens und herabgleitend, in immer kleineren, kreisenden Bewegungen.

Nicht klein genug für mich.

Mein Verstand sagte mir, ich müßte seine Hand wegschlagen und ihn auffordern, sich zu verpissen, aber meine Lenden lechzten nach mehr.

Mach schon, weiter, dachte ich fast wahnsinnig vor Begierde, als seine Finger an mir herabfuhren. O nein! Er kam wieder bei meinem Bauch an, dann zu meinem Oberschenkel, etwas höher als davor, aber nicht an der richtigen Stelle.

Zwischen meinen Beinen zischte und brodelte es, als wäre es dort radioaktiv.

Und immer noch hatte ich mich nicht bewegt.

Das Blut war aus meinem Kopf geströmt und stürzte sich wie in einer riesigen Welle in meine Lendengegend, füllte alle Blutgefäße und brachte sie zum Schwellen. Mein Kopf fühlte sich leer und schwindlig an, die Stelle zwischen meinen Beinen geschwollen und hochempfindlich.

Ich lag auf der Seite und wußte nicht, wie es weitergehen würde, als plötzlich alles anders war! Ohne jede Vorwarnung hatte Luke seinen Arm unter mich geschoben und mich auf den Rücken gedreht. Noch vor einer Sekunde war ich starr wie ein Fötus zusammengerollt gewesen, im nächsten Augenblick lag ich flach auf dem Rücken, und Luke war über mir.

»Was machst du?« krächzte ich. Ich war verärgert. Verstört. Ich mußte allerdings zugeben, daß er ziemlich gut aussah, der unrasierte Bart stand ihm gut, und seine Augen waren dunkelblau im Morgenlicht.

Ich wagte einen Blick auf sein steifes Glied. Schnell wandte ich die Augen ab, erschreckt und erregt zugleich.

»Ich suche jemanden zum Spielen«, sagte er. Er lächelte. Hatte mich je ein Lächeln so zum Schmelzen gebracht? Und der letzte Rest meiner Entschlossenheit bröckelte in sich zusammen. »Ich spiele mit dir.«

Von dem Moment, als ich aufgewacht war, hatte ich meine Beine fest zusammengepreßt. Doch jetzt legte er beide Hände zwischen meine Schenkel und schob sie auseinander. Und Begierde durchfuhr mich. Durchzuckte mich.

Ein Laut entwich meiner Kehle, auf den ich nicht vorbereitet war.

»Aber vielleicht willst du gar nicht spielen?« fragte er in aller Unschuld. Er beugte sich herunter und biß mir sanft, aber entschlossen in die eine Brustwarze, und wieder wimmerte ich vor Verlangen.

Das Blut ließ meine Schamlippen schwellen und machte mich wund vor Gier nach ihm. Ich spürte das Pochen meiner Klitoris, es war, als stünde sie in Flammen und würde gleichzeitig zerfließen. Jetzt weiß ich, was es heißt, eine Erektion zu haben, dachte ich benommen.

Er sah mich an und sagte: »Und?« Dann biß er mir in die andere Brustwarze.

Hätte ich versucht aufzustehen, wäre ich wieder zurückgesunken. Alles an mir war schwerer als sonst. Ich war benommen, berauscht, trunken vor Lust.

»Und?« sagte er wieder. »Willst du?«

Ich sah ihn an – blaue Augen, weiße Zähne, erotische Schenkel, großer, purpurfarbener Schwanz.

»Ja«, bekannte ich, »ich will.«

16

Danach stolperte ich aus dem Zimmer und suchte das Bad. Ich hatte mich noch nicht zurechtgefunden, als ich plötzlich Brigit gegenüberstand.

»Aber …«, murmelte ich, »aber wir sind doch gar nicht zu Hause, oder?«

»Nein«, sagte sie knapp, »wir sind in der Wohnung von den Echten Männern.«

»Was machst du denn dann hi…« Plötzlich begriff ich.

»Mit welchem?« fragte ich schadenfroh.

»Joey.« Sie preßte die Lippen zusammen und machte ein finsteres Gesicht.

»Was ist passiert?« fragte ich. Ich hätte vor Freude springen mögen. Ich war nicht die einzige.

»Alles mögliche«, murmelte sie.

»Hast du mit ihm gevögelt oder nur geknutscht?«

»Wir haben gevögelt«, sagte sie. »Zweimal.«

Sie sah todunglücklich aus. »Ich hätte es nicht tun sollen. Ich könnte mich umbringen. Wie konnte ich nur? Nachdem er mich geschlagen hatte.«

»Er hat dich geschlagen?« Ich traute meinen Ohren nicht.

»In dem Feriencamp, du Dummkopf, nicht gestern abend.«

Als ich mich zum Gehen fertigmachte, bat Luke mich um meine Telefonnummer. Schweigend riß ich ein Blatt aus meinem Kalender und schrieb ordentlich meine Telefonnummer darauf. Dann zerknüllte ich den Zettel, während er erstaunt zusah, und warf ihn in den Papierkorb. »Bitte sehr«, sagte ich mit einem strahlenden Lächeln, »jetzt brauchst du das nicht zu tun.«

Er saß im Bett und hatte den Rücken an die Wand gelehnt. Schöner Oberkörper, dachte ich wie im Nebel. Für einen Blödmann wie ihn.

Er schien schockiert.

»Wiedersehen«, sagte ich und lächelte noch einmal. Ich drehte mich auf den Absätzen meiner Pantoletten um, und ein scharfer Stich fuhr mir durch Fersen und Waden.

»Warte mal«, rief er.

Was wollte er? Vielleicht einen Abschiedskuß. Den konnte er wollen, soviel er mochte, er würde keinen kriegen.

»Was ist?« fragte ich und konnte die Ungeduld kaum aus meiner Stimme heraushalten.

»Du hast deine Ohrringe vergessen.«

Brigit und ich humpelten nach Hause, ungewaschen, übernächtigt, noch in unserer Party-Aufmachung. Zwar war es erst acht Uhr morgens, aber schon jetzt war es diesig und heiß. Wir blieben bei Benny's stehen, dem jüdischen Kaffeestand, wo wir auf dem Weg zur Arbeit immer unseren Kaffee und die Bagels kauften, und mußten ein

Kreuzverhör bezüglich unseres zerrupften Zustands über uns ergehen lassen.

»Na, sieh mal einer an, sieh mal an, was habt ihr zwei Mädels denn getrieben? He? He?« fragte Benny und kam hinter seinem Stand hervor, um uns genauer in Augenschein zu nehmen. Die Fußgänger sahen zu und der Verkehr kam praktisch zum Erliegen, während er vor den Passanten wild gestikulierte.

»Ich bitte Sie«, er schlug sich auf die Brust, »was ist denn bloß passiert?« Er fuchtelte wild mit den Armen und zeigte auf Brigit und mich, unsere ungekämmten Haare und unser verlaufenes Make-up.

»Und was sehe ich da?« Er zeigte auf seine Augen.

»Ich sehe ein Durcheinander, fürwahr.« Neues Gefuchtel mit den Armen.

»Ich dachte, ihr zwei wärt nette Mädchen«, klagte er.

»Regen Sie sich wieder ab, Benny«, sagte ich, »Das haben Sie noch nie gedacht.«

Die Liebesnacht mochte noch so heiß gewesen sein, ich hatte keinerlei Absicht, Luke wiederzusehen. Das konnte einem ja den Ruf ruinieren. Brigit und ich sezierten den Abend. Nicht auf die nette Art, wo man bei der Erinnerung an jede köstliche Einzelheit einer sexuellen Begegnung erregt zittert und manchmal die Beschreibung des Penis mit einer Zeichnung präzisiert.

Diesmal ging es eher um Schadensbegrenzung.

»Meinst du, es hat jemand gesehen, wie er mich geküßt hat?« fragte ich Brigit.

»Natürlich hat das jemand gesehen«, sagte Brigit überrascht. »Ich zum Beispiel.«

»Nein«, sagte ich, »ich meinte, jemand, der … na ja … wichtig sein könnte.«

Luke rief mich an. Das war ja klar. Wenn ich wollte, daß mich einer anrief, tat er es garantiert nicht. Er mußte das zusammengeknäulte Blatt aus dem Papierkorb gefischt haben, nachdem ich gegangen war.

Brigit war am Telefon.

»Wer ist da?« Ihre Stimme klang so komisch, daß ich aufsah. Sie winkte aufgeregt.

»Es ist für dich«, sagte sie mit erstickter Stimme.

Sie bedeckte die Muschel mit der Hand, machte ein schmerzverzerrtes Gesicht und beugte sich mit nach innen gerichteten Knien vor, so wie Männer es tun, wenn sie einen Cricketball in die Eier kriegen.

»Wer ist dran?« fragte ich, aber ich wußte es schon.

»Luke«, sagte sie tonlos.

Gehetzt sah ich mich nach einer Fluchtroute um.

»Sag, daß ich nicht da bin«, bettelte ich flüsternd. »Sag, daß ich wieder nach Dublin gezogen bin.«

»Das geht nicht«, flüsterte sie zurück. »Ich könnte mir das Lachen nicht verkneifen. Tut mir leid.«

»Du Biest. Das merke ich mir«, zischte ich und nahm ihr den Hörer aus der Hand.

»Hallo«, sagte ich.

»Rachel, Babe«, sagte er. Komisch, aber seine Stimme klang viel netter, als ich sie in Erinnerung hatte. Ziemlich tief mit der Andeutung eines Lachens. »Luke hier. Erinnerst du dich an mich?«

Dieses »Erinnerst du dich an mich?« versetzte mir einen Stich. Wie oft hatte ich das wohl zu Männern gesagt, von denen ich wußte, daß sie kein Interesse an mir hatten, die ich aber dennoch hartnäckig anrief?

»Ich erinnere mich an dich, Luke«, sagte ich, was mehr war, als das, was manche dieser Männer zu mir gesagt hatten.

»Wie ist es dir so ergangen?« fragte er. »Wie war's am Mittwoch bei der Arbeit? Ich war ziemlich fertig, muß ich sagen, den ganzen Tag.«

Ich lachte höflich und überlegte einen Moment lang, ob ich aufhängen und so tun sollte, als ob die Leitung plötzlich unterbrochen war.

Er erzählte mir, was er seither alles gemacht hatte, und ich war mir sicher, daß er die fast unbezähmbare Ungeduld hinter meiner gezwungenen Höflichkeit deutlich spürte.

Ich antwortete in der gleichen Art, wie die Männer, die kein Interesse an mir gehabt hatten: vorsichtig und übertrieben höflich. Jede Menge: »Ach, wirklich?« und »Nein, tatsächlich?« Faszinierend, einmal auf der anderen Seite zu stehen.

Endlich kam er zu dem eigentlichen Grund seines Anrufs. Er würde mich gern wiedersehen. Mit mir essen gehen, wenn ich Lust hätte.

Während des ganzen Gesprächs stand Brigit wenige Schritte von mir entfernt und tat so, als würde sie Gitarre spielen: Sie hatte die Beine gespreizt und warf ihre Haare wild herum.

Als ich Lukes Einladung unbeholfen und verlegen ablehnte, schob sie ihren Unterkörper nach vorn und wackelte mit der ausgestreckten Zunge. Ich drehte mich um, aber sie kam um mich herum.

»Ehm, nein, ich glaube nicht«, stotterte ich. »Weißt du, ich möchte keine feste Beziehung.« Eine Riesenlüge. Die Wahrheit war, daß ich mit *ihm* keine Beziehung haben wollte.

Brigit war inzwischen auf die Knie gegangen, spielte immer noch wie wild auf der eingebildeten Gitarre und hatte die Augen mit einem halb entrückten Ausdruck zur Decke gedreht, wie es Gitarristen in Popgruppen immer taten.

Zum Glück versuchte Luke nicht, mich zu überreden, daß wir uns »einfach nur so« treffen könnten. Männer, bei denen man sich eindeutig geirrt hatte, versuchten das in der Regel. Sie taten so, als machte es ihnen nichts aus, daß man sie abblitzen ließ, und als wären sie glücklich, nur mit einem befreundet zu sein. Normalerweise hatte ich Schuldgefühle, wenn ich mich mit ihnen traf. Und bevor ich wußte, wie mir geschah, war ich sturzbetrunken und mit ihnen im Bett.

»Tut mir leid«, sagte ich. Ich schämte mich und hatte ein schlechtes Gewissen – er war so *nett*.

»Macht doch nichts«, sagte er freundlich. »Wir sehen uns sicherlich. Bis dann.«

»Gut«, sagte ich. »Bis dann«, und knallte den Hörer auf.

»Du gemeines Biest!« schrie ich Brigit an, die inzwischen auf Knien auf dem Fliesenboden in der Küche herumrutschte. »Warte nur, bis Joey dich anruft.«

»Joey ruft mich aber nicht an«, sagte sie selbstgefällig. »Er hat mich nicht um meine Telefonnummer gebeten.«

Ich setzte mich und wühlte in meiner Handtasche nach den Valium-Tabletten. Ich ließ drei auf meine Handfläche rollen, dann überlegte ich einen Moment und tat noch zwei dazu. Was für eine Katastrophe! Ich haßte ihn, weil er mich diesen Qualen aussetzte. Warum bestand mein Leben aus einer langen Reihe unerfreulicher Ereignisse? Lag auf mir ein Fluch?

17

Mitten in einem schönen Traum wurde ich von einer fremden Frau geweckt, die mir mit einer Taschenlampe ins Gesicht leuchtete.

»Rachel«, sagte sie, »Zeit aufzustehen.«

Es war stockdunkel und eiskalt, und ich hatte keine Ahnung, wer sie war. Ich kam zu dem Schluß, daß das eine Halluzination sein mußte, also drehte ich ihr den Rücken zu und schloß die Augen.

»Wach auf, Rachel«, flüsterte die Frau lauter, »und weck Chaquie nicht auf.«

Der Name Chaquie holte mich in die Wirklichkeit. Ich lag nicht in meinem Bett in New York. Ich war in Cloisters, und eine nachtwandelnde Wahnsinnige wollte mich mitten in der Nacht wecken. Sie war bestimmt eine von den ernstlich gestörten Insassen, die aus ihrem verschlossenen Zimmer im Dachgeschoß entkommen war.

»Hallo«, sagte ich zu ihr. »Geh doch wieder in dein Bett.« Freundlich, aber deutlich. Jetzt würde ich hoffentlich weiterschlafen können.

»Ich bin die Nachtschwester«, sagte sie.

»Und ich bin Coco der Clown«, sagte ich. Mit Leichtigkeit konnte ich sie an verrückten Sprüchen überbieten.

»Jetzt komm, du mußt das Frühstück machen.«

»Und warum muß Chaquie nicht das Frühstück machen?« Ich hatte gehört, daß man mit Geistesgestörten möglichst vernünftig sprechen sollte.

»Weil sie nicht in Dons Team ist.«

Als sie »Dons Team« sagte, rief das eine ferne, unangenehme Erinnerung in mir wach.

»Bin ich … bin ich etwa … in Dons Team?« fragte ich stockend. Irgendwie kam mir der schreckliche Gedanke, daß das der Fall war. Hatte ich mich gestern abend nicht zu etwas bereit erklärt …?

»Ja.«

Ein Gefühl von großer Traurigkeit überkam mich. Vielleicht mußte ich jetzt doch aufstehen?

»Ich habe gerade beschlossen, daß ich in seinem Team nicht mehr mitmache«, sagte ich und schöpfte neue Hoffnung.

Sie lachte auf eine Art, die man unter anderen Umständen als freundlich bezeichnen würde. »Du kannst nicht einfach sagen, du machst da nicht mehr mit«, gab sie mir zu bedenken. »Wer soll denn das Frühstück machen, wenn du es nicht machst? Du kannst doch die anderen nicht hängenlassen.«

Ich war zu müde, um zu streiten. Ich war sogar zu müde, um überhaupt zu begreifen, was los war, und mich darüber zu ärgern. Das einzige, was ich begriff, war: Wenn ich nicht aufstand, wären sie sauer auf mich. Aber ich würde mir diesen Don vorknöpfen und ihm sagen, daß ich in seinem Team nicht mehr mitmachte.

Ich fror erbärmlich und war hundemüde und befürchtete, daß ich elendig an einem Schock zugrunde gehen würde, wenn ich duschte. Außerdem hatte ich Angst, daß ich Chaquie wecken würde, wenn ich das Licht anknipste, und daß sie wieder anfangen würde zu reden. Also zog ich mir im Dunkeln dieselben Sachen an, die ich am Abend zuvor auf den Boden geworfen hatte.

Ich ging zum Badezimmer, um mir die Zähne zu putzen, aber das war besetzt. Während ich zitternd auf dem Flur wartete, kam die Geistesgestörte mit der Taschenlampe.

»Du bist aufgestanden, brav«, sagte sie, als sie mich sah. »Tut mir leid, daß du mich so kennengelernt hast. Ich bin Monica, eine der Nachtschwestern.«

Ich nahm meine Zahnbürste in die andere Hand, um ihr die Hand schütteln zu können. Sie schien sehr freundlich. Mütterlich. Aber nicht wie meine Mutter.

Endlich ging die Badezimmertür auf, und Oliver, der Stalinzwilling, stolzierte in einer Wolke von Rasierwasser heraus. Sein Oberkörper war nackt, und er hatte sich einen Waschlappen lässig über die gut gepolsterte Schulter geworfen. Er sah aus, als wäre er im neunten Monat schwanger. Sein enormer, nackter Bauch mit den grauen Haaren schien ein Eigenleben zu führen. Er zwinkerte mir zu und sagte: »Waschen und legen, was? Du kannst rein.«

Nachdem ich mir halbherzig ein bißchen Wasser ins Gesicht gespritzt hatte, schleppte ich mich die Treppe hinunter. Ich hatte fest vor, mir diesen Don vorzunehmen und ihm zu erklären, daß es meine traurige Pflicht sei, ihm meinen Rücktritt anzukündigen ...

Als ich die unglaublich kalte Küche betrat, stürzte ein kleiner, dicklicher Mann mittleren Alters auf mich zu. Er trug ein ärmelloses Hemd, und wieder hatte ich das Gefühl, auf einem Trip zu sein.

Er war ganz außer Atem und keuchte: »Braves Mädchen, ich brate gerade die Blutwurst, kannst du die Würstchen übernehmen ...?«

»Bist du Don?« fragte ich überrascht.

»Wer soll ich sonst sein?« Er klang verärgert.

Ich war verwirrt. Don war einer der Insassen. Ich hatte ihn am Tag zuvor mehrfach in dem Gewühl der Braunen Pullover gesehen. Wie konnte er eins der Teams leiten? Diese Frage stellte ich ihm stockend.

Und er erklärte, was ich schon vermutet hatte. Nach dem Vorbild der Betty-Ford-Kliniken erledigten die Insassen den größten Teil der Hausarbeiten selbst.

»Wir sollen Verantwortung und Zusammenarbeit lernen«, sagte er, während er von einem Fuß zum anderen hüpfte. »Und ich leite dieses Team, weil ich schon seit sechs Wochen hier bin.«

»Wie viele Teams gibt es denn?« fragte ich.

»Vier«, sagte Don. »Frühstück, das sind wir, dann Mittagessen, Abendessen und Staubsaugen.«

Ich fing an, ihm zu erklären, daß ich in seinem Team nicht mitmachen könne. Und auch in keinem anderen Team. Ich sei allergisch gegen Hausarbeit, und außerdem hätte ich keine Suchtprobleme und wisse schon alles, was es über Verantwortung und Teamarbeit zu wissen gebe. Aber Don unterbrach mich.

»Wir sollten uns beeilen«, sagte er. »Gleich kommen sie runter, mit einem Mordshunger, und dann wollen sie was zu futtern haben. Ich hole eben die Eier.«

»Aber …«

»Und paß auf Eamonn auf, bitte«, sagte er besorgt. »Der würde den Speck roh essen, wenn er ihn zu fassen bekäme.« Damit verschwand er.

»Es ist gemein, daß sie einen ES in das Frühstücksteam stecken …« rief er über die Schulter zurück.

»Was ist ein ES?« rief ich ihm hinterher.

»Ein Eßsüchtiger«, sagte eine undeutliche Stimme. Ich drehte mich um und sah Eamonn. Warum ich ihn bis dahin noch nicht bemerkt hatte, war mir schleierhaft, schließlich füllte er fast die halbe Küche aus.

Und seine Stimme klang undeutlich, weil er sich den Mund mit Brot vollgestopft hatte.

»Wahrscheinlich meldest du mich jetzt«, sagte er mit einem hündischen Lächeln und stopfte sich eine Scheibe nach der anderen in den Mund.

»*Dich melden?*« rief ich aus. »Warum sollte ich das tun?«

»Warum nicht?« Er sah enttäuscht aus und klang

auch so. »Du sollst dich um mich kümmern und mir helfen, meine Sucht zu überwinden, und ich soll dir helfen.«

»Aber du bist doch erwachsen«, sagte ich verwirrt. »Wenn du eine Familienpackung Toastbr...« – ich brach ab und berührte die Packung – »eine Familienpackung tiefgefrorenes Toastbrot in weniger als einer Minute essen willst, dann ist das doch deine Sache.«

»Also gut«, sagte er aufmüpfig. »Dann tue ich das.«

Ich hatte was Falsches gesagt. Und dabei wollte ich nur freundlich sein.

»So!« Er funkelte mich an und steckte sich weitere Scheiben Brot in den Mund. »Ih effe allef auf!« Voll gestopft, aber wild entschlossen fing er mit der zweiten Packung an. Zumindest war es die zweite, von der ich wußte. Weiß der Himmel, wie viele er davor schon verdrückt hatte.

Man hörte Schritte, und Don kam zurück. Er hatte Oliver im Schlepptau, und beide waren voll beladen mit Eierschachteln.

»Oh, Junge, nein.« Don wirkte nicht sehr glücklich, als er die brotlose Szene erfaßte.

Empört drehte er sich zu mir um. »Was ist los mit dir? Mensch, Rachel, er hat fast das ganze Brot aufgegessen, und jetzt ist nicht mal mehr TOAST übrig!« Seine Stimme war immer schriller geworden, und bei dem Wort TOAST hätte er Glas zum Springen bringen können.

Mir war übel. Ich war todunglücklich. Ich hatte immer noch Jetlag, Himmelherrgott! Und das hier sollten Ferien sein, also wirklich! Sogar als ich zur Arbeit ging, mußte ich nicht so früh aufstehen. Und es tat mir leid, daß Eamonn das Brot aufgegessen hatte. Ich wußte ja nicht, daß mehr nicht da war, sonst hätte ich ihn vielleicht gehindert. Alle würden mich hassen ...

»Entschuldigung«, sagte ich, den Tränen nah.

»Ach, ist doch nicht so schlimm«, sagte Don mit unbeholfener Freundlichkeit. »Bestimmt kann nicht mal der Teufel selbst ihn bremsen.«

»Entschuldigung«, flüsterte ich noch einmal. Mit Tränen in den Augen sah ich auf Don herab, klimperte nur einmal mit den Wimpern, und damit war die Sache erledigt.

»Mach dir nichts draus«, beruhigte er mich erneut. »Diese Woche hat er jeden Tag das Brot aufgegessen. Bestimmt haben die anderen sich schon daran gewöhnt, daß es keinen Toast gibt.«

Dann fing er an, die Eier in eine Schüssel zu schlagen. Es war zu früh, um sich sechsunddreißig rohe Eier anzugucken. Mir wurde ganz flau.

»Alles in Ordnung?« fragte Stalin besorgt.

»Ihr ist nicht GUT!« erklärte Don ganz außer sich. »Du Idiot, dem Mädel ist schlecht. Sie soll sich setzen, um Himmels WILLEN.«

Don nahm mich besorgt am Arm und wäre fast auf einem Stück Speckschwarte ausgerutscht, als er mich zu einem Stuhl führte.

»Soll ich die Schwester holen? Holt die Schwester!« befahl er Stalin und Eamonn. »Steck den Kopf zwischen die Ohren … ehm, ich meine, die Knie!«

»Es ist nichts«, sagte ich schwach. »Ist schon gut, es lag nur an den Eiern, und ich habe nicht genug geschlafen …«

»Du bist aber nicht schwanger, oder?« fragte Stalin.

»Was für eine Frage!« Don war schockiert. »Natürlich ist das Mädel nicht schwanger …«

Er kam mit seinem dicklichen, besorgten Gesicht ganz nah an meins. »Oder doch?«

Ich schüttelte den Kopf.

»Sag' ich doch«, wandte er sich triumphierend an Stalin.

Später erfuhr ich, daß Don siebenundvierzig war und als »überzeugter« Junggeselle bei seiner Mutter lebte. Irgendwie überraschte mich das nicht.

»Bist du ganz sicher, daß du nicht schwanger bist?« fragte Stalin wieder. »Meine Rita konnte bei den ersten vieren keine Eier sehen.«

»Ich bin nicht schwanger.«

»Woher weißt du das?«

»Ich weiß es einfach.«

Er hatte sich schwer getäuscht, wenn er dachte, ich würde meinen Monatszyklus mit ihm besprechen.

Don, Eamonn, Stalin und ein junger Mann namens Barry, an den ich mich undeutlich von gestern – lang, lang ist's her – erinnerte, bereiteten also das Frühstück vor. Ich saß auf dem Stuhl, trank ein Glas Wasser, atmete tief durch und versuchte, nicht zu kotzen. Barry war derjenige, der gestern mittag geschrien hatte: »Genau, eine Niete«, als Sadie beschimpft wurde.

Kurz vor dem Frühstück fiel mir ein, daß ich demnächst Chris sehen würde und nicht ein Tüpfelchen Make-up aufgelegt hatte. Bei aller Erschöpfung, Übelkeit und Trübsal brach ein Fünkchen Selbsterhaltungstrieb durch. Doch als ich versuchte, nach oben in mein Zimmer zu kommen, um mir die Wimpern zu tuschen und ein bißchen Rouge aufzulegen, wurde mir der Weg von der mütterlichen Monica versperrt. Es gebe gleich Frühstück, und ich müsse dableiben, bis es vorbei sei.

»Aber ...«, hob ich kläglich an.

»Sagen Sie mir, was Sie brauchen, und ich hole es«, bot sie mit einem herzlichen, aber sehr, sehr bestimmten Lächeln an.

Natürlich konnte ich es ihr nicht sagen. Sie würde denken, ich wäre eitel. Also mußte ich mich wieder in den Speisesaal schleichen, den Kopf gesenkt, damit Chris mein Gesicht nicht ohne Make-up sehen konnte und denken würde, wie häßlich ich war. Ich vermied es während des ganzen Frühstücks, einen anderen am Tisch anzusehen.

Sie waren alle so gutmütig. Sogar angesichts des fehlenden Toasts.

»Was, keinen Toast? Schon *wieder* nicht!« lachte Peter. Aber er hätte natürlich auch dann gelacht, wenn man ihm gesagt hätte, sein Haus sei abgebrannt und seine gesamte Familie einem Massaker zum Opfer gefallen.

»Wieder keinen Toast«, sagte jemand anders.

»Wieder keinen Toast.«

»Wieder keinen Toast.« Die Nachricht wanderte um den Tisch.

»Dieser fette Mistkerl Eamonn«, murmelte jemand erbost. Es war Chaquie, was mich überraschte.

Bei dem Angebot von übelkeiterregenden Eiern, nicht-vegetarischen Würstchen und Speck aß ich fast nichts. Was auch was Gutes hatte, fand ich.

Aber ich war so erschöpft und von den neuen Eindrücken so erschlagen, daß mir erst am Abend auffiel, daß es nicht ein einziges Stückchen Obst zum Frühstück gegeben hatte. Keinen angematschten Apfel, keine braun gewordene Banane, ganz zu schweigen von dem meilenlangen Buffet mit frischen tropischen Früchten, das ich mir vorgestellt hatte.

18

Ich kam den ganzen Tag über nicht richtig in die Gänge. Mir war schwindlig und übel, und ich wachte gar nicht richtig auf.

Die ganze Zeit dachte ich an Luke. Ich war zu müde, um mir des Verlusts richtig bewußt zu werden, aber der Schmerz war ständig da, direkt unter der Oberfläche.

Alles war seltsam und sonderbar, als wäre ich auf einem anderen Planeten gelandet.

Als das widerliche Frühstück vorüber war, mußte ich mehrere große, fettige Bratpfannen abspülen. Dann stürzte ich in mein Zimmer und verbrachte zwanzig Minuten damit, Make-up aufzulegen. Kein leichtes Unterfangen.

Wenn ich unter akutem Schlafmangel litt, bekam mein Gesicht rote, schuppige Flecken. Sie ließen sich nur schwer abdecken, weil die schuppigen Stellen sich einfach mit der Grundierung abschuppten und die roten Flecken dann um so deutlicher zum Vorschein kamen. Ich gab mir alle Mühe, aber auch mit Make-up sah ich aus wie ausgekotzt.

Ich schlich mich wieder runter, bemühte mich um ein Lächeln und stand plötzlich vor Misty O'Malley. Sie trug kein Make-up und sah mich mit finsterer Miene an. Mit meinem braun zukleisterten Gesicht und dem künstlichen Lächeln kam ich mir auf der Stelle vor wie ein Zirkusclown.

Don kam auf mich zu und packte mich am Ärmel.

»Hast du dir die Hände gewaschen?« fragte er besorgt.

»Warum?«

»Jetzt ist doch der KochKURS«, kreischte er und riß die Augen weit auf ob meiner Begriffsstutzigkeit. »Es ist Samstagmorgen, Zeit für HOBBYS!«

Meine Phantasie von einer sanften Akupressur verflog, löste sich auf. Ich war nicht im geringsten glücklich. Vom Kochkurs war es nur noch ein Schritt zum Körbeflechten.

»Es macht riesigen Spaß«, sagte jemand mit leuchtenden Augen, als wir uns in Richtung Küche bewegten, und reichte mir eine Schürze.

»Du wirst sehen, du magst Betty bestimmt«, verhieß mir ein anderer.

Betty war die Lehrerin. Sie war blond, wohlriechend und beliebt.

Stalin umfaßte ihre Taille und tanzte mit ihr durch die Küche. »Ah, mein Augenstern«, sagte er.

Clarence stieß mich mit dem Ellbogen an. »Ist sie nicht schön?« flüsterte er, Halbidiot, der er war. »Hat sie nicht schöne Haare?«

»An die Arbeit, alle miteinander.« Betty klatschte in die Hände.

Als wir gerade anfangen wollten, kam Dr. Billings herein und bedeutete mit angewinkeltem Zeigefinger, daß Eamonn, der gierig auf eine Tüte Rosinen schielte, mitkommen solle.

»Was macht er mit ihm?« fragte ich Mike.

»Ach, der darf beim Backen nicht mitmachen«, sagte Mike, »weil er beim letzten Mal ausgerastet ist und eine ganze Schüssel voll Teig leergefressen hat. Rohen Teig.«

Die Erinnerung daran war offenbar schmerzlich. »Es dreht einem den Magen um, wenn man so was sieht«, sagte er, »wirklich wahr. Und er hatte die Schüssel richtig umklammert …«

»Meine Herrn, was für ein Anblick«, sagte Stalin erschaudernd. »Wie Fütterung im Zoo. Danach konnte ich in der Nacht kein Auge zutun.«

»Und was macht er jetzt?« fragte ich. Mir hatte die gebieterische Art, wie er abgeführt worden war, nicht gefallen.

»Weiß nicht«, sagte Mike achselzuckend. »Wahrscheinlich ist er in einem anderen Hobbykurs.«

»Vielleicht lernt er Bier brauen«, schlug Barry, das Kind, vor.

Darauf ertönte schallendes Gelächter. Sie schlugen sich auf die Schenkel und prusteten: »Bier brauen, das ist gut, klasse.«

»Oder … oder …« Clarence mußte so sehr lachen, daß er kaum sprechen konnte. »… oder er macht einen Weinprobenkurs«, brachte er schließlich heraus. Die Braunen Pullover schütteten sich aus vor Lachen. Es blieb ihnen die Luft weg, und sie mußten sich aneinander festhalten, während ihnen die Tränen über die Wangen liefen.

»Ich würde auch eine Schüssel mit rohem Teig essen, wenn sie mich dann einen Weinprobenkurs machen lassen würden«, brüllte Mike.

Erneut hysterisches Wiehern.

Ich lachte nicht. Ich wollte mich einfach nur irgendwo hinlegen und ganz, ganz lange schlafen. Auf gar keine Fall wollte ich etwas backen.

Die anderen unterhielten sich gut gelaunt, während ich still betete, daß ich sterben möge. Zwar konnte ich hören, was sie sagten, aber ihre Stimmen klangen, als kämen sie aus weiter Ferne.

»Ich mache heute dieses … so was wie Brot, das ich in Islamabad gegessen habe«, murmelte Fergus, der LSD-Geschädigte.

»Hast du denn was von diesem Tabak, den man da rein tun muß?« fragte Vincent.

»Nein«, gab Fergus zu.

»Dann ist es nicht wie das Brot, das du in Timbuktu gegessen hast, oder?«

Fergus wandte sich ab, und sein toter Blick trübte sich noch mehr.

»Wenn mich jetzt meine Frau sehen könnte, was? Harharhar!« lachte Stalin fröhlich, als er den Puderzucker abwog. »Zu Hause habe ich noch nicht mal Kaffeewasser gekocht.«

»Kein Wunder, daß sie Hausverbot über dich verhängt haben«, sagte Misty O'Malley.

Und alle schnalzten mit der Zunge und sagten: »Aber, Misty«, doch in einem freundlichen Ton.

Dann sagte der aggressive Vincent: »Das hat ja nichts damit zu tun, daß er nicht kocht, sondern damit, daß er ihr die Rippen bricht.«

In meinen Ohren rauschte es laut, und ich dachte, ich würde in Ohnmacht fallen.

Das konnte doch nicht sein, oder? dachte ich entsetzt. Stalin war ein netter, freundlicher Mann, der würde so etwas doch nicht tun. Vincent mußte sich einen Scherz erlaubt haben. Aber keiner lachte. Keiner sagte auch nur ein Wort.

Es dauerte eine ganze Weile, bevor sie wieder anfingen zu reden und Witze zu machen. Und Stalin sagte keinen Ton mehr.

Mir war immer noch hundeelend. Wenn ich es nicht besser gewußt hätte, dann hätte ich schwören können, daß ich am Abend zuvor versumpft war.

Zum Glück war Betty nett. Sie fragte mich, ob ich wüßte, was ich backen wollte, und ich sagte: »Was Leichtes.«

Darauf schlug sie vor: »Wie wär' es denn mit Kokosringen? Die kann man im Schlaf machen.« Da ich das Gefühl hatte, daß ich mich ohnehin wie im Schlaf bewegte, war das genau das Richtige für mich.

»Das habe ich mir die ganze Woche schon vorgenommen«, verkündete Mike fröhlich und zeigte auf eine Abbildung in dem Backbuch. »Eine Tart tatin.«

»Was soll das sein?« fragte Peter.

»Irgendein französischer umgedrehter Apfelkuchen.«

»Und warum machst du ihn nicht richtig herum?« fragte Peter. »Wenn man's französisch macht, kann's ja nur gut werden. AHAHAHAHAHAHAAAAAAARGH!«

Betty ging von einem zum anderen und gab gute Ratschläge. (»Mehr Butter brauchen Sie nicht, Mike, Sie wollen ja schließlich keinen Herzinfarkt bekommen.« »Nein, Fergus, tut mir leid. Sie müssen schon den Backofen benutzen, die Feuerversicherung deckt ein offenes Feuer nicht. Tut mir leid, wenn es nicht authentisch ist.« »Nein, Fergus, es tut mir *wirklich* leid.« »Nein, Fergus, ich behandle Sie *nicht* wie ein Kind.« »Nein, Fergus, ich habe nichts gegen Drogen.« »Ich habe auch einmal Haschisch geraucht, damit Sie es nur wissen.« »Wie bitte? Natürlich habe ich inhaliert.«) So miserabel ich mich auch fühlte, es hatte etwas Tröstliches, das Mehl zu sieben, die geraspelten Kokosnüsse und den Zucker abzuwiegen, die Eier aufzuschlagen (kurze Unterbrechung, um zu würgen), alles in einer Schüssel zusammenzurühren und in kleine Papierförmchen zu füllen, die ein Muster aus Tannenzweigen hatten. Es erinnerte mich an meine Kindheit, als ich meiner Mutter half, bevor sie das Kochen und Backen ganz aufgab.

Ich hielt mich von Chris fern, weil ich genau wußte, daß er mir gleich die kalte Schulter zeigen würde, wenn er mein Totengesicht mit den roten Flecken aus der Nähe zu sehen bekäme. Allerdings fiel mir das ziemlich schwer, denn seine Freundlichkeit mir gegenüber hatte mir gestern abend den Gedanken an Lukes Zurückweisung unendlich viel leichter gemacht. Wenn ein anderer Mann sich mit mir abgab, konnte ich doch nicht so wertlos sein, wie Luke meinte, oder? Heimlich beobachtete ich Chris, der Brotteig knetete. Ich seufzte und wünschte mir, daß es meine Brüste wären, die er vor sich auf dem mit Mehl bestäubten Brett liegen hatte.

Dann sah ich, wie er mit Misty O'Malley sprach. Sie mußte etwas Lustiges gesagt haben, denn er lachte. Der

Klang seiner Stimme und das Blitzen seiner blauen Augen gaben mir einen Stich. *Ich* wollte diejenige sein, die ihn zum Lachen brachte.

Ich war eifersüchtig und fühlte mich ausgeschlossen, und gleich wurde mir wieder bewußt, wie sehr ich mich von *Luke* ausgeschlossen fühlte. Eine neue Welle der Verzweiflung schmetterte mich nieder.

Nach dem Kochkurs gab es das Mittagessen, dann einen Film über Betrunkene, gefolgt von erneutem Teetrinken. Ich erlebte das alles wie einen schlechten Traum.

Was mache ich hier? schoß es mir immer wieder durch den Kopf. Und dann knöpfte ich mir meinen Kopf vor und redete ihm gut zu. Ich erklärte ihm die Sache mit den Popstars und der Entgiftung und den allgemeinen Herrlichkeiten von Cloisters. Große Erleichterung breitete sich aus, als mir das wieder klar wurde und ich erkannte, daß ich von Glück reden konnte, hier zu sein. Doch kurz darauf wanderte mein Blick wieder verwundert zu den Männern, den gelb getünchten Wänden und dem dicken Zigarettenqualm, und ich fragte mich abermals: *Was mache ich hier?*

Es war, als würde ich versuchen, mich in Schuhen mit rutschigen Sohlen fortzubewegen. Die ganze Zeit dachte ich, daß ich mir, sobald ich mit einer Sache fertig war, etwas Schönes vornehmen würde. Aber dazu kam es nicht. Kaum war das eine vorbei, fing das nächste schon an. Und ich hatte einfach nicht die Kraft, mich dagegen aufzubäumen. Es war leichter, mit der Herde zu laufen.

Irgendwas beunruhigte mich. In meinem Kopf schwirrte ein Gedanke herum, den ich nicht richtig zu fassen bekam; er flatterte immer wieder davon.

19

Am Nachmittag setzte sich ein netter Mann zu mir, den ich vorher noch nicht gesehen hatte.

»Na, wie geht's?« sagte er. »Neil ist der Name. Ich bin auch in Josephines Gruppe, aber gestern war ich beim Zahnarzt, deshalb haben wir uns nicht kennengelernt.«

Normalerweise würde ich jemanden, der sich mit »Neil ist der Name« vorstellte, überhaupt nicht weiter beachten, aber irgendwie mochte ich ihn auf Anhieb.

Er hatte ein freundliches Gesicht und lebhafte Augen und war ziemlich jung. Ich merkte, wie ich mich aufrichtete und mir ihm zuliebe etwas Mühe gab. Aber noch bevor ich den Ehering an seinem Finger sah, wußte ich, daß er verheiratet war. Es hatte etwas mit dem gepflegten Zustand seines Pullovers und den Bügelfalten in seiner Hose zu tun. Ich war seltsam enttäuscht.

»Wie kommst du mit dieser Bande von Spinnern hier klar?« Mit einer Kopfbewegung erfaßte er den ganzen Raum voller Brauner Pullover.

Wärme durchrieselte mich. Ein normaler Mensch!

»Gar nicht so schlecht«, kicherte ich, »für eine Bande von Spinnern.«

»Und wie fandest du Josephine?

»Sie macht einem angst«, gab ich zu.

»Ach, die ist auch eine Spinnerin«, sagte er. »Sie setzt dir Gedanken in den Kopf, und dann sagst du etwas, was gar nicht stimmt.«

»Ist das wahr?« fragte ich. »Ich dachte doch gleich, daß sie ein bißchen komisch ist.«

»Ja, du wirst schon sehen«, sagte er geheimnisvoll. »Und weswegen bist du hier?«

»Wegen Drogen.« Ich machte ein hilfloses Gesicht, damit er merkte, daß mir eigentlich nichts fehlte.

Er lachte verständnisvoll. »Ich verstehe schon. Ich selbst bin wegen Alkohol hier. Meine arme Frau ist komplett verblendet. Sie trinkt selbst nicht und denkt, bloß weil ich Samtag abends vier Halbe trinke, bin ich Alkoholiker. Ich bin hergekommen, um mal eine Weile Ruhe vor ihr zu haben. Wenigstens wird sie jetzt begreifen, daß mit mir alles bestens in Ordnung ist.«

Und gemeinsam lachten wir verschwörerisch über die törichten Gedanken der anderen.

Im Laufe des Tages bemerkte ich ein paar Mal, daß Sauerkraut und Celine, die Tagesschwester, über mich sprachen. Beim Abendessen, kurz bevor die Pommes-frites-Schlacht begann, kam Celine auf mich zu und sagte: »Kann ich mal mit Ihnen reden, Rachel?«

Mein Verhängnis nahte. Während hinter mir die anderen riefen: »Oh, Rachel, jetzt bist du dran!« und: »Kann ich deine Pommes frites essen?«, folgte ich Celine mit gesenktem Kopf ins Schwesternzimmer.

Es war, als würde man in der Schule zum Direktor beordert. Doch erstaunt stellte ich fest, daß Celine gar nicht verärgert zu sein schien.

»Sie sehen schlecht aus«, sagte sie. »Schon den ganzen Tag.«

»Ich habe letzte Nacht nicht genügend geschlafen«, sagte ich und atmete erleichtert auf. »Und vielleicht habe ich auch noch ein bißchen Jetlag.«

»Warum haben Sie denn nichts gesagt?«

»Ich weiß auch nicht«, grinste ich. »Irgendwie bin ich es gewöhnt, daß ich mich beschissen fühle. Meistens geht es mir bei der Arbeit ziemlich dreckig ...« Ich sprach nicht weiter, weil ich den Ausdruck auf ihrem Gesicht sah. Das hier war *nicht* die Frau, mit der ich über durchgemachte Nächte sprechen konnte.

»Warum geht es Ihnen schlecht, wenn Sie bei der Arbeit sind?« fragte sie, und fast hätte ich mich von ihrer freundlichen Stimme überrumpeln lassen. Fast.

»Ich bin kein Morgenmensch«, sagte ich kurzangebunden.

Sie lächelte. In diesem einen Blick lag ihr Urteil über mich. Meine Begeisterung verpuffte. *Sie weiß Bescheid*, dachte ich mit großem Unbehagen, *sie weiß alles über mich*.

»Ich bin der Meinung, daß Sie nach dem Abendessen ins Bett gehen sollten«, sagte sie. »Die Therapeutin und ich haben das besprochen, und wir sind uns einig, daß es nicht so schlimm ist, wenn Sie den Spieleabend verpassen.«

»Was für einen Spieleabend?«

»Jeden Samstagabend gibt es Spiele. Die Reise nach Jerusalem, Bäumchen-wechsel-dich, Blinde Kuh, und so.«

Das kann nicht ihr Ernst sein, dachte ich. Das ist das Peinlichste, was ich je gehört hatte.

»Es macht sehr viel Spaß.« Sie lächelte.

Du arme Frau, dachte ich, wenn das deine Vorstellung von Spaß ist.

»Dann können sich alle ein bißchen gehen lassen«, fuhr sie fort. »Es ist das einzige Mal in der Woche, wenn keiner von uns Therapeuten oder Schwestern dabei ist, also eine gute Gelegenheit, sich über uns lustig zu machen ...«

Als sie das sagte, wurde mir bewußt, daß es das war, was mich den ganzen Tag beschäftigt hatte: Die Insassen waren nie allein. Selbst bei den Mahlzeiten saß einer von den Mitarbeitern still in ihrer Mitte.

»Also, nach dem Abendessen gehen Sie schleunigst ins Bett«, befahl sie mir.

Vielleicht könnte ich erst noch zur Massage oder ins Solarium gehen, machte ich mir Hoffnungen.

»Könnte ich ...?« fing ich an.

»Ins Bett«, unterbrach sie streng. »Abendessen und ins Bett. Sie sind müde, und wir wollen nicht, daß sie krank werden.«

Mir kam es ganz verkehrt vor, daß ich an einem Samstagabend um sieben Uhr im Bett liegen sollte. Es konnte höchstens sein, daß ich um diese Uhrzeit noch flach lag, weil ich mich vom Abend zuvor noch nicht erholt hatte. (Was gar nicht so selten vorkam, um ehrlich zu sein. Besonders, wenn es spät geworden war und ich eine kräftige Ladung Kokain komsumiert hatte.)

Das Gefühl, ausgeschlossen zu sein, nicht dazuzugehören, das ich den ganzen Tag über schon gehabt hatte, verstärkte sich noch, als ich im Bett saß und unruhig durch Chaquies Zeitschriften blätterte, während der Regen an die klappernden, zugigen Fenster prasselte. Ich war einsam und hatte Angst. Und ich kam mir vor wie eine Versagerin. Es war Samstagabend, Zeit, sich zurechtzumachen, auszugehen, sich zu vergnügen. Statt dessen lag ich im Bett.

Meine Gedanken kreisten um Luke. Noch nie in meinem Leben hatte ich mich so ohnmächtig gefühlt. Es war klar, daß er ausgehen und sich ohne mich amüsieren würde. Vielleicht würde er sogar – mein Innerstes krampfte sich vor Angst zusammen – vielleicht würde er eine andere Frau kennenlernen. Und sie mit in seine Wohnung nehmen. Und mit ihr schlafen …

Bei dem Gedanken packte mich – wie damals im Flugzeug – ein fast unbezähmbares Verlangen, aufzustehen und mich anzuziehen und irgendwie nach New York zu kommen, um ihn daran zu hindern. Verzweifelt nahm ich eine Handvoll Erdnußflips aus der Tüte und stopfte sie mir in den Mund. Das Panikgefühl ließ ein bißchen nach. Die Erdnußflips waren ein großer Trost. Neil hatte sie mir großzügig geschenkt, als er hörte, daß ich frühzeitig ins Bett geschickt wurde. Eigentlich hatte ich vorgehabt, nur ein paar zu essen, aber ich futterte mich durch die ganze Tüte. Wenn es im Haus eine offene Packung mit Knabbersachen gab, konnte ich nicht ruhig schlafen.

Zu gerne hätte ich ein paar Schlaftabletten gehabt. Oder Valium. Irgendwas, um das schreckliche Gefühl bodenloser Angst wegen Luke zu beschwichtigen. Es war geradezu unmenschlich, von mir zu erwarten, solchen Herzenskummer ohne Pharmazeutika zu bewältigen, dachte ich voller Zorn. Man sollte niemanden so leiden lassen. Draußen würde das auch niemand tun. Man hatte die Sache mit der Abstinenz in Cloisters zu weit getrieben.

Klar, es war nicht fair, von den armen Süchtigen zu verlangen, daß sie ohne Drogen auskamen, wenn jemand wie ich, die keine Probleme hatte, freien Zugang zu Drogen hatte. Es wäre nicht richtig, sie in Versuchung zu führen. Und trotzdem …

Ich konnte das Gepolter und Getöse, das Rufen und Lachen von der Reise nach Jerusalem hören, die in dem Raum unter mir gespielt wurde.

Als Chaquie raufkam, um ins Bett zu gehen, sah sie erhitzt und glücklich aus.

Einen Moment lang.

»Ich hab' dich gar nicht in der Messe heute abend gesehen«, sagte sie mit kritischem Blick.

(Am Samstagabend kam immer ein Priester und hielt die Messe für diejenigen, die daran teilnehmen wollten.)

»Ganz richtig, ich war nicht da«, sagte ich fröhlich.

Sie funkelte mich an, und ich grinste frech.

Dann schnitt sie ein weiteres ihrer Lieblingsthemen an. Diesmal war es das Übel »Frauen in der Erwerbsarbeit«. Mit großem Getue zog ich mir die Decke über den Kopf und sagte: »Gute Nacht, Chaquie.« Aber sie ließ sich nicht beirren. Chaquie mußte ein paar Dinge loswerden, und es war ihr gleichgültig, bei wem sie sie ablud.

»... Und dann kommt der Mann nach Hause, nach einem langen Tag im Büro – oder im Schönheitssalon ...« – da gestattete sie sich ein kleines perlendes Lachen – »... und das Haus ist ein Schlachtfeld, die Kinder schreien ...«

»Es steht kein Essen auf dem Tisch«, unterbrach ich sie unter meinen Decken.

»Richtig, Rachel«, sie klang angenehm überrascht, »es steht kein Essen auf dem Tisch.«

»Seine Hemden sind nicht gebügelt«, rief ich ihr zu.

»Richt...«

»Die Kinder kommen aus der Schule, und das Haus ist kalt und leer ...«

»So ist ...«

»Statt einer warmen, nahrhaften Mahlzeit bekommen sie nur Chips und Kekse ...«

»Gena...«

»Sie gucken sich im Fernsehen pornographische Filme an, praktizieren Inzest, das Haus brennt ab, die Mutter ist nicht da, um einzuschreiten, und dann sind sie alle tot!«

Darauf folgte ein langes Schweigen, und schließlich streckte ich den Kopf unter den Decken hervor.

Chaquie sah mich voller Verwirrung an. Sie vermutete stark, daß ich mich über sie lustig machte, war sich aber einfach nicht ganz sicher.

Ich hatte gedacht, daß ich sie haßte, aber jetzt wußte ich mit Sicherheit, daß ich sie aus tiefster Seele haßte. Du Fascho, dachte ich. Ich kannte Frauen wie sie. Sie gehörte dem rechtsextremen Verband Katholischer Mütter gegen Vergnügen an, oder wie die heißen.

Kurz darauf drehte Chaquie in grimmigem Schweigen das Licht aus und ging ins Bett.

Aufgrund meiner großen Erschöpfung fiel ich in einen barmherzigen Schlaf.

20

Sonntag, Besuchstag!

Allerdings nicht für mich. Wie gern hätte ich jemanden aus der Welt draußen gesehen. Ich wäre sogar froh gewesen, meine Mutter zu sehen. Aber ich war noch nicht, wie vorgeschrieben, eine ganze Woche da, obwohl ich das Gefühl hatte, schon Jahre in Cloisters verbracht zu haben.

Der erste Gedanke, der mir durch den Kopf schoß, als ich von Monicas Suchscheinwerfer geweckt wurde, war der an Luke. Ich quälte mich mit Phantasien darüber, was er am Abend zuvor angestellt hatte. Was er vielleicht immer noch anstellte. Schließlich war es erst drei Uhr morgens in Amerika. Der Samstagabend kam gerade erst richtig in Schwung.

Ich wollte ihn anrufen. Dieser Drang war fast unerträglich. Aber wahrscheinlich war er noch gar nicht wieder zu Hause. Es sei denn, er lag mit einer Frau im Bett. Vielleicht ist er in diesem Moment mit einer Frau zusammen, dachte ich panikerfüllt. Vielleicht hat er gerade in diesem Augenblick mit einer anderen Frau zusammen einen Orgasmus.

Mir wurde klar, daß Menschen so in den Wahnsinn abdrifteten und daß ich tatsächlich bald reif für die Klapsmühle sein würde, wenn ich nicht aufpaßte.

Ich mußte mit ihm sprechen, beschloß ich. Ich mußte ihn anrufen, aber dann rechnete ich nach und kam zu dem Ergebnis, daß ich bis mindestens drei Uhr nachmittags warten mußte, dann war es zehn Uhr morgens in New York. *Warum kann ich nicht jetzt anrufen? Blöde Zeitverschiebung!* Verbittert verfluchte ich die Erdkrümmung.

Ich wußte natürlich, daß zehn Uhr morgens viel zu früh war. Tage zu früh, wahrscheinlich. Aber das war mir so gleichgültig. Mir würde es reichen.

Nach dem Frühstück fing Chaquie mit hektischen Vorbereitungen für Dermots Besuch an. Ich war überrascht, als sie mich fragte, was sie anziehen sollte. Es rührte mich so sehr, daß ich vergaß, sie zu hassen.

Und ich war äußerst dankbar, etwas zu tun zu haben. Ich hörte deswegen nicht auf, an Luke zu denken, aber die wilden Qualen wurden dadurch zu einem pochenden Hintergrundschmerz reduziert. Das war nicht ganz so schlimm, einfach nur die ganze Zeit da.

Chaquie hatte ihre gesamte Garderobe in dem sehr kleinen Zimmer ausgebreitet. Was mich daran erinnerte, daß ich sie wirklich fragen mußte, ob es ihr etwas ausmachen würde, im Schrank ein bißchen Platz für meine Sachen zu machen, die immer noch in meiner Reisetasche auf dem Fußboden lagen.

»Was meinst du, Rachel?« fragte sie mich. »Das *Jaeger*-Kostüm und das *Hermès*-Tuch?«

»Ehm, vielleicht etwas, das nicht ganz so förmlich ist«, schlug ich vor. »Hast du keine Jeans?«

»JEANS!« Sie lachte schrill. »Du liebe Güte! Natürlich *nicht*! Durm't würde tot umfallen, wenn er mich in Jeans sähe.« Sie ging in die Knie, um sich in dem (kleinen, altersblinden) Spiegel zu betrachten und rückte ihre perfekt sitzende Frisur zurecht.

»Jesus, Maria und Joseph!« rief sie aus und verdrehte die Augen. »Ich sehe aus wie ein wahrhaftiges Wrack.«

Das stimmte natürlich überhaupt nicht. Alles an ihr war makellos.

»Es ist wichtig, daß man sich für den Ehemann schön macht«, vertraute sie mir an, als sie einen engen Rock anzog und eine Strickjacke, auf deren Vorderseite Perlen und dergleichen appliziert waren. Entsetzliches Zeug.

Mit fahrigen Bewegungen toupierte sie ihre Haare. Sie war wirklich sehr nervös, weil Dermot kam.

»Du siehst sehr gut aus«, sagte ich, obwohl ich fand, daß sie unmöglich aussah.

Ich sah auf die Uhr – zwölf Uhr mittags. Noch drei Stunden, und ich könnte mit Luke sprechen!

»Wenn Dermot kommt, möchtest du dann, daß ich … ehm … du weißt schon …« Ich begleitete mein großzügiges Angebot mit Handbewegungen, die andeuteten, daß ich mich dünnmachen würde.

»Was?«

»Möchtest du das Zimmer für euch allein haben, damit ihr … ehm … na ja …«

Sie sah mich angewidert an. »Wie? Geschlechtsverkehr haben können, meinst du das?«

»So kann man es auch ausdrücken.« *Die Sprache der Liebe.*

»Du liebe Güte, nein!« sagte sie. »Das einzig Gute hier ist ja, daß ich nicht von ihm und seiner Rute belästigt werde, wenn ich abends mein Buch lesen will. Und abgesehen davon ist es nicht erlaubt, Besucher mit aufs Zimmer zu nehmen.«

»Man darf keine Besucher mit aufs Zimmer nehmen?« Jetzt war ich es, die angewidert dreinsah. »Selbst im Gefängnis dürfen die Leute ihre ehelichen Rechte wahrnehmen, oder etwa nicht?«

Chaquie ging immer wieder zum Fenster, und schließlich, um halb zwei, sagte sie: »Da kommt er.«

Man kann ihre Stimme fast nicht beschreiben. Bewunderung lag darin, Erleichterung und Haß, alles zu gleichen Teilen.

»Wo?« fragte ich und trat ans Fenster, um ihn mir ansehen zu können.

»Da, er steigt gerade aus dem neuen Volvo da aus.«

Fasziniert beobachtete ich den Mann und hoffte, daß er schrecklich sein würde. Aber aus der Entfernung sah er nicht so übel aus. Mit dem gebräunten Teint und dem auffallend schwarzen Haar konnte man ihn als einen von der Sorte Mann beschreiben, die »auf sich achteten«. Er trug ein Jeanshemd, eine lederne Blousonjacke und Bundfaltenhosen, deren Bund fast um seine Brust lag – einer der sinnlosen Tricks, mit denen korpulente Männer versuchen, ihren Bauchansatz zu verbergen. Ein Blick auf Dermot verriet mir, daß Chaquie nicht die einzige in der Ehe war, die sich ab und zu einen Bacardi Cola genehmigte.

Als ich ihn musterte und nach Fehlern absuchte, stellte ich fest, daß er kleine Hände hatte und, noch schlimmer, kleine Füße. Man konnte seine Füße unter den Hosenaufschlägen kaum sehen. Männer mit kleinen Händen und Füßen verabscheute ich. Sie wirkten so unmännlich, wie Zwerge oder Gnome. Helen behauptete immer, daß sie Männer mit kleinen Händen mochte, aber das lag daran, daß sie ganz kleine Brüste hatte, und je kleiner die Hände eines Mannes, desto größer waren ihre Brüste im Vergleich.

Hastig sprühte Chaquie sich fast mit einer ganzen Flasche *White Linen* ein, strich sich den Rock glatt und eilte aus dem Zimmer, um ihn zu begrüßen.

Ich wußte nicht, was ich tun sollte. Allein sein wollte ich nicht, also beschloß ich, nach unten zu gehen und zu sehen, was so los war. Auf der Treppe traf ich Mike. Mit finsterem Blick starrte er aus dem Fenster, so wie Chaquie vor ein paar Minuten.

»Hallo«, sagte ich, begierig ein Gespräch zu beginnen.

»Komm mal her«, sagte er und zeigte aus dem Fenster.

Eine Frau und drei Kinder stapften im Regen die Auffahrt herauf. Sie sahen blaß und halb erfroren aus.

»Das ist meine Frau mit den Kindern.« Seine Stimme klang komisch. Erst Chaquie, jetzt Mike, es ging ihnen allen gleich.

Mikes Frau trug eine Tasche über der Schulter.

»Siehst du ihre Tasche«, murmelte Mike und deutete darauf.

Ich nickte.

»Das ist für mich«, sagte er.

Ich nickte wieder.

»Voll mit dämlichen Keksen«, sagte er bitter. Und dann ging er ihnen entgegen.

»Was will ich denn mit Keksen?« brüllte er mir über die Schulter zu. »Ich weiß nicht«, erwiderte ich nervös.

Kurz darauf ging ich in den Speisesaal. Im Flur tobten Mengen von glücklichen Kindern und trieben ihr Unwesen.

Zu meinem Entsetzen stolperte ich über eine Holzlokomotive und ging zu Boden. Aber wie in einem rückwärts laufenden Film von einem Wolkenkratzer, der in die Luft gesprengt wird, sprang ich wieder hoch, bevor meine Knie richtig in Berührung mit dem Boden gekommen waren. Verstohlen versicherte ich mich, daß weder Chris noch Misty O'Malley meinen Sturz gesehen hatten. Zwei garstige, sommersprossige Jungen zeigten auf mich und lachten, bis ihnen die Tränen kamen.

Als ich in den Speiseraum kam, war Misty O'Malley auf dem Weg nach draußen und schob mich unhöflich aus dem Weg. Es war nicht nur ein kurzes Streifen, sondern mehr ein richtiges Anrempeln, für das sie sich auch nicht entschuldigte. Ich sah ihr nach, und obwohl ich ihr Gesicht nicht sehen konnte, wußte ich, daß sie lächelte. Ein höhnisches Lächeln.

Tränen stiegen mir in die Augen. Was hatte ich ihr getan?

Der Raum war gesteckt voll mit Insassen und ihrem Besuch. Bei gutem Wetter konnten sie offenbar in den Anlagen spazierengehen, aber bei Regen mußten sie sich alle in den Speiseraum zwängen und zusehen, wie die Fenster beschlugen.

Ich fand Chaquie und Dermot und setzte mich so nah, daß Chaquie mich vorstellen mußte. Dermot erwiderte meinen Blick und taxierte mich automatisch. Nicht, weil er mich attraktiv fand, sondern weil er erfahren wollte, wie *ich ihn* fand. Aus der Nähe konnte man Hunderte von zerplatzten Äderchen unter dem solariumgebräunten Teint erkennen. Ich verstand, warum Chaquie den Annäherungsversuchen von Dermot und seiner Rute entgehen wollte: er war widerlich. Und daß er sein Äußeres so sorgfältig pflegte, machte ihn noch widerlicher. Immer wieder schob seine Hand sein Haar zurecht, das nicht nur gefärbt, sondern zudem gefönt, in Form gelegt und mit Haarspray befestigt war. Es war so duftig, daß es aussah wie ein Bienenstock.

Ich betrachtete ihn mit unverhohlenem Vergnügen. Diese Sorte Männer kannte ich. Sie frequentierten Weinbars, luden einen zu einem Glas Wein ein und fragten, kaum daß sie sich vorgestellt hatten: »Was meinen Sie, wie alt ich bin? Nein, wirklich, sagen Sie nur. Möchten Sie noch ein Glas Wein?«

Am lustigsten war es, wenn die Dermots dieser Welt zu tanzen anfingen. Und sie tranken in der Regel Frauendrinks wie Campari Soda oder Bacardi Cola. Süße, perlende, *harmlose* Getränke. Brigit und ich hatten Dutzende seines Kalibers kennengelernt. Den ganzen Abend über tranken wir auf ihre Rechnung, und am Ende liefen wir vor ihnen weg. Wie oft hatten wir vor solchen Männern die Flucht ergriffen und, während wir uns vor Lachen kaum noch halten konnten, uns gegenseitig angestachelt: »Vielleicht solltest du mit ihm gehen«, und: »Kommt gar nicht in Frage, der ist für dich!«

Man brauchte Dermot nur anzusehen, dann wußte man, daß er sein Dasein als Ehemann leugnete. (Wahrscheinlich sogar seiner Frau gegenüber.) Er war der Typ Mann, der umständliche Erklärungen abgab, warum er einen nicht zu sich nach Hause einlud. Der Typ Mann, den ich mir letztendlich dankbar schnappen würde, wenn ich ihn nicht schon vergrault hatte, dachte ich plötzlich voller Düsternis.

Chaquie drehte mir den Rücken zu und fing an, sich mit gedämpfter Stimme mit Dermot zu unterhalten. Das brauchte keineswegs zu bedeuten, daß zwischen ihnen Mißstimmung herrschte. Der Raum war voll mit Menschen, die sich mit gedämpften Stimmen unterhielten. Sie hatten keine andere Wahl. Nächste Woche, wenn meine Eltern kamen, würden wir auch am Tisch sitzen und uns mit gedämpften Stimmen unterhalten. In der Luft schwangen so viele gedämpfte Unterhaltungen, daß ich ganz schläfrig wurde. Was mich daran hinderte einzudösen, war das Klappern der Schritte im Flur und Mikes Stimme, die hin und wieder schrie: »Willy, du Rabauke, jetzt hör mal auf, die Leute mit Michelles Puppe zu erschlagen!«

Ich war froh, daß Chaquies Mann so ein Widerling war. Doch dann sah ich, wie Misty O'Malley an einem Heizkörper lehnte und sich mit gedämpfter Stimme mit einem großen blonden und unverschämt gutaussehenden Mann unterhielt, und auf der Stelle empfand ich Eifersucht und Einsamkeit. Das Leben war so ungerecht! Millionen von Männern waren hinter Misty her, und dabei war sie eine gemeine Ziege und gar nicht so schön, wenn man genau hinsah. Und ich war so nett und hatte keinen.

Bis drei Uhr hing ich herum und versuchte, als verlorenes Wesen Mitleid zu erregen. Ich hoffte, jemand würde zu mir hinsehen, so daß ich ihm tapfer zulächeln könnte. Ich wollte, daß die anderen sich fragten, warum ich keinen Besuch hatte. Sie sollten einander zuflüstern: »Wer ist denn die Arme da drüben? Gib ihr mal ein Stück Schokolade.« Aber keiner interessierte sich für mich. Neil saß mit einer unscheinbar wirkenden Frau und zwei Kindern zusammen. Er sah auf und lächelte mir freundlich und herzlich zu, dann widmete er sich wieder seiner Frau. Sie sahen aus, als würden sie sich darüber unterhalten, daß das Garagendach erneuert werden müsse.

Als ich das dritte Gespräch belauschte und schon wieder hörte, wie jemand sagte: »Diesmal wird alles anders, das verspreche ich dir«, mußte ich einfach gehen.

Ich marschierte zur Haustür, stellte mich auf die oberste Stufe in den Regen und starrte trübsinnig auf die triefenden Bäume. Eigentlich hatte ich die Anlagen erforschen und das Fitneß-Studio suchen wollen, um mich eine Stunde lang ein bißchen zu trimmen, aber ich kriegte meinen Hintern einfach nicht hoch. Mann, oh, Mann, so schimpfte ich mit mir, so wird das nichts mit den schlanken Oberschenkeln.

Ich nahm meine ganze Willensstärke und meine Entschlossenheit und meine Entscheidungskraft zusammen, warf die Schultern zurück, schob das Kinn vor und versprach, *gelobte* gar – fast konnte ich die himmlischen Posaunen hören und die Sonne durch die Wolken brechen sehen: »Morgen fange ich an!«

Ich ging wieder in den Speiseraum und spielte in meinem Kopf durch, was ich zu Luke sagen würde. (»Hallooo! Wunderbar! Und wie geht es dir?«)

Ich sah Chris mit zwei Leuten, die seine Eltern sein konnten. Sie waren ungefähr so alt wie meine Eltern, und als ich die drei zusammengekauert da sitzen sah, angestrengt bemüht, die Unterhaltung in Gang zu halten, erfüllte mich das mit einer merkwürdigen Traurigkeit. Ich konnte nicht umhin zu bemerken, daß ein Freundin-artiges Wesen fehlte.

Gut.

Stalin schleppte mich zu seiner Rita, einer Kettenraucherin mit rauher Stimme. Sie sah aus wie ein Mann in Frauenkleidern und machte den Eindruck, daß sie eher ihm die Rippen brechen könnte als andersherum. Das tröstete mich.

Um zehn vor drei konnte ich nicht länger warten und fragte die diensthabende Therapeutin – es war Sauerkraut –, ob ich telefonieren könnte. Sie starrte mich an, als hätte ich sie gebeten, mir tausend Pfund zu leihen, dann ging sie schweigend voran zum Büro. Am Empfang kamen wir an der Quirligen vorbei. Wie gräßlich, sonntags arbeiten zu müssen. Ihrem muffigen Gesichtsausdruck nach zu urteilen, war sie derselben Meinung.

»Geben Sie mir bitte die Nummer«, sagte Sauerkraut.

»Ehm, es ist eine New Yorker Nummer«, sagte ich unruhig. »Geht das?«

Durch ihre John-Lennon-Brille funkelte sie mich an, aber sie sagte nicht, daß es nicht ginge.

»Es klingelt«, sagte sie und reichte mir den Hörer.

Mit klopfendem Herzen und einem Kribbeln auf der Kopfhaut nahm ich ihn entgegen.

Den ganzen Tag über hatte ich meine Rede vorbereitet. Ich hatte beschlossen, mich schwungvoll und gesprächig zu geben, statt verschlossen und vorwurfsvoll. Aber meine Lippen zitterten so sehr, daß ich mir nicht sicher war, ob ich sie hinreichend würde kontrollieren können, wenn ich sprechen mußte.

Ich hörte ein Klicken und spürte bittere Enttäuschung – der Anrufbeantworter. Ich beschloß, auf alle Fälle eine Nachricht zu hinterlassen. Vielleicht käme doch jemand an den Apparat, wenn er meine Stimme hörte. Ich wartete also geduldig auf den Anfang von *Smoke on the Water.*

Aber *Smoke on the Water* kam gar nicht.

Statt dessen hatten sie einen Song von Led Zeppelin aufgenommen.

Als Robert Plant anfing zu kreischen: »Hey, hey Mama, see the way you moo-oove, gonna make you sweat, gonna make you groo-ooveh«, packte mich die Angst, weil ich überzeugt war, daß das symbolischen Charakter hatte und Luke mir sagen wollte: »Das Alte ist vorbei, jetzt kommt was Neues.« Mit einem gewaltigen Schlag wurde mir klar, daß das Leben in New York ohne mich weiterging. Was passierte sonst noch alles, und ich wußte nichts davon?

Als das verrückte, schräge Gitarrenspiel zu Ende ging, sammelte ich mich und wartete, daß ich sprechen konnte. Aber nein! Es ging noch weiter. »Ah, ah, baby, way you shake that thing, gonna make you buuurn, gonna make you stinnnggg«, grölte er. Und es folgte wilde Gitarrenmusik. Endlich sagte Shakes Stimme: »Jetzt die Nachricht, Mann.« Doch ich hatte völlig die Fassung verloren. Ich mußte daran denken, wie böse Luke auf mich war, wie gemein er zu mir gewesen war. Er würde sowieso nicht mit mir sprechen wollen, und so legte ich den Hörer auf.

»Anrufbeantworter«, sagte ich mit leiser Stimme zur Sauerkraut. Sie hatte die ganze Zeit dabeigesessen.

»Das war einer Ihrer zwei Anrufe, auch wenn Sie nicht gesprochen haben.«

Um fünf Uhr waren die Besucher wieder gegangen, und alle waren gedrückter Stimmung. Außer mir.

Ich war in Selbstmordstimmung.

Nach dem Abendessen wollte ich mir aus dem Schrank im Speiseraum eine Tafel Schokolade holen, die ich dort am Tag gesehen hatte, und wurde fast erschlagen, als mir eine Lawine von Keksen, Kuchen, Gebäck und Schokolade entgegenstürzte.

»Jesus Maria!« rief ich, als eine Tüte mit Mini-Mars mir beinahe ein Auge ausgestochen hätte. »Was soll denn das?«

»Schuldgeld«, sagte Mike. »Alle bringen immer ganze Säcke voller Süßigkeiten. Außer diesem Ekeltypen von Chaquie. Er hat ihr ein Netz Mandarinen mitgebracht. Hast du sein Toupet gesehen?«

»Dermot?« fragte ich erstaunt. »Er trägt ein Toupet?«

»Wie konnte dir das entgehen?« lachte Mike. »Sah doch aus wie ein schlafendes Wiesel auf seinem Schädel.«

»Und was meinst du mit ›Schuldgeld‹?« Das hatte mich unerklärlicherweise beunruhigt.

»Unsere Familien haben Schuldgefühle, weil sie uns hierhergeschickt haben.«

»Aber warum haben sie Schuldgefühle?« fragte ich. »Ist es nicht zu eurem Besten?«

»Denkst du das wirklich?« fragte Mike mit zusammengekniffenen Augen.

»Natürlich«, sagte ich nervös. »Wenn man Alkoholiker ist oder drogensüchtig, dann ist es das Beste für einen *selbst*, wenn man hierherkommt.«

»Meinst du, daß es für dich das Beste ist?«

Was sollte ich darauf antworten? Ich beschloß, ehrlich zu sein.

»Hör zu«, sagte ich verschwörerisch, »ich dürfte eigentlich gar nicht hier sein. Mein Vater hat völlig übertrieben reagiert. Ich bin nur gekommen, um meinen Eltern einen Gefallen zu tun.«

Mike fing an zu lachen, und er lachte und lachte.

»Was gibt es da zu lachen?« sagte ich verärgert.

»Weil ich genau das gleiche gesagt habe. Ich bin hergekommen, um meiner Frau einen Gefallen zu tun, Chaquie ist hier, um von Dermot wegzukommen, Don wegen seiner Mutter, Davy, damit er seine Stelle nicht verliert, Eamonn wegen seiner Schwester, John Joe wegen seiner Nichte. Wir sind alle hier, um jemandem einen Gefallen zu tun.«

Was sollte ich dazu sagen? Ich konnte nichts dafür, wenn die anderen ihre Probleme leugneten.

21

Es war Montagmorgen.

Ich hatte eine grauenhafte Nacht hinter mir und die ganze Zeit von Luke geträumt, dann war ich schwitzend und krank vor Kummer aufgewacht. Wir sollten gerade mit der Gruppensitzung anfangen, und anscheinend würde Neils WBB, was immer das war, kommen.

»Die Abkürzung bedeutet Wichtige Beteiligte Bezugsperson«, erklärte Mike. »Zum Beispiel die Ehefrau oder Freunde oder die Eltern. Sie kommen und erzählen der Gruppe, wie schrecklich es mit dir war, wenn du betrunken warst oder bekifft oder wenn du die ganzen Vorräte aufgefressen hast.«

»Ist das wahr?« Ich spürte das Prickeln voyeuristischer Vorfreude.

Die Oprah-Winfrey-Show auf irisch. Ich sollte Mum und Helen zu einer solchen Sitzung einladen, das würde ihnen gefallen.

»Wer sind deine WBB?« fragte Mike trocken.

»Ich habe keine«, sagte ich und war selbst überrascht.

»Hat dich nie einer gesehen, wenn du auf Drogen warst?« fragte er. Er klang sarkastisch.

Es war hoffnungslos. Würden diese Idioten denn nie

verstehen, daß es völlig normal war, in der Freizeit Drogen zu nehmen? Und wenn eine WBB in die Gruppe käme, würde sie nichts anderes zu berichten wissen, als daß ich auf meine Kosten kam.

»Ich lebe seit acht Jahren nicht mehr zu Hause«, sagte ich. »Und ich glaube kaum, daß meine Mitbewohnerin dafür aus New York anreisen würde.«

Mike lachte wieder überlegen.

»Bei Neil ist seine Frau die WBB«, sagte er. »In der Regel sind es die Ehefrauen.«

»Also, ich weiß nicht, warum Neils Frau überhaupt herkommt«, sagte ich. »Er ist ja kein Alkoholiker.«

»Wirklich nicht?« sagte Mike. Ich hörte seinen Spott heraus. »Woher weißt du das?«

»Er hat es mir gesagt.«

»Ach so?«

Neil und seine Frau waren schon in der Abtklause, auch die anderen – Misty, John Joe, Vincent, Chaquie und Clarence – saßen schon auf ihren Stühlen.

Neil sah so süß und rein aus wie ein kleiner Junge, der gerade von der Kommunion kommt. Ich lächelte ihm aufmunternd zu, aber darauf war er gar nicht angewiesen. Er erwiderte es mit einem traurigen Clownslächeln. Ich war überzeugt, daß die Sitzung ziemlich langweilig werden würde, und war enttäuscht. Ich hatte mich so darauf gefreut, mehr von John Joe und seinen sexuellen Beziehungen zu Schafen zu hören.

Emer, Neils Frau, sah noch unscheinbarer und langweiliger aus als am Tag zuvor. Sie war mir spontan zuwider, weil sie so ein Theater um Neils angebliche Trinkerei machte. Ich konnte Spielverderber nicht ausstehen. Ich hätte jede Wette abgeschlossen, daß auch sie zu dem rechtsextremen Verband Katholischer Mütter gegen Genuß aller Art gehörte, genau wie Chaquie. Sie konnte von Glück reden, daß Neil sie nicht in die Wüste geschickt hatte.

Josephine kam herein und schlug vor, daß wir uns alle vorstellen. Dann dankte sie Emer, daß sie gekommen war, und fing an, ihr Fragen zu stellen.

»Würden Sie der Gruppe bitte von Neils Trinkgewohnheiten erzählen?«

Ich seufzte. Vier Halbe am Samstagabend ergaben keine gute Geschichte. Josephine sah mich an. Ich hatte Angst.

»Also«, sagte Emer mit unsicherer Stimme, »so schlimm war er vielleicht gar nicht.« Beim Sprechen hatte sie die Augen auf ihren Schoß gerichtet.

Er war *überhaupt* nicht schlimm, du blöde Kuh, dachte ich und warf ihr einen bösen Blick zu.

»War er oft betrunken?« fragte Josephine.

Emer sah Josephine mit großen Augen an, wie ein Kaninchen, das im Licht eines Scheinwerfers wie gebannt verharrt. »Nein«, sagte sie mit bebender Stimme. »Ganz selten.«

Sie warf Neil einen kurzen Blick zu und senkte dann wieder die Augen.

Ich verachtete sie von Minute zu Minute mehr.

»Hat er sich Ihnen und den Kindern gegenüber schlimm verhalten?«

»Nein, nie.«

»Ist er manchmal tagelang nicht nach Hause gekommen?«

»Nein.«

»Hat er Ihnen manchmal nicht genug Geld gegeben?«

»Nein.«

»Hat er Sie je beschimpft?«

»Nein.«

»Hat er Sie je geschlagen?«

»Nein!«

»Ist er jemals fremdgegangen?«

»Nein.«

Ich wollte wieder seufzen, um kundzutun, wie langweilig ich Emers Ausführungen fand, doch dann fiel mir Josephine ein, und ich ließ es lieber.

Jetzt sprach Josephine. »Er muß manchmal etwas Schlimmes gemacht haben, sonst wäre er nicht hier.«

Emer hob die mageren Schultern und sah nicht auf.

»Haben Sie Angst vor Ihrem Mann?«

»Nein.«

»Ich werde jetzt für die anderen in der Gruppe den Fragebogen vorlesen, den Sie ausgefüllt haben, als Neil aufgenommen wurde.«

»Nicht!« rief Emer.

»Warum nicht?« fragte Josephine sanft.

»Weil ... weil es nicht stimmt!«

»Es stimmt also nicht, daß Neil ...«, Josephine nahm ein Blatt in die Hand, »... daß er Ihnen dreimal die Nase gebrochen hat, daß er Ihnen den Kiefer und den Arm gebrochen, Ihnen mit Zigaretten Brandwunden zugefügt, Ihre Hand in der Tür eingequetscht hat, daß er Ihre Jüngste die Treppe hinuntergeworfen hat, so daß sie durch eine Glastür fiel und ihre Verletzungen genäht werden mußten ...«

»NICHT!« schrie Emer und hielt sich die Hände vors Gesicht.

Ich traute meinen Ohren nicht. Über die Mengen Alkohol, die er konsumierte, Lügen zu verbreiten, war eine Sache, aber ich war entsetzt über die Schauergeschichten, die sie über ihn erzählte.

Neil sah die in Tränen aufgelöste Emer wütend an.

Auch die anderen waren schockiert.

Ich rutschte unbehaglich auf meinem Stuhl herum – nicht nur, weil ich auf einem der durchgesessenen saß, sondern weil mir das Psychospiel jetzt doch nicht mehr so gut gefiel wie am Anfang. Erst war es lustig gewesen, aber jetzt wurde es ernst und machte mir angst.

»Was können Sie dazu sagen, Neil?« fragte Josephine leise.

Ich atmete auf. Zum Glück hatte Neil jetzt die Gelegenheit, sich zu verteidigen.

»Sie lügt wie gedruckt«, sagte er langsam mit belegter Stimme. So, wie er das sagte, klang er überhaupt nicht nett.

»Stimmt das?« fragte Josephine Emer harmlos.

»Ja«, sagte Emer. Ihre Stimme zitterte so sehr, daß sie kaum sprechen konnte. »Nichts von dem, was ich da geschrieben habe, stimmt.«

»Sie schützen ihn immer noch?« sagte Josephine. »Sie stellen sich immer noch hintan?« Ich wünschte, Josephine würde den Mund halten. Emer hatte zugegeben, daß es nicht die Wahrheit war, und ich wollte, daß sie es dabei beließen.

Ich sehnte mich nach dem Ende der Gruppensitzung, damit wir etwas Normales tun konnten; Tee trinken, zum Beispiel.

»Sie stellen Ihre Kinder hintan?« fragte Josephine sanft. Emer saß zusammengesunken auf ihrem Stuhl.

Ein langes, quälendes Schweigen folgte. Meine Schultern berührten fast meine Ohren, so angespannt war ich.

»Nein«, antwortete sie mit unterdrückter Stimme.

»Was sagten Sie, Emer?« fragte Josephine freundlich.

Emer sah auf. Ihr Gesicht war feucht und gerötet.

»Nein«, sagte sie unter Tränen. »Meine Kinder stelle ich nicht hintenan. Meinetwegen soll er mich schlagen, aber die Kinder soll er verschonen.«

Ich sah Neil an; sein Gesicht war wutverzerrt. Man konnte den freundlichen, lächelnden Mann, der er vor zwanzig Minuten noch gewesen war, nicht mehr erkennen.

»Es stimmt also *doch*, nicht wahr?« sagte Josephine voller Mitgefühl. »Neil hat all das, was Sie auf dem Fragebogen angegeben haben, sehr wohl getan?«

»Ja.« Es war ein langgezogener Klagelaut.

»Ich stimme Ihnen zu«, sagte Josephine. »Und ich habe Polizei- und Krankenhausberichte, die das bestätigen.«

Sie wandte sich Neil zu. »Möchten Sie sie vielleicht lesen, Neil?« sagte sie freundlich. »Vielleicht möchten Sie sich wieder vergegenwärtigen, was Sie Ihrer Frau und Ihren Kindern angetan haben.«

Ich sah von einem zum anderen und wußte nicht mehr, was stimmte. Ich war mir nicht mehr sicher, ob Neil die Wahrheit sagte. Wenn Josephine sagte, es gebe Polizeiberichte, dann war daran sicherlich nicht zu zweifeln.

Neil stand auf und schwankte, als hätte er BSE. »Sehen Sie sie doch an«, brüllte er mit sich überschlagender Stimme.

»Sie würden Sie auch verprügeln, wenn Sie mit dieser blöden Kuh verheiratet wären.«

»Setzen Sie sich, Neil.« Josephine war hart wie Stahl. »Und sprechen Sie nicht so vor mir.«

Er zögerte. Dann setzte er sich schwerfällig.

Josephine sagte zu Neil: »Warum haben Sie Ihre Frau geschlagen?«

»Ich konnte nichts dafür«, schrie er. »Ich war betrunken.«

Dann war er ganz überrascht über die Worte, die aus seinem Munde gekommen waren, als hätte er sie nicht sagen wollen.

»Als Sie hier aufgenommen wurden«, wieder raschelte Josephine mit den Papieren, »haben Sie Dr. Billings erzählt, daß sie vier Halbe in der Woche trinken ...«

Bei dem Geräusch, das Emer machte, zuckten wir alle zusammen. Es war ein entrüstetes Schnaufen.

»Heute ist deutlich geworden, daß Sie viel mehr getrunken haben. Bitte erzählen Sie doch der Gruppe davon.«

»Mehr habe ich nicht getrunken«, behauptete Neil. »Vier Halbe.«

Josephine sah Neil an, und ihr Blick sagte: Sehen Sie sich gut vor!

»Vielleicht war es ein bißchen mehr«, murmelte er hastig.

Josephine sagte nichts, sah ihn aber weiter mit demselben Ausdruck an.

»Also gut«, sagte Neil widerstrebend. Und in einzelnen Brocken erzählte er uns, daß er jeden Abend vier Halbe trank, dann, als Antwort auf Josephines höhnischen Blick, gab er zu, daß es eine Flasche Wodka in der Woche war, und schließlich gestand er, daß er am Tag eine halbe Flasche Wodka trank.

»Eine ganze«, fuhr Emer dazwischen, die sich inzwischen viel mutiger fühlte. »Eine Literflasche. *Und* Wein und Bier und, wenn er Kokain bekommen konnte, auch das.«

Kokain? dachte ich schockiert. Er? Wenn man ihn ansah, würde man denken, er hätte keine Ahnung, was das war. Ich mußte ihn fragen, wo man in Dublin Kokain bekam.

»Also gut, Neil«, sagte Josephine mit der Geduld einer Frau, die all dies schon viele Male durchgemacht hat, »fangen wir noch einmal von vorne an. Erzählen Sie der Gruppe, wieviel Sie wirklich trinken.«

Zögernd wiederholte Neil, was Emer vorher gesagt hatte.

»Danke, Neil«, sagte Josephine. »Würden Sie jetzt bitte der Gruppe erzählen, wieviel Sie tatsächlich trinken?«

»Aber ich habe …«

»Keineswegs.« Josephine lächelte. »Sie haben uns von dem Konsum erzählt, von dem Emer wußte. Was ist mit den Flaschen, die Sie im Auto haben, denen im Büro?«

Neil starrte sie an, als wollte er sagen: Was wollen Sie denn noch? Blut?

Seine Augen waren glanzlos, er wirkte erschöpft.

»Ihr Geschäftspartner kommt am Freitag zu uns, und er wird uns darüber berichten«, sagte sie freundlich. »Und Ihre Freundin kommt heute in einer Woche.«

Kurz darauf war die Gruppensitzung beendet. Josephine sagte zu Neil: »Bleiben Sie an dem Gefühl dran«, was immer das heißen mochte. Dann begleiteten sie und die Schwestern Emer hinaus. Die anderen und ich blieben in der Abtklause sitzen und sahen uns unbehaglich an. Chaquie und Clarence verschwanden und murmelten etwas vom Tischdecken.

Neil hatte den Kopf auf die Armlehne gelegt. Dann sah er auf und richtete einen flehenden Blick auf mich. Ich warf ihm einen verächtlichen zu und wandte mich ab.

»Wie geht es dir, Neil?« hörte ich zu meiner Überraschung Vincents Stimme.

Das Arschloch Neil, dachte ich wutschäumend. Das Arschloch Neil, der Säufer. Der Frauenmißhandler und Lügner. Ich dachte daran, wie er versucht hatte, mir weiszumachen, daß seine Frau verrückt war, Josephine mit uns Gehirnwäsche veranstaltete und er ein so netter Kerl war.

Auf Vincents Frage hin hatte Neil einen Anfall. Er schlug mit der Faust auf die Armlehne und fing gleichzeitig an zu brüllen und zu weinen. Aber aus Zorn, nicht aus Scham. »Ich kann es nicht fassen, was meine Frau, die alte Ziege, da erzählt hat! Ich kann es einfach nicht fassen!« schrie er, und Tränen strömten über sein verzerrtes Gesicht. »Warum mußte sie das alles sagen? Warum? Himmelherrgott noch mal, WARUM?«

»Komm, wir gehen einen Tee trinken«, schlug Mike sanft vor.

»Sie hat sich das alles zusammengelogen, die alte Hexe«, beharrte Neil. »Und sie da sitzen zu sehen«, sagte er und zeigte mit fuchtelnden Armen auf den Stuhl, auf dem Emer bis vor kurzem gesessen hatte, »mit einem Blick, als ob sie kein Wässerchen trüben könnte; aber ich sage euch, diese Frau hat mir in den letzten vierzehn Jahren das Leben zur Hölle gemacht. Aber immer bin ich es: Neil hat dies getan, Neil hat das getan ...«

Er redete immer unzusammenhängender. Ich verdrehte meine Augen, während Mike, Vincent und sogar *Misty*, ich staunte nicht schlecht, beschwichtigend auf ihn einredeten. Selbst John Joe blieb dabei und sah aus, als wollte er etwas Nettes sagen, wenn ihm nur die Worte eingefallen wären.

»Was ist mit meinem Leben nur *passiert*?« fragte Neil. »Warum ist alles so schiefgegangen? Und woher wußte sie von Mandy? Kann man sich vorstellen, daß sie sich mit ihr getroffen hat? Ich wette, sie haben über mich gesprochen, diese Drecksweiber.«

»Komm, wir gehen in den Speiseraum«, drängte Mike wieder. Ich wußte nicht, warum sie alle so nett zu Neil waren.

»Das kann ich nicht«, murmelte Neil. »Ich mag jetzt keinen sehen.«

»Doch, das kannst du«, drängte Mike sanft. »Du bist doch unter Freunden.«

»Uns ist es auch so gegangen«, sagte Vincent ohne die Spur von Aggressivität. »Und es hat uns auch nicht gefallen.«

»Genau.« Misty kicherte freundlich. »Das ist einfach ein Hindernis auf der Strecke zum Ziel.«

Nicht meine Strecke, darauf kannst du Gift nehmen, dachte ich finster.

»Uns hat es sogar gut getan, es hat funktioniert. Guck doch, wie normal wir jetzt sind.« Misty zeigte auf sich, Vincent und Mike. (Fast hätte sie John Joe in die Geste mit einbezogen, aber sie ließ den Arm vorher sinken.) Darauf mußten alle lachen, sogar Neil, zwischen seinen Schniefern.

Ich war verdutzt.

»Ernsthaft«, sagte Mike, »eines Tages wirst du auf diesen Morgen zurückblicken und froh sein. Das hat man mir auch gesagt, damals, als meine Frau herkam und aus mir ein Häufchen Scheiße gemacht hat. Mit der Wahrheit konfrontiert zu werden, ist der Anfang der Heilung.«

»Aber es ist ja nicht die Wahrheit«, sagte Neil. »Sie lügt wie gedruckt.«

Ich wollte ihm mit der Faust ins Gesicht schlagen. Aber von den anderen wies ihn keiner auch nur zurecht.

Mike, Vincent, Misty und John Joe halfen Neil auf und führten ihn sanft aus dem Raum.

22

Ich hatte mir fest vorgenommen, am Montag mein Fitneß-Programm auf die Beine zu stellen. Wenn ich mich erst einmal schlank und schön getrimmt hätte, stünden meine Chancen besser, daß ich Luke zurückgewinnen könnte.

Ich beschloß, Chris zu fragen, wo das Fitneß-Studio war. Es gibt Frauen, die sich für keinen anderen Mann interessieren, wenn sie Liebeskummer haben. Zu denen gehörte ich nicht. Im Gegenteil, ich sehnte mich nach männlicher Bestätigung, die mich seelisch wieder aufrichten würde.

Sag, daß ich oberflächlich bin, sag, daß ich bedürftig bin, sag, was du willst. Hauptsache, du sagst was zu mir.

Nach dem Mittagessen war Chris ausnahmsweise mal nicht in ein Gespräch mit einem der Braunen Pullover verwickelt. Er las und hatte dabei den rechten Fuß auf das linke Knie gelegt, wodurch er besonders sexy aussah, was mich wohl vertreiben sollte.

Er trug auffallende Stiefel: schwarzes Schlangenleder mit eckiger Zehenkappe, sogenannte Chelsea-Boots, mit denen er im trendbewußten New York ganz richtig liegen würde. Obwohl es mich faszinierte, einen so gut beschuhten Mann in meiner Nähe zu wissen, schüchterte es mich gleichzeitig auch ein. Meine Ehrfurcht vor seinem Schuhwerk war so groß, daß ich befürchtete, ich sei es nicht wert, daß er mit mir sprach.

Ich hatte außerdem Angst, daß die anderen denken könnten, ich hätte ein Interesse an Chris. Zum Glück war ihre Aufmerksamkeit anderweitig gefesselt, da Neil lautstark sein Leid klagte und sich ein Kreis von Zuhörern, die anteilnehmend und beflissen nickten, um ihn gebildet hatte. Trotzdem schaffte ich es nicht, mich zu erheben und Chris anzusprechen.

Jetzt steh mal auf, ermutigte ich mich, *geh die vier Schritte durch den Raum und sprich ihn an.*

Recht hast du, stimmte ich mir zu. Aber ich rührte mich nicht vom Fleck.

Ich zähle bis fünf, versuchte ich zu handeln, *und dann gehe ich.*

Ich zählte bis fünf.

Zehn! Ich hab's mir anders überlegt. Ich zähle bis zehn, dann spreche ich ihn an.

Als ich gerade meinen Hintern erheben und meine Odyssee quer durch den Raum beginnen wollte, erstarrte ich plötzlich vor Angst. Mein Make-up! Ich hatte es seit heute morgen nicht überprüft. Ich hastete in mein Zimmer, bürstete mir die Haare und frischte mein Make-up auf, indem ich mir hastig Mascara auf die Wimpern klatschte und mir die Lippen nachzog.

Wenn er immer noch da ist, wenn ich wieder runterkomme, dann gehe ich zu ihm und spreche ihn an, das schwöre ich hoch und heilig.

Als ich wieder in den Raum kam, saß er haargenau an derselben Stelle, und keiner der Männer in braunen Pullovern hatte ihn mit Beschlag belegt. Jetzt gab es keine Entschuldigung mehr.

Tu einfach so, als wäre er potthäßlich, riet ich mir. *Stell ihn dir ohne Zähne und mit einem Auge vor.*

Also machte ich mich mit zitternden Knien auf den Weg durch den Raum.

»He, Chris«, sagte ich. Ich war überrascht, wie normal die Worte herauskamen. Gar nicht, wie der quiekende Sopran eines pubertierenden Jünglings.

»Rachel.« Er legte das Buch hin und sah mich an, seine viel zu hellblauen Augen strahlten. Sein wunderschöner Mund war zu einem kleinen Lächeln nach oben gebogen. »Wie geht's? Setz dich doch.«

Ich war so froh, daß er nicht wütend das Buch auf den Tisch geknallt und »Was denn jetzt?« gebrüllt hatte, daß ich ihn anstrahlte.

»Könntest du mir was zeigen?« fragte ich.

»Holla.« Er lachte leise. »Heute ist mein Glückstag.«

Ich errötete verlegen und hatte keine witzige Antwort parat, deswegen sagte ich: »Ehm, nein … ich meine, ich meinte nicht … kannst du mir die Sauna zeigen?«

Das schien mir das sicherste, weil ich eindeutig wußte, daß es eine Sauna gab.

»Na klar«, sagte er. »Willst du erst deine Sachen holen?«

»Nein, jetzt nicht, ich will es mir erst mal ansehen.«

»Gut«, sagte er und legte das Buch weg. »Gehen wir!«

»Paß auf deine schönen Schuhe auf, Chris!« rief Mike mit affektierter Stimme. »Sie sollen ja nicht schmutzig werden.«

»Trottel«, sagte ich und schickte einen Blick zum Himmel. Chris lachte nur.

»John Joe wollte wissen, wo ich sie gekauft habe«, sagte er und grinste. »Er dachte, er könnte sie gut beim Kühemelken tragen.«

Wir gingen nach draußen, wo uns eine Eiseskälte entgegenschlug. Die Bäume wogten in dem heftigen Wind, und meine Haare wurden mir ums Gesicht gepeitscht. Als wir über die regennasse Wiese glitschten, überlegte ich, ob ich einen Sturz simulieren sollte. Wenn Chris mir beim Aufstehen half, würde ich ihn auf mich ziehen und... Bevor sich die Gelegenheit ergab, kamen wir bei einem kleinen Nebengebäude an.

Ich stürzte hinein, und Chris, der gleich hinter mir war, schlug die Tür zu, damit Wind und Regen draußenblieben.

Wir waren in einem winzigkleinen Raum, der wunderbar warm war. Darin standen eine Waschmaschine und ein Trockner, die beide ihre Runden drehten. Der Lärm hallte von den Steinmauern und dem Fußboden zurück. Ich sah Chris erwartungsvoll an, weil ich dachte, er würde weitergehen.

»Wir können, wenn du soweit bist.« Ich lächelte, aber ich war ein wenig beunruhigt, weil es außer der Tür, durch die wir gekommen waren, anscheinend keine weiteren gab.

»Das solltest du zu einem Mann in meiner Lage nicht sagen.« Er lachte.

Ich versuchte ein Lächeln, aber es gelang mir nicht. Er legte seine kalte Hand auf die vibrierende Maschine, dann fuhr er sich mit beiden Händen durch die Haare.

»Puuh«, sagte er. »Du siehst, warum wir das die Sauna nennen.«

»Das hier ist die Sauna?« fragte ich mit bebender Stimme.

»Ja.«

Ich sah mich um. Doch wo waren die Wände und Pritschen aus Kiefernholz, die großen, weichen Handtücher, die Poren, die sich öffneten und entgiftet wurden? Es gab nur diesen kleinen Raum mit den unverputzten Betonwänden, einem Betonboden und ein paar roten Plastikwäschekörben.

»Wie eine Sauna sieht es eigentlich nicht aus«, brachte ich heraus.

»Es wird nur Sauna genannt«, sagte Chris und musterte mich. »Weil es so heiß wird, wenn wir hier unsere Wäsche waschen, verstehst du?«

»Gibt es denn überhaupt eine Sauna?« fragte ich und hielt die Luft an.

Und die Pause schien eine Ewigkeit zu dauern, bevor er antwortete: »Nein.«

Alles in mir brach zusammen. Aber es war dumpfe Verzweiflung, die ich spürte, keine helle Wut. Ich hatte es gewußt. Irgendwie hatte ich es immer gewußt. Es gab keine Sauna. Vielleicht gab es auch kein Fitneß-Studio. Und keine Massage.

Bei dem Gedanken erfaßte mich Panik.

»Können wir wieder in den Speiseraum gehen?« fragte ich mit zitternder, schriller Stimme. »Kann ich dich was zu unserem Stundenplan fragen?«

»Klar.«

Ich packte ihn an seinem Sweatshirt, rannte los und zerrte ihn durch den Sturm. Diesmal hatte ich keine Phantasien, daß ich stürzen könnte. Ich stand schon vor dem Studenplan, lange bevor Chris ankam.

»Also gut«, keuchte ich, und mein Magen krampfte sich zusammen. »Hier, was hier steht, Gruppentherapie und noch mal Gruppentherapie und AA-Treffen und schon wieder Gruppentherapie ... gibt es sonst noch irgendwas, was nicht auf der Liste steht?«

Ich bemerkte, daß die anderen, um Neil gescharten, interessiert aufsahen.

»Zum Beispiel?«

Ich wollte nicht plump sagen: »Gibt es ein Fitneß-Studio?«, falls es eben keins gab. Also näherte ich mich auf indirektem Wege: »Na ja, macht ihr hier manchmal Gymnastik?«

»Also, ich mache ab und zu ein paar Liegestütze«, sagte er, »aber was die anderen machen, weiß ich nicht.« Dann fügte er hinzu: »Aber ich glaube kaum, daß sie was machen.«

»Wo?« fragte ich atemlos. »Wo machst du deine Liegestütze?«

»In meinem Zimmer, auf dem Fußboden.«

Wieder eine Hoffnung zerschmettert, aber noch war nicht alles verloren. Es gab also kein Fitneß-Studio, aber vielleicht bekam man andere Anwendungen. Ich merkte, daß Chris den Wunsch hatte, nett zu mir zu sein, obwohl er meine Fragen nicht verstand, also wagte ich einen Sprung.

»Gibt es …?« Ich zwang mich, es zu sagen. Sag es, sag es! »… ein Solarium?«

Im ersten Moment sah Chris so aus, als wollte er lachen. Dann nahm sein Gesicht einen unendlich mitleidigen und weisen Ausdruck an, und mit einem sanften Kopfschütteln sagte er: »Nein, Rachel, kein Solarium.«

»Keine Massage?« flüsterte ich.

»Keine Massage«, bestätigte Chris.

Ich fragte gar nicht erst die ganze Liste durch, die ich im Kopf hatte. Wenn es schon keine Massage gab, was schließlich nichts Besonderes war, dann konnte ich mir sicher sein, daß es auch keine Algenkur, keine Schlammpackungen und sonstigen Anwendugen gab.

»Kein … kein Schwimmbad?« fragte ich noch.

Um seinen Mund zuckte es leicht, aber er sagte nur: »Kein Schwimmbad.«

»Aber was macht ihr dann?« fragte ich.

»Es steht alles hier auf der Liste«, sagte Chris, so daß ich meine Aufmerksamkeit wieder auf das Schwarze Brett lenkte.

Ich guckte wieder hin, aber es gab auch jetzt nur massenhaft Gruppentherapie und gelegentlich zur Abwechslung ein AA-Treffen. Als ich das Schwarze Brett anstarrte, fiel mir auf, daß der Speiseraum als Speisesaal bezeichnet wurde. Speise*saal*, ich faß' es nicht! Eher eine Speise*hütte*, dachte ich.

Nein, wie wär's mit Speise*schuppen*.

Nein, Moment mal, Speise*bude*.

Nein, noch besser, das Speise*abrißgebäude*, dachte ich und wurde innerlich richtig hysterisch.

Ich bemerkte Chris' Blick.

Ich hatte noch eine Frage.

»Ehm, Chris, du weißt doch, wer alles in diesem Gebäude ist?«

»Ja.«

»Sind das alle? Gibt es noch ein anderes Gebäude, irgendwo auf dem Gelände?«

Er sah mich verwirrt an. »Nein«, sagte er. »Natürlich nicht.«

Ich verstehe, dachte ich. Also auch keine Popstars. Jetzt reicht es mir. Ich habe die Nase gestrichen voll.

»Komm, Rachel, die Gruppensitzung fängt gleich an«, sagte er sanft.

Ich beachtete ihn gar nicht und drehte mich um.

»Wohin gehst du?« rief er mir hinterher.

»Nach Hause«, sagte ich.

Es war der schlimmste Tag in meinem Leben.

Ich beschloß, sofort abzureisen. Ich würde nach Dublin fahren, mich randvoll mit Drogen pumpen, das erste Flugzeug nach New York nehmen und mich mit Luke versöhnen.

Hier, in dieser runtergekommenen, widerlichen Irrenanstalt würde ich keine Minute länger bleiben. Ich wollte nichts mehr mit dem Haus oder den Insassen zu tun haben. Ich hätte mich nur mit ihnen abfinden können, wenn sie Teil einer Luxus-Kur gewesen wären. Aber es gab keine Luxus-Kur.

Ich fühlte mich beschämt, erniedrigt, verladen, mißverstanden, und wollte nur noch weg. Wollte diese Alkoholiker und Drogensüchtigen so schnell wie möglich hinter mir lassen.

Angewidert wandte ich mich von Cloisters ab, als hätte ich mich verbrannt. Oder als hätte ich ein niedliches Baby gehätschelt und getätschelt und entdeckte plötzlich zu meinem Entsetzen, daß es eine Ratte war.

Zielstrebig ging ich zum Büro, um Dr. Billings zu sagen, daß ich abreisen würde. Aber als ich zu der Tür zum Bürobereich kam, war sie abgeschlossen. Abgeschlossen!

Angst kroch in mir hoch. Ich war in diesem schrecklichen Haus eingesperrt, wo ich schon eine Ewigkeit Tee trinkend verbracht hatte.

Ich rüttelte an dem Türknauf, wie in einem zweitklassigen Schwarzweiß-Film. Bald würde ich verzweifelt, den Hörer in der Hand, auf die Gabel eines Telefonapparates drücken und das Fräulein vom Amt verlangen.

»Kann ich Ihnen helfen, Rachel?« hörte ich eine Stimme. Es war Sauerkraut.

»Ich möchte Dr. Billings sprechen, aber die Tür ist ABGESCHLOSSEN«, sagte ich mit wildem Blick.

»Sie drehen den Knauf in die falsche Richtung«, sagte sie kühl.

»Oh, ach so, danke«, sagte ich und stolperte dankbar in den Empfangsbereich.

Ich schenkte der Quirligen, die mir weismachen wollte, daß ich Dr. Billings nicht ohne Voranmeldung sprechen konnte, keinerlei Beachtung.

»Das wollen wir doch mal sehen«, sagte ich höhnisch und öffnete die Tür zu seinem Büro.

23

»Leider können Sie nicht gehen«, sagte Dr. Billings.

»Sagt wer?« fragte ich mit geschürzter Oberlippe.

»Sagen Sie, um ehrlich zu sein«, erwiderte er glatt und wedelte mit einem Blatt Papier vor mir herum. »Sie haben einen rechtlich bindenden Vertrag unterzeichnet, daß Sie mindestens drei Wochen hierbleiben werden.«

»Dann prozessieren Sie gegen mich«, trumpfte ich auf. Schließlich hatte ich nicht umsonst ein ganzes Jahr in New York gelebt.

»Ich kann einen Antrag auf eine einstweilige Verfügung gegen Sie stellen«, kam sein Gegenschlag, »und dann sind Sie rechtlich gezwungen hierzubleiben, bis die drei Wochen um sind. *Und* ich klage jeden Penny ein, den Sie gar nicht haben.«

Er nahm ein weiteres Blatt in die Hand und hielt es mir unter die Nase. »Ihr Kontoauszug. Ihre Finanzen sind Ihnen wohl ein bißchen außer Kontrolle geraten, nicht wahr?«

»Wie haben Sie den bekommen?« sagte ich verdattert.

»Sie haben mir die Vollmacht dazu gegeben«, sagte er. »Auf demselben Blatt, auf dem Sie sich auch bereit erklären, drei Wochen hierzubleiben. Habe ich mich klar ausgedrückt? Ich beantrage gern eine einstweilige Verfügung gegen Sie.«

»Das können Sie nicht tun.« Ich war voller ohnmächtiger Wut.

»Ich kann es, und ich werde es auch tun. Ich würde meine Verantwortung nicht ernst nehmen, wenn ich es nicht täte.«

»Ich renne weg, ich fliehe«, sagte ich wild. »Nichts kann mich daran hindern, einfach durch das Tor zu marschieren.«

»Sie werden schnell feststellen, daß eine Menge Sie daran hindern wird. Angefangen mit der Mauer und dem verriegelten Tor.«

»Hören Sie, Sie machtgieriger Ar... Hund«, beschimpfte ich ihn. Ich schwankte zwischen Wut und Verzweiflung und verlegte mich aufs Betteln. »Mir fehlt gar nichts! Ich bin nur wegen der Sauna und der Massage hergekommen. Es gibt keinen *Grund*, warum ich hier sein müßte.«

»Das sagen sie alle.«

Das war gelogen! Dachte er tatsächlich, ich glaubte, daß nicht einer der Insassen zugegeben hatte, Alkoholiker zu sein? Es war doch so offensichtlich, man sah es an den roten Knollennasen und den Gesichtern voller geplatzter Äderchen. Aber irgendwie wurde mir klar, daß ich nichts erreichen würde, wenn ich nicht auf ruhige und vernünftige Art mit ihm sprach.

»Hören Sie mir doch bitte zu«, sagte ich jetzt gar nicht mehr hysterisch und aufgeregt. »Wir brauchen uns doch nicht zu streiten. Aber ich habe mich nur einverstanden erklärt hierherzukommen, weil ich dachte, es wäre wie eine Gesundheitsfarm.«

Er nickte. Ich fühlte mich ermutigt und fuhr fort.

»Aber es ist keine Gesundheitsfarm. Als ich mich mit meiner Unterschrift verpflichtete, drei Wochen zu bleiben, war ich falsch informiert, verstehen Sie das? Ich hätte gleich sagen sollen, daß ich nicht drogensüchtig bin, das ist mir jetzt klar.« Ich appellierte an sein Verständnis. »Und es war sicherlich falsch, daß ich nur wegen des Fitneß-Studios und allem hierherkommen wollte, aber jeder irrt sich gelegentlich.«

Ich schwieg und sah ihn hoffnungsfreudig an.

Endlich sprach er. »Rachel«, hob er an, »im Gegensatz zu dem, was Sie denken, ist es meine Überzeugung und auch die anderer, daß Sie sehr wohl süchtig sind.«

Die Sechs von Birmingham, schoß es mir durch den Kopf. *Der Prozeß* von Kafka. Mein Leben verwandelte sich soeben in einen Alptraum. Ich wurde ohne rechtmäßige Gerichtsverhandlung wegen eines Verbrechens, das ich nicht begangen hatte, verurteilt.

»Welche anderen?« fragte ich.

Wieder hob Dr. Billings ein Blatt Papier in die Höhe. »Dies kam per Fax aus New York, vor ungefähr einer halben Stunde. Es ist von einem ...« Er las den Namen ab. »... einem Luke Costello. Sie kennen ihn, richtig?«

Meine erste Reaktion war Freude. Luke hatte mir ein Fax geschickt! Er wollte Kontakt mit mir aufnehmen, und das mußte bedeuten, daß er mich noch liebte und es sich anders überlegt hatte.

»Kann ich es sehen?« Mit leuchtenden Augen streckte ich meine Hand aus.

»Jetzt nicht.«

»Aber er ist für mich. Geben Sie mir den Brief.«

»Er ist nicht für Sie«, sagte Dr. Billings. »Er ist für Josephine, Ihre Therapeutin.«

»Was soll dieser Zirkus eigentlich?« platzte ich heraus. »Warum sollte Luke an Josephine schreiben?«

»Es ist Mr. Costellos Antwort auf einen Fragebogen, den wir ihm am Freitag per Fax geschickt haben.«

»Was für einen Fragebogen?« Mir klopfte das Herz bis zum Hals.

»Einen Fragebogen über Sie und Ihren Drogenkonsum.«

»*Meinen* Drogenkonsum!« Ich zitterte vor Wut. »Was ist mit *seinem* Drogenkonsum? Haben Sie ihn danach auch gefragt? Haben Sie ihn gefragt?«

»Setzen Sie sich bitte, Rachel«, sagte Billings mit monotoner Stimme.

»Er nimmt massenhaft Drogen!« kreischte ich, obwohl das nicht stimmte.

»Es ist so, Rachel – und setzen Sie sich bitte – es ist so, daß nicht Mr. Costello wegen Drogensucht in einer Klinik ist.«

Er machte eine Pause und sagte dann: »Aber Sie.«

»Aber ich habe hier NICHTS VERLOREN!« Ich war verzweifelt. »Es war ein IRRTUM.«

»Es war mit Sicherheit kein Irrtum«, sagte Billings. »Haben Sie noch nie darüber nachgedacht, daß Sie beinahe gestorben wären, als Sie die Überdosis nahmen?«

»Ich wäre nicht beinahe gestorben«, höhnte ich.

»Doch.«

Wirklich?

»Es. Ist. Kein. Normales. Verhalten«, sagte er überdeutlich, »wenn man ins Krankenhaus gebracht wird und einem der Magen ausgepumpt wird, weil man eine lebensbedrohliche Menge Drogen genommen hat.«

»Es war ein Versehen«, parierte ich. Ich konnte kaum glauben, daß er so schwer von Begriff war.

»Was sagt das über Ihr Leben aus?« fragte er. »Was sagt das über Ihre Selbstachtung? Wenn Sie in diese Lage geraten? Denn getan haben Sie es, Rachel, vergessen Sie das nicht. Sie haben sich die Tabletten in den Mund gesteckt, keiner hat Sie dazu gezwungen.«

Ich seufzte. Es hatte keinen Zweck, mit ihm zu diskutieren.

»Und die Auskünfte von Mr. Costello bestätigen das, was wir bereits wußten. Nämlich daß Sie ein chronisches Drogenproblem haben.«

»Ich bitte Sie«, sagte ich und warf den Kopf zurück. »Sie begreifen wirklich gar nichts, es ist zum Verrücktwerden.«

»Laut dieser Auskünfte haben Sie häufig morgens, bevor Sie zur Arbeit gingen, Kokain genommen. Stimmt das?«

Ich schrumpfte in mich zusammen, und ein wahnsinniger Zorn auf Luke brauste in mir auf. Dieser Scheißkerl! Wie konnte er mich so hintergehen? Wie konnte er mir so wehtun? Er hat mich doch geliebt, was ist nur schiefgegangen? Ich konnte die Tränen kaum zurückhalten.

»Diese Frage beantworte ich nicht«, konnte ich noch sagen. »Sie wissen nichts über mein Leben, Sie haben keine Ahnung, wie schwer ich es bei meiner Arbeit hatte.«

»Rachel«, sagte er sanft. »Keiner *muß* Drogen nehmen, keine Arbeit ist so schlimm.«

Ich hätte mit der Faust auf den Tisch schlagen und mich zur Wehr setzen sollen, aber ich konnte es nicht. Lukes Verrat hatte mich ganz und gar niedergeschmettert. Später kam die Wut wieder, und dann schwor ich mir, mich an ihm zu rächen. Ich würde seine limitierte Ausgabe von *Houses of the Holy* von Led Zeppelin in die Mikrowelle stecken, wo sie sich zu einem nutzlosen, Dali-artigen Gebilde verbiegen würde. Ich würde die Serviette mit dem Autogramm zerreißen, die er von Dave Gilmour von Pink Floyd hatte. Ich würde seine Bikerboots in den Hudson werfen. Ohne sie ihm erst auszuziehen.

Aber im Moment war ich am Ende meiner Kräfte.

Billings machte eine rasche Verwandlung vom bösen Cop zum guten Cop und rief Celine, die Schwester, herbei. Sie nahm mich mit ins Schwesternzimmer und machte mir eine Tasse süßen Tee, die ich ihr nicht ins Gesicht schüttete, sondern die ich trank und zu meiner Überraschung als tröstlich empfand.

24

»Luke ist eben kein besonders netter Mensch«, sagte ich. »Er war schon immer oberflächlich und hielt nicht zu einem. Eigentlich ist er richtig *gemein.*«

Es war später am selben Tag, dem Tag der Fragebogen-Kein-Fitneß-Studio-Doppelkatastrophe, und ich war im Speisesaal, umgeben von den Insassen, die mir an den Lippen hingen. Ich war erbittert und mehr als froh, daß ich ein Publikum hatte, vor dem ich Luke fertigmachen konnte. Und wie ich ihn fertigmachte!

Daß Luke ein Dieb sei, war weniger eine Andeutung meinerseits als vielmehr eine Feststellung. Was machte es schon? Keiner von diesen Leuten hier würde ihn je kennenlernen. Natürlich hatte Luke nicht tatsächlich das Geld aus dem Sparschwein seiner sechsjährigen Nichte gestohlen, das sie für einen kleinen Hund gespart hatte. Er hatte gar keine Nichte. Auch keine Neffen, aber was machte das schon.

Ich ging jedoch zu weit, als ich sagte, Luke hätte einen blinden Bettler bestohlen. Die Männer sahen mich mißtrauisch an und warfen sich vielsagende Blicke zu. »Er hat einen blinden Bettler bestohlen?« fragte Mike. »War das nicht ein irischer Heiliger? Wie hieß er noch gleich ...?«

»Matt Talbot«, warf jemand ein.

»Genau, so hieß er«, sagte Mike. »Matt Talbot. Er hatte einen blinden Bettler bestohlen, weil er sich betrinken wollte. Damals war er noch ein alter Säufer.«

»Ehm, ja richtig.« Ich trat hastig den Rückzug an. »Ich meinte, er hat *im* Blinden Bettler gestohlen. Das ist eine Bar in der West 60th Street, wo er gearbeitet hat.«

»Ach so«, sagten sie. »*Im* Blinden Bettler.«

Das war haarscharf. Die Männer sahen sich an und nickten erleichtert: »*Im* Blinden Bettler.«

Ich hatte den Nachmittag bei Celine im Schwesternzimmer verbracht. Trotz des gemütlichen Raums, der gutmütigen, mütterlichen Celine und einem überwältigenden Vorrat an Schokoladenkeksen war ich fast hysterisch. Ich durchlitt die Höllenqualen der Verdammten, als ich mir ausmalte, was Luke sonst noch in dem Fragebogen angegeben hatte. Er wußte viel zu viel über mich.

»Haben Sie den Fragebogen gesehen?« fragte ich Celine mit klopfendem Herzen.

»Nein.« Sie lächelte.

Ich wußte nicht, ob ich ihr glauben sollte.

»Wenn Sie ihn gesehen haben, dann sagen Sie mir bitte, *bitte*, was er geschrieben hat«, flehte ich sie an. »Es ist wichtig, es geht schließlich um mein *Leben*.«

»Ich habe ihn nicht gesehen«, sagte sie sanft.

Sie versteht mich nicht, dachte ich in stummer Verzweiflung. *Sie hat keine Ahnung, wie wichtig es ist.*

»Was schreiben die Leute normalerweise da rein?« fragte ich erregt. »Sind es meistens furchtbare Sachen?«

»Manchmal«, sagte sie, »wenn die Klienten furchtbare Sachen getan haben.«

Verzweiflung und Übelkeit überkamen mich.

»Lassen Sie den Kopf nicht hängen«, sagte sie. »So schlimm wird es schon nicht sein. Oder haben Sie jemanden umgebracht?«

»Nein.« Ich schnaubte.

»Na also.« Sie lächelte.

»Wann bekomme ich ihn zu lesen?« fragte ich.

»Das entscheidet Josephine. Wenn sie der Ansicht ist, daß es für Ihre Heilung wichtig ist, liest sie ihn vielleicht in der Gruppe vor...«

»Was, in der GRUPPE?« kreischte ich. »Vor den anderen?«

»Es wäre ja kaum eine Gruppe, wenn außer Ihnen keiner da wäre, nicht wahr?« sagte Celine mit dem ihr eigenen warmen, aber völlig unparteiischen Lächeln.

Panik kam in mir hoch und schäumte über.

Unter gar keinen Umständen würde ich hierbleiben und mich einer solchen Behandlung aussetzen!

Aber dann fiel mir wieder ein, daß Dr. Billings gesagt hatte, daß die Tore verriegelt seien. Das stimmte. Als wir ankamen, mußte Dad sich über eine Gegensprechanlage vorstellen, bevor die Tore geöffnet wurden. Und die Mauern waren hoch. Viel zu hoch für einen Mehlsack wie mich.

Wie um alles in der Welt bin ich bloß in diese Lage geraten? Genau so mußten sich Brian Keenan und John McCarthy gefühlt haben, als sie, an einen Heizkörper gekettet, in einem Keller eines heruntergekommenen Vororts von Beirut saßen.

»So schlimm ist es doch nicht«, sagte Celine, als würde sie das tatsächlich glauben. Sie lächelte mir tröstend zu, aber es verfehlte ganz und gar seine Wirkung.

»Was meinen Sie damit?« Ich schrie fast. »Das ist das Schlimmste, was je in meinem Leben passiert ist!«

»Dann können Sie von Glück reden, daß Sie bisher ein so sorgenfreies Leben hatten.«

Ich konnte ihr offenbar nicht klarmachen, wie katastrophal das alles war.

Jedesmal, wenn ich mir vorstellte, daß der Fragebogen vor den anderen in der Gruppe vorgelesen werden würde, bekam ich eine Gänsehaut. Ich hätte alles gegeben, um zu wissen, was Luke geschrieben hatte.

Oder vielleicht doch nicht?

Wollte ich wirklich hören, welches Urteil Luke über mich fällte?

Ich saß in der Klemme. Nicht zu wissen, was er geschrieben hatte, war zermürbend, aber es zu wissen, wäre eine Pein. Ich wüßte, ich würde es mit mehr oder weniger abgewandtem Gesicht lesen und bei jedem bösen Wort zusammenzucken.

In dem Moment hätte ich für eine stimmungsverändernde Droge zum Mörder werden können. *Irgendwas*. Es mußte kein Valium sein. Eine Flasche Brandy täte es auch.

In unerträglicher Erregung stand ich auf und wollte zu Dr. Billings gehen. Ich würde darauf *bestehen*, daß er mir den Fragebogen vorlas.

»Setzen Sie sich!« befahl Celine, plötzlich sehr streng.

»Wie ...?«

»Setzen Sie sich! Diesmal werden sie Ihren Willen nicht gegen andere durchsetzen und das bekommen, was Sie wollen.«

Ich war wie vor den Kopf geschlagen von der Unterstellung, daß ich bei anderen Gelegenheiten meinen Willen gegen andere durchsetzte.

»Sie sind es gewöhnt, Ihre Bedürfnisse sofort zu befriedigen«, fuhr sie fort. »Es wird Ihnen gut tun zu warten.«

»Sie haben also den Fragebogen *doch* gesehen?«

»Nein, habe ich nicht.«

»Wieso sprechen Sie dann davon, daß ich meine Bedürfnisse sofort befriedigen möchte?«

»Jeder, der hierherkommt, hat die meiste Zeit in seinem Erwachsenenleben eine unmittelbare Wunscherfüllung angestrebt«, sagte sie, jetzt wieder in dem sanften, mütterlichen Ton. »Das ist ein fundamentaler Aspekt der Persönlichkeitsstruktur eines Süchtigen. Sie sind da nicht anders. Obwohl ich weiß, daß Sie sich für anders halten.«

Blöde, arrogante Ziege, dachte ich mit plötzlichem Haß. Das wird ihr noch leid tun. Bevor ich gehe, wird sie vor mir auf den Knien liegen und um Verzeihung bitten, weil sie so fies zu mir war.

»Wenn Sie hier wieder wegfahren, werden Sie mir zustimmen«, sagte sie mit einem Lächeln.

Ich starrte finster auf meinen Schoß.

»Trinken Sie noch eine Tasse Tee«, bot sie an. »Und nehmen Sie sich ein paar Kekse.«

Schweigend griff ich zu. Eigentlich wollte ich ihr zeigen, wie angewidert ich von allem war, und nichts essen, aber ein Schokoladenkeks ist und bleibt ein Schokoladenkeks.

»Wie geht es Ihnen jetzt?« fragte Celine nach einer Weile.

»Ich friere«, sagte ich.

»Das ist der Schock«, sagte Celine.

Das gefiel mir. Das hieß, es war nichts dagegen einzuwenden, daß ich mich so elend fühlte.

»Ich bin müde«, sagte ich kurz darauf.

»Das ist der Schock«, sagte Celine wieder.

Und wieder nickte ich zufrieden. Richtige Antwort.

»Ihr Körper versucht, mit einer unangenehmen Erfahrung fertig zu werden«, fuhr sie fort. »Normalerweise würden Sie zu einer Droge greifen, um den Schmerz zu lindern.«

Sorry, dachte ich, dafür muß ich Punkte abziehen.

Aber ich sagte nichts, weil ich annahm, das zu sagen, sei ihre Aufgabe. Ein paar Minuten lang aß ich meine Kekse und trank meinen Tee und dachte schon, ich hätte meine Ruhe wiedergefunden. Doch als ich den letzten Keks verzehrt hatte, kam der ganze Schmerz wieder hoch. Ich konnte einfach nicht fassen, wie grausam Luke gewesen war. Es tat weh wie ein Schlag auf einen Sonnenbrand. Erst gibt er mir den Laufpaß, dann bereitet er mir unendliche Schwierigkeiten. Warum?

Aber das war ja nicht das einzige, was mir zu schaffen machte, fiel mir ein, als ich mich wieder auf meinen ersten Schock besann. Der darin bestand, daß Cloisters nicht das Luxushotel voller Berühmtheiten war, das ich erwartet hatte. In dem schrecklichen Drama um den von Luke ausgefüllten Fragebogen hatte ich das ganz vergessen.

Ich befand mich in einer schmuddeligen, häßlichen Klinik voller häßlicher, dicker, ungeschlachter Alkoholiker und Drogensüchtiger. Es gab weder den Glanz der Berühmtheiten noch den Reiz des Fitneß-Studios, womit ich mich von dem, was Cloisters tatsächlich war, ablenken konnte.

Dann wallte wieder die Wut auf Luke in mir hoch. Ich war zorniger als zuvor.

»Luke Costello ist ein gemeiner Lügner«, schimpfte ich unter wütenden Tränen.

Celine lachte.

Aber freundlich.

Um mich zu verwirren.

»Was gibt es da zu lachen?« fragte ich.

»Rachel, meiner Erfahrung nach ist das, was die Leute auf diesen Formularen schreiben, die Wahrheit«, erklärte sie. »Ich arbeite jetzt seit siebzehn Jahren hier, und nicht einmal hat jemand unwahre Angaben gemacht.«

»Es gibt immer ein erstes Mal«, sagte ich schnippisch.

»Haben Sie sich mal überlegt, wie qualvoll es für Luke war, den Fragebogen auszufüllen?«

»Warum sollte es qualvoll für ihn sein?« fragte ich überrascht.

»Weil er Sie, wenn er die Fragen beantworten kann, so gut kennt, daß ihm Ihr Wohl am Herzen liegt. Es muß ihm bewußt gewesen sein, daß seine Aussagen Sie verletzen würden. Keiner fühlt sich wohl dabei, wenn er das über jemanden, den er liebt, sagt.«

»Sie kennen ihn ja nicht.« Ich lief jetzt zu Hochform auf. »Er ist ein richtiges Ekelpaket. Es geht nicht nur um den Fragebogen. Er ist sowieso ein Lügner.«

Wirklich? fragte ein Teil von mir überrascht.

Was macht es schon? erwiderte ein anderer Teil meines Verstandes. *Jetzt ist er jedenfalls einer, okay?*

»Dann haben Sie sich Ihren Freund nicht sehr gut ausgesucht«, sagte Celine mit ihrem breiten, hausfraulichen Lächeln, das an eine Bäckersfrau erinnerte.

Das haute mich um. Einen Moment lang wußte ich darauf keine Antwort. Dann erholte ich mich. Schmeicheln ist nie verkehrt, wenn man sich nicht sicher ist.

»Das stimmt«, sagte ich ernst. »Da haben Sie ganz recht, Celine, das sehe ich jetzt auch so.«

»Oder vielleicht ist er gar nicht so übel«, sagte sie sanft. »Vielleicht möchten Sie einfach glauben, daß er ein schlechter Mensch ist, damit Sie seine Aussagen über Ihre Sucht entwerten können.«

Warum dachte sie, daß sie so gut Bescheid wußte? Sie war doch nur die Krankenschwester und zu nichts nütze, als den Leuten Fieberthermometer in den Po zu stecken.

25

Der Verzehr des letzten Schokoladenkeks aus Celines Vorrat fiel mit dem Ende der Gruppensitzung zusammen. Zeit, wieder auf meinen Planeten zurückzukehren.

Als ich in den Speisesaal kam, ganz schläfrig nach dem Schock und dem vielen Zucker, hatte ich das Gefühl, lange fortgewesen zu sein.

Neil, dieser Wichser, stand immer noch im Mittelpunkt. Die anderen hatten sich um ihn herum geschart, nickten teilnahmsvoll und murmelten zustimmend. Ich kam zu dem Schluß, daß sie alle Frauenmißhandler und Lügner waren. Auch die Frauen. Ich hörte, wie Neil sich beklagte: »Ich fühle mich so betrogen. Ich kann gar nicht richtig glauben, daß sie mir das angetan hat. Sie tickt nicht ganz richtig. *Sie* gehört eigentlich in eine Klapsmühle, nicht ich ...«

Einen Moment hörte ich auf, Luke zu hassen, damit ich Neil hassen konnte. Und abgesehen davon war seine Zeit als interessantester Mensch im Speisesaal abgelaufen. Ich erlebte gerade eine Katastrophe, eine *echte* Katastrophe, die seine mühelos in den Schatten stellte. Seine Katastrophe konnte meiner nicht das Wasser reichen!

In der Tür stehend, versuchte ich, die tragische Schönheit darzustellen.

Wie auf ein Stichwort sah Chris auf.

»Ich dachte, du wolltest nach Hause fahren«, sagte er mit einem Augenzwinkern und einem verständnisvollen Lächeln.

Meine Verkörperung der tragischen Heldin geriet einen Augenblick lang ins Wanken. Er war so freundlich zu mir gewesen, warum war er jetzt nicht freundlich?

»Mach dir nichts draus«, sagte er gutmütig. »Bestimmt würden einige der Typen hier dir gern eine Massage verpassen, eine von diesen gegenseitigen Ganzkörpermassagen. Sie könnten Sadie fragen, ob sie was von ihrem Fritieröl haben dürfen.«

»Meinetwegen können sie fragen«, rief Sadie, die gerade vorbeischlurfte, »aber kriegen tun sie keins.«

Ich schrumpfte vor Verlegenheit zusammen, denn ich wußte nicht, ob die anderen mich auslachten, weil ich geglaubt hatte, Cloisters sei eine Gesundheitsfarm.

»Das ist es ja gar nicht«, sagte ich pikiert. »Es ist was anderes passiert.«

Fast war ich froh, daß Luke mir diese grausame Schmach bereitet hatte. Das würde Chris nämlich ein für allemal diesen unbotmäßigen, schnippischen Ton austreiben. Wie konnte er nur? Fritieröl! Was sollte das? Die Sache war *ernst*.

»Ist ein Fragebogen angekommen?« fragte er mit hochgezogenen Augenbrauen.

Augenblicklich war ich auf der Hut. »Woher weißt du das?«

»Normalerweise kommt einer an, wenn man ein, zwei Tage hier ist«, sagte Chris mit ernster Miene. Erleichtert stellte ich fest, daß er mich anscheinend nicht mehr auslachte. »Und dann ist die Kacke am Dampfen. Wenigstens beim ersten Mal. Von wem ist er?«

»Von meinem Freund.« Meine Augen füllten sich mit Tränen. »Von meinem Ex-Freund, meine ich.« Dann fuhr ich fort: »Du glaubst ja nicht, was er gesagt hat«, und frohlockte, weil mir dicke Tränen die Wangen hinunterliefen. Ich rechnete darauf, daß sie Mitleid erregen und mir viele tröstliche Umarmungen von Chris bescheren würden.

Und siehe da, er führte mich sanft zu einem Stuhl und sah mich freundlich an, während unsere Knie sich fast berührten.

Das klappte ja prima!

»Wahrscheinlich würde ich es doch glauben«, sagte Chris und streichelte meinen Unterarm, was mir fast peinlich war, so intim war es, aber gleichzeitig fand ich es auch schön. »Ich bin seit zwei Wochen hier und habe schon viel von diesen Fragebögen gehört. Bestimmt bist du auch nicht schlimmer als wir anderen hier.«

Seine Nähe betörte mich ein wenig, die Wärme seiner großen Männerhand, aber ich wollte mich nicht einlullen lassen und protestierte unter Tränen: »Du verstehst offenbar nicht. Ich bin nur gekommen, weil ich dachte, diese Anstalt hier sei eine Gesundheitsfarm. Mir fehlt überhaupt nichts!«

Ich erwartete halbwegs, daß er mir widersprechen würde, doch er gab nur ein beschwichtigendes Gemurmel von sich, ungefähr wie ein Tierarzt, der einer Kuh bei der Geburt hilft.

Ich war erleichtert.

Und beeindruckt. Viele Männer lassen sich durch die Tränen einer Frau in Verwirrung stürzen. Was nicht unbedingt schlecht sein muß. Im Gegenteil, es kann manchmal sehr nützlich sein. Aber Chris hatte sich völlig unter Kontrolle.

Wenn er sich so sehr in der Gewalt hat, wenn ich weine, dachte ich verdutzt, wie ist er dann wohl im Bett?

»Was hat denn dein Freund gesagt?« fragte Chris und holte meine Gedanken von einem Ort zurück, wo die Menschen nackt herumlaufen.

»Ex-Freund«, sagte ich hastig, damit bloß keine Mißverständnisse aufkamen.

Als ich an das dachte, was Luke auf dem Fragebogen angegeben hatte, wurde auch die Erinnerung daran wach, wie rührend er früher zu mir gewesen war. Eine Welle schmerzlicher Sehnsucht überkam mich und trieb mir erneut Tränen in die Augen.

»Sie haben mir nur von einer Sache gesagt, die Luke geschrieben hat«, schluchzte ich, »und das war gelogen!«

Es war nicht gelogen, *eigentlich* war es nicht gelogen. Aber es entwarf ein irreführendes Bild von mir und erweckte den Eindruck, daß ich kein netter Mensch war. Also war es in gewisser Weise doch eine Lüge. Und sollte Chris besser nicht zu Ohren kommen.

»Das ist ja schrecklich«, murmelte Chris. »Wenn dein Freund Lügen über dich verbreitet.«

Der Ton seiner Stimme weckte in mir den Verdacht, daß er sich wieder lustig machte. Doch als ich ihm einen scharfen Blick zuwarf, war sein Gesicht ausdruckslos und glatt. Also weinte ich weiter.

»Luke Costello ist ein absolutes Arschloch«, schluchzte ich. »Ich muß verrückt gewesen sein, daß ich überhaupt was mit ihm angefangen habe.«

Ich machte eine Drehung und legte den Kopf auf den Tisch. Dabei streiften meine in Strumpfhosen gekleideten Oberschenkel die von Chris in Jeans.

Hatte ich etwa Glück im Unglück?

Während ich so mit dem Kopf auf dem Tisch lag, rieb Chris mir den Rücken. Und weil sich seine Hand auf meinem BH-Verschluß so gut anfühlte, verharrte ich in dieser Position länger als unbedingt notwendig. Als ich mich schließlich wieder aufrichtete, berührten sich unsere Oberschenkel erneut. Was für ein Glück, daß ich einen ziemlich kurzen Rock trug!

Vom anderen Ende des Tisches sah man uns interessiert zu. Wenn Neil nicht schwer aufpaßte, würden sich seine andächtig lauschenden Zuhörer von ihm abwenden. Ich biß die Zähne zusammen und schickte unmißverständliche Gedanken an die versammelten Braunen Pullover. *Haut bloß ab. Wenn einer von euch in meine Nähe kommt, bring ich ihn um.*

Aber seltsamerweise blieben sie uns fern, außer daß Fergus, der LSD-Geschädigte, mir eine Packung Taschentücher rüberschob.

Chris machte wieder beschwichtigende Geräusche. Seine Zuwendung war wie Balsam auf die Wunden, die Lukes Zurückweisung mir zugefügt hatte, das reine Gegengift.

»Ich verstehe einfach nicht, wieso er Dr. Billings gegenüber gelogen hat«, sagte ich bekümmert zu Chris. Je mehr ich in die Opferrolle einstieg, desto besser. Ich würde Chris mit Fesseln des Mitleids an mich binden.

Irgendwie wurde mir bewußt, daß ich meinen ursprünglichen Kummer aus den Augen verloren hatte. Ja, ich war schwer getroffen von dem, was Luke gesagt hatte. Nicht, weil er gelogen hatte – sondern weil es die *Wahrheit* war. Aber das konnte ich Chris nicht sagen. Ehrlichkeit war ein Luxus, den ich mir nicht leisten konnte.

Statt dessen stilisierte ich mich als Leidende, in der Hoffnung, daß ich dann Chris gefallen würde. Die tapfere Heldin bewahrt die Würde, obwohl die Lügen des grausamen Freundes sie niederschmettern. So etwas in der Art.

»Was hat Luke denn gesagt?« fragte Chris.

»Mein Leben ist eine einzige Pechsträhne«, sagte ich und umging die Frage. Noch mehr Tränen. »Warum passieren mir immer lauter schlimme Dinge. Verstehst du das?«

Chris schüttelte den Kopf, und seine Miene war finster, was mich unruhig machte. Hatte ich ihn verärgert?

In dem Moment, als ich zu der Überzeugung kam, daß Chris mich durchschaut hatte, zog er den Stuhl näher heran. Ich schreckte hoch, einmal wegen der plötzlichen Bewegung, aber auch wegen meiner Schuldgefühle. Er war jetzt so nah, daß sein rechtes Knie zwischen meinen Oberschenkeln eingekeilt war. Fast unter meinem Rock, stellte ich erschreckt fest. *Was hatte er vor?*

Besorgt verfolgte ich seine Bewegungen, als er seine Hand auf meine Wange legte. *Wollte er mich schlagen?* Eine Sekunde lang, die sich wie eine Stunde anfühlte, lag meine Wange so in seiner Hand. *Oder wollte er mich küssen?* Als sein Gesicht näher an meins herankam und es tatsächlich so aussah, als wollte er mich küssen, geriet ich in Panik, denn wie konnte er das tun, wenn um den Tisch die Braunen Pullover zusahen? Aber er tat weder das eine noch das andere. Statt dessen strich er mir mit dem Daumen die Tränen fort. Er tat es umsichtig und mit ungewöhnlicher Zärtlichkeit.

»Arme Rachel«, sagte er und wischte auch die Tränen auf der anderen Seite fort. Das Mitleid in seiner Stimme war unüberhörbar. Oder war es gar Leidenschaft? Wer weiß …

»Arme Rachel«, sagte er wieder. Noch während er sprach, rauschte Misty O'Malley an uns vorbei, und zu meiner Überraschung hörte ich sie lachen. Was hatte sie zu lachen? Alle hatten gefälligst Mitleid mit mir zu empfinden!

Arme Rachel! *Das hatte Chris gesagt.*

Aus ihren grünen Augen warf sie mir einen Blick voll vernichtendem Hohn zu. Zorn stieg in mir auf, und ich fühlte mich mißverstanden. Mein Blick ging zu Chris, weil ich von ihm mein Stichwort erwartete. Als er seine schönen Lippen zusammenpreßte, wartete ich begierig darauf, daß er sagte: »Halt die Klappe, Misty, du kleines Luder.« Aber er sagte nichts, gar nichts. Also schwieg auch ich, wenn auch ungern.

Misty zog ab, und ohne mir in die Augen zu sehen, sagte Chris langsam und nachdenklich: »Ich möchte gern einen Vorschlag machen.«

Ging es darin um ihn und mich, ohne Kleider und mit Kondom? fragte ich mich hoffnungsvoll.

»Vielleicht gefällt er dir nicht«, sagte er warnend.

Er wollte kein Kondom benutzen? Macht nichts, es würde uns schon was einfallen.

»Ich weiß, daß du dich miserabel fühlst«, sagte er vorsichtig. »Du bist verletzt. Aber vielleicht bist du es dir selbst schuldig, über das nachzudenken, was Luke gesagt hat. Und es könnte ja sein, daß du feststellst, daß es nicht gelogen ist ...«

Ich starrte ihn mit aufgerissenen Augen an, während in mir eine Stimme wimmerte: *Ich dachte, du wärst mein Freund*. Er erwiderte meinen Blick voller Anteilnahme.

Was sollte das?

In dem Moment tauchte Misty O'Malley wieder auf und sagte: »Ich brauche mal einen großen, starken Mann.« Als die beleibten, schwerfälligen Männer sich erhoben und in Trab setzten wie Schweine zur Fütterungszeit, hielt sie ihre Hand hoch und sagte: »Aber da es keinen gibt, begnüge ich mich mit dir.« Sie streckte ihre Hand aus, warf mir ein böses Lächeln zu, mit dem sie mir zu verstehen gab: Er gehört mir, und packte Chris bei der Hand.

Und er ging mit ihr! Er stand auf, streifte flüchtig meine Knie, was ein leichtes Kribbeln durch mich hindurchschickte, und sagte: »Wir sprechen später weiter.« Dann war er weg.

Fast wäre ich wieder in Tränen ausgebrochen. Ich haßte Misty O'Malley, weil sie es schaffte, daß ich mich wie der letzte Idiot fühlte. Ich haßte Chris, weil er Misty lieber mochte als mich. Und am schlimmsten war, daß Chris gewußt hatte, daß ich, was Luke anging, gelogen hatte. Was ich aber ganz und gar nicht verstand, war, warum er trotzdem so freundlich war.

Als die anderen Insassen sich mir zuwandten, merkte ich, daß ich ebensogut ehrlich darüber Auskunft geben konnte, was Luke geschrieben hatte. So schlimm war es ja in Wirklichkeit nicht, sagte ich mir.

Der erste, der sich zu mir setzte, war Mike. Auch er wußte, ohne daß ich etwas gesagt hatte, daß ein Fragebogen eingetroffen war.

»Ist doch klar.« Er grinste und dehnte seinen breiten Brustkorb. »Wenn man drei Wochen hier ist, erkennt man die Anzeichen. Und, was hat der Bursche zu berichten gehabt?«

»Er hat geschrieben, daß ich manchmal morgens vor der Arbeit Kokain geschnupft hätte.« Als ich es zum ersten Mal laut aussprach, wurde mir wieder richtig bewußt, wie sehr mich Lukes Verrat getroffen hatte. Bitterer Zorn gegen ihn wallte in mir auf.

»Und, stimmt es?« fragte Mike.

Das Nein lag mir schon auf der Zunge, aber ich zwang mich, es herunterzuschlucken.

»Ab und zu«, sagte ich ungeduldig. Es ärgerte mich, daß ich das diesem ungehobelten Bauern erklären mußte.

»Das ist doch gar nichts«, sagte ich heftig. »In New York machen das jede Menge Leute. Da sind die Dinge anders als hier. Man steht ständig unter Streß. Das ist nichts anderes, als würde man eine Tasse Kaffee trinken. Das verstehst du nicht.«

Nach und nach verlor Neil seine Sympathisanten an

mich. Und ich begrüßte jeden Hinzukommenden mit einer frischen Schilderung meiner Kümmernisse.

Ich wollte, daß sich besänftigende Hände auf meine aufgebrachten Gefühle legten. Und weil Luke mich als wertlosen Menschen hingestellt hatte, wollte ich es ihm heimzahlen, indem ich ihn zu einem Nichts reduzierte.

Im Gegensatz zu Celine waren die Insassen gleich bereit, Luke zu zerpflücken. Und sie gaben ihre eigenen Geschichten zum Thema »Fürchterliche Fragebogen in meinem Leben« zum besten. Wir labten uns an Schauergeschichten über untreue Freunde und Verwandte, die uns in so manchem von Cloisters ausgesandten Fragebogen in den Rücken gefallen waren. Es machte mir sogar Spaß. Ich hatte auch nichts dagegen, mich mit den anderen zu verbünden, denn ich brauchte Gesprächspartner, auch wenn wir eigentlich so unterschiedlich waren wie Lebewesen von verschiedenen Planeten. Unter Menschen zu sitzen, die mir lauter Mitleid und Schokolade anboten, war gar nicht schlecht.

Ein paar hatten nicht übel Lust, Luke zu verprügeln. Was mir große Genugtuung verschaffte. Besonders, da Chaquie eine von ihnen war.

Sie waren mehr als bereit, all die schrecklichen Dinge zu glauben, die ich über Luke erzählte. Außer natürlich der Geschichte mit dem Blinden. Aber es gelang mir, einen geschickten Rückzieher zu machen, und schon bald ging die Schlammschlacht mit Luke als Zielscheibe weiter.

»Luke Costello sagt nie die Wahrheit!« behauptete ich. »Der würde sogar lügen, wenn man ihn fragte, was seine *Lieblingsfarbe* ist.«

Je mehr ich ihn durch den Schmutz zog, desto besser fühlte ich mich. Am Ende glaubte ich selbst, daß er so übel war, wie ich ihn geschildert hatte.

Chris kam nicht zurück. Ich behielt die Tür im Auge. Zu gerne hätte ich gewußt, wo er mit Misty hingegangen war. Und was sie zusammen taten.

Arschlöcher.

Aber ich hatte keine Zeit, mich aufzuregen, weil Mike und die ganze Bande mehr über das Leben unter Hochdruck, das ich in New York geführt hatte, wissen wollten.

»Mußtest du sehr viel arbeiten?« fragte Eddie. Sie drängten sich um mich, ihre Augen leuchteten vor Neugier.

»Ihr könnt es euch nicht vorstellen«, sagte ich. »Ein Achtzehn-Stunden-Tag war keine Ausnahme. Und man konnte einfach so vor die Tür gesetzt werden.« Ich schnipste mit den Fingern, um anzudeuten, wie leicht es war. »Und in New York bekommt man kein Arbeitslosengeld.«

Schockiert machten sie ›Ooohhhh‹.

»Man konnte in Null Komma nichts auf der Straße landen«, sagte ich düster. »Und in New York ist es viel kälter als hier.«

»Kälter als in Leitrim?« fragte Clarence.

»Viel kälter.«

»Kälter als in Cork?« fragte Don.

»Viel kälter.«

»Kälter als in Cav...?« hob John Joe an.

»Kälter als in ganz Irland«, unterbrach ich ihn etwas irritiert.

»Gott, das klingt doch alles scheußlich«, sagte Mike. »Warum bist du überhaupt dahingezogen?«

Ich lächelte ihn traurig an und sagte: »Ja, warum nur?«

»Und dieses Kokain-Zeug, das ist wie Kaffee?« fragte Peter.

»Genau das gleiche. Ich glaube sogar, es wird aus derselben Pflanze gewonnen.«

»Und wie lange warst du mit diesem Luke zusammen?« fragte jemand.

»Ungefähr sechs Monate.«

»Und er schuldet dir Geld?«

»Jede Menge.«

»Das ist ja ’n Ding.«

»Und jetzt fühle ich mich so gedemütigt von ihm«, sagte ich mit einem Anflug echter Trauer.

»Keiner kann unsere Gefühle bestimmen«, fuhr Clarence dazwischen. »Unsere Gefühle sind unsere eigene Sache.«

Es wurde still, und alle drehten sich entrüstet zu ihm um.

»WAS?« fragte Eddie. Sein rotes Gesicht war vor ungläubigem Ärger so verzerrt, daß man denken konnte, er hätte Verstopfung.

»Unsere Gefühle sind un...«, wiederholte Clarence wie ein Papagei.

»Du Idiot!« brüllte Vincent. »Was redest du für einen Blödsinn? Willst du, daß sie dir hier eine Stelle geben?«

»Ich will doch nur sagen!« protestierte Clarence. »Das haben sie zu mir gesagt, als meine Brüder mich gedemütigt haben. Keiner kann unsere Gefühle bestimmen, es sei denn, wir lassen es zu.«

»Wir kümmern uns jetzt um RACHEL«, trompetete Don. »Die Kleine ist UNGLÜCKLICH!«

»Ich kümmere mich doch auch um sie«, beharrte Clarence. »Wenn sie ihre Gefühle von diesem Luke lö...«

»Ach, HALT DEN MUND!« schallte es ihm entgegen.

»Wenn ihr erst mal vier Wochen hier seid, wißt ihr, wovon ich rede«, sagte Clarence überlegen.

26

Als ich an dem Abend ins Bett ging, war ich verwirrt. *Luke ist kein böser Mensch*, sagte eine leise Stimme in mir. *Du hast gelogen, um die anderen auf deine Seite zu ziehen.*

Und ob er böse ist, beharrte eine andere Stimme. *Guck doch, was er dir angetan hat. Er hat dich gedemütigt, er macht dir das Leben schwer. Er hat dich zurückgestoßen, bevor du aus New York abgereist bist, und er hat es mit diesem blöden Fragebogen noch einmal bekräftigt. Also ist er wohl böse. Vielleicht nicht so, wie du es den anderen heute abend erzählt hast, aber böse ist er.*

Zufrieden mit meiner Analyse drehte ich mich auf die Seite und schlief ein.

Aber ich konnte nicht aufhören, an ihn zu denken.

Rückblickend mußte ich zugeben, daß er immer extrem besorgt über meinen Drogenkonsum war.

Nie werde ich vergessen, wie er sich auf meiner Party aufgeführt hatte. Eine Unverschämtheit, wo er doch nicht einmal eingeladen gewesen war!

Ungefähr zwei Wochen nach dem Debakel in den Rickshaw Rooms gaben Brigit und ich eine Party.

Ich hatte die Idee dazu gehabt. Es wurmte mich so sehr, daß wir zu den coolen Partys im East Village und in SoHo nicht eingeladen wurden, daß ich beschloß, selbst eine zu geben und alle gut aussehenden Menschen mit wichtigen Connections und interessanten Jobs, die zu kennen wir vorgeben konnten, einzuladen. So mußten diese Leute, wenn sie ihrerseits eine Party gaben, uns einladen.

Brigit und ich stellten unsere Gästeliste sorgfältig und nach strategischen Überlegungen zusammen.

»Was ist mit Nadia ...?«

»Nadia mit dem flachen Arsch? Was ist mit ihr?«

»Sie arbeitet bei Donna Karan. Verstehst du das Wort Rabatt?«

»Können wir nicht einfach nur dicke und häßliche Frauen einladen?«

»Nein. Es gibt nämlich keine. Also, was ist mit Fineas?«

»Aber der ist doch nur Barkeeper.«

»Ja, aber du mußt langfristig denken. Wenn er zu unseren Freunden zählt, lädt er uns vielleicht mal zu einem Drink ein, wenn wir pleite sind. Und das ist so gut wie die ganze Zeit, wenn ich mich nicht sehr täusche.«

»Also gut, Fineas kann kommen. Carvela?«

»Auf keinen Fall! Ich hatte Andrew, den Werbetypen, fest in der Hand, bis die mit ihrer gepiercten Zunge aufkreuzte.«

»Aber sie kennt Madonna.«

»Sie hat ihr einmal die Nägel manikürt, das ist doch noch keine Bekanntschaft. Sie wird nicht eingeladen, okay? Wir brauchen ein paar heterosexuelle Männer, davon haben wir nicht genug.«

»Haben wir von denen je genug?

»Helenka und Jessica?«

»Na, klar. Wenn sie sich dazu herablassen. Eingebildete Ziegen.«

Die Echten Männer luden wir nicht ein. Es kam uns gar nicht in den Sinn.

Am Abend der Party klebten wir drei Luftballons an unsere Wohnungstür, verhüllten die Lampe im Wohnzimmer mit rotem Kreppapier und verteilten sechs Tüten Chips auf die Tische. Zu unseren drei CDs borgten wir uns wegen des feierlichen Anlasses noch zwei weitere. Dann setzten wir uns und warteten, daß das glanzvolle Ereignis seinen Lauf nahm.

Ich dachte, für eine gute Party brauchte man nichts weiter als eine Lastwagenladung Getränke und Drogen. Zwar hatten wir für unsere Gäste keine Drogen gekauft, aber wir hatten dafür gesorgt, daß es ein reichhaltiges Angebot geben würde, indem wir Wayne, unserem freundlichen Nachbarschaftsdealer, das Alleinverkaufsrecht eingeräumt hatten. Und in der Kochnische hatten wir enorme Mengen von Getränken gelagert. Trotzdem sah es in unserer Wohnung gar nicht nach Party aus.

Ich war verwundert. Als ich an jenem Abend in unserem leergeräumten, hallenden Wohnzimmer saß, fragte ich mich ernstlich, was ich falsch gemacht hatte.

»Wenn erst mal die Gäste da sind, ist es bestimmt toll«, versprach Brigit, dann biß sie sich in die Fingerknöchel und stieß ein unterdrücktes Jammern aus.

»Wir sind ruiniert, stimmt's, Brigit?« fragte ich, als ich das Ausmaß meiner Verblendung erkannte. Wie hatte ich mir je einbilden können, daß ich es wert war, eine Party zu geben, und Leute, die bei Calvin Klein arbeiteten, einzuladen? »Wir können uns in dieser Stadt nie wieder blicken lassen.«

Auf die Einladungen hatten wir geschrieben, die Party beginne gegen zehn Uhr. Um Mitternacht war es in unserer Wohnung immer noch totenstill, und Brigit und ich waren in Selbstmordstimmung.

»Sie hassen uns alle«, sagte ich und setzte die Weinflasche an.

»Und wer hatte die bekloppte Idee?« fragte Brigit mit tränenerstickter Stimme. »Ich dachte, wenigstens Gina und so würden kommen. Sie haben es doch versprochen. Die Leute in New York sind so *falsch*.«

Wir saßen in unseren Sesseln und beschimpften alle, die wir kannten, auch die, die wir nicht eingeladen hatten. Und wir schluckten ordentlich was weg.

Da sonst niemand da war, gingen Brigit und ich uns gegenseitig an die Kehle.

»Hast du Dara eingeladen?« fragte sie.

»Nein«, sagte ich matt. »Ich dachte, du würdest sie einladen. Hast du Candide eingeladen.«

»Nein«, zischte sie. »Ich dachte, das würdest du tun. – Und überhaupt, wo bleibt denn der Kuba-Stumpen, verdammt noch mal?« sagte sie bissig.

Damals hatte Brigit mit ihrer Vorliebe für Latinos eine etwas stockende Affäre mit einem Kubaner. Wenn er nett zu ihr war, nannte sie ihn »unseren Mann in Havanna«. Wenn er widerlich war, was meistens der Fall war, nannte sie ihn den Kuba-Stumpen. Eigentlich hieß er Carlos, und ich nannte ihn den Rotierer. Er hielt sich für einen begnadeten Tänzer und fing jederzeit ohne jegliche Aufforderung an zu tanzen. Bei seinem Anblick konnte man leicht seine letzte Mahlzeit erbrechen, so wie er sich krümmte und wand und alle möglichen Schwenkungen mit seinen winzigen Hüften machte. Wenn ich ihn nicht den Rotierer nannte, dann nannte ich ihn den Magenumdreher. Als Weiterführung des Drehthemas.

»Und wo ist Wayne?« wollte ich wissen. »Es hat gar keinen Sinn, daß die anderen kommen, wenn er nicht da ist.«

Waynes Abwesenheit machte mich unruhiger als die der übrigen Gäste.

»Mach mal Musik an.«

»Nein, dann hören wir nicht, wenn es klingelt.«

»Mach Musik an. Die Leute sollen doch nicht denken, daß wir hier Totenwache halten.«

»Bei einer Totenwache ist es bestimmt lustiger! Wessen Idee war das hier eigentlich?«

Dann unterbrach das Schrillen der Türklingel unser Gezänk.

Gott sei Dank, dachte ich erleichtert. Aber es war nur der Kuba-Stumpen mit einigen seiner ebenso winzigen Freunde. Sie musterten zweifelnd die Ballons, die Chips und den leeren, stillen Raum im rosa Lampenlicht.

Während Carlos Musik auflegte und Brigit ihn übel beschimpfte, zogen seine kleinen Freunde mich mit ihren feuchten braunen Augen aus.

Ich konnte ihre Attraktivität nicht erkennen, wirklich nicht.

Brigit sagte, im Bett sei Carlos eine Wucht, und er habe einen enormen Schwanz. Sie sähe es nur zu gern, wenn ich mich mit einem seiner Zwergen-Freunde zusammentun würde, aber lieber würde ich meine Vagina an ein Schwalbenpärchen für den Nestbau vermieten.

Die Musik setzte ein, viel zu laut in dem leeren Zimmer, und überdröhnte Carlos, der sagte: »Tut mir leid, *enamoradas*«, und: »Dafür konnte ich nichts, *queridas*.«

»Hier.« Ich hielt Miguel eine Schale mit Chips unter die Nase. »Nimm dir welche und starr mich nicht so an.«

Die Musik, die Carlos aufgelegt hatte, war von der stark rhythmischen Art, gespielt von einer Band mit zwanzig Bläsern. Sie war gnadenlos fröhlich und klang nach Sonne und Sand und Rio und Mädchen aus Ipanema und braunen Jungen mit glänzenden Augen. Nach Männern in Hemden mit gerüschten Ärmeln, großen Strohhüten und Schnürsenkel-Krawatten, die Sambarasseln schütteln. Die Art von Musik, die als »ansteckend« beschrieben wird. Mir wurde auf jeden Fall schlecht dabei. Ich verabscheute sie.

Es klingelte, und diesmal war es ein richtiger Gast.

Es klingelte wieder, und zehn Leute strömten herein, bepackt mit Flaschen.

Ich wurde von Miguel in eine Ecke gedrängt. Ich war überrascht, daß ich nicht an ihm vorbeischlüpfen konnte. Was ihm an Körpergröße abging, glich er mit Behendigkeit aus. Seine Augen waren ungefähr auf einer Höhe mit meinen Brustwarzen, und da blieben sie auch während unseres gesamten Gesprächs hängen.

»Rachel«, flötete er und sah mich mit seinem olivfarbenen Gesicht breit lächelnd an, »am Himmel fehlen zwei Sterne, sie funkeln in deinen Augen.«

»Miguel...«, fing ich an.

»Tomas«, strahlte er zurück.

»... also gut, Tomas, meinetwegen«, sagte ich. »In deinem Mund fehlen zwei Zähne, sie sind in meiner Faust. Oder da werden sie sein, wenn du mich nicht in Ruhe läßt.«

»Rachel, Rachel«, sagte er mit schmachtendem Blick. »Möchtest du nicht ein bißchen Latino in dir haben?«

»Wenn du mit dem bißchen Latino gemeint bist, dann nein.«

»Aber warum nicht? Deine Freundin Breegeet mag Carlos.«

»Brigit geht es auch nicht gut. Außerdem bist du zu klein. Ich würde dich plattdrücken.«

»Aber nein«, säuselte er. »Wir Kubaner sind geübte Liebhaber, wir beide können viel Schönes miteinander entdecken, und es besteht keine Gefahr, daß du mich pla...«

»Bitte.« Ich hob die Hand. »Hör auf.«

»Aber du bist eine Göttin. In meinem Land würde man dich verehren.«

»Und du bist ein schmieriger Betrüger, in meinem Land würdest du in einem Steinbruch arbeiten müssen.«

Daraufhin war er ein wenig eingeschnappt, aber leider hatte ich ihn nicht so weit beleidigt, daß er sich abwandte.

Dann hatte ich eine glorreiche Idee. »Warte mal, du bist doch Kubaner, oder? Hat du vielleicht etwas Koks bei dir?«

Das war zum Glück genau die falsche Frage. Es stellte sich nämlich heraus, daß Tomas' Onkel Paco erst kürzlich der amerikanischen Küstenwache ins Netz gegangen war, als er mit einer Jacht voll Schnee anlegen wollte. Paco schmorte zur Zeit in einem Gefängnis in Miami, und Tomas war über meine Routine-Frage empört.

»Ich habe doch gar nicht gesagt, daß du ein Verbrecher bist«, verteidigte ich mich. »Ich dachte einfach nur, ich *frage* mal, weil Wayne noch nicht hier ist.«

Tomas erzählte noch was von Familienehre und ähnlichem Schrott, dann sah er mir wieder tief in die Augen und sagte: »Laß uns nicht streiten.«

»Mir macht es nichts aus«, sagte ich. »Von mir aus können wir auch streiten.«

Er stellte sich auf Zehenspitzen und griff nach meiner Hand. »Rachel«, sagte er mit vielsagendem Blick, »tanz mit mir.«

»Tomas«, sagte ich, »dann tue ich dir nur weh.«

Zum Glück kam in dem Moment Wayne zur Tür herein.

Beinahe wäre ich in dem Ansturm auf ihn niedergetrampelt worden, aber ich nutzte mein Recht als Gastgeberin und drängelte mich vor. Kokain auf einer Party war das Beste überhaupt. Nichts anderes steigerte mein Selbstwertgefühl so sehr und gab mir den Mut, einen Mann anzumachen. Ich liebte das Gefühl der Unbesiegbarkeit, das es in mir auslöste.

Denn irgendwo tief in meinem Inneren wußte ich, daß ich anziehend war. Aber erst nach ein, zwei Lines drang dieses Wissen an die Oberfläche. Alkohol war auch nicht schlecht. Aber Kokain war viel, viel besser.

Es hatte nicht nur auf mich diese Wirkung – auch die anderen waren viel netter, wenn ich Kokain gesnifft hatte. Sie sahen besser aus, waren witziger, interessanter und verführerischer.

Brigit und ich kauften uns zusammen ein Gramm. Das Hochgefühl setzte ein, lange bevor ich überhaupt was genommen hatte. Schon die Transaktion mit Wayne reichte, um mein Adrenalin in Schwung zu bringen. Die Dollar-Noten, die ich ihm gab, waren glatter und grüner als sonst. Ich gab sie freudig aus der Hand. Das kleine Päckchen in meiner Hand fühlte sich phantastisch an, ich ließ es auf meiner Handfläche hüpfen und spürte seine magische, schwere Dichte.

Das, was beim Kokainschnupfen am wenigsten Spaß machte, war das Schlangestehen vor den Damentoiletten in einer Bar oder einem Club oder wo auch immer man es nehmen wollte. Deswegen war das Gute an der Party in unserer Wohnung, daß ich nirgendwo warten mußte. Brigit und ich gingen sofort in mein Zimmer, wo ich auf der Kommode Platz machte.

Brigit wollte die Kubakrise mit mir erörtern.

»Ich ertrage das nicht«, sagte sie. »Er behandelt mich wie ein Stück Scheiße.«

»Warum schickst du ihn dann nicht in die Wüste?« schlug ich vor. »Er hat keinen Respekt.«

Ich fand außerdem, daß es ein schlechtes Licht auf mich warf, weil meine Mitbewohnerin mit jemandem zu tun hatte, der so wenig cool war wie Carlos.

»Ich bin ihm verfallen«, seufzte Brigit. »Ich kann ihm nicht widerstehen. Und weißt du was? Ich mag ihn nicht einmal.«

»Ich auch nicht«, sagte ich.

Das war ein Fehler. Man durfte einer Freundin nie zustimmen, wenn sie mit ihrem Typen in einer schwierigen Phase steckte. Denn kaum hatten sie sich wieder versöhnt, fiel sie über einen her und sagte: »Was meinst du damit, du kannst Padraig/Elliot/Miguel nicht leiden?« Dann erzählte sie ihm davon, und dann haßten sie dich beide und fälschten die Geschichte, indem sie sagten, du hättest versucht, einen Keil zwischen sie zu treiben.

Und sie schwiegen dich an, wenn du mit ihnen im selben Zimmer warst. Sie boten dir kein Stück von ihrer Pizza an, obwohl sie ausreichend hatten, viel zu viel für zwei, und du selbst warst am Verhungern und hattest noch nichts gegessen. Und sie waren der Anlaß großer Verunsicherung, weil du befürchten mußtest, sie könnten zusammenziehen und es dir erst in letzter Minute sagen, und dann müßtest du die ganze Miete bezahlen, bis du eine neue Mitbewohnerin gefunden hättest.

»Ah, natürlich ist er große Klasse«, sagte ich hastig. Dann vergaß ich ihn völlig, weil wir uns zwei schöne, üppige Lines zurechtgelegt hatten.

Ich war zuerst dran, und während Brigit ihre Line sniffte, spürte ich das Kribbeln in meinem Gesicht, das die Lähmung der ersten Ladung auflöste. Ich drehte mich zum Spiegel um und lächelte mir zu. Gott, sah ich heute abend gut aus! Strahlend. Und wie rein meine Haut war. Wie glänzend mein Haar. Und was für ein warmes Lächeln. So koboldhaft, so sexy. Und meine beiden Eckzähne, die vorstanden und mich normalerweise zum Wahnsinn trieben – plötzlich erkannte ich, wie gut sie zu mir paßten. Sie erhöhten noch meinen Charme. Ich lächelte Brigit zu.

»Du siehst schön aus«, sagte ich.

»Du auch«, sagte sie.

Und dann sagten wir wie aus einem Munde: »Nicht so schlecht für ein Paar Tussis.«

Dann gingen wir wieder zu unseren Gästen.

27

In kürzester Zeit war die Wohnung zum Bersten voll. Es gab eine meilenlange Schlange vor dem Badezimmer, in der die Leute warteten, die bei Wayne eingekauft hatten, sich aber nicht trauten, den Koks öffentlich zu sniffen. Diese Zurückhaltung gab man nach der ersten Line auf.

In meiner kurzen Abwesenheit war die Musik noch schauerlicher geworden, und ich wollte etwas dagegen unternehmen, aber Carlos hatte all die anderen CDs versteckt. Brigit war mir keine Hilfe, als ich in aller Eile das Versteck zu finden versuchte, weil sie vollauf damit beschäftigt war, es Carlos im Hüftkreisen nachzutun. Ich bangte um unsere wenigen Dekorationsstücke, und nach einem besonders heftigen Hüftschwung hatte ich schlimmste Befürchtungen für die Deckenlampe.

Dann tanzten alle vier Kubaner, mit flinken Füßen und entfesselten Hüften, und alle Frauen im Zimmer sahen wie gebannt zu. Ich mußte mich abwenden.

Immer mehr Leute kamen. Außer Brigit und den Kubanern kannte ich niemanden. Und wieder ging die Türklingel, und mehr Leute strömten herein. Das einzig Gute an ihnen war, daß sie männlichen Geschlechts waren.

»Hi, Sister, was geht ab?« Sie waren ungefähr vierzehn, hatten Mützen und Skaterschuhe und Outsize-Klamotten an und sprachen im Skater- beziehungsweise Surferjargon. Bis dahin hatte ich mich für ziemlich cool gehalten, aber meine heitere Stimmung bekam vorübergehend einen kleinen Knacks, und ich hatte das Gefühl, zum alten Eisen zu gehören. Sie untermalten ihre Sätze mit komischen Handbewegungen: alle Finger waren eingerollt, außer dem Daumen und dem kleinen Finger. Ihre Slang kam direkt aus Harlem. Daran war nichts auszusetzen. Nur daß diese Bengel hier aus New Jersey kamen. In einer Stretch-Limousine. Kleine Angeber aus den Vorstädten, die sich cool gaben. Und sie waren auf meiner Party. Kein gutes Zeichen.

»Hallo, Rachel«, sagte eine Stimme, und ich wäre beinahe auf die Knie gesunken, in eine Pose, die meiner Wertlosigkeit angemessen war. Es war Helenka. Ich hatte große Ehrfurcht vor Helenka. Ich nannte sie meine Freundin, aber das war reines Wunschdenken.

Obwohl wir beide aus Irland waren, hatte sie ihr Leben in New York viel erfolgreicher gestaltet als ich meins. Sie war schön, trug tolle Kleider und kannte Bono und Sinead O'Connor. Sie arbeitete in der PR-Abteilung des Irish Trade Board und war auf der Jacht der Kennedys gewesen und sprach von niemandem gut. Ich fühlte mich geehrt, daß sie zu meiner Party gekommen war, die mithin ein Erfolgsereignis war.

Die Tatsache, daß sie ein bodenlanges Chiffonkleid trug, das in diesem Monat in *Vogue* vorgestellt worden war, verstärkte das gute Gefühl nur noch.

»Hier wohnst du also, in dieser kleinen Wohnung?« fragte sie.

»Mit Brigit zusammen.« Ich lächelte anmutig.

»Ihr wohnt zu zweit hier?« Sie klang überrascht.

Es war mir egal. Ich fühlte mich gut, und nichts konnte mir etwas anhaben ...

»Was habe ich da gehört? Du hast dich mit einem von diesen Heavy-Metal-Burschen zusammengetan?« fragte Helenka.

»Ich? Ich soll mich mit einem von ihnen zusammengetan haben?« prustete ich unter künstlichem Lachen.

»Ja, Jessica hat mir erzählt, sie hat dich in den Rickshaw Rooms gesehen. Du hättest praktisch mit ihm gevögelt.«

Jessica war Helenkas rechte Hand. Sie war nicht so schön, nicht so gut angezogen, bekleidete auch keine so beeindruckende Position und kannte nicht so viele wichtige Leute. Auf einem Gebiet jedoch war sie unschlagbar: auf dem des Rufmords.

Ich wand mich innerlich und hätte gern gewußt, was Jessica gesagt hatte.

»Wirklich?« sagte ich. Zu mehr war ich nicht in der Lage.

»Ich fand immer, daß einer von diesen Burschen sexy war, auf eine verrückte, irgendwie tierische Art«, sagte Helenka nachdenklich. »Weißt du, was ich meine?« Sie sah mich mit ihren smaragdenen Augen an. Das sind grüne Kontaktlinsen, sagte ich mir, um nicht aus Ehrfurcht vor ihrer Schönheit zu erbeben.

»Luke«, sagte sie. »Den meine ich. Phantastischer Body.«

»Na ja«, sagte ich mit stolzgeschwellter Brust, »Luke ist der, mit dem ich zusammen war.«

»Oder war es Shake«, sagte sie abwesend. »Wie auch immer, ich würde die nie an mich rankommen lassen.«

Sie streifte mich mit einem verächtlichen Blick und wandte sich ab. Es sah ganz so aus, als wäre ich mit meinen Bemühungen, Helenkas beste Freundin zu werden, nicht viel weitergekommen.

Ich stand bei der Tür und dachte plötzlich, ich hätte Halluzinationen, als ich einen großen, schweren Stiefel um die Ecke kommen sah, gefolgt von neun weiteren.

Fünf Riesen kamen auf mich zu, ganz in Jeans und Haar, und über und über mit Six-Packs beladen – die Echten Männer waren auf der Bildfläche erschienen.

Wer hatte sie eingeladen? Wie hatten sie von der Party erfahren? Ich war ruiniert.

Einen Moment lang war ich wie gelähmt. Ich hätte schnell die Tür zuschlagen und leugnen können, daß hier eine Party stattfand, aber Joey hatte mich schon gesehen – und ich ihn.

»Ja, hallo!« begrüßte er mich.

Und wenn schon, dachte ich. Ich bin unbesiegbar. Stark, unwiderstehlich, selbstbewußt. Keine Herausforderung war zuviel für mich. Ich würde den Einfall der Heavy-Metal-Burschen überleben.

Also kamen sie herein und taten so, als hätten sie jedes Recht dazu. Aus dem Augenwinkel konnte ich Brigits entsetzten Blick sehen, der von Joey zu Carlos und zurück schwenkte. Es schien, als müßte sie einen Aufschrei unterdrücken.

Als ich die Burschen freundlich begrüßte, warf Helenka mir den Blick der bösen Stiefmutter zu. Ich errötete, hielt aber den Kopf hoch. Ich hatte keine Angst.

Luke kam als letzter herein. »Hallo.« Er grinste. »Wie geht's?«

Verdammt, dachte ich, und mein Unterleib regte sich sofort, *sieht er gut aus!*

»Hallo«, schnurrte ich und sah ihn eine Ewigkeit an.

Hatte er etwas mit sich angestellt? fragte ich mich verwirrt. Er war doch früher nicht so gutaussehend, oder? Vielleicht eine Gesichtstransplantation? Vielleicht hatte er sich Gabriel Byrnes Augen und Haut für den Abend ausgeliehen?

Ich merkte, daß ich ganz gerade stand und ihm meine Brust entgegenstreckt hatte – die kecke Verführerin. Meine Brustwarzen waren hart geworden, nur von seinem Anblick.

»Es tut mir leid, daß ich nicht mit dir gehen wollte«, sagte ich frech.

Das hätte ich nie gesagt, wenn ich nicht vorher Kokain geschnupft hätte. Aber so war ich voller Mitgefühl und Freigebigkeit.

»Das ist ganz in Ordnung.« Er sah mich belustigt an.

»Das ist nicht in Ordnung«, befand ich.

»Doch.« Er war wirklich amüsiert.

»Möchtest du darüber reden?« fragte ich sanft und besorgt.

Erst war er still, dann lachte er.

»Was ist?« Meine Unbesiegbarkeit kam ins Wanken.

»Rachel«, sagte er, »ich fand dich sehr nett. Ich hätte dich gern wiedergesehen. Das wolltest du nicht. Ende.«

»Mehr hast du nicht über mich gedacht?« fragte ich gekränkt.

Er zuckte die Achseln und sah mich verdutzt an. »Was soll ich dazu sagen?«

»Na ja, warst du nicht scharf auf mich?«

»Natürlich.« Er lächelte. »Wer wäre das nicht?«

Das gefiel mir schon besser.

»Ja«, sagte er. »Ich fand dich schön. Und sehr nett. Aber ich respektiere deine Entscheidung. Und jetzt werde ich mich mal unters Volk mischen.«

»Du fandest?« Ich zog ihn hinten am Jackett und machte einen Schmollmund.

Er drehte sich überrascht um.

»Du fandest?« sagte ich wieder. »Du *fandest* mich schön. Vergangenheit?«

Er zuckte verwirrt die Achseln.

»Rachel, du wolltest mich nicht wiedersehen. Warum fragst du mich das?«

Schweigend trat ich auf ihn zu, und während er mich verdutzt ansah, griff ich mit dem Zeigefinger in den Bund seiner Jeans. Während ich ihm fest in die Augen blickte, zog ich ihn mit einer schwungvollen Bewegung zu mir heran.

Fast hätte ich laut aufgelacht, so gut fühlte ich mich plötzlich. Mein ungewöhnlich forsches Vorgehen machte mich stark – ich war eine Frau, die ihre Sinnlichkeit auslebte, die wußte, was sie wollte und wie sie es bekommen konnte. Seine Brust berührte meine, seine Oberschenkel preßten sich an meine, ich spürte seinen Atem auf meinem Gesicht. Während ich wartete, daß er mich küßte, überlegte ich, wie ich die anderen aus meinem Zimmer vertreiben würde. Man konnte die Tür zwar nicht abschließen, aber ich konnte einen Stuhl unter die Klinke schieben. Und war es nicht ein besonderes Glück, daß ich mir am Tag zuvor die Beine enthaart hatte?

Der Funken, der zwischen Luke und mir übersprang, war nicht zu leugnen. Nicht zum ersten Mal bedauerte ich, daß er nicht cool war. Aber vielleicht, wenn er sich die Haare schneiden ließ und sich neue Sachen kaufte und…

Küß drauf los, Luke.

Wann immer es dir paßt.

Aber er küßte mich nicht.

Ich wartete ungeduldig. Die Sache entwickelte sich nicht nach Plan, was war los mit ihm?

»Jesus Maria.« Er schüttelte den Kopf und schob mich von sich. Wo wollte er hin? Er war verrückt nach mir, und ich war sehr attraktiv, sehr sexy. Was lief also schief?

»Meine Güte, bist du arrogant«, sagte er mit einem kleinen Lachen.

Ich verstand ihn nicht. Ich war eine selbstsichere Frau. Ich holte mir, was ich haben wollte. Wie es in den Zeitschriften immer erklärt wird. Ich verstand nicht, warum der Schuß plötzlich nach hinten losgegangen war.

»Erzähl mir mal, Rachel«, sagte er vertraulich, »was du vor einer Weile geschnupft hast.«

Was hatte das mit allem anderen zu tun?

»Auch gut«, sagte er. »Wenn dein Ich wieder festen Boden unter den Füßen hat, können wir meinetwegen weiterreden.«

Und dann ließ er mich stehen!

Mein Selbstvertrauen war erschüttert. Einen Moment lang, als wäre das Licht plötzlich erloschen, kam mir die Party nicht mehr wie ein glanzvolles Ereignis vor. Jetzt war sie nur noch eine Ansammlung von Säufern und Angebern, die sich in einer unglaublich kleinen Wohnung in New York drängten, wo drei Luftballons mit Tesafilm an der Tür klebten.

Doch dann warf ich die Schultern zurück. Es war Zeit für eine neue Line. In meinem Wohnzimmer hielten sich eine ganze Menge attraktiver Männer auf. Es bestand sogar die Möglichkeit, daß einige von ihnen nicht schwul waren.

Luke Costello konnte mir mal die Füße küssen!

28

In dieser Nacht landete ich einen Volltreffer. Ich gabelte einen Typen auf, der Daryl hieß und in einem Verlag einer von den Wichtigen war. Er sagte, er kenne Jay McInerney und sei auf dessen Ranch in Texas gewesen.

»Oh«, säuselte ich beeindruckt. »Er hat zwei Ranches?«

»Wie bitte?« sagte Daryl.

»Ja«, sagte ich. »Ich wußte, daß er eine Ranch in Connecticut hat, aber daß er eine in Texas hat, wußte ich nicht.« Daryl sah mich verdutzt an.

Mir wurde bewußt, daß ich zuviel redete.

Weil wir zum Vögeln nicht in mein Zimmer konnten, gingen wir zu Daryl. Leider nahmen die Dinge eine etwas merkwürdige Wendung, als wir dort ankamen.

Wir machten den Rest von meinem Koks nieder. Aber an dem Punkt, an dem wir miteinander hätten ins Bett gehen sollen, um uns gegenseitig unsere Unbesiegbarkeit zu beweisen, rollte er sich zu einem Ball zusammen und fing an, sich hin und her zu wiegen und mit Babystimme zu wimmern: »Mama. Ma. Ma. Mam. Mah, Mama.«

Zuerst dachte ich, es sei ein Witz, also machte ich es ihm nach, wiegte mich auch und sagte »Mama«. Bis ich merkte, daß es kein Witz war und ich mich wie der letzte Idiot aufführte.

Also entrollte ich mich wieder, räusperte mich und versuchte, vernünftig mit ihm zu sprechen, aber er konnte mich weder hören noch sehen.

Inzwischen war die Sonne aufgegangen. Ich stand in dem schönen, luftigen, weiß gestrichenen Loft in der West Ninth Street und sah auf einen erwachsenen Mann hinunter, der sich wie ein Kleinkind auf dem polierten Kirschholzfußboden herumrollte. Und ich hatte ein so intensives Gefühl des Alleinseins, daß ich mich ganz hohl fühlte. Ich sah, wie die Staubkörnchen auf den frühen Sonnenstrahlen tanzten, und kam mir vor, als hätte ich eine Direktverbindung zum Mittelpunkt des Universums, und das war auch hohl. Einsam und leer. In meinem Inneren umschloß ich da, wo einst mein Magen war, die Leere der ganzen Schöpfung. Wer hätte gedacht, daß in einem Menschen so viel Nichts Platz haben könnte? In mir erstreckten sich unendliche, riesige Wüsten verlassener Leere. Man bräuchte mehrere Wochen, um die sandige, öde Weite zu durchschreiten.

Leere um mich herum. Leere in mir drin.

Ich sah auf Daryl hinab. Er war mit dem Daumen im Mund eingeschlafen.

Ich wollte mich schon zu ihm legen, aber irgendwie glaubte ich, er würde es nicht besonders schätzen, wenn er mich beim Aufwachen neben sich fände.

Ich sah mich unentschlossen um. Dann riß ich eine Seite aus einem Notizbuch und schrieb meine Telefonnummer darauf. Darunter schrieb ich: »Ruf mich an!« und dann meinen Namen. Ich überlegte, ob ich »Gruß Rachel« oder einfach nur »Rachel« schreiben sollte. Ich fand »Rachel« besser, aber vielleicht nicht freundlich genug. Ganz am Schluß schrieb ich: »Das Mädchen von der Party«, für den Fall, daß er sich nicht an mich erinnerte. Ich spielte mit dem Gedanken, eine Zeichnung von mir hinzuzufügen, konnte mich aber noch gerade bremsen. Dann überlegte ich, ob das Ausrufezeichen hinter »Ruf mich an!« nicht zu aufdringlich war. Hätte ich besser schreiben sollen: »Ich würde mich über einen Anruf freuen ...«?

Ich wußte, daß ich mich albern aufführte. Aber falls er mich nicht anrief – und er würde bestimmt nicht anrufen –, würde ich mich mit Gedanken darüber quälen, was ich getan hatte und was nicht. (Vielleicht war die Mitteilung zu kühl formuliert und er käme zu dem Schluß, daß ich nicht wollte, daß er mich anruft. Er könnte zu Hause sitzen und darauf brennen, mich anzurufen, hätte aber den Eindruck, ich sei nicht interessiert. Oder vielleicht war sie zu aggressiv – er könnte merken, wie sehr ich mir seinen Anruf wünschte. Ich hätte mich rar machen und schreiben sollen: »Ruf mich nicht an« und so weiter.) Ich legte ihm das Blatt unter die Hand und ging an seinen Kühlschrank. Ich sah mir gern den Kühlschrankinhalt von coolen Leuten an. Aber außer einem Stück Pizza und einem Tortenbrie war er leer. Ich steckte mir den Käse in die Tasche und ging nach Hause.

Ich wollte mich dazu zwingen, zu Fuß durch den sonnigen Morgen zur Avenue A zu laufen, weil ich der Überzeugung war, daß ich durch Bewegung am leichtesten wieder runterkommen würde.

Aber es ging nicht. Die Straßen machten mir angst, sie bedrohten mich, es war wie in einem Science-fiction-Land. Ich hatte das Gefühl, daß die wenigen Leute, die um diese Zeit – sechs Uhr an einem Sonntagmorgen – auf der Straße waren, sich nach mir umdrehten und mich anstarrten. Ich spürte jeden Blick auf mir, voller Haß und böser Wünsche.

Ich ging schneller, immer schneller, fast wäre ich gelaufen.

Als ich ein Taxi erblickte, wäre ich vor Dankbarkeit beinahe auf die Knie gesunken. Ich stieg ein, meine Hände waren feucht, und ich schaffte es gerade noch, dem Fahrer meine Adresse zu sagen.

Und dann wollte ich wieder aussteigen. Ich traute ihm nicht. Er sah mich die ganze Zeit im Rückspiegel an.

Voller Entsetzen wurde mir klar, daß keiner wußte, wo ich war. Oder bei wem ich war. Bekanntlich waren die Taxifahrer in New York reine Psychopathen. Dieser hier konnte mit mir zu einer verlassenen Lagerhalle fahren und mich dort umbringen, und keiner würde es je erfahren.

Keiner hatte gesehen, wie ich mit Daryl die Party verlassen hatte. Darren. Oder wie er auch hieß.

Außer Luke Costello, fiel mir da ein, doch in die Erleichterung mischte sich ein unangenehmes Gefühl. Er hatte mich gesehen und eine schnippische Bemerkung gemacht. Was hatte er noch gesagt?

Mit einem leichten Gefühl der Übelkeit fiel mir wieder ein, wie ich meine Finger in Lukes Hosenbund geschoben hatte, und ich wollte mich vor Scham übergeben. *Lieber Gott*, betete ich, *mach bitte, daß es nicht passiert ist. Ich gebe auch mein nächstes Gehalt den Armen, wenn du es ungeschehen machst.*

Was war nur in mich gefahren? fragte ich mich entsetzt. Ausgerechnet bei ihm? Und das schlimmste war ja, daß er mich abgewiesen hatte. Er wollte mich nicht!

Als ich den Blick des Taxifahrers auf mir spürte, wurde ich mit einem Ruck in die Gegenwart katapultiert. Meine Angst war so groß, daß ich beschloß, bei der nächsten Ampel aus dem Wagen zu springen.

Doch dann fiel mir zum Glück ein, daß ich mir die Bedrohung einfach nur einbildete. Nach ein paar guten Lines wurde ich immer etwas paranoid, und daran erinnerte ich mich jetzt erleichtert. Es gab keinen Grund, sich zu fürchten.

Dann sprach der Taxifahrer mit mir, und obwohl ich mir klargemacht hatte, daß ich keine Angst zu haben brauchte, packte sie mich erneut.

»Sie waren wohl auf einer Party?« fragte er und sah mich im Rückspiegel an.

»Ich habe bei einer Freundin übernachtet«, sagte ich, und die Zunge klebte mir am Gaumen. »Und meine Mitbewohnerin erwartet mich zurück.«

Dann fügte ich noch hinzu: »Ich habe gerade angerufen, daß ich auf dem Weg bin.«

Er sagte nichts, nickte aber. Wenn ein Hinterkopf bedrohlich aussehen konnte, dann sah seiner bedrohlich aus.

»Wenn ich in zehn Minuten nicht zu Hause bin, ruft sie die Polizei an«, erklärte ich. Daraufhin fühlte ich mich besser.

Vorübergehend.

Fuhr er nicht in die falsche Richtung?

Ich verfolgte unsere Route, die Angst schnürte mir die Kehle zu.

Ja, ich hatte recht. Wir fuhren Richtung Uptown, und wir hätten Richtung Downtown fahren müssen.

Wieder wollte ich aus dem Wagen springen. Aber immer, wenn wir an eine Ampel kamen, zeigte sie grünes Licht. Und wir fuhren so schnell, daß ich den Passanten keine Zeichen machen konnte. Abgesehen davon waren die Straßen menschenleer.

Mein Blick wurde magisch vom Rückspiegel angezogen, in dem seine Augen mich immer noch anstarrten.

Mein Ende war nah, dachte ich mit ruhiger Gelassenheit.

Wenige Augenblicke später explodierte die Panik in mir.

Ich hielt es nicht länger aus und wühlte in meiner Handtasche nach den Valiumtabletten. Damit er nicht merkte, was ich tat, nahm ich möglichst unauffällig zwei Tabletten aus der Flasche, tat dann so, als würde ich mir das Gesicht reiben, und steckte sie mir in den Mund. Und dann wartete ich, daß die Angst nachlassen würde.

»Welche Hausnummer?« fragte mein Mörder. Als ich aufsah, erkannte ich, daß wir beinahe bei mir zu Hause waren. Mir war fast schwindelig vor Erleichterung. Er wollte mich doch nicht umbringen!

»Lassen Sie mich hier raus«, sagte ich.

»Wir mußten einen Umweg machen, weil auf der Fifth Avenue gebaut wird«, sagte er. »Geben Sie mir zwei Dollar weniger, als der Zähler anzeigt.«

Ich gab ihm den vollen Fahrpreis und ein Trinkgeld. (So knapp war ich nun auch nicht.) Und dann stieg ich erleichtert aus.

»He, Sie kenne ich doch«, rief er aus.

Oh, oh! Wenn das einer sagte, wurde mir sofort mulmig. Normalerweise erinnerten sich Menschen an mich, weil ich mich daneben benommen hatte. Und ich erinnerte mich nie an jemanden, aus dem gleichen Grund.

»Sie arbeiten doch im Old Shillayleagh Hotel, stimmt's?«

»Richtig.« Ich nickte nervös.

»Yeah, ich hab' Sie gleich erkannt, als Sie eingestiegen sind, und deshalb hab' ich Sie immer angesehen, aber mir fiel nicht ein, woher ich Sie kenne. Ich seh' Sie immer, wenn ich ins Hotel komme und Fahrgäste abhole.« Er lächelte breit. »Sind Sie Irin? Sehen jedenfalls so aus, mit den schwarzen Haaren und den Sommersprossen. Ein echtes irisches Mädel.«

»Ja.« Ich versuchte, meinem starren Gesicht einen freundlichen Ausdruck zu geben.

»Ich auch. Mein Ururgroßvater war aus Cork. Aus Bantry Bay. Kennen Sie das?«

»Ja.«

»Ich heiße McCarthy. Harvey McCarthy.«

»Tatsächlich«, sagte ich überrascht. »McCarthy ist ein Name aus der Gegend von Cork.«

»Na, und wie kommen Sie hier zurecht?« Er stellte sich auf einen Plausch ein.

»Bestens«, murmelte ich. »Aber meine Mitbewohnerin, wissen Sie, ich sollte ...«

»Na klar, aber passen Sie gut auf sich auf, ja?«

Die Wohnung sah aus wie eine Szene aus einem Horrorfilm. Überall Dosen, Flaschen und überquellende Aschenbecher. Zwei Leute, die ich nicht kannte, schliefen auf dem Sofa. Ein dritter lag ausgestreckt auf dem Boden. Keiner der drei rührte sich, als ich die Wohnung betrat.

Als ich den Kühlschrank öffnete, um den Käse hineinzulegen, rollten mehrere Bierdosen heraus und fielen mit großem Getöse zu Boden. Einer der Schlafenden zuckte zusammen und murmelte etwas, das so ähnlich klang wie: »Karotten im Internet«, dann war wieder alles still.

Die Valiumtabletten hatten nichts gegen meinen Verfolgungswahn ausgerichtet, also schüttete ich mir ein paar mehr in die Handfläche und spülte sie mit einer Dose Bier herunter. Ich setzte mich auf den Küchenboden und wartete darauf, daß ich mich wieder beruhigte.

Endlich fühlte ich mich stark genug, um ins Bett zu gehen. Wenn die große Leere über mich kam, mochte ich nicht allein ins Bett gehen. Ich nahm mir noch eine Dose Bier und ging in mein Zimmer. Dort fand ich zwei, nein, drei, nein, Moment, vier Leute in meinem Bett, die ich alle nicht kannte.

Es waren alles Männer, aber keiner wirkte so sympathisch, daß ich Lust gehabt hätte, mich neben ihn zu legen. Dann erkannte ich, daß es die Skaterbande aus New Jersey war. Natternbrut, dachte ich. Was für eine Frechheit!

Ich versuchte sie wachzurütteln und zu schütteln, aber es gelang mir nicht.

Ich schlich mich also in Brigits Zimmer. Es roch nach Alkohol und Zigarettenrauch. Unter der Jalousie kroch das Sonnenlicht herein, es war warm.

»Hallo«, sagte ich und schlüpfte neben ihr ins Bett, »Ich habe dir Käse geklaut.«

»Wo bist du mit dem Koks abgeblieben?« murmelte sie. »Du hättest mich mit den Leuten hier nicht allein lassen sollen.«

»Aber ich habe jemanden kennengelernt«, erklärte ich sachlich.

»Das ist nicht in Ordnung, Rachel«, sagte sie mit geschlossenen Augen. »Die Hälfte von dem Gramm gehörte mir. Du durftest das nicht nehmen.«

Wieder überfiel mich die Angst. Brigit war sauer auf mich. Meine freischwebende Paranoia konnte sich endlich an etwas festmachen. Ich wünschte mir heftig, daß ich auf unserer Party geblieben wäre. Besonders, wenn man bedenkt, wie ergebnislos das Unterfangen mit Daryl gewesen war.

Mama.

Mama, der hat sie wohl nicht alle!

Übergeschnappter Kerl, dachte ich abschätzig.

Hoffentlich ruft er an.

Brigit drehte sich um und schlief weiter. Aber ich spürte ihre Verärgerung. Ich wollte nicht neben ihr im Bett liegen, aber ich konnte nirgendwo sonst hin.

29

Mir war fast schlecht vor Angst, daß der Fragebogen in der Gruppensitzung am nächsten Tag vorgelesen werden könnte. *Bitte, lieber Gott*, betete ich, *ich tue alles, was du willst, aber laß diesen Kelch an mir vorübergehen*.

Allerdings muß man sagen, daß die anderen auf meiner Seite waren, die meisten von ihnen wenigstens. Als ich in die Küche kam, um das Frühstück vorzubereiten, rief Don: »Was wollen WIR?« Und von Stalin kam die Antwort: »Luke Costellos Eier mit Speck.«

Dann rief Don, während seine Augen fast aus dem Kopf hervortraten: »Wann wollen wir SIE?« Und Stalin antwortete: »Jetzt.«

Und während des ganzen Frühstücks gab es neue Variationen zum Thema. Unter anderem wollten sie Luke Costellos Kniescheiben als Aschenbecher, Luke Costellos Arsch als Fußabtreter, Luke Costellos Schwanz als Armband und Luke Costellos Eier in einem Eierbecher, als

Zielscheibe, als Golfball, zum Jonglieren, als Murmel und als Ohrstöpsel.

Ihre Unterstützung ging mir richtig zu Herzen. Natürlich machten nicht alle mit. Mike, zum Beispiel, hielt sich abseits und verschloß sein häßliches Granitgesicht mit einer undurchschaubaren Miene. Und die anderen, die schon länger als einen Monat in der Klinik waren, sahen mit Mißbilligung zu. Frederick, ein Veteran nach sechs Wochen Aufenthalt, schnalzte mit der Zunge, schüttelte den Kopf und sagte: »Du solltest nicht einem anderen die Schuld geben, du solltest lieber überlegen, welchen Anteil du daran hast.« Dann riefen alle, die auf meiner Seite waren – Fergus, Chaquie, Vincent, John Joe, Eddie, Stalin, Peter, Davy, der Spieler, Eamonn, und Barry, das Kind: »Ach, sei doch still.« Auch Neil machte mit, obwohl ich auf seine Unterstützung gut hätte verzichten können.

Ich beobachtete Chris und suchte nach einem Zeichen, daß er auch auf meiner Seite war, und es traf mich doch empfindlich, als er nicht mit einfiel und Lukes Eier haben wollte. Aber ich registrierte erleichtert, daß er sich auch nicht mit den selbstgerechten Alteingesessenen zusammentat. Und als wir auf dem Weg zur Gruppensitzung waren – ich hatte das Gefühl, vor ein Erschießungskommando treten zu müssen –, holte er mich ein.

»Morgen«, sagte er. »Hast du einen Moment Zeit?«

»Klar«, sagte ich, weil ich ihm unbedingt gefallen wollte. Ob er mich noch leiden konnte, fragte ich mich, obwohl er wußte, daß ich gelogen hatte?

»Wie geht es dir heute?« Er sah richtig hübsch aus, das helle Blau seines Baumwollhemdes ließ seine Augen noch blauer erscheinen.

»Geht so«, sagte ich wachsam.

»Darf ich dir einen Vorschlag machen?« fragte er.

»Meinetwegen«, sagte ich und erhöhte meine Wachsamkeit. Diesmal dachte ich nicht, daß sein Vorschlag sich auf mich, ihn und ein Kondom beziehen würde.

»Also«, sagte er, »ich weiß, du bist der Meinung, daß du eigentlich nicht hier zu sein bräuchtest, aber warum versuchst du nicht, das Beste aus deiner Zeit hier zu machen?«

»Wie denn?« fragte ich, immer noch auf der Hut.

»Du weißt doch, daß du deine Lebensgeschichte aufschreiben mußt, wenn du eine Weile hier bist?«

»Meine was?«

»Deine Lebensgeschichte, du weißt schon, du beschreibst es aus deiner Sicht, dein Leben, deine Familie. Auch wenn du gar nicht süchtig bist, könnte es hilfreich sein.«

»Wie sollte das gehen?«

»Du weißt doch, wie es ist«, sagte er mit einem kleinen Lächeln, das mir ein komisch-kribbelndes Gefühl in der Magengegend verursachte, »ein bißchen Psychotherapie können wir alle gebrauchen.«

»Meinst du das ehrlich?« fragte ich überrascht. »Du auch?«

Er lachte, aber es war ein trauriges Lachen, bei dem ich mich unbehaglich fühlte.

»Ja«, sagte er mit einem Blick, der ihn in weite Ferne führte. »Wir können alle ein bißchen Hilfe gebrauchen, um glücklich zu werden.«

»Glücklich?«

»Ja«, sagte er. »Glücklich. Bist du glücklich?«

»Aber klar«, sagte ich mit geschwellter Brust, »ich habe viel Spaß im Leben.«

»Nein, ich meine *glücklich*«, sagte er noch einmal. »Ich meine zufrieden, heiter, mit sich selbst im reinen.«

Ich verstand nicht ganz, wovon er sprach. Ich konnte mir nicht vorstellen, zufrieden oder heiter zu sein, oder, was noch wichtiger war, ich *wollte* so nicht sein. Es hörte sich entsetzlich langweilig an.

»Mir geht es gut«, sagte ich bedächtig. »Ich bin vollkommen glücklich, außer daß es ein paar Dinge in meinem Leben gibt, die geändert werden müssen ...«

Eigentlich so gut wie alles, wurde mir mit einem Mal bewußt. *Mein Liebesleben, mein Berufsleben, mein Gewicht, meine Finanzlage, mein Gesicht, mein Körper, meine Größe, meine Zähne. Meine Vergangenheit. Mein Leben in der Gegenwart. Meine Zukunft. Aber davon abgesehen ...*

»Überleg dir doch, ob du das nicht aufschreibst«, ermunterte mich Chris. »Schaden kann es ja nichts.«

»Na gut«, sagte ich zögernd.

»Das und der Fragebogen von deinem Ex-Freund – das sind schon zwei Dinge, über die du nachdenken mußt.« Er lächelte mir zu – dann war er weg.

Ich blieb verwirrt zurück. Ich wußte nicht, was vor sich ging. Ich meine, war er nun hinter mir her oder nicht?

Ich setzte mich – ich kam zu spät für die guten Stühle – und versuchte an Josephines Gesicht zu erkennen, ob ich dran war oder nicht. Doch als Folgewirkung von Emers Besuch stand Neil im Blickfeld. Es verschaffte mir tiefe Genugtuung, als die Gruppe auf die krasse Diskrepanz zwischen dem, was Emer über Neil erzählt hatte, und dem was Neil über sich selbst erzählt hatte, hinwies.

Neil behauptete nach wie vor, daß wir alle, wenn wir mit Emer zusammenleben müßten, sie auch verprügeln würden. Und obwohl die anderen nicht so über Neil herfielen, wie es mir gefallen hätte, erklärten sie doch immer wieder, daß das, was Neil sagte, falsch war. Immer wieder, den ganzen Morgen mühten sie sich ab: Mike, Misty, Vincent, Chaquie, Clarence. Sogar John Joe überwand sich und sagte, er habe nie die Hand gegen ein Kalb erhoben.

Aber Neil weigerte sich standhaft, irgendwas zuzugeben.

»Du bist widerlich«, brach es schließlich aus mir heraus, ich konnte mich einfach nicht mehr zurückhalten. »Du gemeiner Tyrann.«

Ich war überrascht, als die anderen mir damit nicht recht gaben. Statt dessen sahen sie mich mit der gleichen teilnahmsvollen Miene an, mit der sie vorher Neil angesehen hatten.

»Stimmt das Rachel?« fragte Josephine. Auf der Stelle wünschte ich mir, daß ich geschwiegen hätte. »Es behagt Ihnen nicht, daß Neil tyrannisch ist?«

Ich sagte nichts.

»Rachel«, sagte sie, und ich hatte das Gefühl, daß etwas Unangenehmes auf mich zukam. »Was wir an anderen am wenigsten ausstehen können, sind die Eigenschaften, die wir auch in uns nicht mögen. Das ist vielleicht eine gute Gelegenheit, den Tyrannen in Ihnen zu analysieren.«

Man konnte hier nicht einmal einen *Furz* lassen, ohne daß ihm eine lächerliche Interpretation übergestülpt wurde, dachte ich angewidert. Und sie hatte unrecht. Ich war kein bißchen tyrannisch.

Zum Glück war am Nachmittag wieder Neil dran. Mein Fragebogen wurde nicht erwähnt.

Josephine hatte beschlossen, daß die Insassen genügend Gelegenheit gehabt hatten, Neil zu helfen, und es an der Zeit war, schweres Geschütz aufzufahren – jetzt war sie dran.

Es war faszinierend, wie Josephine Neils Lebensgeschichte hervorholte, die er vor meinem ersten Gruppennachmittag vorgelesen hatte. Mit großer Präzision entrollte sie sein Leben, als hätte sie an einem losen Faden in einem Pullover gezogen.

»Sie haben fast gar nichts über Ihren Vater gesagt«, meinte sie freundlich. »Ich fand die Auslassung sehr interessant.«

»Ich will nicht über ihn sprechen«, entfuhr es Neil.

»Das ist nur zu offensichtlich«, antwortete sie. »Und genau deshalb *sollten* wir über ihn sprechen.«

»Ich will nicht über ihn sprechen«, sagte Neil wieder, diesmal ein bißchen lauter.

»Warum nicht?« Josephines Augen leuchteten wie die eines Hundes, der einen Knochen ergattert hat.

»Ich weiß auch nicht«, sagte Neil, »ich will einfach nicht.«

»Dann lassen Sie es uns doch herausfinden«, sagte Josephine und tat, als wäre sie seine Freundin. »*Warum* wollen Sie nicht über ihn sprechen?«

»NEIN!« wehrte Neil ab. »Lassen Sie mich in Ruhe.«

»O nein«, beharrte sie. »Wir sollten Sie auf keinen Fall in Ruhe lassen.«

»Es gibt nichts zu erzählen.« Neils Miene hatte sich verfinstert.

»Offenbar gibt es viel zu erzählen«, sagte Josephine. »Warum sollten Sie sonst so aufgebracht sein? Erzählen Sie mir doch, hat Ihr Vater getrunken?«

Neil nickte. Er war auf der Hut.

»Viel?«

Wieder ein wachsames Nicken.

»Das ist doch wohl ein wichtiges Detail, das Sie aus Ihrer Lebensgeschichte fortgelassen haben, nicht wahr?« sagte Josephine.

Neil zuckte nervös mit den Schultern.

»Wann hat er damit angefangen?«

Es folgte eine lange Pause.

»Wann?« sagte sie schärfer.

Neil zuckte zusammen und sagte: »Ich weiß nicht. Immer schon.«

»Sie sind also damit aufgewachsen?«

Neil nickte bestätigend.

»Und Ihre Mutter?« bohrte Josephine weiter. »Sie mögen Sie offenbar sehr.«

Kummer überschattete sein Gesicht. »Das stimmt«, sagte er mit rauher Stimme voller Gefühl, was mich überraschte. Ich hatte gedacht, daß Neil nur sich selbst liebte und seinen eigenen Namen rief, wenn er einen Orgasmus hatte.

»Hat sie getrunken?«

»Nein.«

»Nicht mit Ihrem Vater zusammen?«

»Nein, nie. Sie hat versucht, ihn davon abzuhalten.«

Es war mäuschenstill im Raum.

»Und was passierte, wenn sie ihn davon abhalten wollte?«

Es folgte ein schreckliches, angespanntes Schweigen.

»Was passierte?« wiederholte Joesphine die Frage.

»Er hat sie geschlagen«, sagte er mit tränenerstickter Stimme.

Woher wußte sie das? fragte ich mich erstaunt. *Woher wußte Josephine, welche Fragen sie stellen mußte?*

»Kam das oft vor?«

Erst war gar nichts zu hören, dann platzte Neil heraus: »Ja, die ganze Zeit.«

Mir wurde übel, so wie am Tag zuvor, als ich hörte, daß Neil Emer schlug.

»Sie waren das älteste Kind«, sagte Josephine zu Neil. »Haben Sie versucht, Ihre Mutter zu beschützen?«

Neil war weit weg, irgendwo in einer angsterfüllten Vergangenheit. »Ich habe es versucht, aber ich war zu klein, ich konnte nichts tun. Man hörte sie unten im Haus ... wissen Sie, was ich meine? Das Poltern. Die Schläge. Das Splittern ...« Sein Mund stand offen, und er sah aus, als müsse er sich übergeben.

Er legte sich die Hand vor den Mund, und wir starrten ihn an, vor Entsetzen gebannt.

»Und sie hat versucht, nicht zu schreien, wissen Sie?« sagte er mit einem mißglückten Lächeln. »Damit wir oben nichts hörten.«

Ich zitterte.

»Und ich habe versucht, meine Geschwister abzulenken, damit sie nichts merkten, aber das war unmöglich. Auch wenn man nichts hörte, spürte man die Angst.«

Schweißperlen standen mir auf der Stirn.

»Es passierte immer am Freitagabend, und mit jedem Tag, der verging, stieg die Angst in uns. Ich habe mir geschworen, daß ich ihn umbringen würde, wenn ich groß war. Und ich würde ihn um Gnade flehen lassen, wie er es mit ihr machte.«

»Haben Sie das getan?«

»Nein.« Neil rang sich die Antwort ab. »Der alte Drecksack hatte einen Schlaganfall. Und jetzt sitzt er den lieben langen Tag in einem Sessel, und meine Mutter bedient ihn von vorne bis hinten. Und ich sage immer zu ihr, sie soll ihn verlassen, aber das will sie nicht, und das macht mich ganz verrückt.«

»Was für Gefühle haben Sie jetzt gegenüber Ihrem Vater?« fragte Josephine.

»Ich hasse ihn immer noch.«

»Und wie geht es Ihnen damit, daß Sie genau wie Ihr Vater geworden sind?« fragte Josephine. Trotz ihrer sanften Art trat das Apokalyptische an der Frage klar zutage.

Neil starrte sie an, dann lächelte er zaghaft. »Was meinen Sie damit?«

»Ich meine damit, Neil«, sagte Josephine bestimmt, »daß Sie genau so sind wie Ihr Vater.«

»Das ist nicht wahr«, stammelte Neil. »Ich bin überhaupt nicht wie er. Ich habe mir immer vorgenommen, daß ich ganz anders werden würde als er.«

Ich war verblüfft über Neils Unfähigkeit, den Tatsachen ins Gesicht zu sehen.

»Aber Sie sind genau wie er«, sagte Josephine noch einmal. »Sie benehmen sich *genau* wie er. Sie trinken zuviel, sie machen Ihrer Frau und Ihren Kindern das Leben zur Hölle, und sie schaffen eine neue Generation von Alkoholikern in Ihren Kindern.«

»NEIN!« brüllte Neil. »Das stimmt nicht! Ich bin das genaue Gegenteil von meinem Vater.«

»Sie schlagen Ihre Frau, so wie Ihr Vater Ihre Mutter geschlagen hat.« Josephine kannte kein Erbarmen. »Und Gemma – so heißt doch Ihre Älteste? – hält vermutlich Courtney die Ohren zu, damit sie nichts hört, so wie Sie es bei Ihren Geschwistern getan haben.«

Neil wurde fast hysterisch. Er preßte den Rücken an die Stuhllehne, Entsetzen stand in seinem Gesicht, als würde er an die Wand gestellt und eine Meute kläffender Pitbull-Terrier stürzte sich auf ihn.

»Nein!« heulte er auf. »Das stimmt nicht!«

Seine Augen waren schreckerfüllt. Ich sah ihn an und begriff bestürzt, daß Neil wirklich dachte, es sei nicht wahr.

In dem Moment verstand ich zum ersten Mal in meinem Leben, was das in aller Munde geführte und völlig abgegriffene Schlagwort bedeutete – Leugnen. Es ließ meine Eingeweide vor Angst erschaudern. Neil konnte es nicht erkennen, er konnte es wirklich nicht, und es war nicht seine Schuld.

Ein Funken Mitleid entzündete sich in mir. Wir saßen schweigend und hörten Neils Schluchzer.

Endlich sprach Josephine wieder.

»Neil«, sagte sie sachlich und ruhig. »Ich verstehe, daß dies für Sie ein sehr schmerzlicher Moment ist. Lassen Sie diese Gefühle zu. Und ich möchte Sie bitten, ein, zwei Dinge im Kopf zu behalten. Wir lernen unsere Verhaltensmuster von unseren Eltern. Auch wenn wir die Eltern und ihre Verhaltensweisen hassen. Sie haben von Ihrem Vater gelernt, wie sich ein Mann zu verhalten hat, auch wenn Sie dieses Verhalten auf einer Ebene verabscheuten.«

»Ich bin anders!« brüllte Neil. »Bei mir ist es nicht das gleiche.«

»Ihnen wurde als Kind großer Schaden zugefügt«, fuhr Josephine fort. »Und in gewisser Weise sind Sie immer noch das geschädigte Kind. Es ist keine Entschuldigung für das, was Sie Emer und Ihren Kindern und Mandy angetan haben, aber es *erklärt* es. Sie können daraus lernen, Sie können den Schaden in Ihrer Ehe und bei Ihren Kindern heilen, aber an erster Stelle den Schaden in Ihnen selbst. Sie laden sich eine Menge auf, besonders, wenn man bedenkt, mit welcher Heftigkeit Sie dies leugnen, aber zum Glück sind Sie ja noch sechs Wochen hier.

Und was die übrigen angeht«, sagte sie und blickte in die Runde, »Sie kommen nicht alle aus Alkoholikerfamilien, aber ich rate Ihnen, Ihre Herkunft nicht als Entschuldigung zu nehmen, um Ihren Alkoholismus oder Ihre Sucht zu leugnen.«

30

Nach dieser anstrengenden und aufwühlenden Sitzung schleppten wir uns wieder in den Speisesaal.

Jeden Nachmittag nach der Sitzung gingen zwei oder drei derjenigen, die schon länger da waren, ins Dorf und kauften ganze Wagenladungen von Zigaretten und Süßigkeiten. Jedesmal wenn die Bestellungen aufgegeben wurden, ging es hoch her.

»Mir ist nach was mit Schokolade, ja, und wie«, sagte Eddie zu Frederick, der die Bestellung auf ein DIN-A4-Blatt schrieb. Frederick hatte die größte und röteste Nase, die ich je gesehen hatte. »Kannst du mir was Leckeres vorschlagen?«

»Wie wär's mit Turkish Delight«, sagte Frederick.

»Nein, zu klein, ist nach einem Bissen weg.«

»Aero?«

»Nein, ich geb' doch kein Geld für Löcher aus.«

Das quittierten Mike, Stalin und Peter mit einem: »Ach, du alter Geizkragen.« (Die drei führten gerade eine lebhafte Diskussion über die Vorteile von Mars mit Mandeln gegenüber einem normalen Mars: »Das mit Mandeln ist dreimal so teuer.« »Aber es ist viel leckerer.« »Dreimal so lecker?« »Na ja, das weiß ich nicht.«)

»Curly Wurly?« schlug Chris vor.

»Ich hab' doch gesagt, ich gebe kein Geld für Luftlöcher aus.«

»Und die Schokolade fällt immer ab«, fügte Clarence hinzu.

»Kit-Kat?« sagte Nancy. Sie war die beruhigungsmittelsüchtige Hausfrau um die fünfzig, und dies war das erste Mal, daß ich sie sprechen hörte. Das Gespräch über Schokolade schien in die Dämmerwelt, in der sie lebte, gedrungen zu sein.

»Nein.«

»Yogurette?« schlug Sadie die Sadistin vor, die zufälligerweise da war.

»Nein.«

»Toffeefee?« kam es von Barry, dem Kind.

»Nein.«

»Aber die sind ...«

»Duplo?« schlug Mike vor.

»Nuts? In jedem Bissen eine Haselnuß?« Das war Vincent.

»Ferrero KÜSSCHEN?« trompetete Don. »Ein zarter Kuß mit HASELNUSS?«

»Milky Way?« Peter.

»Bounty?« Stalin.

»Hanuta?« Misty.

»Manna.« Fergus, der LSD-Geschädigte.

»Manner«, verbesserte Clarence ihn.

»Halt's Maul!« Fergus war sauer.

»Balisto«, sagte Chaquie.

»Lion?« Eamonn.

»Ich glaube, Balisto und Lion ist dasselbe«, sagte Chaquie.

»Nein«, widersprach der dicke Eamonn, »die sind überhaupt nicht gleich. Balisto ist mit Erdnüssen, und Lion ist mit Rosinen. Oberflächlich betrachtet sind die dasselbe, weil sie beide aus Waffelteig bestehen.«

»Meinetwegen«, sagte Chaquie.

Eamonn lächelte spöttisch.

»Wer soll es schließlich wissen, wenn nicht du?« sagte sie noch.

Eamonn warf den Kopf zurück, und seine Wangen bebten wie Wackelpudding.

Weitere Vorschläge wurden gemacht. »Knoppers?«

»Bounty?«

»Twix?«

»Moment!« rief Eddie aufgeregt. »Moment mal, was war das?«

»Knoppers, meinst du das?« fragte Eamonn.

»Ja«, sagte Eddie, und sein Gesicht wurde vor Freude noch röter als zuvor. »Knoppers. Ist das was Neues?«

Aller Augen richteten sich auf Eamonn. »Mehr oder weniger neu«, sagte der nachdenklich. »Sie sind seit ungefähr einem Jahr in Irland erhältlich und verkaufen sich recht gut. Sie sprechen diejenigen an, die sich eine unkomplizierte Süßigkeit wünschen, jedoch ohne das traditionelle Schokoladenformat. Sie sind interessant zusammengesetzt – eine Verschmelzung, sozusagen – aus Haselnußcreme, Sahnekaramel und natürlich ...«, er sah mit einem gewinnenden Lächeln in die Runde, »... Milchschokolade.«

Fast wären wir aufgestanden und hätten applaudiert.

»Ist er nicht phantastisch?« murmelte Don. »Der weiß richtig Bescheid.«

»Also gut«, sagte Eddie überzeugt. »Ich nehme sieben Stück.«

»Ich auch!« rief Mike.

»Schreib fünf für mich auf!« brüllte Stalin.

»Für mich auch.«

»Sechs.«

»Acht.«

»Drei«, hörte ich mich sagen, obwohl ich nicht vorgehabt hatte, etwas Süßes zu bestellen. Eamonns Überredungskünste waren unglaublich!

Dann bestellte jeder fünf Schachteln Zigaretten und ein paar Zeitungen, und Don und Frederick machten sich in Kälte und Dunkelheit auf zum Dorf.

Als wir nach dem Abendessen im Speisesaal herumhingen, sah Davy von seiner Zeitung auf und rief aus: »Guckt euch das an! Hier ist ein Bild von dem Kokser im Vermischten.« Es gab ein wildes Geschiebe, weil jeder ihm über die Schulter sehen wollte.

»Sieht aus, als wäre er wieder auf Stoff«, sagte Mike traurig.

»Da hat er aber nicht lange durchgehalten, was?« sagte Oliver.

Alle schüttelten betrübt den Kopf und schienen wirklich bestürzt.

»Ich dachte, der packt das«, murmelte Barry.

»Er hat gesagt, er würde sich diesmal richtig anstrengen«, sagte Misty.

»Bei seinem Job – Groupies, Kokain, Jack Daniels ...«, sagte Fergus nachdenklich, »was kann man da schon erwarten?«

Beklommenheit hatte sich über die Anwesenden gesenkt.

»Ist das der von den *Killern*?« fragte ich vorsichtig. *Killer* war eine miserable Heavy-Metal-Band, die trotzdem sehr beliebt war. Luke hatte wahrscheinlich alle ihre Schallplatten.

»Genau der«, sagte Mike.

»Woher kennt ihr ihn?« fragte ich möglichst unbefangen. Ich wollte mich nicht lächerlich machen, indem ich voreilige Schlüsse zog.

»Er war HIER!« kreischte Don mit hervortretenden Augen. »Hier, bei UNS!«

»Ist das wahr?« murmelte ich, und mein Herz regte sich hoffnungsvoll. »Und wie war er?«

Im Verein lobten sie den Kokser.

»Netter Kerl«, sagte Mike.

»Großartiger Typ«, pflichtete Stalin ihm bei.

»Klasse Haare«, sagte Clarence.

»Unheimlich enge Hosen, man konnte sogar seine Gänsehaut sehen«, sagte John Joe.

»Unheimlich enge Hosen, wenn der nicht aufpaßt, kann er keine Kinder mehr machen«, brüllte Peter und bekam einen Lachanfall.

Allerdings hatte der Kokser, wenn man den Gazetten Glauben schenken konnte, auf dem Gebiet keine Schwierigkeiten, denn offenbar waren mehrere Vaterschaftsklagen gegen ihn vor Gericht anhängig.

»Und wo hat er ... ehm ... gewohnt?« Ich versuchte, mich diplomatisch auszudrücken. Aber ich konnte mir nicht vorstellen, daß er in einem der engen Schlafzimmer untergebracht war. Schließlich war der Kokser in erstklassigen Hotels zu Hause.

»Er war mit uns zusammen im Zimmer«, sagte Mike. »Er hatte das Bett zwischen mir und Christy hier.«

Aha, dachte ich. Es stimmte also doch, daß ab und zu

eine berühmte Persönlichkeit in Cloisters war. Aber dieses Wissen freute mich nicht. Nichts freute mich, solange der Fragebogen über mir hing.

Aber die drei Knoppers waren immerhin ein kleiner Trost.

31

Am folgenden Morgen war ich unsagbar erleichtert, als sich herausstellte, daß John Joe im Mittelpunkt des Interesses stehen würde.

Josephine fiel sofort über ihn her. »Am letzten Freitag haben wir über Ihre Liebesangelegenheiten und ihre sexuellen Erfahrungen gesprochen«, sagte sie. »Vielleicht hatten sie seither Zeit, ein wenig darüber nachzudenken.«

Er zuckte mit den Schultern. Das hätte ich vorhersagen können.

»Ihr Leben wirkt, von außen betrachtet, ziemlich einsam. Würden Sie das auch so sehen?«

»Kann schon sein«, murmelte er umgänglich.

»Warum haben Sie nicht geheiratet?« fragte sie, wie auch schon am Freitag.

Er sah sie verwirrt an, als hätte er wirklich keine Ahnung. »Vielleicht, ehm ... vielleicht ist mir die richtige Frau einfach nicht begegnet?« Es war ein tapferer Versuch.

»Glauben Sie das wirklich, John Joe?« fragte sie mit einem sehr spöttischen Gesichtsausdruck.

In einem Anflug von Hoffnungslosigkeit ließ er die Hände sinken. »Ja, doch, schon.«

»Ich glaube das nicht, John Joe«, sagte sie. »Letzten Freitag habe ich Sie gefragt, ob sie Ihre Unschuld verloren haben. Sind Sie jetzt bereit, darauf zu antworten?«

Er senkte den Blick auf die Stiefel und linste auch nicht unter seinen buschigen Brauen hervor.

Es war klar, daß Josephine den Erfolg, den sie am Vortag mit Neil gehabt hatte, nicht wiederholen konnte. Ich vermutete, daß es über John Joe nichts zu entdecken gab.

Irrtum.

»Erzählen Sie mir von Ihrer Kindheit«, schlug sie fröhlich vor.

Himmel, dachte ich, *was für ein Klischee!*

John Joe sah sie mit leerem Ausdruck an.

»Was für ein Mann war Ihr Vater?« fragte sie.

»Ahhh, 's ist schon lange her, daß er ins Gras gebissen hat ...«

»Erzählen Sie uns das, woran Sie sich noch erinnern«, sagte sie fest. »Wie sah er aus?«

»Ein großer, stattlicher Mann«, sagte er bedächtig. »So groß wie der Küchenschrank. Er konnte unter jedem Arm einen jungen Bullen tragen.«

»Was ist Ihre erste Erinnerung an ihn?«

John Joe überlegte lange und starrte in die Vergangenheit.

Ich war überrascht, als er endlich anfing zu sprechen.

»Ich war ein kleiner Knirps von drei oder vier Jahren«, sagte er. »Es war wohl im September, weil das Heu schon gemäht war, auf dem unteren Feld stand es aufgeschichtet in kleinen Haufen, und in der Luft lag der Geruch von geschnittenem Weizen. Ich tummelte mich auf dem gepflasterten Hof und jagte eins der Schweine mit einem Stock.«

Erstaunt lauschte ich John Joes lyrischer Beschreibung. Wer hätte das von ihm gedacht?

»Und so zum Spaß hatte ich die Idee, dem Schwein mit dem Stock eins überzuziehen. Und das habe ich dann getan, und eh' ich mich's versah, hatte ich es mausetot gehauen ...«

Und wer hätte gedacht, daß dieser kleine, zierliche Mann ein Schwein erschlagen könnte?

»PJ fing an, wie ein Weib zu jammern und rannte rein: ›Du hast das Schwein erschlagen, das sage ich Dada‹ ...«

»Wer ist PJ?« wollte Josephine wissen.
»Der Bruder.«
»Hatten Sie Angst?«
»Kann schon sein. Ich wußte ja, daß es nicht ratsam war, Schweine zu erschlagen. Aber als Dada herauskam und sah, was passiert war, fing er an zu lachen und sagte: ›Menschenskinder, da braucht es doch einen ganzen Mann, um ein Schwein zu erschlagen!‹«
»Ihr Vater war also nicht böse?«
»Nein, er war überhaupt nicht böse. Er war stolz auf mich.«
»Mochten Sie es, wenn Ihr Vater stolz auf Sie war?«
»O ja. Das war ein mächtiges Gefühl.«
John Joe lebte sichtbar auf.
Zögernd fing ich an, Josephine zu bewundern. Sie wußte genau, wo bei den einzelnen der Hund begraben lag. Auch wenn ich nicht wußte, wohin das mit John Joe und seinem Vater führen sollte.
»Versuchen Sie, in einem Wort zu beschreiben, welches Gefühl Ihr Vater in Ihnen ausgelöst hat«, forderte sie ihn auf. »Es ist egal, welches. Glücklich, traurig, schwach, klug, stark, dumm – irgendeins. Lassen Sie sich Zeit.«
John Joe dachte lange nach und atmete dabei durch den Mund, was sehr irritierend war.
Endlich sprach er. »Geborgen«, sagte er bestimmt.
»Sind Sie sicher?«
Er nickte.
Josephine schien zufrieden.
»Über PJ haben Sie gesagt, daß er ›wie ein Weib jammerte‹«, fuhr sie fort. »Darin liegt eine despektierliche Haltung gegenüber Frauen. Ich meine, es klingt, als hätten Sie nicht viel Res…«
»Ich weiß, was despektierlich bedeutet«, unterbrach John Joe sie. In seiner bedächtigen Stimme schwangen Stolz und Gereiztheit mit.
Ich merkte, wie sich auch die anderen überrascht auf ihren Stühlen aufrichteten.
»Haben Sie keinen Respekt vor Frauen?« fragte sie.

»Nein, allerdings!« Er überraschte uns alle mit dieser prompten Antwort. »Mit ihrem Klagen und ihrem Weinen, und immer muß man sie behüten.«

»Hmmm.« Ein überlegenes Lächeln umspielte Josephines ungeschminkte Lippen. »Und wer behütet sie?«

»Das tun die Männer.«

»Und warum?«

»Weil Männer stark sind. Männer müssen die anderen behüten.«

»Da sind Sie aber in einer schwierigen Lage, nicht wahr, John Joe?« fragte sie mit einem kleinen Leuchten in den Augen. »Denn obwohl Sie ein Mann sind und eigentlich behüten müßten, möchten Sie selbst behütet werden. Sie möchten sich *geborgen* fühlen.«

Er nickte, blieb aber wachsam.

»Aber eine Frau kann Sie nicht beschützen, das denken Sie doch. Es müßte ein Mann Sie beschützen, wenn Sie sich richtig *geborgen* fühlen wollten.«

Einen Augenblick lang ließ sie alle möglichen Fragen in der Schwebe.

Worauf will sie hinaus? fragte ich mich. *Sie kann doch wohl nicht …? Will sie damit sagen, daß …? Daß John Joe …?*

»Schwul.«

»Oder vielleicht sind Sie mit dem Wort ›homosexuell‹ vertrauter«, sagte sie forsch.

John Joes Gesicht war aschfahl geworden. Doch während ich ihn mit bassem Erstaunen beobachtete, leugnete er nicht mit zorniger Vehemenz. (»Wie können Sie es wagen, das zu sagen? Bloß, weil Sie eine komische alte Schachtel von einer Nonne sind, die in ihrem Leben weder Haut noch Haare von einem männlichen Schwa…«) und so weiter, und so fort.

Am ehesten noch wirkte John Joe *resigniert.*

»Das wußten Sie über sich selbst, richtig?« Josephine sah ihn direkt an.

Mein Erstaunen stieg, als John Joe schlaff mit den Schultern zuckte und sagte: »Na ja, kann schon sein. Was hätte es mir denn genützt?«

»Du hättest Priester werden können«, hätte ich beinahe gesagt, »dann hättest du dir deine Jungen aussuchen können.«

»Sie sind sechsundsechzig«, sagte Josephine. »Was für ein einsames Leben müssen Sie bisher geführt haben.«

Er sah erschöpft und todunglücklich aus.

»Es ist an der Zeit, daß Sie Ihr Leben ehrlich und aufrichtig anpacken«, fuhr sie fort.

»Es ist zu spät dazu«, sagte er traurig.

»Das ist es nicht«, sagte Josephine.

Ich sah John Joe schon vor mir, wie er seinen abgewetzten Anzug gegen eine Levi's 501 und ein weißes T-Shirt eintauschte und sich den Schädel kahl rasierte. Oder wie er, in Lederslippern und mit einem gezwirbelten Schnurrbart zu den Rhythmen von *The Village People* und *The Communards* tanzte, statt Kühe zu melken.

»John Joe«, sagte Josephine in einem schulmeisterlichen Ton, »Sie müssen eins verstehen. Sie sind so krank wie Ihre Geheimnisse, und solange Sie mit dieser Lüge leben, werden Sie auch trinken. Und wenn Sie weitertrinken, werden Sie sterben, und zwar schon bald.«

Das machte einem richtig angst.

»Es muß noch viel getan werden, John Joe, Sie müssen Ihr bisheriges Leben aufarbeiten, aber wir haben heute eine wichtige Hürde überwunden. Bleiben Sie an diesen Gefühlen dran. – Und was die übrigen angeht: Ich weiß, daß Sie nicht alle latent homosexuell sind. Aber glauben Sie ja nicht, daß Sie, nur weil Sie es nicht sind, nicht trotzdem ein Alkohol- oder Suchtproblem haben.«

Am selben Tag kam ein Neuankömmling hinzu. Ich hörte davon, als Chaquie nach dem Mittagessen in den Speisesaal stürzte und schrie: »Wir bekommen eine Neue! Ich habe sie gesehen, als ich beim Staubsaugen war.«

Ich war nicht glücklich, als ich hörte, daß es eine Frau war. Ich hatte schon genug Konkurrenz von der blöden Misty O'Malley, wenn es um Chris' Aufmerksamkeit ging.

Zum Glück war die Neue die möglicherweise dickste Frau, die ich je in meinem Leben gesehen hatte. Ich hatte Menschen mit enormer Leibesfülle im Fernsehen gesehen, aber ich hatte nicht geglaubt, daß es sie in Wirklichkeit gab. Sie saß im Speisesaal, als wir von der Gruppensitzung am Nachmittag zurückkamen. Dr. Billings stellte sie als Angela vor und verschwand wieder.

Chris setzte sich neben mich.

Mein Herz machte einen Satz, dann sagte er: »Rachel, geh doch mal zu Angela und sprich mit ihr.«

»Ich?« sagte ich. »Wieso ich?«

»Warum nicht? Mach schon«, drängte er mich. »Wahrscheinlich ist es ihr im Moment lieber, wenn eine Frau auf sie zukommt. Jetzt geh doch. Denk daran, wie sehr du dich an deinem ersten Tag gefürchtet hast.«

Ich wollte schon sagen: »Aber bei mir war es doch was anderes.« Doch da ich ihm gefallen wollte, setzte ich ein freundliches Lächeln auf und ging zu ihr. Mike kam auch dazu, und wir bemühten uns, ein Gespräch in Gang zu bekommen.

Keiner von uns fragte sie, weswegen sie hier war, vermuteten aber, daß es mit Nahrung und dem übermäßigen Genuß derselben zu tun haben könnte.

Sie sah verängstigt und unglücklich aus, und ich hörte mich sagen: »Ist nicht so schlimm, mein erster Tag war auch schrecklich, aber es wird besser.« Obwohl ich es nicht meinte.

Don und Eddie schrien sich quer über den Tisch an, weil Don einen Tropfen Tee auf Eddies Zeitung verkleckert hatte. Eddie bestand jetzt darauf, daß Don ihm eine neue Zeitung kaufte, und Don weigerte sich. Ich wußte, wie harmlos der Streit war, aber Angela sah verschreckt zu. Mike und ich versuchten also, ihr die Angst zu nehmen.

»Eddie ist sauer«, sagte ich lachend. »Keine Angst, die tun nur so. Eigentlich sind sie dicke Freunde.«

In dem Moment, als ich das Wort »dick« sagte, sahen Angela und ich uns an, und der Moment wollte nicht aufhören. Wie ich mich haßte. Immer trat ich ins Fettnäpfchen. Immer.

»Aber Don ist so ein Tyrann, da schadet es nichts, wenn er mal ordentlich sein Fett… abkriegt.« Mike erstarrte, brachte aber den Satz zu Ende.

»Schließlich geht es ja nur um eine Zeitung«, sagte ich und zwang mich dazu, fröhlich zu klingen. »Es ist ja nichts von Gewicht, keine große Sache.« Entsetzt hörte ich, daß die Wörter »Gewicht« und »groß« viel lauter als beabsichtigt klangen.

Ich merkte, wie sich Schweißperlen auf meiner Oberlippe bildeten.

War Angela zusammengezuckt?

Dann kam Fergus, der in dem Streit zwischen Don und Eddie vermittelt hatte, zu uns herüber.

»Na, wie sieht's aus?« Er nickte Angela zu und setzte sich.

»Meine Güte«, sagte er kopfschüttelnd. »Hab' ich die Faxen dicke von denen.«

Keiner rührte sich. Wir saßen wie erstarrt.

»Von Don und Eddie, meinst du?« fragte ich, ängstlich bemüht, die Sache zu überspielen.

»Ja«, seufzte der ahnungslose Fergus. »Eddie denkt doch wirklich, er kann bei Don was locker machen. Dabei war es nur seine speckige Zeitung!«

»Don ist aber auch manchmal ein ganz schöner Dickschädel«, sagte ich und verstummte.

Inzwischen rann mir der Schweiß am ganzen Körper herunter.

»Du alte Fettsau«, schrie Eddie Don an, und wir sahen stumm zu.

»O nein«, brüllte Stalin dazwischen. »Guckt euch diese Dickärsche an… brummel, brummel.«

Es stellte sich heraus, daß er die Sportseite las und Arsenal einen wichtigen Sieg errungen hatte, aber so klang es nicht.

Ich hing hilflos auf dem Stuhl.

Dann kam Peter zu uns und setzte sich. Ich atmete erleichtert auf.

»Hallo«, sagte er zu Angela, »ich bin Peter.«

»Angela.« Sie lächelte nervös.

»Na«, sagte er mit einem affektierten Lachen, »dich brauchen wir ja nicht zu fragen, warum du hier bist.«

Ich wäre beinahe in Ohnmacht gefallen.

»Vielleicht verlieben Angela und Eamonn sich«, sagte Don später mit gefalteten Händen und leuchtenden Augen.

»Wäre das nicht toll? Dann könnten sie lauter kugelrunde Babys kriegen.«

»Das sollte man nicht sagen«, sagte Vincent vorwurfsvoll.

»Warum nicht?« fragte Don. »Liz Taylor und Larry Fortensky haben sich doch auch während einer Entziehungskur kennengelernt. Es gibt noch Liebesgeschichten, Träume *werden* wahr.«

Ich fragte mich, ob Don aufgrund seiner latenten Homosexualität Judy Garland noch nicht begegnet war. Wenn das der Fall war, mußte ich die beiden miteinander bekannt machen.

Für den Rest der Woche brach mir zweimal am Tag der Angstschweiß aus, falls Josephine mit dem Fragebogen in die Gruppensitzung kommen würde. Als sie ihn nicht mitbrachte, begann ich vorsichtig zu hoffen, daß sie ihn vielleicht gar nicht mitbringen würde. Obwohl ich mich gerettet wähnte, kochte jedesmal, wenn ich an Luke dachte – und das war die meiste Zeit –, die Wut in mir hoch. Ich schwankte zwischen heißem Zorn – dann plante ich schreckliche Rache gegen ihn – und weinerlicher Verwirrung – dann quälte ich mich mit der Frage, warum er so gemein zu mir gewesen war.

Mit den anderen zusammenzusein, gab mir merkwürdigerweise Trost. Fast alle schimpften mit wilder Begeisterung auf Luke und waren sehr nett zu mir.

Dennoch wollte ich gern denken, daß es noch etwas anderes bedeutete, wenn Chris mich in den Arm nahm. Weil wir nicht in derselben Gruppe waren, sahen wir uns nur zu den Mahlzeiten und an den Abenden. Aber er sorgte immer dafür, daß er nach dem Abendessen neben mir saß. Ich freute mich darauf, ihn neben mir zu haben und ein kleines Privatgespräch zu führen. Manchmal glaubte ich fast daran, daß es gar nicht so schlecht war, in Cloisters eingesperrt zu sein.

Die Woche nahm ihren Lauf.

Am Mittwoch las Chaquie ihre Lebensgeschichte vor, die harmlos und unaufregend war.

Am Mittwoch kam ein Bruder von Clarence als Wichtige Beteiligte Bezugsperson, doch da Clarence seinen Alkoholismus nicht mehr leugnete, gab es keine Überraschungen. Im Gegenteil, Clarence stahl seinem Bruder die Pointe zu jeder Schauergeschichte.

Am Freitag kam Neils Freundin Mandy. Aus irgendeinem Grund hatte ich eine aufgedonnerte Tussi erwartet, mit Minirock und massenhaft Eyeliner. Aber Mandy hätte Emers ältere, noch unscheinbarere Schwester sein können. Mir kam es vor, als wäre Neil auf der Suche nach einer Mutterfigur. Mandy bestätigte, was wir alle schon wußten. Nämlich daß Neil jede Menge trank, seine Frauen ab und zu schlug und ihnen dabei auch manchmal die Knochen brach.

Donnerstagabend trafen sich die Narcotics Anonymous. Als ich am ersten Tag auf das schwarze Brett geschaut hatte, hatte ich den Eindruck gehabt, daß es Hunderte von Treffen gab, aber es stellte sich heraus, daß es nur eins pro Woche war. Da ich zum ersten Mal zu den NA ging, war ich neugierig. Fast ein wenig aufgeregt. Aber das Ganze war unglaublich: Vincent, Chris, Fergus, Nancy, die Hausfrau, Neil und ein paar andere gingen in die Bücherei, wo sich eine sehr attraktive blonde Frau mit einem Akzent aus der Gegend von Cork zu uns setzte und vorgab, bis vor sieben Jahren heroinsüchtig gewesen zu sein. Sie hieß Nola, oder wenigstens sagte sie, daß dies ihr Name sei. Aber sie war so ruhig und gepflegt, daß ich schon bei ihrem Anblick wußte, daß sie noch nie einen Tag der Ausschweifungen erlebt hatte. Sie war bestimmt eine Schauspielerin, die von Cloisters angeheuert wurde, um den Junkies weiszumachen, daß sie von ihrer Sucht loskommen konnten. Aber mir konnte sie nichts vormachen.

Sie fragte mich, ob ich etwas sagen wollte, worauf ich völlig überrascht und verlegen ablehnte. Ich hatte Angst, sie zu verärgern. Aber sie lächelte mich so offen und strahlend an, daß ich in ihre Tasche krabbeln und bei ihr bleiben wollte. Ich fand sie *wunderbar*.

Zwei gute Dinge passierten während meiner durch Luke verursachten Zornes- und Verwirrungsphase. Erstens war es das Ende meiner Woche im Frühstücksteam, und ich wechselte in das Mittagsteam von Clarence. Das hieß, daß ich länger im Bett bleiben konnte und keine rohen Eier mehr ansehen mußte. Zweitens wurde ich von der Krankenschwester Margot gewogen und brachte weniger als vierundfünfzig Kilo auf die Waage – ein Gewicht, von dem ich fast mein ganzes Leben geträumt hatte.

Aber als sie sagte: »Gut, Sie haben ein Kilo zugenommen«, war ich völlig perplex.

»Seit wann?« fragte sie.

»Seit Ihrer Ankunft.«

»Woher wissen Sie, wieviel ich da gewogen habe?«

»Weil ich Sie gewogen habe.« Sie sah mich interessiert an und nahm eine weiße Karteikarte in die Hand. »Erinnern Sie sich nicht daran?«

»Nein.« Ich war wirklich erstaunt.

»Machen Sie sich nichts draus«, sagte sie und schrieb etwas auf die Karte. »Die meisten sind bei ihrer Ankunft derart umnebelt, daß sie nicht wissen, wo oben und unten ist. Es dauert eine Weile, bis der Dunst sich auflöst. Haben die anderen nicht gesagt, wie dünn Sie sind?«

Doch, manchmal. Woher wußte sie das?

»Schon«, gab ich zu, »aber ich habe ihnen nicht geglaubt. Ich dachte, weil sie Bauern sind und so, müssen Frauen in ihren Augen kräftig sein und ein gebärfreudiges

Becken haben und stark genug sein, vier Meilen mit einem Schaf unter jedem Arm zurückzulegen und jeden Abend einen ganzen Kartoffelacker zum Essen zuzubereiten und …«

Man konnte hier wirklich *über nichts* einen Witz machen. Während ich sprach, schrieb Margot im Eiltempo mit.

»Das war ein *Witz*«, sagte ich höhnisch mit einem bedeutungsvollen Blick auf die Karteikarte.

Margot lächelte verschwörerisch. »Aber auch Witze geben uns eine Menge Aufschluß, Rachel.«

Es gab keinen großen Spiegel, vor dem ich Margots Ergebnisse überprüfen konnte. Doch als ich nach meinen Hüftknochen und Rippen tastete, merkte ich selbst, daß ich abgenommen hatte – die Hüften waren seit meinem zehnten Lebensjahr nicht mehr so polsterfrei gewesen. Obwohl mich das einerseits wirklich froh stimmte, wußte ich andererseits nicht, wie es gekommen war. Jahre im Fitneß-Studio hatten doch früher keinen Erfolg gezeitigt. Vielleicht hatte ich mir einen Bandwurm eingefangen?

Aber eins war sicher: Jetzt, da ich die Pfunde verloren hatte, nahm ich mir fest vor, sie mir nicht wieder anzufuttern. Keine Chips mehr, keine Kekse, und keine Snacks zwischen den Mahlzeiten. Und kein Essen *bei* den Mahlzeiten. Das müßte eigentlich reichen.

Und bevor ich wußte, wie mir geschah, war das Wochenende da, wir absolvierten den Kochkurs und den Spieleabend, und dann war es wieder Sonntag.

32

An diesem Sonntag durfte ich Besuch empfangen. Ich hoffte, daß Anna kommen und eine kleine Auswahl an Drogen mitbringen würde. Ich hatte längst keine Angst mehr davor, daß sich Drogen in einem unangekündigten Bluttest zeigen würden. Im Gegenteil, wenn sie mich rauswarfen, um so besser.

Falls ich enttäuscht würde und Anna nicht käme, hatte ich einen Brief geschrieben, den Dad oder wer auch immer ihr zukommen lassen sollte. Er enthielt die Bitte, daß sie sich, mit einem Drogenpaket unter dem Arm, fliegenden Schrittes auf den Weg nach Wicklow machen solle.

Obwohl ich mich auf den Besuch freute, beunruhigten mich ein paar Dinge. Zum einen fürchtete ich mich vor dem Hohngelächter, in das Helen ausbrechen würde, wenn sie erführe, daß es kein Fitneß-Studio, kein Schwimmbad und keine Massagen gab. Und daß sich zur Zeit keine Berühmtheiten in Cloisters aufhielten.

Aber mehr noch fürchtete ich mich vor meiner Mutter und ihrem enttäuschten und märtyrerhaften Blick.

Vielleicht kommt sie ja nicht, dachte ich, und einen Moment lang flackerte Hoffnung auf, doch dann merkte ich, daß es, wenn sie nicht käme, viel schlimmer wäre, als wenn sie käme.

Endlich, als meine Nerven schon zum Zerreißen gespannt waren, sah ich, wie das Auto in die Einfahrt einbog. Ich traute meinen Augen kaum, als ich Mom auf dem Beifahrersitz neben Dad sah. Ich hatte mir vorgestellt, daß sie auf dem Rücksitz, eine Decke über den Kopf gezogen, kauern würde, damit niemand sie sehen und sich seinen Reim darauf machen könnte. Statt dessen saß sie aufrecht und furchtlos auf dem Vordersitz und trug nicht einmal eine getönte Brille oder eine Mütze oder einen Hut mit breiter Krempe. Ich war erleichtert, doch dann sah ich, daß auf dem Rücksitz nur einer saß. Ich betete, daß es Anna sein möge. Anna und massenhaft Drogen.

Doch als sich die Türen öffneten, hörte ich selbst von meinem Fenster aus die erregten, sich streitenden Stimmen. Mit herber Enttäuschung erkannte ich, daß die dritte Person Helen war.

»Warum schleichst du die ganze Zeit so?« schrie sie beim Aussteigen. Sie trug einen langen Mantel und eine Pelzmütze à la Doktor Schiwago. Sie sah umwerfend aus.

»Weil die verdammten Straßen vereist sind!« schrie Dad mit rotem Gesicht zornig zurück. »Halt den Mund und laß mich fahren, wie ich will.«

»Hört doch auf, hört doch auf«, zischte Mum, die mit Tüten beladen war. »Was sollen die von uns denken?«

»Wen kümmert das schon?« Helens Stimme drang klar und deutlich durch die kalte Luft. »Ein Haufen Saufköpfe ist das doch.«

»HÖR AUF!« Mum schlug Helen auf die Schulter.

Helen schlug zurück. »Laß mich in Ruhe! Was regst du dich denn so auf? Bloß weil deine Tochter auch ein Saufkopf ist.«

»Sie ist *kein* Saufkopf«, hörte ich Mum sagen.

»Hohoho, ein böses Wort«, trötete Helen laut. »Das ist eine Sünde, das mußt du beichten. Na, du hast ja recht«, fuhr Helen mit kecker Stimme fort, »sie ist kein Saufkopf, sie ist eine Kokserin!«

Meine Eltern senkten beschämt die Köpfe.

Fast starr vor Traurigkeit, die mich plötzlich überflutete, sah ich vom Fenster aus zu. Ich wollte Helen umbringen. Ich wollte meine Eltern umbringen. Ich wollte mich selbst umbringen.

Wir umarmten uns unbeholfen, weil wir nicht anders konnten, und lächelten, und meine Augen füllten sich mit Tränen.

Helen begrüßte mich mit den Worten: »Herr im Himmel, ich bin erfroren.« Mum begrüßte mich, indem sie Helen schubste und sagte: »Du sollst den Namen des Herrn nicht leichtfertig im Munde führen.«

Dad begrüßte mich mit: »Hallo, du.« In dem Moment achtete ich allerdings nicht besonders darauf.

Bevor die Unterhaltung verebben konnte, preßte Mum mir einen Beutel in die Hand und sagte: »Wir haben dir ein paar Sachen mitgebracht.«

»Wunderbar«, sagte ich und prüfte den Inhalt. »Eine Tüte Tayto-Chips und noch eine, und… noch mehr Tayto. Danke.«

»Und Bounties«, sagte Mum. »Es müßte auch eine Zehnerpackung Bounties drin sein.«

Ich sah noch einmal nach. »Sieht nicht so aus.«

»Ich habe sie reingetan«, sagte Mum. »Ich weiß genau, daß ich sie heute morgen reingetan habe, da bin ich mir ganz sicher.«

»Ach, Mum«, sagte Helen mitleidig, »dein Gedächtnis ist eben auch nicht mehr das, was es mal war.«

»Helen!« sagte Mum scharf. »Gib sie sofort zurück.«

Schmollend öffnete Helen ihre Handtasche. »Warum kriege ich denn keine?«

»Das weißt du genau«, sagte Mum.

»Weil ich kein Junkie bin«, sagte Helen, und wir zuckten alle zusammen. »Na ja, das läßt sich ja einrichten«, drohte sie.

»Nimm dir doch eins«, bot ich ihr an, als sie mir die Packung gab.

»Kann ich drei haben?«

Ich zeigte ihnen das Haus, stolz und schüchtern. Ich schämte mich nur, als sie sagten: »Das könnte ruhig mal neu gestrichen werden, es ist ja fast so schlimm wie unser Haus.« Ich bewahrte Mum davor, über Michelles Holzlokomotive zu stolpern.

»Ist jemand Berühmtes hier?« fragte Helen mich mit gedämpfter Stimme.

»Im Moment nicht«, gab ich betont lässig zurück und war erleichtert, als sie es mit einem: »So ein Mist!« bewenden ließ.

Ich führte sie alle drei in den Speisesaal. Hier herrschte

eine drangvolle Enge, und die Szene glich der beim Jüngsten Gericht. Wir quetschten uns auf eine Bank.

»Gutgutgut«, sagte Dad mit komischer Stimme, »das is ja ganz schön schön schon.«

»Was hast du gesagt, Dad?«

»Ganz schön schön schon.«

Ich drehte mich zu Mum. »Was meint er nur?«

»Er sagt, es ist alles sehr schön«, erklärte sie.

»Aber warum sprichst du mit dieser komischen Stimme?« fragte ich ihn. »Außerdem stimmt das nicht. Es ist überhaupt nicht sehr schön.«

»Oklahoma«, flüsterte Mum. »Er hat eine kleine Rolle in der Aufführung der Blackrock Players. Er übt den Akzent. Das stimmt doch Jack, oder?«

»Klar, so isses.« Dad schnippte an die Krempe eines imaginären Hutes.

»May-am«, fügte er noch hinzu.

»Er treibt uns noch zum Wahnsinn«, sagte Mum. »Wenn ich noch einmal höre, daß der Weizen so hoch steht wie das Auge des Elefanten, dann erschieße ich den Elefanten.«

»Komm von deinem Pferd runter«, sagte Dad gedehnt, »und hol dir deine Milch.«

»Das ist nicht aus Oklahoma, das ist es nicht«, schimpfte Mum. »Das ist von diesem anderen Kerl, wie heißt er gleich noch?«

»Sylvester Stallone?« sagte Dad. »Aber das ist nicht ... ach, jetzt habe ich ganz vergessen zu üben.«

Er wandte sich zu mir. »Das nennt man Method Acting, mußt du wissen. Ich muß ganz mit meiner Rolle leben, sie in mich aufnehmen, sie gleichsam einatmen.«

»Seit einer Woche ißt er nur noch schwarze Bohnen zum Abendessen«, sagte Helen.

Plötzlich schoß mir der Gedanke durch den Kopf, daß es gar nicht so verwunderlich war, daß ich in einer Klinik gelandet war.

»Mann!« rief Helen aus. »Wer ist das denn?«

Wir folgten ihrem Blick. Er war auf Chris gerichtet.

»Gar nicht übel! Den würde ich nicht aus dem Bett schmeißen, wenn ... Autsch! Warum hast du mich getreten?« fragte sie Mum.

»Red nicht so daher, sonst lasse ich es dich spüren«, sagte Mum warnend. Dann bemerkte sie, daß ein paar der anderen sie beobachteten, und setzte ein beschwichtigendes Lächeln auf, das niemanden täuschen konnte.

»Der hat Beine, was?« sagte Helen nachdenklich. »Spielt er Fußball?«

»Ich weiß nicht.«

»Frag ihn!« befahl sie mir.

Wir saßen in beklommenem Schweigen. Die anfängliche Freude über unser Wiedersehen war verflogen. Ich schämte mich, daß wir nicht einmal eine gedämpfte Unterhaltung führten wie die anderen. Hin und wieder versuchte einer von uns, das Gespräch in Gang zu bringen, indem er sagte: »Also, zu essen bekommst du genug, ja?«

Die ganze Zeit betrachtete Mum Chaquie von der Seite und musterte ihr goldenes Haar, ihr perfektes Make-up, ihren üppigen Schmuck, ihre teuren Kleider. Schließlich stieß sie mir den Ellbogen in die Rippen und sagte mit lautem Flüstern, das man wahrscheinlich bis Norwegen hören konnte: »Was hat sie denn?«

»Noch ein bißchen lauter, und wir können dazu tanzen«, erwiderte ich.

Sie blitzte mich an.

Plötzlich wurde sie blaß und senkte den Kopf. »Jesus Maria«, sagte sie.

»Was ist denn?« Wir reckten die Hälse, um zu sehen, was sie sah.

»Guckt nicht hin«, zischte sie. »Dreht euch wieder um.«

»Was ist denn? Wer ist es denn?«

Zu Dad sagte sie: »Da sind Philomena und Ted Hutchinson. Was machen die denn hier? Und wenn sie uns sehen?«

»Wer sind sie?« wollten Helen und ich wissen.

»Das sind Leute, die wir kennen«, sagte Dad.

»Und woher?«

»Vom Golfclub«, sagte Mum. »Mögen die Heiligen uns beschützen, das überlebe ich nicht.«

»Na ja, da haben wir sie aber nicht kennengelernt«, sagte Dad. »Das war nämlich so. Ihr Hund… also, ihr Hund war weggelaufen, und wir hatten das Tier gefunden und…«

»Ach, du lieber Gott«, sagte Mum. Es sah aus, als würde sie in Ohnmacht fallen.

Mir war ziemlich elend zumute. Wenn sie sich so sehr schämte, daß ich hier war, dann verstand ich nicht, wieso sie darauf bestanden hatte, mich hierherzuschicken.

Aus dem verzerrten, süßlichen Lächeln, das plötzlich ihr Gesicht entstellte, folgerte ich, daß sie entdeckt worden war. »Ach, hallo, Philomena«, säuselte sie.

Ich drehte mich um. Es war die Frau, die ich am letzten Sonntag mit Chris gesehen hatte. Seine Mutter, nahm ich an. Sie packte den Stier bei den Hörnern, im Gegensatz zu meiner Mutter.

»Mary«, trompetete sie los, »ich hätte nie gedacht, daß du Alkoholikerin bist.«

Mum zwang sich zu einem Lachen.

»Und weswegen bist du hier, Philomena? Wegen der Pferde?«

Alle lachten albern und affektiert, wie bei einer Cocktail-Party.

Davy, der Spieler, saß am anderen Ende des Tisches. Ich sah seinen leeren Gesichtsausdruck und hatte das Bedürfnis, ihn zu beschützen.

»Unser Sohn ist hier«, sagte Philomena. »Wo ist er denn hin? Christopher?«

Eindeutig seine Mutter. Sehr gut. Es schadete überhaupt nichts, wenn seine Eltern meine Eltern kannten. Das könnte sich als günstig erweisen, falls er mich nicht anrief, wenn wir wieder draußen waren. Ich konnte ihn unter dem Vorwand, daß ich Mrs. Hutchinson eine Tupperware-Dose zurückbringen mußte, besuchen. Mum hatte bestimmt eine Tupperware-Dose, die sie Mrs. Hutchinson spätestens einen Tag nach meiner Entlassung zurückgeben wollte. Mum und ihre Freunde liehen sich *ständig* gegenseitig Tupperware-Dosen aus. Käsekuchen, Nudelsalat, solche Sachen. Mir schien, als täten sie kaum etwas anderes.

Mum wollte uns bekannt machen.

»Das sind unsere Töchter: Claire...«, sie zeigte auf mich.

»Rachel«, verbesserte ich sie.

»... und Anna, nein, das ist ja Helen.«

Helen entschuldigte sich höflich, indem sie in vertraulichem Ton zu Mr. und Mrs. Hutchinson sagte: »Ich muß mal aufs Klo«, und verschwand. Kurz darauf ging ich ihr nach. Nicht, daß ich ihr nicht traute, es war nur... ich traute ihr eben nicht.

Sie saß auf der Treppe und war umringt von Männern. Im Speisesaal saßen offenbar nur die im Stich gelassenen Ehefrauen und Kinder. Einer der Männer war Chris. Ich war nicht überrascht, und ich war keineswegs glücklich darüber.

Sie erheiterte die gespannten Zuhörer mit Geschichten über irgendwelche Sauftouren. »Wie oft ich schon aufgewacht bin und mich nicht mehr erinnern konnte, wie ich nach Hause gekommen bin«, prahlte sie.

Keiner versuchte, ihre Geschichte zu übertreffen, indem er sagte: »Das ist noch gar nichts. Ich bin schon oft aufgewacht und wußte nicht mehr, ob ich tot oder lebendig war«, wozu sie ja durchaus berechtigt waren.

Statt dessen übertrafen sie sich mit begeisterten Vorschlägen: daß sie sich einweisen lassen solle, es gebe einen Platz für eine Frau, in dem Zimmer von Misty und Nancy sei noch ein Bett frei...

»Du kannst natürlich auch in meinem Bett schlafen, wenn es sonst keinen Platz gibt«, schlug Mike vor. Da stieg Wut in mir auf. Seine arme, verhärmte Frau, die mit frischen Keksvorräten gekommen war, saß gleich um die Ecke.

Clarence versuchte, Helens Haar zu streicheln.

»Laß das bleiben«, sagte sie scharf. »Oder gib mir einen Zehner.«

Clarence fing an, in seinen Taschen zu kramen, doch Mike legte ihm eine Hand auf den Arm und sagte: »Sie beliebt zu scherzen.«

»Ich meine es ernst«, erwiderte Helen.

Während all dies stattfand, beobachtete ich voller Eifersucht Chris' Gesicht. Ich wollte sehen, wie er auf Helen reagierte. Na ja, eigentlich wollte ich sehen, daß er *nicht* auf sie reagierte. Aber die beiden wechselten ein paar Blicke, die mir gar nicht gefielen. Sie schienen voller Andeutungen.

Mir war ganz elend, und es machte mich zutiefst unglücklich, daß ich neben meinen Schwestern immer verblaßte. Selbst meine Mutter überstrahlte mich manchmal.

Wie eine Blöde hatte ich gedacht, ich hätte einen so großen Eindruck auf Chris gemacht, daß ich neben Helens Charme nicht ganz und gar abfiel. Aber ich hatte mich wieder einmal getäuscht, und wieder einmal stellte sich das ach so vertraute Gefühl ein, daß ich mir was vormachte.

Ich stand in der Gruppe der Männer und zwang mich, mit ihnen zu lachen, während ich mir wie ein Trampel und gleichzeitig völlig unsichtbar vorkam.

Über all das war ich so verstört, daß ich beim Abschied vergaß, Helen den Brief an Anna mitzugeben, in dem ich Anna bat, mich mit einer Ladung Drogen zu besuchen. Als ich Celine später um eine Briefmarke bat, sagte sie: »Selbstverständlich. Bringen Sie mir den Brief, und wenn ich ihn gelesen habe, sage ich Ihnen, ob Sie ihn schicken können.«

Ich hatte die Nase gestrichen voll und ging schnurstracks zu dem Schrank mit den Süßigkeiten. Ich riß die Türen weit auf und wartete darauf, daß mich die Lawine der Sonntagssüßigkeiten erschlug. Ich zögerte einen Moment und versuchte, Willenskraft aufzubringen. Doch dann sagte Chris: »Meine Güte, deine Schwester ist ja eine tolle Braut«, und der alte Schmerz darüber, daß ich ich war, überkam mich. Und nicht Helen. Oder jemand anders, irgend jemand, nur nicht ich.

Schokolade, dachte ich enttäuscht und unglücklich. *Das brauche ich jetzt, wo schon keine Drogen da sind.*

»Ist sie nicht klasse?« brachte ich heraus.

Ich sah, wie Celine vor sich hin lächelte und dabei so tat, als wäre sie mit ihrer Handarbeit beschäftigt, die sie immer dabei hatte, wenn sie uns bewachte.

Ich konnte mich nicht zurückhalten und nahm eine Tafel Schokolade mit Rosinen in die Hand, die so groß war, daß man darauf nach Amerika hätte segeln können. »Wem gehört die?« rief ich in den Raum hinein.

»Mir«, sagte Mike, »aber hau ruhig rein.«

Ich hatte sie in ungefähr zwanzig Sekunden in mich hineingestopft.

»Chips«, rief ich. »Ich brauche was Salziges.«

Ich hätte die Tayto-Chips essen könne, die Mum mir mitgebracht hatte, aber ich brauchte Aufmerksamkeit und Zuwendung ebenso sehr wie etwas Salziges.

Don kam zu mir und hielt mir eine Sechserpackung Monster Munch hin. Peter bot an: »Du kannst meine Ritz-Cracker haben.« Barry, das Kind, sagte: »Wenn es ein Notfall ist, kann ich mit einer Tüte Chips aushelfen«, und Mike sagte mit unterdrückter Stimme, damit ich ihn hörte, aber Celine nicht: »Ich hab' noch was Salziges in meiner Hose, daran kannst du lutschen, wenn du magst.«

Ich wartete darauf, daß Chris mir etwas anbot, um mir zu zeigen, daß er mich überhaupt noch wahrnahm, aber er sagte nichts.

33

Es heißt, der Pfad der wahren Liebe sei verschlungen. Na, der Pfad von Lukes und meiner Liebe war nicht nur verschlungen, sondern er war auch mit Hindernissen und Stolpersteinen übersät. Und darauf humpelten wir entlang, schleppten uns voran, mit Blasen an den Füßen und blutig gescheuerten Fersen, und bei jedem Schritt durchfuhr uns ein stechender Schmerz.

In der Woche nach der Party dachte ich viel an ihn. Ich schämte mich zutiefst, wenn ich daran dachte, wie abscheulich ich mich benommen hatte. An dem Abend hatte ich mich für eine *Femme fatale* gehalten, aber im Nachhinein kam ich mir eher wie eine Prostituierte vor. Ich konnte nicht aufhören, daran zu denken, so wie man nicht aufhören kann, ein Loch im Zahn fortwährend mit der Zunge zu befühlen.

Obwohl ich hoffte, ihn nie wieder zu Gesicht zu bekommen, ließ er mich nicht los. Seine Zurückweisung hatte ein Interesse in mir geweckt, das vorher nicht da gewesen war.

Er hat sich fair verhalten, sagte ein Teil von mir. *Ein Mann mit Prinzipien.*

Dann begehrte ein anderer Teil auf und schrie laut: *Nein, warte mal, er hat mich abgewiesen.*

Es war der Donnerstag nach unserer Party, und Brigit und ich waren so schlecht gelaunt wie selten.

Ich hatte am Abend zuvor ziemlich viel Koks genommen und fand das Runterkommen einigermaßen schwierig, weil ich kein Valium mehr hatte, das den Aufprall gedämpft hätte. Und bis zum Zahltag hatte ich kein Geld, um meine Vorräte wieder aufzufüllen. Den ganzen Tag war ich so deprimiert gewesen, daß ich nicht zur Arbeit gehen konnte. Teilnahmslos auf der Couch zu liegen, mich meinem Down hinzugeben, meinem langsamen Herzschlag zu lauschen und mir zu wünschen, ich hätte die Energie, mir die Pulsadern aufzuschneiden – zu mehr hatte ich mich nicht fähig gefühlt.

Carlos hatte sich mal wieder in Luft aufgelöst, nachdem er auf der Party irgendwie spitzgekriegt hatte, daß Brigit intime Kentnisse von Joey hatte. (Vielleicht lag das daran, daß Gaz sich ihr ehrfürchtig genähert und in Carlos' Hörweite gesagt hatte: »Mann, du mußt ja eine tolle Frau sein; Joey sagt, so gut wie du hätte ihm noch keine einen geblasen.«)

Brigit war mit den Nerven am Ende, und mir ging es nicht besser. Darren oder Daryl, der Verlagshai und beste Freund von Jay McInerney, hatte nicht angerufen.

»Wenn ich nur wüßte, ob er zu Hause ist«, flüsterte Brigit verzweifelt. »Wenn ich wüßte, daß er nicht mit einer anderen zusammen ist, dann könnte ich vielleicht schlafen. Ich habe die letzten drei Nächte nicht geschlafen, ist dir das klar?«

Ich versuchte sie zu beschwichtigen, indem ich sagte: »Du bist viel zu gut für diesen widerlichen kleinen Dreckskerl.«

»Kannst du ihn mal anrufen«, bettelte Brigit. »Ruf ihn doch bitte an, und wenn er abnimmt, legst du wieder auf.«

»Woran soll ich ihn denn erkennen? Er und seine Freunde klingen doch alle gleich.«

»Gut, gut«, sagte sie auf- und abschreitend. »Sag, du möchtest mit ihm sprechen, und wenn er es ist, dann legst du auf.«

»Aber er erkennt meine Stimme.«

»Dann verstell sie, sprich mit einem russischen Akzent, iß vorher Kreide, irgendwas. Und wenn er nicht dran ist, aber die anderen sagen, daß er da ist, dann legst du auch auf.«

Also rief ich an, aber ich hatte nur den Anrufbeantworter mit der schrecklichen Sambamusik dran.

»O je.« Sie steckte die Finger in den Mund und ruinierte sich die hübschen neuen Nylonnägel. »Er will mich damit bestrafen, das weiß ich genau.«

Ich vermutete, daß Carlos Brigits Eskapade mit Joey gar nicht störte, sondern daß er einfach nur einen Anlaß gesucht hatte, um ihr wieder mal den Laufpaß zu geben. Aber ich murmelte: »Arschgeige!«, damit sie wußte, daß ich auf ihrer Seite war.

»Dabei hat er auch andere Frauen gevögelt«, sagte sie bekümmert.

»Und Daryl, diese Drecksau, hat nicht angerufen«, sagte ich, weil ich unbedingt gleichziehen wollte. »Bitte, lieber Gott, wenn du ihn anrufen läßt, gebe ich mein ganzes Geld den Armen.«

Das sagte ich immer, denn da konnte mir nichts passieren. Ich gehörte zu den Armen, also konnte ich die paar Kröten, die mir gehörten, auch behalten und mein Abkommen mit Gott trotzdem einhalten.

Es wurde Abend, und immer noch beschäftigten wir uns mit unseren Kümmernissen. Wir nahmen den Hörer ab, um uns zu versichern, daß das Telefon funktionierte; wir riefen Ed an und baten ihn, bei uns anzurufen, damit wir sicher sein konnten, daß die Leitung in Ordnung war; ich nahm ein Kartenspiel und sagte: »Wenn ich abhebe, und es ist ein König, dann ruft er an.« (Es war eine Sieben.) Dann sagte ich: »Drei Versuche, wenn die nächste Karte ein König ist, ruft er an.« (Es war wieder eine Sieben.) Dann sagte ich: »Also gut, fünf Versuche, wenn ...«

»HÖR AUF DAMIT!« schrie Brigit.

»Entschuldigung.«

Dann hielt Brigit den Finger an die Lippen und sagte: »Schhh, hör mal.«

»Was ist denn?« fragte ich aufgeregt.

»Hörst du es nicht?«

»Was denn?«

»Das Telefon klingelt nicht.« Darauf lachte sie – ich war ganz überrascht –, als hätte sich eine dunkle Wolke plötzlich verzogen.

»Komm schon.« Sie grinste. »Ich halte das nicht länger aus, hier Wache zu schieben. Laß uns was machen.«

Die schreckliche Depression, die den ganzen Tag auf mir gelastet hatte, regte sich ein wenig.

»Au ja, laß uns ausgehen«, sagte ich. »Wir ziehen uns um.« Ich verbrachte die Abende höchst ungern zu Hause, weil ich immer dachte, ich könnte etwas verpassen. Das war das Phantastische an Koks: Es passierte immer etwas Aufregendes, wenn man es nahm. Entweder man lernte einen Mann kennen oder man ging zu einer Party – *irgendwas*. Mit Koks kam mein Leben in Gang. Und je mehr ich davon nahm, desto aufregender war das, was geschah.

»Du bist blank«, erinnerte Brigit mich.

Ich mußte kleinlaut zugeben, daß sie recht hatte. Es sah nicht so aus, als würde ich es mir leisten können, Schnee zu kaufen. Ich überlegte kurz, ob ich Brigit bitten sollte, mir ein bißchen Geld zu leihen, entschied mich dann aber dagegen.

»Ich habe genug für einen Drink und für das Trinkgeld«, sagte ich.

»Wann willst du mir eigentlich das Geld zurückzahlen, das du mir schuldest?«

»Demnächst«, sagte ich mit Unbehagen. In letzter Zeit war Brigit ungewöhnlich knauserig.

»Das sagst du schon die ganze Zeit«, murmelte sie.

»Ach, bitte«, bettelte ich, »sei doch keine Spielverderberin, laß uns ausgehen. Ich habe keine Lust mehr, ›Laß uns so tun, als hätte ich gerade den Mann meines Lebens getroffen‹ zu spielen.« Normalerweise, wenn Brigit und ich pleite waren, spannen wir für uns gegenseitig Phantasiegeschichten über den Mann unserer Träume. Nur selten wurden wir des Spiels überdrüssig. Und es ging so:

»Was habe ich an?« fragte ich beispielsweise.

»Das Wickelkleid von Donna Karan, das wir neulich gesehen haben.«

»Welche Farbe? Schwarz?«

»Dunkelgrün.«

»Noch besser. Danke Brigit. Kann ich bitte richtig dünn sein?«

»Na klar. Ist vierundfünfzig Kilo in Ordnung?«

»Ein bißchen weniger.«

»Zweiundfünzig?«

»Danke«, würde ich wieder sagen. »Und wie bin ich so dünn geworden? Durch Fettabsaugen?«

»Nein«, würde sie dann sagen. »Du hattest schweren Durchfall, und der Speck ist einfach so abgefallen, du mußtest gar nichts dazutun.«

»Und wie habe ich den Durchfall bekommen? So was kriegt man doch höchstens in den Tropen, oder? Das wird schließlich nicht überm Ladentisch gehandelt.«

»Nun gut, du hast da einen Mann kennengelernt, der gerade aus Indien kam, ... aber es ist doch völlig egal, wie du es bekommen hast. Es ist doch nur erfunden.«

»Na gut. Entschuldigung. Sehe ich denn zerbrechlich und geheimnisvoll aus, mit großen Augen?«

»Wie eine gut angezogene Gazelle.«

Um unser geschrumpftes Selbstwertgefühl aufzumöbeln, zogen wir unsere guten Kleider an. Brigit trug ihr Etuikleid von Joseph, das sie in einem Secondhand-Laden auf der Fifth Avenue erstanden hatte, wo die reichen Leute ihre Kleider verkauften. Und ich zog mein schwarzes Alaïa-Kleid aus demselben Laden an. Dazu meine nachgemachte Prada-Handtasche, die ich in der Canal Street für zehn Dollar ergattert hatte.

Ich sah vielleicht nicht nach einer Million Dollar aus, aber sieben- oder achtundzwanzig Dollar war ich auf jeden Fall wert.

Wie immer war ich mir unschlüssig, ob ich meine schwarzen hochhackigen Schlangenlederschuhe mit den Knöchelriemchen anziehen sollte, denn eigentlich machten sie mich zu groß.

»Ach, komm schon«, sagte Brigit. »Wozu hast du sie gekauft, wenn du sie nie trägst?«

Und so zogen wir los – ich wegen der hohen Absätze auf etwas unsicheren Füßen – und nahmen Kurs auf die Llama Lounge.

Die Llama Lounge war eine nachgebaute Cocktail-Bar im Stil der sechziger Jahre, mit verrückten Halogenlampen, merkwürdigen Metallstühlen und allerlei Ramsch des Raumfahrtzeitalters. Sehr, sehr schick.

Brigit setzte sich auf ein durchsichtiges, aufgeblasenes Plastiksofa. »Ich weiß nicht, ob das mein Gewicht aushält«, sagte sie besorgt.

»Nein!« rief sie aus, als ich mich neben sie setzen wollte. »Wenn wir beide darauf sitzen, platzt es bestimmt.«

Als sie endlich saß, stöhnte sie auf.

»Was ist los?«

»Das Ding ist doch durchsichtig, und wenn man sich setzt, sieht alles immer viel breiter aus. Wenn mich einer von hinten sieht, denkt er, ich habe extrabreite Hüften. Kannst du mal rumgehen und gucken?« fragte sie und klang richtig verzweifelt. »Laß dir aber nicht anmerken, was du machst; tu einfach ganz locker.«

Ich kam mir ziemlich blöd vor, als ich um das Sofa herumging.

»Gar nicht so schlimm«, sagte ich bei meiner Rückkehr und ließ mich auf einem Stuhl nieder, der wie ein Aluminium-Eimer aussah und auf dem mein Po fast den Boden berührte und meine Knie in die Höhe stakten. Ich fühlte mich unangenehm an einen gynäkologischen Stuhl erinnert.

»Entschuldigen Sie bitte«, war eine sanfte, nasale Stimme zu hören. »Darf ich Sie mal was fragen …?«

Aus meiner Hockstellung sah ich zu einem umwerfend gut aussehenden Jungen auf. Er war höchstens siebzehn. Viel zu jung.

»Ist das, wie soll ich sagen, also … ein mystisches Ritual, was sie da gerade gemacht haben?«

»Was habe ich denn gerade gemacht?«

»Die Umkreisung des Sitzes.« Er war unglaublich hübsch. Ich war froh, daß er kein Mädchen war, es gab so schon genug Konkurrenz.

»Ach, die Umkreisung?« Ich merkte, wie mich der Teufel ritt. »Das war es in der Tat. Ein alter irischer …«

»Chinesischer!« sagte Brigit im selben Moment

»Der Brauch ist sowohl in der chinesischen als auch in

der irischen Kultur belegt«, sagte ich, ohne zu zögern. »Er bringt ...«

»Glück?« unterbrach der mädchenhafte Junge begierig.

»Genau das.«

»Danke.«

»Aber gern doch.«

»Er hätte uns auch einen Drink ausgeben können«, sagte Brigit sauer.

Wir sahen ihm nach, als er zu seiner Gruppe gleichfalls jugendlicher Freunde zurückging und ihnen voller Begeisterung etwas erklärte. Mit seinem Finger malte er mehrere Kreise auf den Tisch. Dann hielt er inne und malte sie in die entgegengesetzte Richtung. Ein besorgter Ausdruck trat in sein Gesicht, er stand auf und wollte wieder zu uns herüberkommen.

»Im Uhrzeigersinn«, rief ich ihm zu.

Er strahlte uns an, setzte sich wieder und erklärte weiter.

Nach ein paar Minuten sahen wir, wie alle fünf aufstanden und ehrfurchtsvoll im Gänsemarsch um ihre Stühle gingen. Als sie ihren Ausgangspunkt wieder erreichten, schüttelten sie sich die Hände und umarmten sich bewegt.

Ein paar Minuten darauf kam ein Mädchen zu den Jungen und fragte etwas. Der mädchenhafte Junge sagte etwas, zeigte auf Brigit und mich und zeichnete ein paar neue Kreise in die Luft. Dann ging das Mädchen zu ihrer Gruppe, alle standen auf und umkreisten ihre Stühle. Sie umarmten und küßten sich. Dann kam jemand an *ihren* Tisch ... und so weiter. Es war wie eine langsame La-Ola-Welle.

Es war heiß. Wir saßen auf unseren unbequemen Sitzen und nippten an den kunstvollen Drinks. Gefrostete Gläser und Gemüseschmuck waren das Besondere an den Drinks in der Llama Lounge. Und wenn man einen Barkeeper in einem Zweimeterradius um sich herum erblickte, konnte man sicher sein, daß er einem ein hyper-schickes Schälchen mit Pistazienkernen aufnötigte.

Mein Zustand normalisierte sich wieder, und das lag nicht nur an der halben Flasche Tequila, die ich mir seit dem Mittag eingeflößt hatte.

Brigit und ich hatten uns seit Tagen nicht so wohl gefühlt. Wir waren gehobener Stimmung, weil jemand nett zu uns war, auch wenn es nur wir selbst waren.

Dann kam Brigit auf die Idee, daß ich jetzt mal auf dem durchsichtigen Sofa sitzen sollte. Wogegen ja nichts einzuwenden war, wenn man sich seine nackten, schwitzenden Schenkel gern an Plastik rieb.

Bis der Zeitpunkt kam, als ich auf die Toilette mußte.

Denn ich konnte mich nicht erheben.

»Ich kann nicht aufstehen«, sagte ich voller Panik. »Ich klebe an diesem bescheuerten Sofa fest.«

»Unsinn«, sagte Brigit. »Du mußt dich hochstützen, dann geht das schon.«

Aber meine Hände fanden an dem schwitzigen Plastik keinen Halt. Und meine Oberschenkel klebten fest.

»Grundgütiger«, brummelte Brigit, stand auf und packte mich am Arm. »Kann man denn nicht mal ausgehen und in Ruhe seinen Drink genießen ...«

Sie zog an mir, aber ich rührte mich nicht vom Fleck.

Brigit ging in die Knie, faßte mich unter und zerrte mich hoch.

Unter Schmerzen, weil eine Hautschicht an dem Plastik haften blieb – wie schade, daß ich erst kürzlich fünfzig Dollar für eine Wachsenthaarung ausgegeben hatte, wo ich es hier umsonst hätte haben können – löste ich mich von dem Sitz. Brigit gelang es, mich vom Sofa zu befreien, wobei ein langsames, lautes Schmatzgeräusch entstand und alle Gäste die Köpfe zu uns umwandten.

Und als ich mit einem letzten Plop in die Höhe schnellte, was Brigit nach hinten fallen ließ, wem sollte ich da gegenüberstehen, wenn nicht Luke Costello?

Er zog die Augenbrauen auf eine Weise hoch, die seine Verachtung ausdrückte, und sagte in herablassendem Ton: »Hallo, Rachel.«

Dann lächelte er, und in seinen Augen stand ein Glitzern, das mir angst machte.

34

»Zieh das Kleid aus«, sagte Luke sanft.
Völlig verwirrt warf ich ihm einen raschen Blick zu, um mich zu vergewissern, daß ich richtig gehört hatte. Wir standen in meiner Küche, ich am Spülbecken und Luke mir gegenüber an der Anrichte. Er hatte die Arme verschränkt. Angeblich wollte er einen Kaffee trinken.

Statt dessen hatte er mich soeben aufgefordert, wenn ich keine Stimmen hörte, mein Kleid auszuziehen.

Ich sagte: »Was hast du da gesagt?«

Sein Lächeln, so langsam, träge und sexy, machte mir angst.

Luke Costello hat gerade gesagt, ich soll das Kleid ausziehen, dachte ich, während Panik und Zorn miteinander um den Vorrang stritten. *Was für eine bodenlose Frechheit. Was soll ich bloß tun?*

Das Einfachste war, ihn aufzufordern, die Wohnung zu verlassen. Statt dessen krächzte ich: »Wir kennen uns doch noch gar nicht richtig«, und versuchte, mit einem Lachen darüber hinwegzugehen.

Er fand das nicht lustig.

»Nun los«, sagte er in einem Ton, den ich auf furchterregende Weise unwiderstehlich fand. »Zieh es aus.«

Meine Kehle war vor Angst wie zugeschnürt. Ich hatte nicht genug Koks oder Alkohol intus für diese Spielchen. Luke war überhaupt nur deswegen hier, weil Brigit mich ihm in der Llama Lounge überlassen hatte. Nadia war aufgetaucht und hatte gesagt, daß der Kuba-Stumpen in der Z-Bar gesichtet worden war, also zog sie fröhlich von dannen, um ihn sich zu krallen. Ich war im Begriff, ihr nachzueilen, aber davon wollte sie nichts wissen. »Du bleibst hier«, sagte sie hinterlistig und war plötzlich blendender Laune. Sie blinzelte, nickte Luke zu und sagte zu mir: »Aber paß auf mit diesem Kerl da, halt dein Höschen schön fest.« Und dann entschwebte sie und kam sich wohl großartig vor, während ich ihr voller Bitterkeit nachsah.

Kurz darauf versuchte ich erneut zu entkommen, aber Luke bestand mit unnachgiebiger Galanterie darauf, mir erst einen Drink zu besorgen und mich dann nach Hause zu begleiten. Und als wir bei unserer Wohnung angekommen waren, lud er sich selbst zu einer Tasse Kaffee ein, was ich auszuschlagen versuchte, aber es gelang mir nicht.

»Das Kleid«, sagte er, »zieh es aus.«

Ich stellte den Wasserkessel, den ich füllen wollte, ab. Er meinte es ernst, das hörte ich an seiner Stimme.

»Mach den obersten Knopf auf«, sagte er.

Spätestens da hätte ich ihn wegschicken müssen. Das hier war kein Spiel, es war eine Sache zwischen Erwachsenen, und ich hatte Angst.

Dennoch hob ich meine Hand zum Ausschnitt ... dann zögerte ich ... hielt inne.

Zum Teufel noch mal, dachte ich, ich werde doch wohl nicht in meiner eigenen Küche mein Kleid für Luke Costello ausziehen.

»Oder ich komme rüber und mache es selbst«, sagte er drohend, aber ruhig.

Hastig und ängstlich fummelte ich an dem Knopf und öffnete ihn. Ich konnte kaum glauben, daß ich es tat.

Irgendwas stimmte nicht mit meinem Automatikschalter für Empörung – warum ging ich nicht ans Telefon und rief die Polizei an? Statt dessen war ich froh, daß ich das kurze, sexy Alaïa-Kleid trug.

»Und den nächsten«, sagte er sanft. Er sah mich aus halbgeschlossenen Augen an.

Ich spürte, wie die Erregung mir den Magen zusammenkrampfte. Mit zittrigen Fingern öffnete ich den nächsten Knopf.

»Weiter so«, sagte er mit einem Lächeln, das gleichzeitig Angst und Lust machte.

Während er mich unablässig beobachtete, knöpfte ich wie hypnotisiert einen Knopf nach dem anderen auf, bis sie alle offen waren. Ich fühlte mich gedemütigt und hielt mir das Kleid vor dem Körper zu. »Zieh es aus«, sagte er.

Ich rührte mich nicht.

»Ich sagte«, wiederholte er drohend, »Zieh. Es. Aus.«

Lange war es still. Bis ich es mir – entwürdigt, aber trotzig und unfähig, mich zu sträuben – von den Schultern und über die Arme gleiten ließ und ihm entgegenhielt.

Ausnahmsweise trug ich einen anständigen Büstenhalter, einen hübschen schwarzen Spitzen-BH, der nur ein kleines Loch hatte. Sonst hätte ich mein Kleid niemals ausgezogen. Und meine Unterhose hatte zwar nicht das gleiche Muster wie der BH, war aber auch aus schwarzer Spitze. Ich senkte den Kopf, so daß meine Haare nach vorne fielen und so viel wie möglich von meinen Schultern und Brüsten bedeckten. Zu spät bemerkte ich, daß das kleine Loch in meinem BH ziemlich groß war und sich um meine Brustwarze schmiegte. Ein Büstenhalter mit eingebauter Peepshow.

Luke griff nach meinem Kleid, ohne meine Hand zu berühren, und warf es auf die Anrichte hinter sich. Unsere Blicke begegneten sich, und über sein Gesicht huschte ein Ausdruck, der mich erzittern ließ. Obwohl es ein warmer Abend war, hatte ich eine Gänsehaut.

»Was soll ich jetzt mit dir machen?« Er betrachtete mich prüfend, als wäre ich eine preisgekrönte Kuh. Ich wollte mich winden und in ein Loch verkriechen, zwang mich aber dazu, gerade zu stehen, meinen Bauch einzuziehen, und die Brust nach vorn zu strecken. Ich überlegte, ob ich eine Hand auf die Hüfte legen sollte, aber zu so viel Schamlosigkeit war ich nicht fähig.

»Was sollst du dir als nächstes ausziehen? Laß mal überlegen.«

Es ist lächerlich, aber im ersten Moment bangte ich um meine Schuhe; ich wollte sie nicht ausziehen, weil meine Beine darin lang und schlank aussahen. Zumindest wirkten sie nicht so dick wie sonst.

»Gut, zieh deinen BH aus.«

»O nein!«

»O ja, sage ich.« Er lächelte träge, spöttisch.

Wir starrten uns quer durch die Küche an, ich war erregt und beschämt. Plötzlich fiel mein Blick auf die verräterische Schwellung in seinen Jeans, und meine Hände wanderten hinter meinen Rücken, um den Verschluß zu lösen.

Doch als ich ihn geöffnet hatte, erstarrte ich. Weiter konnte ich nicht gehen.

»Weiter«, sagte er bestimmt, als er merkte, daß ich mich nicht rührte.

»Es geht nicht«, sagte ich.

»Gut«, sagte er verständnisvoll. »Schieb einfach einen Träger über die Schulter.«

Von seiner überraschenden Sanftheit wie gebannt, tat ich, wie geheißen.

»Jetzt den anderen«, sagte er.

Und wieder gehorchte ich unwillkürlich.

»Jetzt gib ihn mir«, befahl er mir.

Als ich den Arm ausstreckte und ihm den BH reichte, zitterten meine Brüste, und ich bemerkte, daß er sie ansah und wild vor Verlangen nach mir war.

Dann spürte ich wieder diese Mischung aus Erniedrigung und hilfloser Erregung.

»Jetzt komm her zu mir und mach das, was du auf eurer Party gemacht hast«, befahl er.

Scham überflutete mich, und ich rührte mich nicht vom Fleck.

»Komm her«, sagte er wieder.

Automatisch setzte ich mich in Bewegung, sah ihn dabei aber nicht an.

»Du weißt doch, daß du und ich«, sagte er, packte grob meine Hand und führte sie zu seinen Lenden, »daß wir noch etwas zu erledigen haben.«

Ich wand mich und drehte mich weg.

»Aber, aber«, schalt er mich, als ich ihm meine Hand zu entziehen versuchte.

»Nein«, sagte ich und blickte zu Boden.

»Du wiederholst dich«, spottete er.

Seine Finger hielten mein Handgelenk umfaßt, und meine Brustwarzen streiften den rauhen Stoff seinen

Hemdes, aber das war auch der einzige Kontakt unserer beiden Körper. Er schien absichtlich einen Abstand zwischen uns zu halten. Und ich hatte viel zu viel Angst vor diesem großen, fremden Mann, als daß ich mich an ihn hätte lehnen können. Ich konnte ihn nicht einmal ansehen.

»Mach schon«, sagte er und führte meine zur Faust geballte Hand über seine Erektion.

»Bring das zu Ende, was du letzten Samstag angefangen hast.«

Ich zuckte zusammen, derart peinlich war es mir, und ich war schwach vor Erregung. Ich wollte seinen Penis nicht berühren, ich wollte seine Erektion nicht durch die Jeans streicheln.

»Ich wette, dieser Daryl hatte keine«, sagte er gehässig und strich mit meiner Hand unablässig an sich auf und ab.

Ich war ziemlich getroffen. Ich hatte ganz vergessen, daß Luke mich mit Daryl gesehen hatte. Ich begriff, daß er mich für eine wahrhaftige Hure halten mußte, und wich vor ihm zurück.

»O nein.« Luke lachte häßlich. »Jetzt wird nicht mehr herumgespielt. *Männer* mögen es gar nicht, wenn man sie an der Nase herumführt.«

Ich hatte den Eindruck, daß er Daryl nicht als Mann betrachtete.

Meine Haut prickelte vor Verlangen, als ich mich überwand und meine Finger unter seine Gürtelschnalle schob. Doch weiter konnte ich nicht gehen. Ich spürte, wie etwas in mir größer und größer wurde, und mußte aufhören, bevor es mich überwältigte.

Diesmal sagte Luke nichts und zwang mich auch nicht weiterzumachen. Ich hörte sein Keuchen über mir und spürte seinen warmen Atem auf meiner Kopfhaut.

Beide zögerten wir den nächsten Schritt hinaus und warteten, ich weiß nicht, worauf. Ich hatte das Gefühl, daß wir in einer Haltebucht warteten, daß etwas an uns vorüberging. Dann legte er in einer seltsam beschützenden Geste einen Arm um meine Taille. Als die Haut seines

Arms die Haut auf meinem Rücken berührte, zuckte ich zusammen.

Langsam – ich konnte ihn nicht ansehen – fing ich an, seine Gürtelschnalle zu öffnen. Sein dicker, breiter Ledergürtel – auch er schien erwachsen, männlich, furchteinflößend – glitt mit einem schwachen, erregenden Klatschen aus der Schnalle. Dann hing der Gürtel zu beiden Seiten seines Hosenschlitzes herunter.

Er bemühte sich, ruhig zu atmen, aber ich hörte, daß es ihn Mühe kostete.

Dann kamen die Knöpfe an seiner Hose an die Reihe. *Ich kann das nicht, ich kann das nicht*, dachte ich voller Panik.

»Rachel«, sagte Luke heiser, »hör jetzt nicht auf...«

Mit angehaltenem Atem öffnete ich den obersten Knopf. Dann den nächsten und den nächsten.

Als ich fertig war, wartete ich, daß er mir sagte, was ich dann tun sollte.

»Sieh mich an«, sagte er.

Zögernd hob ich den Blick, und als wir uns endlich in die Augen sahen, brach etwas in mir los, das sich in seinem Blick widerspiegelte.

Ich sah ihn voller Furcht und Verwunderung, voller Verlangen an. Verlangen nach seiner Berührung, seiner Zärtlichkeit, seinen Küssen, seiner rauhen Wange an meiner, dem Duft seiner Haut in meinem Gesicht. Mit Beben hob ich die Hand und berührte sein weiches Haar.

In dem Moment, da ich ihn berührte, brachen die Dämme. Diesmal warteten wir nicht, daß der Wahnsinn vorüberging. Wir fielen übereinander her, zerrten, zogen, küßten, kratzten.

Keuchend riß ich ihm das Hemd auf, damit ich mit den Fingern über seine glatte Haut auf dem Rücken, über die senkrechte Linie von Haaren auf dem Bauch fahren konnte.

Er hielt mich umschlungen, er liebkoste mich und biß mich. Er vergrub seine Finger in meinen Haaren, zog meinen Kopf zurück und küßte mich so heftig, daß es weh tat.

»Ich will dich«, sagte er atemlos.

Seine Jeans waren bis zu den Knien heruntergerutscht, das Hemd hatte er noch an, aber alle Knöpfe waren offen. Wir lagen auf dem Boden, ich spürte die kalten Kacheln an meinem Rücken. Er war auf mir, und sein Gewicht zwang mich nieder. Dann war ich auf ihm und zog ihm die Jeans aus. Ich streifte seine Boxershorts herunter, ganz langsam, so daß er stöhnte: »Gott, Rachel, mach, mach schon, o Mann!«

Gierig sah ich ihm in die Augen, die vor Verlangen geweitet waren.

Er war nackt, meine Unterhose hing mir auf den Oberschenkeln, meine Brustwarzen waren wund, wo er mich gebissen hatte, die Schuhe hatte ich noch an, und wir keuchten beide, als wären wir gerannt.

Ich konnte nicht länger warten.

»Kondom«, murmelte ich, kaum bei Sinnen.

»Moment«, japste er und suchte in der Tasche seines Jacketts.

»Hier.« Er gab mir das kleine Päckchen. »Mach du's.«

Ich war frustriert, daß meine zitternden Händen nicht flinker waren, riß die Verpackung auf und legte den Gummi auf die feuchte Spitze.

Dann streifte ich ihn ehrfurchtsvoll, während er aufstöhnte, über das lange, harte Glied.

»Oh, mein Gott«, sagte ich, »du bist so sexy.«

Er hielt einen Moment lang inne und grinste mich an, so daß ich fast gekommen wäre.

»Das, Rachel Walsh, kannst du gut sagen«, sagte er lächelnd.

Ich wollte nicht, daß er ging. Ich wollte in meinem Bett in seinen Armen einschlafen. Ich wußte nicht, wieso. Hatte es damit zu tun, daß ich die ganze Zeit in New York keinen Freund gehabt hatte? Vielleicht, dachte ich zweifelnd. Schließlich hat eine Frau auch ihre Bedürfnisse.

Aber das war es nicht allein. In dem ganzen Verführungs- und Zurückweisungszirkus hatte ich ganz vergessen, wie unterhaltsam er an jenem ersten Abend in den Rickshaw Rooms gewesen war. Und jetzt war er es wieder.

»Laß mal sehen, Babe«, sagte er, als er mein Zimmer betrat. »Was sagt mir dieses Zimmer über Rachel Walsh? Na, als erstes kann man ja wohl sagen, daß du nicht in deiner analen Phase steckengeblieben bist, was?« meinte er und ließ den Blick über das Schlachtfeld, das mein Schlafgemach war, wandern. »Gütigerweise ist dir eine schreckliche neurotische Ordnungsliebe erspart geblieben.«

»Wenn ich gewußt hätte, daß du kommst, hätte ich neu tapeziert«, sagte ich gut gelaunt und räkelte mich genüßlich in Brigits gutem Bademantel auf dem Bett.

»Das gefällt mir«, sagte er mit einem Blick auf das Plakat von der Kandinsky-Ausstellung im Guggenheim-Museum.

»Hast wohl was für die bildenden Künste übrig, wie?«

»Nein«, sagte ich und war überrascht, daß jemand wie Luke den Ausdruck ›Bildende Künste‹ benutzte. »Ich habe es im Büro gestohlen. Es deckt ein Loch in der Wand zu, wo der Putz rausbröckelt.«

»Auch gut«, sagte er unbekümmert, »solange ich es nur weiß.«

Dann beugte er sich vor. »Jetzt wollen wir uns mal deine Bücher ansehen.« Zum Glück hatte er sich ein Handtuch um seine Hüften gewunden, so daß ich nicht zu sehr abgelenkt wurde, während er durch das Zimmer ging. »Was bist du denn in Wirklichkeit für ein Mensch? Mein Gott, du hast ja tatsächlich die Gesammelten Werke von Patrick Kavanagh, davon hast du mir doch am ersten Abend erzählt. Das gefällt mir: Das Mädel erzählt keine Lügen.«

»Geh nicht so nah ran«, befahl ich ihm. »Laß sie in Ruhe, sie mögen keine Besucher. Du bringst sie nur durcheinander, und dann legen sie die nächsten Wochen nicht.«

Meine Büchersammlung war mir peinlich – eigentlich sind acht Bücher ja keine richtige Sammlung. Aber ich brauchte einfach nicht mehr. Ich fand nur selten ein Buch, das mich ansprach, und wenn ich eins fand, dann brauchte ich ein Jahr, um es ganz zu lesen. Und dann las ich es noch einmal. Und dann ein weiteres Mal. Dann las ich eins von denen, die ich schon tausend Mal gelesen hatte, und dann nahm ich mir wieder das neue vor. Und las es noch einmal. Mir war klar, daß das nicht der normale Umgang mit Literatur war, aber so war das eben bei mir.

»*Die Glasglocke, Fear and Loathing in Las Vegas, Der Prozeß, Alice im Wunderland, Gesammelte Werke von PG Wodehouse*, und nicht nur eins, sondern zwei Bücher von Dostojewski.«

Er lächelte bewundernd. »Ein Dummkopf bist du nicht, was, Babe?«

Ich wußte nicht, ob er das sarkastisch meinte, also zuckte ich nur unverbindlich mit den Schultern.

Besonders die beiden Dostojewski-Romane waren mir peinlich. »Warum kannst du nicht John Grisham lesen?« fragte Brigit mich jedesmal, wenn sie mich mit einem davon sah. »Warum liest du diesen ganzen düsteren Kram?«

Das wußte ich auch nicht, aber ich fand es sehr tröstlich. Besonders, weil ich die Bücher auf jeder Seite aufschlagen konnte und sofort wußte, wo ich war. Ich mußte nicht erst mühselig meine Stelle wiederfinden und mir die ganzen Personen merken – alles Dinge, die eine wahre Plage für jemanden sind, der nicht besonders klug ist und eine so kurze Konzentrationsdauer hat, daß sie verboten werden sollte.

»Das war ja ganz schön gewagt, wie du mir gesagt hast, ich soll mein Kleid ausziehen«, neckte ich ihn, als wir nebeneinander auf dem Bett lagen. »Wie konntest du dir sicher sein, daß ich es tun würde? Du wußtest doch gar nicht, ob ich einen anderen Freund habe.«

»Wer sollte das denn sein?« Er lachte. »Daryl? Dieser Vollidiot?«

»Er ist überhaupt kein Vollidiot«, sagte ich hochmütig. »Er ist sehr nett und hat einen klasse Job.«

»Das könntest du auch von Mutter Teresa sagen«, spottete Luke, »ich würde trotzdem nicht gern bei ihr übernachten.«

Es freute mich, daß Luke eifersüchtig auf Daryl war, aber gleichzeitig schämte ich mich wegen dieser Episode. Also wollte ich das Thema wechseln.

»Ich hätte nicht gedacht, daß du gern in die Llama Lounge gehst«, sagte ich.

»Tue ich auch nicht.«

»Was hast du dann da gemacht?«

Er lachte und sagte: »Eigentlich sollte ich es dir nicht sagen, aber ich hatte Späher ausgeschickt, die nach dir Ausschau halten sollten.«

Ich fühlte mich aufgewertet und spürte gleichzeitig eine gewisse Verachtung für ihn.

»Wie meinst du das?« Ich war mir gar nicht sicher, daß ich es wissen wollte, abgesehen von dem riesigen Teil in mir, der immer alles wissen wollte.

»Kennst du Anya?« fragte er.

»Gott, natürlich.« Anya war Model, und ich wollte sein wie sie.

»Ich hatte Anya von dir erzählt, und sie rief mich an und sagte, du seist in der Llama Bar.«

»Woher kennst du sie?« fragte ich.

»Wir arbeiten zusammen.«

»Was machst du?«

»Zahlenreihen addieren, Babe.«

»Was meinst du damit?«

»Buchhaltung. In Anyas Agentur.«

»Bist du Buchhalter?« fragte ich überrascht.

»Nein, nur ein gemeiner Sachbearbeiter.«

»Gott sei Dank«, seufzte ich. »Der Mann von meiner Schwester Margaret – er heißt Paul – ist Steuerberater, nur noch eins schlimmer. Du weißt schon was ich meine, wie heißen die noch gleich?«

»Wirtschaftsprüfer?«

»Genau. Also, wie ist Anya denn so? Ist sie nett? Gibt es dort vielleicht eine Stelle für gute Freunde?«

»Sie ist eine nette Frau«, sagte er. »Wirklich sehr nett.«

Er lag auf der Seite, und langsam fielen ihm die Augen zu und seine Stimme wurde schwächer. Ich schmiegte mich an seinen glatten Rücken und legte meine Arme um ihn. Vorsichtig ertastete ich, ob sein Bauch im Liegen auch ein wenig zur Seite kippte, wie meiner. Er tat es nicht.

Doch nachdem er eingeschlafen war, fiel mir plötzlich das Kondom ein, das er in seiner Jackentasche gehabt hatte. Ich konnte nicht einschlafen, weil ich immer daran denken mußte. Obwohl ich wußte, daß es eine Frage der Verantwortung war, ein Kondom zur Hand zu haben, machte es mich eifersüchtig. Eifersüchtig auf die fremde Frau, bei der er es benutzt hätte, wenn er es nicht mit mir benutzt hätte. Und was sagte es über Luke aus? fragte ich mich wütend. Daß er immer auf der Suche nach einem Fick war? Jederzeit und überall? Allzeit bereit, das zuverlässige Kondom griff- und einsatzbereit? Costello, der supergeile Bock. Wie viele hatte er noch in der Jackentasche, um in jedem Moment ordentlich gerüstet zu sein? Vielleicht mit Anya, wenn er da landen konnte, obwohl die sicherlich nichts mit einem Trottel wie Luke zu tun haben wollte.

Ich sah ihn an, wie er neben mir lag und schlief, und kam zu dem Schluß, daß ich ihn nicht mehr ausstehen konnte.

Mitten in der Nacht wachte ich mit schlimmen Menstruationsschmerzen auf.

»Was ist los, Babe?« sagte Luke verschlafen, als ich mich in Krämpfen wand.

Ich lag ganz still. Wie konnte ich das sagen?

»Ich bin unpäßlich«? Vielleicht würde er das nicht verstehen.

»Ich laufe aus.« Das würde Helen sagen, auch zu Männern.

Ich beschloß, daß es ausreichte zu sagen: »Ich habe meine Tage«. Knapp und präzise, ohne Raum für Mißverständnisse, doch nicht so technisch wie: »Meine Menstruation hat eingesetzt.«

»Toll!« rief Luke aus. »Dann brauchen wir die nächsten fünf Tage keine Gummis.«

»Hör auf«, stöhnte ich. »Es tut verdammt weh. Bring mir was gegen die Schmerzen, in der Schublade da drüben.«

»Wird gemacht.« Er sprang aus dem Bett, und obwohl ich ihn nicht mehr leiden konnte, war es nicht zu leugnen, daß er einen tollen Körper hatte. In der Dunkelheit glänzte der silberne Lichtschimmer von der Straßenlaterne auf seinen muskulösen Beinen entlang dieser senkrechten, seitlichen Einbuchtung auf den Oberschenkeln. Nicht, daß ich das von mir kannte.

Er wühlte in der Schublade, während ich seine Seitenansicht bewunderte. Was für ein phantastischer Po, dachte ich, während ich mich vor Schmerzen zusammenkrampfte. Und diese Kuhle in der Seite! Davon hätte ich auch gern zwei.

Er kam mit meinem großen Karton voller Schmerzmittel.

»Dihydrocodein?« Er las die Beschriftung. »Starker Tobak. Das kriegt man nur auf Rezept.«

»Ich weiß.« Ich brauchte ihm ja nicht zu erzählen, daß ich das Rezept von dem Smack-süchtigen Digby gekauft hatte. »Gut«, sagte er, »zwei jetzt, und dann erst wieder nach sechs Stunden ...«

»Kannst du mir ein Glas Wasser holen?« fragte ich. *Zwei, also wirklich. Eher zehn!*

Während er in der Küche war, stopfte ich mir eine Handvoll Tabletten in den Mund. Als er zurückkam, ließ ich mir zwei von ihm geben, mit dem Wasser.

»Mampe«, murmelte ich und konnte kaum sprechen, so voll war mein Mund. Aber ich wußte, daß ich ihn überlistet hatte.

35

Natürlich konnte ich am nächsten Tag nicht zur Arbeit gehen. Ohne Schuldgefühle, weil ich diesmal wirklich krank war, nahm ich noch einmal eine Handvoll Pillen und machte es mir gemütlich, um meinen freien Tag zu genießen.

Und es war ein guter Tag.

Die Schmerztabletten und die Feuchtigkeit verursachten mir ein angenehmes Schwebegefühl, und ich sah mir alle Vormittagsserien an, dann alle Nachmittagsserien und die Oprah-Winfrey-Talkshow. Ich futterte mich durch eine Familienpackung Eis und eine Riesentüte Tortilla-Chips, dann war es Zeit für ein Nickerchen.

Als Brigit nach Hause kam, lag ich in Jogginghosen und einem Bustier auf der Couch und aß Zimt-Cornflakes aus der Packung. Denn jeder weiß, daß Cornflakes keine Kalorien haben, wenn man sie direkt aus der Packung ißt, genauso wie Schokoladenriegel und alles andere, was man im Stehen verzehrt.

»Bist du wieder nicht zur Arbeit gegangen?« war das erste, was sie sagte.

»Ich war krank«, sagte ich abwehrend.

»O Mann, Rachel«, sagte sie.

»Diesmal war ich *wirklich* krank.« Das ärgerte mich. *Wer braucht noch eine Mutter, wenn er Brigit hat?*

»Die schmeißen dich raus, wenn du so weitermachst.«

Weiß der Himmel, wieso sie sauer auf mich war. Wie oft hatte ich schon für sie angerufen und sie krank gemeldet.

Außerdem war es zu heiß, um zu streiten.

»Ach, hör doch auf«, sagte ich und wand mich. »Erzähl mir lieber, wie es dir gestern abend mit Unserem Mann in Havanna ergangen ist.«

»*Madre de Dios!*« rief sie aus. An mehr konnte sie sich aus ihren Spanischstunden nicht erinnern, die sie genommen hatte, um das Herz des ungerechten Carlos zu erobern.

»Dramatische Entwicklungen! Mach den Fernseher aus und den Ventilator an, dann erzähle ich es dir.«

»Der Ventilator ist an.«

»O Mann, dabei ist es erst Juni.« Sie seufzte. »Also, hör zu.«

Ihre Miene verdunkelte sich im Zorn, als sie erzählte, wie sie zur Z-Bar gelaufen war, Carlos aber nicht mehr da war. Also ging sie zu seiner Wohnung, doch Miguel stand in der Tür und wollte sie nicht hereinlassen. Sie konnte sich aber doch Zutritt verschaffen, und als sie im Flur war, sah sie eine kleine Latina, kaum ein Meter zwanzig groß, mit blitzenden braunen Augen und einem Tritt-mir-nicht-zu-nahe-sonst-kommen-meine-Brüder-mit-dem-Schnappmesser-Blick.

»In dem Moment wußte ich – du weißt, was ich meine, Rachel – da wußte ich einfach, daß sie mit Carlos zu tun hatte.«

»Weibliche Intuition«, murmelte ich. Aber vielleicht hätte ich auch ›weibliche Neurose‹ sagen sollen.

»Und?« fragte ich. »Hatte sie mit Carlos zu tun?«

»Sie war seine neue Freundin. Das behauptete sie wenigstens. Sie ließ mich rein und schrie Carlos auf spanisch an. Und dann sagte sie zu mir: ›Bleib doch bei deinen eigenen Leuten.‹«

»Bleib bei deinen eigenen Leuten?« Das warf mich um. »Wie in der *West Side Story*?«

»Genau«, sagte Brigit, und ihr Gesicht war wutverzerrt. »Und ich will nicht bei meinen eigenen Leuten bleiben. Irische Männer sind das Letzte. Und dann – das war ja wohl der Gipfel – dann hat sie mich eine *Gringa* genannt. Genau das hat sie gesagt: ›Du bist eine *Gringa*‹. Und Carlos hat zugesehen, als hätte ihn der Verstand verlassen! Dieser HUND!« schrie sie und warf mein Deo-Spray quer durch das Zimmer an die Wand. »Dieser gemeine, widerliche alte Bock! Ich bitte dich. *Gringa*, was für eine unverschämte Beleidigung.«

»Moment mal«, sagte ich. »*Gringa* ist doch keine Beleidigung.«

»Ach so«, sagte Brigit erregt. »Es ist also keine Beleidigung, wenn man als Prostituierte beschimpft wird. Na, schönen Dank, Rach…«

»*Gringa* bedeutet nicht Prostituierte«, sagte ich laut. Man mußte laut sprechen, wollte man Brigit etwas verständlich machen, wenn sie in dieser Stimmung war. »Es heißt einfach nur Weiße.«

Darauf folgte ein überraschtes Schweigen.

»Und wie heißt das kubanische Wort für Prostituierte?«

»Das weiß ich doch nicht, du bist doch diejenige, die Spanisch gelernt hat.«

»Ach so.« Brigit wirkte betreten. »Ich dachte schon, daß sie ein bißchen verwirrt war, als ich sagte, ich sei keine *Gringa*, und die einzige *Gringa* sei *sie*.«

»Heißt das, es ist vorbei mit Carlos?« fragte ich. Bis zum nächsten Mal zumindest. »Bist du wieder solo?«

»Solo«, bestätigte sie. »Wir müssen uns heute abend volllaufen lassen.«

»Recht hast du. Und vielleicht könnte ich Wayne anrufen und …«

»NEIN!« rief sie aus. »Mir reicht es, daß du …«

»Was?« Ich sah sie schreckerfüllt an.

»Nichts«, murmelte sie. »Nichts. Ich will mich einfach nur betrinken und in meinem Kummer schwelgen und mich ausheulen. Mit Koks kann man nicht richtig unglücklich sein. Jedenfalls nicht, wenn du es nimmst«, fügte sie geheimnisvoll hinzu. »Ich ziehe mich jetzt um.«

»*Prostituta*«, rief sie aus ihrem Zimmer.

»Du bist auch nicht gerade eine Heilige«, erwiderte ich schlagfertig.

»Nein.« Ich konnte das Lachen in ihrer Stimme hören. »Ich habe es gerade nachgesehen, das ist das spanische Wort für Prostituierte.«

»Ach so.«

»Ich wollte mich nur versichern, daß ich weiß, wie ich sie richtig beschimpfe, wenn ich ihr den Brief schreibe.«

»Was für einen Brief?«

»Den Brief an die Latti-Braut.«

O nein.

»Freches Flittchen«, hörte ich Brigits Stimme weiter. »Wofür hält die sich eigentlich, daß sie so ungezogen zu mir ist? Gefällt dir das? Latti-Braut. Und weil wir irisch sind, sind wir die Patti-Bräute. Mal sehen, vielleicht fallen uns noch mehr Ausdrücke ein.«

»Wäre es nicht besser, du würdest an Carlos schreiben?« schlug ich zaghaft vor.

Ich hörte sie murmeln: »Batti, Catti, Datti, Eatti, Fatti, Gatti ... Nein.«

»Warum nicht?«

»Weil er dann wüßte, daß mir an ihm liegt.«

Dann fügte sie hinzu: »Weißt du, wenn unsere Braut bei Carlos was werden will, dann muß sie zwei Dinge gut können.«

»Und das wäre?«

»Einen blasen und verzeihen.«

Das Telefon klingelte. Wir machten beide einen Satz, ich im Wohnzimmer, sie in ihrem Zimmer. Brigit war als erste dran. Schon als Kind hatte sie phantastische Reflexe. Viele glückliche Stunden hatten wir damit zugebracht, uns mit einem Lineal unterhalb der Kniescheibe einen leichten Schlag zu versetzen und zu rufen: »Es hat sich bewegt!«

»Es ist für mich«, rief sie.

Knapp sieben Sekunden später kam sie ins Wohnzimmer gestürzt und keuchte: »Rate mal, wer das war.«

»Carlos.«

»Woher wußtest du das? Er will sich bei mir entschuldigen. Und, ehm ... er kommt heute abend hierher.«

Ich sagte nichts darauf. Ich war nicht in der Position, sie zu kritisieren.

»Komm, laß uns mal ein bißchen aufräumen. In einer halben Stunde kommt er schon.«

Ohne rechte Begeisterung zerknüllte ich die leeren Chipstüten, sammelte die Bierdosen ein und schleppte meine Bettdecke in mein Zimmer.

Carlos kam nicht in einer halben Stunde. Auch nicht in einer Stunde. Auch nicht in anderthalb Stunden. Auch nicht in zwei Stunden. Auch nicht in drei Stunden.

Im Lauf des Abends zerfiel Brigit. Ganz allmählich, wie in Zeitlupe.

»Ich kann es nicht glauben, daß er mir das wieder antut«, flüsterte sie. »Nach dem letzten Mal hat er mir doch versprochen, mich nicht mehr zu quälen.«

Als anderthalb Stunden vergangen waren, hielt sie es nicht länger aus und bat mich, ihn anzurufen. Keiner nahm ab. Das freute sie, weil sie glaubte, er sei auf dem Weg. Doch als er nach weiteren zwanzig Minuten nicht erschien, gab sie diese Hoffnung wieder auf.

»Er ist mit ihr zusammen, mit der kleinen Latti-Braut«, stöhnte sie. »Ich spüre es. Ich weiß es, ich bin eine Hexe, meine Gefühle trügen nicht.«

In mir war ein winziges Klümpchen Zufriedenheit. Ich wünschte mir, er wäre so gemein zu ihr, daß sie ihm den Laufpaß geben mußte. Aber ich schämte mich dieses Gefühls.

Als drei Stunden verstrichen waren, stand sie auf und sagte: »Jetzt reicht's. Ich gehe zu ihm.«

»Nein, Brigit«, bat ich sie. »Bitte ... deine Würde ... deine Selbstachtung ... so ein Schwein ... eine ganze Horde Schweine ... mit denen darf man sich gar nicht abgeben ... was soll das ... setz dich doch ...«

In dem Moment klingelte es an der Tür. Es war, als würde die ganze Wohnung erleichtert aufatmen. Ich bemerkte erst, daß ich meine Schultern bis zu den Ohren hochgezogen hatte, als sie sich wieder senkten.

»Um die elfte Stunde«, murmelte Brigit.

Ich beschloß, nicht zu erwähnen, daß die elfte Stunde schon längst verstrichen war und wir jetzt bei der sechzehnten oder siebzehnten waren.

Ein seltsames Glitzern trat in Brigits Augen.

»Jetzt paß mal auf«, sagte sie mit zusammengepreßten Zähnen und schlenderte zur Gegensprechanlage. Sie nahm den Hörer und atmete tief ein. Und so laut, wie ich sie noch nie habe brüllen hören, schrie sie: »VERPISS DICH!«

Dann drehte sie sich um und schüttete sich aus vor Lachen. »Das wird er wohl verstanden haben, der Oberarsch.«

»Darf ich auch mal?« fragte ich.

»Bitte, gern doch.« Sie bog sich vor Lachen.

»Ahem.« Ich räusperte mich. »Also gut, los geht's. VERPISS DICH!«

Dann fielen wir uns gegenseitig in die Arme und schrien vor Lachen.

Es läutete wieder, lang und schrill, so daß es uns einen Moment lang die Sprache verschlug.

»Wir beachten es gar nicht«, schnaufte ich.

»Das kann ich nicht«, sagte sie atemlos. Dann prusteten wir wieder los.

Sie mußte sich erst beruhigen, bis sie den Hörer nehmen und wieder sprechen konnte. Dann sagte sie: »Komm hoch, du fettes, haariges Schwein, du« und drückte auf den Türöffner.

Er stieg aus dem Lift, mißtrauisch und verärgert. Und das war sein gutes Recht.

Denn es war Daryl, nicht Carlos. *Daryl! Träume werden also doch wahr!*

Es war nahezu unfaßbar, daß er gerade über unsere Schwelle getreten war. Um ehrlich zu sein, ich hatte ihn schon für immer und ewig aufgegeben. Er mußte meine Telefonnummer verloren haben, schloß ich, und die Adresse von der Party her noch im Kopf gehabt haben. Ich war so froh, daß ich beinahe zu zittern anfing.

Jetzt, wo sich alles zum Guten wendete, schienen meine Ängste ziemlich albern.

»Hallo, Rebecca«, sagte er unbestimmt.

»Rachel«, verbesserte ich ihn verlegen.

»Nein, *Daryl*«, sagte er. »Ich heiße Daryl.«

Er kam mir nicht so attraktiv vor wie an dem Samstag der Party, aber das war mir gleichgültig. Er trug tolle

Sachen und kannte Jay McInerney und mein Herz war für ihn frei.

»Hör zu, Rebecca«, sagte er, ohne mich richtig anzusehen. »Ich bin so …«

»Entschuldige bitte«, zwang ich mich zu sagen. »Aber ich heiße Rachel.«

Dann hatte ich ein schlechtes Gewissen, weil ich befürchtete, er könnte sich kritisiert fühlen.

»Aber ist ja auch egal«, fügte ich hinzu.

Fast hätte ich noch gesagt: »Nenn mich ruhig Rebecca, wenn du willst.«

»Wieso habt ihr zwei gesagt, ich soll mich verpissen?« fragte er und schniefte tief, was seinen unruhigen, nebulösen Blick erklärte.

Brigit war vor Enttäuschung und Kummer stumm, also mußte ich die Antworten geben.

»Wir dachten, du seist jemand anders …«

Es klingelte wieder, und Brigits Lebensgeister kehrten unverzüglich zurück. Sie rannte zur Tür, nahm den Hörer der Gegensprechanlage in die Hand und kreischte los, doch von ihrer Schimpfkanonade war nur jedes zehnte Wort verständlich: »DrecksauSpätWichserBessereszutun-ArschlochMistbolzenScherdichzumTeufel.«

Zum Abschluß sagte sie: »Komm hoch, du Arsch«, und drückte auf den Türöffner.

Dann erst schien sie Daryl zu erkennen. »MAMA MIA«, sagte sie dunkel und lachte irgendwie merkwürdig. »MAMA MIA. MAMA MAMA MIA. Haha.«

Ich hätte ihr nicht erzählen dürfen, was zwischen mir und Daryl vorgefallen war, wurde mir plötzlich bewußt. Jetzt, da sie den Verstand verloren hatte, konnte Wissen dieser Art gefährlich werden.

Sie steckte sich den Daumen in den Mund und kam mit dem Gesicht ganz nah – zu nah – an Daryls und sagte dann wieder: »Mama.« Und wieder lachte sie ihr finsteres Lachen und ging zur Tür. Damit sie gleich auf Carlos eindreschen konnte, wenn er hereinkam.

Und als Luke ahnungslos in der Tür stand, zwei Familienpackungen Eis unterm Arm, sah sie aus, als würde sie gleich tot umfallen.

»Na, wie geht's, Brigit«, sagte er und erfaßte die Situation. »Die Hitze bekommt dir wohl nicht, was?«

Sie sah ihn aus toten, blicklosen Augen an. »Luke«, brachte sie hervor. »Hast du gerade geklingelt ...?«

»Allerdings«, sagte er. »Was ist los? Hat dich der Kubaner wieder sitzenlassen?«

Sie nickte stumm.

»Könntest du ihn nicht einfach vergessen und dich stattdessen mit einem netten irischen Jungen zusammentun?« schlug er vor.

Sie sah ihn an, ihr Blick war leer.

»Würde eine Portion Eis helfen?« fragte er freundlich.

Dieser Mann kennt sich mit Frauen aus, dachte ich, obwohl ich selbst auch unter Schock stand, weil er ganz überraschend auftauchte. Besonders, weil er überraschend auftauchte, während Daryl zugegen war.

Brigit nickte steif und streckte die Hände aus. Als Luke ihr eine der zwei Packungen hinhielt, zögerte sie einen Moment, dann riß sie sie ihm aus der Hand, wie ein Kind, das Angst hatte, man würde ihm etwas wegnehmen. »Alles ... für ... mmmich?« stammelte sie. Mehr kam ihr nicht über die Lippen. Ich hatte sie schon öfter aufgrund einer Enttäuschung halb dem Wahnsinn verfallen gesehen, aber noch nie so wie diesmal.

Luke nickte.

»Alles für Brigit«, sagte sie mit belegter Stimme, den Arm schützend um die Packung gelegt.

Wir beobachteten sie voller Sorge.

»Gut«, sagte sie undeutlich, »alles für die arme Brigit.«

Schweigend sahen wir zu, wie sie zu gehen versuchte.

»Löffel«, murmelte sie und stolperte zur Küche. »Essen. Dann wird es besser.«

Dann blieb sie stehen. »Nein, macht nichts. Einfach essen, ohne Löffel.«

Wir verfolgten jede ihrer Bewegungen, als sie in ihr Zimmer ging. Sie schlug die Tür hinter sich zu. Erst dann drehte sich Luke zu mir um. »Rachel«, sagte er in einem Ton, der ganz anders war als der, mit dem er Brigit beruhigt hatte.

Es schwang eine Bedeutung darin, daß mein Magen sich anfühlte, als hätte ich das Eis, das er gebracht hatte, schon gegessen. Aber ich konnte mich dieser Empfindung nicht hingeben, weil neben mir Daryl unruhig schniefte.

»Oh, hallo, Luke«, sagte ich beklommen. »Wir haben dich gar nicht erwartet.«

Kaum waren die Worte gesagt, da bereute ich sie, weil sie unfreundlich klangen. Also fügte ich rasch hinzu: »Aber es ist schön, dich zu sehen.« Dann wünschte ich mir, ich hätte das nicht gesagt, weil es überheblich und falsch klang.

Meine Haut prickelte. Oh, warum war Luke gekommen, während Daryl hier war? Und warum mußte Daryl da sein, als Luke kam?

Ich hatte Angst, daß Daryl schlecht von mir denken würde, weil ich jemanden kannte, der ein T-Shirt mit einem *Herr-der-Ringe*-Motiv trug.

Aber mir war offensichtlich auch unbehaglich – und das überraschte mich –, weil Luke Daryl für einen oberflächlichen Disco-Hasen hielt.

Ich mag Luke, stellte ich fest und war kein bißchen glücklich darüber.

Luke richtete seinen Blick auf Daryl, und sein Gesicht nahm einen anderen Ausdruck an.

»Darren«, sagte er und nickte grimmig.

»Daryl«, verbesserte Daryl ihn.

»Ich weiß«, sagte Luke.

»Möchte jemand was trinken«, fragte ich mit schriller Stimme, bevor eine Schlägerei ausbrechen konnte.

Luke kam mir in die Küche nach.

»Rachel«, sagte er mit weicher Stimme, und sein großer Körper, der so sexy war, berührte mich fast, »erinnerst du dich nicht?«

»Woran?« Ich konnte seine Haut riechen und wollte ihn beißen.

»Du hast mich gebeten, heute abend vorbeizukommen.«

»Wirklich? Wann?«

»Heute morgen, als ich ging.«

Angst legte sich wie eine kalte Hand um mein Herz. Ich konnte mich nicht daran erinnern. Das war nicht das erste Mal, daß mir dies passierte.

»Oje«, kicherte ich nervös, »das muß ich im Schlaf gesagt haben.« Aber ich war wach genug gewesen, um ihn zu bitten, mich krank zu melden.

»Tu einfach so, als wärst du mein Bruder«, hatte ich am Morgen zu ihm gesagt.

»Wenn das so ist«, sagte Luke mit eisiger Miene und stellte die Eispackung ab, »möchte ich nicht weiter stören.«

Ich war mir dumpf bewußt, wie schlecht ich die Sache gedeichselt hatte und daß es allein meine Schuld war. Ich sah ihm nach.

Ich wollte ihn aufhalten, aber mein ganzer Körper außer meinem Gehirn war gelähmt, als wäre ich gerade aus einer Vollnarkose erwacht.

Komm zurück, rief es in meinem Kopf, aber meine Stimme gehorchte mir nicht.

Geh ihm nach und halt ihn fest, befahl mein Verstand, aber meine Arme und Beine hatten einen Funktionsausfall.

Als die Tür hinter ihm zufiel, hörte ich Daryl schniefen und sagen: »He, der Typ ist richtig feindselig.«

Matt wandte ich mich Daryl zu und beschloß zu retten, was noch zu retten war.

36

»Himmel, es ist gleich neun!« verkündete Chris, und alle stürmten aus dem Speisesaal, um rechtzeitig zu den Gruppensitzungen am Montagmorgen zu kommen. Die Gruppe von Sauerkraut, angeführt von Chris, machte sich zur Bibliothek auf, Barry Grants Gruppe war auf dem Weg zur Stillen Einkehr, und Josephines in die Abtklause.

Auf dem Flur herrschte großes Gedränge, und im Raum angekommen, rangelten wir gutmütig miteinander um die besten Stühle. Chaquie und ich stritten uns um ein und denselben Stuhl. Sie schubste mich vom Sitz, so daß ich hinfiel, und ließ sich auf den Stuhl plumpsen. Wir kreischten vor Lachen. Mike ergatterte den anderen guten Stuhl. Dann setzte Misty sich auf seine Oberschenkel, rutschte darauf herum und sagte mit unmißverständlicher Zweideutigkeit: »Laß mich mal ran«, und: »Komm schon, gib ihn mir.« Mike wurde aschfahl und schlurfte zu dem schlechtesten Stuhl, dessen Federn sich in die Schenkel bohren würden, bis Blut floß, wenn es eine lange Sitzung war.

Josephines Eröffnung war: »Rachel, Sie haben wir in der letzten Woche ein bißchen vernachlässigt, stimmt's?«

Meine Eingeweide verflüssigten sich.

Die Zeit des Fragebogens war gekommen. Wie hatte ich nur denken können, daß ich verschont würde? Geschieht mir ganz recht, warum mußte ich auch mit Chaquie rumalbern. Mein Übermut hatte das Schicksal auf den Plan gerufen.

»Stimmt's?« fragte Josephine noch einmal.

»Es macht mir nichts aus«, murmelte ich.

»Ich weiß, daß es Ihnen nichts ausmacht«, sagte Josephine aufgeräumt. »Und genau deshalb stellen wir Sie jetzt in den Mittelpunkt.«

Das Herz klopfte mir bis zum Halse, und ein hilfloser Zorn tobte in mir. Ich wollte alle Stühle über den Haufen rennen und Josephine mit ihrem glatten Lächeln eine runterhauen, wollte aus dem Haus laufen, bis nach New York, und Luke umbringen.

Es gab mir einen solchen Stich, daß ich hier war und diese Erniedrigung und diesen Schmerz erdulden mußte.

Josephine raschelte mit ein paar Blättern Papier, und ich starrte in stummem Zorn vor mich hin. *Bitte nicht, bitte, bitte nicht.*

»Ich möchte, daß Sie Ihre Lebensgeschichte aufschreiben«, sagte sie und hielt mir ein Blatt entgegen. »Hier sind die Fragen, an die Sie sich beim Schreiben halten können.«

Es dauerte einen Moment, bis mir klar wurde, daß ich gerettet war und daß sie Lukes hinterhältige Aussagen nicht vorlesen würde. Sie wollte lediglich, daß ich meine dumme Lebensgeschichte aufschrieb. Kein Problem!

»Sie brauchen nicht so ängstlich zu gucken«, sagte sie mit einem wissenden Lächeln.

Ich lächelte schwach zurück.

Mit zitternden Händen nahm ich das Blatt und las es verstohlen. Es war nur eine Liste von Fragen, die mir beim Schreiben als Richtlinie dienen sollte: »Was ist Ihre früheste Erinnerung?«, »Wen mochten Sie am liebsten, als Sie drei Jahre alt waren?«, »Woran erinnern Sie sich, als Sie fünf Jahre alt waren?«, »Zehn?«, »Fünfzehn?«, »Zwanzig?«.

Ich dachte, das Verfassen der Lebensgeschichte würde sich als schwierige, höchst kreative Aufgabe gestalten, bei der ich verschollene Erinnerungen aus meinem bisherigen Leben ans Licht holen mußte. Statt dessen war es nicht schwieriger, als ein Formular für eine Versicherung auszufüllen. Gut.

Die Sitzung drehte sich um Clarence, der schon sechs Wochen da war und bald entlassen werden würde.

»Sie wissen ja«, sagte Josephine zu ihm, »wenn Sie ohne Alkohol auskommen wollen, müssen Sie, wenn Sie wieder draußen sind, Ihr Leben ändern.«

»Ich habe es ja schon geändert«, sagte Clarence aufgeregt. »Ich weiß jetzt Dinge über mich, die ich in meinen ganzen fünfzig Jahren nicht begriffen hatte. Ich hatte den Mut, mir anzuhören, was meine Familie über meine Trinkgewohnheiten berichtet hat. Und ich habe erkannt, daß ich egoistisch und verantwortungslos war.«

Es war merkwürdig, jemanden wie Clarence, der ein komischer Kauz war, so verständig und einsichtig reden zu hören.

»Das halte ich Ihnen zugute, Clarence«, sagte Josphine mit einem Lächeln, das diesmal nicht ironisch war. »Sie haben viel erreicht. Aber ich spreche hier von den praktischen Veränderungen, die Sie vornehmen müssen.«

»Aber ich habe kaum ans Trinken gedacht, seit ich hier bin«, beharrte Clarence. »Nur wenn es mir dreckig ging.«

»Eben«, sagte Josephine. »Und draußen wird es Ihnen auch manchmal dreckig gehen, weil das Leben so ist. Und da werden Sie Zugang zu Alkohol haben. Was würden Sie vorschlagen?« Damit wandte sie sich an uns alle.

»Wie wär's mit Psychotherapie?« schlug Vincent vor. »In den zwei Monaten, die wir hier sind, lernen wir doch bestimmt nicht genug über uns, daß es für das ganze Leben reicht, oder?«

»Da haben Sie recht«, sagte Josephine erfreut. »Gut beobachtet. Jeder von Ihnen muß seine Lebensgewohnheiten von Grund auf ändern, wenn Sie wieder in die Welt da draußen gehen. Eine Begleitung durch Psychotherapie, sei es in der Gruppe oder einzeln, ist sehr wichtig.«

»Man muß sich von Kneipen fernhalten«, rief Misty erregt. »Und von den Leuten, mit denen man früher getrunken hat, weil man mit denen nichts mehr gemeinsam hat. So bin ich ins Schlingern geraten.«

»Nehmen Sie das, was Misty sagt, ernst«, sagte Josephine. »Es sei denn, Sie wollen innerhalb von sechs Monaten wieder hier sein.«

»Vielleicht sollte man zu den AA-Treffen gehen«, schlug Mike vor.

»Danke, Mike.« Josephine legte den Kopf auf die Seite. »Sie werden feststellen, daß die AA- oder NA-Gruppen eine große Hilfe sind, wenn Sie wieder draußen sind.«

»Man könnte sich neue Hobbys zulegen«, regte Chaquie an, »um die Zeit auszufüllen.«

Mir gefiel diese Sitzung. Es war aufregend, einem Menschen dabei zu helfen, sein neues Leben zu planen.

»Danke, Chaquie«, sagte Josephine. »Überlegen Sie mal, was Sie gern tun möchten, Clarence.«

»Na ja ...«, sagte er verlegen. »Ich wollte schon immer ...«

»Sprechen Sie ruhig weiter.«

»Ich wollte schon immer ... Autofahren lernen. Ich habe mir schon oft vorgenommen, damit anzufangen, aber dann hat es doch nicht geklappt, denn immer, wenn es darauf ankam, wollte ich lieber in die Kneipe gehen und trinken.« Clarence schien selbst überrascht über das, was er gerade gesagt hatte.

»Das ist«, sagte Josephine mit glänzenden Augen, »das ist die größte Einsicht, die Sie bisher, in all den Wochen hier, geäußert haben. Sie haben einen wichtigen Aspekt im Leben eines Süchtigen erkannt. Seine Sucht zu nähren, ist für ihn so wichtig, daß er für nichts anderes ein richtiges Interesse aufbringt.«

Gerade wollte ich mir auf die Schulter klopfen, weil ich massenhaft Interessen hatte – Partys, Ausgehen, Kleider, Spaß haben –, als Josephine sagte: »Und ich möchte Ihnen allen ins Gedächtnis zurückrufen, daß Feiern, Kneipenbesuche, Nachtclubs und Partys keine Interessen im eigentlichen Sinne sind, sondern lediglich dazu dienen, Ihre jeweilige Sucht zu nähren.«

Während sie sprach, sah sie mich mit wachen, blauen Augen freundlich an. Ich haßte sie, wie ich noch nie jemanden gehaßt hatte. Und ich hatte schon viele gehaßt, daß kann man mir glauben.

»Stimmt was nicht, Rachel?« fragte sie.

»Ich verstehe«, brach es aus mir heraus, »wenn man auf eine Party geht, bedeutet das, daß man süchtig ist.«

»Das habe ich nicht gesagt.«

»Und ob, Sie haben gesagt, daß ...«

»Rachel«, sagte sie mit plötzlich ganz fester Stimme, »für einen normalen Menschen ist eine Party nicht mehr als eine Party. Aber für einen Süchtigen ist es eine Gelegenheit, an die Droge seiner Wahl heranzukommen, ob es nun Alkohol oder Kokain ist. Aber es ist interessant, daß Sie mich so verstanden haben ...«

»Und ich *hasse* dieses Wort«, platzte ich heraus.

»Welches Wort?«

»*Normal.* Wenn man süchtig ist, ist man also *unnormal*, oder wie?«

»Ja, Ihre Reaktionen auf gewöhnliche Lebenssituationen sind unnormal. Ein Süchtiger greift zur Droge, um mit dem Leben, ob das nun gut oder schlecht ist, klarzukommen.«

»Aber ich will nicht unnormal sein«, sagte ich und konnte mich nicht zurückhalten. Was zum Teufel ...? dachte ich überrascht. Das hatte ich nicht sagen wollen.

»Keiner will unnormal sein«, sagte Josephine und sah mich liebevoll an. »Deswegen leugnet ein Süchtiger mit aller Macht. Aber hier, in Cloisters, lernen Sie neue Reaktionen, normale.«

Schockiert und verwirrt wollte ich darauf antworten und etwas klarstellen, aber sie war schon woanders.

In logischer Hinsicht wußte ich, daß sie eine dumme Kuh war und daß nichts daran auszusetzen war, ein aktives Leben mit Freunden zu führen, aber in emotionaler Hinsicht fühlte ich mich angegriffen. Ich war völlig erschöpft. Ständig schien ich etwas erklären zu müssen und mich dafür zu entschuldigen, daß ich so war, wie ich war, und mein Leben auf meine Weise lebte.

Bisher hatte ich immer die Verhaltenskritik in Cloisters, soweit sie auf mich zuzutreffen schien, weit von mir gewiesen, aber an dem Tag hatte ich nicht die Kraft dazu. *Paß auf*, sagte ich warnend und in düsterer Vorahnung zu mir selbst, *laß sie nicht an dich heran, sie warten nur darauf, und dann machen sie dich klein.*

Als ich an dem Abend im Speisesaal saß, um meine Lebensgeschichte aufzuschreiben, hatte ich ein ganz eigenartiges Gefühl. Ich fühlte mich zu Hause, als gehörte ich hierher. Wie ich es wagen konnte, mich fast wohl zu fühlen, werde ich nie wissen. Mit Luke, der mich weggeschickt und gedemütigt hatte, auf der einen Seite und dem Schreckgespenst des Fragebogens auf der anderen sah die Zukunft ziemlich finster aus. Aber so wie manche Menschen glücklich und erfüllt am Fuße eines Vulkans leben konnten, gelang es mir manchmal, mich vor einer bedrohlichen Situation zu verschließen. Es blieb mir nichts anderes übrig. Sonst würde ich verrückt.

Misty war nicht da, was mir guttat. Wenn sie im Raum war, fühlte ich mich immer verunsichert und böse.

Ich lutschte an meinem Füller und sah zu Chris hinüber, insbesondere auf seine Oberschenkel. Meine Güte, er war zum Reinbeißen. Während ich so an dem Füller lutschte, versuchte ich, seinen Blick auf mich zu lenken. Ich hielt meine Haltung für ziemlich provozierend, aber er sah nicht zu mir. Dann schmeckte ich Tinte auf meiner Zunge. Igitt! Wahrscheinlich waren meine Zähne blau geworden.

Seit dem Vortag hatte ich Chris genau beobachtet, um zu sehen, ob Helen mich in seiner Gunst verdrängt hatte. Er war nicht unfreundlich, plauderte mit mir wie immer und berührte mich auch hin und wieder. Bildete ich mir nur ein, daß sein Interesse an mir ein winziges bißchen nachließ? So wenig, daß es mit dem bloßen Auge nicht zu erkennen war? Vielleicht war ich einfach extrem empfindlich, beruhigte ich mich.

Ich versuchte, mich auf meine Lebensgeschichte zu konzentrieren, konnte aber nicht umhin, Chris immer wieder anzusehen. Er spielte Trivial Pursuit mit ein paar der anderen Insassen. Oder zumindest versuchte er es. Immer wieder kam es zum Streit, weil Vincent den Verdacht hatte, daß Stalin die Antworten auswendig gelernt hatte. Er behauptete steif und fest, daß er ihn dabei beobachtet hätte, wie er sich mit den Antwortkarten beschäftigt hatte.

Davy, der Spieler, wollte sie überreden, um Geld zu spielen. Wenigstens um Streichhölzer.

Das Gezeter erinnerte mich an meine Familie, nur daß die Insassen nicht so niederträchtig waren.

Es hatte angefangen zu schneien, und wir hatten die Vorhänge offen gelassen, damit wir dem Tanz der Schneeflocken vor den Fenstern zusehen konnten.

Barry, das Kind, tanzte im Raum umher und machte Tai Chi. Es war eine Wohltat, seine geschmeidigen Bewegungen zu beobachten. Er war richtig hübsch, wie ein dunkelgelockter Engel. Und er schien immer gut gelaunt und glücklich, in seiner eigenen Welt, wie in Trance. Ich hätte gern gewußt, wie alt er war.

Eamonn kam hereingewatschelt und wäre beinahe über Barry gestolpert.

»Was soll das denn?« wollte er wissen. »Das ist gefährlich, du solltest hier nicht herumspringen.«

»Laß den Jungen doch in Ruhe mit seinem Chow Mein«, schaltete Mike sich ein.

Dann kam Chaquie herein und beschwerte sich laut über eine Meldung, die sie in der Zeitung gelesen hatte und die besagte, daß Kondome umsonst an unverheiratete Mütter ausgegeben wurden, damit sie keinen neuen Familienzuwachs riskierten.

»Das ist doch unerhört«, schimpfte sie. »Warum sollten Steuerzahler dafür bezahlen, daß die umsonst Gummis bekommen. Sie dürften gar keinen Bedarf für so was haben. Wißt ihr, was die beste Verhütung ist?« fragte sie uns.

Barry runzelte nachdenklich die Stirn und sagte: »Dein Gesicht?«

Chaquie beachtete ihn gar nicht. »Das Wörtchen ›nein‹! Ganz einfach, diese vier Buchstaben: n, e, i, n. Wenn sie nur ein Fünkchen Moral hätten, dann würden sie …«

»Ach, SEI DOCH STILL!« brüllten alle.

Es wurde vorübergehend ein bißchen ruhiger, bis John Joe Barry fragte, ob er ihm die Grundzüge des Tai Chi zeigen könne, und Barry, der sonnige Knabe, erklärte sich sofort bereit.

»Also, du läßt den Fuß über den Boden gleiten. Nein, *gleiten.*«

Statt den Fuß anmutig über den Boden zu ziehen, hob John Joe ihn einfach hoch und pflanzte ihn woanders wieder auf.

»Zieh ihn, so.«

»Zeig es mir noch einmal«, sagte John Joe und ging näher an Barry heran.

Alle, die in John Joes Gruppe waren, saßen starr dabei und dachten: »Er will was von Barry. O Gott, er will was von ihm!«

»Und dann hebst du langsam den Arm.« Barry hob den Arm mit der Anmut einer Ballerina. John Joe stieß seinen vor, als wolle er jemandem einen Schlag versetzen.

»Jetzt mußt du die Hüften vorstrecken.«

John Joe machte es ihm begeistert nach.

Erregtes Stimmengewirr erhob sich, weil Stalin die Hauptstadt von Papua Neuguinea wußte. »Woher wußtest du das?« fragte Vincent. »Wie kann ein Bauerntrottel wie du das wissen?«

»Weil ich kein Dummkopf bin wie ein paar andere, die ich aufzählen könnte«, erklärte Stalin.

»Das kann nicht sein«, sagte Vincent finster. »Das. Kann. Nicht. Sein. Du hast die Antworten auswendig gelernt. Die Hauptstadt von Papua Neuguinea, ich glaub's ja wohl, du weißt ja kaum die Hauptstadt von Irland, obwohl du da lebst. Wenn du nicht Alkoholiker wärst, dann wärst du auch nie aus der Clanbrassil Street herausgekommen. Man kann ja wohl kaum sagen, daß du weit in der Welt herumgekommen bist ...«

»Könnt ihr mal leise sein, ich versuche hier, meine Lebensgeschichte zu schreiben«, sagte ich gutmütig.

»Warum gehst du nicht in den Leseraum, da ist es leiser«, sagte Chris.

Einerseits wollte ich einfach bleiben, wo ich war, und ihn bewundern, andererseits wollte ich mich für diesen Vorschlag dankbar zeigen.

»Meinst du nicht?« sagte er mit einem Lächeln. »Da klappt das bestimmt viel besser.«

Mehr brauchte er nicht zu sagen.

Aber sobald ich mich hinsetzte und mit meiner Lebensgeschichte anfing, ich meine, als ich wirklich etwas zu Papier zu bringen versuchte und nicht nur einfach vor dem leeren Blatt saß, begriff ich plötzlich, warum die anderen, als ich an meinem ersten Abend in den Leseraum kam, an den Tischen saßen, mit den Händen auf die Tischplatte schlugen, die Blätter zusammenknüllten und an die Wand warfen und voller Verzweiflung ausriefen: »Ich kann das nicht!«

Als ich mir die Fragen ansah, stellte ich fest, daß ich sie aus tiefstem Herzen nicht beantworten wollte.

37

Was war meine früheste Erinnerung? fragte ich mich, während ich auf die leeren Blätter vor meiner Nase starrte. Es gab eine Menge, die dafür in Frage kamen. Vielleicht die, als Margaret und Claire mich in einen Puppenwagen setzten und ihn dann mit Höchstgeschwindigkeit durch die Gegend schoben. Ich erinnerte mich daran, wie ich in den viel zu engen Puppenwagen gequetscht wurde und die Sommersonne mich blendete, als ich zu Margarets und Claires lachenden Gesichtern unter den familienüblichen braunen Topfschnitten hinaufsah. Ich erinnerte mich genau daran, wie sehr ich mein Haar haßte und mir inbrünstig goldene Engelslocken wie Angela Kilfeather wünschte.

Oder als ich auf kleinen Knubbelbeinen hinter Margaret und Claire herlief und mich anstrengte, mit ihnen Schritt zu halten, worauf sie nur sagten: »Geh du wieder nach Hause, du bist zu klein, du kannst nicht mitkommen.«

Oder wie sehr ich Claires taubenblaue Lacksandalen bewunderte, die einen Riemen um den großen Zeh hatten und einen um das Fußgelenk und die – das war das Beste daran – eine weiße Lackblume auf dem Zehriemen hatten.

Vielleicht war meine erste Erinnerung die, als ich Margarets Osterei aufaß und wir alle ausgesperrt wurden.

In dem Moment kam es mir so vor, als wäre das Licht im Leseraum gedämpft worden. O Gott, auch jetzt, dreiundzwanzig Jahre später, hatte ich genau das gleiche unwirkliche Gefühl wie damals. Keinesfalls kam es mir so vor, als sei es dreiundzwanzig Jahre her, eher so, als sei es gestern passiert.

Es war ein Beano-Osterei, daran erinnerte ich mich deutlich. Heute gibt es keine Beanos mehr, dachte ich und wollte mich von der schmerzlichen Erinnerung ablenken. Ich glaube, Beanos starben irgendwann in den siebziger Jahren aus. Wahrscheinlich könnte ich Eamonn fragen. Beanos waren phantastisch, so ähnlich wie Smarties, nur in leuchtenderen, aufregenderen Farben.

Margaret hatte ihr Osterei aufgehoben, und inzwischen war es September. Typisch Margaret. Ihre Fähigkeit, Dinge aufzuheben, brachte mich zum Wahnsinn.

Ich war das genaue Gegenteil. Wenn wir sonntags jede eine Packung Cadbury's Schokolade bekamen, konnte ich kaum warten, bis ich die Verpackung aufgerissen hatte und mir den Riegel in den Mund stopfen konnte. Und wenn ich meinen aufgegessen hatte, war ihrer noch unangerührt. Dann tat es mir natürlich leid, daß ich meinen nicht aufgehoben hatte, und wollte ihren.

Monatelang stand das Osterei auf unserem Kleiderschrank und blinzelte mir ständig mit seinem roten Knisterpapier zu. Ich begehrte es mit jeder Faser meines kleinen, runden Körpers. Ich kam nicht mehr davon los.

»Wann wirst du es essen?« fragte ich zum Beispiel und versuchte, so zu tun, als wäre es mir gleichgültig. Als hätte ich nicht das Gefühl, daß ich tot umfallen würde, wenn sie es nicht innerhalb der nächsten fünf Minuten verspeiste.

»Ach, ich weiß noch nicht«, sagte sie gelassen mit ihrer unglaublichen Selbstbeherrschung. »Wirklich nicht?« fragte ich mit angestrengter Gleichgültigkeit. Es war lebenswichtig, niemanden jemals erahnen zu lassen, was man wirklich wollte. Denn wenn es jemand wußte, würde er es einem auf keinen Fall geben. Wer fragt, bekommt nichts – das war meine Erfahrung.

»Vielleicht esse ich es nie«, sagte sie. »Vielleicht werfe ich es eines Tages weg.«

»Ach so«, sagte ich und hielt den Atem bei dem Gedanken an, daß ich vielleicht doch das bekommen könnte, was ich wollte. »Aber du brauchst es nicht wegzuwerfen, ich esse es für dich.«

»*Willst* du es essen?«

»Ja«, sagte ich und vergaß, mich zu verstellen.

»Aha! Du *willst* es also essen.«

»Nein! Ich …«

»Doch, das ist doch klar. Und der liebe Gott sagt, weil du bettelst, bist du unwürdig. Du bist nicht demütig, verstehst du.«

Im Alter von fünf ein Viertel wußte Margaret alles über Gott.

Ich wußte nur sehr wenig über ihn, außer, daß er ein echter Geizkragen war und sich so benahm wie alle anderen auf der Welt auch. Wenn man etwas wollte und darum bat, bedeutete das automatisch, daß man es nicht bekam. Für mich hatte es den Anschein, daß man, so lange Gott in der Nähe war, in seinem Leben nur dann sicher war, wenn man Dinge wollte, die man nicht wollte.

Der Gott, mit dem ich aufwuchs, war grausam.

Die Schwester, mit der ich aufwuchs, war grausam.

Ich war von ihrer Selbstbeherrschung und von meiner eigenen Schwäche verwirrt. Wieso wollte ich ihr Osterei so dringend haben, während sie es in aller Ruhe auf dem Schrank stehenlassen konnte?

Als ich es schließlich nicht mehr länger aushielt, hatte ich nicht die *Absicht*, es zu essen.

Jedenfalls nicht das ganze.

Ich wollte nur die Beanos in der kleinen Zellophantüte, die in der Mitte des Eis steckte, essen. Ich hatte vor, das Osterei dann wieder in das rote Stanniolpapier zu wickeln, in den Karton zu stecken und auf den Schrank zu stellen, wie neu. Und wenn Margaret es schließlich aufmachte und feststellte, daß die Tüte mit den Beanos fehlte, würde sie einfach denken, daß in der Fabrik ein Fehler unterlaufen war. Vielleicht würde ich sagen, daß in meinem Ei auch keine Beanos gewesen waren. Ich freute mich meines schlauen Einfalls, denn das verlieh der Sache Plausibilität.

Die Vorstellung, daß ich es stehlen würde, setzte sich langsam in mir fest. Ich wählte den Zeitpunkt mit Bedacht.

Claire und Margaret waren in der Schule. Margarets Lehrerin hatte gesagt, in ihren ganzen achtunddreißig Jahren als Lehrerin hätte sie noch nie ein so wohlerzogenes Mädchen wie Margaret gesehen. Stinkebaby Anna lag in ihrem Bettchen und Mum hängte die Wäsche auf, was normalerweise bedeutete, daß sie lange wegblieb, weil sie mit Mrs. Kilfeather, der Mutter von Angela mit dem Engelshaar, stundenlang über den Gartenzaun hinweg plauderte.

Ich zerrte einen gelben Korbstuhl zu dem großen, schweren braunen Kleiderschrank. (Glatte, weiße, schlecht gebaute Plastik-Schränke standen uns erst noch bevor. Sie galten als modern, und in unserem Haus gab es nichts Modernes.)

Ich kletterte auf den Stuhl, stellte mich auf Zehenspitzen und streckte mich nach dem Ei. Immer wieder sagte ich mir, daß Margaret das Ei gar nicht wollte, und hatte mich schon fast selbst davon überzeugt, daß ich ihr einen Gefallen tat. Endlich berührte ich es mit den Fingern, und es fiel nach vorn und vom Schrank herunter.

Ich nahm den Karton und hockte mich damit zwischen mein Bett und die Wand, damit Mum, wenn sie hereinkäme, mich nicht entdeckte.

Einen Moment lang, bevor ich den Karton öffnete, spürte ich Angst. Aber ich konnte nicht mehr widerstehen. Das Wasser lief mir im Mund zusammen, mein Herz klopfte wie wild und das Adrenalin pulsierte durch meine Adern. Ich gierte nach Schokolade, und keiner würde sie mir streitig machen.

Den Karton aufzubekommen, war gar nicht so leicht. Margaret hatte nicht einmal den Tesafilm abgemacht, das muß man sich mal vorstellen! Das hieß, daß sie das Ei gar nicht aufgemacht hatte, nicht einmal, um daran zu *lecken*.

Sorgfältig, mit schweißfeuchten dicken Kinderhänden, löste ich den Tesafilm. Natürlich riß der Karton dabei mit ab. Doch ich war viel zu aufgeregt, um mich darum zu kümmern, und verschob das auf später.

Ehrfurchtsvoll nahm ich das rote, glänzende Ei aus dem Karton, der Geruch überwältigte mich. Nichts hätte ich jetzt lieber getan, als mir die Schokolade gierig in den Mund zu stopfen, aber ich zwang mich, das Ei vorsichtig aus dem Papier zu wickeln. Als es aus dem Papier kam, fiel es in seine zwei Hälften und gab die kleine raschelnde Tüte mit den Beanos frei. Wie das Jesuskind in der Krippe, dachte ich aufgeregt.

Ich hatte wirklich vorgehabt, nur die Beanos zu essen, aber als die alle waren, wollte ich mehr. *Mehr.* NOCH MEHR!

Warum auch nicht? fragte ich mich. Es ist ja genug da. Außerdem *will* sie es gar nicht essen.

Das darf ich nicht, wurde mir klar, sie bringt mich um.

Doch, du darfst, überredete ich mich, sie wird es nicht einmal merken.

Na gut, dachte ich und schloß einen Kompromiß: Ich würde eine Hälfte essen und die zweite in das rote Papier einwickeln, dann würde ich das Ei wieder im Karton auf den Schrank stellen, die heile Seite nach vorn, und Margaret würde nichts merken.

Schnell hatte ich mich überzeugt und war stolz, daß ich auf diese gute Idee gekommen war. Während ich vor Aufregung und Vorfreude keuchte, nahm ich die eine Hälfte in die Hand und brach sie durch. Erregt, mit klopfendem Herzen, weil ich der Erfüllung nahe war, stopfte ich mir die Schokolade in den Mund und nahm den Geschmack erst wahr, als ich sie hinunterschluckte.

Der Rausch war nur von kurzer Dauer.

Mit dem letzten Bissen, spürte ich die Scham in mir aufsteigen. Voller Schuldgefühle wickelte ich hastig das halbe Ei wieder ein. Ich wollte es nicht mehr sehen.

So sehr ich mich auch bemühte, es gelang mir nicht, das Papier glatt und ohne Falten um das Ei zu wickeln. Und als ich es mit dem Fingernagel zu glätten versuchte, riß es! Meine Gier nach Zucker und Schokolade war befriedigt. Jetzt kam die Angst, die neben der Lust keinen Platz hatte, wieder.

Mit tiefstem Bedauern wünschte ich mir, daß ich nichts angerührt hätte. Ich wünschte mir sogar, daß ich noch nie etwas von Ostereiern gehört hätte. Margaret würde es merken, und selbst wenn Margaret es nicht merkte, der liebe Gott wußte es auf jeden Fall. Ich würde in die Hölle kommen. Ich würde in heißem Fett braten und schmoren, so wie die Pommes frites, die Mum uns jeden Freitag machte.

Mit einem Gefühl der Übelkeit und großer Sehnsucht nach dem Zeitpunkt vor zehn Minuten, als das Ei noch unberührt war, ordnete ich das Papier, so gut ich konnte, und stellte das halbe Ei in seinen Karton. Dort wollte es aber nicht aufrecht stehen, weil ihm die andere Hälfte als Stütze fehlte.

Und da an dem Tesafilm auch Karton haftete, klebte er nicht mehr.

Da packte mich richtig die Angst. Richtig und mit aller Macht. Ich hätte alles gegeben, um die Zeit zu dem Punkt zurückzudrehen, als ich noch nichts gegessen hatte. *Alles.*

Lieber Gott, bitte hilf mir. Ich werde immer brav sein. Ich tue so was auch nie wieder. Ich gebe ihr nächstes Jahr mein Osterei. Ich gebe ihr auch jeden Sonntag meinen Cadbury's Riegel, nur laß sie es nicht merken.

Endlich schaffte ich es, daß das halbe Ei in dem Karton stehenblieb. Ich machte ihn zu und stellte ihn wieder auf den Schrank.

Ich fand, daß es gut aussah. Die Vorderseite war makellos, so daß man nie auf die Idee kommen würde, daß die hintere Hälfte nicht mehr da war. Margarets Osterei war wie der Mann, den sie in O'Learys Moor mit zertrümmertem Schädel gefunden hatten. Mein Vergleich gefiel mir. Die Entdeckung hatte in unserer Straße und in mindestens vier weiteren Straßen, die parallel zu unserer verliefen, große Aufregung hervorgerufen. Aber bei uns war das Zentrum, weil ein Mann aus unserer Straße, Dan Bourkes Vater, die Leiche gefunden hatte. Zuerst dachte er, der Mann ruhe nur aus, weil sein Gesicht ganz normal aussah. Doch als Mr. Bourke ihn hochhob, fiel das Gehirn aus dem Hinterkopf. Dan Bourke erzählte, daß das so ekelig war, daß sein Vater sich deswegen übergeben mußte. Eigentlich durften wir das gar nicht wissen. Mum hatte gesagt: »Still, die Wände haben Ohren« und die Augenbrauen hochgezogen. Aber Dan Bourke, der alles aus erster Quelle wußte, erzählte uns die ganze Geschichte. Er sagte, es sei mit einem Feuerhaken passiert. Daraufhin betrachtete ich unseren mit großer Neugier und fragte mich, ob man damit auch jemandem den Schädel spalten konnte, so daß sein Gehirn herausquoll. Ich fragte meine Mutter, und die sagte nein, unser Feuerhaken gehöre netten Leuten.

Das hinderte uns jedoch nicht daran, den Sommer über damit »Toter Mann in O'Learys Moor« zu spielen. Es war kein sehr aktives Spiel. Eine von uns tat so, als würde sie einer anderen mit dem Feuerhaken den Kopf einschlagen, dann mußte sich die, die erschlagen worden war, endlos lange hinlegen, und eine andere mußte in der Rolle des Mr. Bourke vorbeikommen und so tun, als würde sie sich übergeben. Einmal spielte Claire den Teil mit dem Übergeben so gut, daß sie sich tatsächlich übergab.

Das war spitze.

Als Mum von unserem Spiel erfuhr, nahm sie uns den Feuerhaken weg, und wir mußten uns von Stund an mit einem hölzernen Küchenlöffel behelfen, was nicht halb so echt war.

Zufälligerweise fiel die Beschlagnahmung des Feuerhakens mit einem anderen Ereignis zusammen: Die Shaws schafften sich ein Planschbecken an, und Hilda Shaw wurde plötzlich mit Einladungen von ihren Möchte-gern-Freundinnen überschüttet.

Claire, Margaret und ich reihten uns da mit ein. Wie immer zog man mich nicht näher in Betracht. Claire und Margaret hingegen kamen in die engere Wahl und erhielten schließlich in einem gelben Umschlag die Mitteilung, daß sie eingeladen waren.

Als sie mit ihren rosafarbenen, auf dem Po gerüschten Badeanzügen abzogen, mußte ich zu Hause im Garten bleiben, wie immer die Ausgeschlossene, und das Spiel Mutter-ärgern spielen.

(»Mummy, warum ist der Himmel?«

»Warum ist der Himmel was, Rachel?«

»Nein, nur warum ist der Himmel?«

»Du kannst nicht fragen, warum ist der Himmel, das ist keine richtige Frage.«

»Warum nicht?«

»Es ist eben keine.«

»Warum nicht?«

»Hör auf, warum zu fragen, Rachel, du gehst mir auf die Nerven.«

»Warum?«

»Geh und spiel mit Claire und Margaret.«

»Geht nicht, die sind bei Hilda Shaw im Planschbecken.«

Pause.

»Mummy, warum ist das Gras?«

»Warum ist das Gras was, Rach…?«)

Jedenfalls sah Margarets wieder aufgestelltes Osterei auf dem Schrank ganz gut aus, dachte ich. Also ging ich frohgemut zu meiner Mutter. Sie war immer noch im Garten und sprach mit Mrs. Nagle, die auf der anderen Seite wohnte. Worüber sprachen sie nur? fragte ich mich. Und wie konnten sie das so lange aushalten? Erwachsene waren einfach komisch. Besonders, weil sie nie etwas kaputtmachen wollten. Sie wollten auch keinen anderen kneifen.

Ich lungerte herum, hielt mich am Rockzipfel meiner Mutter fest und lehnte mich an sie. Ich dachte, sie würde nie aufhören zu reden, deswegen sagte ich, um die Sache etwas zu beschleunigen: »Mummy, ich muß mal aufs Klo«, obwohl das nicht stimmte.

»Oje!« sagte sie zu Mrs. Nagle. »Nie hat man mal eine Minute für sich. Komm schnell!« Doch als wir im Haus waren, mußte sie sich um Anna kümmern. Und ich hatte sie *immer* noch nicht für mich.

Was sollte ich spielen? Und ungefragt tauchte in meinem Kopf der Gedanke an das halbe, noch ungegessene Osterei auf. Ich brauchte nur die Treppe hinaufzugehen. Es war ganz nah, und es wäre so einfach …

Nein! Das darf ich nicht, schalt ich mich.

Aber warum denn nicht? lockte mich eine andere Stimme. Geh schon, es wird ihr nichts ausmachen.

Also kehrte ich wieder zum Ort meiner Schandtat zurück. Ging zum Schrank, stellte mich auf den Stuhl, und runter kam das Osterei.

Diesmal aß ich alles auf, und es war nichts mehr da, was ich in dem Karton drapieren konnte. Die Angst und die Scham kamen wieder, aber schlimmer, noch viel schlimmer als beim ersten Mal.

Zu spät wurde mir bewußt, daß ich in der Patsche saß.

Mein Herz klopfte mir vor Angst bis zum Hals, und ich wußte, daß ich die leere Schachtel nicht einfach auf dem Schrank stehenlassen konnte. Ich sah mich im Zimmer nach einem geeigneten Versteck um und wünschte mir intensiv, daß ich nie zur Welt gekommen wäre. Unterm Bett? Auf keinen Fall, die meisten unserer Spiele fanden dort statt. Hinter dem Sofa im guten Wohnzimmer? Nein, denn als ich Claires Puppe dort versteckt hatte, nachdem ich ihr die Haare abgeschnitten hatte, fand man sie beängstigend schnell. Ich entschloß mich für den Kohlenbunker, weil der nicht mehr benutzt wurde. (Ich war noch zu klein, um die Verbindung zwischen dem Sommerwetter und der Notwendigkeit zu heizen herzustellen.)

Und dann überlegte ich mir fieberhaft, was ich sagen würde, wenn Margaret merkte, daß ihr wertvolles Osterei nicht mehr da war.

Natürlich hatte ich nicht die Absicht, irgend etwas zuzugeben. Ganz im Gegenteil. Wenn jemand dagewesen wäre, auf den ich die Schuld hätte schieben können, hätte ich es sofort getan. Obwohl das normalerweise nicht klappte. Als Margarets Puppe mit abgerissenem Kopf gefunden wurde und ich versuchte, Jennifer Nagle die Schuld dafür zu geben, war das fürchterlich danebengegangen.

Ich würde sagen, daß es vielleicht von einem Mann gestohlen worden war, beschloß ich. Einem furchteinflößenden Mann mit einem schwarzen Cape, der herumzog und Ostereier stahl.

»Was machst du da draußen?« Als Mums Stimme erklang, schreckte ich hoch, und mein Herz klopfte wie wild. »Komm, Anna sitzt schon in ihrem Kinderwagen. Wenn du dich nicht beeilst, kommen wir zu spät, um die beiden von der Schule abzuholen.«

Ich betete – allerdings ohne großes Gottvertrauen –, daß Margaret sich das Bein gebrochen hatte oder tot war oder ein ähnlicher Glücksfall eingetreten war, wenn wir bei der Schule ankamen.

Das war aussichtslos.

Also betete ich auf dem Rückweg, daß ich mir das Bein brechen oder tot umfallen würde. Ich betete ziemlich häufig, daß ich mir das Bein brechen würde. Wenn man ein gebrochenes Bein hatte, bekam man haufenweise Süßigkeiten, und alle mußten nett zu einem sein.

Aber als ich nach Hause kam, fehlte mir nicht das geringste und ich schlotterte geradezu vor Angst.

Einen kleinen Moment lang dachte ich, ich wäre gerettet – meine Mutter bekam die hintere Tür nicht auf. Sie drehte und rüttelte an dem Schlüssel, aber nichts passierte. Sie zog die Tür zu sich und versuchte wieder, den Schlüssel zu drehen, aber die Tür ließ sich nicht öffnen.

Ein unheilvolles Gefühl breitete sich in mir aus.

Mum murmelte nicht mehr leise vor sich hin, sondern schimpfte jetzt laut und deutlich.

»Was ist denn, Mum?« fragte ich bekümmert.

»Sieht so aus, als ob das verdammte Schloß kaputt ist«, sagte sie.

Da bekam ich es erst recht mit der Angst zu tun! Meine Mutter sagte nie ›verdammt‹ und wies Daddy zurecht, wenn er es sagte. Es sah schlimm aus.

Ich war im Innersten überzeugt, daß das alles meine Schuld war. Es hatte damit zu tun, daß ich Margarets Osterei gegessen hatte, ich hatte eine schwere Sünde begangen, vielleicht war es auch eine Todsünde, obwohl ich nicht richtig verstand, was das bedeutete, auf jeden Fall wurde ich jetzt bestraft. Ich und meine Familie.

Ich wartete darauf, daß sich der Himmel verdunkeln würde, so wie auf den Bildern vom Karfreitag, nachdem das Jesuskind gestorben war.

»Ist das nicht schrecklich, Rachel?« sagte Claire boshaft. »Jetzt können wir nie mehr in unser schönes Haus.«

Daraufhin brach ich in lautes, angsterfülltes, schuldbewußtes Weinen aus.

»Hör auf damit, Claire«, zischte Mum. »Sie ist so schon schlimm genug. Wir müssen jemanden holen, der das Schloß aufbricht«, fuhr sie ungeduldig fort. »Ihr bleibt hier und paßt auf Anna auf, während ich zu Mrs. Evans gehe und anrufe.«

Sobald sie gegangen war, erzählten Margaret und Claire mir wilde Geschichten von Mädchen in ihrer Klasse, die aus ihren Häusern ausgesperrt wurden und nie wieder hineingehen konnten.

»Sie mußte auf der Müllhalde leben«, sagte Claire, »und zerlumpte Kleider tragen.«

»Und nachts hatte sie eine leere Cornflakes-Packung als Kopfkissen.«

»Und ihr einziges Spielzeug war ein Blatt Papier, das sie falten konnte, obwohl sie in ihrem Haus massenhaft Puppen und Kuscheltiere hatte.«

Ich war vollkommen eingeschüchtert und weinte heiße Tränen angesichts dessen, was ich angerichtet hatte. Ich allein war dafür verantwortlich, daß meine Familie kein Zuhause mehr hatte. Und nur, weil ich so gierig war.

»Können wir nicht ein neues Haus kaufen?« fragte ich bettelnd.

»O nein«, sagten sie beide kopfschüttelnd. »Häuser kosten eine Menge Geld.«

»Aber ich habe doch Geld in meiner Spardose«, bot ich an. Ich hätte mein Leben gegeben, ganz abgesehen von den fünfzig Pence, die mir Auntie Julia in einer roten Telefonkiosk-Dose geschenkt hatte.

»Aber die Dose ist im Haus eingeschlossen«, sagte Claire, und beide hielten sie sich vor Hohngelächter die Seiten.

Mum kam zurück und sagte, wir müßten vor dem Haus warten, damit der Mann uns sähe, wenn er käme. Die Nachbarn luden uns zu einem Tee zu sich ein, aber Mum meinte, wir sollten vor dem Haus bleiben, damit der Mann uns sehen könnte. Also brachte Mrs. Evans uns einen Teller mit belegten Broten, die Claire und Margaret, nachdem sie sich sich auf der Wiese niedergelassen hatten, mit großem Appetit verspeisten. Ich konnte nichts essen. Ich würde nie wieder etwas essen. Vor allem keine Ostereier.

Die Leute, die auf der Straße nach Hause eilten, sahen uns neugierig an. Sie kamen von der Arbeit oder von der Schule und gingen zu ihrem Abendessen nach Hause, zu dem es gemäß dem Stil der frühen siebziger Jahre Kartoffelbrei aus der Tüte geben würde und zum Nachtisch einen Fertigpudding, dazu würden sie ein Lied von David Cassidy summen und darauf warten, daß der Vietnamkrieg zu Ende ging und die Ölkrise ihren Lauf nahm.

Normalerweise hätte es mich zutiefst beschämt, daß meine Familie im September vor dem Haus auf der Wiese saß und belegte Brote aß. Im Sommer konnte das angehen, aber die Schule hatte wieder begonnen, und da schickte sich das nicht mehr. Aber jetzt war mir das alles gleichgültig. Es war mir verdammt egal.

Mit rotgeweinten Augen und voller Verzweiflung starrte ich die Vorübergehenden an.

»Kann der Mann wirklich unser Haus aufmachen?« fragte ich Mum immer wieder.

»Jaa! Herr im Himmel, Rachel, Jaha!«

»Und dann müssen wir nicht auf der Müllkippe wohnen?«

»Woher hast du denn bloß die Idee?«

»Kommt er auch wirklich?«

»Ja, natürlich kommt er.«

Aber er kam nicht. Aus dem Nachmittag wurde Abend, die Schatten wurden länger, und es wurde kühler. Und da wußte ich, was ich zu tun hatte.

Ich mußte ein Geständnis ablegen.

Dad kam nach Hause, bevor der Mann kam. Es stellte sich heraus, daß das Schloß ganz in Ordnung war und Mum den falschen Schlüssel genommen hatte. Doch da war es zu spät. In dem Versuch, das Ungleichgewicht in der Welt, das ich verursacht hatte, wieder auszugleichen, hatte ich schon alles verraten.

38

Ich beschloß, die Geschichte mit dem Osterei nicht zu verwenden. Ich befürchtete, daß ich darin nicht besonders gut wegkam. Und als es am nächsten Morgen Zeit für die Gruppensitzung war, hatte ich fast nichts zu Papier gebracht. Josephine war sauer.

»Es tut mir leid«, sagte ich und hatte das Gefühl, wieder in der Schule zu sitzen und meine Hausaufgaben nicht gemacht zu haben. »Aber ich fand es nicht leicht.«

Ein großer Fehler. Ein dicker, dicker Fehler mit Doppelkinn und enormen Oberschenkeln.

In Josephines Augen trat ein Glitzern, als wäre sie ein Tiger, der im Begriff ist, sich auf seine Beute zu stürzen.

»Ich meinte, weil es im Speisesaal so laut war«, protestierte ich. »Das ist der einzige Grund, weiter nichts. Ich schreibe es heute abend.«

Doch davon wollte sie nichts hören.

»Wir improvisieren ein bißchen«, sagte sie. »Sie brauchen nichts zu schreiben, erzählen Sie uns einfach von Ihrer Kindheit.«

So ein Mist.

»Vielleicht wäre es besser, wenn ich darüber nachdenken und es aufschreiben könnte«, wandte ich ein. Je mehr ich mich wehrte, desto hartnäckiger würde sie darauf bestehen, das war mir klar, aber ich konnte mich nicht bremsen. Wäre ich ein bißchen schlauer gewesen, hätte ich so getan, als wäre ich von ihrer Idee zu improvisieren entzückt gewesen, denn dann hätte sie den Vorschlag zurückgezogen.

»Was man heute kann besorgen ...«, sagte Josephine mit einem freundlichen Lächeln und unnachgiebigem Blick.

»Also gut«, begann sie. »Am Sonntag war Ihre Schwester hier, um sie zu besuchen, richtig?«

Ich nickte und merkte, wie ich dasaß. Kaum wurde Helen erwähnt, verschloß ich mich: Die Arme hatte ich fest um den Oberkörper gelegt, meine Beine waren übereinandergeschlagen und umeinander verschlungen. So ging das nicht. Josephine würde alle möglichen falschen Schlüsse aus meiner Körperhaltung ziehen.

Ich löste meine Arme vom Körper und ließ sie lässig herabhängen. Ich faltete meine Beine auseinander und spreizte sie so weit, daß Mike dachte, dies sei ein Angebot. Hastig, in dem unbehaglichen Bewußtsein, daß ihm ein unverstellter Blick auf meinen Schritt gewährt war, schloß ich die Knie.

»Soweit ich gehört habe, hat Ihre Schwester am Sonntag für einigen Wirbel gesorgt«, sagte Josephine

»Das tut sie immer«, sagte ich lässig.

Das war falsch. Man konnte Josephines Erregung förmlich *riechen.*

»Stimmt das?« sagte sie aufgeregt. »Und ich habe gehört, daß sie eine sehr attraktive junge Frau ist.«

Ich zuckte zusammen. Eine ganz unwillkürliche Reaktion. Nicht, daß es mir etwas ausmachte, daß Helen und meine Schwestern tausendmal besser aussahen als ich, aber das *Mitleid* der Leute, das machte mich fertig.

»Und wie groß ist der Altersunterschied zwischen Ihnen beiden?«

»Sechs Jahre, sie wird einundzwanzig«, sagte ich und versuchte, so gleichmütig wie möglich zu klingen, damit man nichts daraus ableiten konnte.

»Sie klingen sehr gedämpft«, sagte Josephine. »Bedrückt es Sie, daß Ihre Schwester so viel jünger ist?«

Ich konnte nicht umhin, spöttisch zu lächeln. Es war gleichgültig, wie ich mich verhielt, sie würde auf jeden Fall irgend etwas Negatives hineinlesen.

Josephine betrachtete fragend mein Lächeln.

»Ich trage es mit Fassung«, witzelte ich.

»Ich weiß«, sagte sie völlig ernst.

»Nein! Das sollte ein Witz sein …«

»Sie waren sicherlich sehr eifersüchtig, als Helen geboren wurde«, unterbrach Josephine mich.

»Ehrlich gesagt, nein«, sagte ich überrascht. Überrascht, weil Josephine danebenlag. Weil sie mich noch nicht zu einem zitternden, heulenden Wrack gemacht hatte, wie ich es bei Neil und John Joe gesehen hatte.

Hahaha. Hoffentlich kommt sie mit ihren eigenen Mißerfolgen gut klar.

»Ich kann mich kaum daran erinnern, als Helen geboren wurde«, sagte ich ganz aufrichtig.

»Na gut, dann erzählen Sie uns doch, wie es war, als Anna geboren wurde«, sagte sie. »Wie alt waren Sie da?«

Plötzlich war ich mir meiner selbst nicht mehr so sicher. Ich wollte nicht über Annas Geburt sprechen.

»Wie alt waren Sie?« fragte Josephine wieder. Ich ärgerte mich über mich, denn weil ich nicht sofort antwortete, wurden meine Gefühle offensichtlich.

»Dreieinhalb«, antwortete ich leichthin.

»Und bis zu Annas Geburt waren Sie die Jüngste?«

»Hmm.«

»Und waren Sie auf Anna eifersüchtig, als sie zur Welt kam?«

»Nein!« Woher wußte sie das? Ich hatte vergessen, daß sie mir die Frage schon bei Helen gestellt hatte. Sie probierte einfach nur aus und war nicht allwissend.

»Sie haben also Anna nicht gekniffen oder sie zum Weinen gebracht?«

Ich sah sie entsetzt an. Wie um alles in der Welt konnte sie das wissen? Und warum mußte sie es allen hier erzählen?

Die anderen setzten sich aufrecht hin. Sogar Mike ließ einen Moment von dem Versuch ab, mit meiner Unterhose zu flirten.

»Ich vermute, Sie haben Anna gehaßt, weil Sie Ihnen Aufmerksamkeit wegnahm.«

»Das stimmt nicht.«

»Doch, das stimmt.«

Mir war heiß, ich schwitzte. Ich wand mich vor Verlegenheit und Zorn, weil ich wieder in diese furchterregende Welt katapultiert wurde, in der meine Taten so verheerende Folgen gehabt hatten. Vielleicht hätte ich sogar den Fragebogen vorgezogen.

Ich wollte mich *nicht* daran erinnern.

Auch wenn es alles immer halb da war, als Beinah-Erinnerung.

»Rachel, Sie waren drei Jahre alt, in einem Alter also, in dem es nach den Erkenntnissen der Kinderpsychologie sehr schwierig ist, ein neues Familienmitglied zu akzeptieren. Ihre Eifersucht war ganz *natürlich.*« Josephine war plötzlich ganz liebevoll mit mir.

»Was fühlen Sie jetzt?« fragte sie mich.

Und statt ihr zu sagen, daß sie sich meinetwegen verpissen konnte, machte ich den Mund auf und sagte, den Tränen nah: »Ich schäme mich.«

»Und warum haben Sie Ihrer Mutter nicht gesagt, wie Ihnen zumute war?«

»Das ging nicht«, sagte ich überrascht. Es wurde erwartet, daß man sich über eine neue Schwester freute, nicht, daß man sie zum Teufel wünschte.

»Außerdem war Mummy ganz komisch geworden«, fügte ich hinzu.

Ich spürte, wie das Interesse der anderen zunahm.

»Sie lag viel im Bett und weinte.«

»Warum?«

»Weil ich so gemein zu Anna war«, sagte ich langsam. Mein Lebensmut sank, als ich mich zwang, das zu sagen. Ich war dafür verantwortlich gewesen, daß meine Mutter sechs Monate weinend im Bett verbracht hatte.

»Was haben Sie Anna denn angetan, was so schlimm war?«

Ich schwieg. Wie konnte ich ihr und den anderen erzählen, daß ich ein kleines, wehrloses Baby gekniffen hatte, daß ich gebetet hatte, Anna möge sterben, daß ich mir vorgestellt hatte, sie in den Mülleimer zu werfen?

»Gut«, sagte Josephine, als es klar wurde, daß sie keine Antwort aus mir herausbekommen würde. »Haben Sie versucht, sie umzubringen?«

»Neihein!« Beinahe hätte ich gelacht. »Natürlich nicht.«

»Na, dann kann ja das, was Sie getan haben, nicht so schlimm gewesen sein.«

»Aber es war sehr schlimm«, beharrte ich. »Daddy ist sogar weggegangen.«

»Wohin?«

»Nach Manchester.«

»Warum ist er nach Manchester gegangen?«

Wie konnte sie das fragen? dachte ich mich beschämt. *Lag das nicht auf der Hand? Daß er meinetwegen weggegangen war?*

»Es war meine Schuld«, platzte ich heraus. »Wenn ich Anna nicht gequält hätte, dann hätte Mummy nicht so viel geweint und Daddy wäre nicht von uns weggegangen, weil es ihm alles zuviel wurde mit uns.« Und dann fing ich zu meinem Entsetzen an zu weinen.

Ich weinte nur kurz, entschuldigte mich und setzte mich gerade hin.

»Ist Ihnen je der Gedanke gekommen, daß Ihre Mutter an einer Wochenbettdepression litt?« sagte Josephine.

»O nein, das glaube ich nicht«, sagte ich bestimmt. »Es hatte damit nichts zu tun, es war meinetwegen.«

»Das ist ziemlich überheblich von Ihnen«, sagte Josephine. »Sie waren ja nur ein Kind, sie konnten unmöglich so wichtig gewesen sein.«

»Wie können Sie das sagen? Ich *war* wichtig!«

»Na ja«, murmelte sie. »Sie halten sich also für wichtig?«

»Nein!« fuhr ich wutschäumend dazwischen. So hatte ich es nicht gemeint. »Ich fühle mich nie besser als andere.«

»Das ist aber nicht der Eindruck, den Sie erweckten, als Sie nach Cloisters kamen«, sagte sie sanft.

»Aber das liegt doch daran, daß das hier Bauern und Alkoholiker sind«, platzte ich heraus, bevor mir richtig bewußt wurde, daß ich gesprochen hatte. Ich hätte mir die Stimmbänder mit einem Kartoffelschäler herausschneiden können.

»Ich glaube, Sie müssen anerkennen, daß ich in diesem Punkt recht hatte.« Sie lächelte anmutig. »Sie haben eine für viele Menschen mit einer Suchtstruktur typische überhöhte Selbsteinschätzung, plus einer extrem niedrigen Selbstachtung.«

»Das ist doch Unsinn«, murmelte ich. »Das ergibt keinen Sinn.«

»Aber so ist es. Es ist eine anerkannte Tatsache, daß Menschen, die zur Sucht neigen, oft eine ähnliche Persönlichkeitsstruktur haben.«

»Ach so, man wird also als Süchtiger geboren?« sagte ich höhnisch. »Dann hat man ja keine Chance.«

»Das ist eine Denkrichtung. In Cloisters sehen wir das etwas anders. Wir sind der Auffassung, daß es eine Kombination aus der Persönlichkeit des einzelnen und seinen Lebenserfahrungen ist. Nehmen wir Ihren Fall – Sie waren emotional weniger … *robust*, könnte man sagen, als andere. Das ist nicht Ihre Schuld. Manche Menschen kommen mit schlechten Augen zur Welt, zum Beispiel, andere sind auf der Gefühlsebene sehr empfindlich. Die Geburt Ihrer Schwester war ein traumatisches Erlebnis für Sie in einem Alter, als Sie besonders leicht verletzbar waren …«

»Ich verstehe, also jeder, der eine jüngere Schwester hat, wird kokainsüchtig?« sagte ich wütend. »Ich habe sogar zwei jüngere Schwestern. Was sagen Sie denn dazu? Sollte ich nicht auch noch heroinsüchtig sein und nicht nur eine Kokserin? Zum Glück habe ich nicht drei jüngere Schwestern, oder?«

»Rachel, Sie machen sich lustig. Aber es gehört zu Ihrer Abwehr …«

Sie brach ab, weil ich wie ein hungriger Präriehund über sie herfiel.

»Aufhören!« schrie ich. »Ich halte das nicht mehr aus, es ist alles so ein … SCHEISSDRECK!«

»Wir haben gerade an einen tiefsitzenden Schmerz gerührt, Rachel«, sagte sie ruhig, während mir förmlich der Schaum vor dem Mund stand. »Versuchen Sie, auf diese Gefühle zu hören, statt vor ihnen davonzulaufen, wie Sie es bisher immer getan haben. Wir müssen noch viel erledigen, damit Sie der dreijährigen Rachel verzeihen können.«

Ich stöhnte verzweifelt auf. Wenigstens hatte sie nicht von dem »inneren Kind« gesprochen, dieser Begriff, der einen immer innerlich zusammenzucken ließ.

»Und was die übrigen angeht«, sagte sie zum Schluß, »glauben Sie nicht, daß Sie, weil Sie nicht die riesige Bürde eines verzerrten Kindheitsschmerzes mit sich tragen, keine Alkoholiker oder Süchtigen sind.«

Während des ganzen Mittagessens weinte ich, und weinte und weinte. Ein Weinen, bei dem das Gesicht anschwoll und von roten Flecken verunziert wurde. Nicht die Krokodilstränen, die ich für Chris herausgepreßt hatte, als ich hörte, daß Luke mich verraten hatte. Sondern unaufhaltsames, erschütterndes Weinen. So hatte ich seit meiner Teenagerzeit nicht mehr geweint.

Ich war voller Trauer. Trauer, die den Herzensschmerz, den Luke mir zugefügt hatte, weit überstieg. Trauer, tief und rein und uralt, die mich hoffnungslos umklammert hielt.

Die anderen waren richtig nett zu mir, hielten mir Taschentücher hin und Schultern, an die ich mich lehnen konnte, aber ich bemerkte sie kaum. Alles war mir gleichgültig, auch Chris. Ich war ganz woanders, wo all der nackte Schmerz, der je existiert hat, in mich hineingepumpt wurde. Ich weitete mich, um ihn in mir aufzunehmen, und je mehr kam, desto heftiger fühlte ich ihn.

»Was ist denn los?« fragte eine Stimme sanft. Vielleicht war es Mike, vielleicht sogar Chris.

»Ich weiß auch nicht«, schluchzte ich.

Ich sagte nicht einmal »Entschuldigung« wie die meisten Menschen, wenn sie in der Öffentlichkeit plötzlich weinen mußten. Ich spürte Verlust, Verschwendung, Unwiederbringlichkeit. Irgend etwas war für immer verloren, und wenn ich auch nicht wußte, was es war, so brach es mir doch das Herz.

Eine Tasse Tee erschien vor mir auf dem Tisch, und die Zärtlichkeit dieser Geste verzehnfachte meinen Kummer. Ich schluchzte noch lauter und mußte mich fast übergeben.

»Vielleicht einen SCHNAPS?« Jemand, es konnte nur Don gewesen sein, kreischte es in mein Ohr.

»Nein.«

»Gott, dann ist es wirklich schlimm«, murmelte ein anderer.

Und zum Glück mußte ich darauf kichern.

»Wer hat das gesagt?« fragte ich durch meine Tränen.

Es war Barry, das Kind, und ich lachte und weinte und weinte und lachte, und jemand streichelte meine Haare (wahrscheinlich Clarence, der eine gute Gelegenheit sofort beim Schopf packte), und jemand anders ließ seine Handfläche über meinen Rücken kreisen, als wäre ich ein Kind, das sein Bäuerchen machen sollte.

»Es ist gleich Zeit für die Gruppensitzung«, sagte jemand. »Meinst du, du kannst gehen?«

Ich nickte, weil ich Angst hatte, allein gelassen zu werden.

»Dann komm ...« sagte Chaquie, schleppte mich mit sich in unser Zimmer, wo sie alle möglichen Dinge hervorzauberte, um mein verquollenes Gesicht wiederherzustellen. Das hatte nicht ganz die gewünschte Wirkung, denn ihre zarten Fingerspitzen auf meiner Haut brachten frische Tränen zum Fließen, die die teuren Cremes in dem Moment wieder fortspülten, da sie aufgetragen wurden.

Nach der Gruppensitzung drängte Chris sich durch die teilnahmsvolle Menge, die sich um mich gebildet hatte. Ich war froh, daß Chaquie und die anderen ihm ohne ein Wort Platz machten. Damit zeigten sie, daß sie das besondere Band zwischen mir und Chris erkannten. Er lächelte, ein Lächeln nur für mich, und hob eine Augenbraue, mit der Frage: »Alles in Ordnung?« Die Besorgnis, die in seinen hellblauen Augen stand, sagte mir, daß ich mir eine Verminderung seines Interesses an mir nur eingebildet hatte.

Er setzte sich, und sein Oberschenkel war an meinen gepreßt. Dann legte er zaghaft und ein bißchen nervös den Arm um meine Schulter. Das war anders als die flüchtigen Umarmungen, mit denen er mich normalerweise bedachte. Die zarten Haare in meinem Nacken richteten sich auf. Mein Herz schlug schneller. Das war die intimste Umarmung seit dem Tag, an dem er meine Tränen mit seinen Daumen abgewischt hatte.

Nichts wollte ich mehr, als meinen Kopf an seine Schulter zu legen. Aber ich saß stocksteif da und traute mich nicht. *Mach schon*, ermutigte ich mich. Mir wurde ganz heiß vor Verlangen nach ihm.

Endlich, als Schmetterlinge in meinem Bauch zu flattern begannen, lehnte ich meinen Kopf an seine Schulter und nahm den sauberen Waschmittelgeruch seines Baumwollhemdes in mir auf. Er riecht nicht wie Luke, dachte ich unwillkürlich. Dann durchzuckte mich der Schmerz meines Verlusts, bevor mir bewußt wurde, daß Chris genauso attraktiv war wie Luke. Wir saßen ganz still da, und Chris' Arm lag um meine Schulter. Ich schloß die Augen und gestattete mir einen Moment lang die Illusion, daß wir uns in einer perfekten Welt befanden und Chris mein Geliebter war.

Ich fühlte mich an eine frühere, unschuldigere Zeit erinnert, als ein Junge sich höchstens traute, den Arm um einen zu legen, und – wenn man Glück hatte – einen zu küssen. Die in Cloisters erzwungene Zurückhaltung war lieblich und romantisch. Sie rührte mich, statt mich zu frustrieren.

Ich konnte seinen Herzschlag hören, der schneller als normal ging. Auch mein Herz schlug schneller.

Mike kam vorbei und stierte uns an. Misty ging hinter Mike, und als sie mich und Chris so sah, warf sie mir einen dermaßen giftigen Blick zu, daß es mir beinahe die Haut verätzt hätte.

Verlegen, als wären wir in flagranti erwischt worden, befreite ich mich aus der Umarmung. Ohne seinen sauberen, männlichen Geruch und das Gefühl seiner starken Schulter und seines Arms durch den weichen Stoff des Hemdes fühlte ich mich beraubt. Ich haßte Misty aus tiefstem Herzen.

»Jetzt erzähl mir mal«, sagte Chris, der die vernichtenden Blicke nicht bemerkt zu haben schien, »warum warst du vorhin so unglücklich?«

»Josephine hat mich in der Gruppe nach meiner Kindheit gefragt.« Ich zuckte die Achseln. »Ich weiß nicht, warum mich das so unglücklich gemacht hat. Hoffentlich werde ich nicht verrückt.«

»Überhaupt nicht«, sagte Chris. »Das ist doch ganz normal. Überleg doch mal. Jahrelang hast du deine Gefühle mit Drogen unterdrückt. Jetzt hast du keine Drogen, und die Trauer und die Wut und so weiter, die du in der Zeit angestaut hast, kommen an die Oberfläche. Mehr ist es nicht«, schloß er freundlich.

Ich verdrehte die Augen. Ich konnte nicht anders. Chris bemerkte es.

»O nein, das hatte ich ganz vergessen.« Er lachte. »Du hast ja kein Problem mit Drogen.«

Er stand auf und wollte gehen. *Geh nicht*, wollte ich sagen.

»Das Komische ist nur«, hörte ich seine Stimme wieder, »daß du dich verhältst wie jemand, der Probleme hat.«

39

Nach dem Abendessen gingen wir zu einem Vortrag. Es gab oft Vorträge, die von einem der Therapeuten oder von Dr. Billings gehalten wurden. Aber ich hörte nie zu. An diesem Abend schenkte ich dem Sprecher zum ersten Mal meine Aufmerksamkeit, weil ich dankbar war, von dem schweren Kummer, der mich ganz gefangennahm, abgelenkt zu werden.

In dem Vortrag ging es um Zähne, und die Vortragende war Barry Grant, die hübsche, kleine, flotte Frau aus Liverpool.

»Aber, aber«, tönte ihre kräftige Stimme, die gar nicht zu ihrer zierlichen Gestalt paßte, »Ruhe bitte, bitte Ruhe!«

Wir wurden ruhig, weil wir Angst hatten, sie würde sonst Kopfnüsse verteilen. Sie begann mit ihrem Vortrag, den ich sehr interessant fand. Eine Zeitlang wenigstens.

Anscheinend hatten Menschen mit Drogen- oder Eßproblemen häufig besonders schlechte Zähne. Zum Teil lag das an ihrem ausschweifenden Lebensstil – Leute, die Ecstasy nahmen, knirschten mit den Zähnen, bis sie sie zu Pulver gemahlen hatten; Leute mit Bulimie umspülten ihr Gebiß jedesmal, wenn sie sich übergaben, mit Salzsäure und konnten froh sein, wenn sie überhaupt noch einen Zahn im Mund hatten; desgleichen Alkoholiker, die sich auch häufig übergaben.

Nicht nur führten sie ein exzessives Leben, sagte Barry Grant, sondern sie gingen auch nicht regelmäßig zum Zahnarzt. (Abgesehen von den Insassen am andere Ende der Skala, die unter den verschiedensten Vorwänden viel zu häufig zum Arzt, zum Zahnarzt oder ins Krankenhaus gingen.)

Es gab viele Gründe, warum Süchtige nicht zum Zahnarzt gingen, erklärte Barry Grant.

Mangel an Selbstwertgefühl war einer davon: sie waren es ihrer Meinung nach nicht wert, daß sie sich pflegten und auf sich achteten.

Die Angst, Geld auszugeben, war ein weiterer. Süchtige setzten klare Prioritäten und gaben das meiste Geld für ihre Sucht aus, welcher Art auch immer.

Angst an sich war der wichtigste Grund, behauptete sie. Jeder hatte Angst vorm Zahnarzt, aber Süchtige stellten sich dieser Angst nicht, so wie sie sich nie einer beängstigenden Situation stellten. Immer, wenn sie Angst hatten, tranken sie eine Flasche Whiskey oder vertilgten eine Wagenladung Käsekuchen oder setzten ihren Monatslohn auf einen sicheren Tip.

Das war alles faszinierend, und ich nickte und machte zustimmend ›mmhmm‹. Trüge ich eine Brille, so hätte ich sie abgenommen und mit einem überlegenen Nicken am Bügel herumgeschwungen. Bis mich wie aus heiterem Himmel der Gedanke durchzuckte, daß ich seit ungefähr fünfzehn Jahren nicht beim Zahnarzt gewesen war.

Wahrscheinlich länger nicht.

Ungefähr neun Sekunden später spürte ich einen kleinen Schmerz in einem Backenzahn.

Als es Zeit war, ins Bett zu gehen, war ich wahnsinnig vor Schmerzen. Das Wort »Schmerz« war völlig unzureichend, um die heißen, metallischen Elektrofunken gräßlichster Folter zu beschreiben, die zwischen meiner Schädeldecke und meinem Kiefer tobten. Es war grauenhaft.

Immer wieder wollte ich aufspringen und nach dem Glas mit den kostbaren, wunderbar wirkenden Dihydrocodeintabletten greifen und merkte dann verwirrt, daß ich keine hatte. Und daß all die schönen Schmerzmittel in der obersten Schublade meiner Kommode in New York zurückgeblieben waren. Immer vorausgesetzt natürlich, daß es noch *meine* Kommode war und daß Brigit sich keine neue Mitbewohnerin gesucht und meine Sachen auf die Straße geschmissen hatte.

Der Gedanke war viel zu unangenehm, um ihm nachzugehen. Zum Glück waren meine Zahnschmerzen so unsäglich schlimm, daß ich gar nicht lange an etwas anderes denken konnte.

Ich versuchte, den Schmerz auszuhalten. Gut fünf Minuten blieb ich standhaft, bevor ich in den Speisesaal hineinrief: »Hat jemand von euch Schmerztabletten?«

Es dauerte einen Moment, bis ich verstand, warum alle vor Lachen brüllten.

Ich ging vor Celine, der Schwester, die an dem Abend Dienst hatte, fast auf die Knie.

»Ich habe entsetzliche Zahnschmerzen«, wimmerte ich und preßte meine Hand an die Wange. »Kann ich was gegen die Schmerzen haben. – Heroin wäre top«, fügte ich hinzu.

»Nein.«

Ich war wie vor den Kopf geschlagen.

»Ich habe das nicht so gemeint, das mit dem Heroin.«

»Ich weiß, aber Sie können trotzdem keine Drogen bekommen.«

»Nicht Drogen, nur was gegen die Schmerzen, verstehen Sie das nicht?«

»Hören Sie sich doch mal selbst zu!«

Ich war verwirrt. »Aber es tut so weh!«

»Sie müssen lernen, damit zu leben.«

»Aber … aber das ist grausam.«

»Sie könnten sagen, daß das Leben grausam ist, Rachel. Betrachten Sie es als Gelegenheit, mit dem Schmerz zu leben.«

»O mein Gott«, sagte ich, »ich bin doch jetzt nicht in der Gruppe.«

»Das ist doch unerheblich. Wenn Sie Cloisters verlassen, sind Sie auch nicht mehr in der Gruppe, und trotzdem werden Sie in Ihrem Leben Schmerz erleben. Und dann werden Sie lernen, daß er Sie nicht umbringt.«

»Natürlich bringt es mich nicht um, aber es tut weh.«

Sie zuckte mit den Schultern. »Lebendig zu sein tut weh, aber deswegen schluckt man doch keine Schmerzmittel… O nein, ich hatte es vergessen«, fügte sie noch hinzu, »Sie schon.«

Die Schmerzen waren so stark, daß ich dachte, ich würde wahnsinnig. Ich konnte nicht schlafen, und zum ersten Mal in meinem Leben weinte ich vor Schmerzen. Vor *körperlichen* Schmerzen, meine ich.

Mitten in der Nacht ertrug Chaquie mein Herumgewälze und Gestöhne nicht länger und schleppte mich ins Krankenzimmer.

»Tun Sie etwas«, sagte sie laut. »Sie hat Schmerzen, und ich kann nicht schlafen. Und morgen kommt Dermot als meine Wichtige Beteiligte Bezugsperson. Ich kann sowieso schon kaum ein Auge zutun.«

Widerwillig gab Celine mir zwei Paracetamol, die den Schmerzen gar nichts anhaben konnten, und sagte: »Sie sollten morgen früh zum Zahnarzt gehen.«

Die Angst davor war fast ebenso groß wie der Schmerz.

»Ich will aber nicht zum Zahnarzt«, jammerte ich.

»Das wundert mich nicht.« Sie lächelte spöttisch. »Waren Sie heute abend bei dem Vortrag?«

»Nein«, sagte ich trotzig. »Den habe ich geschwänzt, statt dessen war ich im Dorf und habe mich vollaufen lassen.«

Sie riß die Augen auf. Sie fand das nicht komisch.

»Natürlich war ich da. Wo soll ich denn sonst gewesen sein?«

»Warum betrachten Sie den Besuch beim Zahnarzt nicht als die erste erwachsene Handlung in Ihrem Leben«, regte sie an. »Der erste angstbesetzte Gang, den Sie ohne Drogen antreten.«

»Ach, lassen Sie mich doch in Ruhe«, zischte ich leise.

Obwohl Margot, eine der Schwestern, mich begleitete, waren die anderen Insassen neidisch auf mich.

»Meinst du, du kannst FLIEHEN?« fragte Don mich.

»Natürlich«, murmelte ich, die Hand auf der geschwollenen Backe. »Sie schicken die Leoparden hinter dir her«, warnte Mike mich.

»Ja, aber wenn sie sich ein Stück flußabwärts treiben läßt, verlieren sie die Spur«, erklärte Barry.

Davy schlich sich an mich heran und fragte diskret, ob ich in dem Rennen um vierzehn Uhr dreißig in Sandown Park auf Sieg und Platz setzen könnte.

Und in dem um drei Uhr.

Und in dem um halb vier.

Und in dem um vier.

»Ich weiß nicht, ob ich an einem Wettbüro vorbeikomme«, sagte ich und fühlte mich mies. Außerdem wüßte ich nicht, was ich da tun müßte, weil ich noch nie in meinem Leben in einem Wettbüro war.

»Werden Sie mir Handschellen anlegen?« fragte ich Margot, als wir uns ins Auto setzten.

Sie warf mir einen verächtlichen Blick zu, und ich zuckte zusammen. Humorlose Tussi.

Sobald wir das Gelände hinter uns gelassen hatten, fing ich an zu zittern, was mich völlig verblüffte. Die Welt draußen erschien mir fremd und bedrohlich, und ich hatte ein Gefühl, als sei ich schon lange fort gewesen. Das ärgerte mich. Ich war noch keine zwei Wochen in Cloisters, und schon heimgeschädigt.

Wir fuhren in den nächsten Ort, zu Dr. O'Dowd, dem Zahnarzt, an den man sich wandte, wenn die Zähne eines Insassen aufmuckten. Und das passierte ständig, wenn man Margot Glauben schenken wollte.

Auf dem Weg vom Auto zur Praxis kam es mir vor, als würde die ganze Stadt mich anstarren. Als wäre ich eine

Gefangene im Hochsicherheitstrakt und hätte anläßlich der Beerdigung meines Vaters Freigang. Ich empfand mich als anders, fremd. Die Menschen mußten mich nur ansehen, dann wußten sie schon, woher ich kam.

Ich registrierte ein paar Jugendliche an einer Straßenecke. Ich könnte wetten, daß die Drogen verkaufen, dachte ich, und das Adrenalin fing an, in meinen Adern zu pulsieren, während ich überlegte, wie ich Margot abschütteln könnte.

Aber das war aussichtslos.

Sie schob mich vor sich her zu der Zahnarztpraxis, wo man, so deutete ich die kontrollierte Aufregung, die dort herrschte, mich bereits erwartete. Die knapp vierzehnjährige Sprechstundenhilfe konnte ihren faszinierten Blick kaum von mir abwenden. Ich wußte genau, was sie dachte: Ich war ein Sonderling, ich paßte nicht dazu, ich gehörte zu den Außenseitern. Voller Bitterkeit stellte ich mir vor, daß sie die anderen Sprechstundenhilfen den ganzen Morgen bedrängt und gefragt hatte: »Wie sie wohl aussieht, die Junkie-Frau?«

Ich fühlte mich zutiefst mißverstanden. Sie verurteilte mich, weil ich von Cloisters kam, aber sie irrte sich gründlich, denn ich war gar keine von *denen*.

Mit einem nicht sehr diskreten Naserümpfen bat sie mich, ein Formular auszufüllen.

»Und die Rechnung geht an... ehm... CLOISTERS?« fragte sie mit vorgetäuschter Diskretion. Die Leute im Wartezimmer waren mit einem Mal putzmunter.

»Ja«, murmelte ich. Obwohl ich am liebsten gesagt hätte: »Könnten Sie das ein bißchen lauter sagen? Ich glaube, die Leute in Waterford haben Sie nicht gehört.«

Ich fühlte mich alt und matt und ärgerte mich über die Einstellung der jungen Sprechstundenhilfe. Wahrscheinlich dachte sie, daß sie niemals, nicht in einer Million Jahren, nach Cloisters eingewiesen würde, und daß ich ziemlich blöd sein mußte, weil ich es so weit hatte kommen lassen. Aber ich war auch einst wie sie gewesen. Jung und dumm. Ich hatte gedacht, daß die tragischen Ereignisse des Lebens mir nichts anhaben könnten. Ich hatte gedacht, daß ich clever genug war, um schlimme Dinge von mir abzuwenden.

Ich setzte mich und richtete mich auf eine lange Wartezeit ein. Es lag vielleicht schon eine ganze Weile zurück, daß ich beim Zahnarzt gewesen war, aber ich wußte, wie sich die Dinge dort abspielten.

Margot und ich saßen schweigend nebeneinander und lasen zerrupfte Exemplare des *Catholic Messenger*, das einzige, was es zu lesen gab. Um mich aufzuheitern las ich die Seite mit der Überschrift »Gute Absichten«, auf der von Menschen berichtet wurde, die darum beteten, daß das Schlechte in ihrem Leben vorübergehen möge.

Zu lesen, daß es auch andere Menschen gab, die unglücklich waren, war immer hilfreich.

Hin und wieder durchzuckte mich der Schmerz erneut, dann preßte ich mein gemartertes Gesicht in die Hand, stöhnte leise und sehnte mich nach Drogen.

Immer, wenn ich aufsah, waren alle Blicke auf mich gerichtet.

Natürlich war der Schmerz in dem Moment verschwunden, als die Sprechstundenhilfe sagte: »Sie können jetzt zu Dr. O'Dowd.« So ging es mir immer. Ich veranstaltete ein riesiges Theater wegen irgendwelcher Schmerzen oder einer Verletzung, doch kaum stand ich vor dem Arzt, verschwanden alle Symptome, und jeder hielt mich für eine Simulantin.

Ich schleppte mich in den Behandlungsraum. Schon allein der Geruch reichte, um mir Übelkeit zu verursachen.

Zum Glück war Dr. O'Dowd ein rundlicher, fröhlicher Mann, der viel lächelte, und nicht die hagere Todesgestalt, die ich mir vorgestellt hatte.

»Klettern Sie mal hier rauf, mein gutes Mädchen«, sagte er, »und dann schauen wir uns die Sache mal an.«

Ich kletterte, er schaute.

Während er mit einem spitzen Metallhaken und einem Spiegel in meinem Mund herumfuhrwerkte, fing er eine Unterhaltung an, mit der er mir die Angst nehmen wollte.

»Sie kommen also aus Cloisters?« fragte er.

»Haaahr«, sagte ich und versuchte zu nicken.

»Alkohol?«

»Gein.« Ich versuchte, ein Nein anzudeuten, indem ich mit den Augenbrauen wackelte. »Grogn.«

»Ach so, Drogen, ja?« Erleichtert stellte ich fest, daß er nicht vorwurfsvoll klang.

»Ich frage mich oft, wie man weiß, daß man Alkoholiker ist«, sagte er.

Ich wollte sagen: »Mich dürfen Sie nicht fragen«, aber es kam heraus als: »Ik ürken I ik gragn.«

»Wenn man nach Cloisters kommt, dann *weiß* man ja offenbar, daß man Alkoholiker ist – dieser Zahn macht es nicht mehr lange.«

Ich wollte mich senkrecht aufrichten, aber er bemerkte meine Beunruhigung gar nicht.

»Ich meinerseits trinke nicht jeden Tag«, sagte er. »Mit einer Wurzelfüllung können wir ihn vielleicht retten. Und am besten machen wir uns gleich an die Arbeit.«

Eine Wurzelfüllung! O nein! Ich wußte zwar nicht, was eine Wurzelfüllung war, aber so wie andere, die eine bekamen, darüber redeten, nahm ich doch an, daß man sich davor fürchten mußte.

»Nicht jeden *Tag*, sozusagen«, fuhr er fort, »aber doch an den meisten Abenden, haha.«

Ich nickte unglücklich.

»Aber niemals, wenn ich am nächsten Morgen eine sichere Hand am Bohrer brauche, haha.«

Mein Blick wanderte sehnsuchtsvoll zur Tür.

»Aber wenn ich einmal anfange, kann ich nicht mehr aufhören, verstehen Sie, was ich meine?«

Ich nickte angsterfüllt. Besser, ich widersprach ihm nicht. *Tun Sie mir bitte nicht weh.*

»Und dann, irgendwann im Laufe des Abends, stelle ich fest, daß ich mich nicht weiter betrinken kann. Verstehen Sie, was ich meine?«

Er brauchte meine Bestätigung gar nicht.

»Und die Niedergeschlagenheit *danach.* Kommen Sie mir bloß nicht *damit.*« Er sprach mit Leidenschaft. »Oft wünsche ich mir, ich wäre tot.«

Er hörte auf zu klopfen und zu kratzen, ließ aber das spitze Ding und den Spiegel in meinem geöffneten Mund. Er legte seine Hand an mein Gesicht und sah mich nachdenklich an. Offensichtlich stellte er sich auf eine lange Unterhaltung ein.

»Manchmal, nach einem ausschweifenden Abend, habe ich sogar an Selbstmord gedacht«, vertraute er mir an. Ich spürte, wie mir der Speichel langsam am Kinn herunterlief, aber ich befürchtete, unhöflich zu sein, wenn ich ihn wegwischte. »Unter Zahnärzten gibt es die höchste Selbstmordrate, können Sie sich das vorstellen?«

Ich bemühte mich, einen verständnisvollen Blick aufzusetzen, und zog die Augenbrauen hoch.

»Es ist ein ganz schön einsames Leben, wenn man den Leuten tagein, tagaus im Mund rumfummeln muß.« Das Rinnsal Speichel verwandelte sich zusehends in einen Sturzbach. »Tagein, tagaus, verdammt noch mal.«

Er ahmte eine weinerliche Stimme nach: »›Mein Zahn tut weh, können Sie mir helfen? Ich habe solche Zahnschmerzen, helfen Sie mir!‹ Ich höre den ganzen Tag nichts anderes: Zähne, Zähne, Zähne!«

Himmel, er ist übergeschnappt.

»Ich war mal bei ein paar AA-Treffen, wollte einfach mal sehen, was die so machen.« Er sah mich um Verständnis heischend an, ich erwiderte den Blick.

Bitte, lassen Sie mich gehen.

»Nicht meinetwegen«, erklärte er. »Ich habe ja schon gesagt, ich trinke nicht jeden Tag. Und nie morgens. Außer wenn ich zu sehr zittere, das ist klar.«

»Aaar«, sagte ich ermutigend.

Sprich mit deinem Kerkermeister, baue eine Beziehung auf, versuche, ihn auf deine Seite zu ziehen.

»Meine Frau hat gedroht, mich zu verlassen, wenn ich das Trinken nicht sein lasse«, fuhr er fort. »Aber wenn ich das täte, hätte ich das Gefühl, daß mir nichts mehr bleibt, daß mein Leben vorüber ist. Dann könnte ich ebensogut tot sein. Verstehen Sie, was ich meine?«

Dann schien er wieder zu sich zu kommen.

Und er bedauerte es, daß er sich vor mir diese Blöße gegeben und seine Schwäche gezeigt hatte.

Hastig versuchte er, seine Überlegenheit wiederherzustellen.

»Jetzt werde ich Ihnen eine kleine Spritze geben, aber damit kennen Sie sich ja aus, was?« lachte er heiser. »Nichts ist mir lieber, als wenn ein Junkie in meinem Stuhl sitzt. Die meisten Leute fürchten sich vor der Nadel! Hahaha.«

»Hier, wollen Sie sie sich selbst setzen? Hahaha.«

»Haben Sie Ihr Spritzbesteck gleich mitgebracht? Hahaha.«

»Wenigstens brauchen Sie sich die Nadel mit keinem anderen zu teilen, ahahahahaha!«

Vor Angst bekam ich einen Schweißausbruch, denn er irrte sich: Ich hatte eine furchtbare Angst vor Spritzen und war wie gelähmt angesichts der vor mir liegenden Tortur.

Ich wurde stocksteif, als er meine Oberlippe anhob und die Nadel in das weiche Zahnfleisch stach. Und während die kalte Flüssigkeit in mich hineinströmte, stellten sich meine Haare vor Ekel auf. Je länger die Nadel im Zahnfleisch blieb, desto mehr tat der Einstich weh. Ich dachte, es würde nie aufhören.

Ich warte noch fünf Sekunden, sagte ich mir mit äußerster Willenskraft, *dann muß er damit aufhören*.

Als ich vor Schmerz aufschreien wollte, hörte er auf.

Inzwischen war mir klargeworden, daß ich viel zu feige war, um weitere zahnärztliche Eingriffe in meinem Mund zu erlauben. Lieber würde ich mich mit Zahnschmerzen herumquälen.

Doch als ich gerade aufspringen und an ihm vorbei aus der Praxis stürzen wollte, kroch das wunderbare Prickeln der Betäubung durch meine Lippe in die eine

Gesichtshälfte hinein und breitete sich mit besänftigenden Fingern aus.

Es war ein Wohlgefühl sondergleichen. Ich liebte es über alles. Ich schmiegte mich in den Stuhl und genoß es. Was für ein großartiges Mittel doch Novocain war! Ich wünschte mir nur, daß es auf den ganzen Körper angewendet werden könnte. Und auf meine Gefühle.

Die angenehme Empfindung hielt nicht lange an. Mir fielen wieder alle möglichen schrecklichen Geschichten ein, die ich über Zahnärzte gehört hatte. Die von Fidelma Higgins, die ins Krankenhaus kam, wo man ihr vier Weisheitszähne entfernen sollte. Nicht nur wurden ihr die Weisheitszähne nicht gezogen, sondern es wurde ihr statt dessen ihre völlig gesunde Bauchspeicheldrüse herausoperiert. Oder die von Claire, der ein Zahn gezogen werden mußte, dessen Wurzeln so kräftig waren, daß sich der Zahnarzt nach Claires Schilderung mit einem Fuß auf ihrer Brust abstemmen mußte, um eine ausreichende Hebelwirkung erzielen zu können. Und dann war da – das gefundene Fressen für Menschen mit einer Zahnarztphobie – die Zahnarztszene im *Marathon Man*. Ich hatte den Film gar nicht gesehen, aber das machte nichts. Ich hatte genug darüber gehört, daß mir bei der Vorstellung, diesem Mann und seinem Bohrer und entsetzlichen Schmerzen ausgeliefert zu sein, speiübel wurde.

»Gut, die Betäubung müßte jetzt wirken«, sagte Dr. O'Dowd und unterbrach den Horrorfilm, der in meinem Kopf ablief. »Dann wollen wir mal.«

»Was … was ist eigentlich eine Wurzelfüllung?« Ich wollte ganz gern wissen, was er mit mir vorhatte.

»Wir nehmen das Innere des Zahn heraus, einschließlich des Nervs, und höhlen ihn komplett aus«, sagte er fröhlich. Darauf fing er voller Energie zu bohren an, wie jemand, der ein Regal anbringen will.

Bei dem Gedanken an das, was er vorhatte, zog ich die Schultern vor Anspannung bis zu den Ohren hinauf.

Ich würde unerträgliche Schmerzen erleiden. Und es würde ein Loch bis in mein Gehirn entstehen, dachte ich, während sich mein Magen vor Übelkeit zusammenkrampfte.

Kurz darauf fingen die Nerven in all meinen anderen Zähnen an zu hüpfen und zu tanzen. Ich zwang mich abzuwarten – ungefähr vier Sekunden –, bis ich es nicht länger aushielt und ihm ein Handzeichen gab.

»Jetzt tun mir alle meine Zähne weh«, konnte ich gerade noch murmeln.

»Jetzt schon?« fragte er. »Es ist erstaunlich, wie schnell ihr Drogensüchtigen Schmerzmittel resorbiert.«

»Bei denen geht es schneller?«

»Bei euch geht es schneller, in der Tat.«

Er gab mir eine neue Spritze. Sie war schmerzhafter als die erste, weil das Gewebe schon angegriffen war. Dann ließ er wieder den Bohrer aufheulen, als wäre es eine Kreissäge, und bohrte weiter.

Es dauerte Stunden.

Zweimal mußte ich ihn bitten aufzuhören, weil ich die Schmerzen nicht mehr aushielt. Aber beide Male sah ich ihn kurz darauf mit tapferem Lächeln an und sagte: »Jetzt geht es, Sie können weitermachen.«

Als ich endlich zu Margot ins Wartezimmer stolperte, fühlte sich mein Mund an, als wäre ein Lastwagen hindurchgefahren, aber die Zahnschmerzen waren verschwunden, und ich war ungeheuer stolz auf mich.

Ich hatte es überstanden, ich hatte überlebt und fühlte mich großartig.

»Warum meine Zähne wohl gerade jetzt aufmucken?« murmelte ich auf der Rückfahrt vor mich hin.

Margot warf mir einen prüfenden Blick zu. »Das ist bestimmt kein Zufall«, sagte sie.

»Wieso nicht?« fragte ich überrascht.

»Überlegen Sie doch mal«, sagte sie. »Soweit ich weiß, sind Sie gestern in der Gruppensitzung einen wichtigen Schritt vorangekommen ...«

Wirklich?

»... aber Ihr Körper will Sie von dem seelischen Schmerz, den Sie fühlen müßten, ablenken und gibt Ihnen statt dessen körperliche Schmerzen. Mit körperlichen Schmerzen kommt man viel leichter klar.«

»Wollen Sie damit sagen, daß ich eine Show abziehe?« fragte ich erregt. »Dann reden Sie doch mal mit dem Zahnarzt, der wird Ihnen schon erzählen, was ...«

»Ich sage nicht, daß Sie eine Show abziehen.«

»Aber was meinen ...?«

»Ich sage nur, daß Ihr Wunsch, sich Ihrer Vergangenheit nicht stellen zu müssen, so stark ist, daß Ihr Körper diesem Wunsch nachkommt und Ihnen andere Gründe gibt, sich Sorgen zu machen.«

Herr im Himmel!

»Ich habe die Schnauze voll davon, daß immer soviel in alles hineininterpretiert wird«, sagte ich heftig. »Ich hatte Zahnschmerzen, mehr nicht, basta.«

»Sie hatten die Frage nach dem Zeitpunkt gestellt«, erinnerte Margot mich freundlich.

Den Rest des Weges legten wir schweigend zurück.

Bei meiner Rückkehr nach Cloisters wurde ich begrüßt, als wäre ich mehrere Jahre fortgewesen. Fast alle – außer Eamonn und Angela – sprangen vom Mittagessen auf und riefen: »Da ist sie ja wieder!« und: »Gut gemacht, Rachel. Wir haben dich vermißt.«

Zu Ehren meines arg mitgenommenen Mundes erließ Clarence mir meine Pflichten im Topfwaschteam, was mich an den wunderbaren Tag erinnerte, als wir von der Schule nach Hause geschickt wurden, weil es einen Wasserrohrbruch gegeben hatte. Aber mit dem Töpfewaschen verschont zu werden, war nichts, verglichen mit dem guten Gefühl, als Chris mich in die Arme nahm.

»Willkommen zu Hause«, krächzte er. »Wir dachten schon, du hättest den Löffel abgegeben.«

Ein warmes Glücksgefühl prickelte in meinem Magen. Offenbar hatte er mir verziehen, daß ich gestern die Augen verdreht hatte, als er mir seinen Rat gab.

Ich wurde mit Fragen überschüttet.

»Wie sieht die Welt da draußen aus?« wollte Stalin wissen.

»Ist Richard Nixon noch Präsident?« fragte Chris.

»Richard Nixon ist Präsident?« sagte Mike darauf. »Dieser junge Schnösel? Als ich hier neu war, war er noch Senator!«

»Wovon redet ihr denn?« Chaquie verzog empört das Gesicht. »Dieser Nixon ist doch schon lange weg. Der ist doch schon vor Jahren ...«

Sie brach ab. Barry, das Kind, gab ihr ein Zeichen.

»Das ist ein Witz«, sagte er. »Du weißt schon, ein *Witz*! Ha. Ha. Guck mal im Wörterbuch nach, du lahme Tante.«

»Oh«, sagte Chaquie verwirrt. »Nixon. Wie dumm von mir. Ich kann gar nicht klar denken, wo doch Dermot heute nachmittag kommt ...«

Alle sahen besorgt, daß sie den Tränen nahe war.

»Reg dich nicht auf«, sagte Barry und machte einen Rückzieher. »Eigentlich bist du gar keine lahme Tante.«

Alle im Raum hielten einen Moment den Atem an, bis Chaquies Miene sich wieder aufhellte.

Als die Gefahr eines Ausbruchs gebannt war, erheiterte ich die Anwesenden mit einer Schilderung meinen blutigen Erfahrungen.

»Wurzelfüllung?« höhnte ich. »Kleinigkeit.«

»Aber tat es denn nicht WEH?« wollte Don wissen.

»Das steck ich so weg«, prahlte ich und verschwieg, daß ich vor Schmerzen heiße Tränen geweint hatte.

»Hattest du denn keine Angst?« fragte John Joe.

»Was hätte das genützt?«, sagte ich knapp. »Es mußte gemacht werden, Schluß, aus.«

Mir wurde klar, daß das sogar fast zutraf.

»Was hat es denn gekostet?« Eddie stellte die Frage, die für ihn am wichtigsten war.

»O je, das weiß ich doch nicht«, sagte ich. »Nicht viel, glaube ich.«

Eddie lachte finster. »Du bist wohl von gestern, was?

Zahnärzte und Ärzte sagen dir nicht mal guten Tag, ohne horrende Summen zu verlangen.«

»Eddie«, sagte ich und beschloß, ein Risiko einzugehen, »weißt du was? Wenn es um Geld geht, bist du ein bißchen neurotisch.«

40

Und weiter ging's zur Gruppensitzung.

Wir eilten den Korridor entlang, und Eddie rief mir nach: »Bloß, weil ich den Wert des Geldes erkenne …?«

Dermot und sein Toupet waren schon da. Jetzt, da ich wußte, daß er ein Toupet trug, konnte ich meine Augen kaum abwenden. Es war so *offensichtlich*. Und so groß, daß es einen Stuhl für sich allein verdient hätte.

Dermot hatte sich fein gemacht, weil ihm die Ehre zuteil wurde, als Chaquies WBB aufzutreten. Er trug einen Zweireiher, der seinen großen Bauch kaschieren sollte, was ihm aber nicht gelang. Von der Seite gesehen sah Dermot aus wie ein riesiges ›D‹.

Chaquie war parfümiert und tadellos zurechtgemacht, noch perfekter als sonst. Ich sah dem, was Dermot sagen würde, mit Neugier und Skepsis entgegen. Ich glaubte Chaquie, wenn sie sagte, daß sie hin und wieder mit ihren Freundinnen einen Bacardi Cola trank. Chaquie war nicht Neil, und ich war überzeugt, daß sie mich nicht wie er über das Ausmaß ihres Alkoholkonsums angelogen hatte.

Im Gegenteil, ich vermutete, daß Chaquie, so sehr sie einen auch mit ihren unverhohlenen rechten Ansichten auf die Palme bringen konnte, ein ziemlich untadeliges Leben geführt hatte.

Ich stellte überrascht fest, daß sich meine Einstellung ihr gegenüber gewandelt hatte. Ich empfand ein seltsame widerstrebende Zuneigung zu ihr.

Josephine trat ein, und wir setzten uns ordentlich hin und wurden ruhig.

Sie dankte Dermot, daß er gekommen war, und sagte: »Vielleicht können Sie uns etwas über Chaquies Trinkgewohnheiten erzählen.«

Ich fuhr mit der Zunge über meinen wiederhergestellten Zahn. Ich konnte es nicht bleiben lassen und war unglaublich stolz auf mich und meine Wurzelfüllung.

»Sie hat immer schon gern getrunken«, sagte Dermot, der nichts von Emers Zurückhaltung hatte.

Chaquie sah ihn erschrocken an.

»Sie hat mir immer irgendwelche Geschichten erzählt, daß sie wegen einer Erkältung einen Whiskey brauchte, oder einen Port oder Brandy gegen eine Magenverstimmung, oder ...«

»Was kann ich dafür, wenn ich oft unpäßlich bin?« fuhr Chaquie dazwischen, und ihre Stimme klang vornehmer als je zuvor.

Josephine starrte sie an, und Chaquie schwieg.

»Wie gesagt«, seufzte Dermot, »sie hat schon immer gern getrunken, aber erst als sie den Ring am Finger hatte, konnte sie nicht mehr verbergen, wie weit es schon gekommen war. Und dann fing sie an, mich zu blamieren.«

Chaquie stieß einen Laut aus, aber Josephine brachte sie mit einem Stirnrunzeln zum Schweigen.

»Wie hat sie Sie blamiert?«

»Ich arbeite sehr viel«, sagte Dermot. »Sehr viel. Ich bin ein Selfmade-Man und habe mein Geschäft aus dem Nichts aufgebaut ...«

»Und das hast du alles allein gemacht, wie?« unterbrach Chaquie ihn, und ihre Stimme war überraschend schrill. »Ohne mich hättest du das nie geschafft. Ich hatte die Idee, die aufrechten Sonnenbänke zu bestellen.«

»Das stimmt nicht!« sagte Dermot gereizt. »Ich hatte sie schon in einem Katalog gesehen, lange bevor du welche in London entdeckt hattest.«

»Ach was, das ist doch gelogen. Du wußtest nicht einmal, wie sie funktionieren.«

»Wenn ich es doch sage.« Dermot betonte jede Silbe mit einer Bewegung seiner winzigen Hand. »Ich hatte davon gelesen.«

»Vielleicht könnten wir später noch einmal darauf zurückkommen«, sagte Josephine, »wir sind hier, um über Chaquies Alkoholproblem zu sprechen.«

»Damit wären wir die ganze Woche beschäftigt«, sagte Dermot mit einem bitteren Schnauben.

»Meinetwegen. Fahren Sie bitte fort«, forderte Josephine ihn auf. Das ließ er sich nicht zweimal sagen.

»Ich wußte nicht, wie weit es mir ihr gekommen war, weil sie heimlich trank«, sagte er. »Sie versteckte die Flaschen und sagte, sie habe Migräne, wenn sie in Wirklichkeit mit einer Flasche Schnaps ins Bett ging.«

Chaquies Gesicht war rot angelaufen.

»Und belogen hat sie mich nach Strich und Faden. Im Garten habe ich rund zwanzig leere Bacardi-Flaschen gefunden, und sie sagte, sie wisse nichts darüber, und schob die Schuld auf die Jugendlichen aus den Sozialwohnungen.«

Er fuhr fort: »Und dann kam der Bankdirektor mit seiner Frau zum Abendessen – ich wollte ein Darlehen von ihm, um mein Geschäft zu erweitern –, und Chaquie fängt an zu singen: ›Happy Birthday, Mr. President, coocoocachoo‹, als wäre sie Marilyn Monroe, und wackelt mit dem Hintern und streckt ihm ihr Dekolleté entgegen ...«

Ich warf Chaquie einen Blick zu. In ihrem Gesicht spiegelte sich das blanke Entsetzen. Ich spürte eine beschämende Mischung aus Mitleid und Schadenfreude.

»... sie hatte schon den ganzen Nachmittag getrunken. Aber als ich sie fragte, log sie und behauptete, sie sei stocknüchtern. Dabei konnte selbst ein Blinder sehen, daß sie betrunken war. Dann ging sie in die Küche, um die Räucherlachsroulade aufzutragen, und kam nicht wieder rein. Wir haben eine Ewigkeit gewartet, es war mir so peinlich, und ich versuchte, die Unterhaltung mit Mr. O'Higgins in Gang zu halten. Und als ich sie suchte, wo habe ich sie da gefunden? Im Bett, voll bis oben hin ...«

»Mir war nicht gut«, murmelte Chaquie.

»Daß ich das Darlehen nicht bekommen habe«, fügte Dermot mit einiger Befriedigung an, »brauche ich wohl kaum zu sagen. Danach wurde es immer schlimmer, so daß sie jeden Abend betrunken war und meistens schon tagsüber. Ich konnte mich überhaupt nicht mehr auf sie verlassen.«

»Das mit dem Darlehen reibst du mir immer wieder unter die Nase«, rief Chaquie aus. »Dabei hatte es nichts damit zu tun, daß mir nicht gut war. Es lag daran, daß die Zahlen nicht stimmten, und das hatte ich dir gesagt, bevor du mit deinen komischen Plänen zu O'Higgins gegangen bist.«

Dermot beachtete sie gar nicht.

»Und die ganze Zeit versuchte ich, das Geschäft aufzubauen«, fuhr er fort. »Und habe Tag und Nacht gearbeitet, weil ich den besten Schönheitssalon in South County Dublin haben wollte.«

»Ich habe auch Tag und Nacht gearbeitet«, warf Chaquie ein. »Und ich hatte die meisten Ideen. Zum Beispiel die mit den Sonderangeboten.«

»Du mit deinen ...«, sagte Dermot, »das stimmt nicht. – Wir haben bestimmte Sonderangebote, verstehen Sie.« Er sah Misty und mich an. »Man kann sich einen ganzen Tag lang verwöhnen lassen, von Kopf bis Fuß. Aromatherapie, Schlammpackung, ein Saunagang, eine Pediküre oder Maniküre, und ein Stück Kuchen, und das alles für fünfzig Pfund. Man spart fünfzehn Pfund, wenn man die Maniküre macht, und achtzehn bei der Pediküre.«

Josephine öffnete den Mund, um zu sprechen, aber sie kam gar nicht zum Zuge.

»Wir bieten auch unseren männlichen Kunden einiges.« Dermot fuhr mit seinem Verkaufsgewäsch fort. »Es hat sich herausgestellt, daß irische Männer Wert auf ein gepflegtes Äußeres legen, und während es früher als weibisch galt, wenn ein Mann auf sein Aussehen achtete, ist es heute an der Tagesordnung. Ich selbst ...«, er legte seine kleine, fette Hand an die Wange mit den geplatzten Äderchen, »... benutze Hautcremes und empfinde das als wohltuend.«

Clarence, Mike, Vincent und Neil starrten Dermot mit versteinerten Mienen an. John Joe jedoch hörte interessiert zu.

»Dermot«, sagte Josephine mit einiger Schärfe, »wir sind hier, um über Chaquies Trinkgewohnheiten zu sprechen.«

»So ist er immer«, sagte Chaquie haßerfüllt. »Es ist so peinlich. Einmal – wir waren in der Messe – sollte er der Frau neben sich ein Zeichen des Friedens geben, und er sah auf ihre Nägel und sagte, daß ihr eine Maniküre guttun würde. Das war in der Kirche, ich bitte Sie!«

»Das Geschäft muß florieren«, sagte Dermot heftig. »Wenn wir uns auf dich verlassen würden, wären wir schon lange bankrott.«

»Warum?« fragte Josephine und lenkte das Gespräch wieder auf Chaquies Problem.

»Ich konnte sie nicht länger im Salon arbeiten lassen, weil sie immer blau war und die Klienten sich verunsichert fühlten. Und sie hat laufend Mist gebaut und die Kunden direkt nach einer Wachsenthaarung für das Solarium eingetragen, wo doch jeder weiß, daß das Unfug ist und man sich damit einen Prozeß einhandelt, und wenn der Ruf erst mal einen Knacks weg hat, dann ist man schnell am Ende ...«

»Stimmt das?« unterbrach Josephine ihn. »Waren Sie bei der Arbeit betrunken, Chaquie?«

»Natürlich nicht.« Sie verschränkte die Arme und drückte das Kinn, zu einem Doppelkinn gefaltet, zum Ausdruck ihrer Entrüstung auf die Brust.

»Fragen Sie doch die Mädchen, die dort arbeiten«, warf Dermot wütend ein.

»›Fragen Sie doch die Mädchen, die dort arbeiten‹«, äffte Chaquie ihn nach. »Oder vielleicht ein spezielles Mädchen?«

Man spürte geradezu, wie das Interesse aller stieg.

»Ich weiß genau, was du vorhast, Dermot Hopkins«, fuhr Chaquie fort. »Mich stempelst du zur Alkoholikerin, dann leugnest du, daß ich mitgearbeitet habe, und deine *Geliebte* bestätigt das alles, und ich stehe mit leeren Händen da.«

Sie drehte sich zu den anderen um. »Wir waren noch kein Jahr verheiratet, da hatte er schon seine erste Affäre. Er hat die Mädchen im Salon nicht nach ihren Fähigkeiten ausgesucht, sondern nach ...«

Dermot versuchte, sie niederzubrüllen, aber sie war lauter als er. »... SONDERN NACH IHREM BRUSTUMFANG. Und wenn sie nicht mit ihm schlafen wollten, hat er sie entlassen.«

»Du verlogene Schlange!« Dermot brüllte das, während sie sprach.

»Und jetzt glaubt er, er ist in eine von ihnen verliebt. In die kleine neunzehnjährige Sharon, die ihre Chance wittert.« Chaquies Gesicht war gerötet, ihre Augen funkelten vor Wut und Schmerz. Sie holte tief Luft und schrie: »Und denk ja nicht, daß sie in dich verliebt ist, Dermot Hopkins. Sie will sich nur in das gemachte Nest setzen. Und dann wird sie dich zum Gespött der ganzen Stadt machen!«

Chaquies verfeinerter Akzent war verschwunden, statt dessen sprach sie mit einem groben Dubliner Zungenschlag.

»Und was ist mit deinen Techtelmechteln?« Dermots Stimme überschlug sich fast vor Zorn.

»Was für Techtelmechtel?« kreischte Chaquie zurück.

Josephine versuchte, die beiden zu beruhigen, aber das war aussichtslos.

»Ich weiß von dir und dem Kerl, der den Teppich ausgelegt hat.«

Danach wurde das Ganze etwas unübersichtlich, weil Chaquie aufsprang und Dermot schlagen wollte, aber uns anderen wurde klar, daß der Mann nicht nur gekommen war, um den neuen Teppich zu verlegen. Chaquie wehrte sich heftig gegen diese Version der

Ereignisse, und es war unmöglich zu erkennen, wer die Wahrheit sagte.

So endete die Sitzung in einem Tohuwabohu.

Und die erste, die zu Chaquie eilte, ihr den Arm um die Schulter legte und sie zu einer Tasse Tee in den Speisesaal führte, war ich.

41

In den nächsten beiden Gruppensitzungen stürzte Josephine sich nach einem Muster, das ich inzwischen kannte, auf Chaquies Psyche und zauberte immer wieder neue Kaninchen aus dem Hut.

Es wurde klar, daß Dermot, so abstoßend er auch sein mochte, nicht gelogen hatte.

Josephine ließ nicht locker und setzte Chaquie immer wieder so unter Druck, bis die schließlich ihren Alkoholkonsum nicht länger leugnete. Als sie schließlich bekannte, daß sie eine Flasche Bacardi am Tag trank, bohrte Josephine immer weiter, bis Chaquie zugab, daß sie den Bacardi mit Brandy und Valium ergänzte.

Dann machte sich Josephine auf die Suche nach den Gründen.

Sie kreiste um zwei Aspekte: zum einen um Chaquies Obsession mit ihrem Aussehen, und zum anderen um Chaquies Beharren darauf, daß sie ein rechtschaffenes Mitglied der oberen Mittelschicht sei. Und wie immer war Josephine genau auf der richtigen Fährte.

Alles kam ans Tageslicht: Chaquies Herkunft aus bitterarmen Verhältnissen und ihre Kindheit in einer Sozialwohnung in einem Armenviertel von Dublin. Ihr Mangel an Bildung sowie die Tatsache, daß sie alle Kontakte zu ihrer Familie abgebrochen hatte, aus Angst davor, daß jemand aus ihrem alten Leben plötzlich vor ihren neuen begüterten Freunden auftauchen könnte, und ihre schreckliche Angst davor, wieder in die ärmlichen Verhältnisse ihrer Kindheit zurückkehren zu müssen. Es stellte sich heraus, daß sie niemanden außer Dermot hatte.

Sie war völlig abhängig von ihm und haßte ihn dafür von ganzem Herzen.

Chaquie gab zu, daß sie sich in ihrem Bekanntenkreis nie wohl gefühlt hatte und ständig von der Angst getrieben war, daß man sie durchschauen und als die Fälschung entlarven würden, als die sie sich ohnehin fühlte.

Ich betrachtete sie, ihre glatte Haut und ihr goldenes Haar und die makellosen Nägel, und war voller Ehrfurcht davor, wie perfekt sie sich neu erfunden hatte. Nie hätte ich geglaubt, daß unter der glatten, glitzernden Oberfläche soviel Schmerz und Verunsicherung tobten.

Dann fragte Josephine sie zu der Sache mit dem Teppichmann. Nach einem langwierigen Frage-und-Antwort-Spiel, das für mich als Zuhörerin sehr schmerzhaft war, gab Chaquie endlich zu, daß sie ihren neuen Teppich eingeweiht habe, indem sie darauf mit dem Teppichverleger Sex gehabt hatte.

Die Einzelheiten waren nicht schlüpfrig und faszinierend, sondern einfach nur obszön. Sie sagte, sie habe es nur getan, weil sie betrunken gewesen sei und sich verzweifelt nach Zuneigung gesehnt habe.

Mein Herz floß über vor Mitleid. Ich dachte, Menschen in meinem Alter würden so etwas tun. Daß jemand wie sie, in ihrem Alter und in ihrer sozialen Stellung, sich so verhielt, machte es noch erbärmlicher und schockierender. Mit einem Schlag wurde mir bewußt, daß ich nicht wie Chaquie enden wollte.

So könnte es dir auch gehen, sagte mein Verstand.

Wieso denn das? fragte ein anderer Teil.

Das weiß ich nicht, sagte die erste Stimme, *ich weiß nur, daß es so sein könnte.*

»Als ich wieder nüchtern war, wäre ich am liebsten vor Scham gestorben«, sagte Chaquie unter Tränen.

Doch damit gab Josephine sich nicht zufrieden und hakte so lange nach, bis Chaquie zugab, daß sie häufig Sex mit Männern hatte, die sie nicht kannte, meistens mit Vertretern.

Es war erstaunlich, besonders in Anbetracht des streng katholischen Standpunkts, den Chaquie immer eingenommen hatte. Doch andererseits, so begriff ich langsam, als ich anfing, die Cloisters-Methode zu durchschauen, war es vielleicht überhaupt nicht so erstaunlich. Sie kleisterte die Risse ihres beschämenden Verhaltens mit aller Macht zu, indem sie vorgab, der aufrechte, anständige Mensch zu sein, der sie sein wollte.

Ich war von all dem überwältigt.

Am Freitagabend merkte ich, daß das entsetzliche Gefühl der Trauer vom Anfang der Woche gewichen war. Weil es nun heftig zurückkehrte.

»Die Zahnschmerzen haben Sie nicht lange ablenken können«, sagte Margot lächelnd, als ich mir beim Abendessen die Augen ausweinte.

Ich hätte ihr meinen Teller mit Schweinefleisch und Kohl an den Kopf werfen sollen, aber ich weinte einfach noch mehr.

Ich war nicht die einzige.

Neil schluchzte zum Steinerweichen. An diesem Nachmittag war es Josephine in der Gruppensitzung endlich gelungen, durch seine Verleugnung zu dringen. Plötzlich sah er, was alle anderen längst erkannt hatten: Daß er Alkoholiker war und seinem verhaßten Vater in puncto Abscheulichkeiten in nichts nachstand. »Ich hasse mich«, schluchzte er und hielt den Kopf in den Händen. »Ich hasse mich.«

Auch Vincent war in Tränen aufgelöst, weil Josephine in der Morgensitzung seine Kindheit einer Analyse unterzogen hatte. Und Stalin heulte wie ein Schloßhund, weil er einen Brief von Rita bekommen hatte, in dem sie schrieb, daß er nach seiner Entlassung nicht nach Hause zu kommen brauche. Sie habe die Scheidung eingereicht.

Im Speisesaal saßen so viele weinenden Menschen, daß es an eine Kinderkrippe erinnerte.

»Sie hat einen anderen kennengelernt«, heulte Stalin, »einen anderen, der ...«

»... der ihr die Rippen brechen kann«, unterbrach Angela ihn, und preßte ihren schmalen, halbmondförmigen Mund in dem fetten Gesicht noch enger zusammen.

Oje! Angelas Selbstgerechtigkeit zeigte klar, daß sie noch neu war. Wenn erst einmal ihr WBB kam, der der Gruppe erzählte, wie sie ihrer Mutter mit einem Karateschlag den Arm gebrochen hatte, damit sie an ihr vorbei nach der letzten Scheibe Viennetta greifen konnte, oder dergleichen, dann würde ihr das selbstgerechte Verhalten schnell vergehen.

Sie tat mir leid.

Wie immer wurde am Freitagabend die neue Liste der Aufgabenverteilung am Schwarzen Brett ausgehängt. In dem Moment, da Frederick sie mit einer Reißzwecke befestigt hatte, drängten wir uns alle um ihn, um möglichst schnell zu sehen, wohin uns das Schicksal verschlug – als wäre es eine Liste der Gefallenen. Als ich sah, daß ich in Vincents Team war und somit, schlimmer noch, Frühstücksdienst hatte, war ich sehr, sehr unglücklich. Gut, ich war *sowieso* schon unglücklich, aber jetzt war ich regelrecht *niedergeschmettert.* So zutiefst unglücklich, daß ich nicht mal mehr wütend aufbegehren wollte. Ich wollte einfach nur ins Bett gehen und nicht wieder aufwachen.

Chris kam zu mir mit einer Packung Papiertaschentücher.

»Erzähl mir was Lustiges«, sagte ich und lächelte mit wässrigen Augen, »lenk mich ab.«

»Das sollte ich eigentlich nicht tun«, sagte er, »du solltest den *Schmerz zulassen* und ...«

Drohend hob ich meine Teetasse.

»Ganz ruhig.« Er lächelte. »Nur ein kleiner Scherz. Was ist denn los?«

»Ich bin in Vincents Team«, sagte ich und erzählte ihm den Teil meines Kummers, der am faßbarsten war. »Und ich habe Angst vor ihm, er ist so aggressiv.« »Wirklich?«

Chris sah zu Vincent hinüber, der sich immer noch am anderen Ende des Tisches die Augen ausweinte.

»Ich finde, er sieht nicht besonders aggressiv aus.«

»Aber er war es«, sagte ich zweifelnd. »Als ich neu war ...«

»Das war vor zwei Wochen«, sagte Chris. »Eine Woche ist lang, wenn man eine Psychotherapie macht.«

»Oh, oh«, sagte ich bedächtig, »du meinst, er ist jetzt anders ... aber er wirkte so bedrohlich.« Ich hatte das Gefühl, Chris daran erinnern zu müssen.

»Die Leute verändern sich«, erklärte er freundlich. »Darum geht es doch hier in Cloisters.«

Das machte mich sauer.

»Erzähl mir, wieso du in diesem Irrenhaus bist.« Ich hatte schon immer etwas über Chris und seine Vergangenheit wissen wollen, und wünschte, ich wäre in seiner Gruppe, damit ich mehr über ihn erfahren könnte, aber bisher hatte ich nicht den Mut gehabt, ihn direkt zu fragen.

Ich war überrascht, als ein schmerzerfüllter Ausdruck über sein Gesicht huschte, wie eine Brise über ein Kornfeld. Ich hatte ihn bisher für so beherrscht und allwissend gehalten, daß mir seine Verletzbarkeit angst machte.

»Ich bin nicht zum ersten Mal hier, weißt du«, sagte er und zog einen Stuhl zu mir heran.

»Das wußte ich gar nicht«, sagte ich. Ich war schockiert. Das bedeutete, daß seine Drogensucht ziemlich fortgeschritten war.

»Ja, vor vier Jahren war ich schon einmal hier und habe nie richtig zugehört. Aber diesmal mache ich es gründlich, und dann packe ich mein Leben richtig an.«

»War es bei dir sehr schlimm?« fragte ich nervös. Ich mochte ihn so sehr, daß ich nicht hören wollte, wie er sich, eine Nadel im Arm, in seinem eigenen Erbrochenen herumgewälzt hatte.

»Kommt drauf an, was du mit ›sehr schlimm‹ meinst«, sagte er mit einem gezwungenen Lächeln. »Es war zwar nicht wie in *Trainspotting*, daß ich Smack genommen und in einem besetzten Haus gelebt habe, aber es war auch kein erfülltes, nützliches Leben.«

»Was für ... eh ... Drogen hast du denn genommen?«

»Hauptsächlich habe ich Hasch geraucht.«

Ich wartete darauf, daß er eine lange Liste aufführte: Crack, Angel Dust, Heroin, Jellies ... Aber es kam nichts.

»Einfach nur Haschisch?« krächzte ich.

»Glaub' mir«, grinste er, »das hat gereicht.«

Ich hatte gedacht, um drogensüchtig zu sein, müßte man an der Nadel hängen. Unruhig stellte ich ihm eine weitere Frage.

»Woher hattest du das Geld?« Ich hoffte, er würde sagen, er habe gedealt oder sei Zuhälter gewesen.

»Ich habe gearbeitet.« Er schien überrascht.

»Aber ...« Ich war verwirrt. »Du klingst überhaupt nicht wie ein Drogensüchtiger.«

Er machte den Mund auf, und es strömte aus ihm heraus: »Ich war fast jeden Abend allein und immer völlig zu. Auf meine Arbeit konnte ich mich meistens nicht ordentlich konzentrieren. Ich überlegte die ganze Zeit, woher ich den Stoff für den nächsten Joint bekommen sollte. Ich wollte nichts unternehmen, nicht ins Kino oder essen gehen, weil das die Zeit, in der ich bekifft sein konnte, verkürzte.«

Er hielt inne und fragte beiläufig: »Findest du es jetzt schlimm genug?«

»Nein.« Ich war immer noch verwirrt.

»Gut«, sagte er und atmete tief durch. »Ich hatte überall Schulden, ich hatte keine Freunde. Und abgesehen davon, daß ich mein Leben nicht richtig im Griff hatte, war das, was in meinem Kopf vor sich ging, auch nicht gut. Ich fühlte mich immer als Außenseiter, konnte nicht mithalten, verstehst du?«

Ich nickte vorsichtig.

»Dann habe ich mich mit den falschen Leuten angefreundet, bin in Beziehungen geraten, die ungut waren. Mir war niemand wichtig, außer mir selbst. Und selbst ich war mir nicht besonders wichtig.«

Ich überlegte, was für Beziehungen er wohl meinte. »Jedesmal, wenn das Leben mir Steine in den Weg legte, habe ich zu Drogen gegriffen. Als ich hierherkam, sagten sie, ich sei emotional auf dem Stand eines Zwölfjährigen.«

»Wie wollen sie das wissen?« Welche Maßstäbe konnte man da anlegen?

»Weil ich in dem Alter anfing, Drogen zu nehmen. Man wird nur erwachsen, wenn man lernt, mit dem ganzen Scheiß umzugehen, den das Leben für einen bereithält. Aber jedesmal, wenn sich in meinem Leben ein Problem auftat, bin ich dem aus dem Weg gegangen. Also sind meine Gefühle auf dem Stand eines Zwölfjährigen stehengeblieben.«

»Ich verstehe nicht, warum es so schlimm ist, zwölf zu sein.« Ich lachte, damit er verstand, daß ich einen Witz machte.

Er fand ihn nicht witzig.

»Ich meine, ich habe noch nie Verantwortung übernommen. Ich habe andere enttäuscht, ich habe Vereinbarungen nicht eingehalten ...«

Ich fing an, ihn nicht mehr zu mögen. Er war mir viel zu ernst und humorlos.

»Ich habe Tausende und Abertausende von Lügen erzählt, um meine eigene Haut zu retten und damit die anderen nicht sauer auf mich waren.«

Jetzt hatte er es sich wirklich mit mir verscherzt. Was für ein Jammerlappen!

»Wann hast du mit Drogen angefangen?« fragte er, so daß ich ihn überrascht ansah.

Ich?

»Ich war ungefähr fünfzehn«, sagte ich und stolperte über die Worte. »Aber ich habe sie immer nur in Gesellschaft genommen. Und ich habe nie getan, was du da beschreibst: Drogen genommen, wenn ich allein war, Geld geschuldet oder verantwortungslos gehandelt ...«

»Wirklich nicht?« fragte er und grinste von einem Ohr zum anderen.

»Was ist daran so lustig?« Ich war verärgert.

»Nichts.«

Ich beschloß, das Thema zu wechseln. »Und was machst du, wenn du hier rauskommst?« fragte ich.

»Mal sehen. Arbeit suchen, mich ordentlich aufführen. Man weiß ja nie.« Er zwinkerte mir zu. »Vielleicht gehe ich auch nach New York. Und wenn ich da bin, kann ich mir ja mal diesen Luke vorknöpfen.«

Vor meinen Augen tanzten Sterne, und ich flog davon ins Land der Träume. Ich stellte mir vor, daß ich wieder nach New York kam, Arm in Arm mit Chris, daß wir bis über beide Ohren ineinander verliebt waren und in die Cute Hoor gingen. Chris war gefühlsmäßig nicht mehr auf dem Stand eines Zwölfjährigen, und wir beide wollten uns an unserem Glück erfreuen. Ein gutaussehendes Paar, wie geschaffen für einander.

Natürlich würden wir niemandem erzählen, wo wir uns kennengelernt hatten.

Andere Bilder tauchten auf. Luke krümmt sich vor Schmerz und Trauer. Luke bettelt, ich möge zu ihm zurückkommen. Luke wird vor Eifersucht verrückt und versucht, Chris zusammenzuschlagen ... So endete mein Traum jedesmal: Luke versucht, Chris zusammenzuschlagen. Mein Lieblingstraum.

42

An dem Abend, als Luke aus meiner Küche stürmte – o doch, auch wenn es sehr kontrolliert war, ist er doch *gestürmt* –, kam unsere wahre Liebe voll und ganz zum Stillstand. Zwei Wochen passierte nichts, unsere Liebe lümmelte an Straßenecken herum, wartete ganze Tage und pfiff ohne rechte Überzeugung hinter den Mädchen her, die nach ihrer Schicht aus der Fabrik kamen.

Und Daryl war natürlich kein Ersatz.

Als er so unerwartet an unsere Tür klopfte und Luke verjagte, galt sein Interesse gar nicht mir, sondern er kam nur, weil sein Dealer hochgegangen war. Deshalb klapperte er alle ab, die er in Manhattan kannte, in dem Bemühen, eine neue Drogenquelle zu erschließen. Früher haben die Leute sich gegenseitig ihren Friseur empfohlen. Oder einen Klempner. Oder auch einen Tennislehrer. Jetzt empfiehlt man sich Dealer. Unter anderen Umständen hätte ich das vielleicht reizend gefunden. Im Stil des gutnachbarschaftlichen New York am Ende des Jahrtausends. Statt vorbeizukommen und sich eine Tasse Zucker auszuleihen, kamen sie, um sich ein, zwei Gramm Koks zu leihen. Aber nachdem Luke abgehauen war, fand ich das gar nicht reizend.

Und natürlich hatte ich kein Stäubchen von einer Droge, das ich Daryl geben konnte.

Aber ich kannte jemanden, der etwas hatte.

Rein zufällig, weil Lukes Abgang mich ziemlich verstimmt hatte, war ich selbst einigermaßen scharf darauf, Wayne einen Besuch abzustatten. Kaltblütig nutzte ich also Daryls verzweifelte Lage zu meinem eigenen Vorteil. Daryl hatte Geld für Drogen und wußte nicht, wo er welche bekommen konnte, und ich wußte, wo man sie bekam, hatte aber nicht die Mittel, sie zu beschaffen.

Wir waren aufeinander angewiesen.

Ich telefonierte mit Wayne, und dann setzten Daryl und ich uns hin und warteten. Es gelang mir sogar, mich etwas aufzuheitern. Meinetwegen, Luke haßte mich also wieder, aber Daryl trug wirklich tolle Sachen. Ein Paar superschicke purpurfarbene Samthosen mit Schlag, die topaktuell waren, was Männerklamotten anging.

Er konnte ja nichts dafür, daß er darin so stark schwitzte.

Aber er hatte einen tollen Job.

»Kennst du außer Jay McInerney noch andere Autoren?« fragte ich und lehnte mich vor. Ich hoffte, er hatte was für Titten übrig, denn das war das Beste, was ich ihm bieten konnte.

»Ehm, ja«, sagte er schniefend, und sah an mir vorbei. »Ich kenne jede Menge.«

»Wie funktioniert das denn?« fragte ich und gab mir alle Mühe, seinen umherwandernden Blick einzufangen. »Werden einem bestimmte Autoren zugeordnet?«

»Ja«, sagte er mit unsicherem Blick, und ich verrenkte mir fast den Hals, um ihn erwidern zu können. »Genau so.«

»Und wer sind deine Autoren?« fragte ich und gab den Versuch auf, ihm in die Augen zu sehen. *Was hatte er für ein Problem?* »Welches sind deine erfolgreichsten Bücher?«

»Mal sehen«, sagte er nachdenklich. Ich spürte plötzlich ein angenehmes Gefühl der Vorfreude. Es war phantastisch, mit jemandem zu sprechen, der berühmte Leute kannte.

Er enttäuschte mich nicht.

»Hast du von der Autorin Lois Fitzgerald-Schmidt gehört?« frage er in einem Ton, der besagte, daß ich von ihr gehört haben mußte. »Ja!« sagte ich begeistert.

Wer sollte das sein?

»Wirklich?« fragte Daryl, seinerseits begeistert.

»Natürlich«, sagte ich und freute mich, daß ein wenig Leben in ihn kam. Er schien sich auch zu freuen.

»Ich war maßgeblich an der Werbekampagne für ihr Buch *Gardening for Ballerinas* beteiligt, das im Frühjahr auf der Bestenliste der *New York Times* stand.«

»Ja, ja, ich habe davon gehört.« Ich meinte mich sogar daran zu erinnern, daß es den Preis als Roman des Jahres gewonnen hatte, oder so etwas Ähnliches. Ich lächelte Daryl an und war stolz, mit jemandem zusammenzusitzen, der eine so interessante und erfolgreiche Arbeit machte.

Blitzschnell überlegte ich, ob ich so tun sollte, als hätte ich das Buch gelesen. Ich könnte ein paar Kommentare einwerfen wie: »Wunderbar, diese lyrische Sprache!« oder: »Die starken Metaphern sind sehr beeindruckend.« Aber insgesamt hatte ich Angst, daß ich eine solche Unterhaltung nicht lange würde bestreiten können.

Dennoch, in New York war es wichtig, daß man die Bücher las, die zur Zeit aktuell waren. Oder daß man so tat, als hätte man sie gelesen. Ich hatte sogar von einer

Agentur gehört, die anbot, ein Buch zu lesen und eine Zusammenfassung davon zu liefern. Gegen eine Extragebühr konnte man sich ein paar Sätze aufschreiben lassen, die man bei Abendgesellschaften in das Gespräch einfließen lassen konnte (»Abgekupfertes Zeug«, »Ja, aber ist das Kunst?« oder: »Die Szene mit der Gurke hat mir besonders gut gefallen.«)

Also sagte ich entschuldigend zu Daryl: »Leider bin ich noch nicht dazu gekommen, es zu lesen. Ich habe es natürlich, und es liegt auf dem Stapel neben meinem Bett, durch den ich mich gerade durcharbeite. Gar nicht so leicht, wenn man so viel zu tun hat wie ich …«

Es versteht sich von selbst, daß kein Wort davon wahr war. Das einzige Buch neben meinem Bett war *Die Glasglocke*, das ich zum weiß-der-Kuckuck-wievielten Mal las.

»Ich fange damit an, sobald ich *Primary Colors* gelesen habe«, versprach ich ihm und fragte mich im gleichen Moment, ob *Primary Colors* überhaupt noch aktuell war. Sich da zu irren, wäre fatal.

»Verrat mir doch«, sagte ich mit einem gewinnenden Lächeln. »*Gardening for Ballerinas*, wird das mein Leben verändern? Worum geht es da?«

»Ehm«, sagte Daryl gequält, »also, es ist so …«

Ich rückte näher an ihn heran und fragte mich, warum er so zögerte. Offenbar war es ein kontroverses Buch, das sich womit genau befaßte? Inzest? Satanismus? Kannibalismus?

»Es geht … na ja … ehm … um Gartenarbeit. Für … ehm … Ballerinas. Na ja, nicht nur, das ist ja klar«, fügte er hastig hinzu. »Das Bücken und Hocken kann ja auf alle Tänzer zutreffen, nicht nur auf Ballerinas. Wir sind ja kein elitärer Verlag.«

Mein Mund formte ein A, und dann ein O, dann wieder ein A und wieder ein O.

»Willst du damit sagen, daß es kein Roman ist?« brachte ich endlich hervor.

»Nein.«

»Sondern ein Gartenbuch?«

»Ja.«
»Und an welcher Stelle stand es auf der *New-York-Times*-Bestenliste?«
»An neunundsechzigster.«
»Und inwiefern warst du maßgeblich an der Werbekampagne für das Buch beteiligt?«
»Ich habe die Bücher verpackt und an die Buchhandlungen verschickt.«
»Danke und auf Wiedersehen, Daryl.«

43

So habe ich es nicht gesagt. Ich sagte nicht wörtlich zu ihm: »Danke und auf Wiedersehen, Daryl.« Ich sagte ihm das nicht ins Gesicht, sondern zu mir selbst.

Obwohl wir die Nacht zusammen verbrachten und fast den ganzen nächsten Morgen, hatte ich nicht die Hoffnung, daß Daryl und ich schon bald einen gemeinsamen Haushalt gründen würden. Ich ertrug ihn und all den Unsinn, den er redete, nur, weil ich einen Teil von den Drogen abbekommen wollte.

Natürlich machte der alte Geizkragen kein besonders glückliches Gesicht, als ihm klar wurde, daß ich ihn nicht mit den zwei Gramm ziehen lassen würde.

Ich dachte einfach: »Pech, mein Freund, das schuldest du mir.«

Spätabends fiel mir plötzlich siedendheiß ein, daß ich *Boating for Beginners* im Kopf gehabt hatte, und nicht *Gardening für blöde Ballerinas*.

In den darauffolgenden Tagen hörte ich nichts von Luke. Mein Verstand tröstete mich und sagte: Er ruft an. Aber er rief nicht an.

Brigit, die Arme, mußte jeden Abend mit mir ausgehen, weil ich die Stadt nach ihm absuchen wollte. Wo wir auch hingingen, und sei es nur ins Lebensmittelgeschäft um die

Ecke, um zehn Tüten Chips zu kaufen, befand ich mich in einem Zustand überdrehter Wachsamkeit und hatte das volle Make-up aufgelegt.

Ich hätte ihn nicht gehen lassen dürfen, sagte ich mir immer wieder. *Ich habe einen schrecklichen Fehler gemacht*.

Wir sahen ihn nicht ein einziges Mal. Das war nicht fair, denn in den Tagen, als er mich nicht die Bohne interessierte, konnte ich kaum einen Fuß vor die Tür setzen, ohne über ihn oder einen seiner haarigen Freunde zu stolpern.

Schließlich blieb mir nichts anderes übrig, als ein paar ausgewählte, wirklich sehr spezielle Freunde zu bitten, mir bei der Suche behilflich zu sein. Wenn ich zum Beispiel Ed in der Cute Hoor traf und er mir sagte, daß er Luke vor noch nicht zehn Minuten in The Boghole getroffen hatte, rasten Brigit und ich mit atemberaubender Geschwindigkeit dorthin, aber was fanden wir dort? Nur ein leeres JD-Glas, einen qualmenden Aschenbecher und einen noch warmen Sitz mit Lukes Arschabdruck.

Sehr frustrierend.

Schließlich lief er mir über den Weg. Es war der Tag, den ich den Schwarzen Dienstag nennen möchte. Der Tag, an dem ich gefeuert und Brigit befördert wurde.

Ich hatte schon eine ganze Weile gewußt, daß meine Tage im Old Shillayleagh gezählt waren, und es war mir völlig egal. Ich haßte die Arbeit dort mehr als das Leben selbst. Und nachdem ich einen Artikel über Impotenz ausgeschnitten und meinem Chef ans Schließfach geklebt hatte, mit einem Zettel, auf dem stand: »Vielleicht finden Sie den hilfreich«, wußte ich, daß meine Entlassung in greifbare Nähe gerückt war.

Dennoch gefiel es mir nicht, rausgeworfen zu werden.

Es gefiel mir noch weniger, als ich nach Hause kam und Brigit in der Wohnung einen Freudentanz vollführte, weil ihr Gehalt verdoppelt worden war und sie ein neues Büro und einen neuen Titel bekommen hatte. Sie war jetzt Assistentin des stellvertretenden Vizedirektors ihrer Abteilung. »Bisher war ich immer nur *Junior*-Assistentin, daran kannst du sehen, wie weit ich es gebracht habe.«

»Na wunderbar«, sagte ich bitter. »Jetzt wirst du wahrscheinlich wie eine New Yorkerin richtig aufdrehen, morgens um vier ins Büro gehen und bis Mitternacht arbeiten, am Wochenende bringst du Arbeit mit nach Hause, Ferien machst du auch keine mehr, und dann findest dich auch noch toll.«

»Wie schön, daß du dich für mich freust, Rachel«, sagte sie leise. Dann ging sie in ihr Zimmer und schlug die Tür so kräftig zu, daß beinahe die Wand eingestürzt wäre. Ich sah ihr verbittert nach. Was hatte sie nur? fragte ich mich selbstgerecht. Schließlich war ja nicht sie gerade entlassen worden. Ich warf mich aufs Sofa und schwelgte in wohlverdientem Selbstmitleid.

Ich war schon immer der Überzeugung gewesen, daß es auf der Welt nur eine begrenzte Menge Glück gab. Und Brigit hatte sich gerade die Portion, die uns beiden zustand, für sich allein gesichert und mir nichts übriggelassen, nicht ein Milligramm.

Egoistische Ziege, dachte ich wütend, und durchsuchte die Wohnung nach Alkohol oder etwas Drogenartigem. Ich armer Pechvogel, ich armer, arbeitsloser Pechvogel. Wahrscheinlich mußte ich jetzt bei McDonalds arbeiten gehen. Na, hoffentlich war Brigit ihrem neuen Posten nicht gewachsen und bekam einen Nervenzusammenbruch. Das geschähe ihr recht, dem eingebildeten Biest.

Ich suchte in allen Schränken nach einer Flasche Rum, die ich irgendwann gesehen hatte, aber dann fiel mir ein, daß ich sie am Abend zuvor geleert hatte.

So ein Mist, dachte ich und kostete mein Unglück voll aus.

Da ich keine stimmungsaufhellenden Drogen finden konnte, versuchte ich mich mit Gedanken daran zu trösten, daß Brigit kein Leben mehr haben würde und sich abschuften müßte, denn der Preis für Erfolg im Beruf war hoch. Dann war ich plötzlich zutiefst verunsichert. Wenn Brigit mich jetzt verlassen würde? dachte ich voller Panik. Wenn sie nun in eine schöne Wohnung in Midtown zöge, mit einer Klimaanlage und einem Fitneß-Studio im Haus?

Was würde ich dann machen? Wo würde ich dann leben? Ich konnte mir die hohe Miete nicht leisten.

In diesem Augenblick hatte ich eine Erkenntnis, so ähnlich wie Saulus auf der Straße nach Damaskus. Ich erkannte plötzlich klar meine Interessenlage.

Ich stand vom Sofa auf, schob mein ungutes Gefühl beiseite und klopfte an Brigits Tür.

»Es tut mir leid, Brigit«, sagte ich, »ich bin eine schreckliche Egoistin. Es tut mir leid.«

Ich stand vor einer Wand des Schweigens.

»Es tut mir leid«, sagte ich noch einmal. »Die Sache ist nur die, daß sie mich heute nachmittag gefeuert haben, und da habe ich mich, du weißt schon …«

Immer noch keine Antwort.

»Mach doch auf, Brigit, bitte«, bettelte ich. »Es tut mir wirklich leid.«

Die Tür wurde aufgerissen und Brigit stand vor mir, das Gesicht vom Weinen gerötet.

»Ach Rachel«, seufzte sie, und ich konnte ihren Tonfall nicht deuten. Vergebung? Entnervung? Mitleid? Erschöpfung? Es hätte alles sein können, aber ich hoffte, es war Vergebung.

»Komm, wir gehen aus, und ich lad dich zu einer Flasche Champagner ein, zur Feier des Tages«, schlug ich vor.

Sie ließ den Kopf hängen und fuhr mit dem Zeh ein Muster auf dem Teppich nach.

»Ich weiß nicht …«

»Ach komm«, bedrängte ich sie.

»Na gut«, erklärte sie sich bereit.

»Da ist noch ein Problem«, sagte ich hastig. »IchbinziemlichblankimMoment, aberwenndumirGeldleihst, zahlichesdirsobaldwiemöglichzurück.«

Ganz still, zu still für meinen Geschmack, seufzte sie und erklärte sich einverstanden.

Ich bestand auf der Llama Lounge.

»Darunter mach' ich es nicht«, sagte ich. »Schließlich wird nicht jeden Tag einer von uns befördert. Wenigstens ich nicht, hahaha.«

In der Llama Lounge hing neben dem aufblasbaren Sofa ein Schild, auf dem stand: »Vor dem Sitzen auf dem Sofa mit nackten Beinen wird gewarnt.« Brigit und ich warfen einen Blick darauf und sagten wie aus einem Munde: »Da setzen wir uns nicht hin!« Ich hoffte, daß diese Übereinstimmung bedeutete, daß Brigit mir verziehen hatte. Aber die Unterhaltung ging nur schleppend voran. Ich bemühte mich, vielleicht zu sehr, ihr zu zeigen, wie sehr ich mich über ihre Beförderung freute, doch es war ein schwieriges Unterfangen.

Mitten in meinen Bemühungen sah sie zur Tür hinüber und murmelte: »Da kommt dein Kerl.«

Bitte, lieber Gott, laß es Luke sein, betete ich, und meine Eingeweide erzitterten. Und Gott tat mir den Gefallen, aber leider hatte die Sache einen Haken. Es war tatsächlich Luke. Jedoch wurde er von keiner anderen als der unvergleichlichen Anya begleitet, der dünnen, gebräunten, mandeläugigen Anya.

Der erste Gedanke, der mir durch den Kopf schoß, war: *Wenn er gut genug für Anya ist, dann ist er gut genug für mich.*

Nicht, daß ich mir das aussuchen konnte. Luke nickte unverbindlich zu Brigit und mir herüber, kam aber nicht näher.

Meine Welt machte eine Bauchlandung, und Brigit sagte laut: »Was ist denn mit unserem supercoolen Luke los.«

Luke und Anya wirkten sehr vertraut miteinander. Als wären sie gerade zusammen aus dem Bett gestiegen. Das bildete ich mir doch ein, oder? fragte ich mich besorgt. Aber ihre Gesichter waren sich ganz nah, und ihre Blicke praktisch ineinander versunken. Ihre Schenkel berührten sich. Wähend ich sie schreckerstarrt beobachtete, ließ er seinen Arm über die Rückenlehne ihres Stuhls gleiten und berührte ihre schmalen, aber kräftigen Schultern.

Ich hatte die ganze Zeit schon gewußt, daß er auf Anya scharf war. Ich wußte es ganz genau. Und mir erzählt er den ganzen Unsinn, was sie für ein nettes Mädchen ist.

»Glotz nicht so rüber«, zischte Brigit.

Ich zuckte zusammen und kam wieder zu mir.

»Wir tauschen die Plätze!« befahl Brigit, »dann sitzt du mit dem Rücken zu ihm. Und hör auf zu gucken, wie eins von diesen hungernden Kindern. Steck die Zunge rein, sie hängt dir schon bis zum Knie.«

Ich folgte und bereute es im nächsten Moment. Dann wollte ich, daß Brigit für mich in ihre Richtung starrte.

»Was macht er?« fragte ich sie.

Sie warf einen Blick zu ihnen hinüber. »Er hält ihre Hand.«

Ich stöhnte auf.

»Immer noch?« fragte ich ein paar Sekunden später.

»Was immer noch?«

»Hält er immer noch ihre Hand?«

»Ja.«

»Oh, Himmel.« Ich hätte weinen können. »Wie sieht er aus?«

»Ungefähr einsachtzig groß, dunkles Haar ...«

»Nein! Wie sieht sein Gesicht aus? Ich meine, sieht er glücklich aus? So, als ob er verrückt nach ihr ist?«

»Trink das aus«, sagte Brigit und deutete auf mein Glas. »Wir gehen.«

»Nein«, wehrte ich mich mit leiser, aber heftiger Stimme. »Ich will hierbleiben. Ich muß sie beobachten ...«

»Nein.« Brigit ließ sich nicht überreden. »Kommt gar nicht in Frage, das hilft keinem. Und laß dir das eine Warnung sein. Wenn du das nächste Mal einen Mann kennenlernst, der so sexy und freundlich ist wie Luke Costello, dann verpatz es nicht wieder.«

»Findest du ihn sexy und freundlich?« fragte ich ganz überrascht.

»Natürlich«, sagte sie erstaunt.

»Wieso hast du das nicht gesagt?«

»Warum? Muß ich immer alles gutheißen, bevor du es selber gut finden kannst?« fragte sie.

Blöde Kuh, dachte ich verärgert. Es war gerade ein paar Stunden her, daß sie befördert worden war, und schon spielte sie sich auf, als wäre sie die Chefin.

Ein paar Tage lang trauerte ich um ihn. Ich fühlte mich sehr einsam. Aber ich machte mir keine Hoffnung, weil ich wußte, daß ich es mit Anya nicht aufnehmen konnte. Niemals! Ich kannte meine Grenzen.

Ich verbrachte meine Zeit damit, nach einer neuen Stelle Ausschau zu halten. Die Anstrengung, die ich unternahm, konnte wohl kaum als »suchen« bezeichnet werden.

Angesichts meiner geringen Berufserfahrung und mangelnden Schulabschlüsse standen mir nicht allzu viele Möglichkeiten offen. Trotzdem gelang es mir, einen Job in einem anderen Hotel aufzutun. Nicht so gut wie der im Old Shillayleagh, obwohl der gar nicht so gut gewesen war. Mein neuer Arbeitsplatz war im Barbados Motel. Ich hatte keine Ahnung, warum es so hieß. Es hatte mit Barbados nichts zu tun, es sei denn, auf Barbados ist es üblich, für die Stunden zu bezahlen.

Eric, mein Chef, war einer der dicksten Männer, die ich je gesehen hatte. Er wurde Obergrabscher genannt, weil er enorm große Hände hatte. Die meisten Angestellten waren illegale Einwanderer, weil die Hotelleitung dazu neigte, Gehälter unter dem gesetzlichen Mindestlohn zu zahlen.

Aber immerhin, es war Arbeit.

Anders ausgedrückt: Schwerstarbeit, Trübsal und Langeweile, alles in einem.

Nach meinem ersten Tag schleppte ich mich erschöpft und unglücklich nach Hause, und als ich in die Wohnung kam, klingelte das Telefon.

»Ja?« sagte ich nicht besonders höflich, bereit, meine schlechte Laune an dem Menschen am anderen Ende auszulassen.

Es entstand eine kurze – bedeutungsschwere – Pause, dann hörte ich Lukes Stimme liebevoll sagen: »Rachel?« Und das kleine Feuer in meiner Brust loderte hell auf.

Instinktiv wußte ich, daß dieser Anruf nicht einer normalen Frage galt wie: »Ich kann meine Boxershorts nicht finden und wollte wissen, ob ich sie zufällig bei dir liegengelassen habe. Könntest du sie vielleicht waschen und mir vorbeibringen?«

Ganz im Gegenteil.

Der Tonfall seiner Stimme, mit dem er »Rachel?« gesagt hatte, als würde er mich streicheln, verriet mir, daß alles gut werden würde. Mehr als gut.

Ich war überzeugt gewesen, daß ich nie wieder von ihm hören würde. Fast wäre ich in Tränen ausgebrochen, vor Erleichterung, Freude, Erlösung, Dankbarkeit, daß ich noch eine Chance bekam.

»Luke?« sagte ich. Und nicht: »Daryl?« oder »Frederick?« oder »Beelzebub?« oder sonst einen Namen – was ich getan hätte, wenn ich ihn hätte zum Narren halten wollen.

»Wie geht es dir?« fragte er.

Nenn mich Babe.

»Gut«, sagte ich. »Na ja, ich bin gefeuert worden und habe eine neue Stelle, und die ist scheußlich, und das Hotel ist scheußlich, und ich glaube, daß es von Prostituierten frequentiert wird, und das Gehalt ist erbärmlich, aber mir geht es gut. Wie geht es dir?«

Er lachte auf, es war ein warmes, freundliches Lachen, das ausdrückte, daß er mich mochte, und ich hatte das Gefühl, daß ich ihn liebte.

»Besteht die Möglichkeit, dich zum Abendessen einzuladen?« fragte er.

Zum Essen einladen. *Einladen*, zum Essen. So viel liegt in diesem einen Wort. Es bedeutet: Ich mag dich. Es bedeutet auch: Ich werde für dich sorgen. Und, was am allerwichtigsten war, es hieß: Ich bezahle für dich.

Ich wollte schon sagen: Und was ist mit Anya?, doch zum ersten Mal in meinem selbstzerstörerischen Leben verhielt ich mich richtig und blieb ruhig. »Wann?« fragte ich. Gleich, gleich, gleich.

»Heute abend?«

Wahrscheinlich hätte ich so tun sollen, als wäre ich schon verabredet. Ist das nicht eine der goldenen Regeln, wie man sich einen Mann angelt? Doch ich hatte nicht die Absicht, ihn mir wieder durch die Lappen gehen zu lassen.

»Heute abend wäre wunderbar«, sagte ich liebenswürdig.

»Oh, und entschuldige bitte, daß ich neulich Abend nicht zu dir und Brigit gekommen bin«, fügte er hinzu. »Anyas Typ hatte sie gerade sitzenlassen, und ich habe versucht, sie ein bißchen aufzuheitern.«

Mein Becher war zum Überfließen gefüllt.

44

Es war eine Verabredung, eine richtige Verabredung. Er hatte gesagt, er würde mich um halb neun abholen und mit mir in ein französisches Restaurant gehen. Ich spürte einen leichten Anflug von Panik, als er das französische Restaurant erwähnte, weil nur Landeier und Touristen französisch essen gingen, während turkmenische Restaurants dazu da waren, ein Mädchen zu beeindrucken.

Ich machte mich langsam und in aller Ruhe fertig. Die aufwühlende Erregung, die ich sonst im Zusammenhang mit Luke verspürte, war nicht da. Statt dessen empfand ich eine gleichmäßig glühende Vorfreude.

Ich hatte Schmetterlinge im Bauch, aber die schliefen. Hin und wieder dehnten und streckten sie sich, einfach nur, um mich daran zu erinnern, daß sie da waren.

Natürlich war es möglich, sagte ich mir, daß Luke mich und Anya und weiß der Himmel wen noch an der Nase herumführte. Aber ich war mir sicher, daß er es nicht tat. Ich wußte nicht, woher ich diese unerschütterliche Überzeugung nahm, aber ich zweifelte nicht daran.

Wir hatten so viele Verwicklungen hinter uns: Wir hatten nach der Party in den Rickshaw Rooms miteinander geschlafen, er hatte mich wiedersehen wollen und ich hatte ihn abgewiesen; ich hatte ihn auf meiner Party angemacht, und er hatte mich abgewiesen; er hatte überall nach mir gesucht, wir waren uns in der Llama Lounge wiederbegegnet; wir hatten überwältigenden Sex gehabt, dann war Daryl gekommen, und Luke war beleidigt abgezogen. Wenn er nach all dem, den Annäherungsversuchen und den Zurückweisungen, immer noch mit mir ausgehen wollte und ich mit ihm, dann bedeutete das, daß es einen winzigen Ansatz von gegenseitigem Verständnis gab.

Wir hatten eine Ebene erreicht, wo wir beide eine Menge von einander wußten, auch schlechte Dinge, *besonders* schlechte Dinge, und trotzdem weitermachen wollten.

In Vorbereitung auf mein französisches Gratisessen zog ich mich sittsam an.

Von außen gesehen wenigstens.

Ich trug das Kleid, das ich mein Erwachsenen-Kleid nannte. Denn es war weder schwarz noch aus Lycra, und meine Unterhose zeichnete sich nicht darunter ab. Es war ein dunkelgraues, nonnenhaft keusches Gewand. Wegen dieser Eigenschaften hatte ich es für die reine Geldverschwendung gehalten, aber Brigit hatte mich überredet, es zu kaufen, und gemeint, es würde eines Tages genau passend sein. Ich sagte, ich hätte nicht vor zu sterben oder in ein Kloster einzutreten oder mich wegen Mordes vor Gericht stellen zu lassen. Doch als ich jetzt meine ziemlich züchtige und gleichzeitig kein bißchen abschreckende Gestalt im Spiegel betrachtete, mußte ich zugeben, daß sie recht gehabt hatte.

Es wurde noch besser. Ich zog hochhackige Schuhe an und steckte mir das Haar hoch. Normalerweise konnte ich nur das eine oder das andere tun, es sei denn, ich wollte die anderen unbedingt turmhoch überragen. Aber Luke war Manns genug dafür.

Unter meiner Kutte hatte ich mich in schwarze Strümpfe und Straps gezwängt. Ein sicheres Zeichen, daß ich verrückt nach Luke war. Denn keiner würde solche Unterwäsche tragen, ohne den Vorsatz, sie möglichst bald wieder abzulegen. Unbequem und unnatürlich, das war meine Meinung dazu. Ich kam mir lächerlich vor und fühlte mich wie ein Transvestit.

Es wurde halb neun, und Luke erschien. Ich warf einen Blick auf ihn – dunkeläugig, glatt rasiert, nach Citrusaroma duftend –, und die Schmetterlinge in meinem Bauch erwachten in Scharen und fingen an, Purzelbäume zu schlagen.

Er sah eleganter aus, als ich ihn je zuvor gesehen hatte. Weil er weniger Haar und weniger Jeansstoff an sich hatte. Das bedeutete, daß er mich ernst nahm, und ich strahlte vor Freude.

Als er über die Schwelle trat, machte ich mich darauf gefaßt, mit heißen Küssen übersät zu werden. Ich war überrascht, als er mich nicht küßte. Ich war verdutzt, erholte mich aber schnell und weigerte mich, in die Niederungen der Depression hinabzusteigen, die sich vor mir auftaten. Ich dachte nicht: Er ist nicht scharf auf mich. Ich wußte, daß er scharf auf mich war, ich hätte mein Leben darauf gewettet.

Er war höflich genug, auf dem Sofa Platz zu nehmen und mich nicht auf den Fußboden zu werfen und sich auf mich zu stürzen. Wie merkwürdig, daß wir mindestens fünf Sekunden im selben Zimmer waren und immer noch alle Kleider anhatten!

»Ich bin gleich fertig«, sagte ich.

»Immer mit der Ruhe«, sagte er.

Ich spürte wie er mich ansah, während ich unbeholfen durch die Wohnung polterte und meine Schlüssel suchte. Hier stieß ich mir den Hüftknochen an der Anrichte an, dort schürfte ich mir den Ellbogen an der Türklinke auf. Der Mann meiner Sehnsüchte brauchte mich nur zu beobachten, damit meine angeborene Ungeschicklichkeit besonders deutlich zutage treten konnte. Schließlich drehte ich mich zu ihm um und sagte mit gespielter Entnervtheit: »Und?«

Ich wußte, daß ich gut aussah.

»Du siehst ...«, er hielt einen Moment inne, »... phantastisch aus.«

Das war die richtige Antwort.

Ich kannte das Restaurant nicht, in das wir gingen, hatte noch nie davon gehört. Aber es war wunderbar. Dicke Teppiche, dämmriges, fast schon schummriges Licht und beflissene, leise sprechende Kellner, die ihren französischen Akzent so übertrieben, daß sie sich untereinander kaum verstanden.

Luke und ich unterhielten uns den ganzen Abend über kaum. Aber das deutete nicht auf eine Verstimmung hin. Im Gegenteil, ich hatte mich noch nie im Leben einem anderen Menschen so nah gefühlt, noch nie. Wir hörten nicht auf, uns gegenseitig anzulächeln. Wir lächelten über das ganze Gesicht und sahen uns immerzu in die Augen.

Er war weiterhin so höflich wie am Beginn des Abends, kein bißchen aufdringlich oder anmaßend. Statt dessen nahm er es mit dem Taxifahrerbezahlen, dem Türenaufhalten, dem Hinein- und Hinausführen ohne jegliche Berührung sehr ernst. Und mit jeder Höflichkeitsgeste breitete sich ein großes Lächeln über unsere Gesichter.

Als er mir seine Hand reichte und mir ins Taxi half, lächelten wir uns breit an. Als wir im *Bonne Chère (Das gute Teure)* ankamen, half er mir eilfertig aus dem Taxi, und wir strahlten uns mit einem Lächeln an, das sich von den Zehenspitzen her ausbreitete. Eine kurze Unterbrechung, während er den Taxifahrer bezahlte, dann sahen wir uns an und lächelten, daß sich unsere Augen zu Schlitzen verengten.

Er sagte: »Bist du soweit?«, die irische Version für: »Sollen wir?«, bot mir seinen Arm, so daß ich mich bei ihm unterhaken konnte, und so schwebten wir in das Restaurant. Wir wurden von den Kellnern begeistert, wenn auch in unverständlicher Sprache begrüßt. Und daraufhin sahen wir uns mit einem ironischen Grinsen an.

Wir wurden an einen Tisch geführt, der so zurückhaltend und schummrig beleuchtet war, daß ich Luke kaum erkennen konnte. »Ist es so recht, Babe?« murmelte er. Ich nickte erfreut. – Mir wäre alles recht gewesen.

Es gab einen kurzen Moment der Befangenheit, als wir uns einander gegenüber hinsetzten, denn schließlich waren wir noch nie in einer solchen Situation gewesen. Was einen noch befangener macht, als zum ersten Mal mit einem Mann zu schlafen, ist, zum ersten Mal mit einem Mann zum Essen auszugehen. Luke versuchte, die Unterhaltung mit einem frohgemuten: »Na?« zu eröffnen. Ich wollte etwas darauf erwidern, aber dann erfüllte mich wieder ein Gefühl der Freude und bahnte sich einen Weg zu meinen Lippen, wo es sich in einem ekstatischen Grinsen manifestierte, und mir wurde klar, daß Worte nicht nötig waren. Luke erwiderte mein Lächeln seinerseits mit einem Lächeln, und wir lächelten uns unablässig an wie zwei Dorftrottel. Und so saßen wir da und lächelten und strahlten, bis der Kellner erschien und uns mit übertriebenen Gebärden die Speisekarte reichte.

»Na, vielleicht sollten wir ...« Luke deutete auf die Speisekarte.

»Ja, gut«, sagte ich und versuchte mich zu konzentrieren.

Nach wenigen Sekunden sah ich auf und merkte, daß Luke mich anstarrte, und darauf lächelten wir uns wieder an. Etwas verlegen senkte ich den Blick. Aber ich konnte nicht umhin, noch einmal aufzusehen, und Luke starrte mich immer noch an. Also lächelten wir aufs neue.

Ich freute mich zwar, war aber auch ein bißchen verlegen, und sagte leise: »Hör auf.« Und er erwiderte leise: »Entschuldigung, ich kann nichts dafür, du siehst so ...«

Darauf mußten wir beide leise kichern, und er zeigte wieder auf die Speisekarte und sagte: »Wir sollten uns wirklich ...«

Und ich sagte: »Du hast recht ...«

Ich hatte das Gefühl, vor Glück platzen zu müssen, weil ich mit ihm zusammen war, und war mir sicher, daß ich wie ein Frosch aussah, breit und aufgeblasen.

Er bestellte Champagner.

»Warum?« fragte ich.

»Weil ...«, sagte er und sah mich prüfend an.

»Weil ...«, sagte er wieder mit diesem Lächeln in seinen Augen. Ich hielt die Luft an, weil ich dachte, er würde sagen, daß er mich liebte.

»Weil du es wert bist«, sagte er schließlich.

Ich lächelte geheimnisvoll. Ich hatte sein Gesicht gesehen, ich wußte, wie es um ihn stand. Und er wußte, daß ich es wußte.

Den ganzen Abend über war ich äußerlich ganz ruhig. Aber innerlich spürte ich eine angenehme Atemlosigkeit, in jedem Teil meines Körpers. Es war ein Gefühl, als wären meine Lungen nicht in der Lage, genügend Sauerstoff aufzunehmen, als würde mein Herz betont langsam schlagen und mein Blut träge und sinnlich durch die Adern fließen. Alles war in einen langsameren Rhythmus übergegangen, als wäre ich berauscht von meinen Gefühlen für ihn.

Alle meine Sinne waren geschärft. Meine Nerven lagen blank, sie waren schutzlos, exponiert. Mein Nervensystem war durchsichtig wie das Centre Pompidou.

Jeder Atemzug erfüllte mich mit Freude. Ich genoß jedes Pochen meines Herzens, jedes Flattern in meiner Magengrube.

Jedes Atemholen, wenn sich meine Brust hob und senkte und sich dann, nach endlosen Sekunden, wieder hob und senkte, war wie ein kleiner Sieg. Und dann wieder, und wieder.

»Schmeckt es dir?« Er deutete auf meine *Pommes au fenêtre*, oder wie sie auch hießen.

»Ja, wunderbar«, murmelte ich und schaffte es, zwei oder drei Krümel davon herunterzuschlucken.

Immer wieder nahmen wir das Besteck in die Hand und hielten es über unseren Tellern mit dem Essen in der Schwebe – das wahrscheinlich köstlich war, aber keiner von uns konnte richtig essen –, um uns wie zwei Bekloppte anzugrinsen. Dann legten wir das Besteck aus der Hand und erwiderten den Blick des anderen, worauf wir erneut strahlten.

Abgesehen davon, daß ich das Gefühl hatte, als wäre meine Speiseröhre und mein Magen mit schnell härtendem Beton gefüllt, fühlte ich mich leicht und schwebend.

Wir wußten wohl beide, daß unsere Gefühle für den anderen ganz zart und zerbrechlich waren und äußerst sorgsam behandelt und sachte gehalten werden mußten. Wir durften sie nicht aufrühren oder bewegen, doch obwohl sie so still waren, spürten wir sie sehr deutlich. Und spürten sonst nicht viel. Es war nicht nötig, daß wir uns gegenseitig mit lustigen Geschichten übertrumpften, weil wir beide wußten, daß wir lustige Geschichten erzählen konnten. Es war nicht nötig, daß wir gegenseitig über uns herfielen und uns die Kleider vom Leib rissen. Das würde zu seiner Zeit ohnehin geschehen. Wir bewegten uns nur einmal auf vermintem Gebiet, und zwar, als Luke fragte: »Wie geht es Daryl?«

»Hör zu«, sagte ich verlegen und beschloß, mit offenen Karten zu spielen, »zwischen mir und Daryl hat sich nichts abgespielt.«

»Da bin ich mir ganz sicher«, sagte er.

»Wieso?« fragte ich, ein bißchen pikiert.

»Weil er *schwul* ist«, sagte Luke und lachte.

»Das glaube ich nicht.« Ich wurde rot wie eine Tomate. Obwohl, wenn ich es recht bedachte, so erklärte es eine Menge.

Aber hätte er dann nicht nach »Dada« rufen sollen, statt nach »Mama«?

»Aber er hat so viel damit zu tun, sich Drogen zu beschaffen«, sagte Luke angewidert, »daß es mich wundern würde, wenn er überhaupt ein Sexleben hat.«

»Ja, stimmt«, sagte ich, weil ich nicht wußte, was ich sagen sollte, aber das Gefühl hatte, daß ich etwas sagen sollte.

Den ganzen Abend war ein Strom des Verlangens sanft über das Fundament unserer Bestimmung füreinander gesprudelt. Als Luke die Rechnung bezahlte (Habe ich es nicht gesagt? Er lädt mich ein!), schmolz der winterliche Widerstand, und die Strömung wurde stärker.

Als wir draußen in der feuchtschwülen Nacht standen, fragte Luke höflich: »Möchtest du laufen, oder soll ich ein Taxi rufen?«

»Lieber laufen«, sagte ich, weil sich die Erwartung so langsam aufbauen konnte.

Auf dem Weg nahm er nicht meine Hand, sondern ließ seine Hand über meinem Kreuz schweben, was ich richtig süß fand. Die strenge Trennung, das So-nah-und-doch-so-fern-Gefühl, neben ihm zu sein und ihn nicht zu berühren, steigerte nur noch mein Verlangen nach ihm.

Als wir endlich in die Straße zu meiner Wohnung einbogen, spürte ich Erleichterung. *Wurde auch langsam Zeit*, dachte ich. Das Fehlen jeglicher Berührung war eine größere Anspannung gewesen, als mir bewußt war. Fröhlich wollte ich die Szene mit der Frage: »Kommst du noch auf einen Kaffee rauf?« einleiten.

Ich eilte die Stufen zur Haustür hinauf, bereit, ins Haus zu stürzen und die Treppen raufzulaufen, als er stehenblieb. Er zog mich an sich und gab mir einen Kuß auf die Wange. Am liebsten wollte ich ihm zwischen die Beine greifen, aber es war ein so schöner und *beherrschter* Abend gewesen, daß ich mich dazu zwang, noch ein bißchen länger zu warten.

»Danke für einen schönen Abend«, murmelte er mir ins Ohr.

»Gern geschehen«, sagte ich. »Ich danke dir.«

Ich lächelte höflich, aber ich wurde ungeduldig und dachte: *Jetzt reicht es aber; laß uns machen, daß wir nach oben kommen, damit du mich auf den Fußboden werfen und deine Hand unter mein Kleid schieben kannst, wie sonst immer.*

»Sehen wir uns bald?« sagte er. »Kann ich dich morgen anrufen?«

»Ist gut«, sagte ich, aber meine Freude schwand dahin, als wäre der Stöpsel rausgezogen worden. Er konnte doch jetzt nicht ernsthaft nach Hause gehen, oder? Unser sittsames Verhalten war schön und gut, aber doch nur, weil ich nicht eine Minute geglaubt hatte, daß es wirklich so gemeint war. Und hatte ich mir wirklich diese Mühe gemacht und Strümpfe und Straps angezogen, damit ich sie mir eigenhändig wieder auszog?

»Gute Nacht«, sagte er, beugte sich herab und gab mir einen Kuß auf den Mund. Seine Lippen blieben ein bißchen zu lange auf meinen liegen, als daß es wie ein heiliger Moment war. Dann trat er einen Schritt zurück, und in meinem Kopf drehte sich alles, vor meinen Augen tanzten Sterne.

»Oh, beinahe hätte ich es vergessen«, sagte er und überreichte mir ein kleines Paket, das er sich anscheinend aus dem Ärmel gezogen hatte. Und ohne ein weiteres Wort – beziehungsweise ohne eine weitere Tat – drehte er sich um und ging davon. Und ich stand da und starrte ihm mit offenem Mund nach.

Himmelherrgott, dachte ich konsterniert. Ich meine, Himmelherrgott.

Ich wartete, daß er sich umdrehen und mit einem Grinsen sagen würde: »Haha, war ein Witz, soll ich dir meinen Schwanz zeigen?« Aber er lief weiter.

Ich sah, wie sein Rücken immer kleiner wurde und hörte den Klang seiner Stiefel leiser werden. Dann bog er um die Ecke, und ich konnte weder etwas sehen noch etwas hören.

Immer noch wartete ich und hoffte, daß er wieder um die Ecke kommen würde, aber nichts geschah.

Als ich endlich kapierte, daß es vorüber war, stapfte ich die Treppe hoch, in meinem Mund der bittere Geschmack der Enttäuschung. Was führte er im Schilde? Mal im Ernst, was hatte er vor?

In dem verzweifelten Versuch, Lukes Absichten zu verstehen, riß ich das kleine Paket, das er mir gegeben hatte, auf und achtete überhaupt nicht auf das schöne Papier und die hübsche Schleife. Aber es war nur ein Buch mit Gedichten von Raymond Carver.

»*Gedichte?*« kreischte ich empört. »Ich will *vögeln.*« Und knallte das Buch an die Wand.

Ich warf und kickte alles mögliche in der Wohnung herum. Brigit, die alte Zimtzicke, war nicht zu Hause, so daß ich meine Wut an keinem auslassen konnte.

Aufgebracht riß ich mir die Reizwäsche vom Leib und verfluchte mich dafür, daß ich sie überhaupt angezogen hatte. Ich hätte es wissen müssen, daß ich das Schicksal herausforderte. Es schien mir, als würden sich der Spitzenstraps, die glänzenden Strümpfe und die winzige Unterhose auf meine Kosten prächtig amüsieren. »Man sollte doch denken, sie hätte das inzwischen geschnallt«, sagten sie zueinander und lachten. Ekelpakete!

Schließlich wurde mir klar, daß sich nichts ändern würde und ich zu Bett gehen mußte. Ich war mir sicher, daß ich kein Auge zutun würde, und schleuderte mein Erwachsenen-Kleid ein bißchen im Zimmer herum. (Ich hatte es schon aufgehängt und holte es noch einmal aus dem Schrank, um mich an ihm abzureagieren, als Sündenbock für mein Alleinsein.) Als ich noch dabei war, dem Kleid atemlos zu versprechen, daß es zum letzten Mal ausgegangen war, klingelte das Telefon.

»Wer zum Teufel kann das sein?« fragte ich mich und hoffte, daß sich jemand verwählt hatte, damit ich ihn anschreien konnte.

»Mit dir bin ich noch nicht fertig«, sagte ich drohend zu dem Kleid, das zerknüllt in der Ecke lag, und ging ans Telefon.

»HALLO«, rief ich wütend in die Sprechmuschel.

»Ehm, bist du es, Rachel?« fragte ein Männerstimme.

»JA«, antwortete ich streitlustig.

»Ich bin's, Luke.«

»UND?«

»Entschuldigung, ich wollte dich nicht stören, ich rufe morgen wieder an«, sagte er betreten.

»Nein, warte! Warum hast du angerufen?«

»Ich war mir ein bißchen unsicher, nach dem Abend.«

Ich sagte nichts, aber mein Herz klopfte mir vor Erleichterung bis zum Hals.

»Ich dachte, so wäre es richtig«, sagte er schnell. »Ich wollte mich wie ein ehrenwerter Mensch aufführen und das Muster zwischen uns aufbrechen, weißt du, damit wir weiterkommen. Aber als ich nach Hause kam, dachte ich, ich habe das nicht richtig deutlich gemacht, und daß du vielleicht denkst, daß ich dich nicht mehr mag, wo ich doch ganz wild nach dir bin, und deshalb wollte ich dich anrufen, aber dann dachte ich, es ist vielleicht zu spät und du schläfst schon, und vielleicht ist es auch wirklich zu spät und du schläfst tatsächlich ...«

»Was hat das alles zu bedeuten?« Inzwischen war ich richtig aufgeregt. Ich spürte seine Besorgnis, seinen Wunsch, alles richtig zu machen. War er drauf und dran, mir eine Liebeserklärung zu machen? Wollte er mich fragen, ob ich mit ihm zusammensein wollte?

Dann hörte er auf, ernst zu sein, und sagte mit Lachen in der Stimme: »Ein kleiner Fick ist jetzt wohl nicht drin, oder?«

Bis ins Mark beleidigt und bitter enttäuscht warf ich den Hörer auf die Gabel.

Ich glibberte vor Empörung. Ich *glibberte*, ganz richtig. »Kann man das gla...? Hast du gehört, was er gesagt hat?« richtete ich mich an das Zimmer im allgemeinen und mein Erwachsenen-Kleid im besonderen.

»Eine Frechheit. Eine bodenlose Frechheit.«

Ich schüttelte fassungslos den Kopf. »Wenn er denkt, daß ich ihn auch nur noch eines Blickes würdige, ja, nach diesem Auftritt, dann wird er sich aber ganz schön wundern ...«

Ich seufzte, eher bekümmert als verärgert, und schüttelte wieder entgeistert den Kopf.

»Also wirklich ...«, stieß ich empört hervor.

Sechs Sekunden später nahm ich den Hörer in die Hand.

Und ob ein kleiner Fick drin war!

45

Es war wieder Wochenende. Zwei Tage ohne Furcht vor dem Fragebogen.

Zwar war ich erleichtert, aber in mir wirbelten meine Gefühle immer noch wild durcheinander.

Tiefe Traurigkeit kam in Wellen über mich und verebbte. Inzwischen war ich froh, wenn sich bei dem Gedanken an Luke Wut oder Schmerz einstellten, wenigstens konnte ich diese Gefühle zuordnen.

Der Samstagmorgen fing wie immer mit dem Kochkurs an.

Und natürlich gab es wie immer ein Gerangel um Eamonn und die Lebensmittel – diesmal war es eine Dose Kakaopulver –, das damit endete, daß Eamonn fortgeführt wurde, wie jeden Samstagmorgen.

Insgeheim beobachteten wir Angela und fragten uns – mit gewisser Hoffnung –, ob sie sich ähnlich verhalten würde. Aber Angela war nicht wie Eamonn. Beim letzten Kochkurs hatte sie sich ganz vorbildlich betragen.

Wenn da nicht ihr enormer Leibesumfang gewesen wäre, würde man nie darauf kommen, daß sie Eßprobleme hatte, denn man sah sie nie essen. Ich hatte gehört, wie sie zu Misty sagte, sie habe schlimme Probleme mit der Schilddrüse und einen unglaublich langsamen Stoffwechsel. Vielleicht stimmte das.

Entweder das oder sie schloß sich dreimal am Tag im Badezimmer ein und vertilgte den Inhalt eines Supermarkts mittlerer Größe. Entweder, oder. Ich tippte auf die zweite Möglichkeit. Ich war der Ansicht, daß dieser Arsch nur mit viel Mühe und Hingabe in seiner vollen Breite erhalten werden konnte.

Ich war überrascht, daß Misty diesen Punkt nicht erwähnte, aber Misty war sehr nett zu ihr. So daß ich mich schmollend fragte, warum sie nicht zu mir nett sein konnte. Blöde Schnepfe.

Es dauerte eine Weile, bis Betty alle mit Mehl und Zucker und Rührschüsseln und Sieben und so weiter versorgt hatte.

Clarence hob immer wieder die Hand und sagte: »Frau Lehrerin.«

Darauf sagte Betty jedesmal: »Nennen Sie mich doch Betty.«

Und Clarence erwiderte darauf: »Ist gut, Frau Lehrerin.«

Und dann kehrte Frieden ein. Alle waren konzentriert bei der Sache, die Braunen Pullover mehlbestäubt, und ich spürte eine gewisse Erregung im Raum. Eine seltsame Harmonie, die meine Haut zum Prickeln brachte. Fast als wären wir… *als wäre das Göttliche gegenwärtig*, dachte ich unwillkürlich und war davon selbst überrascht.

Im nächsten Moment war es mir unsäglich peinlich, so einen New-Age-Quatsch gedacht zu haben. Demnächst würde ich noch *Die Prophezeiungen von Celestine* lesen, wenn ich nicht aufpaßte!

Doch es dauerte nicht lange, da hatte ich abermals einen Anflug von Sentimentalität. Als die Männer ihre windschiefen, mißgebildeten, angebrannten, innen noch rohen und in sich zusammenstürzenden Kuchengebilde aus dem Ofen holten, stiegen mir beim Anblick ihrer stolzen Gesichter die Tränen in die Augen. Jeder dieser Kuchen war ein kleines Wunder, dachte ich und verdrückte heimlich eine Träne. Diese Männer waren Alkoholiker, und manche hatten schreckliche Dinge getan, aber diese Kuchen hatten sie ganz allein zustande gebracht…

Dann wand ich mich vor Widerwillen.

Es war mir unfaßbar, daß ich solche Gedanken hatte.

Gott sei Dank, daß keiner da ist, der sie auch nur erahnen konnte, sagte ich mir.

Die Samstagabende in Cloisters waren besonders schwierig für mich. Ich empfand es als Demütigung, daß die ganze Welt sich darauf vorbereitete auszugehen. Außer mir. Aber das Schlimmste waren meine quälenden, um Luke kreisenden Gedanken. Am Samstagabend würde er noch am ehesten eine andere Frau kennenlernen. Die Vorstellung machte mich ganz fertig.

Ich vergaß ganz und gar, daß ich wütend auf ihn war. Satt dessen sehnte ich mich schmerzlich nach ihm und verging fast vor Eifersucht und Angst, ihn zu verlieren. Obwohl es ja klar war, daß ich ihn ohnehin schon verloren hatte. Aber wenn er eine andere Frau kennenlernte, dann hatte ich ihn *richtig* verloren.

Ich versuchte, ihn bei dem samstäglichen Spieleabend aus meinen Gedanken zu verdrängen. Ich hatte in der

Woche davor mitgemacht, aber nur halbherzig. Es war mir peinlich gewesen, weil ich immer daran denken mußte, was wohl Helenka und andere exzentrische New Yorker sagen würden, wenn sie mich so sehen könnten. Immer wieder verdrehte ich die Augen und rümpfte die Nase. Falls Helenka übersinnliche Fähigkeiten hatte, sollte sie sehen, daß ich nur mitmachte, weil mir nichts anderes übrigblieb, und daß es mir keinesfalls Spaß machte. Spiele! sagte ich mit jeder Faser meines Körpers. *Grauenhaft!*

Aber an diesem Samstag war ich erstaunt, welchen Spaß es machte. Zunächst teilten wir uns in Gruppen auf und spielten »Wer hat Angst vorm schwarzen Mann?« Wir rannten quer durch den ungeheizten Aufenthaltsraum und versuchten, die Barriere, die die andere Gruppe mit verschränkten Armen bildete, zu durchbrechen. Es machte einen riesigen Spaß!

Dann kam jemand mit einem Springseil.

Während des Seilspringens war mir ein paar Minuten lang ganz elend, weil alle anderen aufgerufen wurden, nur ich nicht. Genauso war es mir auch in meiner Kindheit immer ergangen, und ich war sauer und böse und fühlte mich ausgeschlossen.

Ich schlich mich fort und ließ mich auf einen Stuhl bei der Wand fallen. *Ich mache nicht mehr mit,* dachte ich und schmollte, *auch wenn mich jemand aufruft.*

»Macht es dir Spaß?« Chris tauchte neben mir auf.

Die Haare auf meinen Armen richteten sich auf. Mein Gott, war ich scharf auf ihn. Diese Augen, diese Oberschenkel … Irgendwann, dachte ich sehnsüchtig. Vielleicht würden er und ich eines Tages zusammen in New York sein, ernstlich verliebt … Dann wurde Misty aufgerufen, und mein Neid überschattete alles andere.

»Mir wird schlecht, wenn ich denen zusehe«, sagte ich bitter. »Wirklich wahr. So an die Kindheit erinnert zu werden.«

»Deswegen spielen wir aber nicht.« Chris klang überrascht. »Sondern weil es uns Spaß macht und wir uns ein bißchen abreagieren können. Aber warum wirst du nicht gern an deine Kindheit erinnert?«

Ich schwieg.

Chris sah mich besorgt an.

In der Ferne hörte ich, wie Misty, die wie eine zierliche, kleine Elfe sprang, in einem Singsang sagte: »Und ich rufe Chri-is ...«

»Wenn es so schrecklich ist, daran erinnert zu werden, solltest du in der Gruppe darüber sprechen«, sagte Chris. Dann rief er aus: »Oje, ich bin dran!« und sprang neben Misty ins Seil.

John Joe und Nancy, die tablettensüchtige Hausfrau, schlugen das Seil. Obwohl sich auch die anderen nicht besonders geschickt anstellten, waren Nancy und John Joe ganz besonders unkoordiniert in ihren Bewegungen. Nancy konnte kaum das Gleichgewicht halten.

Ich sah zu, wie Chris sprang. Unbeholfen und ungelenk, aber sehr süß. Sein Gesicht war ganz konzentriert in dem Bemühen, sich nicht zu verheddern.

Ich saß auf meinem Stuhl und fühlte mich schlecht, während die anderen das Seilspringlied sangen, und dann hörte ich Chris, der sang: »Und ich rufe Rache-el.«

Voller Freude sprang ich auf. Wie gerne wurde ich aufgerufen, und nie rief mich jemand auf. Nie. Immer wurden die größeren gerufen.

Oder die kleineren.

Ich sprang ins Seil und hüpfte im Gleichschritt mit Chris und freute mich, weil ich gerufen worden war. Dann verfingen sich Chris' hübsche Schlangenlederstiefel im Seil, ich stolperte, und wir beide purzelten übereinander und fielen zu Boden. Eine köstliche Sekunde lang lag ich neben Chris auf dem Fußboden, dann kriegte John Joe einen kleinen Anfall und sagte, er habe die Nase voll vom Seilschlagen. In einem spontanen Anflug von Großherzigkeit schlug ich plötzlich das Seil, Nancy mit dem glasigen Blick am anderen Ende. Sie schwebte in der Welt der Beruhigungsmittel, und das machte mir angst.

Nachdem John Joe sich selbst und praktisch alle anderen zu Fall gebracht hatte, war es Zeit für die »Reise nach Jerusalem«. Am Anfang wollte ich nicht zu grob sein und die anderen von den Stühlen schubsen – außer Misty natürlich –, aber als ich begriff, daß es genau darum ging, so grob und rücksichtslos wie möglich zu sein, fing es an, mir richtig Spaß zu machen. Es war ein Lachen und Kreischen, ein Drängeln und Schubsen, und ich hatte das Gefühl, daß ich mich noch nie so gut amüsiert hatte. Ohne Drogen, meine ich.

Erst als es Zeit war, zu Bett zu gehen, und ich wieder an Luke in New York dachte, der wahrscheinlich jetzt gerade ausging, verpuffte meine gute Laune.

Am Sonntagmorgen fragte mich jeder Mann in Cloisters – und leider gehörte Chris auch dazu –, ob meine Schwester heute zu Besuch käme.

»Ich weiß es nicht«, war meine Antwort. Aber zur Besuchszeit erschien Helen zusammen mit Mum und Dad.

Anna war nicht gekommen – leider. Dad redete immer noch mit seiner *Oklahoma*-Stimme.

Als ich Helen allein sprechen konnte – Mum und Dad hatten ein intensives Gespräch mit Chris' Eltern angefangen, und ich wollte lieber nicht wissen, worüber sie sprachen –, gab ich ihr den Brief für Anna, in dem ich geschrieben hatte, Anna möge mich doch bitte mit einem Drogenpaket besuchen.

»Kannst du den bitte Anna geben?« fragte ich Helen.

»Ich werde sie in nächster Zeit nicht sehen«, sagte Helen. »Ich arbeite jetzt.«

»Du arbeitest?« Ich war sehr überrascht. Nicht nur war Helen extrem faul, sondern sie hatte – wie ich auch – nichts gelernt. »Seit wann?«

»Seit Mittwochabend.«

»Und was machst du?«

»Ich bediene.«

»Wo?«

»In einem ...« Sie suchte nach einer passenden Beschreibung. »... einem Schlachthaus in Temple Bar, es heißt Club Mexxx. Mit drei x«, sagte sie. »Daran siehst du schon, was das für ein Schuppen ist.«

»Na, herzlichen Glückwunsch, ehm«, sagte ich. Obwohl ich mir nicht sicher war, ob das angemessen war. Fast, als würde man einer Freundin gratulieren, die gerade herausgefunden hat, daß sie schwanger ist, aber keinen Mann dazu vorweisen kann.

»Kann ich was dafür, daß ich zu klein bin, um als Stewardeß angenommen zu werden?« empörte sie sich plötzlich.

»Ich wußte gar nicht, daß du dich als Jungfrau der Lüfte beworben hattest«, sagte ich überrascht.

»Hatte ich aber«, erwiderte sie schmollend. »Und es würde mir auch nichts ausmachen, abgelehnt zu werden, aber es war nicht einmal eine richtige Fluggesellschaft, sondern eine von diesen beknackten Charter-Gesellschaften, Air Paella, die jeden einstellen. Außer mir.«

Ich war schockiert, weil ihre Enttäuschung so spürbar war. Sie hatte immer genau das bekommen, was sie wollte. In einer Geste der Verzweiflung schlug sie die Hände vors Gesicht, was mich zutiefst beunruhigte. »Es würde mir nichts ausmachen, Rachel, aber ich hatte alles perfekt einstudiert, ich sah aus wie geschaffen für den Job.«

»Wie meinst du das?«

»Du weißt schon: eine millimeterdicke Schicht brauner Grundierung, weißer Hals, künstliches Lächeln, bei dem es jedem kalt den Rücken runterläuft, und der Abdruck der Unterhose auf dem Rock. Ganz abgesehen von der partiellen Taubheit. Ich wäre *phantastisch* gewesen!«

Mit zitternder Unterlippe fuhr sie fort: »Ich habe richtig geübt, Rachel. Wirklich. Ich war zu allen Frauen, denen ich begegnet bin, unfreundlich und habe jeden Mann angehimmelt. Ich habe am Gefrierschrank geübt, immer Tür auf, Tür zu, habe genickt, künstlich gelächelt und gesagt: ›AufWiedersehenDankeDanke AufWiedersehenAufWiedersehenAufWiedersehenDankeDanke‹, stundenlang, aber sie haben gesagt, ich bin zu klein. ›Wozu muß ich denn groß sein?‹ habe ich sie gefragt. Und sie haben gesagt, damit ich das Gepäck in den Gepäckfächern verstauen kann. Na, das ist doch absoluter Blödsinn! Als

Stewardeß ist es ja gerade dein Job, die Frauen nicht zu beachten und sie es selbst machen zu lassen. Und wenn ein Mann deine Hilfe braucht, siehst du ihn mit einem bezaubernden Augenaufschlag an und läßt ihn das Gepäck allein hochheben. Und er macht es gern. Ausgesprochen gern.«

»Warum mit der Tür vom Gefrierschrank?«

»Weil es beim Ausgang, wo sie stehen, immer so eisig ist, ist doch klar.«

»Na ja, auf jeden Fall war es eine gute Idee, vorher zu üben«, sagte ich verlegen.

»Üben?« schaltete sich Mum ein. »So was soll üben sein? Sie hat den Gefrierschrank abgetaut, und einen ganzen Karton mit Magnum und den mit den Eisschnitten ebenfalls, mit ihrem ›DankeAufWiedersehenAufWiedersehenDanke‹. Ein feines Üben!«

»Es waren doch lauter Magnum Mint«, sagte Helen. »Kaum den Platz wert, den sie im Gefrierschrank weggenommen haben. Es war der Gnadentod, ein Akt der Menschlichkeit.«

Mum tat weiterhin ihre Mißbilligung kund, als wäre sie Skippy, das Känguruh, das mitzuteilen versucht, daß Bruce aus dem Wasserflugzeug gestürzt war und sich den Arm an drei Stellen gebrochen hatte und aus einem Sumpf voller Krokodile gerettet werden mußte.

»Und schönen Dank auch für deine Unterstützung, Mum«, platzte Helen heraus, als wäre sie zwölf. »Wahrscheinlich wünschst du dir, daß ich überhaupt keine Arbeit gefunden hätte.«

Ich wartete darauf, daß sie mit: »Ich habe auch nicht darum gebeten, auf die Welt zu kommen«, fortfahren und aus dem Zimmer stürmen würde.

Aber dann fiel uns wieder ein, wo wir uns befanden, und wir mäßigten uns.

Mum wandte sich wieder ab. Diesmal, um sich mit den Eltern von Misty O'Malley zu unterhalten. Dad war immer noch in sein Gespräch mit Chris' Vater vertieft.

»Hast du zufällig Briefmarken dabei?« fragte ich Helen. Wenn sie Anna den Brief nicht überbringen konnte, würde ich versuchen, ihn in die Post zu schmuggeln. Irgendwie müßte das doch gehen.

»Ich?« sagte Helen. »Briefmarken? Seh' ich aus, als wäre ich verheiratet?«

»Was meinst du damit?«

»Nur verheiratete Leute haben Briefmarken dabei, das weiß doch jeder.«

»Ist auch egal«, sagte ich. Gerade war mir eingefallen – wie hatte ich das nur vergessen können? –, daß die drei Wochen, die ich laut Vertrag verpflichtet war zu bleiben, in fünf Tagen um waren. Dann konnte ich gehen. Auf gar keinen Fall würde ich freiwillig die vollen zwei Monate bleiben wie die anderen hier. Ich wäre weg wie ein geölter Blitz. Und dann konnte ich so viele Drogen nehmen, wie ich wollte.

46

Nachdem die Besucher gegangen waren, überkam mich plötzlich das Sonntagnachmittags-Erstickungsgefühl. Ein Gefühl der Leere und Unzufriedenheit und die Empfindung, daß ich platzen würde, wenn nicht bald etwas passierte.

Rastlos streifte ich vom Speisesaal zum Aufenthaltsraum in mein Schlafzimmer und wieder zurück und konnte nirgendwo zur Ruhe kommen. Ich fühlte mich wie ein Tier im Käfig.

Ich sehnte mich danach, wieder draußen zu sein, wo ich mich volldröhnen und in Stimmung bringen konnte. Wo ich meine Gefühle aus dem grauen, verhangenen Schlund der Depression in den klaren, blauen Himmel der Glückseligkeit katapultieren konnte. Aber in Cloisters war nichts, was mich in andere Sphären befördern konnte.

Ich tröstete mich mit dem Gedanken, daß dies mein letzter Sonntag hinter Gittern war. Daß ich in weniger als einer Woche diese Gefühle nicht mehr haben würde.

Aber mit einem Aufbranden unverdünnter Angst erkannte ich, daß ich früher eine ähnliche Ruhelosigkeit und Leere erlebt hatte. Oft sogar. Normalerweise überfiel mich diese Stimmung Sonntag nachmittags so gegen vier. Heute war sie etwas spät dran, vermutlich richtete sie sich immer noch nach der New Yorker Zeit.

Vielleicht würde sie mir nachkommen, wenn ich nicht mehr in Cloisters war?

Vielleicht, mußte ich zugeben, aber wenigstens konnte ich dann etwas dagegen tun.

Die anderen Insassen gingen mir mit ihrem Gezeter auf die Nerven. Mike hatte scheußliche Laune, er schlich umher und erinnerte mehr als sonst an einen Stier.

Er wollte keinem den Grund für seine miese Stimmung erklären, aber Clarence erzählte mir, daß Mikes vorlauter Sohn Willy seinen Vater mit den Worten begrüßt habe: »Da ist ja mein Alki-Paps.«

»Wie bitte???« habe Mike gefragt.

»Alki-Paps«, habe Willy fröhlich geantwortet. »Du bist mein Vater, also bist du mein Paps, und du bist ein Alki. Und wenn man die zwei zusammen sagt, kommt Alki-Paps dabei raus.«

»Er hätte dem Jungen fast sämtliche Knochen gebrochen«, sagte Clarence viel zu nah an meinem Ohr.

Andererseits ärgerte ich mich über Vincent, weil er ausgesprochen gute Laune hatte. Er war geradezu ausgelassen vor Freude, weil seine Frau ihm das Babyboomer Trivial Pursuit mitgebracht hatte. Er hielt Stalin die rote Schachtel unter die Nase. »Jetzt werden wir ja mal sehen, wer die ganzen Fragen beantworten kann, ja, das werden wir!« sagte er triumphierend. »Diesmal hattest du nämlich keine Möglichkeit, die Antworten auswendig zu lernen.«

Stalin brach in Tränen aus. Er hatte gehofft, daß Rita kommen und ihm sagen würde, daß sie die Scheidungsklage zurückgezogen hatte, aber sie war nicht aufgetaucht.

»Laß ihn in Ruhe!« fuhr Neil Vincent an. Als Neil der Wahrheit ins Auge geblickt und erkannt hatte, daß er

Alkoholiker war, hatte er ein, zwei Tage geheult und dann Vincent in der Rolle des Wüterichs abgelöst. Er wütete gegen sich selbst, weil er Alkoholiker war, aber er wütete auch gegen alle anderen. Josephine sagte, daß sein Zorn die normale Reaktion sei, weil keiner gern Alkoholiker sei, aber daß er sich bald damit abfinden werde. Wir warteten sehnlichst auf diesen Moment.

»Der arme Kerl hat Ärger mit seiner Frau!« brüllte Neil Vincent an. »Jetzt quäl' du ihn nicht auch noch.«

»Entschuldigung.« Vincent sah ganz betreten aus. »Das wollte ich nicht, es war nur ein Spaß.«

»Du bist so aggressiv, aber wie!« brüllte Neil wieder.

»Ich weiß«, sagte Vincent betrübt. »Aber ich gebe mir doch Mühe ...«

»Das reicht aber nicht!« Neil schlug mit der Faust auf den Tisch.

Die anderen bewegten sich schleunigst in Richtung Ausgang.

»Tut mir leid«, murmelte Vincent.

Alle blieben stehen und kamen dann zurück.

Es wurde ein bißchen ruhiger, bis Barry, das Kind, völlig aufgelöst in den Speisesaal gerannt kam. Offenbar gab es oben größere Tumulte, weil Celine Davy dabei erwischt hatte, wie er die Wettnachrichten in der Zeitung las. Da Davy spielsüchtig war, galt das als genauso schlimm, als wenn jemand wie Neil unter dem Bett sein eigenes Bier brauen würde.

Laut Barry war Davy ausgerastet, so daß Finbar, Gärtner und Faktotum in einem, herbeigerufen werden mußte, um Davy unter Kontrolle zu bringen. Bei diesen Neuigkeiten setzte eine Wanderbewegung, angeführt von Barry, dem Überbringer froher Nachrichten, aus dem Speisesaal ein und bewegte sich in Richtung des Gemenges, und jeder hoffte, einen guten Platz am Ring zu ergattern.

Ich ging nicht mit.

Ich war zu mißgelaunt und hatte keine Lust.

Als der Staub sich wieder gelegt hatte, sah ich, daß Chris und ich allein im Speisesaal saßen, und das heiterte mich auf. Selbst Misty, die blöde Kuh, hatte sich den anderen angeschlossen.

»Alles in Ordnung?« fragte er sanft und setzte sich neben mich.

Ich sah in seine wasserblauen Augen und war wie berauscht von ihrer Schönheit.

»Nein«, sagte ich rastlos. »Ich bin ... ich bin ... ich weiß auch nicht, ich habe die Nase voll.«

»Klar, ich verstehe.« Nachdenklich fuhr er sich mit seiner großen, kräftigen Hand durch das weizenfarbene Haar und setzte eine angemessen bekümmerte Miene auf, und ich sah ihn hoffnungsvoll an. Ach, es gefiel mir außerordentlich gut, im Mittelpunkt seiner Aufmerksamkeit zu stehen!

»Was können wir tun, um Rachel aufzuheitern?« sagte er, als spräche er mit sich selbst. Ich fühlte mich regelrecht gebauchpinselt.

»Komm, wir machen einen Spaziergang«, schlug er fröhlich vor.

»Wo?« fragte ich.

»Na, draußen.« Er nickte in Richtung Fenster.

»Aber es ist dunkel«, wandte ich ein. »Und kalt.«

»Komm schon«, drängte er und lächelte ironisch, wie es seine Spezialität war. »Etwas Besseres kann ich dir leider nicht bieten.« Dann fügte er vielversprechend hinzu: »Im Moment jedenfalls nicht.«

Ich holte schnell meinen Mantel, dann traten wir in die eiskalte Nacht hinaus und stapften auf dem Gelände herum.

Ich sagte nicht viel. Nicht, weil ich nicht sprechen wollte. Ich hätte mich liebend gern mit ihm unterhalten, aber ich war nervös, und mein Hirn hatte das getan, was es in solchen Situationen immer tat: Es hatte sich in einen Klumpen Beton verwandelt – grau und schwer und leer.

Auch er brachte keine Unterhaltung in Gang. Lange gingen wir schweigend nebeneinander, die einzigen Geräusche waren unser Atem, der sich in weißen Wolken von unseren Mündern löste, und das knirschende Gras unter unseren Füßen.

Es war zu dunkel, um sein Gesicht zu sehen. Als er sagte: »Einen Moment, warte mal, warte!« und seine Hand auf meinen Arm legte, wußte ich nicht, was er vorhatte. Meine Eingeweide sprangen vor Freude, in der Hoffnung auf eine heimliche Umarmung unter nächtlichem Himmel. Und ich bedauerte es, daß ich sechs Lagen Klamotten trug.

Aber er wollte mich nur unterhaken.

»Gib mir deinen Arm«, sagte er und schob meine Hand durch seine Armbeuge. »Gut, weiter geht's!«

»Allerdings, weiter geht's!« sagte ich und versuchte, mit meiner extremen Lustigkeit zu zeigen, daß mir unsere Berührung nicht das mindeste ausmachte. Daß mein Atem nicht plötzlich flach und stoßweise ging, und daß ein begehrliches Zucken nicht wie ein Schnellzug von meinem Ellbogen direkt in meine Lenden gefahren war.

Und weiter ging's, Seite an Seite, Arme und Schultern einander berührend. *Wir sind fast gleich groß*, sagte ich mir und versuchte, das als einen Vorteil zu sehen. *Wir passen gut zusammen.*

Weil ich Chris so nah war, ging es mir in Bezug auf Luke besser. Es beschwichtigte meine Angst, daß er vielleicht eine andere Frau kennengelernt hatte. Es besänftigte meine aufgewühlten Gefühle. Einen Moment lang war ich so voller Verlangen nach Chris, daß ich die entsetzliche Erinnerung an Luke ausblenden konnte.

Ich sehnte mich danach, von Chris geküßt zu werden. Das Verlangen machte mich fast schwindlig. Ich war verrückt vor Sehnsucht.

Was würde ich nicht geben …

Entsetzt stellte ich fest, daß wir wieder beim Haus angekommen waren.

Schon?

Wir standen im Licht, das aus den Fenstern schien, und konnten uns gegenseitig sehen.

»Guck mal!« Chris drehte sich zu mir um, sein Gesicht war ganz nah an meinem, berührte es fast. Alle Nervenenden waren in Alarmbereitschaft, jetzt mußte die Umarmung kommen.

»Siehst du das große Badezimmer da?« Er zeigte auf ein Fenster, sein Körper war verführerisch nah an meinem.

»Ja«, sagte ich mit belegter Stimme und sah in die Richtung seines ausgestreckten Arms. Er kam zwar nicht näher an mich heran, wich aber auch nicht zurück.

Wenn ich ganz tief einatmete, würde mein Bauch seinen berühren.

»Man hat dort zwei Leute beim Sex erwischt«, sagte er.

»Wann war das?« Ich konnte kaum sprechen, so gebannt war ich, so angespannt.

»Ist schon eine Weile her«, sagte er.

»Wer war es?«

»Patienten, Klienten, wie man uns auch nennen mag.«

»Wirklich«, murmelte ich und fragte mich, wohin das Gespräch führen sollte.

»Ja«, sagte er und schmunzelte. »Zwei Leute, Leute wie du und ich, in diesem Badezimmer hat man sie in flagranti erwischt.«

Es klang, als hätte er den Satz absichtlich so formuliert, um besonders provozierend zu klingen. Doch dann machte er einen Schritt zurück, und ich hatte das Gefühl, von den Klippen zu stürzen.

»Wie findest du das?« fragte er.

»Ich glaube dir nicht«, sagte ich enttäuscht. Meine Erwartungen waren so hochgeschraubt, und dann verlief alles im Sande ...

»Es stimmt aber«, sagte er, und sein Blick unterstrich seine Aufrichtigkeit.

»Das kann nicht sein«, sagte ich und konzentrierte mich endlich auf das, was ich sagte. »Wie können die Leute denn ... ich meine, wie können sie die Regeln einfach durchbrechen?«

Er lachte. »Du bist wunderbar unschuldig. Und ich dachte, du wärst eine ganz Wilde.«

Ich war wütend auf mich und stammelte: »Aber das bin ich auch, ehrlich.«

»Sollen wir wieder reingehen?« Er nickte in Richtung Haus.

Verwirrt und frustriert sagte ich: »Meinetwegen.«

47

Am Montagmorgen knöpfte Josephine sich Mike vor und nahm ihn vollständig auseinander.

»Mike, ich wollte schon lange wieder auf Sie zurückkommen«, sagte sie, und es klang wie eine Entschuldigung. »Es ist an der Zeit, daß wir Ihren Alkoholismus etwas näher betrachten, nicht wahr?«

Er ließ sich nicht dazu herab, ihr zu antworten, und machte ein Gesicht, als wollte er sie erwürgen.

Phantastisch, dachte ich freudig. Solange jemand anders im Schleudersitz saß, war kein Platz für mich.

Josephine wandte sich an uns alle. »Hat jemand eine Frage an Mike?«

Hast du eine Dauerwelle? formulierte ich still für mich. *Und wenn ja, warum?*

Keiner sagte etwas.

»Na gut«, seufzte Josephine. »Dann mache ich es selbst. Sie sind das älteste von zwölf Kindern?«

»Das stimmt«, sagte Mike laut und deutlich.

»Und Ihr Vater starb, als Sie fünfzehn waren?«

»Das ist richtig«, sagte er ebenso laut und deutlich.

»Das muß eine schwere Zeit gewesen sein.«

»Wir kamen klar.«

»Wie?«

»Indem wir schwer gearbeitet haben.« Mikes Gesicht war noch verschlossener und häßlicher als sonst.

»In der Landwirtschaft?«

»In der Landwirtschaft.«

»Hatten Sie Vieh?«

»Hauptsächlich Feldwirtschaft.«

Ich hatte keine Ahnung, wovon sie sprachen.

»Lange Tage?«

»Aufstehen vor dem Morgengrauen, auf den Beinen bis zum Dunkelwerden«, sagte Mike mit einem gewissen Stolz. »Sieben Tage in der Woche, und nie einen Tag Ferien.«

»Sehr lobenswert«, sagte Josephine. »Bis Ihre Trinkgewohnheiten außer Kontrolle gerieten, Sie Wochen im Suff verbrachten und die Arbeit liegenblieb.«

»Aber ...«, hob Mike an.

»Ihre Frau war bei uns«, unterbrach Josephine ihn. »Wir wissen bestens Bescheid. Und Sie wissen, daß wir es wissen.«

Und dann legte sie los. Den ganzen Morgen ließ sie nicht mehr locker.

Sie versuchte, ihn zu der Einsicht zu bewegen, daß er so sehr damit beschäftigt war, seine Familie zu einem gut funktionierenden Arbeitsteam zu machen, daß ihm nicht die Zeit blieb, um seinen Vater zu trauern.

»Nein, nein«, widersprach er sichtlich verärgert. »Wir mußten ein System entwickeln. Sonst wären wir verhungert.«

»Warum mußten Sie das machen?«

»Ich war der älteste«, murmelte er bedrückt. »Es war allein meine Verantwortung.«

»Das ist nicht richtig«, erwiderte Josephine. »Was war mit Ihrer Mutter?«

»Meine arme Mutter«, stammelte Mike. »Ich wollte ihr nicht noch mehr Sorgen machen.«

»Warum nicht?«

»Ich schätze meine Mutter über alle Maßen«, sagte Mike leise in einem Ton, als müsse Josephine sich schämen, diese Frage gestellt zu haben.

»Ja«, sagte Josephine. »Sie haben eine merkwürdige Einstellung zu Frauen, stimmt's? Die Frau als Heilige oder als Hure, dieses Denken ist bei Ihnen sehr ausgeprägt.«

»Was ...?«

»Darauf können wir später noch zurückkommen.«

Trotz ihres intensiven Kreuzverhörs wollte er nichts zugeben.

Nach dem Mittagessen hatte ich wieder Glück, denn diesmal war Misty dran. Ein doppelter Segen. Wenn ihr etwas Schlechtes widerfuhr, munterte mich das ausgesprochen auf. Und solange sie in die Mangel genommen wurde, blieb ich verschont.

Mir wurde klar, daß ich noch einmal glimpflich davongekommen war, denn ich war mir sicher, daß Josephine so kurz vor Ende meines Aufenthalts nicht mehr mit meinem Fragebogen anfangen würde. Abgesehen von der einen Sitzung, als sie mich über meine Kindheit ausgefragt hatte, war es mir nicht besonders schlecht ergangen. Und nur noch fünf Tage, bevor ich abreisen würde. Fünf Tage, um mich davon zu überzeugen, daß ich ein Drogenproblem hatte? Na, da standen ihre Chancen aber schlecht.

So konnte ich genüßlich zusehen, wie Misty das Leben zur Hölle gemacht wurde.

Und zur Hölle machte Josephine es ihr ganz gewiß. Josephine argwöhnte, daß Mistys Rückfall ein Werbegag sei.

Was Misty weit von sich wies.

»Das ist nicht eine Kampagne für mein neues Buch *Tears Before Bedtime*«, beharrte sie. »Ich bin nicht hier, um für mein neues Buch *Tears Before Bedtime* Werbung zu machen.«

Sie sah zerbrechlich und zierlich und wunderschön aus. »Wirklich nicht«, wiederholte sie mit großen Augen, die um Verständnis heischten.

Es war zum Kotzen, aber die anderen schwiegen beschämt.

Arschkriecher, dachte ich und war wütend, weil sie nicht schnallten, daß sie ihr auf den Leim gingen.

»Sie täuschen sich ganz und gar«, sagte sie, und ihre Unterlippe bebte ein kleines bißchen.

Mehr beschämtes Schweigen. Josephine sah sie mit zusammengekniffenen Augen an.

»Um ehrlich zu sein, ich sammle Material für mein *nächstes* Buch«, fügte Misty hinzu, als wäre ihr das eben erst eingefallen.

Es herrschte überraschte Stille, bevor ein Haufen Fragen auf sie einstürzten.

»Komm' ich drin vor?« fragte John Joe aufgeregt.

»Und ich?« fragte Chaquie. »Aber nicht mit meinem richtigen Namen, oder?«

»Meiner soll auch nicht genannt werden«, sagte Neil besorgt.

»Und ich bin der Held, ja?« lärmte Mike. »Der die Schöne bekommt.«

»Und was ist mit mir?« fragte Clarence.

»AUFHÖREN!« brüllte Josephine.

Gut gemacht, dachte ich zufrieden. Gib ihr Saures. Ich überlegte, ob ich Chris davon erzählen konnte. Eigentlich sollte er erfahren, was für eine oberflächliche kleine Zicke sie war. Obwohl, dachte ich, vielleicht galt Chris' Interesse nicht in erster Linie Mistys Charakterstärke.

»Sie sind zum zweiten Mal in dieser Klinik«, ereiferte sich Josephine. »Wann nehmen Sie das endlich ernst? Schließlich sind Sie Alkoholikerin!«

»Natürlich bin ich das«, erklärte Misty in aller Ruhe. »Ich bin *Schriftstellerin!*«

»Für wen halten Sie sich eigentlich?« empörte sich Josephine. »Für Ernest Hemingway?«

Ich grinste schadenfroh.

Das gefiel mir.

Dann warf Josephine Misty ihre Flirterei vor.

»Sie provozieren die Männer hier mit voller Absicht. Ich wüßte gern, warum.«

Misty ging darauf nicht ein, und Josephine wurde immer gemeiner.

Der Nachmittag war von Anfang bis Ende ein einziges Vergnügen. Doch am Schluß, als ich schon fast auf dem Weg zur großen Teeparty war, hielt Josephine mich am Ärmel fest. Im Nu war meine entspannte, gute Laune verflogen, und ich war gelähmt vor Schreck.

Bitte nicht, schrie ich lautlos. *Bitte nicht! Morgen kommt der Fragebogen dran. Wie konnte ich nur denken, daß ich verschont bleiben würde?*

»Morgen«, sagte sie. »Ich finde es fairer, sie vorzuwarnen ...«

Ich war den Tränen nahe.

»Damit sie ein bißchen Zeit haben, sich an die Vorstellung zu gewöhnen ...«

Der Gedanke an Selbstmord schoß mir in den Kopf wie im Frühling der Saft in die dürren Stämme.

»... Ihre Eltern kommen als Ihre WBB.«

Ich brauchte einen Moment, um das zu begreifen. Ich war so sehr auf Luke und die schlimmen Sachen, die er von mir behaupten würde, gefaßt, daß ich erst einmal gar nicht wußte, was sie mit Eltern meinte.

Eltern? Habe ich Eltern? Was haben die denn mit Luke zu tun?

»Ah, gut«, sagte ich zu Josephine. Ich ging in den Speisesaal und ließ das, was Josephine da gesagt hatte, sich in mir setzen.

Also gut, dachte ich, und die Gedanken sprangen mir wild im Kopf herum, die Situation war nicht so schlimm, wie sie hätte sein können, weil sie nicht viel über mich wußten. Trotzdem hatte ich Angst. Ich mußte sie anrufen und herausbekommen, was sie sagen wollten.

Die Therapeutin, die heute auf uns aufpaßte, war die hübsche Barry Grant. Als ich sie fragte, ob ich telefonieren könnte, sagte sie laut: »Oh nein, Rachel, mein Kind, ich trinke gerade meinen Tee.«

Sie deutete freundlich auf die Tasse vor sich, so daß ich ungefähr verstand, wovon sie sprach.

Ich hampelte unruhig vor ihr herum, bis sie schließlich aufstand und mir zum Büro voranging. Als wir am Empfang vorbeikamen, war ich überrascht, als ich Mike sah, der sich dort über die Quirlige beugte.

War die Quirlige eine Heilige oder eine Hure? fragte ich mich.

»Ein reizendes Mädel wie Sie?« sagte er mit schmeichelnder Stimme und zwinkerte ihr zu. »Ich hätte gedacht,

Sie müßten die Kerle mit Stinkbomben von sich fernhalten.«

Ich glaube, eher Hure.

»He!« brüllte Barry Grant ihn an. »Nicht schon wieder! Ihnen zeig ich's noch!«

Mike machte vor Schreck einen Satz.

»Ah, viel Glück, bis bald« sagte er hastig zu der Quirligen und enteilte durch die Tür.

»Lassen Sie die Mädels in Ruhe«, rief Barry ihm hinterher.

»Und Sie, hören Sie auf, ihn zu ermutigen«, fuhr sie die Quirlige an. »Das ist kein professionelles Verhalten.«

Dann schrie sie mich an: »Nun kommen Sie schon!« – Wahrscheinlich wollte sie nicht, daß ich mich ausgeschlossen fühlte – »Welche Nummer wollen Sie?«

Dad kam ans Telefon und sagte: »El Rancho Walsho.« Im Hintergrund hörte ich ein Lied aus Oklahoma.

»Hallo, Dad«, sagte ich. »Wie klappt's mit dem Theaterstück? Der Geruch des Publikums, der Applaus der Schminke.«

Ich hielt es für opportun, so zu tun, als wären wir Freunde. Dann würde er vielleicht etwas Nettes über mich sagen.

»Phantastisch«, sagte er. »Und deine Wenigkeit?«

»Nicht ganz so phantastisch, um ehrlich zu sein. Ich habe gehört, ihr kommt morgen hierher als meine WBB.«

Ich hörte, wie er einatmete, und es klang, als legte ihm jemand ein Halseisen um.

»Ich hole mal eben deine Mutter!« quiekte er. Dann ließ er den Hörer auf den Tisch knallen.

Darauf folgten mehrere Minuten angestrengten Flüsterns, während mein Vater meiner Mutter erklärte, was ich wollte, und sie sich gegenseitig die Schuld gaben.

»FLÜSTER FLÜSTER FLÜSTER«, machte Mum besorgt.

»FLÜSTERFLÜSTERFLÜSTERFLÜSTER!« erwiderte Dad erregt.

»Also, FLÜSTER, *FLÜSTER*.«

»Du bist FLÜSTER, FLÜSTER FLÜSTER FLÜSTER Frauensache!«

Ich ahnte die Richtung, die das Gespräch nahm. »Was soll ich denn sagen?« zischte Mum.

»Sag einfach die Wahrheit«, zischte Dad zurück.

Und Mum zischte ihm zu: »Mach du das doch selbst.«

Und Dad zischte: »Du bist ihre Mutter, und das hier ist reine Frauensache.«

Dad hatte Mum wahrscheinlich angedroht, daß er ihr das Haushaltsgeld kürzen würde, denn zu guter Letzt nahm sie den Hörer in die Hand und sagte mit betont munterer Stimme: »Ich bin froh, wenn das endlich vorüber ist, mit dem Oklahoma. Er macht mich noch wahnsinnig. Und weißt du, was ich ihm kaufen soll? Das glaubst du nie. Hafergrütze! Das will er zum Abendessen haben. Was soll denn das, frage ich ihn. Das essen die Cowboys immer, sagt er mir. Also wirklich, Hafergrütze, das gab's doch nur in *Oliver Twist* ...«

Als ich endlich zum Zuge kam, bestätigte sie zögernd, daß sie und Dad tatsächlich kommen würden, um mich niederzumachen.

Ich konnte das kaum glauben. Obwohl ich in einer Klinik war und dergleichen anderen passierte, hatte es gefälligst nicht mir zu passieren. Ich war nicht wie die anderen. Und das war nicht das typische Leugnen einer Süchtigen, das war die Wahrheit. Ich war *wirklich* anders als die anderen.

»Also, wenn ihr kommen müßt, dann kommt«, seufzte ich. »Aber seid vorsichtig. Wenn ihr mich in die Pfanne haut, wer weiß, was ich dann tue.«

»Natürlich werden wir dich nicht in die Pfanne hauen«, säuselte Mum. »Aber wir müssen doch die Fragen der Therapeutin beantworten.«

Genau das hatte ich befürchtet.

»Vielleicht, aber ihr braucht mich nicht in die Pfanne zu hauen.« Selbst in meinen eigenen Ohren klang ich wie eine Dreizehnjährige.

»Kommt ihr morgens oder nachmittags?« fragte ich.

»Nachmittags.«

Das war ein bißchen besser, denn wenn sie am Vormittag kämen, würden sie vielleicht den ganzen Tag bleiben.

»Und Rachel, Liebes«, sagte Mum, und es klang, als wollte sie weinen, »wir hauen dich bestimmt nicht in die Pfanne. Wir wollen dir doch nur helfen.«

»Gut«, sagte ich finster.

»Alles in Ordnung?« fragte Barry Grant mit stechendem Blick.

Ich nickte. Die Situation war unter Kontrolle, alles war in Ordnung.

Und außerdem, beruhigte ich mich, *nur noch vier Tage. Was kann da schon noch groß kommen?*

48

Brigit und ich lagen auf ihrem Bett und konnten uns in der Augusthitze kaum rühren. Wir waren völlig geschwächt von dem gleißenden Licht des New Yorker Sommers, das von den gepflasterten Bürgersteigen und den steinernen Gebäuden reflektiert wurde und die grelle Hitze hundertfach verstärkt zurückstrahlte. Die blendende Helligkeit war wie eine unbarmherzige Macht.

»... an dem Abend, als er dich zum ersten Mal sieht, bist du so dünn wie nie zuvor, Rippen und Backenknochen stehen hervor«, sagte Brigit.

»Danke«, sagte ich. »Aber wie kam es dazu? Plastische Chirurgie?«

»Neeeiiin«, sagte sie und zog die Lippen beim Nachdenken kraus. »Das wäre nicht gut, denn die Narben wären durch das Chiffonkleid von Dolce & Gabbana in dem Moment sichtbar, in dem du ihm das Glas Champagner über den Kopf schüttest.«

»Mann«, staunte ich, »Dolce & Gabbana, das ist hochanständig von dir, danke! Und Champagner, das gefällt mir!«

»Laß mich mal überlegen«, sagte sie und starrte in die Ferne. Ich beobachtete sie in ehrfürchtigem Schweigen, während sie überlegte, wie sie die Phantasiegeschichte weiter ausspinnen konnte.

»Jetzt weiß ich's!« verkündete sie. »Du hast einen von diesen Würmern, die in deinem Darm leben und alles, was du ißt, auffressen, so daß du nichts abbekommst und immer dünner wirst.«

»Genial«, sagte ich bewundernd.

Dann fiel mir was ein. »Und wie ist der Wurm in meinen Darm gekommen?«

»Er war in einem Stück Fleisch, das nicht richtig durchgebraten war...«

»Aber ich bin Vegetarierin.«

»Das ist doch egal«, explodierte sie. »Ich sage dir doch, das ist nur eine erfundene Geschichte.«

»Entschuldigung.«

Einen Moment lang schwieg ich betreten, dann sagte ich: »Und wie konnte ich mir ein Kleid von Dolce & Gabbana leisten? Habe ich eine neue Stelle?«

»Nein«, sagte sie kurz angebunden. »Du hast es gestohlen.« Nach kurzem Überlegen fuhr sie fort: »Und bist erwischt worden. Du durftest auf Kaution raus und mußt am Montag danach vor Gericht erscheinen. Und in dem Moment, als dein Traummann erfährt, daß du vielleicht in den Knast kommst, will er nichts mehr von dir wissen.«

Brigit wollte offenbar nicht weiterspielen.

»Und überhaupt, du brauchst mich jetzt nicht mehr für diese Geschichten«, sagte sie. »Du hast ja jetzt einen Typen.«

»Hör auf«, sagte ich und wand mich.

»Aber es stimmt doch«, sagte sie. »Was ist denn Luke? Er ist ein Typ, daran ist kein Zweifel.«

»Hör auf.«

»Was hast du denn?« sagte sie entrüstet. »Ich finde ihn toll.«

»Warum nimmst du ihn dir dann nicht?«

»Rachel«, sagte sie mit lauter Stimme. »Laß das. Ich habe gesagt, ich finde ihn nett, ich habe nicht gesagt, daß ich scharf auf ihn bin. Du solltest mal was gegen deine Eifersucht tun.«

»Ich bin nicht eifersüchtig«, protestierte ich lautstark. Ich konnte es nicht leiden, wenn man mich eifersüchtig nannte.

»Dann bist du was anderes«, sagte sie.

Ich antwortete nicht, weil ich plötzlich anfing, an Luke zu denken. Obwohl ich mir nicht im klaren über meine Gefühle für ihn war, fiel ich jedesmal in eine Art Hypnose, wenn sein Name erwähnt wurde. Mein Verstand setzte irgendwie aus.

In gewisser Weise war er offiziell mein Freund. Seit dem Abend im *The Good and Dear* hatte ich jedes Wochenende mit ihm verbracht. Aber jetzt hielt ich die Zügel wieder in der Hand und war mir nicht mehr so sicher, daß ich ihn wirklich wollte.

Jeden Sonntagabend nahm ich mir vor, daß ich am nächsten Samstag nicht mit ihm ausgehen, sondern irgendwas Aufregendes mit Leuten unternehmen würde, deren Stern so hell am Firmament leuchtete, wie er heller nicht leuchten konnte. Nicht mit Luke Costello. Aber jedesmal war ich nach sechs Tagen machtlos, wenn Luke zu mir sagte: »Wozu hast du heute abend Lust, Babe?«

»Gut, jetzt bist du dran«, sagte ich, als ich wieder zu mir kam. Ich wollte schnell das Thema wechseln. »Du hattest gerade eine schlimme Grippe, nein, noch besser, eine Lebensmittelvergiftung, weil du Eis gegessen hattest, das schlecht geworden war, und du mußtest dich eine Woche lang übergeben.«

»Eis wird nicht schlecht«, unterbrach sie mich.

»Wirklich nicht? Ich dachte, es könnte schlecht werden. Solange ich in der Nähe bin, hat es natürlich keine Gelegenheit dazu. Ist ja auch egal, du hattest eine Lebensmittelvergiftung und bist jetzt dünn wie ein Skelett. So dünn, daß die Leute zu dir sagen: ›Brigit, du bist so dünn geworden, du solltest wirklich wieder zunehmen, du siehst aus wie jemand aus Biafra.‹«

»Klasse.« Brigit trommelte begeistert mit ihren Fersen auf die Bettdecke.

»Ja, die Leute reden über dich, und du hörst, wie sie sagen: ›Sie sieht so abgemagert aus.‹ Wir gehen also zu dieser Party, und du hast Carlos schon seit Ewigkeiten nicht gesehen, aber er ist da …«

»Nein«, fuhr sie dazwischen, »nicht Carlos.«

»Warum nicht?« sagte ich überrascht.

»Weil es mit ihm vorbei ist.«

»Wirklich?« Das erstaunte mich noch mehr. »Ich wußte gar nicht, daß du einen anderen kennengelernt hast.«

»Habe ich gar nicht.«

»Aber wie kann es dann vorbei sein?«

»Ich weiß auch nicht, ist es aber.«

»Du machst mir angst, Brigit.« Ich sah sie an, als hätte ich sie noch nie zuvor gesehen. »Du weißt, was Claire immer sagt? ›Wenn man einen Mann hinter sich lassen will, muß man einen neuen auf sich drauf lassen.‹ Aber du hast mit keinem anderen geschlafen, das hätte ich gemerkt.«

»Trotzdem, es ist vorbei. Freut dich das nicht?« fragte sie. »Freust du dich nicht, daß ich nicht mehr am Boden zerstört bin?«

»Ja, natürlich, klar. Ich bin einfach nur überrascht, mehr nicht.«

Aber ich war nicht froh. Ich war beunruhigt und verstört. Und *verwirrt.*

Erst ihre Beförderung, und jetzt das hier.

Brigit und ich waren uns immer so ähnlich gewesen. Einmal abgesehen von unserer Einstellung zum Beruf – Brigit hatte eine und ich nicht – waren unsere Reaktionen auf die Dinge, die das Leben mit sich brachte, fast immer gleich. Sonst unterschieden wir uns noch in unserem Geschmack bei Männern, und das war möglicherweise mit ein Grund, warum unsere Freundschaft so lange gehalten hatte. Noch nie hatten wir einen Zusammenprall erlebt, wo eine sagte: »Finger weg, ich habe ihn zuerst gesehen!«, was eine Freundschaft, die in der Grundschule angefangen hatte, aufs Spiel gesetzt hätte.

Aber in letzter Zeit war sie so komisch geworden. Ich konnte nicht verstehen, wie sie plötzlich, einfach so, kein

Interesse mehr an Carlos haben konnte. Bei mir lief das nie so ab, es war immer eine Kombination von Ereignissen. Ich brauchte einen neuen Mann, der mich unglücklich machte, bevor ich den Mann davor und das Unglück, das er mir gebracht hatte, überwinden konnte.

Wenn ich zurückgewiesen wurde, reagierte ich darauf, indem ich sofort anderswo nach Rückversicherung suchte. Normalerweise, indem ich mit einem anderen Mann schlief. Oder es wenigstens darauf anlegte, es klappte natürlich nicht immer.

Ich hatte immer die Frauen beneidet, die so was sagten wie: »Nachdem Alex mich verlassen hatte, habe ich mich einfach zurückgezogen. Ein Jahr lang habe ich keinen anderen Mann angesehen.«

Zu gern hätte ich einmal keine Gefühle gehabt. Denn die Männer waren wild auf einen, wenn man keine Gefühle für sie zeigte.

Und nun schien Brigit sich in eine von diesen geheimnisvollen, bedürfnislosen Frauen zu verwandeln.

Wie konnte sie es *wagen*, mit Carlos fertig zu sein, ohne einen anderen Mann kennengelernt zu haben?

»Geh mal an den Kühlschrank«, sagte sie und stieß mich mit dem Fuß an. »Geh mal an den Kühlschrank und bring mir was Kaltes.«

»Seit wann wohnt denn Helenka in unserem Kühlschrank?« witzelte ich, und wir beide lachten matt.

»Ich kann nicht, Brigit«, entschuldigte ich mich. »Ich habe keine Kraft. Ich breche zusammen.«

»Du faules, nutzloses Luder«, schimpfte sie. »Du hättest reichlich Energie, wenn Luke Costello in seinem Siebziger-Jahre-Aufzug hereinspaziert käme und mit seinem Piepmatz in der Hand nach ein bißchen Beschäftigung suchte.«

Ich wünschte, sie hätte das nicht gesagt, weil das Verlangen nach ihm mich durchströmte und mich unruhig und fickerig machte. Es dauerte noch ewig, bis ich ihn sehen würde, und plötzlich kam mir alles andere sinnlos und langweilig vor.

»Willst du auch was?« fragte Brigit und schwang sich vom Bett.

»Ein Bier wäre nicht schlecht«, schlug ich vor.

»Ist keins mehr da«, rief sie einen Moment später aus der Küche. Der Ton ihrer Stimme verriet eine gewisse Gereiztheit.

Nicht schon wieder, dachte ich entnervt. In letzter Zeit war sie so launisch. Was war nur mit ihr los?

Ein guter Fick, das war's, was sie brauchte. Das brauchten wir alle. Vielleicht sollte ich ein Transparent herumtragen mit der Aufschrift: »Fickt Brigit Lenehan!« oder »Fickt die neue New Yorkerin!« Und ich könnte einen Marsch, mit mir an der Spitze, von *The Cute Hoor* zu *Tadhg's Boghole* organisieren, und dann würde ich in das Megaphon brüllen: »Was wollen WIR!«

Und die anderen würden antworten: »Einen Fick für Brigit Lenehan!«

Dann ich: »Wann wollen wir IHN?«

Und die anderen: »Jetzt!«

»Ja«, sagte Brigit sarkastisch. »Kein Bier mehr da. Wer hätte das gedacht?«

»Ich habe doch gesagt, daß es mir leid tut«, rief ich in ihre Richtung.

Dann raffte ich meinen Mut zusammen und fügte hinzu: »Wie oft soll ich das noch sagen?«

Ich war weitaus mutiger, als wenn Brigit im Zimmer gewesen wäre. In einer direkten Konfrontation versagte ich immer kläglich.

Ich hatte es immer schon leichter gefunden, mich mit Leuten zu streiten, wenn sie nicht da waren. Den besten Krach hatte ich mit Leuten gehabt, die zu dem Zeitpunkt der Auseinandersetzung in einem anderen Land waren.

»Ich meine, Himmelherrgott, Rachel!« rief sie wieder. »Wir brauchten alles mögliche: Brot, Cola – und ich meine Cola Light, nicht Koks, was du sonst nimmst, um schlanker zu werden …«

Ihr Ton war so bitter, daß ich mich vor Angst zusammenkrümmte.

»... Klopapier, Kaffee, Käse. Und was bringst du mit? Brot? Nein. Käse? Nein. Irgendwas von den Sachen auf der Liste? Nein, was bringt sie statt dessen ...«

Ich wußte, daß die Dinge ziemlich übel waren, wenn sie anfing, von mir in der dritten Person zu sprechen.

»... Nichts außer vierundzwanzig Dosen Bier und einer Tüte Chips. Wogegen ja nichts einzuwenden ist, solange es ihr eigenes Geld ist, das sie ausgibt. Wenn sie ihr *eigenes* Geld ausgibt, kann sie soviel Bier kaufen, wie sie *will.*«

Ihre Stimme kam näher, und ich schrumpfte in mich zusammen.

»Und dann trinkt sie sie alle aus, in Null Komma nichts.«

Sie stand jetzt in der Tür, und ich wünschte, ich wäre in einem nordkoreanischen Lager, wo die Gefangenen dreiundzwanzig Stunden am Tag arbeiten müssen, weil das angenehmer sein mußte, als von Brigit beschimpft zu werden.

»Es tut mir leid«, sagte ich. Was anderes *konnte* ich nicht sagen.

Sie beachtete mich gar nicht. Als ich die Anspannung nicht länger ertragen konnte, sagte ich noch einmal: »Es tut mir leid, Brigit.«

Sie sah mich an. Eine Ewigkeit fixierten wir einander.

Ich konnte nicht erkennen, was sie dachte, aber ich bat sie stumm, mir zu verzeihen. Ich versuchte, ihr diese Botschaft telepathisch zuzusenden.

Verzeih Rachel, sagte ich. *Sei ihr wieder gut.*

Es mußte funktioniert haben, denn Brigits Gesicht wurde freundlicher. Ich erkannte die Gunst der Stunde und sagte noch einmal: »Es tut mir leid.« Schaden könnte es eigentlich nicht, dachte ich, und vielleicht bewirkte es sogar etwas Gutes.

»Ich weiß, daß es dir leid tut«, sagte sie schließlich.

Ich atmete erleichtert auf.

»Obwohl, ich muß schon sagen«, sagte sie, und ihre Stimme klang fast wieder normal. »Vierundzwanzig Dosen.« Sie fing an zu lachen, und ich fühlte mich wie erlöst.

»Jetzt aber«, sagte ich, erhob mich vom Bett und kämpfte mich durch die dicke Luft. »Ich muß mich umziehen, ich bin mit Luke verabredet.«

»Wo trefft ihr euch?«

»Ich schaue in der Testosteronzentrale vorbei, und dann gehen wir aus. Kommst du mit?«

»Kommt drauf an. Habt ihr was Spezielles vor?«

»Nein, wir gehen nur irgendwo was trinken, zusammen mit neunundvierzig seiner besten Freunde. Komm doch bitte.«

»Na gut, vielleicht, aber ich werde nicht mit Joey schlafen, nur um dir einen Gefallen zu tun.«

»Oh, bitte, Brigit«, bettelte ich. »Ich bin mir sicher, daß er scharf auf dich ist. Das wäre doch wunderbar. So romantisch.« Ich überlegte. »Und so *praktisch*.«

»Du egoistisches Miststück«, rief sie aus.

»Ich bin nicht egoistisch«, widersprach ich. »Ich meine nur... na ja... du und ich, wir leben zusammen, und Luke und Joey leben zusammen und...«

»Nein!« fuhr sie dazwischen. »Kommt gar nicht in Frage. Wir sind erwachsene Menschen, du und ich...«

»Bei mir bin ich mir da nicht so sicher.«

»...und erwachsene Menschen brauchen nicht alles zusammen zu machen. Das heißt, wir können mit Männern ausgehen, die nicht miteinander befreundet sind.«

»Meinetwegen«, sagte ich schmollend.

Ein paar Minuten saßen wir in angespanntem Schweigen.

»Also gut«, seufzte sie resigniert. »Ich überleg's mir noch mal.«

49

Ich wünschte mir dringend, daß Brigit sich mit Joey zusammentun würde. Es war mir nämlich immer noch peinlich, mit einem der Echten Männer auszugehen. Wenn ich eine Freundin dazu hätte bewegen können, daß sie mit einem der anderen ausging, wäre mir um vieles wohler gewesen.

Ich wollte nicht die einzige sein.

Ich wußte natürlich, daß ich oberflächlich war und ein schrecklicher Mensch, aber ich konnte nicht dagegen an.

Brigit und ich duschten, was irgendwie sinnlos war, weil wir fünf Minuten später wieder schwitzten wie die Schweine. Wir zogen das absolute Minimum an Klamotten an und machten uns durch die feuchte Hitze auf den Weg zu Luke.

Ich war aufgeregt und schüchtern, als ich läutete. So fühlte ich mich jedesmal mit ihm. Eine merkwürdige, zwanghafte Mischung aus Lust und Widerstreben. Fast schon Abscheu. Ein kleiner Anflug davon piekste mich in meine Magenwand.

Langsam stiegen wir die Treppen hinauf. Es war zu heiß für eine schnellere Gangart. Die Wohnungstür stand offen, und Luke lag auf dem Fußboden. Er hatte nur eine abgeschnittene Jeans an. Seine gebräunten Beine und seine Brust waren nackt, und über ihm drehte sich ein Ventilator und blies ihm die Haare ins Gesicht. Als ich mich über ihn beugte, verdunkelten sich seine Augen, dann lächelte er. Ein bedeutungsvolles Lächeln mit einem Versprechen darin, und in den Shorts eine Schwellung. Ich spürte eine heftige Wallung von Begierde und Übelkeit.

»Wie geht's, Siebziger-Jahre-Wiedergänger?« begrüßte Brigit Luke.

»Siebziger-Jahre-Wiederholung«, gab Luke zurück.

»Siebziger-Jahre-Wiederwahl«, kam Brigits Antwort.

»Siebziger-Jahre-Wiedergeburt«, war Lukes Erwiderung.

»Siebziger-Jahre-Widerstand«, versuchte Brigit.

»Nein«, sagte Luke entschieden, »das gilt nicht.«

Luke und Brigit verstanden sich sehr gut. Was mir manchmal gefiel.

Und manchmal nicht.

Es ist ein schmaler Grat. Gut, aber nicht zu gut.

Dann tat ich das, was ich jedesmal tat, wenn ich in Lukes Wohnung war: Ich gab vor, in eine Pfütze mit Testosteron getreten zu sein.

Luke tat mir den Gefallen und lachte. Dann wankten Brigit und ich herum und streckten die Arme aus, als müßten wir das Gleichgewicht halten, und riefen: »Paß auf, da drüben ist auch eine Pfütze!«

»Himmel«, sagte Brigit und ließ den Blick durch die unordentliche Männerwohnung gleiten. »Das wird ja immer schlimmer hier. Hier schwirren so viele männliche Hormone in der Luft herum, daß meine Eier gleich abfallen, wenn ich noch lange bleibe. Kann man hier einen geeisten Kaffee kriegen?«

»Oh Gott, das weiß ich gar nicht«, sagte Luke und rieb sich das Kinn vor Verlegenheit, eine Geste, die ich so unglaublich sexy fand, daß ich mir wünschte, daß Brigit eine Weile verschwinden würde, damit Luke und ich uns ein bißchen in der Horizontale betätigen konnten. »Wir haben normalerweise nichts im Haus. Soll ich schnell runtergehen und dir was holen?« bot er an. Dann schlug er vor: »Oder wie wär's mit Bier? Bier haben wir massenweise.«

»Komisch, das überrascht mich gar nicht«, sagte Brigit trocken. »Na gut, also ein Bier.«

Dann nahm sie eine Lederweste in die Hand. »Ich glaube, ich halluziniere«, sagte sie. Sie schüttelte fast traurig den Kopf und sagte: »Welches Jahr haben wir, Luke? Sag mir, welches Jahr wir haben?«

Das Spiel kannte ich schon. Brigit spielte es jedesmal, wenn sie Luke sah.

»1972 natürlich«, sagte Luke.

»Keineswegs«, sagte Brigit knapp, »wir haben 1997.«

Luke tat entsetzt. »Was redest du da für einen hirnverbrannten Blödsinn, Frau.«

»Gib mir die Zeitung, Rachel!« befahl sie. »Guck hier, du armer, erbarmungswürdiger Übriggebliebener, hier steht das Datum ...«

Luke faßte sich wie üblich in gespieltem Erstaunen an den Kopf. Da beschloß ich, daß ich auch mitmachen wollte, und fragte: »Wo sind die anderen?«

»Weg«, sagte Luke. »Werden jeden Augenblick wieder hier sein.«

In dem Moment hörte man an der Tür ein Lärmen, Schritte und Rufe: es wurden Anweisungen gegeben, geflucht und protestiert.

Dann wurde ein aschfahler Gaz von Joey und Shake halb ins Zimmer geführt, halb gezerrt.

»Jetzt sind wir gleich da, Mann«, sagte Joey zu Gaz.

Einer nach dem anderen stolperte über ein Paar Motorradstiefel, die mitten im Zimmer lagen. Und einer nach dem anderen stieß ein »Verdammt!« aus.

Mir war unverständlich, wie sie bei der Hitze so viel Jeansstoff an sich aushalten konnten. Noch unverständlicher war mir, wie sie so viel Haar ertrugen.

»Wir sind da, Mann«, sagte Shake.

»Zum Glück, verdammt«, murmelte Gaz, dann legte er seinen Handrücken an die Stirn wie eine viktorianische Jungfer, die gerade einen Blitzer gesehen hatte und im Begriff war, in Ohnmacht zu fallen. Seine Augenlider senkten sich, und seine Knie gaben unter ihm nach.

»Er kippt um, er kippt um«, erklärte Shake mit dramatischer Stimme, und Gaz sackte zusammen und sank zu Boden.

Gaz war ohnmächtig geworden, wie witzig!

Luke, Brigit und ich stürmten hin, um herauszufinden, was los war.

»Der Mann braucht Luft«, ordnete Joey an.

»Komm schon, Mann.« Er ging neben Gaz in die Hocke. »Schön atmen, Mann, komm jetzt, tief einatmen.«

Gaz befolgte die Anordnung und keuchte wie ein Asthmatiker.

»Lockert sein Korsett«, murmelte ich.

»Was ist passiert?« fragte Luke.

Ich dachte, die Hitze wäre schuld an Gaz' Zustand gewesen, aber als Joey mit wichtiger Stimme sagte: »Laßt den Mann doch mal in Ruhe«, wurde klar, daß etwas viel Interessanteres passiert war.

Joey war immer ein wenig verstört, wenn Brigit da war. Er tat so, als wäre Brigit verrückt nach ihm und würde ihm nachstellen. Der freche Hund. Nur weil sie mit ihm geschlafen hatte. Aber diesmal war es deutlich, daß Joeys Verlegenheit nichts mit Brigit zu tun hatte.

Mein Puls ging schneller. Was war geschehen? Vielleicht war Gaz angefahren worden. In New York waren die Radfahrer rücksichtslos und dreist.

Verstohlen suchte ich Spuren an ihm – zum Beispiel den Abdruck eines Fahrradreifens quer über seinem Gesicht –, als mir auffiel, daß etwas mit seinem linken Arm nicht stimmte. Er war geschwollen und blutig, so blutig, daß die Buchstaben ASSS in verschnörkelter Schrift fast nicht zu lesen war.

»Was hat er am Arm?« fragte ich.

»Nichts«, sagte Joey abwehrend.

Da wußte ich es plötzlich.

»Er hat sich tätowieren lassen«, sagte ich. »Ist er deswegen ohnmächtig geworden?«

Was für ein Schwächling, dachte ich verächtlich.

Gaz öffnete die Augen. »Der Arsch war schlimmer als ein Schlächter«, krächzte er. »Die reine Folter.«

Ich sah wieder hin – ›ASSS‹.

»Was sollte es denn werden?« fragte ich.

»Der Name der besten Gruppe weltweit.«

»Aber ASSS?« fragte Brigit verwirrt. »Eine Gruppe, die ASSS heißt?«

»Nein«, sagte Joey gereizt und verdrehte die Augen, weil Brigit so schwer von Begriff war. »Die Gruppe heißt Assassin.«

»Aber wo ist der Rest?« fragte ich verblüfft. »So wie es aussieht, fehlt ein A und ein S und ein I und ein N. Und wie das eine A zwischen die beiden S passen soll, ist mir ein Rätsel.«

»Der Tätowierer wußte nicht, wie das Wort geschrieben wird«, sagte Joey knapp.

»Gaz konnte den Schmerz nicht mehr aushalten«, sagte Shake gleichzeitig. »Er hat gebittet und gebettelt, damit der Tätowierer aufhören sollte ...« Shakes Stimme verklang, als er Joeys strengen Blick bemerkte.

»Er läßt sich den Rest noch machen«, sagte Joey finster. »Wir sind nur zurückgekommen, damit er sich ausruhen kann.«

»Ich geh' da nicht wieder hin«, protestierte Gaz und regte sich mächtig auf. »Das könnt ihr nicht tun, das könnt ihr nicht verlangen, es war die Hölle, Mann. Ich sage euch, ich habe solange ausgehalten, wie es ging, aber Mann, der Schmerz, Mann, ICH GEH' DA NICHT WIEDER HIN!« Er war ganz außer sich vor Angst.

»Aber hör doch mal zu«, sagte Joey in einem Ton, der sagte: ›Blamier dich nicht vor den Mädels!‹ »Was ist mit dem Rest des Namens? Du siehst doch aus wie der letzte Blödmann, wenn du es so läßt.«

»Ich hack mir den Arm ab«, schlug Gaz vor. »Dann merkt es keiner.«

»Jetzt sei mal still, Mann«, drohte Joey. »Du tankst dich ordentlich voll, und dann gehen wir wieder hin.«

»NEIN!« kreischte Gaz.

»Hör doch mal zu«, sagte Shake beschwichtigend. »Eine Flasche JD, dann schwebst du davon und spürst keinen Schmerz.«

»NEIN!«

»Mann, weißt du noch, wie das war, als wir uns kennenlernten?« Joey sah Gaz, der immer noch flach auf dem Boden lag, fest in die Augen. »Erster Juli 1985, Zeppelin Records? Da hast du mir gesagt, du würdest deine Frau für den Axeman eintauschen. Was ist los mit dir? Was ist nur los, daß du für die größte Guppe der bekannten Welt einen kleinen Schmerz nicht aushalten kannst? Nach allem, was die für dich getan hat? Ich bin enttäuscht von dir, Mann, weißt du das?«

Gaz war niedergeschmettert. »Ich schaff' das nicht. Tut mir leid, Mann, ich weiß, daß ich dich enttäusche, Mann, aber ich kann das nicht.«

»Himmelarsch«, sagte Joey wütend, sprang auf und trat gegen das Sofa. Dann fuhr er sich mit den Händen durch die Haare, hielt einen Moment lang inne und trat wieder zu. Plötzlich zog er eine Schublade der Kommode auf und wühlte darin herum.

Ich, Luke, Brigit, Joey und Gaz – ganz besonders Gaz – sahen ihm angespannt zu. Man wußte einfach nicht, was Joey vorhatte. Er war sehr aufgeregt.

Joey fand, was er gesucht hatte. Einen kleinen, schwarzen Gegenstand. Zu klein, als daß es eine Pistole hätte sein können, es mußte also ein Messer sein.

Ich fragte mich, ob er Gaz überwältigen und da weitermachen wollte, wo der Tätowierer aufgehört hatte.

Dem Gesichtsausdruck der anderen nach zu urteilen, war ich nicht die einzige, die sich das fragte.

Joey drehte sich wütend zu Gaz.

»Gib mir deinen Arm«, befahl er ihm.

»Nein, hör mal, das ist doch nicht nötig ...«, beruhigte ihn Gaz.

»Gib mir deinen Arm, aber schnell. Mein Freund soll sich nicht zum Gespött machen.«

Gaz richtete sich mühsam auf. »Nimm ihm das Messer ab, Luke«, sagte er.

»Gib mir das Messer, Mann«, sagte Luke und stellte sich vor Joey.

»Welches Messer?« fragte Joey.

»Das Messer da.« Luke deutete mit dem Kopf auf Joeys Hand.

»Das ist kein Messer«, protestierte Joey.

»Was ist es dann?«

»Das ist ein Marker, ein Magic Marker!« brüllte er. »Wenn er sich den Rest nicht tätowieren lassen will, dann male ich ihm die Buchstaben eben auf den Arm.«

Alle atmeten erleichtert auf. In der Tat waren wir so froh, daß Joey nicht vorhatte, Gaz umzubringen, daß wir eine Weile lang die Buchstaben A, I und N in Schnörkelschrift zu schreiben versuchten.

Dann schlug Shake zaghaft vor, ob wir Scrabble spielen wollten. Shake spielte für sein Leben gern Scrabble. Wenn man ihn ansah, hielt man ihn eher für den Typen, der Fernsehapparate aus Hotelfenstern wirft.

»Eine Runde«, sagte ich gefällig. »Und dann gehen wir aus. Es ist schließlich Samstagabend, du Langweiler.«

»Danke«, sagte Shake strahlend. Wir holten das Bier, und Shake, Luke, Joey, Brigit und ich versammelten uns um das Spielbrett.

Gaz hatte den Fernseher angedreht. Das war auch besser so. Beim letzten Mal hatte er die ganze Zeit gestritten und behauptet, daß Kombinationen wie MURX und KLEX und GAZ als Wörter zählten.

Wir lärmten und plauderten und fingen an zu spielen. Ich konzentrierte mich auf das Spiel, denn um ehrlich zu sein, spielte ich selbst auch ganz gerne. Aber als ich aufsah, ruhte Lukes Blick auf mir, dunkel und bedeutungsvoll. In seinen Augen lag ein Ausdruck, der mich verlegen machte. Ich sah wieder auf meine Buchstaben, aber meine Konzentration war hinüber, und ich konnte mit meinen Buchstaben nur HUT schreiben. Brigit legte JUNGE und Shake PERPLEX.

Ich konnte nicht anders, als Luke wieder anzusehen. Diesmal hielt ich seinem Blick stand, und er lächelte. Es fing ganz langsam an und breitete sich zu einem großen, warmen Strahlen aus. Es war so bewundernd und so liebevoll, daß ich meinte, meine eigene Sonne zu haben.

Shake schaltete sich zwischen mich und das Lächeln. »Was?« sagte er und sah bekümmert von mir zu Luke und wieder zurück. »Sag bloß nicht, daß du wieder EQUINOX legen kannst.«

50

Der Sommer in New York ging in den Herbst über, eine viel angenehmere Jahreszeit. Die lähmende Hitze ließ nach, die Luft wurde frisch, und die Blätter an den Bäumen nahmen alle Schattierungen von Rot und Gold an. Ich traf mich weiterhin jedes Wochenende mit Luke und meistens auch in der Woche. Obwohl ich mich immer noch vor dem Spott gewisser Leute fürchtete, wurde es schwerer zu leugnen, daß er mein Freund war. Schließlich war er an jenem historischen Tag dabei, als ich mir einen neuen Übergangsmantel kaufte, einen schokoladenbraunen Regenmantel mit Gürtel im Diana-Rigg-Stil. Und ich hielt auf der Straße Händchen mit ihm. (Obwohl ich mich von ihm löste, als wir bei Donna Karan waren.) Und auf dem Weg nach Hause blieb er vor jedem Geschäft stehen und stellte immer wieder fest: »He, Rachel, Babe, das würde berückend an dir aussehen.«

Ich zerrte ihn weiter und sagte streng: »Nein, Luke, das ist viel zu kurz. Selbst für mich.«

Aber er protestierte jedesmal und versuchte, mich in das Geschäft zu bugsieren: »Zu kurz gibt's gar nicht, Babe, nicht bei deinen Beinen.«

Im Oktober lernte Brigit einen anderen Latino kennen, diesmal einen Puertoricaner namens José, der mindestens ebenso schwer zu fassen war wie Carlos vor ihm. Durch ihre neue Stelle hatte sie nicht mehr so viel Freizeit wie zuvor. Doch in dieser karg bemessenen Zeit wartete sie darauf, daß Josie (wie Luke und ich ihn nannten) anrufen würde. *Plus ça change* …

»Warum lerne ich nie jemanden Nettes kennen?« fragte sie mich eines Abends unter Tränen. »Warum können Josie und ich nicht wie du und Luke sein? *José* meine ich. Was habt ihr beiden nur, daß ihr Josies Namen nicht richtig aussprechen könnt? *José*, meine ich natürlich!« fügte sie entnervt hinzu.

Es freute mich, daß Brigit unglücklich war. Das hieß nämlich, daß sie nicht daran dachte, sich über mich zu ärgern, solange sie sich über Josie ärgerte. Das war eine angenehme Neuerung.

»Was meinst du mit ›Luke und ich‹?« fragte ich.

»Du weißt schon.« Sie wedelte mit den Händen. »Verliebt.«

»Ach, wohl kaum«, wehrte ich ab und spürte, wie es mich warm durchflutete bei dem Gedanken, daß Luke in mich verliebt war. Aber ich war mir nicht ganz sicher, ob er tatsächlich in mich verliebt war, obwohl er sehr freizügig mit seinen Liebeserklärungen war. Allerdings sagte er auch zu allen anderen, daß er sie liebte, einschließlich Benny, dem Bagel-Verkäufer. Immer, wenn ich etwas Nettes für ihn tat, sagte er: »Danke, Babe, ich liebe dich.« Und es mußte nichts Großes sein, eine Kleinigkeit wie ein getoastetes Käsesandwich reichte da schon. Wenn wir in Gesellschaft waren, streckte er die Hand aus, zeigte auf mich und sagte: »Ich liebe diese Frau.« Manchmal tat er das sogar, wenn wir allein waren.

Brigit musterte mein verwirrtes Gesicht. »Willst du mir wirklich erzählen, daß du nicht in Luke Costello verliebt bist?« fragte sie. »Läßt du ihn immer noch zappeln?«

»Ich *mag* ihn«, verteidigte ich mich. »Ich bin *scharf* auf ihn. Reicht dir das nicht?«

Das stimmte. Ich mochte ihn, und ich war scharf auf ihn. Ich fand einfach nur, daß da mehr sein sollte.

»Was willst du denn? Daß ein himmlischer Bote mit einer Posaune vorbeikommt und dir verkündet, daß du dich verliebt hast?« fragte sie in aggressivem Ton.

»Immer mit der Ruhe, Brigit«, sagte ich besorgt. »Bloß weil Josie wieder nicht anruft, brauchst du doch nicht auf mir herumzuhacken, weil ich nicht die richtigen Gefühle für Luke habe.«

»Wenn es wie eine Ente aussieht und wie eine Ente quakt und wie eine Ente watschelt, dann ist es höchstwahrscheinlich auch eine Ente«, sagte Brigit mit finsterer Miene.

Ich sah sie verständnislos an. Warum verglich sie Josie mit einer Ente?

»Ich meine«, seufzte sie, »du magst Luke, du bist scharf auf ihn, du kaufst dir laufend neue Büstenhalter, du kannst die Finger nicht von ihm lassen. Du kommst jeden Abend nach Hause und sagst: ›Wir zwingen uns heute nacht einmal dazu, getrennt zu schlafen‹, und fünf Minuten später rufst du ihn an, wenn er nicht schon angerufen hat. Und in Null Komma nichts hast du eine Zahnbürste und eine frische Unterhose in deine Handtasche gestopft und rennst los zu seiner Wohnung wie ein Hase, der aus einer Falle springt. *Mir* kannst du nicht erzählen, daß du nicht in ihn verliebt bist.«

Sie hielt inne. »Die letzten Male hast du deine Zahnbürste nicht mitgenommen, du Dreckspatz. Putzt du dir nicht mehr die Zähne?«

»Doch.« Ich errötete.

»Ach so!« rief sie aus. »ACH SO! Jetzt wird ja alles klar. Du hast eine neue Zahnbürste, die in Lukes Wohnung lebt. Eine besondere *Liebes*zahnbürste.«

Ich zuckte verlegen die Achseln. »Vielleicht.«

»Ich wette.« Brigit beobachtete meine Reaktionen haarscharf. »Ich wette, du hast auch ein herrliches neues Deospray und eine neue Dose Gesichtscreme bei ihm deponiert.«

Als ich es nicht leugnen konnte, brüllte sie los: »WUSSTE ICH ES DOCH!«

»Watte?« fragte sie. »Reinigungsmilch?«

Ich schüttelte den Kopf.

»Noch nicht in dem Stadium, in dem du dein Make-up vor ihm abnimmst«, seufzte sie. »Ah, ein junger Liebestraum.«

Dann fuhr sie fort: »Du hast für ihn gekocht. Ihr seid über das Wochenende verreist; er ruft dich jeden Tag bei der Arbeit an; du grinst so breit, daß dein Gesicht zu zerspringen droht, wenn du ihm die Tür aufmachst; seit Juni hat sich auf deinen Schienbeinen kein Härchen gezeigt. Er ist so liebevoll und romantisch. MIR kannst du nicht erzählen, daß du nicht in ihn verliebt bist.«

»Aber ...« Ich wollte etwas einwenden.

»Du bist so widerborstig«, klagte sie. »Wenn er dich wie den letzten Dreck behandeln und dich sitzenlassen würde, dann wüßtest du ganz schnell, daß du verrückt nach ihm bist.«

Ich sah zu, wie Brigit an den Nägeln kauend im Zimmer auf und ab marschierte und überlegte, was sie noch sagen konnte, um mir klar zu machen, wie es um mich stand.

Ich konnte nicht leugnen, daß es die meiste Zeit, wenn wir zusammen waren, wunderbar war. Ich war unglaublich scharf auf ihn. Er war sexy und machohaft und süß und attraktiv. Manchmal verbrachten wir den ganzen Tag im Bett. Nicht nur der Liebe halber. Sondern wir unterhielten uns. Ich war so gern mit ihm zusammen, weil er so unterhaltsam war. Und er gab mir das Gefühl, daß ich auch unterhaltsam war. Er stellte mir Fragen und brachte mich dazu, Geschichten aus meinem Leben zu erzählen, und lachte an den lustigen Stellen.

Brigit hatte recht damit, daß er liebevoll und romantisch war. An meinem Geburtstag im August lud er mich für das Wochenende nach Puerto Rico ein. (Brigit wollte als blinder Passagier in meiner Tragetasche reisen, und als sie nicht reinpaßte, bat sie mich, einen Jungen für sie zu entführen. »Er muß nur volljährig sein«, sagte sie, »alles andere ist unwichtig.«)

Und es stimmte auch, daß Luke mich jeden Tag bei der Arbeit anrief. Ich wartete regelrecht auf seinen Anruf, damit ich für eine Weile die stupide Arbeit an der Rezeption vom Barbados Motel unterbrechen und in ein verständnisvolles Ohr jammern konnte. »Sag diesem Eric-Typ, daß er sich in acht nehmen soll«, drohte Luke jeden Tag. »Wenn er meine Frau unglücklich macht, bekommt er es mit mir zu tun.«

Und es war wunderbar, wenn ich mich nach einem langen Tag nach Hause schleppte, und er hatte Shake und Joey fortgeschickt und Essen für mich gemacht. Es tat gar nichts zur Sache, daß die Teller von Pizza Hut gestohlen waren, die Servietten von McDonald's kamen und das Essen entweder Take-away war oder in der Mikrowelle zubereitet wurde und daß es statt Wein Bier gab. Er sorgte immer für die wichtigen romantischen Dinge – Kerzen, Kondome und ein ganzer Schokoladen-Käsekuchen, nur für mich.

Das Telefon klingelte und schreckte mich aus meiner Träumerei um Luke auf. Brigit warf sich quer durch das Zimmer auf das Telefon. Es war Josie.

Als sie in aufgesetzt-fröhlichem Ton mit ihm plauderte, erkannte ich plötzlich das Hauptproblem bei Luke und mir. Es lag nicht an der nur allzu offensichtlichen Tatsache, daß mir seine Art, sich zu kleiden, peinlich war. Es lag daran, daß wir *unterschiedliche Prioritäten* setzten. Er hatte eine Vielzahl von Interessen. Eine zu große Vielzahl für meinen Geschmack. Er überredete mich oft zu Dingen, zu denen ich keine Lust hatte, zum Beispiel, ins Kino oder ins Theater zu gehen. Während mein Hobby darin bestand, mich irgendwo, wo ich unter extravaganten, modebewußten Leuten war, zu amüsieren. Ich wollte viel öfter als er einfach feiern. Natürlich ging er gern aus und ließ sich vollaufen, aber ich entspannte mich am liebsten beim Koksen. Und Luke war entschieden gegen Drogen. Er stritt sich laufend mit Joey, weil der massenhaft Koks in seinem Zimmer bunkerte. Was mir sehr gut gefiel. Es war einfach eine schöne Gewißheit, daß immer was zur Hand war, wenn ich mal nichts hatte.

Brigit beendete das Telefongespräch. »Das war Josie«, strahlte sie. »Seine Schwester macht bei einer Art Theater-Installation in TriBeCa mit. Du mußt mitkommen.«

»Wann?«

»Heute abend.«

Ich zögerte. Brigit mißverstand das.

»Ich zahle auch«, kreischte sie. »Ich zahle. Aber du mußt einfach mitkommen. Bitte. Ich kann da nicht alleine hingehen.«

»Luke würde wahrscheinlich auch gern kommen«, sagte ich beiläufig. »Du weißt doch, wie gern er ins Theater geht.«

»Du gerissenes Luder.« Brigit Lenehan war nicht auf den Kopf gefallen. »Hattet ihr euch nicht vorgenommen, den Abend nicht zusammen zu verbringen?«

»Wir hatten darüber gesprochen«, sagte ich sachlich. »Doch angesichts dieser unvorhergesehenen Wendung ...«

»Du machst dich wirklich lächerlich!« rief sie aus. »Du hältst nicht einmal einen Abend aus, ohne ihn zu sehen.«

»Keineswegs.« Meine ruhige Stimme leugnete meine Freude, ihn doch sehen zu können. Es war mir nämlich nicht klar gewesen, wie ich bis zum nächsten Abend ohne ihn überleben sollte. »Er wäre bestimmt traurig, wenn er einen Theaterabend versäumte. Besonders, wenn er den Bruder von einer der Schauspielerinnen kennt.«

Das Telefon klingelte wieder, und Brigit hechtete hin.

»Hallo«, sagte sie gespannt. »Ach, du bist es. Was willst du? Sag mir, was du ihr sagen willst, und ich sage es ihr.«

Sie drehte sich zu mir um. »Luke ist dran«, sagte sie. »Er sagt, er kann ohne dich nicht leben, und ob er vorbeikommen kann.«

51

Mittagessen in Cloisters. Meine Eltern sollten in ungefähr einer halben Stunde als meine WBB erscheinen. Im Speisesaal war es sehr laut, was mich aber nicht von meiner Angst und meinen Magenschmerzen ablenken konnte.

Wir hatten einen neuen Insassen. Einen Mann. Es war einer von der pummeligen Sorte mit braunem Pullover. Also kaum ein richtiger Mann. Das war aber auch nicht wichtig, denn ich war ja bereits Chris versprochen. Auch wenn Chris noch nichts davon wußte.

Der neue braune Pullover hieß Digger, und das erste, was er zu mir sagte, war: »Bist du berühmt?«

»Nein«, versicherte ich ihm.

»Das habe ich mir schon gedacht«, sagte er. »Aber ich wollte mich nur vergewissern.« Dann fügte er in finsterem Ton hinzu: »Ich gebe ihnen zwei Tage, wenn sie bis dahin keine Berühmtheit vorweisen können, lasse ich mir mein Geld erstatten.«

Ich erinnerte mich an meinen ersten Tag. Damals hatte ich gedacht, es gäbe einen Flügel, in dem die Popstars wohnten, und statt ihn zum Oberidioten abzustempeln, lächelte ich ihm freundlich zu.

»Sie ist berühmt.« Ich zeigte auf Misty. Aber Digger war von einer, die ein Buch geschrieben hatte, nicht beeindruckt.

Er dachte mehr an berühmte Sportler. Am liebsten wäre ihm ein Fußballer aus der ersten Liga.

Dons Aufenthalt ging zu Ende. Wir überreichten ihm eine Karte und verabschiedeten uns von ihm.

Frederick, der am nächsten Tag entlassen werden würde, gab ihm die Karte und hielt eine kurze Rede.

»Du hast uns alle auf die Palme gebracht mit deinem Rumgemäkel und Genörgel ...«

Großes Gelächter allerseits.

»... aber ich mochte dich trotzdem sehr gern. Und wir alle wünschen dir alles, alles Gute da draußen. Und denk dran, *bleib an deinen Gefühlen dran.*«

Wieder Gelächter. Gefolgt von der Aufforderung, daß Don eine Rede zu halten habe.

Er stand auf, klein und dicklich, wurde rot und lächelte und strich sich den Pullunder über dem Bauch glatt. Dann atmete er tief durch und fing an: »Als ich hierherkam, dachte ich, daß alle hier verrückt seien, ich wollte doch nicht mit einer Horde Alkoholiker zusammensein. Ich dachte ja nicht, daß ich ein Problem hätte.«

Ich war überrascht, wieviele der Zuhörer zustimmend lächelten und nickten, als er das sagte.

»Ich habe meine arme Mutter gehaßt, weil sie mich hier eingeliefert hat. Aber ich habe gelernt, wie egoistisch ich war und wie ich mein Leben vergeudet habe. Ich wünsche euch also viel Glück. Gebt nicht auf, es wird besser. Und ich sage euch eins: Ich rühre keinen Alkohol mehr an. Und wollt ihr wissen, warum? Weil ich nicht noch einmal hier landen möchte, bei euch Ärschen!«

»Bestell mir schon mal ein Bier bei Flynns!« brüllte Mike. Alle lachten, auch ich. Dann gab es viele Tränen und Umarmungen.

Manche galten sogar Don.

Und dann war es plötzlich Zeit für die Gruppensitzung. Ungern ließen wir ihn im leeren Speisesaal zurück, wo er auf das Auto wartete. Er sah uns sehnsüchtig nach. Und wir gingen davon. Die Trennung war vollzogen.

Ich werde mich heute nicht unterkriegen lassen, schwor ich mir trotzig, als wir den Flur entlanggingen. *Keine vier Tage mehr, und ich komme hier raus.*

Mum und Dad saßen schon in der Abtklause. Sie sahen aus, als gingen sie zu einer Hochzeit. Es war ja schließlich nicht jeden Tag, daß sie in einer Klinik das Leben eines ihrer Kinder sezieren sollten.

Ich nickte ihnen befangen zu und stellte sie mit undeutlicher Stimme Mike, John Joe und den anderen vor.

Mum lächelte mir unsicher und mit Tränen in den Augen zu, und ich war entsetzt, als mir auch die Tränen in die Augen stiegen.

Dann kam Josephine herein.

»Danke, daß Sie gekommen sind«, begann sie. »Wir hoffen, daß Sie uns etwas über Rachel und ihren Drogenkonsum erzählen können.«

Ich merkte, wie ich schrumpfte und zurücksank und mich mitsamt dem Stuhl unsichtbar machen wollte. Ich fand es immer schon unerträglich, wenn andere Leute sagten, was sie von mir dachten. Mein ganzes Leben war ein Versuch, andere Menschen dazu zu bringen, mich zu mögen, und es fiel mir schwer, mir anzuhören, wo ich versagt hatte.

Mum eröffnete die Sitzung, indem sie zu weinen anfing und sagte: »Ich kann es nicht glauben, daß Rachel drogensüchtig ist.«

Da bist du nicht die einzige, dachte ich und fühlte mich hundeelend.

Dad übernahm die Sache. »Rachel lebt schon seit acht Jahren nicht mehr zu Hause.« Er hatte den Cowboy-Akzent zur Feier des Tages abgelegt. »Wir wissen also nur wenig über Drogen und dergleichen.«

Alles gelogen. Lebte Anna nicht bei ihnen?

»Das macht nichts«, sagte Josephine. »Es gibt noch viele andere Dinge, die wir gerne von Ihnen erfahren möchten. Besonders über Rachels Kindheit.«

Mum, Dad und ich wurden gleichzeitig stocksteif. Ich wußte nicht warum. Sie hatten mich ja nicht in einen Schrank eingesperrt oder mich geschlagen oder mir nichts zu essen gegeben. Wir hatten nichts zu verbergen.

»Ich möchte etwas über eine Phase erfahren, die Rachel als besonders traumatisch erlebt hat«, sagte Josephine. »Was sie neulich in der Gruppe sehr aufgewühlt hat.«

»Wir haben ihr nichts getan«, sagte Mum und warf mir einen wütenden Blick zu.

»Das wollte ich auch nicht gesagt haben«, beschwichtigte Josephine sie. »Aber Kinder betrachten die Welt der Erwachsenen oft verzerrt.«

Mum starrte mich an.

»Haben Sie je unter Wochenbettdepressionen gelitten?« fragte Josephine sie.

»Wochenbettdepressionen!« schnaubte Mum. »Natürlich nicht. Wochenbettdepressionen waren damals noch gar nicht erfunden!«

Mein Herz wurde mir schwer. *Kein schlechter Versuch, Josephine.*

»Gab es in Ihrer Familie kurz nach Annas Geburt ein besonderes Ereignis?« bohrte Josephine weiter.

Ich wand mich. Ich wußte ja die Antwort und wollte nichts darüber hören.

»Na«, sagte Mum vorsichtig, »zwei Monate nach Annas Geburt starb mein Vater, Rachels Großvater.«

»Und Sie waren sehr traurig?«

Mum sah Josephine an, als wäre die verrückt. »*Natürlich* war ich sehr traurig. Mein Vater! Natürlich war ich traurig.«

»Und wie hat sich das geäußert?«

Mum sah mich finster an. »Ich habe viel geweint, erinnere ich mich. Aber mein Vater war gestorben, da war das doch normal!«

»Was ich gern wissen würde«, sagte Josephine, »hatten Sie so eine Art Nervenzusammenbruch? Rachel erinnert sich an diese Zeit als sehr schmerzlich für sie, und es ist wichtig, daß wir der Frage nachgehen.«

»Nervenzusammenbruch?« Mum machte ein entsetztes Gesicht. »Nervenzusammenbruch! Das hätte mir gefallen, aber wie konnte ich mir das leisten, mit all den kleinen Kindern?«

»Vielleicht ist Nervenzusammenbruch das falsche Wort. Waren Sie längere Zeit bettlägrig?«

»Dazu hatte ich wohl kaum die Gelegenheit«, sagte Mum beleidigt.

In mir sagte eine kindliche Stimme: »So war es aber, und ich war schuld!«

»Aber erinnerst du dich an die zwei Wochen«, schaltete Dad sich ein, »als ich den Kurs machte?«

»In Manchester?« fragte Josephine.

»Ja«, sagte er verdutzt. »Woher wissen Sie das?«

»Rachel hat davon gesprochen. Fahren Sie fort.«

»Meine Frau konnte nicht richtig zur Ruhe kommen, weil ich nicht da war, und es war erst einen Monat her, daß ihr Vater gestorben war. Deshalb kam ihre Schwester zu uns, und meine Frau konnte ein paar Tage im Bett bleiben.«

»Sehen Sie, Rachel«, sagte Josephine triumphierend. »Es war gar nicht Ihre Schuld.«

»In meiner Erinnerung ist es anders«, murmelte ich. Ich konnte mich mit dieser Darstellung der Ereignisse nicht gleich anfreunden.

»Das weiß ich wohl«, stimmte sie mir zu. »Und ich denke, es ist wichtig, daß Sie erkennen, wie Sie sich an diese Zeit erinnern. Bei Ihnen ist alles übertrieben: das Ausmaß der Katastrophe, die Zeitdauer, und vor allem, Ihre Rolle darin. In Ihrer Version spielten Sie die Hauptrolle.«

»Nein.« Ich schluckte. »Nicht die Hauptrolle. Eher... eher...« Ich überlegte, wie ich es am besten sagen konnte. »Eher die Rolle des Bösewichts! Die Böse in der Familie.«

»Wieso denn?« empörte sich Dad. »Böse! Was hast du denn Böses getan?«

»Ich habe Anna gekniffen«, sagte ich kleinlaut.

»Na und? Anna hat Helen gekniffen, als die zur Welt kam. Und Claire hat Margaret gekniffen, und Margaret hat dich gekniffen.«

»Margaret hat mich gekniffen?« platzte ich heraus. Ich dachte, Margaret hätte in ihrem ganzen Leben nie etwas Schlimmes angestellt.

»Weißt du das bestimmt?«

»Aber natürlich«, sagte Dad. »Erinnerst du dich nicht?« sagte er an Mum gerichtet.

»Ehrlich gesagt, nein«, sagte sie steif.

»Aber du mußt dich erinnern«, rief er aus.

»Wenn du meinst«, sagte sie in einem Ton, der allen anderen klar machte, daß sie ihrem armen Mann in seiner irrigen Annahme nicht widersprechen wollte.

Josephine sah Mum an, dann mich, dann wieder Mum und lächelte geheimnisvoll.

Mum wurde rot. Sie hatte den Verdacht, daß Josephine über sie lachte, und vielleicht tat sie das auch, wer weiß.

»Soweit ich mich erinnern kann«, sagte Dad und warf Mum einen komischen Blick zu, »warst du nicht besser und nicht schlechter als deine Schwestern.«

Mum brummelte etwas, das so klang wie: »Auf keinen Fall besser.«

Mir wurde schlecht.

»Hegen Sie einen Groll gegen Rachel, Mrs. Walsh?« fragte Josephine.

Ich schrak vor ihrer Unverfrorenheit zurück.

Nach dem entsetzten Ausdruck in Mums Gesicht zu urteilen, ging es ihr ebenso. Dann faßte sie sich.

»Keiner Mutter gefällt es, wenn sie in eine Klinik gebeten wird, weil ihre Tochter drogensüchtig ist«, sagte sie scheinheilig.

»Ist das das einzige, was Sie ihr vorwerfen?«

»Ja, das einzige.« Mum blickte finster.

Josephine sah sie mit zweifelnder Miene an. Und Mum warf den Kopf zurück und zog die Mundwinkel nach unten.

»Na also, Rachel.« Josephine lächelte mir zu. »Ich hoffe, Sie sehen jetzt, daß es keinen Grund für Sie gibt, sich Schuldgefühle zu machen.«

Hatte Mum wirklich nur soviel geweint, weil ihr Vater gestorben war? fragte ich mich zaghaft. War Dad wirklich nur zu einem Kurs gegangen?

Warum sollten sie lügen? Das hatten sie doch nicht nötig.

Josephine sah Mum und Dad an und sagte: »Erzählen Sie uns von Rachel, ganz allgemein.«

Mum und Dad sahen sich fragend an.

»Irgendwas«, sagte Josephine fröhlich. »Alles hilft uns, sie besser kennenzulernen. Erzählen Sie uns von ihren guten Seiten.«

»Guten Seiten?« Mum und Dad waren verdutzt.

»Ja«, ermutigte Josephine sie. »Zum Beispiel, ist sie intelligent?«

»Oh, nein.« Dad lachte. »Claire ist die Intelligente. Sie hat Englisch studiert, wissen Sie.«

»Und Margaret ist auch nicht dumm«, sagte Mum. »Sie hat zwar nicht studiert, aber ich bin mir sicher, daß sie eine gute Studentin gewesen wäre, wenn sie aufs College gegangen wäre.«

»Das stimmt«, sagte Dad zu Mum. »Sie hat immer so eifrig gelernt, daß sie bestimmt einen Abschluß bekommen hätte, auch wenn sie nicht so intelligent ist wie Claire.«

Mum nickte dazu. »Aber sie ist auch ohne Studium recht erfolgreich. Da, wo sie arbeitet, hat sie eine Menge Verantwortung, mehr, als manche Leute mit einem Studium …«

Josephine räusperte sich vernehmlich.

»Rachel«, sagte sie und lächelte freundlich. »Wir sprechen über Rachel.«

»Ach, stimmt ja.« Beide nickten.

Josephine wartete schweigend, dann platzte Dad heraus: »Durchschnitt, Rachel ist Durchschnitt. Nicht dumm, aber auch nicht gerade eine Atomphysikerin.« Dann fügte er ein halbherziges »Hahaha« an.

»Was sind dann ihre *guten* Seiten?« Josephine ließ nicht locker.

Mum und Dad sahen sich an, sie waren verwirrt, zuckten die Achseln und schwiegen. Ich spürte, wie die anderen Insassen unruhig auf ihren Stühlen hin- und herrutschten, und ich schrumpfte in mich zusammen. Warum konnten meinen verdammten Eltern nicht etwas erfinden und mir die Schmach ersparen?

»War sie bei Jungen beliebt?« fragte Josephine.

»Nein«, sagte Mum entschieden.

»Sie scheinen sich sehr sicher zu sein.«

»Es lag an ihrer Größe«, erklärte Mum. »Sie war zu groß für die Jungen in ihrem Alter. Ich vermute, sie hat einen Komplex wegen ihrer Größe.« Dann fügte sie hinzu: »Für große Mädchen ist es schwierig, einen Jungen zu finden.«

Ich beobachtete, wie Josephine sehr auffällig erst meiner Mutter in die Augen sah, und dann meinem Vater, fünf Zentimeter tiefer. Mum bemerkte das gar nicht.

»Aber man kann sagen, daß sie trotz ihrer Größe manchmal attraktiv aussehen kann«, sagte Mum wenig überzeugend. Sie glaubte kein Wort von dem, was sie da gesagt hatte. Dad auch nicht, denn er fuhr dazwischen und sagte: »Nein, Helen und Anna sind die Hübschen in der Familie.« Gut gelaunt ergänzte er: »Obwohl ...« *Sag, ich bin auch hübsch*, bat ich ihn lautlos. *Sag, ich auch.* »... die beiden sind richtige kleine Biester. Besonders Helen, so daß man sich manchmal wundert, warum sich überhaupt einer mit ihnen einläßt. Die können einem das Leben ganz schön schwer machen.«

Er schien verständnisvolles Lachen zu erwarten, aber seine Worte ernteten nur kaltes Schweigen. Die anderen Insassen schauten auf ihre Füße, und ich wünschte mir, ich wäre irgendwo, nur nicht hier. Ein türkisches Gefängnis wäre zum Beispiel ein guter Ort.

Die Zeit verging sehr langsam.

»Sie kann singen«, unterbrach Dad die beklommene Stille.

»Das stimmt nicht«, murmelte Mum und sah ihn mit einem Blick an, der bedeutete: Halt bloß den Mund. »Das war ein Fehler.«

Natürlich wollte Josephine die ganze Geschichte hören. Also mußten sie ihr von dem Samstagnachmittag erzählen, als ich sieben war und wir eine neue Küche bekamen. Die alte war schon abgebaut worden, und weil ich keinen zum Spielen hatte, saß ich ganz allein in dem leeren Raum, und da ich nichts anderes zu tun hatte, sang ich vor mich hin. (*Seasons in the Sun, Rhinestone Cowboy* und andere Lieder für lange Autofahrten.) Mum, die oben mit einer Grippe im Bett lag, hörte mich. Und in ihrem fiebrigen Zustand, kombiniert mit der Wirkung der leeren, hallenden Küche auf meine Stimme – sie klang klar und melodiös –, war sie überzeugt, daß ihre Tochter eine zukünftige Opernsängerin war.

Kaum eine Woche später wurde ich unter hochgesteckten Erwartungen zu einer privaten Gesangslehrerin geschickt. Die gab sich alle Mühe mit mir, bis sie nach ein paar Unterrichtsstunden das Gefühl hatte, sie könne meine Eltern nicht länger täuschen und Geld von ihnen nehmen. »Vielleicht wäre sie gut, wenn sie immer in einer Küche singen könnte, die gerade renoviert wird«, erklärte sie meiner empörten Mutter. »Aber ich bin mir nicht sicher, daß es dafür eine Garantie gibt.«

Mum verzieh mir nie. Scheinbar dachte sie, ich hätte sie absichtlich hinters Licht geführt. »Warum hast du mir nicht gesagt, daß du nicht singen kannst?« zischte sie. »Überleg mal, wieviel Geld wir rausgeschmissen haben.«

»Aber ich habe es dir gesagt«, protestierte ich.

»Ist nicht wahr.«

»Doch.«

»Das stimmt nicht.«

Da hörte ich auf, mich zu verteidigen, weil ich Schuldgefühle hatte und dachte, ich hätte sie in die Irre geführt. Obwohl ich von Anfang an befürchtete, daß es ein großer Irrtum war, hatte ich mich doch eindeutig von der ganzen

Aufregung anstecken lassen. Ich hatte unbedingt talentiert und außergewöhnlich sein wollen.

Ich wünschte mir sehr, daß Dad es nie erwähnt hätte.

Da es offenbar weiter nichts zu sagen gab, beendete Josephine die Sitzung.

An jenem Abend fing ich an, meine Tasche zu packen. Nicht, daß ich sie je richtig ausgepackt hätte. Sie lag immer noch auf dem Fußboden neben meinem Bett, wo ich sie hingeworfen hatte, und darin waren Strumpfhosen, Röcke, Schuhe und Jeans in einem wilden Knäuel.

»Verreist du?« fuhr Chaquie mich an, als ich meine gute Jacke aus dem Schrank nahm und sie in die Reisetasche warf.

Wie Neil hatte auch Chaquie jegliche Kontrolle über sich verloren, seit sie zugegeben hatte, daß sie Alkoholikerin war. Jetzt machte sie Neil den Rang des aggressivsten Insassen von Cloisters streitig.

Sie schimpfte und wetterte gegen jeden, besonders gegen ihren alten Kumpel, den lieben Gott. »Warum hast du mich zur Alkoholikerin gemacht?« kreischte sie immer wieder mit himmelwärts gerichtetem Blick. »Warum mich?«

Josephine versicherte ihr immer wieder, daß ihr Zorn ganz normal sei. Daß es alles zu dem Heilungsprozeß gehöre. Allerdings war das ein schwacher Trost für mich, die ich mit Chaquie ein Zimmer teilte und ständig angeschnauzt wurde.

»Die drei Wochen, die ich vertraglich verpflichtet bin zu bleiben, sind am Freitag um«, erklärte ich ihr nervös. »Ich wollte auch am Ende der drei Wochen abhauen«, sagte sie zwischen zusammengebissenen Zähnen. »Aber dann haben sie diesen Scheißkerl hergeholt, mit dem ich verheiratet bin, und einen Sack Flöhe aufgemacht. Dann haben sie mir mit einer gerichtlichen Verfügung gedroht, und jetzt muß ich die zwei Monate hierbleiben.«

»Oje«, sagte ich unbeholfen. »Du wirst mir fehlen«, sagte ich und merkte, daß das tatsächlich wahr war.

»Du mir auch«, fauchte sie mich an.

52

Am folgenden Morgen rannten wir wie immer den Flur entlang zur Abtklause. Wir drängten uns durch die Tür, lachten und stießen uns gegenseitig aus dem Weg, um die besten Stühle zu ergattern. Überrascht stellten wir fest, daß zwei Leute schon da waren.

Alles blieb plötzlich stehen, als ich in Zeitlupentempo begriff, daß ich den Mann kannte. Ich konnte mich nicht erinnern, wo ich ihn gesehen hatte, aber etwas an seinem Aussehen ...

Die Nanosekunden krochen vorbei, und ich sah mir sein Haar, sein Gesicht, seine Kleider an. Wer war es? Ich wußte, daß ich ihn kannte.

War es ...?

War es möglich, daß ...?

O nein, es war doch nicht etwa ...?

Doch, er war es ...

Er war es.

»Hallo, Luke«, hörte ich mich sagen.

Er stand auf. Er war größer und kräftiger, als ich ihn in Erinnerung hatte. Sein Haar war zerzaust, sein gutaussehendes Gesicht unrasiert. Es war mir zum Herzzerreißen vertraut. Für einen winzigen Moment war ich von heller Freude durchströmt. Luke, *mein* Luke war gekommen, um mich zu holen! Doch noch während sich das Lächeln auf meinem Gesicht ausbreitete, wurde es von verwirrten Gedanken wieder weggewischt. Hier war alles falsch. Er verhielt sich nicht wie mein Luke. Seine Miene war wie aus Granit, und er war nicht aufgesprungen, um mich zu küssen und herumzuschwingen.

Ich hatte wieder die schreckliche letzte Szene vor Augen, als er mit mir Schluß gemacht hatte. Dann fiel mir der Fragebogen ein, und meine Kopfhaut zog sich zusammen. Der Fragebogen war persönlich eingetroffen. Wie hatte ich je denken können, ich würde darum herumkommen?

»Rachel.« Das unfreundliche Nicken und die Tatsache, daß er mich nicht ›Babe‹ nannte, zeigten mir, daß er im

Unfrieden gekommen war. Ich schrumpfte unter der Zurückweisung zusammen.

Der Moment, in dem ich mich der großen, blonden Frau zuwandte, die neben ihm stand, dauerte ungefähr eine Stunde. Auch sie kannte ich. Mit Sicherheit hatte ich sie schon gesehen. Vielleicht hatten wir nie miteinander gesprochen, aber ihr Gesicht kam mir bekannt vor.

Es konnte doch nicht …?

Nein, unmöglich …

Was hatte ich getan, womit hatte ich das verdient …?

»Hallo, Brigit«, sagte ich mit tauben Lippen.

Sie war genauso unfreundlich wie Luke und sagte mit einem knappen Kopfnicken: »Morgen.« Ich *verging*.

Ich sah Mike und die anderen an und hatte das idiotische Gefühl, daß ich sie einander vorstellen sollte. Meine Knie zitterten, und nachdem ich Mike mit John Joe und Chaquie mit Misty bekannt gemacht hatte, setzte ich mich auf den schlechtesten Stuhl. Mehrere Sprungfedern bohrten sich in meinen Po, aber ich merkte es kaum.

Auch Luke und Brigit setzten sich, sie sahen erschöpft und mitgenommen aus. Man konnte die Neugier von Mike und den anderen Insassen förmlich *riechen*.

Lukes und Brigits Feindseligkeit zeigte mir deutlich, daß ihr Besuch etwas Schlimmes verhieß. *Das kann nicht die Wirklichkeit sein*, dachte ich immer wieder. *Das passiert mir nicht wirklich*. Ihre Anwesenheit hatte mich ganz verstört. Lukes jedoch mehr als Brigits. Wir waren uns so nah gewesen, hatten uns so gut verstanden, und die Kälte zwischen uns machte mich ganz verzweifelt. Wir waren immer, wenn wir zusammen war, sehr großzügig und ungestüm in unserer Zärtlichkeit gewesen. Und jetzt saß Luke auf der anderen Seite des Raums, umgeben von einer unsichtbaren Mauer, die mir klar signalisierte, ihm auf keinen Fall zu nahe zu kommen.

»Wie geht's denn so, Rachel?« Er versuchte, Konversation zu machen.

»Phantastisch!« sagte ich, ohne nachzudenken.

»Gut.« Er nickte unglücklich. Ich hatte ihn noch nie unglücklich gesehen. Normalerweise sah er so lebendig aus. Es gab eine Reihe von Fragen, die ich unbedingt stellen wollte. Hast du eine neue Freundin? Ist sie so nett wie ich? Hast du mich vermißt? Aber ich war zu benommen, um überhaupt etwas zu sagen.

Ich sah Brigit an. Sie sah aus wie sonst, wenn sie kein Make-up trug, obwohl sie jetzt damit vollgekleistert war. Das war merkwürdig.

Alles war merkwürdig.

Das letzte Mal hatte ich sie in unserer Wohnung in New York gesehen, als ich mit Paul und Margaret zum Flughafen aufbrach. Ich hatte sie umarmt, aber sie stand einfach stocksteif da. »Ich werde dich vermissen«, hatte ich gesagt.

»Ich dich nicht«, war ihre Antwort gewesen.

Und statt kreuzunglücklich zu werden, hatte ich es aus meinem Gedächtnis gestrichen. Erst jetzt fiel es mir ein.

Miststück, dachte ich.

Josephine kam herein und sagte etwas über Lukes und Brigits unerwartete Ankunft aus New York. »Wir hätten Ihnen Bescheid gesagt, daß sie kommen, Rachel«, lächelte sie, »aber wir haben es selbst erst heute morgen erfahren.«

Sie log. Ich sah das an ihrem Gesichtsausdruck. Sie hatte gewußt, daß die beiden kommen, aber sie hatte mir nichts gesagt, um eine möglichst große Wirkung zu erzielen.

Ohne weiteres Federlesen stellte Josephine die beiden vor und bestätigte, was ich argwöhnte. Nämlich daß Luke und Brigit beide als meine WBB gekommen waren. Brigit hatte den Fragebogen nicht ausgefüllt, weil das, was sie zu sagen hatte, so wichtig war, daß ein persönlicher Besuch nötig war.

Mir war schlecht vor Angst.

»Brigit, ich verstehe, daß sie sehr verstört sind«, sagte Josephine. »Wir werden also langsam vorgehen.« Es sah so aus, daß Brigit zum Aufwärmen dienen sollte und Luke den Hauptteil bestreiten würde.

Ich wappnete mich gegen ihre Anschuldigungen, vor Angst lief mir der Schweiß in Strömen.

Ich fragte mich, ob Gefangene diese Gefühle hatten, wenn sie in einer schalldichten Zelle eingesperrt und einem Verhör unterzogen wurden. Wenn sie wußten, welche Schrecken ihnen bevorstanden, es aber nicht glauben konnten, daß es wirklich geschehen würde. Daß es ihnen geschehen würde. Nicht einem Freund. Oder einem Kollegen. Oder ihrem Bruder. Oder ihrer Tochter. Nein, ihnen.

»Kennen Sie Rachel schon lange?« Josephines Frage war an Brigit gerichtet.

»Seit wir zehn sind.« Brigits Blick flackerte nervös über mein Gesicht und war wieder weg.

»Können Sie uns etwas über Rachels Drogenkonsum berichten?«

»Ich versuche es.« Sie schluckte.

Es entstand ein schreckliches, niedergedrücktes Schweigen. Vielleicht fällt ihr ja nichts ein, betete ich inbrünstig.

Aber nein.

Brigit sprach.

»Wir hatten seit langem versucht, sie zum Aufhören zu bewegen.« Ihr Blick war auf den Schoß gesenkt, das Haar fiel ihr über das Gesicht. »Alle hatten es versucht. Alle wußten, daß sie Probleme hatte ...«

Ich stand unter solcher Anspannung, daß ich fast vibrierte. *Ich höre gar nicht zu*, sagte ich immer wieder zu mir selbst, wie ein Mantra, *ich höre gar nicht zu*. Aber Schnipsel ihrer heftigen Anschuldigungen drangen in mein Gehör, obwohl ich mich sehr bemühte, alles auszublenden.

»... sehr aggressiv, wenn wir mit ihr reden wollten ... es wurde immer schlimmer ... nahm Drogen auch allein ... stahl von anderen ... bevor sie zur Arbeit ging ... hatte nie genug ... ist gefeuert worden ... hat immer gelogen, nicht nur über Drogen, auch sonst ...«

Und so ging es immer weiter. Mir blieb der Mund offenstehen angesichts ihrer Gemeinheit. Verstohlen warf ich einen Blick auf Luke, in der Hoffnung, daß er sie mit offenem Mund empört und wütend anstarren würde.

Aber ich sah mit Entsetzen, daß er zustimmend nickte.

»... unglaublich egoistisch ... sehr besorgniserregend ... traf sich mit dunklen Typen aus der Drogenszene ... hatte nie Geld ... schuldet jedem Geld ... ist einmal im Flur ohnmächtig zusammengebrochen ... hätte vergewaltigt oder ermordet werden können ...«

Sie sprach immer weiter. Ich hörte zu, wie sie mein Leben verdrehte und verzerrte und aus einer normalen, harmlosen Sache etwas Krankes machte, und allmählich wurde ich wütend. Sie war schließlich auch keine Heilige.

»... ich hatte Angst, nach Hause zu kommen ... hoffte, daß sie nicht da sein würde ... es war mir sehr peinlich ... zu jeder Tages- und Nachtzeit ... hat immer blaugemacht ... hat andere für sich anrufen lassen, um sie krank zu melden ...«

Plötzlich brüllte ich los. »Und was ist mit dir?« schrie ich. »Seit wann bist du denn über jeden Tadel erhaben? Doch erst, seit du dir diese Wunder-wie-tolle Beförderung erschleimt hast, seitdem bist du so borniert, wenn es um Drogen geht.«

»Rachel, benehmen Sie sich!« befahl Josephine.

»Nein, ich benehme mich nicht!« brüllte ich zurück. »Ich werde nicht hier sitzen und zuhören, wie ich von diesem ... diesem Scheingericht verurteilt werde, und dabei könnte ich Ihnen ein paar Sachen erzählen, die sie gemacht hat ...«

»Rachel«, drohte Josephine, »seien Sie still und haben Sie wenigstens die Höflichkeit, jemandem zuzuhören, der aus Sorge um Sie dreitausend Meilen hierhergekommen ist!«

Ich wollte ihr schon entgegenschleudern: »Sorge? Das ich nicht lache!« Doch dann sah ich Lukes Gesicht. Die Mischung aus Mitleid und Widerwillen, die darin stand, nahm mir den Wind aus den Segeln. Ich war so sehr daran gewöhnt, seinen bewundernden Blick auf mir zu spüren, daß mir für einen Moment lang schwindlig wurde. Ich fühlte mich gedemütigt und sagte nichts.

Brigit sah mitgenommen aus, fuhr aber fort.

»... verrückte Paranoia ... beschuldigte mich, mit Luke zu flirten ... immer irrationaler ... ließ nicht mit sich reden … nicht nur Kokain … große Flaschen mit Valium … Joints … Tequila … wollte nichts tun, wenn es keine Drogen gab … wusch sich nicht mehr die Haare … wurde immer dünner … leugnete das aber …«

Erst sehr viel später hörte sie auf zu sprechen. Sie ließ den Kopf hängen und sah so niedergeschlagen aus, daß es offensichtlich wurde, daß dies ein Trick war. Wahrscheinlich hatten sie und Luke das auf dem Flug ausgeheckt.

»Bist du jetzt glücklich?« höhnte ich, und die Galle lief mir über.

»Nein!« heulte sie auf und brach zu meiner Überraschung in Tränen aus.

Was hat sie da zu weinen? Das steht doch mir zu.

Josephine sagte ganz sanft. »Können Sie der Gruppe erklären, warum Sie so aufgebracht sind?«

»Ich wollte das nicht tun«, schluchzte sie. »Ich will nicht gemein zu ihr sein. Sie war meine beste Freundin …«

Trotz all der Anschuldigungen, die sie gegen mich vorgebracht hatte, spürte ich plötzlich einen Kloß im Hals.

»Ich habe es nur getan, damit sie wieder gesund wird«, sagte sie und weinte dabei. »Ich weiß, ich war so böse, ich habe sie richtig gehaßt …«

Ich war zutiefst erschrocken. Das konnte nicht sein. Brigit haßte mich? Das konnte einfach nicht stimmen. Warum sollte sie? Weil ich ab und zu ein bißchen von ihrem Koks genommen hatte? Sie sollte mal ein bißchen lockerer werden, wirklich!

»Aber das ist auch nicht der Grund. Ich möchte einfach nur, daß sie ihr Leben in den Griff bekommt und wieder so wird wie früher …«

Brigit weinte wieder los, und Luke legte seine Hand auf Brigits und drückte sie fest.

Als wären sie Mann und Frau und ihr Kind läge mit einer Hirnhautentzündung im Krankenhaus, und sie warteten tapfer im Flur auf Nachrichten von der Intensivstation.

Nicht schlecht, Luke, dachte ich bissig.

Ich mußte sarkastisch werden, weil es dann nicht so weh tat, wenn ich sah, wie er einer anderen Frau die Hand hielt.

Eigentlich müßte er mir die Hand halten, dachte ich verzweifelt.

Dank der Übertragung von Kraft und Stärke aus Lukes festem Griff gewann Brigit ihre Fassung wieder und konnte Josephine, die eine Menge Fragen an sie hatte, Rede und Antwort stehen.

»Seit wann, meinen Sie, ist Rachels Drogenkonsum außer Kontrolle geraten?«

»Seit einem Jahr mindestens«, antwortete Brigit schniefend und tupfte sich die Augen trocken. »Man kann das so schwer sagen, weil wir alle ziemlich viel getrunken haben, und Drogen genommen haben, auf Partys und so. Aber seit dem letzten Sommer hat sie es nicht mehr unter Kontrolle.«

»… sie hat immer wieder gesagt, es täte ihr leid. Immer und immer wieder. Es war das, was sie am häufigsten sagte, außer ›mehr‹.«

Darauf kicherten einige, und ich lief vor Wut rot an.

»… aber sie hat ihr Verhalten nicht geändert und damit nur gezeigt, daß es ihr nicht wirklich leid tat.«

»… und ich haßte es, ihre Gouvernante zu spielen, um sie bei der Stange zu halten. Wir sind gleich alt, sie ist sogar drei Monate älter, und ich hatte wirklich das Gefühl, ihre Wärterin oder ihre Mutter zu sein. Und sie hat mich beschimpft und als ›Spaßverderberin‹ und ›Sittenwächterin‹ hingestellt. Was überhaupt nicht zutraf.«

Ich wurde von Brigits Litanei abgelenkt, weil Luke auf seinem Stuhl herumrutschte und eine bequeme Stellung suchte. Er beugte sich fast waagrecht vornüber, seine langen, strammen Oberschenkel waren weit geöffnet.

Ich zwang mich dazu, Brigit weiter zuzuhören. Das war weniger schmerzhaft.

»… es hätte nicht meine Aufgabe sein dürfen, auf sie aufzupassen, ich bin eigentlich nicht so. Und jedesmal, wenn ich ihr für eine Sache verziehen hatte, ging sie los und tat das gleiche wieder.«

»… ich bin eigentlich keine Nörglerin. Es war mir so zuwider, wie ihr Verhalten meins veränderte. Ich habe mich die ganze Zeit über sie geärgert. Und so bin ich eigentlich gar nicht, eigentlich bin ich recht umgänglich …«

Betroffen stellte ich fest, daß ich einen Moment lang fast ein wenig Mitleid mit ihr verspürte. Ich vergaß für einen Augenblick, daß *ich* ja der Bösewicht in Brigits Schauermärchen war.

Dann rief ich mir ins Gedächtnis zurück, was hier eigentlich passierte. Brigit versuchte einfach, die Geschichte im Licht ihres neuen, verantwortungsvollen Jobs umzuschreiben. Sie wollte sich von ihrem eigenen, drogenerfüllten Leben distanzieren, falls ihr Arbeitgeber Wind davon bekam. Hier ging es gar nicht um mich.

Doch als sie weitersprach, wäre ich ihr beinahe an die Kehle gesprungen. Sie sagte: »… und sie war gemein zu Luke. Sie schämte sich für ihn, weil sie meinte, er sähe nicht schick genug aus …«

Warum mußte sie davon anfangen? dachte ich voller Panik. Der Karren steckte schon tief genug im Dreck, mußte sie die Sache noch verschlimmern. Ich warf einen hastigen Blick auf Luke, in der irrigen Hoffnung, daß er es nicht gehört hatte. Aber natürlich hatte er es gehört. Verzweifelt versuchte ich zu protestieren. »Das stimmt überhaupt nicht«, fuhr ich dazwischen.

»Und ob das stimmt«, sagte Luke bissig. *Scheiße.* Mir blieb nichts anderes übrig, als den Mund zu halten und Brigit weiterreden zu lassen.

»… und sie setzte alles dran, mich mit einem von Lukes Freunden zu verkuppeln, *irgendeinem*, weil sie Angst hatte, sonst bei Leuten wie Helenka unten durch zu sein. Es spielte keine Rolle für sie, daß ich zu keinem von Lukes Freunden paßte, sie dachte nur an sich. Sie versuchte, das Leben der anderen um sich herum nach ihren Vorstellungen zu gestalten …«

»… sie sprach sogar mit einem New Yorker Akzent, wenn sie bei Leuten Eindruck schinden wollte. Und hat so geredet, wie die …«

Aber ich hörte nicht richtig zu. Lukes Zorn war mir zu nahegegangen. Er war normalerweise so ein lieber Mensch, besonders zu mir. Es war alles so komisch und eigenartig – er sah aus wie Luke Costello, der Mann, der mein bester Freund war und sechs Monate lang mein Liebhaber. Aber jetzt benahm er sich wie ein Fremder. Schlimmer noch, wie ein Feind.

»Ich möchte noch auf ein anderes Thema zu sprechen kommen«, sagte Josephine und durchbrach meine Gedanken. Sie wollte mein Berufsleben besprechen. Ich hatte das dringende Bedürfnis zu schreien: »Wollen Sie wissen, welche Farbe meine Unterhosen haben?«

»Rachel ist intelligent«, sagte Josephine zu Brigit. »Warum, glauben Sie, hat sie keine Arbeit, bei der sie ihre Intelligenz einsetzen kann?«

»Vielleicht, weil es zu schwierig ist, einen anständigen Job zu halten, wenn man immer mit Drogen beschäftigt ist«, sagte Brigit. »Außerdem denkt sie, sie sei dumm.«

»Sie haben eine gute Stelle, oder?« fragte Josephine.

»Ehm, ja«, gab sie überrascht zu.

»Sie haben einen Hochschulabschluß, richtig?«

»Ja.«

»In BWL?«

»Ehm, ja.«

»Sie sind nach London, Edinburgh, Prag und New York gegangen, um praktische Erfahrungen für Ihr Studium zu sammeln, und Rachel ist Ihnen im Grunde genommen gefolgt, stimmt das?« fragte Josephine.

»Ich würde nicht sagen, daß sie mir gefolgt ist«, sagte Brigit, »Aber als ich in die anderen Städte zog, beschloß sie mitzukommen, weil sie das Leben in Dublin satt hatte.«

»Und in der ganzen Zeit haben sie sich beruflich immer weiterentwickelt, während Rachel nichts erreichte?«

»So könnte man es sagen«, gab Brigit zu.

Ich fühlte mich minderwertig, kam mir vor wie ein nutzloser Schoßhund.

»Es ist schön, mit jemandem zusammenzusein, der nicht so erfolgreich ist wie man selbst«, sagte Josephine, als dächte sie laut. »Der Kontrast baut einen richtig auf.«

»Ich… aber…« Brigit war verwirrt und wollte etwas sagen, aber Josephine war schon beim nächsten Punkt.

Schließlich war die Sitzung zu Ende. Josephine verkündete, daß Luke nach dem Mittagessen an der Reihe wäre, und führte Luke und Brigit zum Speisesaal für die Mitarbeiter. Ich fühlte mich noch mehr erniedrigt, weil sie in den Teil des Hauses gingen, der den ›normalen Menschen‹ vorbehalten war, und verübelte es ihnen sehr, daß sie mich ausgrenzten und wie eine Verrückte behandelten.

Als sie aus dem Raum gingen, sah ich, wie Luke seine Hand beschützend auf Brigits Rücken legte. Beziehungsweise auf ihr breites Hinterteil, dachte ich böse und konnte so meinen Schmerz im Zaum halten.

Als sie weg waren, breitete sich eine schreckliche Öde in mir aus. Wohin war Luke gegangen. Wo würde ich ihn finden? Ich wollte, daß er den Arm um mich legte und mich an seine Brust zog. Ich wollte getröstet werden, so wie früher.

Ich erging mich in der wilden Phantasie, daß ich mir Zugang zu dem Mitarbeiter-Speisesaal verschaffen und eine Begegnung zwischen Luke und mir herbeiführen würde. Wenn wir ganz in Ruhe miteinander sprechen könnten, dann würde er doch sicherlich erkennen, daß ich ihm immer noch viel bedeutete, oder? Seine Zuneigung zu mir war so groß gewesen, daß die Vorstellung, alles sei vorbei, fast unmöglich war. Dann würde dieser ganze Wahnsinn aufhören.

Einen Moment lang erschien mir dieser Ausgang sehr plausibel. Eine Zukunft der Vergebung und Versöhnung schien vor mir zu liegen. Dann erwachte ich aus meiner Träumerei. Es war kein bißchen plausibel.

Die Insassen umlagerten mich und boten mir Verständnis und Mitleid an.

»Es ist so«, sagte ich in dem verzweifelten Versuch, mich zu verteidigen, »ihr müßt das verstehen. Was Brigit gesagt hat, hatte gar nichts mir mir zu tun. Sie hat alles völlig übertrieben, weil sie diesen neuen Job hat. Die würden sie entlassen, wenn sie wüßten, daß sie Drogen nimmt. Und ihr solltet mal sehen, wieviel sie nimmt. Sie hat mir das, was ich weiß, erst beigebracht.« Ich lachte gezwungen und wartete darauf, daß Mike und die anderen mir zustimmten. Das taten sie aber nicht, sondern sie klopften mir nur auf den Rücken und beschwichtigten mich.

Beim Mittagessen bekam ich keinen Brocken herunter. Statt dessen betete ich, wie ich nie zuvor gebetet hatte. Ich bot Gott einen absurden Handel an. Mein Leben in der Mission, wenn er ein schreckliches Unglück über Luke hereinbrechen ließ oder, viel besser, wenn er eine Versöhnung herbeiführte. Aber ich hatte Gott schon früher ein paarmal hintergangen, und vielleicht wollte er sich mit mir auf keinen Handel mehr einlassen.

Ungefähr zehn Minuten, bevor es Zeit für die Hauptattraktion des Nachmittags war, überkam mich eine Welle der Übelkeit, und mir wurde schwarz vor Augen. Ich hoffte inständig, daß dies meinen bevorstehenden Tod ankündigte.

Ich schlich mich auf die Toilette, wobei ich mich an der Wand entlang tastete, weil ich den Fußboden wegen der schwarzen Flecken vor meinen Augen kaum ausmachen konnte. Aber sobald ich mich übergeben hatte, fühlte ich mich wieder besser. Und keinesfalls so, als würde ich gleich das Zeitliche segnen. Meine Enttäuschung war groß.

53

Bevor ich wußte, wie mir geschah, saß ich in der Abtklause auf einem Stuhl – ich bekam einen der guten untergeschoben, aus Mitleid für meine Notlage –, und Luke wurde jede Minute erwartet.

Vielleicht würde er nicht gemein zu mir sein, dachte ich mit einem Schub von Hoffnung, der mich fast in die Erdumlaufbahn beförderte. Vielleicht wäre er, wenn es hart auf hart ging, einfach nicht in der Lage, grausam zu sein. Schließlich war er mein Geliebter gewesen, er war verrückt nach mir gewesen. Ich mußte ihm doch noch etwas bedeuten, oder? Er konnte mir doch nicht weh tun?

War er nicht der Mann, der mir jeden Monat, wenn ich meine Periode bekam, eine Wärmflasche gemacht hatte, der Mann, der sich nicht scheute, sogenannte Produkte für weibliche Hygiene kaufen zu gehen?

Abermals, für den winzigsten Bruchteil einer Sekunde, erlaubte ich mir die Phantasie, daß Luke und ich wieder zusammenkamen. Daß wir nach New York zurückkehrten und die Tür hinter dieser scheußlichen Episode schlossen.

Dann fiel mir wieder ein, wie entsetzlich die Sitzung mit Brigit gewesen war und daß das Urteil der Costello-Jury bestimmt nicht glimpflicher ausfallen würde. Mir wurde wieder schlecht vor Angst.

Ich betete voller Inbrunst, daß ich verschont bleiben möge, aber um Punkt zwei Uhr kamen Luke, Brigit und Josephine herein und setzten sich. Als ich Luke sah, durchströmte mich wieder eine Sekunde lang ein Gefühl der Freude, wie schon am Morgen. Er war so sexy und attraktiv und groß und *mein*. Dann sah ich seinen grimmigen, abweisenden Gesichtsausdruck, und mir wurde bewußt, daß die Dinge jetzt anders lagen.

Die Sitzung fing an. Ich konnte die Erregung der anderen Insassen spüren. Wahrscheinlich hatten sie in einem früheren Leben immer die besten Plätze an der Guillotine, dachte ich angewidert und ließ ganz außer acht, daß ich selbst mit weit aufgesperrtem Mund zugehört hatte, wenn ihre WBB gekommen waren und Schmähreden über sie verbreitet hatten.

»In welcher Beziehung stehen Sie zu Rachel?« fragte Josephine.

»Ich bin ihr Freund«, murmelte er. »Ich meine, ihr ehemaliger.«

»Sie konnten also ihre Sucht bestens beobachten?«

»Ja.«

Es war für mich ein winziger Trost, daß Luke anscheinend nur zögernd antwortete.

»Vor ein paar Wochen haben Sie freundlicherweise einen Fragebogen zu Rachels Sucht ausgefüllt. Sind Sie einverstanden, wenn ich ihn in der Gruppe vorlese?«

Luke zuckte unbehaglich mit den Achseln, und ich hatte das Gefühl, daß mir das Herz in die Hose rutschte.

Jederzeit, lieber Gott, betete ich still, *laß das Erdbeben jederzeit losgehen, es ist nicht zu spät.*

Aber der liebe Gott, launenhaft, wie er nun mal war, hatte anderes zu tun. Und schickte mein Erdbeben in ein entlegenes Gebiet in China, wo es niemandem etwas nützte. Wo er doch County Wicklow hätte aus den Angeln heben und mir einen riesigen Gefallen tun können. Später erfuhr ich, daß das entlegene Gebiet Wik Xla Provinz hieß, und daraufhin fühlte ich mich ein bißchen besser. Er hatte mich nicht im Stich gelassen, er hörte einfach nur schlecht.

Ich war entsetzt, als Josephine einen ganzen Stapel Papier zum Vorschein brachte. Anscheinend hatte Luke ein Buch geschrieben.

»Gut.« Josephine räusperte sich. »Die erste Frage lautet: ›Welche Drogen benutzt Rachel Ihres Wissens?‹ und Luke hat geschrieben: ›Kokain, Crack, Ecstasy ...«

Ich wollte nur noch sterben, meine Enttäuschung war grenzenlos. Es gab keine Barmherzigkeit. Luke, *mein* Luke, hatte sich eindeutig gegen mich gewandt. Bis zu diesem Moment hatte es Hoffnung gegeben, aber nun war sie zerstört.

»›Speed, Haschisch, Marihuana, Mushrooms, LSD, Heroin ...«

Jemand stieß bei Heroin scharf die Luft aus. Meine Güte, dachte ich verärgert, ich hatte es doch nur *geraucht*.

»›Valium, Librium, verschreibungspflichtige Schmerzmittel, Antidepressiva, Schlaftabletten, Appetitzügler und jede Art von Alkohol.«

Sie hielt inne und atmete tief ein. »Luke hat folgendes hinzugefügt: ›Wenn etwas eine Droge ist, hat Rachel es sicherlich genommen. Wahrscheinlich hat sie Drogen genommen, die noch keiner erfunden hat.‹ Eine emotionale

Antwort auf eine sachliche Frage, aber wir verstehen, was Sie damit sagen wollen.«

Ich hatte den Kopf gesenkt und die Augen fest zugedrückt, aber als ich aufblickte, sah ich, wie Josephine Luke mit einem warmem Lächeln bedachte.

Es war ein Alptraum. Ich konnte nicht verstehen, wie plötzlich alle Macht, die ich über Luke hatte, verpufft war.

»Die nächste Frage lautet: ›Sind Sie der Ansicht, daß Rachel Drogen mißbraucht?‹, und Luke hat darauf geantwortet: ›Was für eine Frage!‹ Was meinen Sie damit, Luke?«

»Ich meine ›Ja‹«, murmelte er.

»Danke«, sagte Josephine knapp.

»Dann heißt es hier: ›Wann hat Ihrer Meinung nach Rachels Drogenkonsum begonnen?‹, und Lukes Antwort lautet: ›Vor ewigen Zeiten.‹ Könnten Sie das näher erklären, Luke.«

»Ja«, sagte er und rutschte auf dem Stuhl hin und her. »Ich will damit sagen, daß sie schon einen hohen Drogenkonsum hatte, lange bevor ich sie kennenlernte.«

Wie konnte er es wagen, von »Konsum« im Zusammenhang mit mir zu reden, dachte ich plötzlich voller Wut, *als wäre ich ein Junkie!*

»Warum hast du dich dann überhaupt mit mir abgegeben?« kreischte ich plötzlich los. »Wenn ich so schlimm war?« Alle im Raum zuckten zusammen, ich auch.

Luke verdrehte die Augen, als wollte er sagen: Himmelherrgott nochmal, jetzt wird sie auch noch hysterisch. Ich haßte ihn.

»Keine Angst, Rachel«, sagte Josephine mit einem verbindlichen Lächeln, »darauf kommen wir noch. Die nächste Frage: ›Wann haben Sie zum ersten Mal bemerkt, daß Rachel ein Drogenproblem hatte?‹ Und Luke hat eine ziemlich lange Antwort geschrieben: ›Ich wußte schon immer, daß Rachel viel trank und Kokain nahm ...‹«

Ich empörte mich angesichts der unverhohlenen Lüge. Es wurde immer schlimmer. Ich habe *nicht* viel getrunken. Dieser verlogene Kerl, er stilisierte mich zu einem zweiten Oliver Reed.

»…›Aber ich fand das nicht bemerkenswert, weil alle, die ich kenne, in Gesellschaft trinken und gelegentlich einen Joint rauchen. Eine Zeitlang trafen wir uns hauptsächlich abends, und obwohl sie immer ziemlich zu war, dachte ich, es hätte mit dem Ausgehen zu tun. Trotzdem sagte ich, ich würde sie gern einmal straight sehen. Und sie sagte, dann wäre sie mir gegenüber völlig verschüchtert. Ich glaubte ihr, ich fand es sogar süß.‹«

»Ich war *wirklich* verschüchtert«, zischte ich wütend.

Josephine sah mich streng an und fuhr fort. »›Aber als sie einmal bei mir übernachtete, roch sie am nächsten Morgen stark nach Alkohol. Das war merkwürdig, weil sie am Abend zuvor nicht viel getrunken hatte. Allerdings hatte sie jede Menge Koks genommen. Nachdem sie gegangen war, beschuldigte mich mein Mitbewohner, daß ich seine Flasche JD getrunken habe …‹«

Josephine sah auf. »JD?« fragte sie.

»Jack Daniels«, erklärte Luke.

»Schönen Dank«, sagte Josephine und er fuhr fort: »›… was aber nicht stimmte. Und ich konnte nicht glauben, daß Rachel sie geleert hatte, nicht am frühen Morgen.‹«

Plötzlich ließ mein Zorn nach. Ich schämte mich. Ich dachte, keiner hätte gemerkt, daß ich aus der Whiskeyflasche getrunken hatte, die ich an jenem Morgen in Lukes Küche gefunden hatte. Ich hätte sie nie angerührt, aber ich war nach dem Koks mit einem schrecklichen Kater aufgewacht. Ich hatte kein Valium mehr und brauchte etwas, das den Horror und die Paranoia mildern würde.

»…›und eines Morgens, nachdem ich schon gegangen war, mußte ich noch einmal zurückkommen. Ich hatte vergessen, Joey zu wecken – sein Radiowecker funktionierte nicht. Rachel saß im Bett und sniffte eine Line Kokain. Sie hatte sich an dem, was Joey gebunkert hatte, bedient.‹ Sie hat es also gestohlen?« unterbrach Josephine sich und sah Luke fragend an.

»Ja, sie hatte es gestohlen.«

Ich wünschte, der Boden würde sich auftun und mich verschlingen. Ich war halbtot vor Scham. Ich konnte es nicht ertragen, daß ich unrecht getan hatte. Und schlimmer noch, ich konnte es nicht ertragen, wenn andere davon wußten. Luke hatte an dem Morgen kaum mit mir gesprochen. Na ja, er hatte ein bißchen rumgebrüllt und gesagt, er mache sich Sorgen um mich, ich solle so was nie wieder tun. Aber ich dachte, ich wäre noch einmal davongekommen und er wäre so verliebt in mich, daß es ihm nicht so wichtig war. Ich fühlte mich hintergangen, weil das offenbar nicht der Fall war. Und warum mußte er allen davon erzählen?

»›Danach fing ich an, sie zu beobachten, und nachdem ich wußte, wonach ich gucken mußte, sah ich, daß es schlimm um sie stand. Sie hatte immer etwas intus. Sie war nie straight.‹«

Er starrte mir ins Gesicht, als Josephine das vorlas. Mir schwindelte. Luke und ich gehörten nach New York. Glücklich und verliebt. Daß er jetzt hier in Cloisters war und mich fertig machte, war so völlig surreal wie fliegende Kühe.

»Also weiter«, sagte Josephine. »Die nächste Frage: ›Welche Auswirkungen hatten Drogen auf Rachels Verhalten?‹ Und Luke hat geschrieben: ›Das kann ich schlecht sagen, denn wenn wir zusammenwaren, war sie immer ziemlich zu. Manchmal war sie warmherzig und süß. Aber sehr oft war sie verwirrt und traf Verabredungen, die sie dann vergaß. Oft hatten wir eine Unterhaltung, und wenn ich später darauf zurückkam, konnte sie sich nicht mehr daran erinnern. Ich vermute, ihre Vergeßlichkeit hatte mit dem Valium zu tun. Wenn sie Koks nahm, war sie anders. Peinlich und schrecklich. Sie war laut und grob und fand sich toll. Was mir am meisten Schwierigkeiten machte, war ihr völlig überdrehtes Flirten, wenn sie in diesem Zustand war. Begegnete sie einem Mann, der nach ihren Begriffen cool aussah ...‹«, Josephine hielt inne, schluckte und fuhr dann fort, »›... warf sie sich ihm an den Hals.‹«

Ich war entsetzt, verletzt, beschämt, wütend. »Wie kannst du nur?« kreischte ich. »Du kannst von Glück reden, daß ich mich überhaupt mir dir eingelassen habe. Wie kannst du es wagen, mich so zu beleidigen?«

»Wie soll ich dich denn sonst beleidigen?« sagte er eisig.

Beinahe hätte mein Herz vor Angst aufgehört zu schlagen. Luke war nie gemein zu mir. Wer war dieser große, finstere, zornige, gemeine Mann? Ich kannte ihn nicht. Aber er schien mich zu kennen.

»Du hast dich ihnen sehr wohl an den Hals geworfen«, beharrte Luke. Er hatte die Lippen fest zusammengepreßt und wirkte erwachsen und bedrohlich. Ich verstand nicht, wie ich je hatte denken können, daß er eine Witzfigur war. Aber ich wünschte, ich dächte das immer noch.

»Jetzt hör doch auf, Rachel«, sagte er hämisch. »Was war denn das, als ich dich auf François' Vernissage mitgenommen habe? Und du hast diesen Kunsthändlertypen abgeschleppt.«

Mein Gesicht brannte vor Scham. Das hätte ich wissen sollen, daß er mir damit kommen würde. Das würde er mir noch ewig vorhalten.

»Ich habe nicht mit ihm geschlafen«, murmelte ich. »Außerdem«, fügte ich kämpferisch hinzu, »habe ich das nur gemacht, weil wir uns gestritten hatten.«

»Du hattest einen Streit vom Zaun gebrochen, sobald du den Typen gesehen hattest«, war Lukes kühle Erwiderung. Ich war entsetzt. Ich dachte, ich hätte ihm was vorgegaukelt. Es brach eine Welt zusammen, weil ich erkannte, daß er die ganze Zeit wußte, was ich im Schilde führte.

»Das ist ein glatter Übergang zu unserer nächsten Frage«, fuhr Josephine dazwischen. »Sie lautet: ›Inwiefern war Rachels Verhalten in Folge ihres Drogenkonsums von der Norm abweichend?‹ Dazu hat Luke geschrieben: ›Ihr Verhalten wurde immer abstruser. Sie aß fast nichts. Und sie war sehr paranoid. Hat mir vorgeworfen, daß ich scharf auf ihre Freundinnen sei und mit ihnen schlafen wolle. Sie meldete sich laufend krank. Aber sie war nicht krank, sie blieb zu Hause und knallte sich voll. Sie ging fast gar nicht mehr aus, und wenn, dann nur, um Drogen zu beschaffen. Sie borgte sich von allen Geld und zahlte es nie zurück. Wenn jemand ihr kein Geld leihen wollte, stahl sie es ...‹«

Wirklich? fragte ich mich.

Es war kein richtiges Stehlen, tat ich den Vorwurf ab. Sie konnten es sich leisten, und außerdem waren sie selbst schuld, weil sie es mir nicht gleich geliehen hatten.

Kurz darauf hielt Josephine inne. »Okay, das war also der Fragebogen. Da Brigit zu aufgewühlt ist, um weitere Fragen zu beantworten, vielleicht wären Sie so freundlich, Luke?«

»Geht in Ordnung«, nickte er.

»Wie Rachel … ehm … vorhin fragte, warum waren Sie mit ihr zusammen?«

»Warum war ich mit ihr zusammen?« Beinahe mußte er lachen. »Ich war verrückt nach ihr.«

Danke, lieber Gott, danke, lieber Gott, danke, lieber Gott. Zutiefst erleichtert atmete ich auf. Endlich nahm er Vernunft an. War aber auch Zeit! Jetzt würde er all die schrecklichen Lügen, die er über mich verbreitet hatte, zurücknehmen. Vielleicht … vielleicht würden wir uns sogar versöhnen.

»Warum waren Sie verrückt nach ihr?«

Luke schwieg. Es dauerte eine ganze Weile, bis er antwortete.

»In vielerlei Hinsicht war Rachel wunderbar.«

Vergangenheit, registrierte ich. Das gefiel mir nicht sonderlich.

»Sie hatte eine phantastische Art, die Welt zu betrachten«, sagte er. »Sie war urkomisch und brachte mich wirklich zum Lachen … Allerdings«, fuhr er nachdenklich fort, »manchmal, wenn sie schon zu war, bemühte sie sich zu sehr, dann war sie nicht mehr komisch, und das verdarb einem alles.«

Ich wollte ihn deutlich daran erinnern, daß wir meine guten Seiten betrachteten.

»Ich habe sie nie für die selbstbewußte Frau von Welt gehalten, die zu sein sie immer vorgab«, sagte Luke.

Das ließ mich aufhorchen. Wenn er das durchschaut hatte, wer noch?

»Und wenn sie ganz sie selbst war«, sagte er und klang, als hätte er soeben das Geheimnis des Universums entdeckt, »dann war sie, na ja, einfach *phantastisch.*«

Gut, wir waren wieder auf dem richtigen Weg.

Josephine nickte ihm ermutigend zu.

»Wir konnten über alles sprechen«, sagte er. »An einem guten Tag reichte die Zeit nicht für all die Dinge, über die wir miteinander reden wollten.«

Das stimmte, dachte ich mit einem sehnsüchtigen Verlangen nach der Vergangenheit, nach Luke.

»Sie war nicht wie die anderen Frauen, die ich kannte, sie war viel klüger. Sie war die einzige Frau, die ich kannte, die aus *Fear and Loathing in Las Vegas* zitieren konnte. *Und* sie hat es *Fear and Clothing in Las Vegas* genannt«, fügte er hinzu.

»Was wollen Sie damit sagen?« fragte Josephine ein wenig verwirrt.

»Daß sie urkomisch ist.« Er lächelte. »Manchmal waren wir uns so nah, daß ich das Gefühl hatte, wir seien eins«, sagte er leise. Er sah auf, und unsere Blicke trafen sich. Einen Moment lang sah ich den Luke, den ich gekannt hatte. Ich war unendlich traurig.

»So weit, so gut.« Ungeduldig unterbrach Josephine Lukes träumerische Gedanken. »Vermutlich haben Sie versucht, Rachel zu helfen, als sie merkten, wie schlimm ihre Drogensucht war.«

»Natürlich«, sagte Luke. »Aber zunächst hat sie sie vor mir verheimlicht, dann hat sie gelogen. Sie hat nie zugegeben, was sie genommen hatte oder wieviel, obwohl ich es wußte und ihr das auch klar sagte. Das hat mich verrückt gemacht. Ich wollte, daß sie mit mir darüber sprach. Dann wollte ich sie zu einem Therapeuten schicken, aber sie hat gesagt, ich soll mich verpissen.«

Er errötete. »Entschuldigen Sie meine Ausdrucksweise.«

Mit einem leichten Nicken nahm sie seine Entschuldigung an. »Wie ging es dann weiter?«

»Sie nahm die Überdosis und ist abgereist.«

»Tat es Ihnen leid, daß die Beziehung zu Ende war?« fragte Josephine.

»Zu dem Zeitpunkt war es schon kaum mehr eine Beziehung«, antwortete er.

Das Herz wurde mir schwer. Es klang nicht danach, als wollte er sich wieder mit mir versöhnen. »Es war so gut wie vorbei«, fuhr er fort.

Mein Herz war unermeßlich schwer. Er sprach von mir in der Vergangenheit.

»Ich weiß nicht, warum sie mit mir zusammen war, weil nichts, was ich tat, sie glücklich machte«, sagte er. »Sie wollte alles an mir verändern: meine Kleider, meine Freunde, wo ich wohnte, wofür ich mein Geld ausgab. Sogar die *Musik*, die ich mochte.«

Josephine nickte verständnisvoll.

»Ich wußte ja, daß sie sich über die Klamotten, die meine Freunde und ich tragen, amüsierte, und das fand ich nicht weiter schlimm. Wir kannten das ja. Aber dann fing sie an, mich in der Öffentlichkeit zu übergehen und so zu tun, als gehörten wir nicht zusammen. Und das war *kein bißchen* lustig.«

Ich sah in sein offenes, aufrichtiges Gesicht, und einen Moment lang hatte ich, wie schon bei Brigit, Mitleid mit ihm. Armer Luke, dachte ich, daß man ihn so behandelt. Dann fiel mir ein, daß ich ja diejenige war, die ihn angeblich so schlecht behandelt hatte und daß das so gar nicht stimmte. So ein Jammerlappen.

»Das erste Mal, als Rachel mich wie Luft behandelte, dachte ich: Na gut, sie ist ein bißchen weggetreten, könnte jedem passieren. Aber nach einer Weile kam ich nicht mehr drum herum. Sie tat es absichtlich. Mit voller Absicht, Mann! Wenn sie einem dieser Designer-Typen begegnete, wurde sie richtig komisch mit mir und ließ mich einfach stehen, wie den letzten Idioten. Einmal ist sie bei einer Party gegangen, ohne sich von mir zu verabschieden. Ich hatte sie dorthin mitgenommen, und sie traf diese beiden Zicken – 'tschuldigung! –, Helenka und Jessica, und die haben sie zu sich nach Hause eingeladen.«

»Wie fühlten sie sich?« fragte Josephine.

»Beschissen«, sagte Luke mit belegter Stimme. »Sie schämte sich meiner, ich war jemand, den man ablegen konnte, wegwerfen. Es war einfach beschissen.«

Einen Moment lang war ich zerknirscht. Dann sah ich ihn höhnisch an und dachte: *Stell dich nicht so an. Ich bin diejenige, die Grund zu Selbstmitleid hat, nicht du.*

Ich war konsterniert, als Josephine Luke unvermittelt fragte: »Haben Sie Rachel geliebt?« Mein Magen krampfte sich zusammen.

Es folgte eine lange, angespannte, unerträgliche Pause. Ich hielt den Atem an. *Hat* er mich geliebt?

Verzweifelt wünschte ich mir, daß er ja sagen würde. Er richtete sich auf und fuhr sich mit den Händen durch seine langen Haare. Ich hing an seinen Lippen. Er atmete tief ein, bevor er sprach.

»Nein«, sagte er dann. Und ein Teil von mir sank in sich zusammen und starb.

Ich schloß meine Augen angesichts des Schmerzes.

Das ist nicht wahr, sagte ich mir hartnäckig. Er war verrückt nach dir. Er ist es immer noch.

»Nein«, wiederholte er.

Jetzt ist es aber gut, dachte ich, *wir haben es schon beim ersten Mal verstanden, du mußt nicht noch eins draufsetzen.*

»Wenn sie die Rachel gewesen wäre, die nicht immer bis oben zugeknallt war und sich bei diesen Scheiß-Modeleuten einschleimte«, sagte er nachdenklich, »dann hätte ich sie geliebt, ganz klar. Eine bessere gab es nicht. Aber das war nicht der Fall«, fügte er hinzu, »und jetzt ist es zu spät.«

Ich starrte ihn an. Ich sah die Trauer in seinem Gesicht. Er wich meinem Blick aus.

Josephine schwieg einen Moment und sah Luke an. »Hierherzukommen und uns Rede und Antwort zu stehen, muß für Sie sehr schwierig gewesen sein, nehme ich an?«

»Ja«, murmelte er. »Ich bin sehr …«, lange Zeit sagte er nichts, »traurig.«

Das Wort verhallte im Raum.

In meinem Hals steckte ein Riesenkloß. In meiner Brust brannte es wie Feuer, aber ich hatte eine Gänsehaut.

Josephine verkündete das Ende der Sitzung. Brigit stand auf und ging, ohne mich anzusehen. Bevor Luke den

Raum verließ, sah er mich lange an. Ich versuchte, etwas in seinem Blick zu erkennen? Zerknirschung? Scham?

Aber ich konnte ihn nicht deuten.

Als sich die Tür hinter ihnen schloß, versammelten sich die anderen Insassen um mich herum, sie wollten mich trösten und beschützen. Ich kannte diesen Blick – eine Mischung aus Mitleid und Neugier –, ich hatte selbst oft genug so geguckt, wenn ihre WBB gegen sie ausgesagt hatten. Und ich konnte es nicht ertragen.

54

Meine zur Hälfte gepackte Reisetasche auf dem Fußboden sah mich vorwurfsvoll an. Und verspottete mich, weil ich gedacht hatte, ich könnte abreisen.

Ich hatte gedacht, ich würde mich in dem Moment, da meine drei Wochen um waren, davonstürzen. Lukes und Brigits Besuch machte jeden Gedanken daran unmöglich. Die beiden waren am Mittwoch kaum abgefahren, als ich zu Dr. Billings gerufen wurde.

Der große, eigentümlich wirkende Mann begrüßte mich, und als er einen mißglückten Versuch machte zu lächeln, ahnte ich schon, daß er mir nichts Gutes mitzuteilen hatte.

»Nachdem wir in der Gruppe heute einiges über Sie erfahren haben, hoffe ich, daß Sie nicht vorhaben, am Freitag abzureisen«, sagte er.

»Natürlich nicht«, zwang ich mich zu sagen. Diese Genugtuung würde ich ihm nicht verschaffen.

»Gut.« Er bleckte die Zähne. »Ich bin froh, daß wir keine gerichtliche Verfügung erwirken müssen, um Sie hierbehalten zu können. Wir hätten es getan«, fügte er hinzu.

Irgendwie glaubte ich ihm.

»Es ist zu Ihrem Besten«, sagte er eindringlich.

Ich konnte meinen Zorn dadurch im Zaum halten, daß ich mich der Vorstellung hingab, wie ich seinen Schädel mit einer Axt spaltete.

Wenigstens konnte ich, solange ich hier festsaß, den anderen Insassen erklären, wie es wirklich um mich stand, tröstete ich mich auf dem Weg von Billings Büro. Der Gedanke daran, was sie nach Lukes und Brigits Enthüllungen von mir hielten, machte mich ganz wahnsinnig.

Wenn ich an Chris dachte, wurde mir besonders mulmig. Obwohl er nicht in meiner Gruppe war, gab es in Cloisters nur wenige Geheimnisse. Als ich wieder in den Speisesaal kam, setzte er sich sofort neben mich. »Ich habe gehört, sie haben heute *Das ist Ihr Leben* mit dir gespielt«, sagte er und grinste.

Normalerweise blühte ich in seiner Gegenwart auf wie eine Blume in der Sonne, aber diesmal wollte ich weglaufen. Ich war maßlos beschämt. Aber als ich ihm erklären wollte, daß das, was er über mich gehört hatte, alles gelogen war, lachte er nur und sagte: »Laß gut sein, Rachel, ich mag dich trotzdem.«

Als ich an dem Abend ins Bett ging, liefen die beiden Sitzungen vom Tag immer wieder in meinem Kopf ab. Meine Traurigkeit darüber, daß es mit Luke vorbei war, hatte mich niedergeschmettert. Als ich an die schrecklichen, gemeinen, verletzenden Dinge dachte, die sowohl er als auch Brigit gesagt hatten, verwandelte sich meine Trauer in Zorn. Und der brodelte und schäumte über und wurde überwältigend stark. Ich konnte nicht schlafen, weil ich mir Gespräche vorstellte, in denen ich die beiden mit schneidenden, bissigen Bemerkungen in die Enge trieb. Nach einer ganzen Weile weckte ich Chaquie, obwohl ich mich vor ihrer Reizbarkeit fürchtete. Ich *mußte* einfach mit jemandem sprechen. Zum Glück war sie zu verschlafen, um sich aufzuregen. Sie saß im Bett und blinzelte wie ein Kaninchen, während ich völlig aufgelöst zeterte, wie sehr ich mich gedemütigt fühlte. Ich versprach ihr, daß ich mich an Luke und Brigit rächen würde, und müßte ich noch so lange auf eine Gelegenheit warten.

»Als Dermot als dein WBB hier war, wie bist du damit klargekommen?« fragte ich sie mit wildem Glanz in den Augen.

»Ich habe vor Wut geschäumt«, gähnte sie. »Dann sagte Josephine, daß ich meine Wut benutzte, um der Verantwortung für die Situation aus dem Weg zu gehen. Kann ich jetzt weiterschlafen?«

Ich wußte, daß ich am nächsten Tag von Josephine in der Gruppe verhört werden würde.

Ich hatte gesehen, wie sie es mit Neil, John Joe, Mike, Misty, Vincent und Chaquie gemacht hatte. Sie würde bei mir keine Ausnahme machen.

Obwohl ich anders *war*. Aber wie vorhergesehen, ging Josephine direkt auf mich los.

»Das war ja kein schönes Bild, das Luke und Brigit gestern von Ihnen und Ihrem Leben gezeichnet haben, nicht wahr?« fing sie an.

»Luke Costello ist nicht der Richtige, wenn es darum geht, ein objektives Bild zu geben«, sagte ich matt. »Sie wissen doch, wie es ist, wenn eine Liebesgeschichte auseinanderbricht.«

»Dann ist es ja gut, daß Brigit dabei war«, warf Josephine elegant ein. »Mit ihr hatten Sie ja keine Liebesbeziehung, oder?«

»Brigit hat auch lauter Mist erzählt.« Gereizt hob ich an mit der Geschichte über Brigits Ehrgeiz und ihre Beförderung.

»Seien Sie still.« Josephine brachte mich mit einem böse funkelnden Blick zum Schweigen.

»Ich habe nie gesagt, daß ich keine Drogen nehme.« Ich versuchte, dem Gespräch eine andere Wendung zu geben.

»Auch ohne Drogen«, sagte sie. »Es war auch *dann* kein schönes Bild.«

Ich verstand nicht recht, was sie meinte.

»Ihre Unaufrichtigkeit, Ihr Egoismus, Ihr unloyales Verhalten, Ihre Oberflächlichkeit und Wankelmütigkeit«, erklärte sie.

Ach so.

»Ihr Drogenkonsum ist nur die Spitze des Eisbergs, Rachel«, sagte sie. »Mich interessiert mehr der Mensch, den die beiden beschrieben haben. Sie wissen, was ich meine – jemand, der unloyal ist, der den Freund plötzlich nicht mehr kennt, wenn andere da sind, bei denen er Eindruck machen will. Jemand, der so oberflächlich ist, daß er Menschen nach ihrer Erscheinung beurteilt, ohne darüber nachzudenken, ob er sich anderen gegenüber anständig verhält. Jemand, der so egoistisch ist und stiehlt, ohne einen Gedanken daran, was er damit dem Bestohlenen antut. Jemand, der seine Kollegen und Arbeitgeber jederzeit im Stich läßt. Ein Mensch mit einem verbogenen und verzerrten Wertesystem. Ein Mensch, der sich selbst so wenig erkennt, daß er je nach der Gesellschaft, in der er sich befindet, den Akzent wechselt ...«

Sie hörte gar nicht mehr auf. Jedesmal, wenn sie einen Satz beendet hatte, dachte ich, das sei das Ende ihrer Ansprache, aber nein.

Ich versuchte wegzuhören.

»Das sind Sie, Rachel«, war ihr Schlußsatz. »Sie sind dieses amorphe, formlose Geschöpf. Keine Loyalität, keine Integrität, nichts.«

Ich zuckte die Achseln. Aus irgendeinem Grund hatte sie keinen Eindruck gemacht. Ich spürte ein kleines Triumphgefühl.

Josephine sah mich spöttisch an. »Ich weiß, daß Sie all Ihre Energie aufwenden, um mich nicht an sich heranzulassen.«

Woher weiß sie das? fragte ich mich plötzlich voller Angst.

»Aber ich bin nicht Ihre Feindin, Rachel«, fuhr sie fort, »Ihre wahre Feindin sind Sie selbst, und die geht nicht fort. Sie werden heute aus diesem Raum gehen und sich großartig fühlen, weil Sie sich nicht geöffnet haben, aber das ist kein Sieg, es ist ein Scheitern.«

Plötzlich war ich schrecklich müde.

»Ich sage Ihnen jetzt, warum Sie so ein schrecklicher Mensch sind, soll ich?« fragte sie.

»Soll ich?« wiederholte sie, als ich nicht antwortete.

»Ja.« Das Wort wurde aus mir herausgepreßt.

»Sie haben ein erschreckend geringes Selbstwertgefühl«, sagte sie. »In Ihrer eigenen Einschätzung sind Sie nichts wert. Aber Sie möchten sich nicht gern wertlos fühlen, richtig? Deshalb suchen Sie von Menschen, die Sie bewundern, Bestätigung. Zum Beispiel von dieser Helenka, von der Brigit erzählte. Das stimmt doch, oder?«

Ich nickte schwach. Es stimmte ja, Helenka war *tatsächlich* jemand, der einen Wert hatte. Da stimmte ich ihr zu.

»Aber es ist sehr beunruhigend«, fuhr sie fort, »wenn man kein Vertrauen zu sich selbst hat. Sie schweben einfach nur und warten darauf, daß jemand sie verankert.«

Wenn Sie meinen.

»Deswegen konnten Sie Ihrer Entscheidung hinsichtlich Luke nicht trauen«, erklärte sie weiter. »Sie waren gespalten, weil Sie ihn einerseits wollten und andererseits das Gefühl hatten, daß Sie das nicht durften, denn der einzige Mensch, der Ihnen sagte, daß es in Ordnung war, waren Sie selbst. Und Sie glauben sich selbst nicht. Wie aufreibend, so zu leben!«

Es war tatsächlich aufreibend gewesen, erkannte ich mit einem Blick in die Erinnerung. Manchmal hatte ich das Gefühl, wahnsinnig zu werden, weil ich die Bestätigung der anderen gegen Lukes Gesellschaft abwägen mußte.

Ich erinnerte mich an eine Party, zu der ich mit Luke gegangen war, in der sicheren Überzeugung, daß niemand, den ich kannte, dort sein würde. Doch zu meinem Entsetzen war der erste Gast, den ich sah, Chloë, eine von Helenkas Getreuen. In plötzlicher Panik drehte ich mich um und rannte aus dem Raum. Luke kam ganz verstört hinter mir her. »Was ist los, Babe?« fragte er besorgt. »Nichts«, murmelte ich. Ich zwang mich dazu, wieder in den Raum zu gehen, aber den ganzen Abend saß ich wie auf brennenden Kohlen und versuchte, mich in die Ecken zu verdrücken und nicht zu nah neben Luke zu stehen, falls jemand (Chloë) merkte, daß ich mit ihm zusammen war. Ich war wütend, wenn er seinen Arm um mich legte oder mich küssen wollte, und fühlte mich erbärmlich, wenn ich den verletzten Ausdruck in seinen Augen sah, als ich ihn zurückwies. Schließlich betrank ich mich, weil ich das Gefühl hatte auszuflippen.

»Wäre es nicht viel schöner gewesen, Sie wären aufrecht neben ihm gegangen und stolz darauf gewesen, daß er Ihr Freund war?« sagte Josephine und zerrte mich aus meinem Alptraum. »Hier bin ich, Leute, da könnt ihr sagen, was ihr wollt.«

»Aber … oh, Sie haben einfach keine Ahnung!« sagte ich frustriert. »Sie müßten in New York leben, dann wüßten Sie, wie wichtig diese Leute sind.«

»Mir sind Sie nicht wichtig.« Josephine lächelte über das ganze Gesicht. »Und sie sind auch Misty hier nicht wichtig.«

Misty schüttelte heftig den Kopf, aber das war ja klar. Diese alte Zicke!

»In der Welt gibt es Millionen von Menschen, die ganz zufrieden leben, ohne Helenkas Bestätigung.«

»Könnten Sie mir mal sagen, was das alles mit Drogen zu tun hat?«

»Jede Menge«, sagte sie mit einem Leuchten in den Augen, das nichts Gutes verhieß. »Sie werden schon sehen.«

Nach dem Mittagessen fing Josephine wieder mit mir an. Nichts wünschte ich mir so sehr, als daß sie mich in Ruhe lassen würde. Ich war sehr, sehr müde.

»Sie wollten wissen, was Ihr geringes Selbstbewußtsein mit Ihrem Drogenkonsum zu tun hat«, sagte sie und fuhr dann fort: »Auf den einfachsten Nenner gebracht kann man sagen, daß Sie Ihren Körper nicht bis zu dem Punkt, wo das zur Krankheit führen kann, mit schädlichen Substanzen vollpumpen würden, wenn Sie eine gesunde Selbstachtung hätten.«

Ich starrte an die Decke, ich hatte keine Ahnung, was das sollte.

»Ich rede mit Ihnen, Rachel!« fuhr sie mich an, so daß ich zusammenzuckte. »Überlegen Sie doch, wie krank Sie waren, als Sie hierherkamen. Am ersten Morgen sind Sie beim Frühstück fast ohnmächtig geworden, eine Entzugserscheinung von Ihrem heißgeliebten Valium! Wir haben die leere Flasche in Ihrem Nachttisch gefunden«, sagte sie und sah mir direkt in die Augen. Ich wandte den Blick ab und wollte vor Scham im Boden versinken, gleichzeitig war ich wütend, weil ich die Flasche nicht ordentlich hatte verschwinden lassen. Bevor ich die Möglichkeit hatte, eine schwache Entschuldigung zu erfinden – »Das war nicht meine«, oder »Meine Mutter hatte mir das Fläschchen gegeben, es war Weihwasser drin.« – fuhr sie schon fort:

»Das trifft auch auf die anderen zu.« Sie nickte in den Raum. »Wenn Sie sich selbst wertschätzten, würden Sie sich nicht an den Abgrund des Todes hungern oder sich mit übermäßigen Mengen vollstopfen, Sie würden sich auch nicht mit Alkohol vergiften oder wie Sie, Rachel, so viele Drogen nehmen, daß Sie ins Krankenhaus eingeliefert werden müssen.« Ihre Worte hallten in dem stillen Raum wider und versetzten mich in Schrecken.

»Als man Sie ins Krankenhaus brachte, schwebten Sie in Lebensgefahr«, fuhr Josephine erbarmungslos fort, »weil Sie sich mit Drogen vollgepumpt hatten. Finden Sie das normal?«

Es war seltsam, aber bis zu dem Moment hatte ich noch kaum an die sogenannte Überdosis gedacht.

»Ich war nicht in Lebensgefahr«, widersprach ich ihr.

»Doch, das waren Sie«, gab Jospehine zurück.

Ich sagte nichts. Für einen Sekundenbruchteil konnte ich mich von außen wahrnehmen. Ich sah, wie die anderen im Raum mich wahrnahmen. Wie ich mich wahrnehmen würde, wenn ich es nicht selbst gewesen wäre. Und in Lebensgefahr zu geraten, weil man zu viele Drogen genommen hatte, schien mir schockierend und entsetzlich. Wenn es Mike oder Misty passiert wäre, dann wäre ich erschrocken darüber gewesen, wie tief sie durch ihren Alkoholkonsum gesunken waren.

Doch dann schloß sich dieses Guckloch, und mit Erleichterung konnte ich mich wieder von innen sehen, mit dem Wissen über die Zusammenhänge, das nur ich hatte.

»Es war ein Unfall«, erklärte ich.

»Es war kein Unfall.«

»Doch, ich hatte nicht absichtlich so viel nehmen wollen.«

»Sie hatten einen Lebensstil, in dem die Einnahme starker Drogen eine Routinesache war. Die meisten Menschen nehmen gar keine Drogen«, erläuterte sie.

»Das ist deren Problem.« Ich zuckte die Achseln. »Wenn sie sich mit all dem Scheiß, den das Leben ihnen in den Weg wirft, rumplagen wollen, ohne zur Erholung Drogen zu nehmen, dann sind sie eben blöd.«

»Woher haben Sie denn diese quälerische Einstellung?«

»Weiß ich nicht.«

»Rachel, um der Sache auf den Grund zu gehen«, sagte sie lächelnd, »müssen wir uns Ihre Kindheit vornehmen.«

Überdeutlich verdrehte ich die Augen.

»Es ist schwer, in einer Familie zu leben, in der man das Gefühl hat, die Dümmste, die am wenigsten Begabte und am wenigsten Geliebte zu sein, nicht wahr?«

Es war, als hätte sie mir einen Schlag in die Magengrube versetzt. Vor Schreck und Schmerz wurde mir schwarz vor Augen. Ich wollte etwas einwenden, aber es hatte mir die Sprache verschlagen.

»In einer Familie, in der die älteste Schwester gescheit und charmant ist«, sagte sie mit schrecklicher Grausamkeit. »Wo die zweite Schwester eine Heilige in Menschengestalt ist. Und wo Ihre beiden jüngeren Schwestern außergewöhnlich hübsch sind. Es ist schwer, in einer Familie zu leben, in der jeder ein Lieblingskind hat, aber Sie werden jedesmal übergangen.«

»Aber ...«, hob ich an.

»Es ist schwer, mit einer Mutter zu leben, die offen zeigt, daß Sie sie enttäuschen, die ihr Kümmernis mit ihrer eigenen Körpergröße auf Sie überträgt«, fuhr sie erbarmungslos fort. »Andere können ja ruhig sagen, daß Sie zu groß sind, aber wenn es die eigene *Mutter* ist, dann tut es weh, nicht wahr, Rachel? Es ist schwer, wenn man gesagt bekommt, daß man nicht intelligent genug ist, um einen ordentlichen Beruf zu erlernen.«

»Meine Mutter liebt mich«, stammelte ich und fröstelte.

»Ich sage auch nicht, daß sie es nicht tut«, stimmte Josephine mir zu. »Aber auch Eltern sind nur Menschen, mit Ängsten und unerfüllten Ambitionen, die sie manchmal über ihre Kinder ausleben. Es ist offensichtlich, daß Ihre Mutter einen großen Komplex hinsichtlich ihrer Körpergröße hat, den sie auf Sie übertragen hat. Sie ist ein guter Mensch, aber nicht immer eine gute Mutter.«

Ich spürte heiße Wut gegen meine Mutter in mir aufwallen. Was für eine grausame Frau, dachte ich voller Bitterkeit. Weil sie mir mein Lebtag das Gefühl gegeben hat, ich sei ein ungelenkes Elefantenbaby. Kein Wunder, daß alle meine Beziehungen mit Männern immer in der Katastrophe endeten. Kein Wunder – ich war mir in diesem Punkt nicht ganz sicher –, daß ich so viele Drogen nehmen mußte!

»Heißt das, daß ich meiner Mutter die Schuld daran geben kann, daß ich süchtig bin – falls ich überhaupt süchtig bin?« fragte ich in dem Versuch, mich an etwas Positives zu klammern.

»O nein.«

Nicht? Dann verstehe ich das hier nicht.

»Rachel«, sagte Josephine sanft. »In Cloisters geht es nicht darum, Schuldige zu suchen.«

»Worum denn dann?«

»Wenn wir herausbekommen können, was der Grund für Ihr geringes Selbstwertgefühl ist, können wir damit umgehen.«

Wieder kochte die Wut in mir auf. Ich war es leid, leid, leid. Ich war müde und hatte die Nase gestrichen voll von allem und wollte nur noch schlafen.

»Wie kommt es dann«, fragte ich mit gezwungener Lockerheit, »daß ich Ihr sogenanntes geringes Selbstwertgefühl habe und meine Schwestern haben es nicht? Wir haben alle dieselben Eltern. Können Sie mir das erklären?«

»Eine komplexe Frage«, erwiderte sie gelassen, »die ich teilweise bereits bei anderer Gelegenheit beantwortet habe.«

»Wirkl…?«

»Wir bilden uns das erste Bild von uns selbst nach dem, das unsere Eltern uns zeigen«, sagte sie ausgesprochen geduldig, »und Ihre Eltern verhalten sich Ihnen gegenüber freundlich, aber ablehnend.«

Aufhören!

»Manche Menschen nehmen sich die negativen Botschaften, die sie über sich empfangen, zu Herzen. Andere sind widerstandsfähiger und lassen derartige Kritik an sich abprallen …«

Ich mußte zugeben, daß dies zum Teil tatsächlich bekannt klang.

»… Sie gehören zu den empfindlichen Menschen, Ihre Schwestern nicht. So einfach ist das.«

»Miststücke«, murmelte ich und haßte meine ganze Familie.

»Wie bitte?«

»Miststücke«, sagte ich lauter. »Warum mußten sie gerade mich ablehnen? Ich hätte ein wunderschönes Leben haben können, wenn sie das nicht getan hätten.«

»Gut«, sagte Josephine. »Sie sind böse. Aber überlegen Sie doch mal, wie Margaret sich fühlen muß, weil ihr die Rolle der ›braven‹ Tochter zugeteilt wurde. Wollte sie jemals ausbrechen und etwas für sie Untypisches tun, hätte sie wahrscheinlich das Gefühl, daß sie dazu kein Recht hätte. Sie könnte ihren Eltern sehr böse dafür sein.«

»Sie ist viel zu sehr die Schleimerin, um auf irgend jemanden böse zu sein«, brach es zornig aus mir heraus.

»Sehen Sie! Sie übernehmen einfach die Festschreibung! Wenn aber Margaret nun böse sein wollte? Können Sie sich vorstellen, wie durcheinander und schuldbeladen sie sich fühlen würde?«

»Mir ist ganz egal, wie sie sich fühlt!«

»Ich will Ihnen damit nur zeigen, daß Ihnen und Ihren Schwestern unbewußt bestimmte Rollen zugeschrieben wurden. Das passiert in Familien die ganze Zeit. Sie mögen Ihre Rolle nicht – die des Dummerchens, des häßlichen Entleins –, aber Ihre Schwestern fühlen sich möglicherweise in ihren Rollen genauso unwohl. Hören Sie auf, sich selbst leid zu tun, will ich damit sagen«, schloß sie.

»Ich habe allen Grund, mich selbst zu bemitleiden«, sagte ich und verspürte großes, großes Selbstmitleid.

»Sie können nicht durchs Leben gehen und andere Menschen für Ihre Fehler verantwortlich machen«, sagte Josephine streng. »Sie sind ein erwachsener Mensch. Übernehmen Sie Verantwortung für sich und Ihr Lebensglück. Sie sind nicht mehr auf Gedeih und Verderb an die Rolle gebunden, die Ihre Eltern Ihnen zugewiesen haben. Bloß weil man Ihnen immer gesagt hat, Sie seien zu groß und zu dumm, heißt das ja nicht, daß das stimmt.«

»Ich bin von meiner Familie sehr beschädigt worden«, schniefte ich selbstgerecht und hörte gar nicht auf das, was sie sagte. Ich sah, daß Mike sich ein Lachen verkniff. Und von Misty kam unverhohlener Hohn.

»Was ist daran lustig?« fragte ich sie böse. Ich hätte sie nie so herausgefordert, wenn ich nicht dermaßen wütend gewesen wäre.

»Du? Beschädigt?« Sie lachte.

»Ja«, sagte ich laut und deutlich. »Ich. Beschädigt.«

»Wenn du einen Vater gehabt hättest, der, seit du neun warst, jeden Abend zu dir ins Bett gekommen wäre und seinen Schwanz in dich reingesteckt hätte, dann würde ich sagen, du wärst beschädigt«, sagte sie hastig und schrill. »Und wenn deine Mutter dich als Lügnerin beschimpft und grün und blau geschlagen hätte, als du dich ihr anvertrauen wolltest, dann würde ich sagen, du wärst beschädigt! Wenn deine ältere Schwester mit sechzehn von zu Hause weggegangen wäre und dich deinem Vater ausgeliefert hätte, dann würde ich sagen, du wärst beschädigt.« Ihr Gesicht war wild verzerrt, sie saß auf der Stuhlkante. Ihre Sommersprossen sprangen ihr förmlich aus dem Gesicht, und sie fletschte die Zähne. Plötzlich schien ihr bewußt zu werden, was sie da sagte, und sie brach ab und setzte sich mit gesenktem Kopf zurück.

Ich spürte, daß mein Gesicht vor Schock erstarrt war. Den anderen ging es nicht anders. Abgesehen von Josephine. Sie hatte das erwartet.

»Misty«, sagte sie sanft, »es war auch an der Zeit, daß Sie uns davon erzählen.«

Für den Rest der Sitzung galt die Aufmerksamkeit nicht mehr mir. Misty hatte mich beschämt, aber ich konnte nicht umhin, böse auf sie zu sein, weil sie mir meinen Ausbruch vereitelt hatte.

Nach der Gruppensitzung im Speisesaal weinte Misty, und beunruhigt stellte ich fest, daß Chris ihr praktisch auf dem Schoß saß. Er blickte auf, als ich hereinkam, wandte sich dann aber wieder sehr betont Misty zu und wischte ihr die Tränen mit den Daumen weg. Wie er es damals bei mir gemacht hatte. Ich war so eifersüchtig, als wenn wir seit vier Jahren verheiratet wären und ich ihn gerade mit Misty im Bett erwischt hätte. Er sah mich wieder an, mit einem Ausdruck, den ich nicht deuten konnte.

55

Als Misty ihre schockierenden Enthüllungen machte, hörte die ganze Aufmerksamkeit, die mir in dieser Woche gegolten hatte, mit einem Schlag auf. Die Geschichte ihres Mißbrauchs stand im Mittelpunkt des Interesses und nahm die Freitagssitzung sowie den größten Teil der folgenden Woche in Anspruch. Aller Augen waren auf sie gerichtet, während sie wütete und weinte, schrie und tobte.

Ich empfand fast eine gewisse Enttäuschung, als ich feststellte, daß das Leben in Cloisters auch weiterhin seinen normalen Gang ging, wie vor dem apokalyptischen Auftreten von Luke und Brigit. Zwar hatte ich Gewaltphantasien, in denen ich sie beide umbrachte, aber trotzdem ging ich weiter zu den Gruppensitzungen, nahm an den Mahlzeiten teil und redete und spielte mit den anderen. Am Donnerstagabend ging ich zu meiner NA-Versammlung, am Samstagmorgen zum Kochkurs, und abends war ich beim Spieleabend. Aber hauptsächlich beobachtete ich Chris. Ich konnte ihn nicht richtig durchschauen, und das frustrierte mich. Zwar war er nach wie vor sehr nett zu mir, aber immer nur bis zu einem gewissen Punkt. Ich hatte gehofft, daß er mich irgendwann mit einer Umarmung überraschen würde, aber das passierte nie. Und was mir wirklich zu schaffen machte, war sein Verhalten gegenüber Misty, denn zu ihr war er genauso nett, wenn nicht noch netter.

Trotz seiner Uneindeutigkeit hörte er mir geduldig zu, als ich ihm hysterisch kreischend erzählte, was für verlogene Widerlinge Luke und Brigit seien. Auch bei den anderen Insassen konnte ich mich darüber auslassen, obwohl ich den Verdacht hatte, daß sie mir nicht unbedingt glaubten. Ich konnte nicht umhin, mich an die Tage erinnert zu fühlen, als Neil so wütend auf Emer gewesen war und sie nach Strich und Faden beschimpft hatte, während alle anderen ihm sanft auf den Rücken geklopft und zustimmend gemurmelt hatten.

Chaquie war diejenige, die verhinderte, daß ich wahnsinnig wurde. Sie wachte mit mir, wenn ich vor Wut nicht einschlafen konnte. Zum Glück schien sich ihre große Gereiztheit gelegt zu haben, was auch dringend nötig war, denn in einem winzigen Zimmer wie unserem wäre gar kein Platz für zwei Übergeschnappte.

Ich war auf Luke viel wütender als auf Brigit. Aber ich war auch *verwirrt*. Während unserer Zeit in New York war Luke zärtlich und voller Zuneigung gewesen. Ich konnte mich mit der Veränderung nicht abfinden. Der Gegensatz war einfach zu groß.

Bittersüß und qualvoll war meine Erinnerung an Luke, der sich vor Liebe und Fürsorglichkeit fast überschlug, als ich im letzten November die Grippe hatte. Immer wieder holte ich die Erinnerung hervor, packte sie aus, als sei sie ein kostbares Erbstück, und schmiegte sie an mich.

Brigit war eine Woche verreist gewesen. Sie machte in New Jersey einen Kurs, bei dem sie lernte, andere Menschen noch erfolgreicher herumzukommandieren. Oder wie man anderen Arschtritte versetzte. Natürlich zog Luke in dem Moment, da sie das Haus verließ, mit einem Waschlappen und genügend Unterhosen für eine Woche bei mir ein. Wozu eine sturmfreie Bude, wenn man sie nicht ausnützte und Sex in jedem Zimmer hatte, ohne Angst gestört zu werden?

Es war großartig. Fast als wären wir verheiratet, nur daß ich noch Platz zum Atmen hatte. Jeden Abend eilten wir nach Hause, kochten uns etwas zum Abendessen, badeten lange und ausgiebig zusammen und liebten uns auf dem Küchenboden, dem Badezimmerboden, dem Wohnzimmerboden, dem Boden im Flur und dem Schlafzimmerboden. Wir gingen am Morgen zur gleichen Zeit aus dem Haus und nahmen dieselbe Subway. Jeden Morgen hielt er meine Subwaymarke bereit. Wenn er in Midtown ausstieg, küßte er mich vor allen Passagieren im A-Train und sagte: »Bis heute abend, ich bin dran mit Kochen.« Häusliche Glückseligkeit!

Am Mittwoch war mir den ganzen Tag über nicht wohl. Aber ich war daran gewöhnt, daß es mir bei der Arbeit eher schlecht ging, also achtete ich nicht darauf. Erst auf dem Weg zur Subway wurde mir richtig komisch: heiß und kalt, schwindlig und flau.

Ich schleppte mich die Treppe zu unserer Wohnung hinauf, fast versagten mir die Beine den Dienst. Als ich oben ankam, riß Luke die Tür weit auf und sagte mit einem breiten Grinsen: »Hi, Süße, schön, daß du da bist.« Er ließ mich rein und sagte: »Die Bestellung von McDonald's ist auf dem Weg. Ich wußte nicht, ob du lieber Erdbeer oder Schokolade haben wolltest, also habe ich beides bestellt. Jetzt wollen wir dir aber mal diese nassen Sachen ausziehen.«

Das sagte er oft, obwohl meine Kleider natürlich nicht naß waren.

»Komm schon«, schalt er mich und knöpfte mir den Diana-Rigg-Regenmantel auf, »du bist doch ganz durchgeweicht!«

»Nicht, Luke«, protestierte ich schwach. Ich hatte das Gefühl, ohnmächtig zu werden.

»Keine Widerrede, junges Fräulein«, sagte er streng, zog den Reißverschluß an meiner Jacke schwungvoll auf und streifte sie mir von den Schultern.

»Luke, mir ist nicht ...«, sagte ich wieder.

»Willst du dir den Tod holen?« sagte er und schnalzte mit der Zunge. »Rachel Walsh, du kriegst noch eine Lungenentzündung.« Inzwischen war er bei meinem BH angekommen.

»Pitschnaß!« sagte er und löste die Häkchen.

Normalerweise war ich bis dahin schon in einem Zustand heftiger Erregung und fing sogar an, ihm die Kleider auszuziehen. Aber nicht an jenem Tag.

»Jetzt den Rock«, sagte er und suchte den Knopf am Rockbund. »Mein Gott, du bist ja bis auf die Haut naß, das war ja ein richtiger Platzregen ...«

Er mußte bemerkt haben, daß ich nicht mit der üblichen Begeisterung bei der Sache war, denn er hielt plötzlich inne. »Alles in Ordnung, Babe?« fragte er plötzlich besorgt.

»Luke«, sagte ich schwach, »mir geht es nicht gut.«

»Wie nicht gut?« fragte er.

»Ich glaube, ich werde krank.«

Er legte mir die Hand auf die Stirn, und ich wäre fast umgesunken, als seine kühle Hand meine heiße Stirn berührte.

»Himmel!« sagte er. »Du glühst ja! Oh, Babe, es tut mir leid, daß ich dir die Sachen ausgezogen habe ...« Panisch schlang er mir den BH um die Schultern und zog mir den Mantel wieder an.

»Komm vor den Kamin«, sagte er.

»Wir haben doch keinen«, wandte ich ein.

»Dann hol ich dir einen«, sagte er. »Was du willst, ich besorge es dir.«

»Ich glaube, ich lege mich hin«, sagte ich. Meine Stimme hörte sich an, als käme sie aus weiter Ferne.

»Oh, gut!« Einen Moment lang leuchteten seine Augen auf. Dann verstand er, was ich meinte. »Aber natürlich, Babe.«

Ich zog mir die restlichen Sachen aus und warf sie achtlos auf den Boden. Allerdings tat ich das auch, wenn ich nicht die Grippe hatte. Dann schlüpfte ich zwischen die kühlen Laken. Einen Moment lang war ich wie im Himmel. Ich mußte wohl eingenickt sein, denn plötzlich stand Luke vor mir und hielt eine Auswahl von Milkshakes in den Händen.

»Schokolade oder Erdbeere?« fragte er.

Ich schüttelte stumm den Kopf.

»Ich wußte es doch«, sagte er und schlug sich an die Stirn. »Ich hätte Vanille holen sollen.«

»Nein, Luke«, sagte ich schwach. »Keinen Hunger. Nichts essen. Wahrscheinlich muß ich jetzt sterben«, sagte ich mit einem matten Lächeln.

»Nicht, Rachel«, befahl er mir mit besorgter Miene. »Sonst holt der Spott einen ein.«

»Nein, spotten macht Spaß«, murmelte ich. Das sagte Helen immer.

»Kann ich dich für eine Weile allein lassen?« fragte er sanft.

Ich mußte wohl ein ängstliches Gesicht gemacht haben.

»Ich will nur zum Drugstore runter und dir was holen«, erklärte er hastig.

Ungefähr eine halbe Stunde später kam er wieder mit einer Tragetasche, in der alles vom Thermometer über Zeitschriften und Schokolade bis zum Hustensaft war.

»Ich habe doch gar keinen Husten«, sagte ich geschwächt.

»Vielleicht kriegst du noch welchen«, sagte er. »Besser, man ist auf alles vorbereitet. Jetzt wollen wir mal Fieber messen.«

»NEUNUNDDREISSIGFÜNF!« schrie er entsetzt. Panisch stopfte er die Decken fest um mich, auch unter meinen Füßen, so daß ich wie in einem kleinen Kokon lag.

»Die Frau im Drugstore sagt, ich soll dich warmhalten, aber du bist schon warm«, murmelte er.

Gegen Mitternacht war das Fieber auf neununddreißigacht gestiegen, und Luke holte einen Arzt. In Manhattan kostete ein Hausbesuch ungefähr soviel wie eine Vierzimmerwohnung. Luke mußte mich wirklich geliebt haben.

Der Arzt blieb drei Minuten, stellte die Diagnose Grippe – »Eine richtige Grippe, nicht nur eine schlimme Erkältung« –, sagte, er könne mir nichts verschreiben, ließ sich von Luke seine horrende Rechnung bezahlen und ging.

In den nächsten drei Tagen war ich nicht richtig bei mir. Ich hatte hohes Fieber und wußte nicht recht, wo ich war oder welcher Tag es war. Mir tat alles weh, ich schwitzte und zitterte und war zu schwach, um mich aufzurichten und die heiße Zitrone zu trinken, die Luke mir einflößen wollte.

»Trink, Babe«, sagte er, »du brauchst Flüssigkeit und Zucker.«

Luke nahm sich Donnerstag und Freitag frei, um mich pflegen zu können. Immer wenn ich aufwachte, war er in meiner Nähe. Entweder saß er auf einem Stuhl und beobachtete mich. Oder manchmal war er im Wohnzimmer und sprach mit seinen Freunden am Telefon: »Eine richtige Grippe«, prahlte er mehr als einmal. »Nicht nur eine schwere Erkältung. Nein, dagegen kann man nichts verschreiben.«

Am Samstagabend ging es mir etwas besser, so daß er mich in meine Decken wickelte und zum Sofa im Wohnzimmer trug. Er trug mich! Etwa zehn Minuten lang versuchte ich fernzusehen, bevor ich nicht mehr konnte. Nie zuvor hatte ich mich so umsorgt gefühlt.

Und wenn man uns jetzt sah: spinnefeind! Was war nur so entsetzlich schiefgegangen?

Verschiedene Mitglieder meiner Familie kamen am Sonntag zu Besuch. Mit zusammengekniffenen Augen begrüßte ich Mum und Dad, die unter dem Gewicht der Pralinenpackungen, die sie mir mitbrachten, schier zusammenbrachen. Sieh sie dir an, die Arschkriecher, dachte ich. Jetzt wollen sie sich mit Süßigkeiten bei mir einschmeicheln. Ich bin also dumm, ja? Zu groß, wie?

Sie schienen die bösen Gedanken, die ich ihnen hinüberschickte, nicht zu bemerken. Aber schließlich waren unsere Unterhaltungen immer angespannt, und dieser Tag war keine Ausnahme.

Auch Helen kam wieder mit. Ich war sehr argwöhnisch, was ihre Motive anging, und ließ sie und Chris nicht aus den Augen, falls sie sich zu oft ansahen. Obwohl er sich auch seit dem Tag, als er Misty getröstet hatte, nett um mich kümmerte, war ich doch etwas nervös und verunsichert in seiner Nähe.

Der Überraschungsgast des Tages war Anna. Ich war überglücklich, sie zu sehen. Nicht nur, weil ich sie mag, sondern auch, weil sie mir Drogen bringen würde.

Wir umarmten uns fest, dann trat sie auf den Saum ihres langen Rocks und stolperte. Obwohl sie Helen sehr ähnlich war – zierlich, mit grünen Augen und langem schwarzem Haar –, hatte sie nicht Helens Selbstbewußtsein. Sie stolperte ständig, stieß irgendwo an oder fiel hin. Allerdings könnte auch die große Menge harmloser Drogen, die sie gewöhnlich zu sich nahm, damit zu tun haben, daß sie häufig wacklig auf den Beinen war.

Helen war in Höchstform und unterhielt alle Umsitzenden mit einer Geschichte über eine Gruppe von Büroangestellten, die nach einem Besuch im Club Mexxx am nächsten Tag nicht zur Arbeit erscheinen konnten. Angeblich hatten sie sich eine Lebensmittelvergiftung zugezogen.

»Sie wollen Anzeige erstatten«, sagte sie fröhlich. »Und ich hoffe, daß der Halsabschneider und Hungerlohnzahler vom Club Mexxx bankrott geht. Natürlich wissen wir alle«, fuhr sie fort, »daß die Büroangestellten einen deftigen Kater hatten. Jeder weiß doch, daß eine Lebensmittelvergiftung nur als Vorwand für einen Kater dient. Übrigens eine von Annas Lieblingsausreden. Ich würde das auch so machen, nur daß dies hier mein erster Job ist.«

Endlich konnte ich mit Anna unter vier Augen sprechen. »Hast du Koks dabei?« fragte ich leise.

»Nein«, flüsterte sie und errötete.

»Was hast du denn sonst dabei?«

»Nichts.«

»Nichts?« wiederholte ich ganz verdutzt. »Warum nicht?«

»Ich habe aufgehört«, sagte sie leise, sah mich aber nicht an.

»Womit hast du aufgehört?«

»Du weißt schon ... mit den Drogen.«

»Warum denn?« fragte ich. »Ist etwa Fastenzeit?«

»Ich weiß nicht, vielleicht. Aber das ist nicht der Grund.«

»Sondern was?« Ich war entsetzt.

»Weil ich nicht so enden will wie du«, sagte sie. »Ich meine, in so einem Laden!« korrigierte sie sich hastig. »So meine ich das, ich will nicht hier enden!«

Ich war niedergeschmettert. Völlig niedergeschmettert. Selbst Luke hatte mir nicht so sehr weh getan. Ich versuchte, mich zu fassen, damit sie meinen Schmerz nicht sah, aber ich war ganz außer mir.

»Es tut mir leid«, sagte sie kreuzunglücklich. »Ich will dir nicht weh tun, aber als du fast gestorben wärst, war ich so erschrocken ...«

»Ist schon gut«, sagte ich kurz.

»Oh, Rachel«, jammerte sie und wollte mich an der Hand festhalten, damit ich nicht wegging. »Du darfst mich nicht hassen, ich will doch nur erklären ...«

Doch ich schüttelte sie ab. Ich zitterte wie Espenlaub und ging zur Toilette, um mich zu beruhigen.

Ich konnte es nicht glauben! Ausgerechnet Anna hatte sich gegen mich gewandt. Sie dachte, ich hätte ein Problem. Anna, die einzige, mit der ich mich vergleichen und dann sagen konnte: »Wenigstens bin ich nicht so schlimm wie sie!«

56

Die Tage vergingen.

Menschen kamen und gingen. Clarence und Frederick wurden entlassen. Und auch die arme, teilnahmslose Nancy, die beruhigungsmittelsüchtige Hausfrau. Bis zum letzten Tag hielt ihr immer wieder jemand einen Spiegel unter die Nase, um zu sehen, ob sie noch atmete. Und wir Insassen witzelten, ob wir ihr zum Abschied ein Überlebenspaket schenken sollten. Wir dachten da an einen Walkman mit einer Kassette, auf der die Worte: »Einatmen, ausatmen, einatmen, ausatmen« ständig wiederholt wurden. Irgendwie hatte ich den Verdacht, daß Nancy in der Broschüre mit den Erfolgsgeschichten von Cloisters nicht erwähnt würde.

Mike wurde entlassen, doch erst, nachdem Josephine ihn dazu gebracht hatte, daß er über den Tod seines Vaters weinte. Der Ausdruck auf ihrem Gesicht war bemerkenswert – sie lächelte ein glückseliges Lächeln, und ich hörte sie innerlich triumphieren: »Was für ein Gefühl, wenn der Plan aufgeht!«

Auch Vincents zwei Monate gingen zu Ende, und auch er war ein anderer Mensch und nicht mehr der Charles-Manson-Typ, den ich am ersten Tag kennengelernt hatte. So zärtlich und sanft war er, daß man sich vorstellen konnte, wie er im Wald stand und die Vögel sich auf ihm niederließen, während Rehe, Eichhörnchen und andere Tiere des Waldes sich um ihn scharten.

Im Laufe der darauffolgenden zehn Tage gingen auch der rotgesichtige Eddie, der LSD-geschädigte Fergus und der dicke Eamonn nach Hause.

Eine Woche nach Lukes und Brigits Besuch bekamen wir wieder ein paar Neuzugänge, was wie immer große Aufregung hervorrief.

Eine war eine pummelige junge Frau namens Francie, die sehr laut und ununterbrochen redete und all ihre Worte ineinanderzog. Ich konnte meine Augen nicht von ihr abwenden. Sie hatte schulterlanges blondes Haar, das am

Ansatz fünf Zentimeter dunkel nachgewachsen war, zwischen ihren Schneidezähnen klaffte eine Lücke, durch die ein Lastwagen gepaßt hätte, und sie benutzte eine billige Grundierungscreme, die viel zu dunkel und zudem schlecht aufgetragen war. Sie war übergewichtig, ihr Rocksaum hing an einer Stelle herunter, und ihr roter Rock war viel zu eng.

Mein erster Gedanke war, daß sie in einem erbärmlichen Zustand war. Doch innerhalb weniger Sekunden hatte sie sich mit allen bekannt gemacht, warf ihnen ihre Zigaretten zu und machte witzige und anzügliche Bemerkungen. Mit großer Besorgnis sah ich, was ebenso eindeutig wie unerklärlich war, daß sie sexy wirkte. Wieder stellte sich diese bekannte Angst ein, daß Chris seine Aufmerksamkeit von mir abwenden könnte.

In ihrer Haltung und der Art, wie sie sich bewegte, glich sie einer Göttin. Die Rundung ihres Bauches in dem scheußlichen, bleistiftengen Rock schien sie gar nicht zu bemerken. Mich hätte so etwas in Selbstmordstimmung versetzt. Eifersüchtig beobachtete ich sie, und beobachtete Chris, der sie beobachtete.

Als sie Misty sah, stieß sie einen kleinen Schrei aus und kreischte: »O'Malley, was machst du denn hier, du Alki?«

»Francie, du alte Schnapsdrossel«, parierte Misty hoch erfreut und lächelte zum ersten Mal seit einer Woche. »Dasselbe wie du.«

Es stellte sich heraus, daß sie beide im Jahr zuvor auch in Cloisters waren. Der Jahrgang sechsundneunzig.

»Waren Sie schon mal hier?« fragte jemand schockiert.

»Na klar, ich war in allen Kliniken, Nervenheilanstalten und Gefängnissen in Irland.« Francie lachte laut auf.

»Warum?« fragte ich. Sie übte eine merkwürdige Faszination auf mich aus.

»Weil ich übergeschnappt bin. Schizophren, manisch, depressiv, traumatisiert, such dir was aus. Guck hier«, sagte sie und rollte den Ärmel zurück, »guck dir diese Schnittmuster an! Habe ich alles selbst gemacht.«

Ihre Arme waren von Schnittwunden und Narben übersät. »Das hier war 'ne Zigarette«, erklärte sie hilfsbereit. »Hier, noch eine.«

»Was ist denn diesmal passiert?« fragte Misty.

»Frag lieber, was *nicht* passiert ist!« sagte Francie darauf und verdrehte die Augen. »Ich hatte nichts zu trinken, es gab nur noch Methanol zum Desinfizieren für die Pfoten der Windhunde, also hab' ich das getrunken. Als ich wieder zu mir kam, war es eine Woche später – ichhatteeineganzeWocheverloren, stellteuchdasmalvor! –, und ich kam zu mir, als ich gerade von einer Bande vergewaltigt wurde, irgendwo außerhalb von Liverpool!«

Sie mußte Luft schöpfen, bevor sie weitersprechen konnte. »Habenmichfürtotgehaltenundliegenlassen, bininsKrankenhausgekommen, ausgenüchtertworden, verhaftet, abgeschoben, wiedernachHausegeschickt, kaumzuHauseangekommen, schickensiemichhierher. Undhierbinich!«

Alle im Raum schwiegen, der Ausdruck auf den Gesichtern der Männer sprach Bände, zweifellos wünschten sie sich, Mitglied der Gang außerhalb von Liverpool zu sein.

»Weshalb bist du hier?« fragte sie mich fröhlich.

»Drogen«, sagte ich, ganz fasziniert von ihr.

»Hoho, das Feinste vom Feinen«, nickte sie zustimmend. »Gehst du zu den NA-Treffen?«

Als sie die momentane Verwirrung in meinem Gesicht sah, erklärte sie ungeduldig: »Narcotics Anonymous. Gott, ihr Anfänger!«

»Nur zu denen, die hier stattfinden«, sagte ich fast entschuldigend.

»Ach die! Die taugen nicht viel. Die draußen sind viel besser.«

Sie kam näher an mich heran und plapperte weiter. »Alles Kerle. JedeMengeKerle! NA ist randvoll mit Männern, keiner auch nur einen Tag älter als dreißig, und alle sind echt scharf. Da kannst du sie dir aussuchen. AA ist längst nicht so gut. Zu viele Frauen und alte Knacker.«

Bis zu dem Zeitpunkt hatten die NA-Treffen so gut wie keinen Eindruck bei mir hinterlassen. Normalerweise schlief ich dabei ein. Aber was Francie mir sagte, klang gut.

»Zu welchen gehst du, zu den AA- oder NA-Treffen?« fragte ich sie und bediente mich lässig der Abkürzungen.

»Ich gehe zu allen«, sagte sie lachend. »Ich bin nach allem süchtig: Alkohol, Pillen, Essen, Sex ...«

Die Mienen aller anwesenden Männer hellten sich bei Francies letztem Wort auf.

Bei der ganzen Aufregung um Francie wurde der andere Neuling kaum beachtet. Erst nachdem Francie und Misty zusammen abgezogen waren, um Neuigkeiten auszutauschen, kam er ins Blickfeld. Es war ein älterer Mann namens Padraig, der so heftig zitterte, daß er sich kaum Zucker in den Tee löffeln konnte. Während ich entsetzt zuguckte, verstreute er den ganzen Zucker auf dem Tisch, bevor er ihn in die Tasse befördert hatte. »Konfetti«, sagte Padraig in dem Versuch, lustig zu sein.

Ich lächelte und konnte mein Mitleid nicht verbergen.

»Warum bist du hier?« fragte er mich.

»Drogen.«

»Weißt du«, sagte er und rückte näher. Ich mußte an mich halten, um bei seinem Geruch nicht zurückzuweichen. »Eigentlich habe ich hier gar nichts verloren. Ich bin nur gekommen, um für eine Weile Ruhe vor meiner Frau zu haben.«

Ich sah ihn an: Er zitterte, stank, war unrasiert und verlottert. Ich fragte mich, ob wir alle dem gleichen Irrtum erliegen, wenn wir sagen, daß uns nichts fehlt? *Alle?*

57

Es vergingen noch volle zwei Wochen nach Lukes und Brigits Besuch, bevor meine Welt zusammenbrach.

In der Zeit gab es zwar ein paar kleinere Beben, seismographische Vorboten sozusagen, die ausgeschickt wurden, um mich vor der nahenden Erschütterung zu warnen.

Doch zu keinem Zeitpunkt erkannte ich ein Muster. Ich wollte das enorme Erdbeben, das herannahte, nicht sehen.

Es kam dennoch.

Was Francie über all die jungen Männer bei den NA-Treffen gesagt hatte, ließ mich mit viel größerem Interesse als zuvor zu dem Gruppentreffen am Donnerstagabend gehen. Falls die Sache zwischen mir und Chris nicht klappte, wäre es nicht schlecht zu wissen, wo andere Kerle vorrätig waren und wie die korrekte Vorgehensweise war.

Wir machten uns auf den Weg: ich, Chris, Neil, ein paar andere und natürlich Francie. An dem Abend trug sie einen Strohhut und ein langes durchgeknöpftes Kleid mit Blumenmuster. Über ihrem Leib spannte sich der Stoff und gab Einblicke auf einen pickligen Busen und Cellulitis-Schenkel frei. Obwohl sie erst seit ein paar Tagen hier war, hatte ich sie schon in mindestens zwanzig verschiedenen Aufzügen gesehen. Beim Frühstück hatte sie eine Lederweste und sehr enge Jeans getragen, die sie in scheußliche Stiefel mit spitzen Absätzen gestopft hatte. In der Gruppensitzung trug sie einen orangefarbenen Achtziger-Jahre-Overall, mit Schulterpolstern, die an einen amerikanischen Footballspieler erinnerten. In der Nachmittagssitzung hatte sie einen Minirock aus Kunstleder an und ein rosafarbenes, rückenfreies Oberteil aus Schafsfell. Viele verschiedene Kleidungsstücke, doch alle sahen billig aus, saßen schlecht und waren nicht die Spur von schmeichelhaft.

»Ich habe Tausende von Anziehsachen«, prahlte sie vor mir.

»Aber wozu, wenn sie alle so scheußlich sind?« hätte ich für mein Leben gern gefragt.

Als wir die Treppe zur Bibliothek hinaufstiegen, waren wir in ausgelassener Stimmung und viel fröhlicher als angemessen, wenn man bedachte, wohin wir gingen.

Trotz Francies großspuriger Ankündigungen war derjenige, der von der NA geschickt worden war, kein Mann. Es war Nola, die wunderschöne Blonde mit dem sanften Akzent, die ich von meinem ersten Abend her kannte und die ich für eine Schauspielerin gehalten hatte.

»Hallo, Rachel.« Ihr Lächeln war bezaubernd. »Wie ist es dir ergangen?«

»Ganz gut«, murmelte ich und fühlte mich geschmeichelt, daß sie sich an mich erinnerte.

»Wie geht es dir?« Ich wollte mit ihr sprechen, denn ich fühlte mich merkwürdig zu ihr hingezogen.

»Bestens, danke«, sagte sie und lächelte wieder, so daß es mich warm durchrieselte.

»Mach dir nichts aus ihr«, murmelte Francie. »Draußen kommen zu den Treffen immer Kerle.«

»Es tut mir leid«, sagte Nola, nachdem wir alle unsere Plätze eingenommen hatten. »Einige haben ja meine Geschichte schon gehört, aber die Frau, die die Sitzung heute abend eigentlich leiten sollte, ist rückfällig geworden und ist am Dienstag gestorben.«

Der Schreck fuhr mir in die Glieder, und ich sah mich panisch nach einem Halt um. Neil sah mich besorgt an und fragte tonlos: »Alles in Ordnung?« Ich war überrascht, daß er nicht mehr gereizt schien. Damit nicht genug, ich haßte ihn auch nicht mehr. Dankbar nickte ich ihm zu. Mein Herz drohte nicht mehr zu zerspringen.

Dann fing Nola an, von ihrer Sucht zu erzählen. Als ich sie drei Wochen zuvor gehört hatte, war ich überzeugt gewesen, daß sie ein Skript vorbereitet hatte. Ich hatte ihr einfach nicht geglaubt. Sie war zu schön und zu gepflegt, als daß sie mich hätte überzeugen können, daß sie je cool gewesen war. Doch diesmal war es anders. Ihre Stimme klang überzeugend, und ihre Lebensgeschichte schlug mich in den Bann. Sie erzählte, daß sie immer geglaubt habe, zu nichts zu taugen, daß sie Heroin heiß und innig geliebt habe und das Gefühl, das es ihr gab, daß es ihr bester Freund war und sie es jedem Lebewesen vorgezogen habe.

Ich folgte ihr, ich folgte ihr in jedem Detail.

»... bis sich schließlich mein ganzes Leben nur noch um Heroin drehte«, erklärte sie. »Ich mußte versuchen, an das Geld zu kommen, um Stoff zu kaufen, ich mußte ihn beschaffen und kreiste in Gedanken immer um die nächste Gelegenheit, wann ich mich zudröhnen könnte. Ich versteckte es vor meinem Freund und log ihn an, wenn ich zu war. Das Leben war unglaublich anstrengend, aber meine Sucht spielte ein so große Rolle darin, daß ich es ganz normal fand, in diesem angespannten Zustand zu leben ...«

Der ernste Ausdruck in ihrem Gesicht, die faszinierende Aufrichtigkeit ihrer Worte machten deutlich, wie schrecklich dieser Kreislauf war und daß es die Hölle gewesen sein mußte, einer Macht außerhalb von sich selbst ausgeliefert zu sein. Aus heiterem Himmel traf mich der erste kleine Schock, weil mir plötzlich der Gedanke durch den Kopf schoß: *Ich war auch so.*

Mein Verstand schaltete auf Leugnen um, und ich lehnte mich zurück. Aber die Worte erreichten mich dennoch und rüttelten mich auf: *Ich war auch so.*

Ich zwang mich zur Ruhe und sagte mir eindringlich, daß ich keineswegs so gewesen war.

Doch eine noch lautere Stimme beharrte darauf, daß ich sehr wohl so gewesen war. Und meine Verteidigungsmechanismen, die nach einem guten Monat des pausenlosen Beschusses geschwächt waren und von Nolas Geschichte in einem falschen Gefühl der Sicherheit gewiegt wurden, fingen an zu bröckeln.

Ich war erschrocken, als ich ein paar sehr unangenehmen Wahrheiten ins Auge blicken mußte. Von einem Moment zum nächsten war es nicht mehr möglich, der Einsicht zu entgehen, daß ich andauernd an Kokain, Valium, Speed und Schlaftabletten gedacht hatte und daran, wie ich an das Geld dafür kommen konnte; daß ich Wayne oder Digby ausfindig machen mußte, um das zu kaufen, was ich mir leisten konnte; daß ich eine Gelegenheit abpassen mußte, um die Drogen zu nehmen. Ich mußte ständig die Ware vor Brigit verstecken, mußte sie vor Luke verstecken, mußte bei der Arbeit so tun, als sei ich nicht zugedröhnt, mußte versuchen, meine Arbeit zu machen, obwohl ich zu war.

Entsetzt erinnerte ich mich an das, was Luke auf dem Fragebogen geschrieben hatte. Wie hatte er es formuliert? »Wenn etwas eine Droge ist, dann hat Rachel es sicherlich genommen. Wahrscheinlich hat sie Drogen genommen, die noch gar nicht erfunden worden sind.« Wut kam in mir auf, wie jedesmal, wenn ich an das dachte, was er mir angetan hatte. Ich wollte, daß kein einziges Wort von dem, was er gesagt hatte, stimmte.

Ich war wütend, mir war schlecht, ich hatte Angst. Panik geradezu. Und als Nola sagte: »Ist alles in Ordnung, Rachel? Du siehst ein bißchen ...«, war es eine Erleichterung, sagen zu können: »Ich war auch so, habe immer dran gedacht ... Ich bin nicht glücklich«, und es klang ziemlich hysterisch. »Ich bin überhaupt nicht glücklich darüber. Ich will so nicht sein.«

Ich spürte die Blicke der anderen auf mir und wünschte mir, sie wären woanders. Besonders Chris. Ich wollte nicht, daß er Zeuge meiner Schwäche wurde, aber ich hatte zuviel Angst und konnte sie nicht verstecken. Flehentlich sah ich Nola an, verzweifelt wünschte ich mir, daß sie sagen würde, alles würde sich regeln.

Um fair zu sein, sie hat es versucht.

»Sieh mich jetzt an«, sagte sie mit einem sanften Lächeln. »Ich denke nie an Drogen. Davon bin ich frei. Und sieh dich an«, fuhr sie fort. »Du bist jetzt – wie lange? – vier Wochen hier. Und in dieser ganzen Zeit hast du keine Drogen gebraucht.«

Das stimmte. Und einen Großteil der Zeit hatte ich auch gar nicht an Drogen gedacht. Manchmal schon, aber nicht die ganze Zeit, nicht so wie vor fünf Wochen.

Bei dem Gedanken bekam ich eine kleine Ahnung von der Freiheit, von einem anderen Leben, bevor sich wieder Angst und Verwirrung einstellten.

Als Nola ging, riß sie eine Seite aus ihrem Taschenkalender und schrieb etwas darauf. »Meine Telefonnummer«, sagte sie und gab mir das Blatt. »Wenn du rauskommst, ruf mich doch mal an. Wenn du Lust hast zu reden, jederzeit.«

Ganz benommen schrieb ich ihr der Höflichkeit halber meine Nummer auf. Dann schleppte ich mich zum Speisesaal, wo Eddie den Inhalt einer Tüte Weingummi auf dem Tisch ausgebreitet hatte. »Ich wußte es«, rief er aus, so daß ich zusammenzuckte. »Ich wußte es doch.«

»Was hast du gewußt?« fragte jemand. Ich hörte nur mit halbem Ohr hin. *Luke soll nicht recht haben!*

»Daß mehr gelbe drin sind als jede andere Farbe«, erklärte Eddie. »Und von den schwarzen sind am wenigsten drin. Guck hier! Zwei schwarze. Fünf rote. Fünf grüne. Acht orangefarbene. Und acht … neun … zehn … *zwölf*, sage und schreibe zwölf gelbe. Das ist nicht fair. Jeder kauft sie wegen der schwarzen, und dann wird man mit den widerlichen, ekligen gelben abgespeist.«

»Ich mag gelbe ganz gern«, war eine andere Stimme zu hören.

»Du bist auch krank im Kopf«, sagte jemand anders.

Dann brach ein ruppiger Streit über die gelben Weingummis aus, aber ich verfolgte ihn nicht. Ich war voll und ganz damit beschäftigt, den Schaden in meinem Leben abzuschätzen. Wie würde ich zurechtkommen, wenn – ein großes Wenn – ich eine Weile lang keine Drogen nahm. Was würde ich tun? Ich hätte keinen Spaß mehr, das stand fest. Allerdings hatte ich in letzter Zeit auch so nicht viel Spaß gehabt, das mußte ich zugeben. Aber soweit ich sehen konnte, wäre meine Leben vorüber. Ich könnte genausogut tot sein.

Es gab natürlich die Möglichkeit zu reduzieren, dachte ich und griff nach Strohhalmen. Aber das hatte ich auch früher schon versucht, und es war mir nicht gelungen. Ich *konnte* es nicht, gestand ich mir ein, und meine Angst wuchs. Wenn ich einmal anfing, konnte ich nie genug bekommen.

In meiner Umgebung brach ein neuer Streit aus, weil Stalin auch in dem neuen *Trivial Pursuit* alle Antworten wußte, was Vincent nicht begreifen konnte.

»Wie ist das nur möglich?« jammerte Vincent immer wieder. »Wie ist das nur möglich?«

»Weiß auch nicht.« Stalin zuckte die Achseln. »Ich lese die Zeitung.«

»Aber ...«, sagte Vincent verzweifelt. Man konnte sehen, daß er am liebsten gesagt hätte: »Aber du bist aus der Arbeiterschicht, wie kannst du da wissen, wie die Hauptstadt von Usbekistan heißt.« Aber so benahm er sich nicht mehr.

Es war eine wunderbare Erlösung, schlafen gehen zu können und meinen aufgeschreckten, wilden Gedanken zu entkommen. Aber mitten in der Nacht wachte ich mit einem Ruck auf, weil mir eine weitere Verschiebung in meiner Psyche bewußt wurde. Diesmal war es die schreckliche Erinnerung an die Situation, als Brigit mich dabei erwischte, wie ich zwanzig Dollar aus ihrem Portemonnaie stahl. Ich hatte es *gestohlen*, dachte ich, als ich da im Bett lag. Wie abscheulich. Aber damals hatte ich es nicht für abscheulich gehalten. Ich hatte gar keine Gefühle gehabt. Brigit war befördert worden, hatte ich mir vorgesagt, sie konnte sich das leisten. Jetzt verstand ich plötzlich nicht mehr, wie ich je so hatte denken können.

Zu meiner großen Erleichterung legten sich kurz darauf diese Gedanken wieder.

Am Samstagmorgen vor dem Kochkurs legte Chris den Arm um mich und sagte: »Und wie geht's?« Und ich konnte lächeln und sagen: »Viel besser.«

Ich konnte zwar immer noch nicht schlafen, weil ich Rachepläne gegen Luke ersann, aber die Zukunft sah wieder rosiger aus, sie war noch intakt, und nicht das Katastrophengebiet, das sie zu werden gedroht hatte. Und ich konzentrierte mich aufs neue auf die Dinge, die mich seit meiner Ankunft in Cloisters glücklich gemacht hatten, nämlich die Streitereien. Am Montagabend kam es zu einem heftigen Wortgefecht zwischen Chaquie und Eddie, in dem es um Fruchtpastillen ging. Schwarze. Eddie brüllte Chaquie an: »Ich habe gesagt, du kannst eine haben, aber ich habe nicht gesagt, daß du eine *schwarze* haben kannst.«

Chaquie war verstört. »Jetzt kann ich es aber nicht mehr ändern.«

Sie streckte die Zunge heraus und zeigte allen den Rest der Pastille. »Willst du sie zurückhaben?« fragte sie und näherte sich Eddie mit der ausgestreckten Zungenspitze. »Ja?«

Sie wurde unterstützt von Rufen wie: »Gut gemacht, Chaquie!« und: »Gib ihm seine schwarzen Pastillen, wo er sie merkt!«

»Mann«, sagte Barry, das Kind, bewundernd, »jetzt gefällt mir diese Chaquie fast.«

58

Im Laufe der Woche wurde mir klar, daß die Schreckgespenster nicht verschwunden waren, sondern sich neu formierten, bevor sie den nächsten Angriff wagten.

Es war, als würde ich Space Invaders spielen. Die Erinnerungen stürzten auf mich ein wie Geschosse. Immer schneller, eine schmerzlicher als die andere.

Am Anfang konnte ich sie noch ganz gut abwehren.

Brigit, weinend und mich anflehend, ich solle mit den Drogen aufhören. Ich zerschmetterte sie: PAFF!

Von Gaz Geld leihen, obwohl ich wußte, daß ich pleite war, und es ihm nicht zurückzahlen konnte. PATSCH!

Auf dem Fußboden meines Zimmers im Zwielicht zu mir kommen und nicht wissen, ob es Morgen oder Abend war. ZACK!

Mich an Martines freiem Tag krank melden, so daß sie zur Arbeit kommen mußte. PENG!

In einem fremden Bett neben einem fremden Mann aufwachen und nicht wissen, ob ich mit ihm geschlafen hatte.

Hoppla, das kostete mich ein Leben.

Die Erinnerungen waren jetzt deutlicher und kamen schneller hintereinander. So viele Leben hatte ich nicht mehr übrig. Es wurde schwieriger, die Geschosse abzuwehren.

Zugedröhnt auf Lukes Betriebsfeier gehen, wo ich ihn so sehr in Verlegenheit brachte, daß er um neun Uhr mit mir nach Hause ging. KNALL!

Die Flasche Champagner, die José Brigit zum Geburtstag geschenkt hatte, austrinken, und es dann leugnen. RAPUTZ!

Zu Luke sagen, Brigit sei eine Schlampe, weil ich befürchtete, daß er scharf auf sie war. Ein Leben weniger!

Mit Luke zu einer Vernissage gehen und dann einen Typen namens Jerry abschleppen. Wieder ein Leben.

Immer schneller prasselten die unerwünschten Erinnerungen auf mich herein.

Wayne um vier Uhr morgens aus dem Bett klingeln und seine Mitbewohner aufwecken, weil ich unbedingt Valium brauchte. PENG!

Anna, die sagte, sie wolle nicht so enden wie ich. PITSCH!

Aus meinem Job fliegen. PIFF!

Aus dem nächsten Job fliegen. PUFF!

Auf einer Party, nachdem ich auf dem Klo war, vergessen, meinen Body wieder zuzuknöpfen und nicht bemerken, daß er über meine Jeans hing und die anderen dachten, ich trüge ein Gewand mit Po-Rüsche im Stil der achtziger Jahre. Das waren gleich mehrere Leben.

Todesängste ausstehen, nachdem ich mich nach heftigem Drogenkonsum übergeben hatte. ZACK!

Jeden zweiten Tag Nasenbluten. KRACH!

Mit blauen Flecken am ganzen Körper aufwachen und nicht wissen, woher sie stammen. RUMS!

Im Krankenhaus aufwachen, mit Schläuchen im Körper und an einen Monitor angeschlossen. Ein Leben!

Den Magen ausgepumpt bekommen. Noch eins.

Klar erkennen, daß ich hätte sterben können. Und noch eins, und noch ein, und noch eins. Spiel beendet.

Nach dem NA-Treffen am Donnerstagabend, nach fast fünf Wochen in Cloisters, kam endlich der Tag der großen Abrechnung.

Alles fing ganz harmlos an. Um acht Uhr trieben wir die üblichen Verdächtigen zusammen und setzten uns in Richtung Bibliothek in Bewegung.

Enttäuscht stellte ich fest, daß eine Frau gekommen war, die mit uns sprechen sollte. Wieder eine Frau! Inzwischen hatte ich den Verdacht, daß Francie lauter Lügenmärchen erzählte, und fragte mich, ob ihre Geschichte, daß bei den NA-Treffen immer Männer sprachen, nicht auch dazugehörte. Die Frau hieß Jeanie, sie war jung und dünn und sah gut aus. So wie schon bei Nola wand ich mich bei jedem ihrer Worte, weil es in mir eine Erinnerung wachrief und mich kopfüber in den abgrundtiefen Schlund katapultierte, wo ich meiner eigenen Sucht begegnete.

Sie begann ihren Bericht mit den Worten: »Als ich am Ende meiner Drogenkarriere stand, hatte ich nichts mehr in meinem Leben: keinen Job, kein Geld, keine Freunde, keine Beziehung, keine Selbstachtung und keine Würde.«

Ich wußte, was sie meinte, und das erschütterte mich dermaßen, daß es sich anfühlte, als wäre mir der Boden unter den Füßen weggezogen worden.

»Mein Drogenkonsum hatte allen Antrieb in mir lahmgelegt. Ich trat auf der Stelle und lebte wie ein Teenager, während die Menschen um mich herum sich wie Erwachsene verhielten.«

Dieser größere, noch heftigere Schock brachte mich aus dem Gleichgewicht.

»In gewisser Weise war ich durch meinen Drogenkonsum wie scheintot und habe nur noch dahinvegetiert.«

Voller Entsetzen merkte ich, daß sich das Beben und die Erschütterungen diesmal erst beruhigen würden, wenn sie sich ganz ausgetobt hätten.

»Und das Komische daran war ...«, sagte sie und lächelte uns der Reihe nach an, »... ich dachte, mein Leben würde aufhören, wenn ich aufhörte, Drogen zu nehmen. Dabei hatte ich gar kein Leben!«

In Deckung, jetzt kommt's.

In dieser Nacht konnte ich nicht schlafen. So wie ein Erdbeben ein Haus durcheinanderrüttelt und alles darin aus den Angeln hebt, so wirbelten diese unbequemen Einsichten alle Emotionen und Erinnerungen in mir durcheinander. Nichts blieb da, wo es war, jedes einzelne Gefühl geriet ins Wanken. Das Universum in meinem Kopf kippte und schwankte, alles war aus dem Lot und verschoben und fand sich an Stellen wieder, die vorher falsch, unlogisch oder unmöglich erschienen waren. Aber ich erkannte widerstrebend, daß dies die Plätze waren, wo sie schon lange hätten sein sollen.

Mein Leben war eine Katastrophe.

Ich hatte nichts. Keinen materiellen Besitz, es sei denn, man zählt die Schulden. Vierzehn Paar Schuhe war alles, was ich nach einem Leben ungezügelter Geldverschwendung vorzuweisen hatte. Ich hatte keine Freunde mehr. Ich hatte keine Arbeit, ich hatte keine Qualifikationen. Ich hatte in meinem Leben nichts erreicht. Ich hatte keinen Ehemann, keinen Freund (selbst in meiner Verzweiflung weigerte ich mich, das Wort ›Partner‹ zu benutzen. Was bin ich denn? Etwa ein Cowboy?). Und was mich am meisten verletzte und verwirrte, war die Tatsache, daß Luke, der Mann, der mir wirklich zugetan schien, mich nie geliebt hatte.

Am Tag darauf, am Freitag, wandte sich Josephine – mit perfektem Zeitgefühl – in der Gruppensitzung mir zu. Sie wußte, daß in mir etwas rumorte, alle wußten das.

»Rachel«, fing sie an, »Sie sind heute fünf Wochen hier. Haben Sie in der Zeit irgendwelche interessanten Einsichten gewonnen? Erkennen Sie inzwischen, daß Sie süchtig sind?«

Ich konnte kaum antworten, weil ich mich in einem Schockzustand befand, schon seit dem Abend zuvor. Ich war an einem seltsamen, unwirklichen Ort gefangen, wo ich erkannt hatte, daß ich süchtig war, aber manchmal fand ich die Erkenntnis so schmerzhaft, daß ich wieder dazu überging, es *nicht* zu glauben.

Ich konnte nicht akzeptieren, daß ich trotz aller Abwehrmechanismen, die ich seit meiner Ankunft in Cloisters aktiviert hatte, an dem gleichen Punkt angelangt war wie die anderen Insassen auch. *Wie konnte das geschehen?*

Die Stimmung, die entsteht, wenn der Diktator eines Landes im Begriff ist, gestürzt zu werden, ist überall zu spüren. Doch selbst dann, wenn die Rebellen schon vor den Toren stehen, glaubt keiner, daß der Niedergang des unangreifbar scheinenden Tyrannen sich abzeichnet.

Das Ende ist nah, sagte ich mir.

Doch im selben Moment fragte eine andere Stimme: *Was? Meinst du, wirklich nah?*

»Sehen Sie sich das doch mal an«, sagte Josephine und reichte mir ein Blatt Papier. »Lesen Sie es uns vor.«

Ich sah auf das Blatt, aber die Schrift war so schief und krumm, daß ich kaum etwas lesen konnte. Ab und zu ein Wort – ›Leben‹, ›Abgrund‹ –, mehr war nicht zu entziffern.

»Was ist das denn?« fragte ich entgeistert. »Es sieht aus, als wäre es von einem Kind.«

Ich mühte mich ab, bis ich eine Zeile lesen konnte: »Ich mag nicht mehr.« Das Blut erstarrte mir in den Adern, als ich begriff, daß ich diejenige war, die dieses unzusammenhängende Zeug verfaßt hatte. Ich erinnerte mich vage, daß »Ich mag nicht mehr« der Titel eines Gedichts über eine Ladendiebin sein sollte, die mit dem Stehlen aufhören wollte. Ich war entsetzt. Mit etwas konfrontiert zu werden, das ich gemacht hatte, als ich völlig zu war, schockierte mich zutiefst. Ich konnte nicht aufhören, auf das spinnenbeinartige Gekritzel zu starren. *Das sieht überhaupt nicht aus wie meine Schrift.* Ich mußte unfähig gewesen sein, einen Stift zu halten.

»Jetzt verstehen Sie vielleicht, warum Brigit dachte, es sei ein Abschiedsbrief«, sagte Josephine.

»Ich wollte mich nicht umbringen«, stammelte ich.

»Das glaube ich Ihnen«, sagte Josephine. »Trotzdem wäre es Ihnen beinahe gelungen. – Macht einem ganz schön angst, nicht wahr?« Sie lächelte und zwang mich dazu, das Blatt im Raum herumzureichen.

In der Gruppensitzung am Nachmittag machte ich einen letzten Versuch, die Erkenntnis abzuwehren, daß ich süchtig war.

»Es ist doch nichts Schlimmes passiert, was mich zur Sucht getrieben hätte«, sagte ich. Und gab mich der Hoffnung hin.

»Ein großer Fehler, den Süchtige häufig begehen«, gab sie blitzschnell zurück, »ist der, daß sie nach einer Begründung suchen. Sie fordern ein Kindheitstrauma, eine zerrüttete Kindheit. Aus meiner Sicht ist der Hauptgrund, warum Menschen Drogen nehmen, der, daß sie die Realität und sich selbst hassen. Daß Sie sich selbst hassen, wissen wir bereits. Wir haben ausführlich über Ihr geringes Selbstwertgefühl gesprochen. Und der Zustand, in dem Sie sich befanden, als Sie dies hier schrieben, zeigt deutlich, daß Sie die Wirklichkeit nicht ertragen konnten.«

Ich wußte nichts zu erwidern. Ich wollte nicht, daß die Lösung so einfach war.

»Wenn wir diese Haltung also voraussetzen«, sagte sie forsch, »ist das der Grund, warum Sie Drogen nehmen und sich unangemessen verhalten.«

»Vermutlich«, murmelte ich.

»Sie kommen wieder zu sich, fühlen sich unglücklich und haben Schuldgefühle, Ihr Selbsthaß und Ihre Angst vor der Wirklichkeit, die Sie selbst geschaffen haben, sind noch größer als zuvor. Und wie gehen Sie damit um? Indem Sie mehr Drogen nehmen. Daraus entsteht mehr schlechtes Verhalten, mehr Selbsthaß, ein noch größeres Durcheinander, und natürlich noch mehr Drogenkonsum. Eine nach unten gerichtete Spirale. Aber Sie hätten jederzeit aufhören können«, sagte sie und erriet meine Gedanken, daß dies alles so unvermeidbar, so zwangsläufig war. »Sie hätten Ihr Leben unter Kontrolle bringen können, indem Sie sich beispielsweise bei den Menschen entschuldigten, die Sie mit Ihrem schlechten Verhalten gekränkt haben. Dann hätten Sie aufgehört, weiter die Dinge zu tun, die Ihrem Selbsthaß Nahrung gaben. Und hätten Sie sich gezwungen, ein klein bißchen von der Realität durchzustehen, hätten Sie erkannt, daß Sie davor nicht wegzulaufen brauchen. *Sie können den Prozeß zu jedem Zeitpunkt aufhalten und umkehren.* Sie tun es jetzt. Hören Sie auf, nach dem ›Warum?‹ zu suchen, Rachel«, schloß sie. »Das brauchen Sie nicht.«

Ich war also süchtig.

Na toll!

Es brachte mir keine Freude. Keine Erleichterung. Es war mindestens ebenso schrecklich, als hätte ich herausgefunden, daß ich eine Massenmörderin war.

Ich verbrachte das Wochenende und den größten Teil der nächsten Woche in einem Schockzustand. Ich war kaum in der Lage, mich mit den anderen zu unterhalten, weil in meinem Kopf die Worte dröhnten: *Du bist süchtig, na na na naa naaah! Du bist süchtig.*

Es war das letzte, was ich mir wünschte, es war das schlimmste Unglück, was mir zustoßen konnte.

Ich wußte, weil ich die anderen in meiner Gruppe beobachtet hatte – besonders Neil, den ich von Anfang an mitbekommen hatte –, daß sie durch ganz bestimmte Phasen gingen, bis sie ihre Sucht annahmen. Erst wurde sie geleugnet, dann kam die entsetzliche Erkenntnis, gefolgt von brodelndem Zorn und schließlich, wenn sie Glück hatten, konnten sie es annehmen.

Ich hatte geleugnet und die entsetzliche Erkenntnis gewonnen, aber als der pure, giftige Zorn über mich kam, war ich nicht darauf vorbereitet. Josephine begegnete dem natürlich mit der Haltung: »Hallo, Mr. Wüterich, wir hatten Sie schon erwartet«, als ich in der Gruppensitzung loslegte. Ich war so außer mir vor Wut darüber, daß ich süchtig war, daß ich sogar für kurze Zeit meinen Zorn gegen Luke vergaß.

»Ich bin zu jung, um süchtig zu sein!« schrie ich Josephine an. »Warum passiert mir das und keinem von den anderen, die ich kenne?«

»Warum nicht?« gab Josephine die Frage gelassen zurück.

»Aber, aber, Scheiße ...« brodelte es aus mir wie wahnsinnig.

»Warum kommen manche Menschen blind zur Welt? Warum sind manche Menschen verkrüppelt?« fragte sie. »Es ist alles eine Frage des Zufalls. Und Sie sind mit einem Hang zu Suchtverhalten auf die Welt gekommen. Na und? Es könnte viel schlimmer sein.«

»Es könnte überhaupt nicht schlimmer sein!« brüllte ich und weinte Zornestränen.

»Worin besteht das Problem?« fragte sie so sanft, daß es einen auf die Palme bringen konnte. »Daß Sie keine Drogen mehr benutzen dürfen? Das ist ja schließlich kein Grundbedürfnis. Millionen von Menschen nehmen nie Drogen und führen ein glückliches, erfülltes Leben ...«

»Heißt das, ich kann nie wieder etwas nehmen?« fragte ich.

»Das ist richtig«, bestätigte sie. »Sie sollten inzwischen wissen, daß Sie nicht aufhören können, wenn Sie einmal angefangen haben. Sie haben so oft Narkotika genommen, daß das chemische Gleichgewicht in ihrem Gehirn gestört ist. Wenn Sie sich Narkotika zuführen, reagiert ihr Gehirn mit Depressionen. Das führt zu einem Bedürfnis nach mehr Drogen, dadurch wird die Depression verstärkt, Sie nehmen mehr Drogen, und so weiter. Sie sind physisch und psychisch abhängig. Und die physische Abhängigkeit ist irreversibel«, ergänzte sie beiläufig.

»Das glaube ich Ihnen nicht«, sagte ich entgeistert.

Eine neue, überaus heftige Welle der Wut schwappte über mich. Ich erinnerte mich, daß Clarence vor seiner Entlassung gesagt wurde, er dürfe nie wieder Alkohol trinken. Das hatte mir eingeleuchtet. Aber da ging es um *ihn*. Ich war anders. Ich hatte nur zugegeben, daß ich süchtig war, weil ich dachte, man könnte mich heilen.

»Sie können geheilt werden«, sagte Josephine, und mein Gesicht leuchtete hoffnungsvoll auf. Bis sie hinterhältig hinzufügte: »Sie können nur keine Drogen mehr nehmen.«

»Wenn ich das gewußt hätte, hätte ich nichts zugegeben!« kreischte ich.

»O doch«, sagte sie ruhig. »Sie hatten keine Wahl. Das war unvermeidlich.«

Ich überlegte, was alles nicht hätte passieren dürfen: Wenn ich nur Nola nicht zugehört hätte. Wenn nur Anna nicht gesagt hätte, was sie gesagt hatte. Wenn Luke nicht gekommen wäre. Wenn nur keine Ähnlichkeiten zwischen mir und Jeanie bestanden hätten. Wenn nur, wenn nur, wenn nur... Wie wild suchte ich nach der Stelle, wo ich die schmale Linie überquert hatte zwischen der Überzeugung, daß ich nicht süchtig war, und der Erkenntnis, daß ich es möglicherweise doch war. Zu diesem Punkt wollte ich zurückkehren und der Entwicklung eine andere Richtung geben.

»Sie sind chronisch süchtig«, sagte Josephine. »Diese Einsicht war unumgänglich. Sie haben sich weiß der Himmel lange genug dagegen gesträubt, aber es war klar, daß sie sich am Schluß nicht länger sperren konnten. Ihre Wut ist übrigens völlig normal«, sagte sie. »Das ist der letzte Versuch, doch noch der Wahrheit aus dem Weg zu gehen.«

»GGGrrrhhh«, hörte ich mich kreischen.

»So ist es recht, lassen Sie sie heraus«, ermutigte sie mich sanft, so daß ich wieder schrie. »Besser draußen als drinnen. Dann können Sie es besser annehmen.«

Ich vergrub das Gesicht in den Händen und murmelte, sie solle sich ins Knie ficken.

»Und außerdem«, fuhr sie fort und ignorierte meine Aufforderung, »Sie waren sehr unglücklich mit diesem hoffnungslosen, auf Drogen fixierten Leben. Ohne Drogen haben Sie eine Zukunft. Sie können alles tun, was Sie sich vornehmen. Und stellen Sie sich einmal vor, wie gut Sie sich fühlen werden, wenn Sie morgens aufwachen und noch wissen, was Sie am Abend zuvor gemacht haben. Oder mit wem Sie nach Hause gegangen sind. Wenn Sie mit jemandem nach Hause gegangen sind.«

Und davon sollte ich mich gut fühlen?

59

Auch in der nächsten Woche wütete ich wie der Antichrist. In dieser Woche ging Neil nach Hause, er war demütig und zerknirscht und bis oben hin voll mit guten Vorsätzen.

Auch John Joe ging, geoutet und stolz, und die Ansätze eines mächtigen Schnurrbarts waren schon sichtbar.

Chris ging auch, aber nicht, ohne mir vorher seine Telefonnummer gegeben und mir das Versprechen abgenommen zu haben, daß ich ihn anrufen würde, sobald ich wieder draußen war. Eine Stunde lang, nachdem er gegangen war, wärmte mich noch das Gefühl der Freude, daß er mir soviel Aufmerksamkeit geschenkt hatte, dann erlosch es ganz plötzlich.

Helen kam nicht mehr zu Besuch. Das überraschte mich nicht.

Barry, das Kind, Peter, der Lachsack, Davy, der Spieler, und Stalin gingen auch. Ich war jetzt eins der älteren Semester.

Bei jedem Abschied weinten wir und umarmten uns und tauschten Adressen aus und staunten darüber, wie stark die Bande waren, die wir geschmiedet hatten, ungeachtet des Alters, des Geschlechts und der sozialen Schicht.

Ob Kriegsgefangene und Geiseln sich auch so fühlten, fragte ich mich. Daß sie die Hölle zusammen durchgemacht hatten und sie das vereinte.

Obwohl wir die, die gingen, vermißten, hinterließen sie doch keine riesigen Löcher. Wir Zurückgebliebenen füllten die Lücken aus. Als zum Beispiel Mike ging, wurde das Mike-Loch gefüllt, und bald wuchsen Blumen darauf.

Und da ständig Neulinge eintrafen, veränderte sich sowieso alles laufend, so daß man gar nicht bemerkte, daß es überhaupt eine Lücke gegeben hatte.

Am Ende meiner sechsten Woche bestand meine Gruppe aus Barney, einem wieselartigen Mann, der aussah, als würde er Damenunterwäsche von der Wäscheleine stehlen, aus dem zitternden Padraig, der sich seit dem ersten zuckerstreuenden Tag ein bißchen beruhigt hatte, Father John, einem maßlosen Trinker, der seine Haushälterin geschwängert hatte und einer Journalistin bei einem Boulevardblatt, die dick, häßlich, bitter und ohne jedes Talent war. Sie hatte die letzten fünf Jahre damit zugebracht, jeden Tag eine Flasche Brandy zu trinken und jeden besoffen zu machen, über den sie schreiben wollte, und jetzt war sie kläglich auf Grund gelaufen. Es hätte keiner Netteren passieren können.

Und ich, Chaquie und Misty, die Oldtimer, waren auch noch da.

Jeder, der neu war, blieb nicht lange neu. Wie immer in Cloisters wurde eine schrankenlose Nähe hergestellt, noch bevor man sich den Namen des anderen gemerkt hatte. Neulinge wurden von den anderen sofort aufgenommen, so daß man nach kürzester Zeit dachte, sie wären schon immer da gewesen.

Ich begriff, daß ich jetzt zu den Alteingesessenen gehörte, als mir eines Tages die Leitung eines der Haushaltsteams übertragen wurde. Ich betreute das Frühstücksteam, Chaquie das Mittagessenteam, Angela das Abendessenteam und Misty das Putzteam.

»So«, sagte Chaquie forsch, »Angela und ich haben unsere Teams schon zusammengestellt.«

»Wann?« fragte ich.

»Als du ferngesehen hast«, sagte sie verlegen.

»Du gemeines Miststück«, beschwerte ich mich. »Ich wette, du hast alle genommen, die fit und schlau sind, und keine von euch hat Francie genommen.«

»Selber Miststück«, gab Chaquie zurück. »Wer zuerst kommt, mahlt zuerst.«

Ich war so gerührt, weil sie »selber Miststück« gesagt hatte, daß ich ihr verzieh. Sie hatte sich sehr verändert.

»Du kannst dich ja mit Misty zusammensetzen und die übrigen verteilen«, sagte Chaquie beklommen.

Ich sah sie entgeistert an. Ich haßte Misty. Dann fiel mir auf, daß die Spannung, die bisher zwischen uns geherrscht hatte, nicht mehr ganz so stark war, seit Chris nicht mehr da war. Trotzdem wollte ich mich nicht mir ihr an einen Tisch setzen und etwas besprechen müssen, und das sagte ich auch.

»Komm schon, Rachel«, besänftigte Chaquie mich, »benimm dich wie eine Erwachsene und gib dem Mädchen eine Chance.«

»Mann, da hat sich ja deine Meinung ganz schön geändert«, beschwerte ich mich. Chaquie und ich hatten uns in den letzten sechs Wochen abends mit Geschichten darüber, wie sehr wir Misty haßten, in den Schlaf gelullt.

»Ach, das arme Kind«, sagte Chaquie scheu. »Die ganzen schrecklichen Dinge, die ihr zugestoßen sind, kein Wunder, daß sie so eine schwierige Kandidatin ist ...«

»Ich spreche mit ihr nur, wenn du mir Francie abnimmst«, versuchte ich zu handeln. Keiner von uns wollte Francie im Team haben, weil sie komplett übergeschnappt war, sich nichts sagen ließ und obendrein noch faul war.

Chaquie schwankte, dann sagte sie: »Also gut, Gott steh mir bei.«

Und sehr widerstrebend ging ich Misty suchen.

»Wir müssen unsere Teams zusammenstellen«, sagte ich. Sie sah mich kühl an.

»Gut«, sagte sie, was mich überraschte, »sollen wir es gleich machen?«

Also holten wir uns die Liste der Halbidioten und Irren, die Angela und Chaquie uns übriggelassen hatten, und verteilten sie. Und als ich mit ihr sprach, stellte ich fest, daß ich Misty mitten in all dem anderen Wirrwarr, das in mir herrschte, nicht mehr haßte. Ich verzehrte mich nicht mehr vor Eifersucht angesichts ihrer zierlichen Schönheit, sondern hatte statt dessen den Wunsch, sie zu beschützen. Vorsichtig erwärmten sich unsere Gefühle füreinander.

Und als wir vom Tisch aufstanden, wo wir unsere Angelegenheit so erwachsen geregelt hatten, berührte Misty meine Wange. Es war komisch, daß sie das tat, aber ich stand da und ließ sie gewähren und spürte Mitleid,

Zuneigung und eine merkwürdige Freundschaft von ihr ausgehen. Eine kleine Blume in einem verdörrten Land.

»Siehst du«, sagte Chaquie mit einem ironischen Lächeln später.

»Du solltest zur UN gehen«, erwiderte ich und tat, als wäre ich sauer. »Als Diplomatin.«

»Dann hätte ich wenigstens etwas zu tun, wenn Dermot sich von mir scheiden läßt«, sagte sie nachdenklich, und aus irgendeinem Grund fanden wir das beide so komisch, daß wir lachten, bis uns die Tränen über die Wangen liefen.

Als an dem Abend die Listen für die Haushaltsteams am Schwarzen Brett aufgehängt wurden, hörte ich, wie Larry, ein siebzehnjähriger Heroinsüchtiger, der schon auf einer Schule für Schwererziehbare gewesen war, sagte: »Ich will nicht in Rachels Team sein, sie ist so aggressiv.«

Stimmte das? fragte ich mich und war eher amüsiert als erzürnt.

Und dann merkte ich, daß sich ein Wunder vollzog. Obwohl in mir immer noch ein heftiger Zorn gegen Luke tobte und ein weniger heftiger gegen Brigit, wütete ich nicht mehr dagegen, süchtig zu sein. Ich hatte mitbekommen, wie viele der anderen von rasender Wut zu ruhiger Akzeptanz gelangt waren, aber ich hatte nicht eine Sekunde geglaubt, es könnte mir auch so ergehen.

In mir breitete sich ein unbekanntes Gefühl aus. Eine Art Frieden.

Ich war also süchtig. Na und? Ich quälte mich nicht länger, weil ich mir wünschte, die Dinge wären anders. Sei doch mal ehrlich, sagte ich zu mir, du hattest doch immer schon gewußt, daß irgendwas nicht mit dir stimmte. Wenigstens wußte ich jetzt, was es war.

Zum ersten Mal spürte ich auch Erleichterung. Erleichterung darüber, daß ich nicht mehr kämpfen mußte. Ich mußte dem nagenden Wissen, daß mein Leben und mein Verhalten nicht normal waren, nicht länger aus dem Weg gehen. Und die Erleichterung zu wissen, daß ich nicht verrückt oder dumm oder nutzlos war. Ich war lediglich unreif und hatte ein geringes Selbstwertgefühl, und das würde sich geben, wenn ich mich von bewußtseinsverändernden Drogen fernhielt. Die Zukunft sah vielversprechend aus. Alles schien auf einmal so unkompliziert.

Im Laufe der nächsten Woche wurden auch eine Menge anderer Dinge klar, nachdem ich einmal akzeptiert hatte, daß ich kein starkes Selbstwertgefühl hatte. Es erklärte, warum ich mich Männern in die Arme geworfen hatte, die mich nicht wollten. Josephine erklärte das an meinem viertletzten Tag in der Gruppe so: »Sie haben sich von ihnen Ihren Selbsthaß bestätigen lassen.«

Und es erklärte auch, warum die meisten Männer mich nicht wollten.

»Sie waren zu bedürftig«, sagte Josephine. »Sie haben sie in die Flucht gejagt mit dem riesengroßen Loch in Ihrer Seele.«

Ich verstand das alles und bewunderte die Künste der Psychotherapie. Ich würde über Luke hinwegkommen und mit einem anderen Mann eine wunderschöne Beziehung eingehen.

»Und jetzt wollen wir mal über Ihre Eßproblematik sprechen«, verkündete Josephine. Meine gute Stimmung war im Handumdrehen zunichte gemacht.

»Sie mißbrauchen Nahrungsmittel, so wie sie früher Drogen mißbraucht haben«, sagte sie. »Sie waren dünn wie ein Skelett, als sie hierherkamen …«

»I wo, stimmt doch gar nicht«, sagte ich mit gesenktem Kopf und lächelte stolz.

»Sehen Sie!« kreischte sie. »Ungesund, sehr ungesund. Das kommt aus derselben Quelle wie Ihr Drogenmißbrauch. Sie lenken von Ihrer Unreife und Ihren Fehlern ab, indem Sie sich auf etwas werfen, von dem Sie glauben, daß Sie es kontrollieren können, also Ihr Gewicht. Aber Sie können sich innerlich nicht verändern, indem Sie sich äußerlich verändern. Sie hungern und prassen abwechselnd«, fuhr sie fort. Ich wollte ihr widersprechen, aber sie ließ mich nicht zu Wort kommen. »Wir haben Sie beobachtet, Rachel, wir *wissen* es. Sie sind fixiert auf Ihr

Gewicht. Aber das hindert Sie nicht, massenhaft Schokolade und Chips in sich hineinzustopfen.«

Ich senkte beschämt den Kopf.

»Und Sie müssen doch zugeben«, sagte sie gerissen, »daß Sie trotz des großen Aufstandes, den Sie gemacht haben, weil Sie Vegetarierin sind, nicht gehungert haben.«

Doch nichts konnte meine Stimmung auf Dauer dämpfen. Ich war so überschäumend gut gelaunt, daß ich bereit war anzuerkennen, Josephine könne bezüglich meiner Einstellung zum Essen möglicherweise recht haben. Warum nicht? Ich war es inzwischen gewöhnt, sechs unmögliche Dinge noch vor dem Frühstück als erwiesen anzuerkennen. Ich hatte akzeptiert, daß ich drogensüchtig war, warum nicht auch noch eine Eßstörung, nur so zum Spaß? Gibt's sonst noch irgendwelche Störungen, die ich habe?

Ich fand das nicht weiter schwierig, denn Josephine sagte: »Wenn man die Quelle von einer Sucht erkennt, hat man sie alle erkannt.«

»Ich freue mich schon sehr auf mein neues Leben«, frohlockte ich, als ich im Speisesaal mit Misty zusammensaß.

»Laß es langsam angehen«, sagte Misty besorgt. »Es wird nicht so sein, daß sich alles regelt, sobald man aufgehört hat. Zu wissen, warum man Drogen genommen hat, ist nur die Spitze des Eisbergs. Du mußt lernen, ohne sie zu leben, und das ist nicht einfach. Sieh mich an. Ich bin rückfällig geworden.«

»O nein«, lächelte ich. Ihre Anteilnahme tat mir gut. »Da mache ich mir keine Sorgen. Ich bin fest entschlossen, die Dinge in den Griff zu kriegen.«

»Meinst du, du gehst wieder nach New York zurück?« fragte sie.

Ich war auf der Stelle verwirrt und verängstigt. Und sehr wütend. Mein rosiger Ausblick auf das Leben hatte sich nicht auf Luke und Brigit erstreckt, diese Arschlöcher!

»Ich glaube, ich gehe nie wieder nach New York«, murmelte ich.

»Hast du Angst vor dem, was diese Designer-Leute sagen werden?« fragte sie. »Wie hieß die eine noch? Helenka?«

»Helenka?« rief ich aus. »Nein, sie ist zu allen fies. Mit ihr will ich nichts mehr zu tun haben.«

Ich kostete ein Gefühl der Befreiung aus, bevor ich sagte: »Nein, ich habe Probleme mit dem bescheuerten Luke Costello und der bescheuerten Brigit Lenehan.«

»Dann mußt du da wieder hingehen«, sagte Misty weise. Sie fing an, mich zu irritieren. »Du muß Frieden mit ihnen schließen.«

»Mit diesen Ärschen schließe ich nie Frieden.«

Am Abend vor meiner Abreise holte Josephine mich in ihr Büro zu einer Sitzung unter vier Augen. Das war so üblich. Wie ein Fußballteam, dessen Trainer noch einmal mit der Mannschaft spricht, bevor das große Spiel beginnt.

Im Grunde genommen sagte sie, alles sei verboten, wenn ich wieder draußen war.

»Keine Drogen, und das bedeutet auch keinen Alkohol. Kein Hungern und Prassen, keinen exzessiven Sport. Und das wichtigste von allem, halten Sie sich ein Jahr lang von Beziehungen mit Männern fern.«

Beinahe wäre ich in Ohnmacht gefallen. *Und ich dachte, Sie wären meine Freundin.*

»Warum das denn?« empörte ich mich.

»Sie haben eine ungesunde Einstellung zu Männern. Ohne Drogen wird sich eine große Lücke in Ihrem Leben auftun. Viele Menschen gehen dann eine Beziehung ein, um zu vermeiden, daß sie mit sich allein sind. Sie gehören wahrscheinlich dazu.«

Ganz schön frech, dachte ich beleidigt.

»Wir sagen allen zum Abschied das gleiche«, erklärte sie.

Zu allen? Auch zu Chris?

»Es ist ja nur für ein Jahr«, fügte sie freundlich hinzu.

Sie hätte ebenso gut auch hundert Jahre sagen können.

»Dann gehe ich doch wieder nach New York«, sagte ich schmollend. »Auch wenn ich nicht enthaltsam leben will, dort wird es mir aufgezwungen.«

»Nicht New York«, sagte sie. »Geben Sie sich ein Jahr, um sich richtig zu erholen. Und versuchen Sie mir nicht zu erzählen, daß die Beziehung mit Luke enthaltsam war«, sagte sie lächelnd.

Es gelang mir, eine Schimpfkanonade auf Luke zu unterdrücken, aber mein Haß auf ihn stand mir deutlich ins Gesicht geschrieben.

»Luke ist ein ungewöhnlicher Mensch«, sagte Josephine. »Sie denken darüber jetzt noch anders, aber was er getan hat, war genau richtig für Sie.«

Ich schwieg.

»Er ist loyal, er hat Integrität, und er ist sehr …«, sie hielt einen Moment inne und strich sich über das Haar, »attraktiv.«

Ich staunte nicht schlecht. Sie war also doch ein Mensch!

Aber das währte nur einen kurzen Moment.

»Sie gehen jetzt in die Welt«, sagte sie streng, »und die harte Arbeit beginnt da erst. Sie werden sich mit Ihrer Vergangenheit aussöhnen und für die meisten Situationen im Leben neue Reaktionen lernen müssen. Das wird nicht immer einfach sein.«

Ich war nicht aus der Ruhe zu bringen. Nicht, daß ich ihr nicht glaubte, aber ich war überzeugt, daß meine Bereitschaft alles überwinden würde.

»Zwischen Ihrer Mutter und Ihnen bestehen noch ungelöste Spannungen«, sagte sie warnend. »Wenn Sie in ihrer Nähe bleiben, wird es da möglicherweise zu einem Ausbruch kommen. Seien Sie vorsichtig, daß Sie dann nicht rückfällig werden.«

»Ich nehme keine Drogen, versprochen.«

»Mir brauchen Sie nichts zu versprechen«, sagte sie. »Sie werden nicht mein Leben zerstören.«

»Meins auch nicht«, sagte ich, eine Spur trotzig.

»Gehen Sie zu den Treffen, halten Sie die Therapie ein, und dann wird sich alles zum Guten wenden«, versprach sie. »Sie können noch so viel erreichen.«

»Wie meinen Sie das?« fragte ich überrascht.

»Wir legen hier nicht sehr viel Wert auf die guten Seiten eines Menschen, stimmt's?« Sie lächelte. »Nun, Sie sind klug, haben eine rasche Auffassungsgabe, sind unterhaltsam und sehr freundlich. Ich habe gesehen, wie Sie mit anderen in der Gruppe umgegangen sind, und mit den neuen. Sie schaffen es sogar, zu Misty freundlich zu sein.«

Ich errötete vor Stolz.

»Und schließlich möchte ich noch sagen, daß es für mich eine sehr befriedigende Erfahrung war zu beobachten, wie Sie sich in der Zeit hier verändert haben und gewachsen sind.«

»War ich sehr schlimm?« fragte ich aus Neugier.

»Sie waren ein harter Brocken, aber keinesfalls die Schlimmste.«

»Ich habe Sie gehaßt«, sagte ich und war entsetzt. Doch sie schien nicht im mindesten verstört.

»Es wäre sehr bedenklich gewesen, wenn Sie mich nicht gehaßt hätten«, sagte sie. »Wie heißt es in dem einen Film? ›Ich bin Ihr schlimmster Alptraum‹.«

»Woher wissen Sie soviel über mich«, fragte ich verlegen. »Woher wußten Sie es, wenn ich log? Oder wenn die anderen logen?«

»Ich habe lange genug im Stollen gearbeitet«, sagte sie.

Damit konnte ich nichts anfangen. »Was meinen Sie damit?«

»Ich meine, daß ich jahrelang mit einem chronisch Süchtigen und einem Alkoholiker gelebt habe«, sagte sie mit einem geheimnisvollen Lächeln.

Ich war schockiert. Arme Josephine. Wer es wohl war? Einer ihrer Eltern? Ein Bruder? Vielleicht ihr Mann. Vielleicht war sie verheiratet gewesen, bevor sie Nonne wurde.

»Wer war das?« platzte ich heraus.

Ich erwartete eine förmliche, therapeutenmäßige Antwort, wie: »Das ist keine angemessene Frage, Rachel«, aber es kam anders.

Sie schwieg lange, sehr lange, und sah mich an, bevor sie sanft sagte: »Ich.«

60

Endlich war mein letzter Tag da. Es war wie Geburtstag, Erstkommunion, Hochzeitstag und Beerdigung in einem. Ich stand im Mittelpunkt und genoß es – die Karte, die Ansprache, die guten Wünsche, die Tränen, die Umarmungen, und immer wieder ertönte: »Ich werde dich vermissen!« Sogar Sadie, die Sadistin, die quirlige Empfangsdame und Finbar, der halbdebile Gärtner, wünschten mir alles Gute. Und Dr. Billings, alle Schwestern, die Therapeuten und natürlich alle Insassen.

Ich hielt die Rede, die jeder hielt, und sagte, daß ich geglaubt hätte, als ich kam, daß mir nichts fehlte, daß mir die anderen leid getan hätten und so weiter. Und alle juchzten und applaudierten und lachten, und jemand rief – wie jedesmal einer rief –: »Bestell mir schon mal ein Bier bei Flynns!«

Dann gingen sie alle zu ihren Gruppensitzungen, und ich wartete darauf, abgeholt zu werden. Mit Tränen in den Augen, aber freudig erregt, wehmütig und gespannt. Begierig, mein neues Leben in Angriff zu nehmen.

Ich war fast zwei Monate in Cloisters gewesen und hatte überlebt. In allererster Linie war ich stolz auf mich.

Mum und Dad kamen, und als wir durch das hohe Tor davonfuhren, nahm ich symbolisch meinen Hut ab und senkte mein Haupt im Gedenken an den Tag meiner Ankunft. Mit großen Augen und erwartungsvoll, Ausschau haltend nach berühmten Persönlichkeiten. Das alles schien eine Million Jahre her zu sein, als wäre es einem ganz anderen Menschen passiert.

Was ja in gewisser Weise auch der Fall war.

Abgesehen von meinem kurzen Ausflug zum Zahnarzt hatte ich die Außenwelt seit zwei Monaten nicht mehr gesehen. Daher war ich auf der Rückfahrt von Wicklow äußerst aufgeregt und kommentierte vom Rücksitz aus alles, was ich sah:

»Oh, guckt mal, ein Briefkasten!«

»Oh, guckt mal, was der für Haare hat!«

»Oh, guckt mal, da steht ein UPS-Paket vor der Tür!«

»Oh, guckt mal, was für ein komischer Bus!«

»Oh, guckt mal, die Frau da kauft eine Zeitung!«

»Oh, guckt mal, habt ihr die Ohren von dem Kind da gesehen? Die sahen aus wie die von Spock!«

Als wir endlich zu Hause ankamen, verlor ich vor Überdrehtheit fast die Bodenhaftung. Beim Anblick der Haustür hätte ich beinahe einen hysterischen Anfall bekommen, eine Tür, durch die ich jederzeit nach Belieben kommen und gehen konnte. Und als ich mein Zimmer sah, mußte ich fast sediert werden. Mein eigenes Zimmer! Und kein anderer malt sich darin die Zehennägel an! Mein eigenes Bett. Eine richtige Bettdecke. Die nicht komisch roch. Oder kratzte.

Und ich würde nicht mehr mitten in der Nacht geweckt werden, um siebzig Eier in die Pfanne zu schlagen. Ich konnte den ganzen Tag im Bett bleiben, wenn ich wollte. Und das wollte ich.

Ich rannte immer wieder ins Badezimmer, ein Badezimmer, das ich nur mit vier anderen Menschen teilen mußte! Ich fuhr mit der Hand über den Fernseher und freute mich darüber, daß mein Konsum von Schrott-Sendungen allein durch mein Schlafbedürfnis begrenzt sein würde.

Der Staubsauger stand im Flur, und ich blieb einen Moment lang vor ihm stehen und lachte ihn aus. Meine kurze Bekanntschaft mit seinem Bruder in Cloisters war vorbei, und ich würde nie wieder Hausarbeit machen. Wahrscheinlich nie mehr in meinem Leben!

Ich riß die Kühlschranktür auf und musterte all die leckeren Dinge, von denen ich jederzeit essen konnte, was ich wollte. Außer Helens Mousse au chocolat, auf die sie, natürlich, mit Tesafilm zwei Finger geklebt hatte. Ich öffnete die Küchenschränke und suchte nach, suchte nach, suchte nach …

Und dann war ich plötzlich sehr deprimiert.

Sehr deprimiert. Ich war also wieder draußen.

Na und?

Was konnte ich tun? Ich hatte keine Freunde, ich durfte nicht in den Pub gehen, Geld hatte ich sowieso keins... Würde der Rest meines Lebens darin bestehen, die Samstagabende zu Hause zu verbringen und mit meiner Mutter *Talente, Talente* zu gucken? Und mir ihr Gejammer anzuhören, daß Marti Pellow eigentlich hätte gewinnen müssen und daß er viel besser sei als Johnny Cash?

Und war ich dazu verurteilt zuzusehen, wie mein Vater sich jeden Abend um halb zehn aus dem Sessel stemmte und verkündete: »Also, ich gehe jetzt zu Phelans auf ein Bier«? Und dann mit meiner Mutter oder wer sonst gerade da war zu singen: »Phelans, nichts geht über Phelans...«

Das Ritual existierte schon seit zwanzig Jahren, aber an meinem ersten Abend zu Hause, als ich mit Dad allein im Zimmer war, hatte ich es vergessen. Und Dad war ein bißchen pikiert, als er ankündigte, in den Pub zu gehen, und ich nicht zu singen anfing. »Wird in New York nicht gesungen?« fragte er und sah mich mit einem verletzten Kuhblick an. »Singen ist wohl nicht cool genug, was?«

Ich eilte in die Küche. »Mein Gott«, beschwerte ich mich bei meiner Mutter. »Das ist ja schlimmer als in Cloisters. Der Prozentsatz der Verrückten ist höher.«

Doch Mum bat mich um Nachsicht. Sie sagte, Dad sei nach der ersten und einzigen Aufführung von *Oklahoma* nicht mehr wie früher. »Irgendwie ist es ihm zu Kopf gestiegen«, erklärte sie. »Und jetzt muß er sich damit abfinden, wieder normal zu sein.«

»Aber er hat doch nur im Chor mitgesungen.«

»Trotzdem, er hat sich wichtig gefühlt«, sagte sie weise.

»Was soll ich tun?« murrte ich. Ich langweilte mich und war unglücklich. Dabei war ich erst einen Tag zu Hause. Ich vermißte Cloisters und wünschte mich dorthin zurück.

»Warum gehst du nicht zu einem deiner komischen Treffen?« schlug Mum fröhlich vor.

Ich hatte vor meiner Abfahrt in Cloisters eine Liste von den Treffen bekommen, aber ich wollte nicht zu den Leuten gehören, die zu »komischen Treffen« gehen. Ich würde keine Drogen mehr nehmen, aber ich würde es auf meine Art tun. Also sagte ich vage: »Vielleicht, in den nächsten Tagen.«

Allerdings wollte ich Chris anrufen, aber dazu fehlte mir der Mut. Am Sonntag ging ich vor lauter Langeweile mit in die Messe. Und dann reichte es mir. Kaum war ich zu Hause, nahm ich mit zitternden Händen den Telefonhörer ab und wählte seine Nummer.

Meine Enttäuschung war groß, als jemand – vermutlich Mr. Hutchinson – sagte, daß Chris nicht da sei. Ich hinterließ meinen Namen nicht, da Chris sowieso nicht zurückrufen würde. Dann machte ich das nervenraubende Spielchen am Montag noch einmal durch, aber diesmal war er da.

»Rachel!« sagte er und klang hocherfreut. »Ich hatte gehofft, daß du anrufen würdest. Wie geht's denn so?«

»Gut!« sagte ich und fühlte mich auf der Stelle gut, alles war sonnig und wunderbar.

»Wann bist du rausgekommen?«

»Am Freitag.«

Das müßtest du doch wissen.

»Warst du schon bei einem Treffen?«

»Ehm, nein«, sagte ich ausweichend. »War beschäftigt ...«

Beschäftigt damit, Kekse zu essen und in Selbstmitleid zu schwelgen.

»Du solltest das nicht zu lange aufschieben, Rachel«, sagte er mit sanftem Vorwurf.

»Das tue ich auch nicht, wirklich nicht«, sagte ich hastig. »Wie sieht's aus, ehm, wollen wir uns mal treffen?«

»Können wir machen«, sagte er. Er klang nicht halb so begeistert, wie ich es mir gewünscht hätte.

»Wann?« fragte ich.

»Bevor du entlassen wurdest, haben sie dir da nicht gesagt, du sollst dich fernhalten von ... na ja ... von allem, ein Jahr lang?« fragte er. Zuerst dachte ich, er würde das Thema wechseln, aber dann merkte ich, daß es das Thema war.

»Ja«, sagte ich rasch und wollte auf keinen Fall den Eindruck erwecken, daß ich Absichten auf ihn hatte. »Keine Beziehungen mit dem anderen Geschlecht. Paßt mir ausgezeichnet«, log ich. »Haben sie dir das auch gesagt?«

»Ja, keine Beziehungen, keinen Alkohol, noch nicht mal Rubbellose! Ich bin ganz erstaunt, daß sie mir nicht vom Atmen abgeraten haben, falls ich meine Sucht auf Sauerstoff übertrage.«

Darüber lachten wir beide lange und laut, dann sagte er: »Wie wär's mit Mittwochabend? Um halb acht, Stephen's Green?«

»Großartig!«

Ausgesprochen vergnügt legte ich auf.

Zum Glück gab es kein Gesetz, das mir verbot, mit ihm zu flirten.

61

Weil ich mit Chris verabredet war, entschloß ich mich zur Feier des Tages, mir entweder eine Warmwachsenthaarung der Beine oder einen Friseurbesuch zu gönnen. Beides konnte ich mir nicht leisten – um ehrlich zu sein, ich konnte mir keins von beiden leisten –, also fiel die Entscheidung zugunsten des Friseurbesuchs. Welchen Sinn hätte es schon, sich die Beine enthaaren zu lassen? Da wir beide keine geschlechtlichen Beziehungen haben durften, würde das Ergebnis einer solchen Aktion nie das Tageslicht erblicken. Wenn ich schon Geld ausgab, dann sollte es auch jeder wissen.

Am Dienstagmorgen war ich in ausgelassener und erwartungsvoller Stimmung und überredete Mum, mich zu *Haarklein* zu fahren, wo mir Jasmine die Haare schneiden sollte. Was war nur in mich gefahren? Immer, wenn ich in meinem bisherigen Leben vom Friseur gekommen war, hatte ich nur mit Mühe die Tränen zurückhalten können.

Aber ich vergaß es jedesmal. Erst wenn ich vor dem Spiegel saß und jemand mir mit den Fingern durch die Haare fuhr, die Nase rümpfend Strähnen davon hochhielt und wieder fallenließ, und dann vor sich hin murmelte: »Gütiger Himmel, Spliß bis *oben hin*«, fiel mir alles wieder ein. Dann war es allerdings zu spät.

Es war schon so lange her, daß ich etwas so Alltägliches unternommen hatte wie einen Friseurbesuch, daß ich die Kacheln und Spiegel, die Handtücher und Fläschchen in *Haarklein* fast wie ein Wunderwerk betrachtete. Das Echo auf meine Bewunderung war minimal, denn das Mädchen am Empfang nahm mich kaum wahr, als ich ihr mein Anliegen vortrug. »Setzen Sie sich bitte an das Waschbecken«, sagte sie zu mir. Dann hörte ich sie rufen: »Gráinne, Gráinne, eine Kundin an Becken zwei.«

Gráinne stärkte mein Vertrauen in die Sache nicht. Sie sah sehr jung aus. Ich hätte geschätzt, kaum älter als dreizehn, aber dagegen gab es doch bestimmt ein Gesetz, oder? Auf streichholzdünnen, wackligen Beinen kam sie auf mich zu und wollte mir in die Augen blicken, was ihr aber nicht gelang.

Wacklig, wie sie war, legte sie mir den Umhang um und stopfte mir ein Riesenhandtuch in den Ausschnitt. Es fiel ihr sichtlich schwer, sich auf ihren Plateausohlen aufrecht zu halten.

Dann drehte sie das Wasser an, und ich lehnte mich zurück. Aber von Entspannung konnte keine Rede sein.

»Ehm, wo fahren Sie denn dieses Jahr in den Ferien hin?« fragte Gráinne unbeholfen, als hätte man ihr das so beigebracht. Offensichtlich war sie fest entschlossen, ihr Diplom für Schneiden, Färben und armselige Konversation zu bekommen.

»Nirgendwohin«, sagte ich.

»Wie schön«, sagte sie und knetete meine Kopfhaut.

Ein paar Augenblicke beglückenden Schweigens folgten.

»Waren Sie da schon mal?« fragte sie.

»Unzählige Male.«

Wieder vergingen ein paar Minuten, in denen sie mir die Kopfhaut verbrühte und mir soviel Wasser in die Ohren laufen ließ, daß ich schon dachte, ich bekäme einen Wasserkopf.

»Fahren Sie mit Freunden?« fragte sie.

»Nein«, sagte ich, »ich habe keine Freunde.«

»Das ist ja wunderbar«, fuhr sie freundlich fort.

Während Gráinne schrubbte, spülte und Conditioner einrieb, spürte ich einen gewissen Stolz, weil ich anscheinend ganz normal aussah.

»Wer macht es Ihnen heute?« fragte Gráinne. Ich fand diesen Ausdruck ein bißchen daneben.

»Jasmine.«

»Dann sage ich ...« Sie kicherte leise, aber so lange sie mich nicht auslachte, hatte ich nichts dagegen. »... *Jasmine* Bescheid.«

Sie stolperte davon – wegen der Schuhe mußte sie sich sehr weit vornüber beugen – und rief: »Maura, Maura, deine Kundin ist soweit.«

Als ich Maura/Jasmine sah, erkannte ich sie sofort, und nicht nur, weil sie mir die Haare geschnitten hatte, als ich Weihnachten zu Hause war. Sie hatte eine dunkle Grundierung so dick aufgetragen, daß sie mit ihrem wasserstoffblonden Haar wie ein Negativ aussah. Man konnte sie schwerlich vergessen.

Als sie an Gráinne vorbeikam, blieb sie stehen und sagte mit verärgerter Miene etwas zu ihr, wahrscheinlich, daß sie sie nicht Maura nennen sollte.

Sie erkannte mich offenbar nicht, denn als sie mein Haar hochhielt und wieder fallenließ, sagte sie voller Abscheu und mit einem ausgeprägten Dubliner Akzent: »Gott o Gott! Wer hat Ihnen denn das letzte Mal die Haare gemacht? Eine einzige Katastrophe.«

»Ich war hier.« Ich schrumpfte in mich zusammen. Es kostete mich Mühe, ihren Akzent nicht zu kopieren. Ich schämte mich meiner Mittelschichtsaussprache und fürchtete, daß sie denken könnte, ich hielt mich für was Besseres. Ich wollte das Salz der Erde sein, wie Gráinne und Maura.

»Wer hat es geschnitten?« wollte sie wissen

»Ich glaube, Sie«, sagte ich zaghaft.

Zur Strafe würde sie mir jetzt mein Haar ruinieren. Friseure gehören zu dem mächtigsten Berufsstand der Welt, und sie haben es nicht durch Freundlichkeit soweit gebracht. Wie vorausgesehen, fuhr sie mir mit den Fingern durch die Haare, schnalzte abschätzig mit der Zunge und schüttelte den Kopf.

»Himmel«, sagte sie angewidert, »das ist ja völlig hinüber. Was haben Sie bloß damit gemacht?«

»Nichts, soweit ich weiß.«

»Wahrscheinlich erzählen Sie mir jetzt, daß Sie es fönen.«

»Manchmal.«

»Wie können Sie nur? So feine Haare dürfen Sie doch nicht fönen. Und tun Sie Conditioner rein?«

»Ja, natürlich tue ich Conditioner rein!« Mit den Grundzügen der Haarpflege kannte ich mich schließlich aus. Blöde Kuh!

»Na ja, wenn Sie es sagen ...« Sie sah mich mit zusammengekniffenen Augen an.

»Wenn ich sage, ich tue Conditioner rein«, verteidigte ich mich, »meine ich damit nicht, daß ich es einmal in der Woche mit warmem Öl und einem angewärmten Handtuch und so mache. Aber ich benutze normalen Conditioner, wenn ich mir die Haare wasche.«

»Aha«, sagte sie mit schmalen Lippen. »Na, damit sollten Sie aber mal anfangen. Wenn man so trockene Haare hat wie Sie, dann braucht man einen echt guten Conditioner.«

Sie hielt inne.

Ich wartete.

Ich wußte, was kommen würde.

»Wir haben da ein ganzes Programm«, sagte sie genau im richtigen Moment.

Ich machte mich auf den Verkaufsjargon gefaßt und hörte nur die Schlüsselwörter wie »laborgetestet«, »exklusives Angebot«, »essentielle Wirkstoffe«, »wirksame Zusammensetzung«, »Ihre letzte Rettung«.

»Wieviel?« fragte ich.

Sie nannte eine astronomische Summe.

»In Ordnung.« Ich schluckte. »Ich nehme es.«

»Aber Sie brauchen auch das Shampoo und die Mousse und den Conditioner und das Anti-Kräusel-Serum und das …«

»Moment«, sagte ich. Und dann nahm ich all meinen Mut zusammen und sagte die Worte, die für mich die schwierigsten überhaupt waren.

Ich wartete eine Sekunde, atmete tief ein und sagte: »Ich kann mir das alles nicht leisten.«

Ihre Augen fixierten meine im Spiegel. Ich wußte, daß sie mir nicht glaubte. Ich wußte, daß sie dachte: »Du eingebildete, vornehme Ziege.«

Ich wartete angespannt darauf, daß sie mich an der Gurgel packen und brüllen würde: »UndWasIstMitMeinerProvision?« Aber das tat sie nicht. Ich versuchte, mir klarzumachen, daß ich keinen Grund für Schuldgefühle hatte. Aber es half nichts.

»Sie müssen es selber wissen, wenn Sie das nicht kaufen wollen«, sagte Jasmine zögernd. »Ich persönlich finde, es lohnt sich, aber Sie müssen es wissen.«

»Ich bin arbeitslos«, erklärte ich und hoffte, daß sie dann etwas verständnisvoller sein würde.

Ungnädig warf sie den Kopf zurück, wie eine verärgerte Ehefrau, die die Erklärungen ihres Mannes nicht hören will. »Wieviel soll denn ab?« fragte sie kalt.

»Nur die Spitzen, bitte.«

»Nein«, sagte sie.

Nein?

Offenbar nicht.

»Die Spitzen sind alle gespalten. Ich muß es schon bis hierhin abschneiden.« Sie zeigte eine Linie in Höhe meiner Schultern.

Ich spürte das Vorgefühl des Verlusts. Jede Zelle in meinem Körper wehrte sich dagegen, daß meine Haare geschnitten wurden.

Nein, Jasmine, bitte keine kurzen Haare. Sei gnädig. Bitte.

»Mir macht es nichts aus, wenn es bis oben hin gespalten ist«, versicherte ich ihr mit Überzeugung. »Wirklich, das ist ganz in Ordnung, ich kann damit gut leben.«

»Aber es ist alles gespalten und abgestorben. Spliß praktisch bis zu den Haarwurzeln. Gucken Sie mal!« befahl sie mir. »Sehen Sie? Das hier ist alles Spliß.«

»Ich sehe es«, sagte ich, »aber …«

»Nein, Sie gucken ja gar nicht«, sagte sie.

»Aber es macht mir nichts aus«, sagte ich, als ich das Gefühl hatte, jetzt lange genug geguckt zu haben. »Ich möchte lieber lange, gespaltene Haare haben als kurze, nicht gespaltene Haare.«

»Das geht nicht«, sagte Jasmine. »Sie können nicht mit Spliß im Haar rumlaufen. Das geht nicht.«

Wir wurden von Gráinne unterbrochen.

»Maura«, sagte sie zu Jasmine, »Mammy ist am Telefon. Sie sagt, sie kann heute abend nicht auf Elroy aufpassen, du mußt nach Hause kommen.«

»Nein, Scheiße noch mal, ich mach' heute abend einen drauf … Du mußt auf ihn aufpassen.«

»Aber …«

»Willst du hier morgen wieder arbeiten?« fragte Maura.

»Oh«, sagte Gráinne mit resigniertem Blick und holperte davon.

Mein Blick traf den von Jasmine im Spiegel.

»Meine Schwester«, sagte sie zur Erklärung.

Ich lächelte nervös.

»Wir sind uns also einig«, sagte sie ungeduldig.

Vielleicht wäre es gar nicht so schlecht, dachte ich. Ein neuer Anfang, weg mit dem ganzen toten Gestrüpp und dem toten Haar der Vergangenheit, und hinein in eine gesunde, ehrliche Zukunft mit gesundem, ehrlichem Haar.

»Also gut«, sagte ich.

Die Hand, die die Schere führt, beherrscht die Welt.

Helen sah auf, als ich ins Haus kam.

»Das ist ja eine Damenfrisur«, sagte sie überrascht. »Warum hast du dir eine Damenfrisur machen lassen?«

»Ich wollte das nicht so haben!« kreischte ich.

Ich trat vor den Spiegel, um zu sehen, ob es so schlimm war, wie es im Friseursalon ausgesehen hatte. Ich hatte einen weißen Streifen um den Haaransatz, wo die Grundierung weggewaschen worden war. Ich hatte graue Ringe unter den Augen. Doch das schlimmste war, daß ich kurzes, gewelltes Haar hatte. Jasmine hatte es großzügig geschnitten, viel kürzer als schulterlang. Und um mein Unglück komplett zu machen, hatte sie es zu kurzen, krausen Damenlöckchen geföhnt.

»Ich sehe so häßlich aus«, schluchzte ich. Dicke, heiße Tränen.

»Allerdings«, pflichtete Helen mir bei.

Ich war froh, daß sie mir zustimmte. Wenn Mum dagewesen wäre mit ihrem: »Es wächst ja wieder«, hätte ich wahrscheinlich einen hysterischen Anfall bekommen.

Ich dachte an all das schöne lange Haar auf dem Fußboden im Friseursalon, Haar, das Luke mit seinen Fingern zerzaust hatte, und ich weinte noch mehr.

»Mein Leben ist vorbei«, heulte ich.

»Auf jeden Fall solltest du eine Weile nicht ausgehen«, riet Helen mir.

Als sie das sagte, kriegte ich fast keine Luft mehr. Ausgehen! Ich hatte vor, mich am nächsten Tag mit Chris zu treffen! Wie sollte ich das tun, wo ich jetzt fast kahl war?

»Ich hasse sie«, keuchte ich. »Blöde, fette, angemalte Ziege. Ich hasse *alle* Friseusen.«

»Hoffentlich hast du ihr kein Trinkgeld gegeben«, sagte Helen.

»Sei doch nicht so blöd«, schluchzte ich. »Natürlich habe ich ihr ein Trinkgeld gegeben.«

Ich hätte Jasmine gar nichts geben sollen, oder ihr höchstens ein blaues Auge verpassen sollen, aber ich konnte nicht anders. Ich hatte sogar: »Ja, sehr schön!« gemurmelt, als sie das Spielchen mit dem einen Spiegel vorne und dem anderen hinten machte.

Ich hatte es bis vor die Tür geschafft, bevor die Tränen

zu laufen begannen. Ich stand an der Bushaltestelle und weinte und fühlte mich so nackt ohne mein Haar. Ich war mir sicher, daß alle Welt mich anstarrte, und diesmal hatte ich Grund für meine Paranoia.

»Guck mal die da, mit der komischen Frisur!« hörte ich jemanden sagen. Und als ich mich umdrehte, war es eine Gruppe von Schuljungen, die mich musterten und sich einen abkicherten. Vierzehnjährige, die Hormone in Aufruhr, und sie lachten mich aus!

»Vorher war es so schön«, schluchzte ich weiter.

»Was war schön?« fragte Helen.

»Mein Haar«, weinte ich. »Bis diese Tucke es zwischen die Finger kriegte.«

»Na ja, es war in Ordnung«, sagte Helen, »aber als *schön* hätte ich es jetzt nicht bezeichnet ...«

»Und dann haben sie mir noch nicht mal *Hellos* zu lesen gegeben«, sagte ich unter Tränen.

»Gemeine Bande«, sagte Helen mitleidig.

»Und was es gekostet hat!« kreischte ich. »Die haben mir nicht nur meine Haare geraubt.«

»Weiß du, an wen du mich erinnerst?« sagte Helen nachdenklich.

»An wen?« fragte ich zitternd und hoffte auf Vergebung.

»Brenda Fricker.«

»O neiiiin.«

»Du weißt schon, in dem Film, in dem sie die Mami gespielt hat«, sagte sie.

Ich guckte wieder in den Spiegel. »Du hast recht«, sagte ich und heulte von neuem los. Fast war ich froh, daß die Lage so hoffnungslos war. Das legitimierte mein Verhalten gewissermaßen.

Als Mum und Dad zurückkamen, sollten sie ihre Meinung zu meinem vernichteten Haar abgeben.

Mum sagte zweifelnd: »Es wächst ja wieder.«

Dad sagte stolz und liebevoll: »Du siehst deiner Mutter jeden Tag ähnlicher.« Worauf ich wieder in Tränen ausbrach.

»Weißt du, an wen du mich erinnerst?« sagte Mum.

»Wenn du sagst, an Brenda Fricker, bring' ich mich um«, warnte ich sie mit rot geweinten Augen.

»Nein, doch nicht die«, sagte Mum freundlich. »Nein, wie heißt sie denn nur? Eine Schauspielerin. Wie heißt sie denn?«

»Audrey Hepburn?« fragte ich voller Hoffnung.

»Nein.« Mum wedelte frustriert mit den Händen. »Ach, wie heißt sie nur?«

Ich wußte nicht, ob sie wußte, wer Linda Fiorentina war.

»Linda Fiorentina?« sagte ich wagemutig. (Einmal hatte ein Mann auf einer Party zu mir gesagt, ich sähe aus wie Linda Fiorentina, und ich war so dankbar, daß ich mit ihm geschlafen habe.)

»Wer? Linda wie? Nein!« Mum machte ein paar Tanzschritte, um ihr Gedächtnis aufzurütteln. »Es liegt mir auf der Zunge. Oh, wie hieß der Film denn noch?«

»*Die letzte Verführung*?«

»Das hört sich an wie der letzte Schweinskram. Nein, der war es bestimmt nicht. Ach, jetzt fällt es mir ein! Sie war in diesem Film mit Daniel Day Lewis ...«

Mein Herz wurde schwer.

»... ihr wißt schon, über so einen Maler, einen ganz armen Teufel ... Christy Brown! *My Left Foot*, genau, genau, der war's!« Sie strahlte triumphierend.

»Wie hieß noch die Schauspielerin, die die Mutter gespielt hat?«

»Brenda Fricker«, sagte ich niedergeschlagen.

62

Ich hatte die Wahl: Ich konnte mir eine Schlinge um den Hals legen und den Stuhl unter meinen Füßen wegstoßen, oder ich konnte mich für meine Verabredung mit Chris zurechtmachen.

Am liebsten hätte ich unser Treffen verschoben, bis meine Haare wieder lang waren, aber ich konnte mir nicht sicher sein, daß Chris zwölf Jahre warten würde.

Allerdings sah ich nicht zu sehr zum Kotzen aus, nachdem ich die damenhaften Locken ausgewaschen und dreimal soviel Make-up wie sonst aufgetragen hatte.

»Wenigstens ist es wunderbar gesund«, tröstete ich mich, nachdem ich mein Haar so flach wie möglich gebürstet hatte, damit es länger wirkte. Hinter mir ertönte lautes Gelächter von Helen. »Hört sie euch an«, prustete sie. »Mann, bist du eine traurige Figur. Guck dir mein Haar an«, sagte sie und hob eine Strähne ihres seidenen, taillenlangen Haars empor. »Spliß bis zum Geht-nicht-mehr. Aber kümmert mich das? Nicht die Bohne!«

Am Mittwoch verbrachte ich Stunden damit, mich schönzumachen. Die Vorbereitungen begannen gleich nach dem Aufstehen (ungefähr um halb drei) und dauerten den ganzen Nachmittag. Noch einmal wusch ich mir meine Resthaare und rasierte große Teile meines Körpers, während ich über die Ungerechtigkeit nachdachte, daß ich viel zu viele Haare an den Beinen hatte, aber nicht genug auf dem Kopf. Natürlich war es ganz überflüssig, mir die Beine zu rasieren, weil Chris sowieso nicht die Gelegenheit haben würde, sie zu sehen. Aber es konnte auch nicht schaden, dachte ich und spürte ein angenehmes Rumoren im Magen.

Anschließend rieb ich mich großzügig mit Helens Issey Miyake Body Lotion ein. Prompt regten sich Schuldgefühle. Ich hätte sie fragen sollen. Und wenn sie es mir nicht gegeben hätte, hätte ich sie nicht eine blöde Ziege nennen, sondern es wie eine Erwachsene akzeptieren sollen. Das nächste Mal, wenn ich was von ihr stehlen wollte, würde ich das üben, nahm ich mir vor.

Als ich diesen Gedanken zu Ende gedacht hatte, schwebte meine Hand über Helens Flasche mit Eau de Parfum … dann griff ich entschlossen zu. War es nicht zu spät, nachdem ich doch schon die Body Lotion genommen hatte? Parfum war etwas anderes, davon gab es mehr. Manche Leute würden einen als egoistische Schlampe beschimpfen, wenn man ihre Body Lotion fast aufbrauchte, aber sie würden sogar einer total Fremden ein paar Spritzer ihres Parfums abgeben, kein Problem.

Der nächste Punkt auf der Tagesordnung war die große, ungelöste Frage, was ich anziehen sollte. Meine Sorge, daß ich Chris die richtige Botschaft mit meiner Kleidung vermitteln wollte – sexy, aber locker, elegant, aber unkompliziert –, wurde durch mehrere Faktoren vergrößert. Erstens: Alle meine Sommersachen waren in New York. Zweitens: Was in New York brandaktuell war, konnte in Dublin zu einem Verkehrschaos führen. Und drittens – und es fiel mir schwer, das zuzugeben: Ich wußte nicht so recht, wie ich mich in der Welt da draußen verhalten sollte.

Mum beobachtete meine Vorbereitungen mit Stirnrunzeln. Das galt weniger der Tatsache, daß ihre Tochter, die erst kürzlich aus einer Suchtklinik entlassen worden war, sich in die drogenverseuchte Welt wagen wollte, sondern einem viel wichtigeren Aspekt.

»Helen bringt dich um«, sagte sie warnend, als sie die halbleere Flasche mit Body Lotion sah.

»Soll sie doch«, sagte ich gereizt.

»Mit wem triffst du dich eigentlich?« Ich hörte ihre tiefe Besorgnis heraus, und das tat mir weh und ärgerte mich gleichzeitig.

»Chris aus der Klapsmühle«, sagte ich. »Du kennst ihn, ihr habt ihn kennengelernt. Du brauchst dir also keine Sorgen zu machen, ich treffe mich mit niemandem, der Drogen nimmt.«

»Chris Hutchinson?« fragte sie noch mehr besorgt.

»Jaha«, seufzte ich mit übertriebener Ungeduld.

»Oh, paß bloß auf, Rachel«, sagte Mum mit Sorgenfalten auf der Stirn. »Er hat seiner Mutter solche Qualen bereitet.«

»Wirklich?« Neugier und Angst ließen mich näher an sie heranrücken. »Was hat er denn gemacht?«

»Er hat dauernd Drogen genommen«, sagte sie und sah mir nicht in die Augen. »Und Philomena und Ted haben ein Vermögen ausgegeben für lauter Experten, aber es hat alles nichts genützt. Dann riefen die von seiner Arbeit an und sagten, er sei die Woche überhaupt nicht erschienen. Und er ist schon über dreißig, da können doch seine Eltern nicht noch für ihn sorgen. Und da ist noch etwas ...«

»Ich weiß«, unterbrach ich sie. »Er war vor vier Jahren schon einmal in Cloisters. Ich weiß«, wiederholte ich und bemühte mich, besänftigend zu klingen. Sie regte sich plötzlich so auf, und das ging mir ein bißchen zu nahe. »Er hat es mir erzählt.«

»Die arme Philomena hätte beinahe eine Nervenzusammenbruch gehabt«, sagte Mum mit schriller Stimme. Sie war den Tränen nahe. Zeit, sich auf den Weg zu machen. »Und dann wären sie beide in der Anstalt gewesen.«

Ich dachte an die große Frau mit der kräftigen Stimme, die Chris in der Klapsmühle besucht hatte. »Ich fand nicht, daß sie besonders gepeinigt aussah«, sagte ich wegwerfend. »Sie wirkte doch sehr fröhlich.«

»Du urteilst zu schnell ...« Mums Stimme kam mir nach. »Du denkst immer, alle sind glücklich, außer dir.«

Mit zitternden Knien, wie ein frisch geborenes Kalb, machte ich mich auf den Weg in die Stadt. Alles war so fremd und neu, daß ich das Gefühl hatte, ich sei gerade erst zur Welt gekommen.

Obwohl ich nicht zu einem Rendezvous ging und auch gar kein Rendezvous haben durfte, hatte ich das aufregende, prickelnde Gefühl im Magen, als ob ich nie wieder essen könnte.

Alles schien neu und wunderschön. Als erlebte ich zum ersten Mal in meinem Leben einen Frühlingsabend in Dublin. Es war Flut, das Meer, das ich vom Zug aus sehen konnte, war blau und ruhig. Der Himmel war weit und klar und ganz hell, als hätte man ihn gerade gewaschen. In den Parks grünte alles, auf den Wiesen standen rote, gelbe und purpurfarbene Tulpen. Ich saß im Zug und zitterte vor Ehrfurcht angesichts dieses Wunders.

Fast rannte ich zu Stephen's Green, um Chris zu treffen. Und da war er auch schon und wartete auf mich. Ich wußte, daß er da sein würde, dennoch war ich verwundert, ihn zu sehen. Er sieht zauberhaft aus, dachte ich mit stockendem Atem, und er steht dort drüben, weil er sich mit *mir* treffen möchte.

Das Blau seiner Augen blitzte mich aus ungefähr zehn Metern Entfernung an. Und hatte je ein Mann aufregendere Beine gehabt? Er sollte nie etwas anderes tragen als Jeans, dachte ich zerstreut.

Mit abgewandtem Blick überquerte ich die Straße. Dann stand ich neben ihm. Mein Herz klopfte heftig vor Erregung. Wir lächelten beide, verlegen, den Tränen nahe. Nicht sicher, wie wir hier draußen miteinander umgehen sollten.

»Wie geht's denn so?« sagte er rauh und umarmte mich so unbeholfen, daß ich mich wie in einem Schraubstock fühlte. Spontane Zärtlichkeitsbekundungen fielen uns genesenden Süchtigen nicht leicht, dachte ich mit einem schmerzvollen Gefühl. In der Klinik hatten wir uns ständig in den Armen gelegen, aber hier, im richtigen Leben, ging das nicht.

»Gut«, sagte ich mit unsicherer Stimme und hatte das Gefühl, daß mein Herz mit all den Gefühlen platzen müßte.

»Immer schön ein Tag nach dem anderen«, sagte er mit einem ironischen Lächeln.

»Hier sind wir also«, sagte ich und lächelte unsicher, »wir haben es überstanden, wir haben Cloisters hinter uns gebracht und können der Welt davon berichten.«

Wir hatten das Gefühl, etwas Schreckliches überlebt zu haben, was uns verband. Wie die Überlebenden einer Flugzeugentführung, die sich einmal im Jahr treffen und Erinnerungen an ihre Qualen wieder aufleben lassen.

»Also!« rief er aus.

»Also«, stimmte ich ihm zu.

Ich wartete, daß er etwas über mein Haar sagte, und als er es nicht tat, fühlte ich mich zunehmend unwohl. War es nicht fürchterlich?

»Fällt dir nichts an mir auf?« fragte ich unversehens. *Nein, nein, nein.*

»Hast du dir den Schnurrbart abrasiert?« Er lachte.

»Nein«, murmelte ich verlegen. »Ich habe mir die Haare schneiden lassen.«

»Ach ja, jetzt sehe ich es«, sagte er nachdenklich.

Ich verfluchte mich, weil ich es erwähnt hatte, und ich verfluchte alle Männer, weil sie nie etwas wahrnahmen. Das einzige, was ihnen an einer Frau je auffällt, dachte ich enttäuscht, sind große Titten. Große Titten sind so ziemlich das einzige, was ihre Netzhaut registriert.

»Sieht hübsch aus«, sagte er. »Burschikos.«

Vielleicht log er, aber ich war bereit, ihm einfach zu glauben.

»Was wollen wir machen?« fragte ich, meine gute Laune war wiederhergestellt.

»Ich weiß nicht, wozu hast du Lust?«

»Ist mir egal«, zierte ich mich. »Wozu hast du Lust?«

»Wozu ich richtig große Lust hätte: Ich würde mir liebend gern ein Gramm Haschisch kaufen und es innerhalb einer Stunde aufrauchen, dich dann mit mir nach Hause nehmen und dich bis zur Besinnungslosigkeit ficken«, sagte er nachdenklich. »Aber«, er lächelte beruhigend, als er mein schreckerstarrtes Gesicht sah, »das dürfen wir ja nicht.«

»Und in einen Pub können wir auch nicht gehen«, sagte ich und räusperte mich entschieden, womit ich ihm deutlich machte, daß ich ihn nicht ernst genommen hatte und daß ich mich nicht wie ein kleines Mädchen an ihn klammern und schmollen und mit dem Fuß aufstampfen würde: »Aber du hast gesagt, du würdest mich bis zur Besinnungslosigkeit ficken. DU HAST ES VERSPROCHEN!« Ich hatte in Cloisters gelernt, daß ich früher immer wieder den Fehler gemacht hatte, meine Bedürftigkeit zu zeigen. Bedürftige Mädchen schlagen die Männer in die Flucht. Daran bestand kein Zweifel. Um einen Mann also *nicht* in die Flucht zu schlagen, mußte man so tun, als wäre man nicht bedürftig. Wenn er dich am nächsten Morgen aus der Wohnung läßt und sagt: »Na dann, bis bald«, sollst du nicht sagen: »BIS WANN? HEUTE ABEND? MORGEN? WANN, WANN,

WANN?« Statt dessen sollst du sagen: »Mmmhm, bis bald«, mit deinen makellos manikürten Fingernägeln über seine unrasierte Wange fahren und auf einer Wolke der spürbaren Nicht-Bedürftigkeit davonschweben.

Ich wollte so tun, als wäre ich stark, auch wenn ich es nicht war. So wie sie es mir gesagt hatten. Tugendhaft war die Rachel, die sich mit einem Lächeln Chris zuwandte.

»Wir könnten ... ich weiß nicht ... ins Kino gehen?« schlug er vor.

Nicht, was ich hören wollte.

Ins Kino?

Ins dämliche Kino?

War es so weit mit mir gekommen?

Nein, ich gab mich noch nicht geschlagen. Sie konnten mir mein Valium nehmen, mein Kokain oder meine Kreditkarte, aber meine Seele nicht. Und meinen Appetit auch nicht.

»Wir könnten was essen gehen«, sagte ich lebhaft. Luke und ich haben sehr glückliche Zeiten in Restaurants verbracht. »Das ist doch nicht verboten, oder?«

»Nicht gerade«, sagte er. »Solange wir nicht alles wieder rauskotzen oder fünfmal Dessert bestellen oder uns sonst abnormal verhalten.«

»Wohin sollen wir gehen?« fragte ich. Jetzt freute ich mich. Ich stellte mir ein kleines romantisches Bistro mit schummriger Beleuchtung vor. Unsere Gesichter näherten sich einander im Kerzenlicht. Wir redeten stundenlang, der Wirt sah uns lächelnd zu, während die Stühle im Lokal hochgestellt wurden und Chris und ich, ins Gespräch versunken, nichts davon merkten.

»Laß uns ein bißchen herumlaufen, vielleicht sehen wir was Nettes«, meinte er.

Wir schlenderten durch die Stadt, und das, was er gesagt hatte, ging mir immer wieder im Kopf herum. Er wollte mich bis zur Besinnungslosigkeit ficken.

Der Teufel mit der silbernen Zunge.

Mmmmm.

Nein! Du darfst an solche Dinge nicht denken.

Genau, ich darf das nicht, dachte ich und nahm wieder Vernunft an. Zugegeben, er sah blendend aus, aber wir waren lediglich Freunde. Und das paßte mir ganz gut. Mein Unterleib würde sich bei dem Ansinnen, in nüchternem Zustand mit jemandem zu schlafen, der nicht Luke war, verschließen.

Ein eisiger Wind wehte durch mich hindurch, als ich mir klar machte, daß ich nie wieder mit Luke im Bett liegen würde. Für einen winzigen Moment vergaß ich ganz, daß ich ihn haßte.

Energisch zwang ich mich, dem Hier und Jetzt und Chris meine Aufmerksamkeit wieder zuzuwenden.

Wir gingen zum Temple Bar, dem Rive Gauche von Dublin. Wo ich Zeugin der Aufmotzung meiner Heimatstadt wurde. Und es war ganz schön was los. Und sah sehr anziehend aus.

Könnte ich hier leben? fragte ich mich. Die Stadt hatte sich in den acht Jahren, seit ich nicht mehr hier wohnte, sehr verändert.

Genug verändert, daß ich hier leben könnte? Ein ängstliches Zittern durchfuhr mich.

Wohin würde ich gehen, wenn ich nicht in Dublin blieb?

Wieder nach New York?

Wo ich Brigit und Luke und all den anderen wiederbegegnen würde?

Das konnte ich mir nicht vorstellen.

Ich wandte mich lächelnd Chris zu.

Rette mich.

Wir kamen an einem Restaurant vorbei, das mir sehr angemessen schien. Es hatte alles, was ich mir vorstellte: die Kerzen, die karierten Tischdecken, den rundlichen Wirt. Extrem fett, um ehrlich zu sein.

»Wie wär's mit dem?« schlug ich vor und konnte es kaum erwarten, daß meine Phantasie Wirklichkeit wurde.

»Ich weiß nicht recht«, sagte Chris und machte eine abwägende Handbewegung. »Es ist ein bißchen ...«

Ich wollte dort essen gehen. Statt dessen lächelte ich und sagte: »Du hast recht, es ist ein bißchen, nicht wahr?« Und dann war ich mir selbst zuwider.

Ich hätte sagen sollen, was ich wollte. Ich hatte eine Gelegenheit vertan, um alte Verhaltensmuster zu durchbrechen. *Und*, dachte ich gereizt, ich war es leid, daß Josephines körperlose Stimme in meinem Kopf einen Kommentar sprach.

Wir schlenderten weiter und kamen an einem gemütlichen Bistro mit schummriger Beleuchtung nach dem anderen vorbei, und Chris lehnte eins nach dem anderen ab mit einem vagen: »Ist es nicht ein bißchen …«

Meine Laune wurde schlechter, und meine Sätze wurden mit jeder Enttäuschung kürzer und knapper. Schließlich standen wir vor einem gelben Schuppen, aus dem uns ohrenbetäubender Lärm entgegenschlug. Die Gypsy Kings waren bis zum Anschlag aufgedreht.

»Wie wär's mit dem hier?« schlug Chris vor. Ich hatte die Lippen zusammengepreßt und zuckte die Achseln, und meine ganze Haltung drückte aus: *»Hier?* Hast du denn völlig den Verstand verloren?«

»Gut, dann komm«, sagte er eifrig und hielt mir die Tür auf.

Verdammter Mist, dachte ich in stiller Wut.

Als wir eintraten, hätte mich der Lärm fast umgehauen. In dem Moment begriff ich, daß ich alt wurde und die drogenfreie Rachel die Welt ganz anders wahrnahm als die Rachel, die sich schon mal ein Gramm Koks eingepfiffen hatte.

Ein zwölfjähriges Mädchen in Poncho und Sombrero begrüßte uns mit einer Überschwenglichkeit, die schon fast manisch war. *Gebt ihr Lithium, damit sie wieder runterkommt.*

»Für zwei«, sagte Chris und reckte wie verrückt den Hals. Als würde er nach jemandem Ausschau halten. Als wir auf dem mit Sägemehl bestreuten Fußboden durch das Gedränge geführt wurden, hörte ich jemanden rufen: »Rachel, Ray-chel!«

»Rachel.« Die Stimme kam näher. Ich ortete die Quelle, drehte mich um und stand vor Helen. Bekleidet mit einer roten Rüschenbluse und einem sehr kurzen Rock, an einem Band um den Hals hing ein Sombrero. In den Händen hielt sie ein Tablett.

»Was machst du denn hier?« fragte sie.

»Was machst du hier?« fragte ich zurück.

»Ich arbeite hier«, sagte sie schlicht.

Da wurde mir alles klar.

»Ist *das* das Schlachthaus?« fragte ich.

»Es wird auch Club Mexxx genannt«, sagte Helen mit einem kurzen Blick auf das manische Mädchen, das Helen, Chris und mich anstrahlte, als wollte sie gleich explodieren.

»Gib mir die«, sagte Helen und nahm der Grinsenden die Speisekarten aus der Hand. »Ich plaziere sie in meinem Teil.«

Während sie ihren winzigen Po durch die Tequila-trinkende Menge schob, rief sie über ihre Schulter: »Glaubt ja nicht, daß ihr auf Kosten des Hauses trinken könnt.«

»Setzt euch hier hin.« Sie warf die Speisekarten auf einen wackligen Tisch von der Größe eines Schallplattencovers. Im Nu hatte ich mir lauter Holzsplitter in die Handflächen gerissen.

»Ich muß diesen blöden Typen da die Getränke bringen«, erklärte sie und deutete mit dem Kopf auf die achtzehn sturzbetrunkenen Kerle am Nebentisch. »Dann komme ich wieder zu euch.«

Chris und ich sahen uns an. Er lächelte. Ich nicht.

»Wußtest du, daß Helen hier arbeitet?« fragte ich mit zittriger Stimme.

»Was?« Er versuchte, den Lärm zu übertönen.

»WUSSTEST DU, DASS HELEN HIER ARBEITET?« schrie ich und brüllte auch meinen Ärger heraus.

»Nein«, sagte er mit großen Augen. »Davon hatte ich keine Ahnung.«

Ich glaubte ihm nicht.

Ich haßte ihn. Er wollte nicht mit mir zusammensein. Er hatte es auf Helen abgesehen. Niemand wollte je mit mir zusammensein. Sie benutzten mich nur als Trittbrett, um zu jemand anderem zu gelangen. Und dieser jemand war nicht ich.

Ungefähr eine halbe Stunde später kam Helen wieder.

»*Adios Amoebas*«, begrüßte sie uns. »Das müssen wir sagen«, erklärte sie mit einem verächtlich verzogenen Mund, »damit es authentisch klingt.«

Dann sagte sie: »Gut, was wollt ihr haben?«

Die Speisekarte bestand aus dem üblichen Tex-Mex-Mischmasch mit roten Bohnen an jeder Ecke.

»Was würdest du uns denn empfehlen?« fragte Chris augenzwinkernd.

»Um ehrlich zu sein, ich würde euch empfehlen, woanders hinzugehen«, sagte sie. »Die Belegschaft darf hier essen, aber ich schwöre dir, man muß die Leute bezahlen, damit sie den Fraß runterwürgen. Wenn man gern extrem lebt, ist es in Ordnung. Vorhin habe ich einen *Burrito* gegessen, das war eine Nahtod-Erfahrung. Wenn ihr nicht in Selbstmordstimmung seid, solltet ihr woanders hingehen. Zum Beispiel in das italienische Restaurant gleich gegenüber, geht doch dahin!«

Ich stand schon fast, aber Chris sagte: »Ach, wo wir schon mal hier sind, bleiben wir auch.«

Ziemlich aufgebracht bestellte ich also rote Bohnen mit einer Rote-Bohnen-Soße.

»Und als Beilage rote Bohnen?« fragte Helen mit gezücktem Kuli.

»Von mir aus«, sagte ich düster. »Schaden kann es ja nicht.«

»Geht in Ordnung«, sagte sie und ging. »Mutschas Gratz Jas, Amoebas.«

Sie war wieder da: »Ach so, was wollt ihr denn trinken? Ich kann euch was von dem Tequila klauen, weil der so billig und schrecklich ist, daß es keinem was ausmacht, wenn wir davon was nehmen. Allerdings muß man aufpassen, daß man davon nicht blind wird. Tut mir leid, aber wenn sie mich noch einmal beim Bierklauen erwischen, dann bin ich dran.«

»Ehm, nein, Helen, ist schon in Ordnung«, sagte ich und wollte vor Scham in den Erdboden versinken. »Ich nehme eine Cola Light.«

Sie starrte mich an, als wäre ich eine Fata Morgana. »Cola Light? Einfach nur Cola? Also, ich habe das nicht so gemeint. *So* schlecht ist der Tequila nun auch wieder nicht. Vielleicht kriegt man einen kleinen schizophrenen Anfall, aber das geht vorüber.«

»Danke, Helen«, murmelte ich. »Aber Cola Light ist genau richtig.«

»Okay«, sagte sie verblüfft. »Und du?« sagte sie zu Chris.

»Für mich dasselbe«, sagte er leise.

»Aber warum denn?« fragte sie. »Ihr seid doch DROGENSÜCHTIG, aber keine ALKOHOLIKER.«

Noch in dem italienischen Restaurant gegenüber drehten die Leute die Köpfe nach uns um.

»Was ist?« fragten alle diese Köpfe. »Warum trinkt ihr nicht was? Was kann das schon schaden? Schließlich seid ihr ja keine ALKOHOLIKER!«

Aber dies war nicht der rechte Zeitpunkt, um sich auf den Stuhl zu stellen und einen allgemeinen Vortrag über Suchtübertragung zu halten.

»Wirklich, Helen.« Chris war auf einmal sehr bestimmt. »Danke für das Angebot, aber nein, danke.«

Sie ging, und Chris und ich saßen und schwiegen uns an. Ich war plötzlich sehr, sehr deprimiert. Ich vermutete, daß es Chris nicht anders ging.

Dann schämte ich mich unseres Schweigens. Es bildete einen zu starken Kontrast zu dem lauten Gekreische und dem betrunkenen Krakeelen der Menschen um uns herum. Ich hatte das Gefühl, daß sich alle auf der Welt amüsierten, außer mir und meinem Cola-trinkenden Freund.

Ich haßte ihn, ich haßte mich, ich haßte es, nicht betrunken zu sein. Oder zugekokst, idealerweise.

Ich bin zu jung, um auf diese Weise draußen zu stehen, dachte ich erbittert.

Ich hatte mich mein Leben lang ausgeschlossen gefühlt, und jetzt *war* ich ausgeschlossen.

In dem verzweifelten Versuch, normal zu erscheinen, begann ich eine Unterhaltung mit Chris. Ich täuschte damit niemanden, am wenigsten mich selbst.

Im ganzen Lokal waren die Menschen ungehemmt, frei, jung, lebhaft, farbenfroh. Außer an unserem Tisch. Vor meinem geistigen Auge verwandelten sich die lebhaften Farben zu Grautönen, wenn unser Tisch erschien, wurde aus der fröhlichen Musik und dem ausgelassenen Gelächter ein Film in Zeitlupe. Wir waren nicht im Tritt, wir gehörten nicht dazu, wir waren ein Ausschnitt aus einem düsteren, osteuropäischen Kunstfilm, mitten in *Bugs Bunny Goes to Acapulco*.

Viel später kam unser Essen, und wir taten so, als freuten wir uns.

Wir schoben die roten Bohnen auf unseren Tellern herum, und der wacklige Tisch kippelte und wiegte sich wie ein Schiff auf hoher See. Ich stellte meinen Ellbogen auf den Tisch, und Chris' Cola schwappte über. Dann nahm Chris das Salzfäßchen, worauf der Tisch sich neigte und meine Gabel zu Boden fiel. Ich nahm meinen Ellbogen vom Tisch, um auf dem Boden nach meiner Gabel zu fahnden, da Chris keine Anstalten machte, es zu tun, der faule Sack, und sein Teller wäre beinahe vom Tisch gerutscht.

Sehr viel später, nachdem Helen uns Eis zum Nachtisch angeboten hatte – selbstverständlich die Rote-Bohnen-Geschmacksrichtung –, endete diese Tortur, und wir durften aufstehen und gehen.

Chris ließ ein übertrieben großes Trinkgeld für Helen auf dem Tisch und lächelte ihr zu, als wir auf dem Weg nach draußen an ihr vorbeikamen.

Sie bereitete ein Tablett mit Tequila für einige Gäste vor, die wie eine Gruppe von Gefängniswärtern an ihrem freien Tag aussahen. Ich konnte sie kaum ansehen. Eifersucht hatte meinen Magen korrodiert. Obwohl sie nichts dafür konnte, daß sie als Schönheit und mit einem übergroßen Selbstbewußtsein zur Welt gekommen war, fand ich das alles mehr als unfair. Was war mit mir? Warum kriegte ich nie was ab?

63

Als wir in den warmen Abend hinausflüchteten, schien Chris mich plötzlich wieder zu bemerken. In einer lockeren, freundlichen Geste legte er mir den Arm um die Schulter, und wir schlenderten durch die Straßen.

Trotz allem war ich froh. Vielleicht mochte er mich doch.

»Wie bist du in die Stadt gekommen?«

»Mit dem Zug.«

»Ich fahre dich nach Hause«, sagte er. Und mir wurde vor Freude warm. Ich mochte, was er sagte und wie er es sagte, und ich fühlte mich *aufgehoben*.

»Es sei denn, du willst erst noch mit mir nach Hause kommen, auf einen Kaffee«, sagte er mit einem Seitenblick, den ich nicht deuten konnte.

»Ehm … okay«, stammelte ich. »Gut. Wo steht dein Auto?«

»Stephen's Green.«

Also machten wir uns auf den Weg zu Stephen's Green, zum erstenmal an diesem Abend im Einklang miteinander. Und als wir in Stephen's Green ankamen, entdeckten wir, daß das Auto gestohlen worden war.

Woraufhin Chris den Tanz um das gestohlene Auto aufführte. Und der geht so: Man geht vier Schritte da entlang, wo das Auto stehen sollte, und bleibt abrupt stehen. Man geht vier Schritte in die andere Richtung und bleibt abermals abrupt stehen. Umdrehen, zwei Schritte hin, Stop, wieder zurück, Stop. Panischer Blick nach links, panischer Blick nach rechts, dann panische Blicke in alle Richtungen, und zur Krönung eine Ganzkörperdrehung um dreihundertsechzig Grad, gefolgt von einer Pirouette in die entgegengesetzte Richtung. An dem Punkt ist der Gesichtsausdruck wichtig. Die Augen treten vor, die Stirn wird in Falten gelegt, der Mund bleibt offenstehen. Man kann auch anfangen zu singen: »Aber wo …? Ich hab' es hier geparkt, eindeutig, ich habe es bestimmt hier geparkt.«

Pause. Erneutes Auf- und abgehen, viel aufgeregter als beim erstenmal. Auf und ab, auf und ab, auf und ab. Schneller, schneller, *schneller*.

Erneutes Gesangszwischenspiel, diesmal mit ausgestreckten Armen: »War es wirklich hier …? Vielleicht doch nicht …? Aber ich bin mir sicher, ich bin mir ganz sicher.«

Darauf folgt ein *Crescendo*: »Verdammte Scheiße! Diese Scheißkerle! Diese beschissenen Scheißkerle, verdammte ARSCHLÖCHER!«

»Es war ganz neu.« (In manchen Versionen.)

»Es ist nicht versichert.« (In anderen Versionen.)

»Mein Vater weiß nicht, daß ich es genommen habe.« (In Chris' Fall.)

Ich beruhigte und beschwichtigte ihn. Ich sprach mit Engelszungen. Ich erbot mich, die Polizei zu holen, die Versicherungsagentur anzurufen und den oder die unbekannten Täter umzubringen. Am liebsten hätte ich mir jedoch ein Taxi genommen, wäre nach Hause gefahren und ins Bett gegangen und hätte mich nicht weiter um Chris und sein Unglück gekümmert. Aber aus irgendeinem Grund fühlte ich mich verpflichtet, bei Chris zu bleiben.

Schließlich sagte er: »Das nützt alles gar nichts. Wir können genausogut nach Hause gehen. Morgen früh rufe ich die Bullen an.«

Mein erleichtertes Aufatmen hätte beinahe ein paar Bäume entwurzelt.

»Tut mir leid«, sagte er mit einem trockenen Lächeln, das ich irgendwie erkannte. »Möchtest du trotzdem mit mir nach Hause kommen? Meine Eltern sind nicht da«, fügte er noch hinzu.

Mein Magen machte einen Hüpfer, und ich sagte lässig: »Ja, warum eigentlich nicht. Die Nacht ist noch jung, hahaha.«

Was machst du da?

Laß mich doch in Ruhe! Er ist doch nur ein Freund. Obwohl ich selbst auch bei meinen Eltern wohnte, konnte ich nicht umhin, eine gewisse Häme zu spüren, weil Chris auch zu Hause lebte. Schließlich war er schon über dreißig und ich erst Ende zwanzig.

Gerade noch so.

Aber er war ein Mann. Irgendwie hatte es etwas muttersöhnchenhaftes, wenn ein Mann noch bei seinen Eltern lebte. Als ob er »Mammy« zu seiner Mutter sagen würde. Als ob er am Freitagabend seine Lohntüte abgeben und fragen müßte, ob er sich in der Kneipe noch mit seinen Freunden treffen dürfe. Als ob seine Mutter eine religiöse Fanatikerin wäre, die Vorhänge immer vorgezogen hätte und in jedem der winzigen, muffigen, unheimlichen Zimmer voller Spitzendeckchen ein ewiges Licht brennen ließ.

Zum Glück hatte der Familiensitz der Hutchinsons nichts von alledem. Er zeugte von dem in den Vororten üblichen Wohlstand: Anbauten und Umbauten, Wintergärten und Patios, Mikrowellenherd und Videorecorder, und nirgendwo auch nur die Andeutung eines ewigen Lichts.

Chris führte mich in die Küche, und während er das Wasser aufsetzte, kletterte ich auf einen Hocker an der Frühstücksbar – natürlich hatten sie eine Frühstücksbar – und ließ meine Beine baumeln, um zu zeigen, daß ich entspannt war und nicht voller Befürchtungen und Vorahnungen dessen, was bevorstand.

Ich wußte, daß ich sterben würde, wenn etwas zwischen uns passierte, und daß ich sterben würde, wenn nicht.

Ich hörte Josephines warnende Worte: »Instinktiv suchen Sie nach jemandem, der sie heilen soll. Nach einem Mann. Höchstwahrscheinlich muß es ein Mann sein.«

Doch dann sah ich Chris an und seine Jeans, die sich um seine harten Oberschenkel schmiegten, und dachte: »Sie kann mich mal.«

Chris war nicht irgendein Mann, er war überdurchschnittlich attraktiv. Und wir beiden hatten so viel gemeinsam, viele gemeinsame Erfahrungen. Wenn es uns erlaubt wäre, eine Beziehung anzufangen, wären wir wie geschaffen füreinander.

Er setzte sich auf einen der anderen Hocker und rückte ihn nah zu mir heran. So wie wir saßen, berührten sich unsere Knie. Dann zuckte ich zusammen, weil er sein Knie zwischen meine schob. Verlegen bemerkte ich, wie laut mein Atem ging.

So hatten wir viele Male in Cloisters gesessen, und es war nichts dabeigewesen. Aber jetzt waren wir nicht mehr in Cloisters, wurde mir mit einem mulmigen Gefühl bewußt. Als wäre ich aus einem Flugzeug gesprungen und merkte gerade, daß ich meinen Fallschirm vergessen hatte.

»Das hier«, sagte Chris mit einem Lächeln, das meine Eingeweide verschmurgeln ließ, »wollte ich schon die letzten zwei Monate tun.«

Und dann küßte er mich.

64

Ich wußte, daß es für keinen von uns beiden richtig war. Ich hatte sogar den starken Verdacht, daß er mich gar nicht begehrte. Aber ich war entschlossen, es trotzdem zu tun.

Ich hätte es lassen sollen.

Es war eine von diesen alptraumartigen Sexgeschichten, bei denen man innerhalb von drei Sekunden begreift, daß dies ein schrecklicher, *entsetzlicher* Irrtum ist.

Aber unter den Umständen, wenn man von achtzig Kilo keuchender Männlichkeit in die Matratze gedrückt wird, wie kann man da aufstehen und sich vornehm zurückziehen?

Man kann nicht so tun, als hätte man gerade jemanden hereinkommen sehen, den man kennt.

Das geht nicht.

Man kann auch nicht auf seine Uhr schauen und irgendwas murmeln von der Mitbewohnerin, die keinen Schlüssel hat und gleich zurück sein wird.

Schön wär's.

Man muß bleiben, solange es dauert, und kann nur die Zähne zusammenbeißen und es über sich ergehen lassen. Augen zu und durch.

Als wir beide uns auszogen – das allein war schon eine Tortur –, spürte ich, wie meine Erregung verpuffte. Ich wußte es, ich spürte es ganz genau: Er wollte mich nicht. Fast konnte ich seine Panik riechen.

Und ich wollte ihn nicht. Nichts an ihm stimmte. Zu klein. Wie meine Gefühle für Luke auch immer aussahen, es ließ sich nicht leugnen, daß er einen tollen Körper hatte. Im Vergleich dazu mangelte es Chris in jeder Hinsicht. Und ich meine, in *jeder*.

Wir waren beide zu höflich, um den Vorgang mittendrin abzubrechen.

Es war, als hätte man reichhaltig gegessen und käme nun zu einer Freundin, die ein achtgängiges Menü für einen aufgetischt hatte, und man konnte nicht anders, man mußte es essen, obwohl man bei jedem Bissen das Gefühl hatte, man würde sich gleich übergeben.

Kreuzunglücklich sah ich ihm zu, wie er sich das Kondom überstülpte. Wenn man nicht ganz außer sich vor Leidenschaft ist, scheint der Anblick eines erwachsenen Mannes, der seinen Piepmatz in Frischhaltefolie einwickelt, einfach nur absurd. Ohne rechte Begeisterung absolvierten wir das Vorspiel. An den Brustwarzen saugen und dergleichen, alles sehr halbherzig. Dann stieg er für das Hauptereignis auf mich drauf.

Es fühlte sich sehr, sehr verkehrt an, einen Penis in mich eindringen zu lassen, der nicht an Luke befestigt war. Doch wenigstens gerieten die Dinge in Bewegung, und schon bald wäre alles vorbei.

Denkste.

Es hörte überhaupt nicht wieder auf.

Ob er wohl je kommt, Himmelherrgott, richtete ich mich an den Allmächtigen, als Chris sich auf mir abarbeitete. Daß ich kommen würde, war ausgeschlossen, aber ich täuschte einen Orgasmus nach dem anderen vor, damit er, falls er auf mich wartete, die Sache zu einem hurtigen Ende bringen würde.

Aber es ging auf und ab, auf und ab, bis es weh tat. Am Schluß würde ich wahrscheinlich Blasen haben.

Dann kam mir der Gedanke, daß er einer der Männer sein könnte, der glaubt, eine Frau nicht befriedigt zu haben, wenn sie nicht mehrere Höhepunkte hatte. Also spielte ich ihm noch ein, zwei Orgasmen vor und hoffte, die Dinge so beschleunigen zu können.

Aber er machte immer weiter.

Und sehr viel später hörte er auf…

Aber nicht mit einem tiefen Stöhnen, ein paar Todeskrampf-ähnlichen Zuckungen und einem Gesichtsausdruck, als hätte er eben einen mächtigen Tritt in die Eier bekommen. Sondern er wurde immer langsamer, und sein Pimmel nahm die Beschaffenheit von einem Stück Mäusespeck an, was alles in allem ein Eingeständnis von Versagen war.

»Tut mir leid, Rachel«, stammelte er, den Blick abgewandt.

»Ist schon gut«, sagte ich mit gedämpfter Stimme, auch ich sah ihn nicht an.

Am liebsten wäre ich gegangen, aber ich traute mich nicht, ihn zu bitten, mich nach Hause zu fahren, was außerdem nichts genützt hätte, da ja sein Auto gestohlen worden war. Und für ein Taxi hatte ich kein Geld.

Er zog sich das Kondom ab und warf es in den Papierkorb – igitt –, dann drehte er das Licht aus und mir den Rücken zu. Ich hatte nichts anderes erwartet.

Luke und ich waren immer engumschlungen eingeschlafen.

Scheißkerl.

Als ich in die Dunkelheit starrte, verspürte ich plötzlich Hunger. Ich hätte meine aufgewärmten Bohnen essen sollen.

Dazu war es jetzt zu spät.

Ich schlief fürchterlich schlecht, wachte immer wieder auf. Und als ich um halb sieben wach wurde, hatte sich mein Gefühl, versagt zu haben, so sehr verstärkt, daß ich nicht einen Moment länger bleiben wollte. Mit düsteren Gefühlen zog ich mich an, nahm meine Handtasche und ging zur Tür.

Dann zögerte ich, weil mir klar wurde, daß es in meinem Leben absolut nichts gab, was gut war. Ich kramte in meiner Handtasche und fand einen Stift, dann schrieb ich meine Telefonnummer auf ein Stück Papier und legte den Zettel auf das Kopfkissen. Ich wagte nicht das Spielchen, das ich mit Luke gespielt hatte, als ich den Zettel zusammengeknüllt in den Papierkorb geworfen und gesagt hatte: »Da! Jetzt brauchst du das nicht zu machen.« Denn diesmal hätte es gestimmt.

»Ich ruf' dich an«, murmelte Chris schläfrig.

Natürlich würde er nicht anrufen.

Ich nahm vielleicht keine Drogen mehr, aber sonst hatte sich nichts in meinem Leben geändert.

Ich stand an der Bushaltestelle, und die Menschen, die früh zur Arbeit mußten, betrachteten meine Ausgehkleider und lächelten verächtlich.

Mit Ausnahme eines jungen Teenagers, der mich wohl für Freiwild hielt. Er kletterte hinter mir die Treppe rauf, setzte sich hinter mich und flüsterte unablässig: »Höschen, Höschen, ich hab' dein Höschen gesehen«, so leise, daß ich zunächst dachte, ich bildete es mir ein. Ich wollte mich nicht woanders hinsetzen, weil ich Angst hatte, die Leute würden mich wieder anstarren.

Als ich ausstieg, zwinkerte der Busfahrer mir zu und sagte: »Das mußt du wohl deiner Mammy erklären.« Ich beachtete ihn nicht, stieg aus und sagte mir immer wieder: *Ich gucke nicht hoch, ich gucke nicht hoch, aber ich war hilflos meinem Instinkt ausgeliefert, dem ich nicht widerstehen konnte.* Ich guckte hoch. Und wer hätte es gedacht? Da saß der Junge mit der Höschenmanie und sah mir lüstern nach. Ich zwang mich dazu, meinen Blick von ihm abzuwenden, doch nicht ehe ich seinen Gesten entnehmen konnte, daß er sich mir zu Ehren einen runterholen würde.

Ich schlug den kurzen Weg nach Hause ein. Ich fühlte mich schmutzig.

Wenigstens einer, der scharf auf mich war, dachte ich auf dem Weg.

Die Begrüßung meiner Mutter machte mir wieder klar, warum ich damals zu Hause ausgezogen war.

Mit wildem Blick, noch in ihrem Nachthemd, kreischte sie: »Wo in Gottes Namen bist du gewesen? Ich war drauf und dran, die Polizei anzurufen.«

»Ich habe bei Mrs. Hutchinson übernachtet.« Ich dachte, das klänge harmloser, als wenn ich gesagt hätte: »Ich habe bei Chris übernachtet, und wir haben versucht, miteinander zu schlafen, aber er bekam keine richtige Erektion zustande.«

»Ich habe bei Mrs. Hutchinson übernachtet, ich wollte ja nach Hause kommen, aber das Auto war gestohlen worden, und er mußte die Versicherung anrufen und es bei der Polizei melden ...«

Ich sprach schnell, in der Hoffnung, ihren auf mich gerichteten Zorn mit der Geschichte über das gestohlene Auto abzulenken.

»Philomena und Ted machen Urlaub auf Teneriffa«, zischte sie mich an. »Du warst mit ihm allein.«

»Das stimmt, Mum«, sagte ich frohgemut. Ich hatte keine Lust mehr auf all das. Schließlich war ich erwachsen.

Daraufhin rastete sie aus. Sie versuchte, mich zu schlagen, warf ihre Haarbürste nach mir, setzte sich, stand auf, fing an zu weinen, alles auf einmal.

»Du Flittchen«, kreischte sie. »Du hast kein Schamgefühl, und er ist verheiratet! Und was ist mit seinen drei Kindern? Die sind dir wahrscheinlich ganz egal!«

Der lähmende Schock mußte sich auf meinem Gesicht abgezeichnet haben, weil sie weiterschrie: »Du wußtest das nicht mal, was? Was bist du nur für eine Idiotin? Ein nutzloses, egoistisches Biest, das immer alles falsch macht.« Ihr Gesicht war wutverzerrt, und ihr Atem ging stoßweise. Vor Entsetzen war mir eiskalt.

»Wahrscheinlich weißt du auch nicht, daß er beim ersten Mal aus Cloisters rausgeflogen ist, weil man ihn dabei erwischt hat, wie er mit einer verheirateten Frau in einem der Badezimmer Geschlechtsverkehr hatte. Und soll ich dir sagen, was mir wirklich die Galle zum Überlaufen bringt?«

»Nein«, sagte ich, aber sie sagte es mir trotzdem.

»Daß du mir mit deinen Drogensachen so übel mitgespielt hast, das war schon schlimm genug. Und jetzt so was! Du warst schon immer ein egoistisches Gör. Ich habe nicht vergessen, wie du damals Margarets Osterei gegessen hast. Wahrscheinlich tust du das alles absichtlich, um mich zu kränken ...«

Ich rannte aus dem Zimmer und die Treppe rauf, und sie schrie mir nach: »Egoistisches, selbstsüchtiges Gör. Meinetwegen kannst du einfach gehen, und du brauchst auch nicht wiederzukommen. Meinetwegen, pack deine Taschen und hau ab, das wäre für mich eine Erleichterung, wenn ich dich nie wieder sehen müßte. Mich so zu quälen ...«

Ich zitterte am ganzen Körper. Ich hatte Auseinandersetzungen immer schon gescheut und war erschrocken über die Heftigkeit des Zorns meiner Mutter. Ihre Verachtung mir gegenüber war furchtbar. Ich hatte immer schon vermutet, daß ich eine große Enttäuschung für sie war, aber es tat sehr weh, das so bestätigt zu bekommen.

Ganz abgesehen davon, was sie über Chris gesagt hatte. Er war *verheiratet*. Er hatte drei *Kinder*.

Ich mußte immer wieder daran denken, daß er nicht erregt genug war, um einen Orgasmus zu bekommen. Daß er mich so zurückgewiesen hatte, tat weh, aber zusammen mit dem Zorn meiner Mutter war es zuviel.

Aber ich wußte genau, was ich tun würde.

Zuerst einmal würde ich mich umziehen. Dann würde ich mir Geld zusammenbetteln, stehlen oder borgen, mir einen Haufen Drogen kaufen und sie nehmen. Dann würde es mir bessergehen.

Ich stolperte in mein Zimmer und knallte die Tür hinter mir zu, um Mums hysterisches Schreien nicht mehr zu hören. Die Vorhänge waren zugezogen, und in meinem Bett lag einer. Nein, zwei. Helen und Anna.

Warum konnte in diesem Haus nicht jeder in seinem eigenen Bett schlafen? fragte ich mich erschöpft. Und warum lagen Helen und Anna zusammen in einem Bett? Angeblich haßten sie sich.

Sie schliefen beide tief und fest und lagen zusammengerollt wie zwei Kätzchen, ganz süß, die langen schwarzen Haare ringelten sich über das Kissen, und ihre Wimpern warfen Schatten auf ihre glatten Wangen.

Ich schaltete das Licht an, was zu sofortigem Protest führte. »Mann …!« sagte eine und setzte sich genervt auf. »Ich habe geschlafen!«

»Mach das Licht aus!« sagte die andere.

»Nein«, sagte ich. »Das hier ist mein Zimmer, und ich muß was suchen.«

»Blöde Ziege«, murmelte Helen, beugte sich aus dem Bett und fing an, in ihrer Tasche zu wühlen.

»Ist alles in Ordnung?« fragte Anna. Sie klang überrascht.

»Bestens«, sagte ich knapp.

»Hier«, sagte Helen und reichte Anna eine Sonnenbrille. »Setz die auf, dann können wir weiterschlafen.«

Helen setzte sich auch eine Sonnenbrille auf, und so lagen sie im Bett und sahen aus wie die Blues Brothers.

»Also«, fing Helen an. »Hast du mit dem Kerl gevögelt?«

»Ja«, sagte ich zitternd. Nach einer Pause: »Und nein.«

Helen zog hinter der Sonnenbrille eine Augenbraue in die Höhe. »Ja und nein? Geblasen?«

Ich schüttelte den Kopf. Ich bereute, überhaupt etwas gesagt zu haben, denn eigentlich wollte ich nicht darüber sprechen.

»Darf ich dich daran erinnern«, erklärte Helen, »daß Analverkehr auch als Vögeln zählt?«

»Danke, Helen.«

»Also?«

»Also was?«

»War es Analverkehr?«

»Nein.«

»Magst du das nicht?«

»Hab' nichts dagegen.« Ich hatte es nie praktiziert, aber das wollte ich meiner viel jüngeren Schwester nicht auf die Nase binden. Ich hätte *ihr* davon erzählen sollen. Nicht andersherum.

»Ich schwöre drauf«, murmelte sie.

65

Ich räumte das Portemonnaie meiner Mutter aus, hundertdreißig Pfund insgesamt. Sie hatte wahrscheinlich gerade ihr Haushaltsgeld geholt. Dann blies ich den Staub von ihrer Kreditkarte und nahm die vorsichtshalber auch mit. Ich zögerte, ob ich Anna bestehlen sollte, aber zum Glück hatte sie nur acht Pence in ihrem kleinen Stoffgeldbeutel. Helen legte beim Schlafen ihr Portemonnaie immer unter das Kissen, es hatte also keinen Sinn, von ihr etwas holen zu wollen.

Ich dachte nicht, daß ich etwas Schlimmes tat. Ich war von einem so starken Zwang getrieben, daß ich mich nicht bremsen konnte. Ich mußte mir Valium und Koks besorgen. An etwas anderes konnte ich nicht denken. Die schrecklichen Worte meiner Mutter rissen mich entzwei, und *den Schmerz auszuhalten*, war für mich unvorstellbar.

Die Zugfahrt in die Stadt verlief wie in Trance. Mein Blut war in Wallung, jede Faser meines Wesens lechzte nach chemischen Substanzen, und es gab keine Macht der Welt, die mich davon hätte abbringen können. Ich hatte keine Ahnung, wo ich Drogen bekommen könnte, aber es war klar, daß die Chancen in der Stadt besser stünden als in unserem verschlafenen Vorort Blackrock. Ich hatte gehört, daß Dublin ein Drogenproblem hatte. Ich war also voller Hoffnung.

Als ich aus dem Zug stieg, wußte ich nicht genau, in welche Richtung ich mich wenden sollte. In Nachtclubs konnte man leicht Kokain bekommen, aber kaum einer würde um neun Uhr morgens geöffnet sein. Ein Pub schien da eher richtig. Aber welcher?

Und warum waren sie alle geschlossen? Ich ging immer weiter, und meine Angst wuchs und füllte mich ganz aus.

Es erinnerte mich an Situationen, als ich dringend zur Toilette mußte und kein Lokal geöffnet hatte. Ich rannte durch die Straßen auf der Suche nach einer Bar oder einem Café. Meine Verzweiflung wuchs mit jedem Lokal, das mir seine geschlossene Vorderfront zuwandte. Wieder einmal machte ich die Erfahrung extremer Hilflosigkeit und Frustration, gekoppelt mit einem unerträglichen *Bedürfnis*.

Zu meinem großen Horror war jeder Pub, an dem ich vorbeikam, geschlossen.

Geh nach Hause.

Halt die Klappe.

»Wann machen die Pubs auf?« Ich trat einem Mann, der auf dem Weg zur Arbeit war, in den Weg.

»Um halb elf«, antwortete er mir verdutzt.

»Alle?« krächzte ich.

»Ja.« Er nickte und warf mir einen komischen Blick zu, unter dem ich mich normalerweise gewunden hätte.

War Irland nicht angeblich das Land der Säufer? dachte ich verwirrt. Welches Land der Säufer macht seine Pubs erst um halb elf auf? Wenn der Tag schon halb um ist?

Warum hatte Dublin kein Rotlichtviertel? Warum lebte ich nicht in Holland?

Ich schlug mich zu den kleineren Straßen durch und gelangte, eher zufällig als absichtlich, in eine Straße, die gelegentlich in den Nachrichten als Beispiel für Verelendung und Gewalt gezeigt wurde. In Dublin wurden jedes Jahr ungefähr zwei Menschen erschossen, normalerweise in dieser Straße. Zweifelhafte Geschichten kursierten über wohlsituierte, anständige Bürger, die sich in diese Gegend verirrten und in genau dieser Straße hundertvierundachtzig Mal von einem Dealer angesprochen wurden.

Volltreffer.

Aber wenn man einen Dealer braucht, dann ist keiner da. Vielleicht war es zu früh für sie. Wenn ich bloß ein Empfehlungsschreiben von Wayne bei mir hätte!

Ewigkeiten lungerte ich vor Graffiti-verschmierten Wohnhäusern herum. Auf jedem Giebel waren schiefe Bilder von Ampullen gemalt, die mit einem roten Kreuz durchgestrichen waren, und darunter war zu lesen: »Drogenhändler raus!« Ein sicheres Zeichen, daß ich in einer Gegend war, in der mit Drogen gehandelt wurde. Doch niemand kam auf mich zu, zwang mich zu Boden und setzte mir einen Schuß, so wie es laut der Zeitungsberichte laufend passierte. (Den Dealer, der Gratisproben und Drogen zu Testzwecken verteilte, wollte ich mal kennenlernen, aber den Boulevardblättern zufolge gab es ihn.) Oder vielleicht sollte ich die Schule in diesem Bezirk suchen, vor denen natürlich reihenweise Dealer herumstehen und ihre Ware feilbieten würden, wie auf einem marokkanischen Basar.

Die größten Chancen hatte ich vermutlich bei der Schule, vor der ich ein paar Jugendliche in coolen Klamotten sah. Doch als ich versuchte, mit ihnen Blickkontakt aufzunehmen, wendeten sie sich alle grinsend und errötend ab.

Ich bin nicht scharf auf euch, wollte ich ihnen entgegenschreien, *ich will nur Kokain kaufen.* Da wird ständig davon gesprochen, daß Dublin ein schlimmes Drogenproblem hat, dachte ich wütend. Aber das Problem besteht einzig und allein darin, daß man nirgends welche beschaffen kann!

Schließlich, nachdem ich eine ganze Stunde auf und ab gelaufen war, zwang ich mich, stehenzubleiben und zu warten. Einfach nur zu warten. An der Ecke zu stehen und verzweifelt und bedürftig auszusehen.

Die Leute musterten mich mißtrauisch. Es war schrecklich. Sie wußten alle, warum ich da stand, und ihr Abscheu war spürbar.

Um weniger aufzufallen, setzte ich mich auf die schmutzstarrenden Stufen eines Wohnblocks, der wie ein umkämpftes Gebiet aussah. Doch dann kam eine Frau mit mehreren Kindern aus dem Haus und sagte barsch:

»Machen Sie Platz!« Ich stand auf. Angst mischte sich in mein mich treibendes Bedürfnis. Die Frau war hart, verbittert und einschüchternd, und wahrscheinlich gab es viele von ihrer Sorte. Ich hatte von den privaten Wachleuten gehört, die in Gegenden wie dieser eingesetzt wurden. Und die malten nicht nur Bilder mit durchgestrichenen Ampullen an die Häusergiebel. Häufig wurden Leute in der Drogenszene krankenhausreif geschlagen. Ganz zu schweigen von den jährlichen Schießereien.

Wieder drängte mich eine Stimme in meinem Kopf, nach Hause zu gehen. Ich fühlte mich schmutzig, ich schämte mich und ich fürchtete mich so sehr, daß sich meine Kopfhaut zusammenzog. Doch so sehr es mir graute, während ich hier stand und wartete, noch mehr Angst hatte ich davor zu gehen.

Ich stellte mich hin, lehnte mich an die Mauer, warf jedem Vorübergehenden einen bedürftigen Blick zu und wand mich innerlich, wenn sie mich mit verächtlichem Gesichtsausdruck musterten.

Ich weiß nicht, wie lange ich so dagestanden hatte, mich vor Verzweiflung krümmend, als endlich ein Junge auf mich zukam. In wenigen Sätzen und in einer Sprache, die er zu verstehen schien, vermittelte ich ihm, daß ich eine große Menge Kokain brauchte, und er schien in der Lage zu sein, mir zu helfen.

»Und ich brauche Downers«, fügte ich hinzu.

»Temazepam?«

»Gut.«

»Das mit dem Koks dauert eine Weile.«

»Wie lange?« fragte ich beklommen.

»Zwei Stunden vielleicht.«

»Okay«, sagte ich zögernd.

»Und ich kriege einen Anteil«, sagte er.

»Okay«, sagte ich wieder.

»Warte in dem Pub am Ende der Straße.«

Er nahm mir achtzig Pfund ab, was ein unglaublicher Schwindel war, aber ich war nicht in einer Lage, in der ich verhandeln konnte.

Wie ich das alles hasse.

Ich ging in den Pub. Es blieb mir nichts anderes übrig als zu warten.

Im Pub waren nur wenige Gäste, alles Männer. Es herrschte eine feindselige Macho-Atmosphäre, mit der man mir deutlich zu verstehen gab, daß ich hier nicht erwünscht war. Jedes Gespräch verstummte, als ich einen Brandy bestellte. Einen schrecklichen Moment lang dachte ich, der Wirt würde mich nicht bedienen.

Nervös setzte ich mich in die hinterste Ecke. Ich hoffte, daß der Brandy mein aufgewühltes Inneres beruhigen würde. Aber als ich ihn ausgetrunken hatte, fühlte ich mich immer noch schrecklich, also bestellte ich einen zweiten. Und einen dritten.

Ich vermied jeden Blickkontakt und wünschte mir, die Zeit möge rasch vergehen, während ich mit den Fingern auf den braunen Resopaltisch trommelte. Zwischendurch, als bräche die Sonne durch dunkle Wolken, fiel mir immer wieder ein, daß ich in kurzer Zeit die stolze Besitzerin von einer Menge Kokain sein würde. Vielleicht. Der Gedanke gab mir ein wohliges Gefühl, doch dann wurde ich wieder in die Hölle meiner sich jagenden Gedanken gestürzt.

Immer wenn ich an meine schreckliche Nacht mit Chris dachte oder an das, was meine Mutter gesagt hatte, nahm ich einen Schluck Brandy und konzentrierte mich auf das Gefühl, das ich haben würde, wenn ich erst mal das Kokain in Händen hielt.

Nach einer Ewigkeit kam ein Mann an meinen Tisch und fragte mich, ob ich Methadon kaufen wollte. So begierig ich auch war, in den Zustand des Vergessens einzutreten, wußte ich doch, daß Methadon für die Uneingeweihten tödlich sein konnte. So verzweifelt war ich nun auch nicht. Noch nicht.

»Danke, aber jemand besorgt mir schon was«, erklärte ich und hatte furchtbare Angst, ihn zu beleidigen.

»Ah, das ist wahrscheinlich Tiernan«, sagte der Mann.

»Ich weiß nicht, wie er heißt«, sagte ich.

»Es ist Tiernan.«

Im Laufe der nächsten Stunde versuchte jeder in dem Pub, mir Methadon zu verkaufen. Offenbar hatte es in diesem Jahr eine Bombenernte gegeben.

Meine Augen waren ständig auf die Tür gerichtet, während ich auf Tiernan wartete. Aber er kam nicht.

Trotz des Brandys kam meine Panik wieder hoch. Was sollte ich tun? Wie würde ich jetzt noch an Drogen kommen können, wo ich soviel Geld weggegeben hatte?

Dann bahnte sich ein anderer Gedanke seinen Weg in mein Bewußtsein. Die Möglichkeit, daß Tiernan mit dem Geld durchgebrannt war, schien mir plötzlich wie eine barmherzige Rettung. *Du könntest jetzt nach Hause gehen und die Sache zwischen dir und deiner Mutter klären. Die Situation ist nicht unumkehrbar.*

Doch dann schlugen meine Gedanken wieder eine andere Richtung ein. Ich konnte mir nicht vorstellen, daß sich die Dinge jemals klären lassen würden. Ich war auf dem Weg, den ich gewählt hatte, schon zu weit gegangen, als daß ich umkehren konnte. Ich bestellte noch einen Brandy.

Damit ich mit meinen Gedanken nicht allein war, hörte ich den Gesprächen der anderen zu.

Die waren unglaublich langweilig, sie drehten sich um Maschinen und bestanden aus Sätzen wie: »... dann hab' ich sie zu meinem Schwager gebracht, damit er sich das mal anguckt...«

Manchmal wurde es interessanter. Jemand unterhielt sich über Ecstasy.

»Ich tausche zwei Mad Bastards gegen einen Holy Ghost«, bot ein tätowierter Mann einem rauhen jungen Burschen an.

»Nein.« Der junge Bursche schüttelte heftig den Kopf. »Ich behalte meinen Holy Ghost.«

»Du willst nicht tauschen?«

»Nein.«

»Auch nicht gegen zwei Bastards?«

»Auch nicht gegen zwei Bastards.«

»Siehst du«, sagte der tätowierte Mann zu dem anderen tätowierten Mann neben sich, »alle wollen lieber einen

Holy Ghost als zwei Mad Bastards. Von Holy Ghost kriegt man einen reineren Trip.«

Zumindest glaube ich, daß er das gesagt hat.

Gegen zwei Uhr – obwohl die Zeit zwischen Trauma und Brandy jede Bedeutung verloren hatte – kam Tiernan wieder. Ich hatte ihn aufgegeben und glaubte deshalb, ich hätte Halluzinationen. Ich hätte ihn küssen mögen, so glücklich war ich.

Außerdem war ich ziemlich betrunken.

»Hast du es bekommen ...?« fragte ich besorgt. Ich atmete stoßweise, als er einen kleinen Beutel mit weißem Pulver vor mir schwenkte.

Mein Herz machte vor Freude einen Sprung, und ich wollte den Beutel in die Hand nehmen und ihn halten, wie eine Mutter ihr Neugeborenes halten möchte. Aber Tiernan war sehr besitzergreifend.

»Ich kriege eine Line«, sagte er und schwenkte den Beutel, sodaß ich ihn nicht erreichen konnte.

»Ist in Ordnung«, keuchte ich mit extremer Begierde.

Mach schon.

Vor den Augen aller im Pub legte er zwei fette Lines auf dem Resopaltisch zurecht.

Ich sah mich um, was die anderen machten, aber sie schienen gar nicht auf uns zu achten.

Er rollte eine Zehn-Pfund-Note zusammen und sniffte die eine Line sauber hoch. Die größere von beiden, stellte ich verärgert fest.

Und dann war ich an der Reihe. Mein Herz raste, und mein Kopf neigte sich in freudiger Erregung. Ich beugte mich über das Kokain. Es war ein mystischer Augenblick.

Aber als ich gerade ansetzen wollte, hörte ich Josephines Stimme: »Sie waren dabei, sich mit Drogen umzubringen. Cloisters hat Ihnen gezeigt, daß Sie auch anders leben können. Sie können ohne Drogen glücklich sein.«

Ich zögerte. Tiernan sah mich fragend an.

Du brauchst das Zeug nicht.

Du kannst jetzt aufhören, und es wäre kein Schaden angerichtet.

Ich zögerte immer noch. In Cloisters hatte ich soviel gelernt, war soviel weiter mit mir selbst gekommen, hatte zugegeben, daß ich süchtig war, und mich auf ein besseres, freudvolleres, gesünderes und glücklicheres Leben gefreut. Wollte ich das alles wegwerfen? Wollte ich das wirklich?

Wollte ich es wirklich?

Ich sah auf das unschuldig aussehende weiße Pulver, das in einer unebenen Linie auf dem Tisch lag. Ich wäre an so was fast gestorben. Lohnte es sich, damit weiterzumachen?

Lohnte es sich wirklich?

Ja!

Ich beugte mich über mein Kokain, meinen besten Freund, meinen Retter, meinen Beschützer. Und inhalierte tief.

66

Ich wachte im Krankenhaus auf.

Allerdings wußte ich beim ersten Mal, als ich zu mir kam, nicht, wo ich war. Ich kämpfte mich aus dem Schlaf an die Oberfläche. Ich hatte keine Ahnung, wo ich war. Es hätte das Bett eines Fremden sein können. Bis zu dem Moment, da ich die Augen öffnete, hätte ich in einem von Millionen von Betten in der ganzen Welt liegen können.

Als ich den Tropf sah, an dem ich hing, und den Geruch der Desinfektionsmittel wahrnahm, begriff ich, wo ich war. Wie ich dorthin geraten war, wußte ich jedoch nicht. Noch, was mir angeblich fehlte.

Aber ich hatte den schlimmsten Comedown, den ich je hatte. Als stünde ich an der desolatesten Stelle des ganzen Universums und blickte in einen Abgrund. Leere um mich herum, Leere in mir drin. Und alles so vertraut.

So hatte ich mich seit über zwei Monaten nicht mehr gefühlt. Ich hatte vergessen, wie wirklich schrecklich und unerträglich es ist. Und natürlich war das erste, wonach ich mich sehnte, um dem Zustand ein Ende zu bereiten, eine neue Zufuhr von Drogen.

Was war passiert? fragte ich mich.

Ich erinnerte mich vage daran, daß ich mit meinem neuen besten Freund Tiernan durch die hell erleuchteten, abendlichen Straßen zog. Und daß wir in einen Pub gingen und mehr tranken und mehr snifften. Daß ich eine Handvoll von meinen Temazepam einwarf, als eine leichte Paranoia einsetzte. Ich erinnerte mich, daß ich in dem neuen Pub getanzt und mich für die begnadetste Tänzerin der Welt gehalten hatte. Himmel, wie entsetzlich!

Dann war ich mit Tiernan in einen anderen Pub gegangen, wo wir noch mal Koks snifften. Dann in einen anderen Pub. Und vielleicht in noch einen, meine Erinnerung war sehr lückenhaft, ich war mir nicht sicher. Danach waren wir mit drei – waren es vier? – Freunden von Tiernan in die Wohnung von jemandem gegangen. Inzwischen war es dunkel. Und jeder hatte zwei Ecstasy-Pillen geschluckt. Abgesehen von einem verschwommenen Bild einer Nachtclub-ähnlichen Szene, die ich mir auch eingebildet haben konnte, wußte ich einfach nichts mehr.

Ich hörte jemanden weinen, haltlos schluchzen. Meine Mutter? Zögernd öffnete ich die Augen, und alles wurde noch unwirklicher, als ich sah, daß es mein Vater war, der die Tränen vergoß.

»Bitte nicht«, krächzte ich. »Ich tue es nicht wieder.«

»Das hast du früher auch gesagt«, schluchzte er, das Gesicht in den Händen vergraben.

»Ich verspreche es«, sagte ich mühsam. »Diesmal meine ich es ernst.«

Offenbar war ich angefahren worden. Die Fahrerin hatte ausgesagt, daß ich vor ihr auf die Straße gesprungen sei und sie nicht mehr bremsen konnte. In dem Polizeibericht wurde ich als »außer mir« beschrieben. Die Leute, mit denen ich zusammen war, waren weggerannt und hatten mich liegenlassen. Man sagte mir, ich habe großes Glück gehabt, denn außer einer riesigen Prellung am Oberschenkel war mir nichts passiert.

Außer, daß ich dem Wahnsinn verfiel, versteht sich.

Ich wünschte mir, tot zu sein. Ich sehnte mich danach. Mehr als die anderen Male, als ich mir auch gewünscht hatte, tot zu sein.

Verzweiflung stürzte wie ein Felsbrocken auf mich und erdrückte mich. Ein Depressionsgemisch aus den Sachen, die meine Mutter mir an den Kopf geworfen hatte, meiner Scham, weil ich rückfällig geworden war, und der Schmach mit Chris, peinigte mich.

Ich lag im Krankenhausbett, die Tränen liefen über meine Wangen auf das Kissen, und ich haßte mich mit einer dumpfen, schweren Inbrunst. Ich war eine komplette Versagerin, der größte Loser aller Zeiten. Niemand hatte mich lieb. Ich war aus dem Haus meiner Eltern hinausgeworfen worden, weil ich dumm und zu nichts nütze war. Nie würde ich wieder dorthin zurückkehren können, und ehrlich gesagt konnte ich es meiner Mutter nicht verübeln. Denn neben all meinen anderen schrecklichen Fehlern war ich auch noch rückfällig geworden.

Das war es, was mich an den Rand des Wahnsinns trieb. Ich hatte alles versiebt, hatte meine Chance, ein glückliches, drogenfreies Leben führen zu können, vertan. Ich verachtete mich, weil mein Vater so viel Geld ausgegeben hatte, damit ich in Cloisters behandelt werden konnte, und was hatte ich daraus gemacht? Ich hatte alle enttäuscht: Josephine, die anderen Insassen, meine Eltern, meine Familie, sogar mich selbst. Ich plagte mich mit Schuldgefühlen, Scham und Selbstvorwürfen. Ich wollte aus dem Leben verschwinden, wollte sterben, mich auflösen.

Ich schlief ein und war froh, der Hölle, die mein Leben nun war, zu entkommen. Als ich aufwachte, saßen Helen und Anna neben meinem Bett und aßen die Weintrauben, die jemand mir mitgebracht hatte.

»Scheißkerne«, beklagte Helen sich und spuckte etwas in die Hand. »Haben die noch nie was von kernlosen

Weintrauben gehört? Herzlich willkommen im zwanzigsten Jahrhundert. Oh, du bist ja wach.«

Ich nickte. Zum Sprechen war ich zu deprimiert.

»Himmel, was machst du denn für Sachen?« sagte sie fröhlich. »Schon *wieder* im Krankenhaus wegen Drogen. Beim nächsten Mal gehst du wahrscheinlich drauf.«

»Hör auf.« Anna stieß sie mit dem Ellbogen an.

»Ihr braucht euch keine Sorgen zu machen«, preßte ich hervor. »Ich werde euch nicht mehr zur Last fallen. Wenn ich wieder auf den Beinen bin und hier raus kann, gehe ich ganz, ganz weit weg, so daß ihr mir nie wieder begegnen müßt.«

Ich wollte verschwinden. Wollte mich mit einer leeren, einsamen Existenz fern von meiner Familie und meinen Freunden bestrafen. Ich würde heimatlos umherwandern und nirgendwo willkommen sein, weil ich kein anderes Leben verdient hatte.

»Hört euch die Dramakönigin an«, spottete Helen.

»Hör doch auf«, jammerte Anna.

»Du weißt nicht, wovon ich rede«, erklärte ich Helen, und mein Herz brach schier entzwei, weil ich nun eine Fastwaise war. »Mum hat gesagt, ich soll abhauen und nie wiederkommen. Sie haßt mich, sie hat mich schon immer gehaßt.«

»Wer, Mum?« fragte Helen überrascht.

»Ja, sie läßt mich immer spüren, daß ich nutzlos bin«, kriegte ich zustande, obwohl der Schmerz mich fast umbrachte.

Das rief viel Freude und Hohngelächter bei den beiden hervor.

»Du?« spottete Helen. »*Mir* sagt sie immer, ich sei zu nichts zu gebrauchen. Weil ich meine Prüfungen zweimal vergeigt habe und jetzt jobbe. Jeden zweiten Tag erzählt sie mir, ich soll ausziehen und nie wiederkommen. Inzwischen mache ich mir Sorgen, wenn sie es mal nicht sagt. – Wirklich, ich lüge nicht.«

»Nein, am meisten haßt sie mich«, sagte Anna. Wenn ich sie nicht so gut gekannt hätte, hätte ich gedacht, sie gibt an.

»Und Shane kann sie nicht ausstehen. Sie fragt immer, warum er keinen Firmenwagen hat.«

»Warum hat er denn keinen Firmenwagen?« fragte Helen. »Nur so aus Neugier.«

»Weil er keine Stelle hat, du Depp«, sagte Anna und verdrehte die Augen.

Die Düsternis wurde von einem winzigen Schimmer erhellt. Zögernd begann ich die Möglichkeit zu erwägen, daß ich noch nicht gleich Selbstmord begehen oder auf einem Schiff anheuern sollte. Vielleicht war noch nicht alles verloren.

»Ist sie richtig gemein zu euch?« krächzte ich. »Oder versucht ihr nur, nett zu mir zu sein?«

»Ich bin nie nett zu jemandem«, sagte Helen verächtlich. »Und sie ist gemein zu uns beiden.«

Was für ein herrliches Gefühl, als die apokalyptische Verzweiflung wich, und sei es auch nur für einen Moment.

Helen tätschelte unbeholfen meine Hand, worauf ich so gerührt war, daß mir die Tränen, wohl zum neunundachtzigsten Mal an jenem Tag, in die Augen stiegen.

»Sie ist eine Mutter«, erklärte Helen mir weise. »Es ist ihre Aufgabe, uns anzubrüllen. Sie würde ihre Mutterehren-Anstecknadel verlieren, wenn sie es nicht täte.«

»Es ist nicht persönlich gemeint«, bekräftigte Anna. »Sie glaubt, wenn sie uns zusammenscheißt, wird aus uns was Ordentliches. Das geht nicht nur dir so. Sie macht es mit uns *allen*!«

»Außer mit Margaret«, sagten wir alle drei wie aus einem Munde.

Ich fühlte mich jetzt schon so viel besser, daß ich Margaret zwanzig oder dreißig Mal Schleimerin nennen konnte. »Schleimerin«, darin waren wir uns einig. »Ja, Schleimerin. So eine Schleimerin.«

»Du meinst also, du bist so abgestürzt, weil Mum dir gesagt hat, du sollst nie mehr nach Hause kommen?« Helen versuchte, mich zu verstehen.

»Na ja, gewissermaßen«, sagte ich achselzuckend. Es war mir peinlich, wie unerwachsen das klang.

»Du bist doch ein Dummerchen«, sagte sie freundlich. »Sag ihr einfach, sie soll abschieben, das mache ich auch immer. Oder frag sie, wer sich um sie kümmern soll, wenn sie alt ist.«

»Ich bin nicht wie du«, erläuterte ich.

»Dann solltest du vielleicht lernen, so zu werden«, regte Helen an. »Du mußt zäher werden. Du bist so ein Baby. Du kannst dich doch nicht jedesmal, wenn Mum – oder sonst jemand – dich anschreit, an den Rand des Todes bringen. So überlebst du keine fünf Minuten.«

Josephine hatte genau das Gleiche zu mir gesagt. In meinem Kopf klingelte es, weil ich plötzlich verstand, was sie gemeint hatte, als sie sagte, es bestünden noch ungelöste Spannungen zwischen mir und meiner Mutter. Ich hatte genickt und ihr zugestimmt, doch kaum kam eine dieser ungelösten Spannungen zum Vorschein, vergaß ich all ihre guten Ratschläge.

Ich hatte meine erste Prüfung in der Welt nicht bestanden.

Beim nächsten Mal wüßte ich besser Bescheid.

»Wenn sie mal wieder sauer auf dich ist, mußt du sie einfach ignorieren.« Helen schien meine Gedanken zu erraten und strahlte mich ermutigend an. »Ist doch egal, wenn sie einem sagt, man sei der letzte Dreck. Man muß an *sich selber* glauben.«

»Außerdem meint sie es nicht so«, warf Anna ein.

»Bei dir schon«, sagte Helen zu ihr.

Ich hatte das Gefühl, daß sich die schwere, schwarze Wolke der Niedergeschlagenheit von mir hob. Es war wunderbar zu entdecken, daß meine Schwestern sich von Mum genauso schlecht behandelt fühlten wie ich mich und daß der einzige Unterschied zwischen uns unsere Haltung war. Für sie war es ein amüsanter Sport, während ich es mir viel zu sehr zu Herzen genommen hatte. Und daran sollte ich etwas ändern.

»Hilft dir das, Mum besser zu verstehen?« fragte Anna sanft. »Sie ist nur so ausgerastet, weil sie sich solche Sorgen gemacht hat, als du nicht nach Hause gekommen bist. Sie war fast hysterisch, weil sie dachte, du hättest mit diesem Chris Drogen genommen. Wenn jemand besorgt ist, sagt er Dinge, die er nicht meint.«

Verlegen fügte sie hinzu: »Ich habe mir auch Sorgen gemacht.«

»Clean und heiter, so ist sie, unsere Anna, was?« Helen streckte sich und gähnte. »Wie lange ist es jetzt her, daß du was genommen hast?«

»Das geht dich gar nichts an«, sagte Anna hochnäsig. Und dann fingen sie an, sich zu kabbeln, aber ich bekam kaum etwas davon mit, weil plötzlich Scham- und Schuldgefühle auf mich einstürzten. *Andere* Scham- und Schuldgefühle als die, die mich seit dem Aufwachen gepeinigt hatten. Die jetzt betrafen mein Verhalten gegenüber meiner Mutter. Natürlich hatte sie sich Sorgen gemacht, begriff ich mit entsetzlicher Klarheit. Es war noch keine Woche her, daß ich aus Cloisters gekommen war. Ich war süchtig, ich hatte meinen ersten Ausflug in die Welt gewagt, hatte mich mit jemandem getroffen, der bekanntermaßen ein schlechter Einfluß war, und ich war nicht nach Hause gekommen. Wenn sie das schlimmste vermutet hatte, so hatte sie jedes Recht dazu. Ich hatte es verdient, daß sie mich zusammenstauchte.

Sie hatte mir Egoismus vorgeworfen. Und zu Recht. Ich war so mit mir und Chris beschäftigt gewesen, daß ich nicht sah, wie sehr sie sich um mich gesorgt hatte. Reumütig faßte ich den Entschluß, Abbitte zu leisten, sobald ich sie sah.

Langsam fing ich an, mich ganz gut zu fühlen, doch dann fiel mir ein, daß mein Streit mit Mum nicht das einzige war, was mir auf der Seele brannte.

»Ich habe versagt«, wandte ich mich an Helen und Anna. »Ich habe wieder Drogen genommen.«

»*Na und*?« sagten sie beide.

Na und? dachte ich angewidert. Sie hatten wohl keine Ahnung, wie ernst die Lage war.

»Mach es einfach nicht noch mal.« Helen zuckte die Achseln. »Bei einer Diät ist es genauso. Wenn du an einem

Tag ausrastest und fünf Mars ißt, heißt das ja nicht, daß du am nächsten Tag nicht wieder mit der Diät anfangen kannst. Im Gegenteil, man hat noch mehr Grund dazu.«

»Wenn es nur so einfach wäre«, sagte ich traurig.

»Es *ist* so einfach, verdammt noch mal«, sagte Helen gereizt. »Hör auf, dich selbst zu bemitleiden.«

»Du kannst mich mal«, murmelte ich.

»Du kannst mich auch mal«, sagte sie aufgeräumt.

Wie sie es sagte, klang es so vernünftig. Als hätte ich einfach überreagiert. Vielleicht hatte ich *wirklich* überreagiert, dachte ich voller Hoffnung. Wäre es nicht wunderbar, wenn sich alles zum Guten wenden ließe?

Mum kam, nachdem Helen und Anna gegangen waren. Ganz aufgewühlt setzte ich mich im Bett auf und wollte mich gleich entschuldigen. Doch Mum kam mir zuvor.

»Es tut mir so leid«, sagte sie mit zutiefst unglücklicher Miene.

»Nein, ich muß mich entschuldigen«, widersprach ich mit einem Kloß im Hals. »Du hattest recht. Ich war egoistisch und rücksichtslos, und es tut mir unendlich leid, daß ich dir so viele Sorgen gemacht habe. Aber das kommt nicht wieder vor, das schwöre ich dir.«

Sie setzte sich auf das Bett.

»Es tut mir leid, daß ich so schreckliche Sachen gesagt habe.« Sie senkte den Kopf. »Ich bin einfach übers Ziel hinausgeschossen. So bin ich nun einmal, ich habe es nicht böse gemeint. Ich will doch nur euer Bestes ...«

»Es tut mir leid, daß ich eine so schlechte Tochter bin«, sagte ich beschämt.

»Aber das bist du doch nicht!« rief sie aus. »Du bist doch nicht schlecht. Du warst doch immer so süß, so anhänglich, die beste von allen. Mein Kleines«, rief sie und nahm mich in die Arme. »Mein kleines Mädchen.«

Bei diesen Worten brach ich in Tränen aus. Ich ließ mich in ihre Arme sinken und schluchzte, während sie mein Haar streichelte und mich zu beruhigen versuchte.

»Und es tut mir leid wegen Margarets Osterei«, stammelte ich schließlich.

»Ist ja gut«, sagte Mum unter Tränen. »Ich hätte mir die Zunge abbeißen können, als ich das gesagt habe ...«

»Und es tut mir leid, daß ich dir das Leben schwer mache, weil ich drogensüchtig bin«, sagte ich kleinlaut.

»Das muß dir nicht leid tun«, sagte sie und wischte mir die Tränen mit dem Ärmel ihrer Strickjacke ab. »Da gibt es noch viel Schlimmeres. Hilda Shaw bekommt ein Baby. Schon wieder eins. Und sie ist *immer* noch nicht verheiratet. Und dann, stell dir das mal vor«, sagte sie und senkte die Stimme, obwohl wir allein im Zimmer waren, »Angela Kilfeather hat beschlossen, daß sie lesbisch ist ...«

Unglaublich! Angela Kilfeather, auf deren blondes Engelhaar ich als Kind so neidisch war, eine Lesbe!

»... und sie spaziert die Straße auf und ab und küßt in aller Öffentlichkeit ihre ...«, Mum brachte das Wort kaum über die Lippen, »... Geliebte. Eine Drogensüchtige ist doch nichts dagegen. Marguerite Kilfeather findet wahrscheinlich, daß ich echt Glück habe.«

Wir lachten unter Tränen. Und ich gelobte feierlich, nie eine Frau vor allen Nachbarn auf offener Straße zu küssen. Das war das mindeste, was ich für meine Mutter tun konnte.

67

Nach meiner Entlassung aus dem Krankenhaus sagte Dad, jemand namens Nola hätte für mich angerufen. Die blonde, schöne, bewundernswerte Nola, die zu den NA-Treffen nach Cloisters gekommen war. Danke, lieber Gott, dachte ich, zitternd und aus tiefstem Herzen dankbar. Ich mußte anfangen, zu meinen Gruppentreffen zu gehen, aber ich wollte nicht allein gehen.

Ich rief sie an und erzählte ihr voller Zerknirschung von meinem Rückfall. Sie beschimpfte mich nicht. So wie die beiden Male, als ich sie in Cloisters gesehen hatte, war sie nett, wenn auch ein bißchen zerstreut. Ich sollte bald feststellen, daß Nola immer so war: nett, wenn auch ein bißchen zerstreut.

Sie sagte, vielleicht mußte ich rückfällig werden, um wirklich zu begreifen, daß ich so nicht weitermachen wollte. Das war mir ein bißchen zu kompliziert, aber da ich offenbar nicht an den Pranger gestellt werden sollte, hatte ich gegen die Theorie nichts einzuwenden.

»Verzeih dir, aber vergiß es nicht«, sagte sie mit Nachdruck.

Sie nahm mich zu einem NA-Treffen in einem Gemeindehaus mit. Ich hatte zittrige Knie und fühlte mich verfolgt. Es war mein erster Ausflug in die Welt seit dem schrecklichen Tag mit Tiernan. Und ich hatte riesige Angst, daß ich Chris begegnen könnte. Die Erinnerung an die demütigende Nacht mit ihm ließ mich nicht los. Zum Glück tauchte er nicht auf.

Das Treffen unterschied sich sehr von denen in Cloisters. Es kamen sehr viele Menschen, die alle sehr freundlich waren und mich willkommen hießen. Und während in Cloisters nur einer aus seiner Drogen-Vergangenheit berichtete, sprachen hier mehrere der Anwesenden über ihr tägliches Leben. Wie sie es schafften, mit ihren Jobs, ihren Freunden und Müttern zurechtzukommen, ohne Drogen zu nehmen. Und sie kamen tatsächlich zurecht. Das machte mir große Hoffnung. Und manchmal, wenn jemand über sich sprach, klang es, als spräche er über mich. Ich wußte genau, was gemeint war, wenn jemand sagte: »Ich habe immer mein Inneres mit dem Äußeren der anderen verglichen.« Ich hatte das Gefühl dazuzugehören, und erstaunlicherweise machte mich das glücklich.

Ganz zu schweigen von der Tatsache, daß die verrückte Francie recht hatte, was die attraktiven Männer anging. Sie waren massenhaft vertreten.

Wunderbar, dachte ich, einer von diesen jungen Männern wird mir helfen, über Chris hinwegzukommen.

»Laß die Finger davon!« sagte Nola entschieden, als sie meine verstohlenen Blicke bemerkte.

Nach dem Treffen setzte sie mir bei einer Tasse Kaffee ordentlich zu. »Wieso hast du die denn alle so genau beäugt?«

Da war ich heilfroh, mir die Geschichte von meiner schrecklichen Erfahrung mit Chris von der Seele reden zu können. Von dem unbefriedigenden Sex, dem Verdacht, daß er mich gar nicht begehrte, meiner Angst, daß er es auf Helen abgesehen hatte, von meiner Demütigung und meinem Gefühl der Unzulänglichkeit. »Und ich glaube, das Beste für mich wäre, wenn ich mir einen neuen Liebhaber nähme«, schloß ich.

»Ah, nein«, sagte Nola so sanft, daß ich einen Moment übertölpelt war. »Wozu sollte das gut sein? Beziehungen in der Anfangsphase der drogenfreien Zeit sind ein großer Fehler. Du machst dich nur unglücklich.«

Ich war vollkommen anderer Meinung.

»Du bist zu jung und zu unreif, um die richtige Entscheidung zu treffen!« So wie sie es sagte, klang es wie ein Kompliment.

»Ich bin siebenundzwanzig«, wandte ich schmollend ein.

»Ist es nicht ein Geschenk, daß du so hübsch und so jung bist«, sagte sie strahlend und ging gar nicht weiter auf mich ein. Mit voller Absicht, wie ich später verstand.

»Trotzdem«, sagte sie freundlich, »Laß die Jungs eine Weile in Ruhe. Du kommst doch gerade erst aus der Klinik.«

Das frustrierte mich nun wirklich, aber sie war so nett, daß ich mich nicht beklagen mochte.

»Weißt du was?« plauderte sie. »Du wirst lachen, aber viele Leute glauben, daß die NA eine Art Partnervermittlungsagentur ist.«

Francie, du verlogenes Biest.

»Ist das nicht zum Schreien? Du hast ja selbst erlebt, was es für eine Katastrophe war, als du dich mit einem Süchtigen getroffen hast, der auch gerade erst aufgehört hatte.«

Nola sah mich freundlich an. »Du bist rückfällig geworden! Und du willst doch nicht, daß das wieder passiert, oder? Dazu hast du zuviel Respekt vor dir selbst.«

Das stimmte nicht, aber ich mochte sie zu sehr, als das ich ihr widersprechen wollte.

»Die ganze Sache mit Chris war fürchterlich«, gab ich zu.

»Ja, natürlich!« rief Nola aus, als hätte jemand etwas anderes behaupten wollen. »Aber vergiß ihn.«

Mir fiel auf, daß in jedem Gespräch zwischen zwei Frauen, in welchem Zusammenhang auch immer, irgendwann genau diese Worte fielen.

»Ich glaube, es tut besonders weh, wenn man von jemandem abgelehnt wird, den man gewissermaßen verehrt hat«, versuchte ich zu erklären. »Er hat mir immer gute Ratschläge gegeben, als wir in Cloisters waren. Er war so weise.«

»Aber er war nicht weise«, widersprach Nola mit unschuldiger Überraschung. »Er ist doch ein komplettes Arschloch.«

Ich war schockiert. Ich hatte gedacht, daß jemand wie sie so etwas nie über die Lippen bringen würde.

»Aber es stimmt doch«, sagte sie mit einem kleinen Kichern. »Ein kom-plet-tes Arschloch. Ich sage damit nicht, daß es seine Schuld ist, aber er hat nicht weise gehandelt, indem er dir haufenweise gute Ratschläge gegeben hat. Worte sind Schall und Rauch – du mußt auf das achten, was die Leute tun, nicht auf das, was sie sagen.«

»Aber er war wirklich sehr nett zu mir in der Klapsmühle.« Ich fühlte mich verpflichtet, ihn zu verteidigen.

»Das glaube ich dir gerne«, stimmte sie mir freundlich zu. »Besonders, wenn du unglücklich warst, stimmt's?«

»Ja«, sagte ich und fragte mich, wie sie das wissen konnte.

»Klar, viele Süchtige sind manipulativ«, sagte Nola mit größtem Verständnis. »Sie gehen immer zu den Menschen, die am verletzbarsten sind. Ich würde annehmen, daß du nicht die einzige Frau warst, zu der der arme Kerl nett war.« Sie sagte alles mit einer so freundlichen, angenehmen Stimme, daß ich immer erst einen Moment später merkte, wie vernichtend sie es meinte. Und sie hatte recht, mußte ich zugeben, als mir wieder einfiel, wie Chris Mistys Tränen mit seinem Daumen weggewischt hatte, so wie er es kurz davor bei mir gemacht hatte. Und wie er sich vergewissert hatte, daß ich ihn dabei sah. Da hatte er auf jeden Fall sein Spiel mit mir getrieben. Stockend erzählte ich Nola davon.

»Siehst du«, sagte sie triumphierend. »Du mußt das Kapitel mit ihm abschließen. Es hört sich nicht so an, als ob es ihm gutgeht, dem Armen. Dir das Gefühl zu geben, daß er so gut Bescheid weiß, und dabei ist er nicht besser dran als du. Und so unsicher, der arme Kerl, daß er dich verführen mußte, um sich zu beweisen, daß du scharf auf ihn warst.«

Dann erinnerte ich mich an den Spaziergang, den er mit mir in Cloisters gemacht hatte. Und seine provozierenden Bemerkungen. Das war alles Absicht, erkannte ich jetzt. So ein manipulativer *Saukerl.*

Im nächsten Moment war ich voller Wut auf ihn. Sich vorzustellen, daß ich mir Vorwürfe gemacht hatte, weil der Sex mit ihm so ein Reinfall war! Ein Witz. Alles drehte sich viel zu sehr um ihn selbst, als daß ich für ihn von Bedeutung gewesen wäre.

»Der Arsch!« rief ich aus. »Er hat sein Spielchen mit mir getrieben, und alle sollten wir scharf auf ihn sein, bloß weil er sich unzulänglich fühlt, und dann hat er mich an der Nase herumgeführt ...«

»Holla, junge Frau, sei nicht zu hart«, unterbrach Nola mich, als wäre nichts einfacher als das. »Er kann doch nichts dafür.«

»Du hast gut reden«, sagte ich atemlos vor selbstgerechtem Zorn.

»Vergiß nicht, daß er nicht anders ist als du«, erinnerte sie mich freundlich. »Ein Süchtiger, der gerade erst mit seinem neuen Leben begonnen hat.«

Das nahm mir den Wind aus den Segeln.

»Obwohl er dir erzählt hat, wie du dich zu verhalten hast, hat er doch offenbar selber keine Ahnung, wo's langgeht.« Sie lächelte mich freundlich an. »Wenn er seinen Grips beisammen gehabt hätte, wäre er niemals mit dir ins Bett gegangen. Damit will ich dich nicht beleidigen.«

Ich murmelte, daß ich nicht beleidigt sei.

»Jetzt reg dich wieder ab«, mahnte sie mich. »Tief durchatmen, junge Frau.«

Fast ärgerte ich mich, als ich merkte, daß ich mich *tatsächlich* wieder abregte.

»Verzeih dir«, sagte Nola, als ich merkte, daß ich mir schon verziehen hatte. »Du konntest nichts dafür, daß er dich nicht wollte. Und verzeih ihm auch, wo du schon dabei bist.«

Und ich war sehr überrascht, als mein Zorn auf Chris und der Schmerz, den er mir zugefügt hatte, sich einfach auflösten. Alles war verändert, und ich sah ihn als armen Kerl, der auch nicht besser klarkam als ich. Er hätte nicht mit mir schlafen sollen, aber *ich* hätte auch nicht mit *ihm* schlafen dürfen. Ich war nicht das Opfer. Ich hatte die Entscheidung getroffen, mit ihm auszugehen, obwohl man mich davor gewarnt hatte. Und wenn es alles in der Katastrophe endete – was ja passiert war –, dann war ich genauso daran schuld.

Dieses Gefühl mochte ich. Verantwortlich sein, die Dinge in die Hand nehmen.

»Außerdem«, fuhr Nola fort, »wolltest du eigentlich auch nicht mit ihm schlafen.«

Doch statt mich besser zu fühlen, mußte ich plötzlich an Luke denken.

»Was hast du denn nun, meine Liebe?« fragte Nola.

»Wie meinst du das?« fragte ich.

»Du siehst auf einmal ein bißchen, ich weiß nicht… *verärgert* aus.«

Ich war rasend vor Zorn, aber Nola kannte anscheinend keine Gefühle, die negativer waren als Ärger.

»Ich hatte einen Freund«, erklärte ich, und meine Augen füllten sich ungewollt mit Tränen. »Einen Liebhaber, meine ich, nicht so eine Niete wie Chris.«

Vor Wut und Verbitterung überschäumend, erzählte ich ihr von Luke, daß er sich wie ein widerlicher Scheißkerl benommen hatte, mich erniedrigt und verletzt hatte, als er bei seinem Besuch in Cloisters so schreckliche Dinge gesagt hatte.

Nola hörte verständnisvoll zu. »Und du liebst ihn immer noch«, sagte sie, als ich fertig war.

»Ihn lieben?« fragte ich und sah sie an, als wäre sie übergeschnappt. »Ich hasse ihn!«

»So sehr?« Sie sah mich mitleidig an.

»Nein, wirklich«, beharrte ich, »ich hasse ihn von ganzem Herzen.«

»Obwohl er es auf sich genommen hat, den langen Weg zu machen und dir zu helfen, damit du deine Sucht erkennst?« Sie klang erstaunt. »Ich finde das einmalig.«

»Ach, hör bloß auf«, sagte ich schmollend. »Ich hasse ihn, und ich werde ihm nie verzeihen, und ich hoffe, daß ich ihn in meinem ganzen Leben nie wiedersehen werde. Dieser Teil meines Lebens ist ein für allemal abgeschlossen.«

»Manchmal, wenn es so sein soll, kommen Menschen aus deinem alten Leben noch einmal zurück«, sagte sie, als wäre das eine Art Trost.

»Wenn es so sein soll«, äffte ich sie nach. »Ich *will* ihn gar nicht zurück.«

»Du bist wirklich nicht gut auf ihn zu sprechen.« Sie lächelte nachsichtig.

»Ich meine, ich will ihn nicht zurückhaben«, beharrte ich und fügte dann mit kläglicher Stimme hinzu: »Aber ich werde auch keinen anderen kennenlernen.« Plötzlich war ich ganz niedergeschlagen. »Mein Leben ist vorbei.«

Unversehens stand Nola auf.

»Beeil dich, trink aus!« befahl sie und deutete auf meinen Kaffee, dann warf sie zwei Pfund auf den Tisch. »Und komm!«

»Wohin …?«

»Komm einfach mit«, sagte sie atemlos und aufgeregt.

Sie ging voraus auf die Straße und marschierte, ein Schlüsselbund in der Hand, auf einen silberfarbenen Sportwagen zu.

»Steig ein, meine Gute«, befahl sie. Ängstlich stieg ich ein.

»Wohin fahren wir?« fragte ich, als sie wie eine Wahnsinnige durch die Straßen preschte.

»Ich will dir was zeigen«, murmelte sie ausweichend. »Es wird dir gefallen.«

Und dann sagte sie nichts weiter, bis wir mit quietschenden Reifen vor einem roten Backsteinhaus zum Stehen kamen.

»Aussteigen, bitte«, sagte sie. Freundlich, aber bestimmt. Ich dachte längst nicht mehr, daß Nola das sanftmütige Wesen war, das sie auf den ersten Blick zu sein schien.

Ich stieg aus, und sie ging mit festen Schritten über den Kiesweg zur Tür und bat mich mit einer Geste ins Haus.

»Harry!« rief sie. »Harry!«

Ich dachte, Harry müsse der Hund sein, weil doch kein menschliches irisches Wesen Harry genannt wurde.

Doch als kein Hund herbeigetollt kam, begriff ich, daß Harry der zwei Meter zwanzig große, gebräunte, blonde Mann war, der auf ihr Rufen hin in den Flur kam.

»Das ist Harry«, sagte sie. »Mein Mann. Ich habe ihn kennengelernt, als ich drei Jahre drogenfrei war. Da war ich acht Jahre älter als du jetzt. Er ist ganz verrückt nach mir. Das bist du doch, oder?« Sie sah zu ihm auf.

Er nickte. »Ganz verrückt nach ihr«, sagte er vertraulich zu mir.

»Wir haben eine großartige Beziehung.« Sie zwinkerte mir zu. »Weil ich gelernt habe, mit mir selbst zu leben, bevor ich ihn kennenlernte. Ich war sehr unglücklich, bis ich das gelernt hatte. Drücke ich mich klar genug aus?« sagte sie mit einem fragenden Blick.

»Glasklar«, murmelte ich.

»Gut.« Sie strahlte. »Wunderbar! Manchmal verwirre ich die Leute. Nun komm, ich fahre dich nach Hause.«

Und wenn ich im Laufe des nächsten Jahres nachts aufwachte und dachte, ich würde bis zu meinem Lebensende nie wieder den Körper eines Mannes neben mir spüren – und diese Gelegenheiten gab es häufig –, dann dachte ich »Operation Harry«, und die Panik ließ nach. Wenn ich ein Jahr lang clean und mannlos überstanden hatte, würde ich meinen Gratis-Harry anfordern.

Nola rief mich an und nahm mich zu einem anderen Treffen mit. Es fand in einem anderen Gemeindehaus mit anderen Leuten statt, aber der Ablauf war der gleiche. »Komm einfach wieder«, sagten alle, »und dann wird alles besser.« Am nächsten Tag holte Nola mich zu einem weiteren Treffen ab, und am nächsten Tag wieder zu einem.

»Warum bist du so nett zu mir?« fragte ich ein wenig skeptisch.

»Warum denn nicht?« rief sie aus. »Du bist doch ein Schatz.«

»Warum aber?« beharrte ich.

»Ach«, seufzte sie. »Als ich dich in Cloisters sah, mit deiner übelgelaunten Miene, hast du mich an mich selbst erinnert. Ich fühlte mich um sieben Jahre zurückversetzt, in den Zustand unglücklicher Verzweiflung. Mit der Verwirrung und dem ganzen inneren Durcheinander. In dem Moment, als ich dich sah, dachte ich: ›Gott sei Dank bin ich nicht mehr so wie sie.‹«

Ich war irritiert. So eine Frechheit!

»Du warst genau wie ich«, sagte sie freundlich, »wir sind genau gleich.«

Das besänftigte mich. Ich wollte wie sie sein.

»Ich hätte mit den Drogen nicht aufgehört, wenn damals keiner nett zu mir gewesen wäre«, sagte sie. »Jetzt bin ich an der Reihe. Und wenn es dir besser geht, dann hilfst du den neuen.«

Das rührte und verstörte mich gleichzeitig.

»Hast du keine Arbeit?« fragte ich sie am folgenden Tag, als sie mich zu einem weiteren Treffen abholte.

»Ich bin selbständig«, sagte sie. »Mach dir keine Sorgen um mich.«

»Was machst du denn?« fragte ich neugierig.

Sie erzählte mir, daß sie eine Model-Agentur hatte, die erfolgreichste in ganz Irland. Sie selbst war auch Model gewesen. Das tröstete mich. Es gefiel mir außerordentlich, daß sie süchtig sein konnte und dennoch einen glänzenden Beruf mit Erfolg ausübte. Es milderte das drückende Gefühl, daß ich zu den Verlierern gehörte.

»Es gibt eine Menge von uns drogenfreien Süchtigen, die es im Beruf sehr weit bringen«, sagte sie. »Wenn es dir ein bißchen besser geht, machst du es uns wahrscheinlich nach.«

Das konnte ich mir nun überhaupt nicht vorstellen.

68

Jedesmal, wenn Nola mich dabei erwischte, daß ich mit einem Mann sprach, sagte sie zu ihm: »Laß bloß die Finger von ihr, sie ist komplett verrückt. Neulich ist sie angefahren worden und ist gerade noch mal so davongekommen. Sie hat erst vor ein paar Wochen mit dem Schnee aufgehört.« Dann zerrte sie mich weg. Statt dessen machte sie mich mit vielen weiblichen Süchtigen bekannt, vor denen ich anfangs eine gewisse Scheu hatte.

Aber im Laufe der Wochen fing ich an, manche der NA-Leute als meine Freundinnen zu betrachten, so wie ich nach einer kurzen Zeit in Cloisters alle Insassen richtig gern mochte. Ich traf Jeanie wieder, die schlanke, gutaussehende junge Frau, die an dem Abend in Cloisters war, als ich meine Sucht zum ersten Mal erkannte. Und ich befreundete mich mit einer kettenrauchenden Fleischerin (das war ihr Beruf, nicht ihr Hobby), die den wenig schmeichelhaften Namen Gobnet hatte.

»Kein Wunder, daß ich süchtig bin«, sagte sie, als sie sich mir vorstellte. »Mit dem Namen.« Dann wurde sie von einem Hustenanfall geschüttelt.

»Grundgütiger«, sagte sie mit tränenden Augen. »Wo sind meine Zigaretten?«

Nach einer Weile stellte ich fest, daß ich fast jeden Tag zu einem Treffen ging.

»Ist das nicht ein bißchen übertrieben?« wollte ich von Nola wissen.

»Ach nein«, sagte sie, was ich mir auch hätte denken können. »Du hast jeden Tag Drogen genommen, warum nicht jeden Tag ein Treffen? Und es ist ja nicht für immer. Nur so lange, bis es dir besser geht.«

»Aber« – ich wand mich voller Unbehagen – »sollte ich nicht versuchen, Arbeit zu finden? Ich habe richtige Schuldgefühle, weil ich nicht arbeite.«

»Aber nein.« Sie wischte das vom Tisch, als wäre schon der Vorschlag ein Witz. »Wozu willst du arbeiten? Leg dich in den Garten, laß dich von der Sonne bescheinen. Das ist das Leben, meine Gute.«

»Aber ...«

»Und was würdest du tun? Du weißt doch noch gar nicht, was du mit deinem Leben anfangen willst«, sagte sie, als wäre das etwas, worauf ich stolz sein könnte. »Irgendwann weißt du es. Kriegst du denn keine Stütze?«

Ich nickte.

»Na also!« flötete sie. »Du hast genug Geld, um zu überleben. Betrachte diese Zeit einfach als eine Erholungsphase, als würdest du dich von einer schlimmen Grippe erholen, einer Grippe der Gefühle. Und nutze die Zeit, ein bißchen braun zu werden!«

»Wie lange?« fragte ich. »Wie lange werde ich so leben müssen?«

»So lange, wie es dauert«, sagte sie einfach. »Schon gut, schon gut«, fuhr sie fort, als sie meine bekümmerte Miene sah. »In Cloisters haben sie gesagt, ein Jahr, oder? Konzentrier dich darauf, daß du dich ein Jahr lang erholst, und dann gucken wir, wie gut es dir geht. Du mußt Geduld haben.«

Sie klang sehr überzeugend, aber um mich abzusichern, erwähnte ich Mum und Dad gegenüber, daß ich mir vielleicht eine Arbeit suchen sollte. Und der Sturm der Entrüstung überzeugte mich, daß eine Weile lang nichts dagegen einzuwenden war, wenn ich wie ein langhaariger Tagedieb lebte.

Ich war überrascht, daß ich längst nicht so oft an Drogen dachte, wie ich mir vorgestellt hatte. Und ich stellte dazu erstaunt fest, daß ich mich mit Nola, Jeanie und Gobnet ebenso gut amüsierte wie früher mit Brigit. Wir gingen zu Treffen, besuchten uns gegenseitig, gingen ins Kino oder einkaufen und trafen uns zum Sonnenbaden. Alles, was Freundinnen normalerweise zusammen machten, nur daß wir nicht tranken und keine Drogen nahmen.

Mit ihnen konnte ich mich entspannen, denn sie wußten, wie schlimm es um mich an meinem schlimmsten Punkt gestanden hatte, und sie verurteilten mich nicht. Jede meiner Geschichten über Scham und Erniedrigung übertrafen sie locker mit einer von ihren.

Zusätzlich zu den Treffen machte ich eine Psychotherapie mit einem Suchttherapeuten und hatte jeden Dienstag und Freitag eine Sitzung.

Langsam veränderte sich meine innere Landschaft. Ich befreite mich von den Umschlingungen aus Vorurteilen und inneren Gewißheiten, durch die ich mich wahrnahm wie durch Stacheldraht. Der Tag, an dem ich begriff, daß ich mich nicht für blöd halten mußte, bloß weil ich eine sehr intelligente Schwester hatte, war ein ganz besonderer.

Auch meine Sicht auf meine Kindheit veränderte sich, indem der Therapeut mir half, sie zu entmystifizieren. Ähnlich wie Josephine machte er mir klar, daß ich für die Schwermut meiner Mutter nach Annas Geburt nicht verantwortlich war. Immer wieder zeigte er auf, daß ich kein böses Kind gewesen war, daß ich jetzt kein schlechter Mensch war.

Es war, als würde ein Photo entwickelt, ganz langsam, ein ganzes langes Jahr, und mein Bild träte nach und nach schärfer zutage.

Und die großen Veränderungen zogen kleinere nach sich. Ich vermutete, daß ich immer ein großes Schleckermaul bleiben würde, aber das hemmungslose Hin und Her zwischen Prassen und Hungern pendelte sich von selbst ein, ohne daß ich etwas dazu tun mußte.

Damit soll nicht gesagt werden, daß ich nicht auch schlechte Tage hatte. Die hatte ich nämlich.

Die Dinge wurden nicht in einer steten Aufwärtsbewegung besser. Ich machte zwei Schritte vor und einen zurück. Es gab Momente, wenn mein erbarmungsloses Bewußtsein mir keine Ruhe gönnte und ich mich einfach nur abschalten, mich aus der Realität ausklinken wollte. Es mußte gar nichts Schlimmes geschehen sein, manchmal war ich es einfach nur leid, immer ganz da zu sein.

Und dann gab es Zeiten, wenn mich die Trauer um meine vergeudeten Jahre umwarf. Mich plagten schreckliche Schuldgefühle wegen des Schmerzes und der Sorgen, die ich so vielen anderen bereitet hatte, aber Nola versicherte mir, daß ich es wiedergutmachen würde, wenn es mir erst ein bißchen besser ginge. Aber das klang in meinen Ohren auch nicht so verlockend.

Manchmal war es so, als lebte ich auf einer Achterbahn, denn immer wieder übermannte mich die Wut, weil ich das schlechte Los gezogen hatte und süchtig geworden war.

Während alle menschenmöglichen Emotionen in keiner besonderen Reihenfolge aus mir heraussprudelten, hätte ich ohne die Treffen nicht überleben können. Nola und die anderen trösteten mich, richteten mich auf, unterstützten und ermutigten und beruhigten mich. Was immer ich fühlte, sie kannten das Gefühl. Und sie sagten mir immer wieder: »Wir haben es überstanden, jetzt sind wir glücklich.«

Ihre Unterstützung war ganz unschätzbar, als aus heiterem Himmel der Tanga-Krieg ausbrach. Ich hatte gedacht, daß meine Mutter und ich nach der großen Versöhnung im Krankenhaus nie wieder streiten würden.

Irrtum. Ein sehr, sehr großer Irrtum.

Man kann sich gar nicht vorstellen, was für ein unermeßlich großer Irrtum das war.

Und was geschah, war folgendes: Jeder weiß, daß es nicht sehr schön ist, wenn sich die Unterhose durch die Hose abdrückt, klar? Keiner will, daß seine Unterhose durch eine enganliegende Hose zu sehen ist, oder? Und jeder weiß, daß man das Problem löst, indem man entweder keine Unterhose trägt oder eben einen Tanga. Das weiß *jeder.*

Wenn man einen Tanga trägt, ist man keine Stripperin und auch kein loses Luder, im Gegenteil, wenn man einen Tanga trägt, zeugt das von großem Schamgefühl. Aber das sollte mal einer meiner Mutter erklären! Sie kam ganz niedergeschlagen in mein Zimmer. Sie müsse mir etwas sagen. Nur zu, ermunterte ich sie. Mit zitternder Hand hielt sie mir einen kleinen Fetzen schwarzer Spitze entgegen.

»Es tut mir leid«, sagte sie, den Kopf gesenkt. »Ich weiß nicht, wie das passieren konnte, aber diese Unterhose muß in der Waschmaschine geschrumpft oder zerrissen sein.«

Ich überprüfte das Objekt und stellte fest, daß es ein Tanga war, dem nichts fehlte.

»Es ist nichts passiert«, versicherte ich ihr.

»Sie ist hinüber«, beharrte sie.

»Wirklich, es ist nichts passiert«, wiederholte ich.

»Aber man kann sie nicht mehr tragen«, sagte sie und sah mich an, als wäre ich nicht ganz zurechnungsfähig.

»Sie ist in bester Verfassung«, sagte ich.

»Guck doch mal!« sagte sie streng und hielt den Tanga ans Licht. »Damit kann man nicht mal den Hintern einer Ameise bedecken.« Sie zeigte auf das Vorderteil. »Und das hier«, sie zeigte auf die Schnur, »das nützt doch keinem was. Was mich wundert, ist, wie es in einer so glatten Linie gerissen ist.«

»Du verstehst das nicht«, sagte ich freundlich, nahm ihr den Tanga aus der Hand und fing an zu erklären. »Das ist nicht für den Po, sondern für die Vorderseite. Und diese Schnur hier ist für die Rückseite.«

Sie starrte mich an, langsam dämmerte es ihr. Dann öffnete und schloß sich ihr Mund wie in Krämpfen, und sie lief rot an. Sie wich vor mir zurück, als wäre ich hochgradig ansteckend. Und dann fing sie an zu kreischen: »Du loses LUDER! So was trägt man vielleicht in New York, aber hier bist du nicht in New York, und so lange du unter meinem Dach lebst, wirst du dich wie ein Christenmensch bedecken.«

Kalte Angst bemächtigte sich meiner. Ich zitterte, und mir war schlecht von dem Ausbruch. Es war schrecklich, es war wie das Ende der Welt. Ich schleppte mich aus dem Zimmer und wollte mich umbringen, Mum umbringen, auf einem Schiff anheuern, haufenweise Drogen einwerfen.

Doch diesmal stürzte ich nicht aus dem Haus und in die Stadt, um Tiernan aufzutun, sondern ich rief Nola an. Und sie kam und nahm mich mit zu einem Treffen, wo sie und die anderen mich beruhigten. Sie sagten mir, daß meine Aufregung verständlich sei, daß es vorübergehen und ich es überstehen würde. Natürlich glaubte ich ihnen kein Wort. Ich wollte mich einfach nur mit Drogen zudröhnen.

»Natürlich, das ist doch klar.« Gobnet hustete und zündete sich eine Zigarette an. »Du hast noch nie eine solche Krise erlebt, ohne zu Drogen zu greifen.«

»Es ist alles ganz leicht«, sagte Nola beschwichtigend. »Du mußt einfach nur ein paar neue Reaktionen lernen.«

Da mußte ich lachen. Sie war immer so positiv, es war beängstigend.

»Aber das ist so schwer«, sagte ich.

»Das stimmt nicht«, säuselte Nola, »es ist einfach nur neu. Man braucht Übung.«

»Ich ziehe zu Hause aus«, verkündete ich.

»O nein.« Sie schüttelten einvernehmlich den Kopf. »Streit gehört zum Leben. Am besten lernst du, damit umzugehen.«

»Ich werde mich nie wieder mit meiner Mutter versöhnen«, sagte ich schmollend.

Und ich war fast enttäuscht, als der Zusammenprall in weniger als einem Tag vorbei und vergessen war.

»Wenn ihr das nächste Mal aneinandergeratet, macht es dir noch weniger aus«, sagte Jeanie.

Ich verspürte ein widerstrebendes Wohlgefühl, als sich das bewahrheitete.

Die Zeit verging, und ich wurde nicht rückfällig. Ich fühlte mich anders. Besser, ruhiger.

Das einzig Schlimme, was sich nicht zu ändern schien, war mein Zorn auf Brigit und Luke. Ich konnte nicht erklären, warum das so war. Schließlich war alles, was sie gesagt hatten, richtig gewesen. Aber jedesmal, wenn ich daran dachte, daß sie nach Cloisters gekommen waren und das alles ausgebreitet hatten, empfand ich unbändige Wut.

Doch alles andere in meinem Leben wurde besser. Ich brauchte vieles, was ich gehaßt hatte, nicht mehr zu tun: Geld stehlen oder borgen, ohne die geringste Absicht, es je zurückzuzahlen; blau machen, weil mir zu schlecht war; oder mit einem Mann im Bett enden, mit dem ich nie etwas zu tun gehabt hätte, wenn ich nicht völlig zu gewesen wäre. Und ich wachte nie voller Scham und Schuld über mein Verhalten am Abend zuvor auf. Ich hatte meine Würde wiedererlangt.

Meine Gedanken kreisten auch nicht mehr ständig darum, wann ich das nächste Mal etwas nehmen konnte oder wo ich es herbekommen würde oder von wem. In meinem jetzigen Leben brauchte ich nicht mehr andauernd zu lügen. Die Drogen hatten zwischen mir und den anderen eine Mauer aufgebaut, eine Mauer, die nicht nur aus den chemischen Substanzen bestand, sondern auch aus Geheimniskrämerei, Mißtrauen und Unehrlichkeit.

Wenn ich jetzt mit anderen Menschen zusammen war, konnte ich ihnen in die Augen sehen, weil ich, im Gegensatz zu der letzten Zeit mit Brigit, nichts zu verbergen hatte.

Ich wurde nicht mehr von einer namenlosen, undefinierbaren Angst heimgesucht, die mir den Magen zusammenkrampfte – und das lag daran, daß ich andere Menschen nicht mehr hängenließ, anlog, oder sie rücksichtslos oder unfreundlich behandelte.

Und ich durchlebte nicht mehr die verheerenden Depressionen, die auf eine durchgemachte Nacht folgten.

»Das ist doch klar«, sagte Nola, »du führst deinem Körper keine starken, depressiv machenden Mittel mehr zu. Ist doch kein Wunder, daß du dich besser fühlst.«

Ich hatte Freude an Dingen, bei denen ich früher unter keinen Umständen ertappt werden wollte: Ich besuchte meine Freundin, die Fleischerin, kochte für meine Familie ein Essen oder ging am Meer spazieren. Die einfachen Dinge des Lebens waren eine große Bereicherung. *Advent* von Patrick Kavanagh ging mir oft durch den Kopf, wie damals, als ich nach Cloisters kam. *Wir haben zuviel versucht und geschmeckt, Geliebter, durch einen zu breiten Spalt dringt kein Staunen.*

Und ich lernte, was Aufrichtigkeit und Loyalität Freunden gegenüber bedeutete. Mir blieb nichts anderes übrig, solange Helen da war. Immer, wenn sie ans Telefon ging, und es war jemand von den NA, dann rief sie laut durchs Haus: »Rachel, es ist einer von deinen Loser-Freunden, einer von den Junkies, die ihr Leben nicht auf die Reihe gekriegt haben.«

In meinem früheren Leben hätte ich mich Helens Spott – oder wessen auch immer – gebeugt und den Kontakt mit dem Menschen von den NA auf der Stelle abgebrochen. Aber das war einmal.

Manchmal sagte ich, einfach nur so zum Spaß: »Wovor hast du solche Angst, Helen?«, um sie ein bißchen aufzurütteln.

Bis Helen Nola und mich eines Tages zufällig in der Stadt traf.

»Du bist Nola?« kreischte sie spürbar verblüfft. »Aber du siehst ...«

Nola zog fragend eine Augenbraue hoch, was äußerst elegant wirkte.

»Du siehst ganz normal aus«, plapperte Helen drauf los. »Besser als normal. Wunderhübsch. Dein Haar, deine Kleider ...«

»Das ist noch gar nichts, mein Mädchen«, sagte Nola mit ihrem leisen Singsang. »Du solltest mal mein Auto sehen.«

»Und ihren Mann«, fügte ich stolz hinzu.

Chris sah ich nie bei den Treffen, zu denen ich ging. Nach einer Weile hielt ich nicht mehr nach ihm Ausschau.

Schließlich vergaß ich ihn ganz.

Bis Helen eines Abends, verlegen und unsicher, auf mich zukam. Bei mir schrillten sofort die Alarmglocken.

Helen war nie verlegen oder unsicher.

»Was ist los?« fuhr ich sie panikerfüllt an.

»Ich muß dir was sagen«, sagte sie.

»Ich weiß!« schrie ich, »das sehe ich dir an.«

»Versprich mir, daß du nicht sauer bist.«

Mir war klar, daß es etwas Schreckliches sein mußte.

»Ich habe einen neuen Freund«, sagte sie unbeholfen.

Mir wurde schlecht. Ich wollte ihn längst nicht mehr, aber ich wollte nicht, daß er meine Schwester vögelte, wenn sein Schwanz bei mir schlapp machte.

»Du kennst ihn«, sagte sie.

Ich weiß.

»Er war in deiner Klapsmühle.«

Ich weiß.

»Und ich weiß, daß er frühestens dann wieder was mit einer Frau anfangen soll, wenn er ein Jahr ohne Alkohol überstanden hat, aber ich bin verrückt nach ihm«, wimmerte sie. »Ich kann nichts dafür.«

»Nicht Alkohol, Drogen«, sagte ich benommen.

»Wie bitte?«

»Chris war wegen Drogen dort, nicht wegen Alkohol«, sagte ich. Mir war nicht klar, warum ich ihr das erklären mußte.

»Chris? Welcher Chris?«

»Chris Hutchinson, dein ...«, ich zwang mir die Worte über die Lippen, »... Kerl.«

»Nein«, sagte sie ganz verdutzt. »Barry Courtney, mein Kerl.«

»Barry?« murmelte ich. »Welcher Barry?«

»Du hast ihn in der Klapsmühle immer das Kind genannt«, sagte sie. »Aber er ist kein Kind«, verteidigte sie ihn. »Für mich steht er seinen Mann!«

»O Gott«, sagte ich schwach.

»Und was soll der Quatsch mit Chris?« fragte sie. Dann dämmerte es ihr. »Ach so, CHRIS!« rief sie aus. »Der mit dir keinen Analverkehr wollte.«

»Ja.« Ich sah sie an. Irgendwie wußte ich, daß was passiert war.

»Hat er dich mal gefragt, ob du mit ihm gehen wolltest?« fragte ich. »Und lüg mich nicht an, sonst erzähle ich Barrys Therapeutin, daß Barry eine Beziehung hat, und dann wird sie ihn zwingen, sie abzubrechen.«

Ich sah, wie sie mit sich rang.

»Einmal«, gab sie zu. »Das ist schon Ewigkeiten her. Er kam in den Club Mexxx, völlig zugedröhnt. Ich wollte nicht«, fügte sie rasch hinzu.

»Warum nicht?« Ich machte mich auf Schmerz gefaßt, aber erstaunlicherweise fühlte ich so gut wie nichts.

»Weil er ein Schleimer ist.« Sie zuckte die Achseln. »Weil er allen erzählt, daß sie was Besonderes sind. Ich hab' das gleich durchschaut. Außerdem würde ich nie mit jemandem gehen, an dem du schon rumgefummelt hast.«

»Warum hast du mir davon nichts erzählt?« fragte ich gekränkt.

»Weil du dauernd rückfällig wurdest und 'nen Unfall hattest und beinahe gestorben wärst, und da dachte ich, es wäre besser, wenn du das nicht wüßtest«, erklärte sie.

Ich mußte zugeben, daß das zu dem Zeitpunkt richtig gewesen war. Aber jetzt konnte ich damit umgehen.

69

Der Herbst surrte vorbei, es wurde kälter und der Winter machte sich breit.

Etwas hatte sich verändert. Ich merkte, daß ich nicht mehr wütend auf Brigit und Luke war. Ich konnte nicht sagen, wann meine Wut aufgehört hatte, denn brüderliche Liebe und die Bereitschaft zu verzeihen wecken einen nicht mitten in der Nacht auf und toben wild im Kopf herum, so wie es Rachegefühle und Haß tun.

Man liegt nicht plötzlich um fünf Uhr morgens hellwach im Bett, knirscht mit den Zähnen und stellt sich vor, wie man zu den Menschen geht, die man wirklich gern mag, ihnen die Hand schüttelt und sagt … und sagt … und sagt …: »Es tut mir leid.« Nein, Moment mal, und sagt: »Es tut mir *aufrichtig* leid.« (Ja, da würden sie nicht schlecht staunen!) Man liegt nicht im Bett und plant, daß man ihnen anschließend ein freundliches, warmes Lächeln schenkt. Und zum Abschied noch hinterherschiebt: »Vielleicht können wir Freunde sein?«

Das Gefühl von Herzlichkeit und Zuneigung bringt die Zähne nicht zum Knirschen und verursacht auch keinen schlechten Geschmack im Mund.

Zum ersten Mal wurde mir bewußt, wie egoistisch und selbstsüchtig ich gewesen war. Wie scheußlich es für Brigit und Luke gewesen sein mußte, mit mir und dem Chaos, das ich um mich herum schuf, zu leben.

Das alles machte mich ihretwegen sehr traurig, weil ich ihnen so viel Unglück und Sorgen bereitet hatte. *Arme Brigit, armer Luke.* Ich weinte und weinte, ich weinte unablässig. Und zum ersten Mal in meinem Leben nicht meinetwegen.

Mit entsetzlicher Klarheit sah ich plötzlich, was für Qualen es ihnen bereitet haben mußte, in ein Flugzeug zu steigen, nach Cloisters zu kommen und dort das zu sagen, was sie gesagt hatten. Natürlich hatten Josephine und Nola und alle anderen sich den Mund fusselig geredet, um mir das klarzumachen, aber ich war noch nicht bereit dafür gewesen.

Ich hätte nie zugegeben, daß ich süchtig bin, wenn Luke und Brigit mich nicht so schonungslos mit der Wahrheit konfrontiert hätten. Und ich war ihnen dankbar.

Ich erinnerte mich an die letzte, so schreckliche Szene mit Luke und verstand jetzt seinen Zorn.

Das Ganze hatte sich über ein Wochenende aufgebaut. Am Samstag abend waren wir auf eine Party gegangen, und während Luke mit Anyas Freund über Musik sprach, wanderte ich suchend in die Küche. Ich suchte irgendwas, *egal, was.* Ich langweilte mich zu Tode. Im Flur stieß ich auf David, einen Freund von Jessica. Er war auf dem Weg ins Badezimmer, mit einem kleinen, aber perfekt geformten Beutel Koks, und lud mich ein teilzuhaben.

Ich hatte versucht, mich von Schnee fernzuhalten, weil Luke so empfindlich darauf reagierte. Aber eine Gratis-Line konnte ich nicht ausschlagen. Und ich fühlte mich geschmeichelt, weil David so freundlich zu mir war.

»Ja, danke«, sagte ich und schloß rasch die Badezimmertür hinter uns zu.

Dann kam ich zu Luke zurück.

»Babe.« Er legte mir den Arm um die Taille. »Wo warst du denn?«

»Du weißt schon«, schniefte ich. »Habe mich unterhalten.«

Ich dachte, ich könnte mich und meinen Rausch hinter meinen Haaren verstecken, und er würde nichts merken. Aber Luke zog mich heran, so daß er mir ins Gesicht sehen konnte, und wußte sofort Bescheid. Seine Pupillen wurden vor Zorn und noch etwas anderem ganz klein. Enttäuschung?

»Du hast was genommen«, sagte er scharf.

»Nein«, sagte ich mit großen und unschuldigen Augen.

»Lüg mich nicht an«, sagte er und ließ mich stehen.

Ich war entsetzt, als ich sah, daß er wirklich seine Jacke nahm und gehen wollte. Einen Moment lang spielte ich mit dem Gedanken, ihn ziehen zu lassen. Dann konnte ich mich zudröhnen, ohne daß er mir die Hölle heiß machte. Aber in letzter Zeit war es mit uns so schlecht gelaufen, daß ich nichts riskieren wollte. Ich rannte hinter ihm her aus dem Haus.

»Es tut mir leid«, keuchte ich, als ich ihn einholte. »Es war nur eine Line. Ich tu's auch nicht wieder.«

Er drehte sich zu mir um, sein Gesicht war vor Zorn und Schmerz verzerrt.

»Du sagst ständig, daß es dir leid tut«, schrie er, und in der kalten Februarnacht kam sein Atem in weißen Wolken aus seinem Mund. »Aber du sagst das nur so dahin.«

»Doch, es tut mir *wirklich* leid«, widersprach ich. In dem Moment tat es mir auch leid. Es tat mir immer leid, wenn ich sah, wie böse er auf mich war. Ich sehnte mich immer dann am meisten nach ihm, wenn ich dachte, ich würde ihn verlieren.

»Ach, Rachel«, stöhnte er.

»Komm«, sagte ich. »Laß uns nach Hause gehen und ins Bett.«

Ich wußte, daß er mir nicht widerstehen konnte und ein guter Fick ihn beruhigen würde. Aber als wir uns hinlegten, rührte er mich nicht an.

Am nächsten Tag war er so zärtlich wie immer, und ich wußte, daß er mir verziehen hatte. Er verzieh mir jedesmal, aber ich war schrecklich deprimiert. Als hätte ich zwei volle Gramm gesnifft und nicht nur eine Line. Nach ein paar Valium verflog meine öde Stimmung, und ich fühlte mich warm und geborgen.

Am Sonntagabend blieben wir zu Hause, machten es uns auf dem Sofa bequem und sahen uns ein Video an. Wie aus heiterem Himmel sah ich plötzlich vor meinem geistigen Auge, wie ich eine wunderbare, lange Line Koks sniffte. Und auf der Stelle fühlte ich mich von Luke fürchterlich gegängelt.

Ich rutschte auf dem Sofa hin und her und versuchte, mich wieder zu beruhigen. Es war Sonntagabend, ich hatte es richtig gut, es gab keinen Grund auszugehen. Aber ich wurde das Verlangen nicht mehr los. Ich *mußte* etwas tun. Ich konnte köstliches, beißendes, betäubendes Kokain schmecken, ich spürte schon die Wirkung.

Ich kämpfte dagegen an und wollte es unterdrücken, aber es war unwiderstehlich.

»Luke«, sagte ich mit unsicherer Stimme.

»Babe?« Er lächelte mir träge zu.

»Ich glaube, ich sollte nach Hause gehen«, sagte ich.

Er sah mich kalt an, das Lächeln war verschwunden.

»Weil ...« Ich sprach nicht weiter. Ich wollte sagen, weil mir schlecht war, aber beim letzten Mal hatte er darauf bestanden, daß ich blieb und er mich pflegte. Er hatte mir eine Wärmflasche für meine vorgetäuschten Magenschmerzen gemacht und Ingwer gegen meine angebliche Übelkeit verabreicht.

»Weil ich morgen sehr früh anfangen muß, und ich möchte dich nicht stören, wenn ich aufstehe«, stammelte ich.

»Wie früh?«

»Sechs Uhr.«

»Das macht doch nichts«, sagte er. »Es schadet gar nichts, wenn ich früh ins Büro komme.«

O nein. Warum mußte er so verdammt nett sein? Wie konnte ich bloß entkommen?

»Außerdem habe ich vergessen, eine frische Unterhose mitzubringen«, sagte ich, der Verzweiflung nahe. Das Gefühl, in der Falle zu sitzen, verstärkte sich.

»Aber du kannst doch vor der Arbeit in deiner Wohnung vorbeigehen und welche anziehen«, sagte er unbeugsam.

»Doch nicht, wenn ich so früh anfangen muß.« Ich geriet in Panik. Ich hatte das Gefühl, daß die Wände des Zimmers näherrückten. Ich stand auf und bewegte mich langsam in Richtung Tür.

»Nein, warte mal.« Er warf mir einen seltsamen Blick zu. »Du hast Glück. Du hast mal eine Unterhose hier vergessen, und ich habe sie mitgewaschen. Ein Hoch auf Luke, die Waschfrau«, fügte er grimmig hinzu.

Ich hätte beinahe geschrien. Schweißtropfen sammelten sich auf meiner Stirn. »Hör zu Luke!« Ich konnte mich nicht bremsen. »Ich bleibe heute nacht nicht hier, klar? Und damit Schluß.«

Er war verletzt. Und wie.

»Es tut mir leid«, sagte ich panikerfüllt. »Ich muß mal wieder allein sein.«

»Kannst du mir sagen, warum?« fragte er. »Ich meine, vor noch nicht fünf Minuten warst du doch glücklich. Liegt es am Video?«

»Nein.«

»Habe ich was getan?« fragte er, und es klang ein bißchen sarkastisch. »Oder habe ich was *nicht* getan?«

»Nein, Luke«, sagte ich hastig. »Es ist alles in Ordnung. Ich weiß auch nicht.«

An seinem verärgerten, schmerzlich verzogenen Gesicht sah ich, daß meine Worte auf steinigen Boden fielen. Aber das kümmerte mich nicht. Ich sah mich schon an Waynes Tür und einen Handel mit ihm abschließen.

»Ich rufe dich morgen an«, preßte ich hervor. »Tut mir leid.«

Dann schoß ich zur Tür hinaus und war viel zu erleichtert, um mich hassen zu können.

Innerhalb von zehn Minuten hatte ich Wayne gefunden und ihn um ein Gramm gebeten.

»Schreib es auf.« Ich lachte gezwungen. »Nächste Woche bin ich wieder flüssig.«

»Mir egal«, sagte er achselzuckend. »Du weißt doch, wie es heißt: Bitten Sie nicht um Kredit, denn eine Kugel im Kopf gilt schließlich als unhöflich.«

»Haha«, sagte ich und dachte: du Arschloch.

Schließlich konnte ich ihn überreden, mir ein Viertelgramm zu geben, was gerade so reichte, um das beklemmende Gefühl zu vertreiben und mir einen kurzen, euphorischen Rausch zu verschaffen.

Als ich vom Damenklo kam, war er schon weg.

Konsterniert stellte ich fest, daß sich die Bar leerte und alle, die ich auch nur flüchtig kannte, gingen. Aber es war erst eins. »Wohin geht ihr alle?« fragte ich nervös und hoffte, daß mich vielleicht jemand aufforderte mitzukommen.

»Sonntagabend«, sagten sie. »Morgen geht die Woche los.«

Morgen geht die Woche los? Heißt das, daß sie nicht zu einer Party gingen, sondern nach Hause, ins Bett?

Kurz darauf war ich allein mit meinem Rausch und hatte niemanden, mit dem ich feiern konnte. Ich lächelte den wenigen Gästen freundlich zu, aber keiner von ihnen erwiderte mein Lächeln. Paranoia machte sich breit. Ich hatte kein Geld, keine Drogen, keine Freunde. Ich war allein und unerwünscht, aber dennoch mochte ich nicht nach Hause gehen.

Am Ende blieb mir aber nichts anderes übrig. Keiner wollte mir einen ausgeben oder Geld leihen. Obwohl ich gefragt hatte. Gedemütigt schlich ich mich davon.

Aber als ich nach Hause kam und mich ins Bett legte, brummte es in meinem Schädel wie in einem Bienenstock, es raste wie auf einer Rennpiste. Das war schlimmer als vorher, bevor ich die Line genommen hatte. Ich nahm also drei Schlaftabletten und versuchte mich an einem Gedicht, weil ich mir so kreativ und einzigartig begabt vorkam.

Immer noch schaltete mein Kopf nicht ab, also warf ich noch ein paar Tabletten ein.

Das schöne Gefühl des Rauschs war verflogen, statt dessen hatte ich ein unablässiges Vibrieren im Kopf. Ich bekam es mit der Angst zu tun. Wann würde das aufhören? Was, wenn es nie aufhörte?

Meine Angst flitzte hierhin und dorthin und ließ sich dann auf dem Gedanken an die Arbeit am nächsten Tag nieder. Mein Herz wurde mir eng vor Beklommenheit. Ich mußte zur Arbeit gehen, ich hatte so oft gefehlt, daß ich nicht schon wieder blaumachen konnte. Ich durfte mich nicht verspäten und ich durfte keine Fehler mehr machen. Deshalb mußte ich sofort einschlafen. Aber ich konnte nicht schlafen!

Voller panischer Angst schüttete ich mir die restlichen Schlaftabletten in die Hand und stopfte sie mir in den Mund.

Stimmen, blendend helles Licht, ein Rütteln und Schieben am Bett, blaues Licht, Sirenen, noch mehr Stimmen, wieder Rütteln, weißes Licht, seltsamer Geruch von Desinfektionsmitteln. »Blöde Kuh«, sagt eine Stimme. Wer ist eine blöde Kuh, geht es mir durch den Kopf. Piepsgeräusche, eilige Schritte in Fluren, Metall auf Metall, eine grobe Hand an meinem Kinn öffnet mir gewaltsam den Mund, Plastik auf meiner Zunge, ein Ratschen in meinem Hals. Dann ein Würgen und Nach-Luft-Schnappen, versuche mich aufzurichten, werde zurückgehalten, setze mich zur Wehr, würge und bebe, kräftige Hände pressen mich auf den Tisch. Aufhören!

In weniger als vierundzwanzig Stunden war ich wieder zu Hause. Wo Margaret und Paul aus Chicago eingetroffen waren, die mich in eine Klinik in Irland bringen sollten. Ich verstand überhaupt nicht, wozu sie alle einen solchen Aufstand machten. Abgesehen davon, daß ich das Gefühl hatte, ich wäre zusammengeschlagen worden, hätte eine Rasierklinge im Hals stecken und müßte bald verdursten, ging es mir gut. Fast ausgezeichnet. Es war nichts weiter als ein peinlicher Unfall gewesen, den ich möglichst schnell vergessen wollte.

Dann, zu meiner Überraschung, kam Luke.

Hilfe. Ich bereitete mich auf seine Vorwürfe vor, weil ich am Sonntagabend abgehauen war und Koks genommen hatte. Ich vermutete, daß er das bei der ganzen Magen-Auspump-Affäre mitbekommen hatte.

»Hallo.« Ich lächelte angespannt. »Mußt du nicht arbeiten? Komm, ich stell dich meiner Schleimer-Schwester Margaret und ihrem gräßlichen Mann vor.«

Luke begrüßte sie höflich mit Handschlag, aber sein Ausdruck war verschlossen und finster. Um wieder ein Lächeln auf sein Gesicht zu zaubern, begann ich, die zum

Schreien komische Geschichte von meiner Eskapade im Mount Sinai-Krankenhaus, wo ich aufwachte und meine Eingeweide aus mir rauskotzte, zum besten zu geben. Er packte mich mit festem Griff am Arm und sagte: »Ich muß mit dir unter vier Augen reden.« Mein Arm tat weh, und sein stinksaurer Blick machte mir angst.

»Wie kannst du bloß darüber Witze reißen?« fragte er wütend, als er die Tür zu meinem Zimmers hinter sich zugeworfen hatte.

»Reg dich ab.« Ich zwang mich zu einem Lachen. Eigentlich war ich erleichtert, daß er mir nicht die Hölle heiß machte, weil ich am Sonntagabend gekokst hatte.

»Du wärst fast gestorben, Himmelherrgott«, fauchte er. »Überleg doch mal, was wir uns für Sorgen gemacht haben – schon die ganze Zeit, nicht nur jetzt deswegen – denk doch mal an Brigit, aber du kannst darüber nur lachen!«

»Könntest du bitte mal wieder runterkommen?« sagte ich höhnisch. »Es war ein Unfall!«

»Du bist verrückt, Rachel, ehrlich«, sagte er heftig. »Du brauchst Hilfe, und zwar schnell.«

»Wo ist dein Sinn für Humor geblieben?« fragte ich. »Du bist fast so ätzend wie Brigit.«

»Ich werde dir darauf nicht antworten.«

»Brigit sagt, daß du in eine Klinik kommst«, sagte er etwas sanfter. »Ich kann das nur begrüßen.«

»Hast du den Verstand verloren?« sagte ich lachend. »Ich, in eine Klinik? Das soll wohl ein Witz sein! Außerdem kann ich dich ja nicht einfach allein lassen.« Ich lächelte vertraulich, um so unsere Nähe aufleben zu lassen. »Du bist schließlich mein Freund.«

Er sah mich lange und unnachgiebig an.

»Nicht mehr«, sagte er schließlich.

»Wa... was?« fragte ich. Mir war vor Schreck eiskalt. Er war schon öfter böse auf mich gewesen, aber nie hatte er unsere Beziehung in Frage gestellt.

»Es ist vorbei«, sagte er. »Du bist in einem schlimmen Zustand, und ich wünschte wahrhaftig, daß du dich in den Griff kriegen würdest.«

»Hast du eine andere kennengelernt?« fragte ich entgeistert.

»Wie kannst du so was Blödes fragen«, herrschte er mich an.

»Warum denn dann?« fragte ich. Mein Verstand weigerte sich zu glauben, daß wir dieses Gespräch tatsächlich führten.

»Weil du nicht die bist, für die ich dich gehalten habe«, sagte er.

»Hat es damit zu tun, daß ich am Sonntagabend gekokst habe?« Ich zwang mich, den Stier bei den Hörnern zu packen und die unaussprechliche Frage zu stellen.

»Sonntagabend?« höhnte er. »Warum sollten wir Sonntagabend herausgreifen? Aber es geht um Drogen«, fuhr er fort. »Du hast ein großes Drogenproblem und brauchst Hilfe. Ich habe alles getan, was ich konnte – ich habe dich überredet, nichts zu nehmen, ich habe dich *gezwungen* – und jetzt kann ich nicht mehr.«

Einen Moment lang sah er *tatsächlich* erschöpft aus. Leer, unglücklich.

»Du bist eine tolle Frau, das meine ich ganz ernst, aber du machst einem mehr Ärger, als ich verkraften kann. Du hast dich nicht mehr unter Kontrolle, und ich komme mit dir nicht mehr klar.«

»O nein, mein Lieber.« So leicht würde ich nicht klein beigeben. »Wenn du mit mir Schluß machen willst, bitte, aber gib mir nicht die Schuld.«

»Himmel«, sagte er wütend. »Du willst einfach nicht verstehen.«

Er stand auf und ging zur Tür.

»Du übertreibst einfach, Luke«, sagte ich eindringlich und wollte seine Hand packen. Ich wußte, daß er mich begehrte, ich hatte ihn immer so herumkriegen können.

»Laß mich los, Rachel.« Wütend schlug er meine Hand weg.

»Du widerst mich an. Du bist ein Wrack, ein komplettes Wrack.«

Dann ging er in den Flur.

»Wie kannst du so grausam sein?« wimmerte ich und rannte ihm nach.

»Wiedersehen, Rachel«, sagte er und schlug die Wohnungstür zu.

70

Jedesmal, wenn ich in der Vorweihnachtszeit ins Stadtzentrum fuhr, war ich sehr angespannt. Luke und Brigit waren wahrscheinlich in Dublin, und ein Teil von mir hoffte, ihnen zu begegnen. Ständig suchte ich unter den Lichtergirlanden und in den Menschenmassen, die ihre Weihnachtseinkäufe machten, nach ihren Gesichtern. Einmal entdeckte ich Luke in der Grafton Street. Ein großer Mann mit längerem dunklem Haar, der vor uns ging. »Warte mal einen Moment«, sagte ich zu Mum und rannte ihm nach. Aber als ich ihn einholte, nachdem ich beinahe eine Gruppe von Weihnachtsliedersängern umgerempelt hatte, sah ich, daß er es gar nicht war. Dieser Mann hatte das falsche Gesicht und den falschen Po, kein Vergleich mit Luke. Wahrscheinlich konnte ich von Glück reden, daß er es nicht war, denn ich weiß nicht, was ich gesagt hätte, wenn er es gewesen wäre.

Am Neujahrstag hatten sich ungefähr zwanzig Familienmitglieder und eine Gefolgschaft von Liebhabern und Kindern in unser Wohnzimmer gezwängt und sahen sich *Indiana Jones* an. Jedesmal, wenn Harrison Ford zu sehen war, riefen alle: »Zeig uns deine Peitsche.« Auch Mum machte mit, aber sie wußte nicht, was damit gemeint war. Helen trank einen Gin Tonic und schilderte mir, wie sich das anfühlte.

»Zuerst hat man so ein schönes warmes Gefühl in der Kehle«, sagte sie nachdenklich.

»Hör auf!« Mum versuchte, Helen zu schlagen. »Hör auf, Rachel zu ärgern!«

»Nein, ich habe sie gebeten, es mir zu erzählen«, protestierte ich.

»Dann kommt dieses feurige Gefühl in deinem Magen an«, fuhr Helen fort, »und dann spürt man richtig, wie es ins Blut geht ...«

»Kööst-lich«, stöhnte ich.

Mum, Anna und Claire arbeiteten sich systematisch durch eine große Schachtel Kimberleys Pralinen, und jedesmal, wenn sie eine neue nahmen, sagten sie: »Ich kann jederzeit aufhören. Wann immer ich will.«

Während die Familie sich so vergnügte, klingelte es an der Tür.

»Ich gehe nicht«, rief ich.

»Ich auch nicht«, rief Mum.

»Ich auch nicht«, rief Claire.

»Ich auch nicht«, rief Adam.

»Ich auch nicht«, sagte Anna, so laut sie konnte, was nicht sehr laut war, aber immerhin, sie hatte es versucht.

»Du mußt gehen«, sagte Helen zu Shane, der jetzt inoffiziell bei uns wohnte, weil er aus seiner Wohnung geflogen war. Das hieß, daß wir Anna auch öfter sahen, weil sie sich nicht mehr in ihr Versteck zurückziehen konnte.

»O nein«, murrte er. »Dabei kommt gerade die Stelle, wo er den Kerl mit den Messern im Basar erschießt.«

»Wo ist Margaret, wenn man sie braucht?« fragte Adam.

»SCHLEIMERIN«, schallte es aus allen Mündern.

Es klingelte wieder.

»Mach mal besser auf«, riet Mum Shane, »wenn du heute nacht nicht unter einer Brücke schlafen willst.«

Er stapfte zur Tür und kam wieder herein und murmelte: »Rachel, da ist jemand für dich.«

Ich sprang auf, weil ich dachte, es wäre vielleicht Nola, und ich hoffte, daß sie auch gern Harrison Ford sehen würde. Ich war mir sicher, daß es ihr gefallen würde. Nola mochte jeden und alles.

Aber als ich in den Flur trat, stand da, nervös und angespannt, Brigit. Ich war so schockiert, daß mir schwarz vor Augen wurde. Ich schaffte es gerade, hallo zu sagen.

»Hallo«, sagte sie und versuchte, ein Lächeln zustande zu bringen. Ehrlich gesagt war es beklemmend. Wir standen uns schweigend gegenüber und sahen einander an. Ich dachte daran, wie ich sie das letzte Mal vor vielen Monaten in Cloisters gesehen hatte, als sie dabei war zu gehen.

»Ich dachte, vielleicht wäre es ganz gut, wenn wir uns wiedersehen würden«, machte sie einen unbeholfenen Versuch.

Ich dachte an die Tausende von Gesprächen, die ich in meinem Kopf geführt hatte und in denen ich sie schonungslos in ihre Schranken gewiesen hatte: »Das dachtest du also, ja?« oder: »Aber sag mir doch, Brigit, warum sollte ich solche Leute wie dich denn sehen wollen?« oder: »Du brauchst hier gar nicht anzukriechen und zu erwarten, daß ich dir verzeihe, du sogenannte *Freundin*!«

Doch keine dieser Antworten schien in diesem Moment angemessen.

»Möchtest du, ehm ...« Ich machte eine schüchterne Geste in Richtung Treppe und mein Zimmer.

»Gut«, sagte sie und stieg die Treppe hinauf, ich hinterher, ihre Stiefel, ihren Mantel und ihr Gewicht einer strengen Musterung unterziehend.

Wir saßen auf der Bettkante und fragten uns gegenseitig, wie es uns ging. Es machte mich unbehaglich, daß sie so blendend aussah. Sie hatte sich Strähnchen machen lassen und hatte einen schicken New Yorker Haarschnitt.

»Bist du immer noch clean?« fragte sie.

»Seit über acht Monaten«, antwortete ich mit schüchternem Stolz.

»Himmel.« Sie schien sowohl beeindruckt als auch entsetzt.

»Wie geht es so in New York?« fragte ich, während sich mein Magen zusammenkrampfte. Eigentlich wollte ich fragen: »Wie geht es Luke?«, und gleich anschließend: »Wie konnte alles so schief gehen?«

»Ganz gut.« Sie lächelte schwach. »Kalt, jetzt um diese Zeit.«

Ich war entschlossen zu fragen, wie es ihm ging, aber ich zögerte und zögerte. Einerseits wollte ich es unbedingt wissen, andererseits brachte ich die Frage nicht über die Lippen.

»Was macht deine Arbeit?« fragte ich statt dessen.

»Läuft gut«, sagte sie.

»Gut«, sagte ich von Herzen. »Phantastisch.«

»Hast du ... ehm ... eine Stelle?« fragte sie.

»Ich?« sagte ich. »Himmel, nein. Süchtig zu sein ist im Moment eine Vollzeitbeschäftigung!«

Unsere Blicke trafen sich, unsicher, angespannt, dann lösten sie sich voneinander.

»Wie ist das Leben in Dublin?« Damit beendete sie das Schweigen.

»Wunderbar«, antwortete ich und hoffte, daß ich nicht so abwehrend klang, wie ich mich fühlte. »Ich habe viele gute Freunde gefunden.«

»Gut.« Sie lächelte ermutigend, aber in ihren Augen standen Tränen. Und dann merkte ich, wie sich in meinem Hals ein Kloß bildete.

»Seit dem Tag damals in ... du weißt schon«, begann Brigit zögernd.

»Du meinst in Cloisters?«

»Ja. Diese alte Jungfer, Jennifer ...«

»Josephine«, verbesserte ich sie.

»Josephine, meinetwegen. Gott, sie war gräßlich, ich weiß nicht, wie du sie aushalten konntest.«

»So schlecht war sie gar nicht.« Das mußte ich sagen, fand ich.

»Ich fand sie entsetzlich«, beharrte Brigit. »Aber auf jeden Fall, sie hat was gesagt, so ähnlich wie, daß es schön sei, wenn immer jemand da sei, mit dem man sich vergleichen könnte, so daß man immer die Beste ist.«

Ich nickte. Ich wußte schon, was jetzt kommen würde.

»Und ... und ...« Sie brach ab, eine Träne fiel auf ihren Handrücken. Sie schluckte und blinzelte. »Und ich dachte, sie redet dummes Zeug. Ich war so böse auf dich, daß ich gar nicht wissen wollte, daß ich auch Fehler gemacht hatte.«

»Das hast du nicht«, widersprach ich ihr.

»Aber sie hatte recht«, fuhr Brigit unaufhaltsam fort, als hätte sie mich nicht gehört. »Ich war zwar böse auf dich, aber ich fand es auch gut, daß du dich nicht mehr in der Gewalt hattest. Je schlimmer du dich aufführtest, desto besser habe ich mich gefühlt. Und das tut mir leid.« An dem Punkt brach sie in lautes, heftiges Weinen aus.

»Sei doch nicht albern, Brigit«, sagte ich in dem Versuch, stark zu sein und nicht auch zu weinen. »Ich bin *süchtig*, du hast mit einer *Süchtigen* gelebt. Es muß die Hölle für dich gewesen sein, ich begreife erst jetzt, wie schlimm das für dich war.«

»Ich hätte nicht so hart gegen dich sein dürfen«, schluchzte sie. »Ich war nicht ehrlich.«

»Hör auf, Brigit!« fuhr ich sie an. Sie sah überrascht auf, und ihre Tränen hörten vor Schreck auf zu fließen. »Es tut mir leid, daß du Schuldgefühle hast, aber vielleicht hilft es dir, wenn ich dir sage, daß das, was du an dem Tag in Cloisters gesagt hast ...«

Sie zuckte zusammen.

»... das Beste war, was du für mich tun konntest«, fuhr ich fort. »Ich bin dir dankbar.«

Sie wies das zurück. Ich bestand darauf. Sie wies es wieder zurück. Und ich bestand erneut darauf.

»Meinst du das wirklich?« fragte sie.

»Ja, ich meine es wirklich«, sagte ich freundlich. Und ich meinte es, meinte es *wirklich*, merkte ich.

Da lächelte sie mich traurig an, und die Spannung wich ein wenig.

»Es geht dir also wirklich gut?« fragte sie unbeholfen.

»Es geht mir großartig«, sagte ich.

Wir schwiegen.

Dann stellte sie zögernd die nächste Frage: »Und du gehst rum und sagst, du bist süchtig?«

»Na ja, ich halte nicht die Leute auf der Straße an«, sagte ich, »aber wenn es wichtig ist, dann sage ich es.«

»Zum Beispiel bei diesen Treffen, zu denen du gehst?«

»Genau.«

Sie beugte sich etwas zu mir vor, ihre Augen funkelten: »Ist es so wie in dem Film *When a Man Loves a Woman*, wenn Meg Ryan sich vor all diese Leute stellt und sagt, sie sei eine Trinkerin?«

»Genau so, Brigit«, bestätigte ich und schränkte dann ein: »Nur daß Andy Garcia am Ende nicht auf mich zugerannt kommt und versucht, ...«

»Na, zum Glück.« Plötzlich lächelte Brigit. »Er ist grauenhaft.«

»Wie eine Eidechse«, stimmte ich ihr zu.

»Eine gut aussehende Eidechse, allerdings«, sagte sie, »aber Eidechse bleibt Eidechse.«

Ein paar Augenblicke lang war es so, als wäre nie etwas passiert. Und wir wären plötzlich in Zeit und Raum dorthin zurückversetzt, wo wir die besten Freudinnen waren. Wo wir immer haargenau wußten, was die andere dachte.

Dann stand sie auf. »Ich muß jetzt gehen«, sagte sie unbeholfen. »Ich muß noch packen.«

»Wann fliegst du?«

»Morgen.«

»Danke für deinen Besuch«, sagte ich.

»Danke, daß du so freundlich warst«, erwiderte sie.

»Ich muß *dir* danken«, sagte ich.

»Meinst du, du kommst wieder nach New York?« fragte sie.

»Nicht in nächster Zeit«, sagte ich.

»Tschüs«, sagte sie mit zittriger Stimme.

»Tschüs«, sagte auch ich, und meine Stimme war genauso zittrig.

Sie öffnete die Tür, trat mit einem Bein hinaus und wandte sich zum Gehen. Als ich schon dachte, das war's, drehte sie sich um und nahm mich in die Arme, und wir hielten einander eng umschlungen. Ich spürte, wie sie in meine Haare hineinweinte, und ich hätte alles gegeben, was ich je besessen hatte, um die Uhr zurückzudrehen. Damit alles wieder so sein könnte, wie es einst war.

So standen wir ganz, ganz lange, dann küßte sie mich auf die Stirn. Wir umarmten uns wieder. Und dann verschwand sie in die kalte Nacht.

Wir versprachen uns nicht gegenseitig, in Kontakt zu bleiben. Vielleicht würden wir es tun, vielleicht auch nicht. Aber wir hatten etwas bereinigt.

Das hieß aber nicht, daß ich nicht untröstlich war.

Ich weinte zwei ganze Tage lang. Ich wollte weder Nola noch Jeanie noch Gobnet, weil sie nicht Brigit waren. Ich wollte nicht mehr leben, wenn ich nicht so leben konnte, wie ich mit Brigit gelebt hatte.

Ich dachte, ich würde nie darüber hinwegkommen.

Aber ich kam darüber hinweg. In wenigen Tagen.

Und ich war ausgesprochen stolz, daß ich etwas so Schmerzliches erlebt und keine Drogen genommen hatte. Dann spürte ich eine seltsame Erleichterung darüber, daß ich nicht mehr auf Brigit angewiesen war. Der Gedanke, daß ich ohne sie leben konnte, daß ich ihre Bestätigung oder Billigung nicht mehr brauchte, gefiel mir.

Ich fühlte mich stark, ich konnte allein stehen, ohne Stock oder Krücken.

71

Dann kam der Frühling.

Ich suchte mir eine Stelle. Und fand einen Teilzeitjob als Zimmermädchen in einem kleinen Hotel in der Nähe. Der Lohn war so miserabel, daß es für mich wahrscheinlich besser gewesen wäre, ich hätte denen was gegeben. Aber ich war sehr angetan von mir. Es machte mich stolz, pünktlich zu kommen, ordentlich zu arbeiten und irgendwelches Geld, das ich auf dem Teppich fand, nicht zu stehlen, wie ich es früher gemacht hatte. Die meisten anderen Zimmermädchen waren Schülerinnen, die damit ihr Taschengeld aufbesserten. In meinem früheren Leben hätte ich das als unter meiner Würde empfunden, aber jetzt nicht.

»Wie wär's, wenn du wieder zur Schule gingst?« regte Jeanie an. Sie studierte im zweiten Jahr Naturwissenschaften. »Vielleicht könntest du studieren, wenn du weißt, was du machen möchtest.«

»Studieren?« Ich war entsetzt. »Das würde doch viel zu lange dauern. Vier Jahre mindestens. Bis dahin bin ich zweiunddreißig. Uralt!«

»Aber du wirst dann sowieso zweiunddreißig sein«, sagte sie völlig zu Recht.

»Was sollte ich denn studieren?« fragte ich, als das Unmögliche, das völlig Ausgeschlossene plötzlich nicht mehr ganz so utopisch schien. Sondern sogar möglich.

»Das weiß ich doch nicht«, sagte Jeanie. »Woran hast du Spaß?«

Ich dachte darüber nach.

»Also, das alles hier macht mir Spaß«, sagte ich ein bißchen verlegen. »Sucht, Genesung, das, was in den Köpfen der Leute vorgeht, ihre Motive.«

Seit damals, als Josephine sich zu ihrer Sucht und ihrem Alkoholismus bekannt hatte, war mir immer im Kopf herumgegangen, daß ich das, was sie erreicht hatte, auch erreichen könnte.

»Psychologie«, schlug Nola vor. »Oder eine Ausbildung als Therapeutin. Erkundige dich, ruf an.«

Dann kam der vierzehnte April, mein erster Jahrestag. Nola und die anderen Frauen backten mir einen Kuchen mit einer Kerze. Als ich nach Hause kam, hatten Mum und Dad und meine Schwestern auch einen Kuchen gebacken.

»Das hast du großartig gemacht«, sagten sie immer wieder. »Ein ganzes Jahr ohne eine Droge, du bist ganz große Klasse.«

Am nächsten Tag sagte ich zu Nola: »Mein Jahr ist um, jetzt kann ich nach Herzenslust vögeln.«

»Braves Mädchen, dann mal los«, sagte Nola so trocken, daß es mich verunsicherte.

Schon bald verstand ich, was sie meinte, weil ich nämlich niemanden fand, mit dem ich schlafen wollte. Niemanden, auf den ich Lust gehabt hätte. Und das lag nicht daran, daß ich keine Männer kennenlernte. Nicht nur gab es Tausende von Männern bei den NA, sondern ich ging jetzt auch hin und wieder mit Helen und Anna aus. Ausflüge in die richtige Welt, mit richtigen Kerlen, die nicht süchtig waren und auch nicht wußten, daß ich es war. Es war immer eine Überraschung, wenn sie mich abschleppen wollten. Natürlich mußte ich ihnen langweilige Erklärungen abgeben, warum ich nicht trank. Aber auch wenn sie begriffen, daß der Versuch, mich betrunken zu machen und dann in ihr Bett zu zerren, aussichtslos war, ließen sie nicht locker.

Ein paar von diesen Typen, die ihr Interesse bekundet hatten, waren sogar attraktiv, trugen schicke Klamotten und arbeiteten mit einer Band oder in der Werbung.

Ich schaffte es eindeutig nicht, meine Befreiung von der unfreiwilligen Keuschheit in vollen Zügen auszukosten. Das Problem lag einfach darin, daß ich jedesmal, wenn ich mir vorstellte, mit einem dieser Typen zu schlafen, an Luke denken mußte.

Der herrliche, aufregende Luke. Aber meine Gedanken verweilten nur eine Sekunde bei der Vorstellung, wie aufregend und herrlich er war, dann mußte ich wieder daran denken, wie niederträchtig ich ihn behandelt hatte. Und dann schämte ich mich und wurde traurig. Ganz abgesehen davon, daß ich mich zu Tode fürchtete, weil Nola immer wieder davon sprach, daß ich ihm schreiben und mich bei ihm entschuldigen sollte. Doch dazu waren meine Schuldgefühle zu groß und auch meine Angst, daß er mir sagen würde, ich solle mich verpissen.

»Klär es mit ihm«, drängte Nola mich. »Mach doch, er scheint ein echter Schatz zu sein. Außerdem geht es dir dann viel besser.«

»Ich kann das nicht.«

»Was gefällt dir an den Kerlen nicht, die mit dir gehen möchten?« fragte Nola mich, nachdem ich ihr eine Stunde lang die Ohren vollgejammert hatte.

»Ach, weiß ich auch nicht«, sagte ich gereizt. »Entweder sind sie langweilig oder zu dumm, oder eine andere hängt immer um sie herum und macht große Augen, oder sie halten sich für Gott weiß wen ... Obwohl manche von ihnen ganz gut aussehen«, gab ich zu. »Dieser Conlith sieht sehr gut aus, aber trotzdem ...« Ich sprach nicht weiter.

»Sie sind dir nicht gut genug, ist das das Problem?« fragte Nola, als hätte ich gerade ein Mittel gegen Aids erfunden.

»Genau!« rief ich aus. »Und ich habe keine Lust, meine Zeit mit ihnen zu verschwenden, da hab' ich Besseres zu tun.«

»Meine Güte, du hast dich aber wirklich verändert«, sagte Nola.

»Meinst du?«

»Klar, überleg' doch mal, wie du letztes Jahr noch warst«, flötete sie. »Da hättest du doch mit dem Hund des Landstreichers geschlafen, nur um nicht allein sein zu müssen.«

Ich dachte darüber nach. Und mußte leider zugeben, daß sie recht hatte. *War ich wirklich so gewesen?* So verzweifelt? Jemand, die um jeden Preis einen Liebhaber haben wollte?

Wie sich die Dinge doch verändert hatten.

»Hatte ich dir nicht gesagt, daß es dir besser gehen würde?« fragte Nola.

»Hör auf, so selbstgefällig zu sein!« schimpfte ich. »Das gehört sich nicht.« Aber ich lächelte dabei.

»Weißt du, was du hast?« fragte sie. »Wie heißt das noch mal ... ach ja – Selbstachtung!«

72

Mit zitternden Händen öffnete ich den Brief. Er war an mich adressiert, c/o Annandales's Hostel for Women, West 15th Street, New York.

Er war von Luke.

Ich hatte vorgehabt, nie wieder nach New York zu fliegen. Nie wieder.

Aber als ich in meinem fünfzehnten drogenfreien Monat war, schlug Nola vor, daß ich eine Reise nach New York machen sollte.

»Ja, mach das doch«, sagte sie, als wäre gar nichts dabei. »Sicher, warum nicht?«

»Nein«, sagte ich.

»Doch«, drängte sie mich. Dann wurde sie so gemein, wie sie eben konnte, und das war nicht besonders gemein.

»Wenn du nicht hinfährst«, erklärte sie, »wirst du immer ein schlechtes Gefühl haben, wenn du daran denkst. Ach, fahr doch! Geh wieder dahin, wo du früher immer warst, und versöhn dich mit den Menschen, denen du weh getan hast.« Nola drückte alles immer freundlich aus und sagte: »Menschen, denen du weh getan hast«, statt: »Menschen, deren Leben du beinahe zerstört hättest.«

»Wie Luke«, sagte ich und war schockiert, wie freudig erregt ich bei dem Gedanken war, ihn zu sehen.

»Besonders Luke«, sagte Nola lächelnd. »Der Schatz.«

Ich mußte immer wieder an New York denken. Ich kam nicht davon los, und es schien, als bliebe mir keine andere Wahl, als hinzufahren.

Und als ich merkte, daß eine solche Reise tatsächlich eine Möglichkeit war, wurden die Luke-Schleusentore aufgestoßen. Erschrocken stellte ich fest, was ich schon seit einiger Zeit geargwöhnt hatte, nämlich daß ich immer noch verrückt nach ihm war. Aber ich hatte riesige Angst davor, daß er mich hassen würde oder mich vergessen hatte oder verheiratet war.

»Das ist alles unerheblich«, drängte Nola. »In jedem Fall ist es für deine Heilung wichtig, daß du ihn wiedersiehst. Den Süßen«, sagte sie dann noch mit einem liebevollen Lächeln.

Meine Eltern waren entsetzt.

»Es ist doch nicht für immer«, erklärte ich. »Ich muß doch im Oktober zurücksein, wenn das Studium anfängt.«

(Die Leute, die dort die Entscheidungen trafen, hatten beschlossen, mich für ein Psychologiestudium zuzulassen. An dem Tag, als ich diese Nachricht erhielt, tanzte ich einen ausgelassenen Freudentanz.)

»Wirst du bei Brigit wohnen?« fragte Mum besorgt.

»Nein«, sagte ich.

»Aber du hast dich doch mit ihr versöhnt«, beharrte sie.

»Ich weiß«, sagte ich. »Aber irgendwie wäre das nicht richtig.«

Ich war mir ziemlich sicher, daß Brigit mich auf der Couch hätte schlafen lassen, aber ich konnte mir nicht vorstellen, in der Wohnung zu Gast zu sein. Außerdem dachte ich, daß es *trotz meiner sehr herzlichen Gefühle für sie gesünder wäre*, wenn ich bei meiner Rückkehr nach New York unabhängig von ihr wäre.

»Aber du wirst sie sehen, wenn du da bist?« Mum klang immer noch besorgt.

»Natürlich«, versicherte ich ihr. »Ich freue mich darauf, sie zu sehen.«

Und dann ging alles ganz schnell. Ich lieh mir eine enorme Summe und tauschte das meiste davon in Dollar um, ich buchte einen Flug, besorgte mir ein Zimmer in einem Frauenhotel, weil ich mir keine Wohnung leisten konnte, und packte meine Koffer.

Am Flughafen gab Nola mir einen Zettel mit einer Adresse.

»Das ist eine Freundin von mir, sie lebt in New York. Ruf sie an, wenn du da bist, sie wird auf dich aufpassen.«

»Ist sie etwa auch süchtig?« sagte ich und verdrehte im Scherz die Augen. »Du bringst mich immer nur mit Süchtigen zusammen, kennst du denn keine *netten* Leute?«

»Gib Luke einen dicken Kuß von mir«, sagte sie. »Wir sehen uns im Oktober.«

New York im Juli, das ist, als würde man mit einer feuchten, warmen Wolldecke zugedeckt.

Es war zuviel. Der Geruch, der Lärm, die Hektik auf den Straßen, die Menschenmengen, der unbarmherzig optimistische Umgangston der Menschen miteinander, die hohen Gebäude an der Fifth Avenue, zwischen denen sich die Julihitze staute, die gelben Taxis, Stoßstange an Stoßstange in dem stockenden Verkehr, der Dieselgeschmack in der Luft, das Gehupe und die phantasievollen Beschimpfungen.

Schon die Energie der Stadt überwältigte mich. Wie die vielen Ausgeflippten, die neben mir in der Subway saßen oder mich auf der Straße ansprachen.

Es schlug mir alles zu sehr entgegen. Die ersten drei Tag verbrachte ich in meinem Zimmer im Hotel, schlief und las Zeitschriften und hatte die Jalousien zugezogen.

Ich hätte nicht hierherkommen sollen, dachte ich unglücklich. Es hatte nur bewirkt, daß alte Wunden wieder aufgerissen wurden. Ich vermißte Nola und die anderen, ich vermißte meine Familie.

Jeanie rief aus Dublin an, worüber ich mich unbändig freute, bis sie mir die Leviten las.

»Bist du schon bei einem Treffen gewesen?«

»Ehm, nein.«

»Hast du Nolas Freundin angerufen?«

»Nein.«

»Hast du dir eine Stelle gesucht?«

»Noch nicht.«

»Dann mach das mal. Aber sofort.«

Ich zwang mich also, die Sicherheit meines Zimmers zu verlassen und ziellos durch die dunstige Hitze zu streifen.

Aber es war gar nicht ziellos. Es war kein bißchen ziellos.

Man könnte es eher eine *Retrospektive* meines Lebens in New York nennen, eine Hommage.

Hier war das Geschäft, in dem ich die giftgrünen Pantoletten gekauft hatte, die ich an dem Abend trug, als ich mit Luke zusammenkam. In diesem Gebäude arbeitete Brigit, in die Richtung kam man zu dem Old Shillayleagh, und wenn man da runter ging, war man bald bei der ekligen Garage, wo Brigit, Luke und ich Josés Schwester in dieser miesen »Installation« gesehen hatten.

Ich streunte umher und trug schwer an dem Gewicht der Erinnerungen. Bei jedem Schritt kamen Gefühle von früher hoch.

Ich ging an der ehemaligen Llama Lounge vorbei, die jetzt ein Cyber-Café war. Ich kam zu *The Good and The Dear*, dem Restaurant, in dem ich mit Luke gewesen war, und der Schmerz angesichts dessen, was möglich gewesen wäre, ließ mich fast zusammensinken.

Ich ging und ging in immer kleiner werdenden Kreisen, bis ich schließlich in die Straße einbog, in der Luke früher gewohnt hatte. Vor lauter Nervosität war mir übel – aber vielleicht war es auch nur die Hitze –, als ich zu dem Haus kam, in dem Luke damals wohnte. Vielleicht wohnte er immer noch da. Ich dachte an das erste Mal, als ich hierherkam. Das war der Abend in den Rickshaw Rooms. Dann dachte ich an das letzte Mal, den Sonntagabend, bevor ich die Überdosis nahm. Damals wußte ich nicht, daß es das letzte Mal sein würde, sonst hätte ich mich etwas würdevoller aufgeführt. Wenn ich das gewußt hätte, vielleicht hätte ich dafür gesorgt, daß es *nicht* das letzte Mal war.

Ich stand in der heißen Straße und hatte den sinnlosen und ohnmächtigen Wunsch, die Dinge ändern zu können. Ich wollte die Zeit zurückdrehen und die Vergangenheit anders gestalten. Ich wollte immer noch in New York leben, nie weggegangen sein, nicht süchtig sein, immer noch Lukes Freundin sein.

Ich lungerte eine Weile herum und hoffte halb, daß Luke auftauchen würde, halb, daß er es nicht tun würde.

Dann dachte ich, daß mich jeder, der mich sah, für eine Nutte halten mußte, und ging wieder weg.

Am Ende der Straße blieb ich stehen. Ich konnte nicht weitergehen. Tränen verschleierten mir die Sicht, so daß ich mich selbst und andere in Gefahr brachte. Ich lehnte mich an eine Mauer und weinte und weinte. Aus Trauer um die Vergangenheit, Trauer um das andere Leben, das ich hätte leben können, wenn alles anders gewesen wäre.

Vielleicht würde ich jetzt noch da stehen und mir die Augen ausweinen, wenn nicht eine spanischsprechende Frau herausgekommen wäre und so energisch ihren Besen geschwungen hätte, daß ich es als Aufforderung verstehen mußte, zu verduften und den Anwohnern keine Schande zu bereiten.

Ich hoffte, daß ich nach meinem kleinen Spaziergang meine Gefühle für Luke ad acta legen könnte. Etwas anderes blieb mir nicht übrig, denn ich hatte nicht den Mut, ihn anzurufen.

Statt dessen konzentrierte ich mich darauf, ein rudimentäres Leben aufzubauen. Als erstes suchte ich mir einen Job. In New York war es sehr leicht, Arbeit zu finden.

Vorausgesetzt, man hatte nichts dagegen, für einen Hungerlohn zu arbeiten. Ich fand eine Stelle in einem Hotel, einem kleinen, italienischen Familienbetrieb. Gar nicht so übel, abgesehen von dem miesen Lohn.

Rückblickend konnte ich nicht verstehen, wie ich je in einem so schrecklichen Hotel wie dem Barbados Motel hatte arbeiten können.

Dann rief ich Brigit an. Die Aussicht, sie zu sehen, machte mich nervös und aufgeregt. Aber, der Gipfel der Ironie, sie war für die Sommerferien nach Irland gefahren.

Im Laufe der nächsten zwei Wochen nahm ich ein geregeltes Leben auf, wenn auch ein ziemlich langweiliges. Ich ging zur Arbeit, und ich ging zu den Treffen, und das war's auch schon.

Die anderen Frauen in dem Hotel waren hauptsächlich kräftige Farmerkinder aus den Südstaaten, der Heimat des

Inzests. Sie hatten tolle Namen wie Jimmy-Jean und Bobby-Jane und Billy-Jill. Ich hätte mich gerne mit ihnen angefreundet, aber sie betrachteten jeden, der nicht zu ihnen gehörte, mit einigem Argwohn.

Nur zwei waren freundlich zu mir: Wanda, eine ungefähr zwei Meter große Texanerin mit wasserstoffblonden Haaren, die ständig Kaugummi kaute und sich nur mit Mühe daran gewöhnte, daß sie nicht mehr in einem Trailer wohnte. Und eine untersetzte, kurzgeschorene Frau mit einem Damenbart, die auf den Namen Brad hörte. Sie war sogar sehr freundlich, aber ich glaubte, ich durchschaute ihre Absichten.

Es war eine merkwürdige Zeit. Ich fühlte mich allein, nicht dazugehörig, abgetrennt. Es war nicht unbedingt angenehm.

Außer, daß mich die Gefühle, die durch das Wiedersehen mit New York an die Oberfläche kamen, immer noch überwältigten. Manchmal zwangen mich die Erinnerungen an früher regelrecht in die Knie.

Aber auch das Entsetzen. Wie oft war ich mit einem völlig fremden Mann nach Hause gegangen, und das machte mir jetzt panische Angst. Wieviele Male hätte ich vergewaltigt oder ermordet werden können! Ich erinnerte mich, daß ich damals dachte, die ganze Stadt sei böse. Meine Rückkehr hatte Erinnerungen einer ganz anderen Dimension ausgelöst. Inbesondere die Luke-Nostalgie machte keinerlei Anstalten abzuebben. Sie wurde sogar schlimmer. Ich fing an, von ihm zu träumen. Schreckliche Träume über die Zeit vor zwei Jahren, als mein Leben noch nicht so furchtbar entgleist war und er mich immer noch liebte. Natürlich waren nicht die Träume schrecklich, sondern das Aufwachen.

Ich wußte, ich würde ihn sehen müssen. Ich mußte es wenigstens versuchen. Aber das wollte ich nicht, weil er bestimmt eine neue Freundin hatte, und ich glaubte, das könnte ich nicht ertragen. Ich versuchte mich mit dem Gedanken zu trösten, daß er möglicherweise keine Freundin hatte. Aber warum nicht? fragte ich. Sogar ich hatte mit jemandem zumindest halbwegs geschlafen, und damals sollte ich eigentlich enthaltsam leben.

Die Tage vergingen in einer Art Wachtraum. Vor mir lag eine schwierige Aufgabe, und meiner selbst getreu versuchte ich so zu tun, als sähe ich sie nicht.

Alte Gewohnheiten lassen sich nur schwer ausrotten.

Ich versuchte, mich damit herauszureden, daß ich seine Telefonnummer nicht hatte. Aber leider hatte ich sie. Das hieß, ich wußte sie immer noch auswendig. Seine Nummer zu Hause *und* die vom Büro. Allerdings vorausgesetzt, daß er immer noch da wohnte und arbeitete, wo er vor gut anderthalb Jahren gewohnt und gearbeitet hatte. Dafür gab es keine Garantie, in New York herrschte viel Durchgangsverkehr.

Als ich eines Abends – ich war seit ungefähr fünf Wochen in New York – auf dem Bett lag und las, hatte ich auf einmal das Gefühl, daß mein Mut jetzt ausreichte, um ihn anzurufen. Ohne jede Vorankündigung schien es plötzlich ein eindeutig durchführbares Unternehmen zu sein. Schnell, bevor das Gefühl verging oder ich mir alles wieder ausgeredet hatte, lief ich mit dem Portemonnaie in der Hand zu den Telefonen im Hotel, wobei ich fast einige Gäste über den Haufen gerannt hätte.

Von hier zu telefonieren, war ein bißchen einschüchternd, weil hinter einem immer eine Bobby-Ann oder eine Pauley-Sue standen und darauf warteten, mit ihrem Süßen in der Heimat zu sprechen. Aber das war jetzt egal. Furchtlos wählte ich Lukes Nummer, aber als es bei ihm klingelte, geriet ich in Panik, weil ich nicht wußte, was ich sagen sollte. Sollte ich sagen: »Luke, mach dich auf einen Schock gefaßt«, oder: »Luke, rate mal, wer dran ist«, oder: »Luke, vielleicht hast du vergessen, wer ich bin.« Oder würde es eher so sein: »Luke, bitte, leg nicht gleich au...«

Ich war so aufgeregt, daß ich es kaum glauben konnte, als sein Anrufbeantworter dran war. (*Living on a Prayer*, Bon Jovi.) Nach all dieser Aufregung war er nicht mal da!

Bitter enttäuscht, aber eindeutig auch erleichtert, legte ich auf.

Wenigstens wußte ich, daß er noch in derselben Wohnung wohnte. Jedoch war ich nach den Qualen des Telefonanrufs völlig erschöpft, so daß ich zu dem Schluß kam, es wäre für meine Nerven vielleicht besser, wenn ich ihm schrieb. Außerdem konnte er dann schlecht auflegen.

Nach hundertachtundsiebzig Versuchen hatte ich einen Brief verfaßt, der freundlich und nicht anmaßend war und keinerlei Ansprüche erhob, alles im rechten Maß. In den meisten Entwürfen, die im Papierkorb landeten, hatte ich die Selbstbezichtigungen etwas übertrieben. (»Ich bin es nicht wert, auf dem Fußboden neben deinem Bett zu schlafen.«) Aber als ich meine Schuldgeständnisse in einem gemäßigteren Ton formulierte, wußte ich nicht, ob sie nicht zu kalt klangen, als täte es mir nicht *richtig* leid. Also mußte ich die auch zusammenknüllen und an die Wand werfen.

Und wie sollte ich den Brief schließen? »Mit freundlichem Gruß«? Oder: »Mit herzlichem Gruß«? Oder: »Danke, daß du dies gelesen hast«? Oder »Mit guten Wünschen«? Oder: »Mit den besten Wünschen«? Oder: »Lieben Gruß«? Oder: »Alles Liebe«? »Ein kleiner Fick ist wohl nicht drin«? Welcher Schluß vermittelte das richtige Gefühl? Inzwischen war ich so verwirrt, daß ich nicht mehr wußte, welches Gefühl ich vermitteln wollte.

Lieber Luke, schrieb ich in dem Brief, den ich schließlich abschickte. *Du bist vielleicht überrascht, von mir zu hören. Ich bin für ein paar Monate wieder in New York und wäre Dir dankbar, wenn Du Zeit hättest, Dich mit mir zu treffen. Ich bin mir sehr bewußt, wie schlecht ich Dich in unserer gemeinsamen Zeit behandelt habe, und würde mich über eine Gelegenheit freuen, mich persönlich zu entschuldigen. Ich bin unter der obenstehenden Adresse erreichbar. Wenn Du nichts mehr mit mir zu tun haben willst, verstehe ich das voll und ganz. Mit freundlichem Gruß, Rachel (Walsh)*

Ich fand, daß es ein Eingeständnis war, ohne lächerlich zu klingen; daß es freundlich klang, ohne Anmaßung. Ich war ganz zufrieden damit, bis zu dem Moment, da ich ihn in den Briefkasten warf. Denn plötzlich erkannte ich, daß es der schlimmste Brief war, den ich je geschrieben hatte. Ich hatte alle Mühe, mich davon abzuhalten, daß ich herumlungerte, bis der Kasten geleert wurde, und den Brief wieder herausfischte.

Ich hoffte inbrünstig, daß er antworten würde. Aber ich versuchte mich darauf gefaßt zu machen, daß er es nicht tat. Es bestand durchaus die Möglichkeit, daß ich in seinem Leben nicht die gleiche wichtige Rolle spielte wie er in meinem. Wahrscheinlich konnte er sich kaum noch an mich erinnern.

Es sei denn, er erinnerte sich nur zu gut und haßte mich aus tiefstem Herzen. In dem Fall würde ich auch nicht von ihm hören.

An vier Tagen hintereinander hielt ich mich in der Nähe des Empfangs auf, wenn die Post kam, und an vier Tagen hintereinander mußte ich mit leeren Händen abziehen.

Aber am fünften Tag kam ich nach der Arbeit nach Hause und fand einen Brief vor, der unter meiner Tür hindurchgeschoben war. Keine Briefmarke. Persönlich abgeliefert.

Luke hatte geantwortet.

Ich hielt den Umschlag in meiner schwitzigen Hand und starrte ihn an. Ich hatte Angst, ihn aufzumachen. Wenigstens hatte er geschrieben, tröstete ich mich.

Es sei denn, es war ein Blatt mit vier Wörtern: »Laß mich in Ruhe!«

Plötzlich, wie wild, riß ich den Brief auf, so wie ein Tiger eine tote Antilope zerreißt. Ich zerrte den Umschlag auf. Und überflog den Brief mit rasendem Herzen.

Er war kurz und knapp. Brüsk, könnte man sagen. Ja, sagte er, er würde mich gerne sehen. Wie wäre es an dem selben Abend um acht im *Café Nero*? Sollte mir das nicht passen, könnte ich ihm das auf seinem Anrufbeantworter mitteilen.

Der Ton gefiel mir nicht. Ich fand ihn unfreundlich, nicht gerade beseelt vom Geist der Versöhnung und des ausgestreckten Olivenzweigs. Ich vermutete stark, daß die letzte Einstellung in diesem Film uns nicht zeigen würde, wie wir langsam, uns an den Händen haltend, in die Ferne entschwanden und dabei *The War is Over* oder *Ebony and Ivory* singen würden, oder irgendeinen anderen schmalzigen Song über das Ende eines Konflikts.

Meine Enttäuschung war riesig. Ich fand sogar, daß er ein bißchen dreist war, bis mir wieder einfiel, wie gemein ich ihn behandelt hatte. Wenn er mir noch böse war, hatte er alles Recht dazu.

Aber er hatte immerhin *zugesagt*, sich mit mir zu treffen. Vielleicht waren ihm noch ein paar schreckliche Dinge eingefallen, die er damals in Cloisters vergessen hatte zu sagen, dachte ich und war zutiefst deprimiert.

73

Es war kein Rendezvous im üblichen Sinne. Nie hatte ich eine Verabredung gehabt, die weniger ein Rendezvous im üblichen Sinne war als diese. Und sie als solche zu betrachten, würde seine Gefühle und meine Reife entwerten.

Dennoch verbrachte ich Stunden damit, mich zurechtzumachen. *Stunden!*

Sollte ich versuchen, attraktiv oder reif und rehabilitiert auszusehen? fragte ich mich. Sollte ich versuchen, ihn für mich einzunehmen, indem ich meine Reize ausspielte, oder sollte ich mich wie eine Erwachsene benehmen und ihm zeigen, daß ich jetzt ein anderer Mensch war? Ich entschied mich für die ernste, nüchterne Variante, band mir die Haare im Nacken zusammen, klemmte mir ein Buch über Sucht unter den Arm und überlegte, ob Mikey-Lou mir ihre Brille leihen würde.

Sie weigerte sich, also mußte ich es mit der Früher-warst-du-scharf-auf-mich-Version versuchen. Ich gab mir alle Mühe, mich – auf die Schnelle – verführerisch zu präsentieren.

Aber ich hatte kaum etwas anzuziehen. Anderthalb Jahre am Existenzminimum hatten dafür gesorgt. Ich konnte also nicht alles mögliche anprobieren und es mir dann wieder vom Leibe reißen. Hatte nichts, was ich auf den Boden werfen konnte, während ich das nächste Stück aus dem Schrank holte.

Verdammt dazu, meinen langen Jeansrock und ein kurzes T-Shirt zu tragen, ärgerte und schämte ich mich. Ich wollte etwas Aufsehenerregendes anziehen. Bis mir klar wurde, daß ich inzwischen so war: schlicht, ungekünstelt, ohne mich zu verstecken. (Außerdem schlecht gekleidet.)

Aber ich trug *tonnenweise* Make-up auf. Ich steckte mir die Haare hoch, dann nahm ich sie wieder herunter, ich steckte sie wieder hoch, nahm sie herunter. Schließlich steckte ich sie hoch und beschloß, sie so zu lassen.

Bevor ich ging, nahm ich sie wieder herunter.

»Du siehst toll aus!« brüllte Brad mir hinterher, als ich ging.

»Danke«, sagte ich nervös. Ich wußte nicht, ob ich mich geschmeichelt fühlen sollte.

Ich gab mir Mühe, nicht zu spät zu kommen. Es war sehr schwer, kein Spielchen daraus zu machen, aber ich zwang mich dazu. Es paßte nicht. Als ich im *Café Nero* ankam, war er nirgendwo zu sehen. Natürlich stellte ich mir sofort vor, daß er es sich anders überlegt hatte. Ich wollte gehen.

Dann blieb ich stehen, zwang mich, Platz zu nehmen, und bestellte etwas zu trinken. *Zehn Minuten*, schwor ich mir, *länger bleibe ich nicht*.

Ich durchlitt Höllenqualen. Meine Nerven waren zum Zerreißen gespannt, immer wieder sah ich zur Tür hin und hoffte, daß er kommen würde. Nachdem ungefähr zwanzig Leute durch die Tür gekommen waren, von denen keiner Luke war, beschloß ich zu gehen. Ich suchte in meiner Handtasche nach meinem Portemonnaie und wollte für mein Mineralwasser bezahlen ...

Und dann war er da. Er kam durch die Tür. Er wurde von dem Kellner begrüßt. Der sagte ihm, wo ich saß. Er sah zu mir herüber.

Es war ein unglaublicher Schock, ihn vor mir zu sehen. Er war größer und kräftiger, als ich ihn in Erinnerung hatte. Erwachsener. Er trug immer noch Lederjeans und hatte langes Haar, aber sein Gesicht war verändert. Es war das Gesicht eines Erwachsenen.

Als er durch das Café auf mich zukam, versuchte ich zu erkennen, was in ihm vorging, aber sein Gesicht war verschlossen. Er trat an meinen Tisch, es gab keine überschwengliche Begrüßung, keine Umarmungen und Küsse. Er sagte nur knapp: »Rachel, wie geht es?« Dann setzte er sich auf den Stuhl mir gegenüber und gewährte mir eine köstliche Sekunde oder zwei auf Augenhöhe mit seinem ledernen Schritt, bevor der unter dem Tisch verschwand.

Ich verstand nicht, wieso ich je gedacht hatte, daß er lächerlich aussah. Er war ein schöner Mann.

Ich murmelte: »Hallo, Luke«, oder etwas ähnlich Blödes. Ich konnte kaum glauben, daß er es war, Luke, der mir gegenüber saß. So nah, daß ich ihn berühren konnte.

Einerseits schien es sehr, sehr lange her zu sein, daß ich ihn gesehen hatte. Aber andererseits wäre es mir nicht seltsam vorgekommen, wenn ich mich über den Tisch gelehnt hätte, um seine Hand zu nehmen, oder wenn er mich geküßt hätte.

Zumindest fühlte es sich für mich so an. Ich weiß nicht, wie es für ihn war.

Er saß schweigend da und starrte mich feindselig an. Und ich mußte mich zusammenreißen und stark sein. Dies hier war schwerer, als ich angenommen hatte.

Als die Bedienung kam, bestellte er ein Bier, und ich gab zu verstehen, daß ich mit meinem Wasser ganz zufrieden war, was überhaupt nicht zutraf. Dann räusperte ich mich und begann mit meiner einstudierten Entschuldigung.

»Danke, daß du gekommen bist, Luke, ich will dich auch nicht lange aufhalten.« Ich sprach hastig. »Was ich sagen möchte, ist längst überfällig, aber besser spät als nie, oder wenigstens hoffe ich, daß du das denkst. Ich möchte dir sagen, daß es mir unendlich leid tut, daß ich dir soviel Schmerz und Kummer zugefügt habe, als wir, ehm, in meiner Zeit in New York zusammen waren. Ich war sehr gemein zu dir, und ich weiß nicht, wie du das ausgehalten hast, und du hattest vollkommen recht, daß du die Beziehung abgebrochen hast.«

Ich hätte liebend gern ein Bier gehabt! »Ich hätte mich nie so schrecklich benommen, wenn ich nicht drogensüchtig gewesen wäre. Aber ich weiß, daß das keine Entschuldigung ist, und es mindert auch nicht das, was ich dir angetan habe, aber du sollst einfach wissen, *warum* ich mich so schlimm verhalten habe ...«

Ich warf ihm einen verstohlenen Blick zu. Eine gänzlich unbewegte Miene. *Zeig doch eine Regung, irgendeine!*

»Ich habe dich hintergangen«, fuhr ich fort. »Ich war unaufrichtig und untreu und habe dich enttäuscht. Du möchtest wahrscheinlich gar nicht wissen, *warum* ich so unzuverlässig war, aber ich möchte dir doch sagen, daß ich mich sehr verändert habe und jetzt zu meinen Freunden stehe. Natürlich nützt dir das herzlich wenig«, fügte ich hinzu, »aber vor zwei Jahren wäre es sehr nützlich gewesen, als ich so gemein zu dir war ...«

Ich redete immer weiter, und meine Worte fielen auf den steinigen Boden von Lukes Schweigen. Mittendrin rückte er sich auf seinem Stuhl zurecht, so daß er seitlich saß, und ließ einen Arm über die Rückenlehne baumeln. Trotz meiner Niedergeschlagenheit konnte ich nicht umhin, mit stockendem Atem festzustellen, daß er immer noch unglaublich sexy war.

Zurück zu meiner Rede. Ich hielt den Blick gesenkt und spielte mit meinem Glas auf der nassen Tischfläche, als wäre sie ein Ouija-Brett.

Dann war ich fertig. Es gab nichts mehr, wofür ich mich noch hätte entschuldigen können, und er hatte immer noch nichts gesagt. Vor unserem Treffen hatte ich Angst vor seinem Zorn gehabt. Aber Zorn wäre diesem undurchdringlichen Schweigen vorzuziehen gewesen. Wenigstens wäre das eine Form der Kommunikation gewesen.

Da ich nicht gern schweigend dasitzen wollte, entschuldigte ich mich für ein paar Sachen, für die ich mich bereits entschuldigt hatte. »Es tut mir leid, daß ich den JD damals ausgetrunken habe, es tut mir leid, daß ich dich bloßgestellt habe, es tut mir leid, daß ich dein Leben mit meiner Sucht belastet habe ...« Dann brach ich ab. Es gab keinen Grund, das Ganze noch einmal von vorne abzuspielen.

Es blieb mir nichts übrig, als zu gehen.

»Dann gehe ich besser mal«, sagte ich ziemlich kleinlaut. »Danke, daß du gekommen bist.«

Und wieder suchte ich nach meinem Portemonnaie, um zu bezahlen.

Und dann warf Luke mich völlig aus der Bahn, indem er sagte: »Also, wirklich, Rachel, komm vom Kreuz runter, wir brauchen das Holz!«

»Wie bitte?«

»Ich meine, setz dich hin und erzähl mir was«, sagte er in einem Ton, der sich nach gezwungener Jovialität anhörte. »Ich habe dich seit fast anderthalb Jahren nicht gesehen. Erzähl mir was von dir! Wie sieht es in Irland aus?«

Es war kein richtiger Olivenzweig, sondern nur eine Olive. Aber immerhin. Ich schob meine Tasche zur Seite und setzte mich wieder hin.

Eine entspannte, lockere Unterhaltung wurde es nicht. Die Situation war zu künstlich, und ich hatte nichts getrunken – und würde auch nichts trinken. Aber ich versuchte es.

Angespannt diskutierten wir über die irische Wirtschaft. Vorsichtig sprachen wir über die Celtic Tigers, über ausländische Investitionen und das Pro-Kopf-Einkommen. Wir redeten wie zwei politische Beobachter im Fernsehen. Als sich die Gelegenheit ergab, einen Witz zu machen, ergriff ich sie, in der Hoffnung, etwas wiedergutzumachen. Aber leider bietet eine gesunde Wirtschaft nur begrenzt Möglichkeiten für Scherze. Das Gespräch schleppte sich mühsam und stockend hin und kam nicht richtig in Schwung. Ich wollte nicht gehen, weil es tausendmal besser war, bei ihm zu sein, als nicht bei ihm zu sein, aber es war sagenhaft anstrengend.

Die Bedienung kam. Er bestellte noch ein Bier, und ich bestellte noch ein Wasser. Unsere Unterhaltung war unterbrochen worden, und in unser Schweigen hinein fragte Luke verlegen: »Trinkst du jetzt immer nur Wasser?«

»Ja.«

»Meine Güte, du hast dich wirklich verändert.« Er lächelte.

»Ja, das stimmt«, sagte ich ernst. Und dann sahen wir uns an, sahen uns *richtig* an. Die Jalousien waren plötzlich hochgezogen, und ich sah ihn, den alten Luke, *meinen* alten Luke, zum ersten Mal. Wir sahen einander lange in die Augen. Und ich war verwirrt, weil ich vergaß, daß es jetzt war und nicht damals.

»Na gut!« Er räusperte sich und endete den Moment. »Danke für deine Entschuldigung.«

Ich brachte ein kleines Lächeln zustande.

»Weißt du«, sagte er und wagte eine Annäherung, »ich dachte, du wolltest dich mit mir treffen, damit du mir die Hölle heiß machen könntest wegen der Sachen, die ich in deinem Reha-Zentrum da gesagt hatte.«

»Aber nein«, sagte ich, überrascht, daß er das für mein Motiv hielt, aber ich war auch froh, daß wir endlich darüber sprachen, warum wir eigentlich hier waren. Das Zahlungsbilanzdefizit war nicht unbedingt meine Stärke. »Du hattest recht mit allem, was du gesagt hast. Wenn du das nicht getan hättest, würde ich vielleicht heute immer noch meine Sucht leugnen.«

»Ich war mir sicher, daß du mich abgrundtief hassen würdest«, sagte er reumütig.

»Aber natürlich hasse ich dich nicht«, beharrte ich. Ich meine, ich haßte ihn ja auch nicht, jetzt jedenfalls nicht mehr.

»Wirklich nicht?« fragte er, noch nicht überzeugt.

»Wirklich nicht«, beruhigte ich ihn. Es war schon seltsam, daß Luke sich Sorgen machte, ob ich ihn haßte.

»Wenn es dir ein Trost ist, es hat mich ganz verrückt gemacht, all das zu sagen.« Er seufzte. »Und dann dieser ganze Fragebogen.«

»Aber das mußtest du tun«, erklärte ich ihm sanft. »Es war zu meinem Besten.«

»Mann, habe ich mich dafür gehaßt«, sagte er darauf.

»Dazu bestand kein Grund«, beschwichtigte ich ihn.

»Ich habe mich trotzdem gehaßt«, sagte er.

»Aber warum denn? Ich war schrecklich.«

»Ah, das warst du nicht«, sagte er.

»O doch.«

»O nein.«

»Doch.«

»Na, manchmal vielleicht, könnte man sagen«, stimmte er mir schließlich zu.

»Natürlich war ich schrecklich.« Ich lächelte, um zu verbergen, daß ich mich unbehaglich fühlte. »Und es war höchst anständig von dir, daß du dahin gekommen bist und das auf dich genommen hast, wo wir doch nicht verheiratet waren und keine ernste Beziehung hatten, und wo du nicht einmal verliebt in mich warst ...«

»He, aber ich war in dich verliebt«, unterbrach er mich in verletztem Ton.

»Das warst du nicht«, erinnerte ich ihn.

»Doch.«

»Luke«, erklärte ich geduldig, »ich will dir auch jetzt nicht die Hölle heiß machen, aber du hast vor meiner ganzen Gruppe gesagt, daß du mich nie geliebt hast. Dafür gibt es Zeugen«, setzte ich in dem Versuch, einen leichten Ton zu finden, noch hinzu.

»O Gott, das stimmt ja« sagte er und rieb sich das Kinn, eine Geste, die ich aus einem anderen Leben kannte. »Das stimmt. Natürlich.«

Er sah mich eindringlich an. »Ich hätte das nicht sagen sollen, Rachel, aber ich war so böse auf dich, wegen der Art, wie du mich behandelt hattest. Und wie du dich selbst behandelt hast.«

Ich schluckte. Es tat immer noch weh, ihn das sagen zu

hören. Aber es tat gut zu wissen, daß er mich geliebt hatte.

»Komisch, findest du nicht?« sagte Luke nachdenklich. »Wie die Zeit die Dinge verändert. Erst bin ich unheimlich wütend auf dich, und dann ist mehr als ein Jahr vergangen, und ich bin überhaupt nicht mehr böse.«

Gott sei Dank, dachte ich mit riesiger Erleichterung.

»Ich war zwar wütend auf dich, aber ich habe dich trotzdem geliebt!« erklärte er mit ernster Miene. »Oder meinst du, ich wäre dreitausend Meilen angereist gekommen, um mich mit lauter Übergeschnappten in ein Zimmer einsperren zu lassen und dich fertigzumachen, wenn ich dich nicht geliebt hätte?«

Wir mußten beide lachen.

»Du hast mich ziemlich fertiggemacht«, sagte ich. »Da mußt du mich sehr geliebt haben.«

»Aber ja.« Er nickte mit einem ironischen Blitzen in den Augen. »Das ist wahr.«

Plötzlich war die Stimmung besser geworden.

Ich fragte nach Gaz und den anderen. Und das brachte uns nahtlos zu einem Haufen Erinnerungen, alle eingeleitet mit: »Weißt du noch?« »Weißt du noch, als Gaz sich tätowieren lassen wollte?« »War das nicht zum Schreien komisch, als er hinterher die Infektion bekam?« »Weißt du noch, wie wir Popcorn gemacht haben und dabei fast die Küche abgefackelt hätten?« »Und Joey hatte bei seiner Arbeit einen Feuerlöscher gestohlen?« »War das nicht ein Glücksfall?« »Das hatte ich ganz vergessen.« »Ich auch, bis eben.«

Manchmal berührten wir uns leicht am Arm, um in dem anderen eine Erinnerung zu wecken. Köstlich, bittersüß, ein schwaches Echo anderer Berührungen.

Als wir genügend in Erinnerungen geschwelgt hatten, holte ich meine Erfolge der letzten Zeit hervor, wie ein Kind, das seine Geburtstagsgeschenke vorzeigt.

»Ich habe seit einem Jahr und vier Monaten nichts mehr getrunken und keine Drogen mehr genommen«, prahlte ich.

»Ich bin beeindruckt, Rachel.« Luke lächelte bewundernd.

Ich war unglaublich stolz.

»*Und* ich fange an zu stu-die-ren«, sagte ich betont, um die größtmögliche Wirkung zu erzielen, »im Oktober.«

Das nahm ihm richtig die Luft weg.

»Wirklich?« Seine Augen waren groß und rund.

»Ja.« Ich grinste breit. »Psychologie.«

»Ja, leck mich!« rief er aus.

Wir gingen beide über die Flirt-Gelegenheit, die diese Bemerkung bot, hinweg. Die Dinge lagen jetzt anders als vor zwei Jahren. Ganz und gar anders.

»Als nächstes erzählst du mir, daß du heiratest«, sagte er, »dann wäre die Umwandlung perfekt.«

Ich lächelte. Allein der Gedanke!

»Tust du das?« fragte er, als wir eine Weile schweigend gesessen hatten.

»Tue ich was?«

»Heiraten.«

»Gott im Himmel, bist du verrückt?« wehrte ich ab.

»Hast du in Irland keine netten Kerle kennengelernt?« fragte er.

»Nein«, sagte ich. »Jede Menge Trottel, aber keine netten Männer.«

Er lachte, seine Zähne blitzten weiß, seine Ausstrahlung war gefährlich. Mein Inneres schlug Purzelbäume.

»Du hast mich immer zum Lachen gebracht«, sagte er.

»Und nicht nur, wenn ich mich ausgezogen habe?« erwiderte ich schnippisch.

Das hätte ich nicht tun sollen. Seine Augen leuchteten auf, und im selben Moment überschattete sich sein Blick. Erinnerungen und Gefühle kamen zurück. Fast konnte ich seine Haut riechen, wie sie früher gerochen hatte, wenn wir zusammen im Bett lagen. Die lockere Stimmung war verflogen, die Anspannung war wieder da, zusammen mit Trauer und einem riesigen, abgrundtiefen Bedauern. In dem Moment haßte ich mich, weil ich süchtig war, weil ich eine möglicherweise wunderbare Beziehung zerstört hatte. Ich sah meine Trauer in Lukes Blick widergespiegelt.

Wir sahen uns an, dann wandten wir die Blicke ab. Ich hatte gedacht, daß damals in Cloisters die Todesglocken für unsere Beziehung geläutet hatten, aber das war nicht der Fall. Es geschah jetzt.

»Rachel«, sagte Luke beklommen, »ich möchte dir sagen, daß du dir meinetwegen keine Vorwürfe mehr machen sollst.«

Ich zuckte zutiefst bekümmert die Achseln.

»Würde es schrecklich abgedroschen klingen, wenn ich sagte, ich verzeihe dir?« fragte er verlegen.

»Natürlich nicht«, sagte ich ernst. »Ich *möchte* ja, daß du mir verzeihst.«

»Weißt du«, sagte er freundlich. »So übel warst du gar nicht.«

»Wirklich nicht?« fragte ich.

»Nicht immer«, sagte er. »An guten Tagen gab es keine bessere als dich. Keine«, wiederholte er. »Nie.«

»Ehrlich?« flüsterte ich. Seine unerwartete Zärtlichkeit trieb mir die Tränen in die Augen.

»Ich meine es ganz ehrlich«, flüsterte er. »Weißt du das nicht mehr?«

»Doch«, sagte ich, »aber ich war mir nicht sicher, ob ich mir das eingebildet hatte, wo ich doch so oft zugedröhnt war und so. Manchmal war es gut, meinst du?«

»Ganz oft«, sagte er. Wir bewegten uns kaum, selbst die Luft um uns herum stand still.

Eine Träne rollte mir über die Wange. »Entschuldigung«, sagte ich und wischte sie weg. »Aber ich hatte nicht gedacht, daß du so freundlich zu mir sein würdest.«

»Warum sollte ich nicht freundlich sein?« fragte er ehrlich überrascht. »Ich *bin* freundlich.«

Natürlich war er das. Er war ein freundlicher Mann, und einst war er mein freundlicher Mann. Unter dem Gefühl des Verlusts schrumpfte ich.

»Ich hatte nicht geglaubt, daß mich das alles so traurig machen würde«, sagte ich.

»Ich schon.«

»Wirklich?« Ich war überrascht. »Darf ich mal fragen, warum du bereit warst, dich mit mir zu treffen?«

»Ich war neugierig, ich wollte sehen, ob du dich verändert hast. Und ich habe dich vermißt«, sagte er scherzhaft.

»Und habe ich mich verändert?« fragte ich und überging den scherzhaften Ton.

»Es scheint so.« Er nickte. »Ich müßte eine Probefahrt mit dir machen, wenn ich es mit Sicherheit sagen wollte, aber es sieht so aus, als hättest du alle guten Seiten behalten und die schlechten abgelegt.«

Das machte mich stolz.

»Du siehst kaum anders aus«, sagte er nachdenklich. »Du bist immer noch ein Babe.«

»Und du bist immer noch ein prächtiger Mann.« Ich schaffte ein Grinsen, aber mein Magen fühlte sich an, als würde er auseinandergerissen.

Es kam nicht zu einer leidenschaftlichen Umarmung, nicht zu einem hektischen Griff über den Tisch. Der Zweck dieses Treffens war, die letzte, noch glühende Asche gründlich zu löschen, und nicht das Feuer neu zu entfachen.

»Ich muß jetzt gehen«, sagte ich. Ich wollte ihn nicht verlassen, aber ich konnte den Anblick der Zerstörung, die ich bewirkt hatte, nicht länger ertragen.

»Gut«, sagte er und stand auf. »Ich begleite dich noch.«

Ich wollte unbedingt wissen, ob er eine Freundin hatte. Als wir auf der Straße waren, versuchte ich, die Frage zu formulieren.

»Hast du ...?« begann ich und brach ab.

»Hast du ...?« sagte ich noch einmal und kam wieder nicht weiter.

Vielleicht wäre es besser, es nicht zu wissen. Der Schmerz, zu wissen, daß er eine neue Freundin hatte, wäre unerträglich.

»Weißt du«, sagte er beiläufig, »seit du nicht mehr da bist, hatte ich keine Freundin mehr.«

In dem Moment glaubte ich an Gott.

»Paß auf dich auf«, sagte er unbeholfen, als wir vor meinem Hotel standen.

»Du auch«, sagte ich. Ich wünschte, ich wäre tot und er wäre fort.

»Sei gut zu dir.« Er zögerte noch.

»Das tue ich, du auch.«

Er bewegte seinen Arm nur einen Millimeter in meine Richtung, es war ein winziges Zucken, und dann, als wären wir von einer Kanone abgeschossen worden, lagen wir uns in den Armen. Seine Beine waren an meine gepreßt, seine Arme lagen fest um meinen Rücken, mein Gesicht ruhte an seinem Hals, und ich saugte seinen Duft zum letzten Mal ein. Ich wünschte mir, es würde nie aufhören. Dann riß ich mich los und rannte ins Haus, ich drehte mich nicht mehr um. Fast hätte ich mir das Bein gebrochen, weil ich über Brad stolperte, die sich das Ganze mit zusammengekniffenen Augen angesehen hatte. Wahrscheinlich war sie jetzt nicht mehr meine Freundin.

Ich wußte, daß die Trauer vorübergehen würde, daß ich es überwinden würde.

Am schwersten fand ich, daß ich bis ganz zum Schluß gewartet und mir erst dann eingestanden hatte, wie sehr ich ihn liebte. Aber ich wußte, daß auch das vorbeigehen würde.

Ich werde nie wieder jemanden wie ihn kennenlernen, dachte ich fortwährend voller Trauer.

Vielleicht doch. Operation Harry.

Ich konnte nicht umhin, mich zu fragen, wie es wohl mit Luke gewesen wäre, wenn ich in der Zeit nicht dauernd vollgekokst gewesen wäre. Oder wenn wir uns jetzt zum ersten Mal begegnet wären und keine gemeinsame Vergangenheit hätten, die uns daran hinderte, eine gemeinsame Zukunft zu haben. Aber ich wußte, daß es keinen Sinn hatte, darüber nachzudenken. Man kann das, was geschehen ist, nicht mehr verändern. Das Beste, was ich tun konnte, war, die Dinge so zu nehmen wie sie waren.

Und wenn ich schon nicht den Hauptpreis bekommen hatte, so durfte ich doch wenigstens den Trostpreis mitnehmen. Hatte er nicht gesagt, daß er mich früher einmal geliebt hatte? Hatte er mir nicht verziehen? Hatte ich mich nicht wie eine verantwortungsbewußte Erwachsene verhalten? Waren wir nicht als Freunde auseinandergegangen?

Die Trauer, die ich spürte, war sowohl heilend als auch schmerzhaft. Ich hatte mich dem Teil meiner Vergangenheit gestellt, in dem ich den meisten Schaden angerichtet hatte. Ich hatte meine Fehltritte erkannt und den Mut gehabt, mich bei Luke dafür zu entschuldigen. Jetzt mußte ich mich nicht jedesmal schämen, wenn ich an ihn dachte.

Das Gespenst war endlich vertrieben.

Und bei aller Trauer war ich auch stolz auf mich.

Ich war Rachel Walsh. Eine Frau, eine Erwachsene. Ein Babe, ein verlorenes Schaf, eine Süchtige.

Ein wiedergefundenes Schaf.

Eine Überlebende.

Epilog

Ich wollte gerade ins Bett gehen, als ich unten in der Halle ein Lärmen hörte.

Zwei Wochen waren seit meinem Treffen mit Luke vergangen, und ich wartete immer noch vergebens darauf, daß mein Kummer vergehen würde. Es war ziemlich schwer, erwachsen zu sein. Aber mein Schmerz war mir auch ein kleiner Trost. Vielleicht würde es mich als Mensch stärker machen.

Manchmal glaubte ich daran.

Ungefähr zwei Sekunden am Tag.

Den Rest der Zeit weinte ich mir die Augen aus und war überzeugt, daß ich nie über ihn hinwegkommen würde. Ich putzte die Klos und deckte die Tische und saugte die Treppen in *Il Pensione*, während mir die Tränen über das Gesicht strömten. Niemand kümmerte sich darum, es waren Italiener, sie kamen mit solchen Gefühlsäußerungen wunderbar zurecht.

Als ich das Tohuwabohu hörte, hatte ich mir gerade die Tränen getrocknet und wollte mir erlauben, ins Bett zu gehen, ohne mein Make-up zu entfernen.

In dem Frauen-Hotel passierte so gut wie nie etwas Aufregendes, so daß ich aus dem Zimmer eilte, um zu sehen, was los war. Der Lärm kam anscheinend aus dem Erdgeschoß. Ich beugte mich über das Geländer und sah hinunter in die Halle, wo ein Handgemenge stattfand. Brad setzte sich mit allen Kräften gegen ein anderes Geschöpf zur Wehr.

Ein Geschöpf, das sich, als ich genauer hinsah, als Luke entpuppte. Fast blieb mir das Herz stehen.

»Männer dürfen hier nicht rein«, brüllte Brad. »Keine Männer.«

»Ich möchte nur mit Rachel Walsh sprechen«, protestierte Luke. »Ich will niemandem weh tun.«

Ich wußte – ich war zutiefst überzeugt –, daß dies kein

zufälliger Besuch war. Unsere letzte Begegnung hatte viel zu viel Endgültigkeit gehabt.

Dann sah er nach oben und entdeckte mich.

»Rachel«, rief er und sah mir in die Augen, was gar nicht so leicht war, weil Brad ihn im Schwitzkasten hatte. »ICH LIEBE DICH!« Brad war offenbar entsetzt über seine Worte und ließ ihn los. Luke taumelte zu Boden.

Ich konnte nicht glauben, was ich gerade gehört hatte, und doch glaubte ich es. Schließlich liebte *ich ihn* auch.

»Sag das noch mal!« rief ich mit bebender Stimme zu ihm hinunter, als er sich wieder aufrappelte.

»Ich liebe dich!« brüllte er freudig und breitete seine Arme flehentlich aus. »Du bist wunderbar und schön, und ich kann dich einfach nicht vergessen.«

»Ich liebe dich auch«, hörte ich meine eigene Stimme sagen.

»Wir kriegen das schon hin«, sagte er eindringlich und sah mich immer noch an. »Ich komme wieder nach Irland und suche mir eine Stelle. Es war damals schon gut zwischen uns, und jetzt kann es noch viel besser werden.«

Alle anderen Frauen waren aus ihren Zimmern gekommen, manche schon im Nachthemd.

»Deine Chance, Rachel«, rief jemand.

»Vielleicht will sie nicht«, rief Wanda, die Texanerin.

»Ich liebe dich«, rief er wieder und kam die Treppe hinauf. Die Umstehenden jubelten und applaudierten.

»Und ich liebe dich«, murmelte ich, als ich, in der Tür zu meinem Zimmer, ihn näher kommen sah.

Er schritt den Flur entlang. Die Frauen traten zurück, als er an ihnen vorbeiging, und kamen dann wieder heraus, um seinen entschwindenden Po zu bewundern.

»Rachel«, sagte er, als er endlich bei mir angekommen war. Erstaunt sah ich, wie er vor mir auf die Knie ging. Und die Menge johlte wie wild! Er nahm meine Hand. »Ein kleiner Fick«, sagte er und sah mir tief in die Augen, »ist wohl nicht drin?«

Anmerkung der Autorin

Cloisters existiert nicht. In der ganzen Welt gibt es die unterschiedlichsten Suchtkliniken. Die Wohngegebenheiten, Behandlungsmethoden und die Psychotherapie sind je nach Klinik verschieden. In manchen geht es strenger zu als in Cloisters, in anderen weniger streng. Manche haben tatsächlich Jacuzzis!

Bei meinen Nachforschungen habe ich eine Gemeinsamkeit entdeckt: Allen genesenden Süchtigen wird empfohlen, sich der für sie angemessenen »Anonymen«-Gruppe anzuschließen. Deshalb fand ich es wichtig zu erwähnen, daß Rachel zu den Treffen der Narcotics Anonymous geht, und gleichzeitig die Vertraulichkeit dieser Treffen zu bewahren.

Danksagungen

Es gibt einige Menschen, denen mein Dank gebührt. Ich danke meinen Lektorinnen Kate Cruise O'Brien und Louise Moore für ihre Begeisterung und Unterstützung, ihre Unerschütterlichkeit und Geduld, ihre Freundschaft und ihr Vertrauen in mich in der Zeit, als ich das Buch schrieb. Ich danke auch den Mitarbeitern bei Poolbeg, Michael Joseph und Penguin für ihren unerschöpflichen Beistand.

Ich danke Jenny Boland, Rita-Anne Keyes und Louise Voss, die das Buch lasen, noch während ich es schrieb, und mir mit Rat und – viel wichtiger – Lob zur Seite standen. Es war oft schmerzhaft zu schreiben, und wann immer ich mich dem Selbstmitleid und der Verzweiflung hingeben wollte (ungefähr siebenundachtzig Prozent der Zeit), war ihre Unterstützung meine Rettungsleine.

Ich danke Belinda Flaherty, die drei Jahre in Folge mein Versuchskaninchen war und das fertige Buch zu lesen bekam. Ich danke ihr für ihre Anmerkungen und ihre Begeisterung.

Ich danke all den tapferen Männern und Frauen, die sich freiwillig bereit erklärten, zu Forschungszwecken Kokain zu nehmen, und mir über ihre Erfahrungen berichteten. Ihren Opferwillen werde ich nicht vergessen.

Ich danke Mags Ledwith, daß ich ihren »Dance of the Stolen Car« benutzen durfte, und Siobhán Crummery für ihre »Singing in the Decorated Kitchen«-Geschichte.

Ich danke Jonathan Lloyd und Eileen Prendergast dafür, daß sie meinen Vertrag und das Drumherum geregelt haben. Da ich in juristischen Dingen ziemlich hilflos bin, weiß ich diese Hilfe besonders zu würdigen.

Ich danke allen anderen »Rachels«, die mich an ihren Lebensgeschichten teilhaben ließen.

Ich danke Dr. Geoff Hinchley für die medizinische Beratung.

Und schließlich danke ich Tony – meinem Mann, meinem besten Freund, Testperson, Psychiater, Lexikon und Punchbag. Der Ärmste – gibt es etwas Schlimmeres, als mit einer Frau verheiratet zu sein, die eine neurotische Autorin ist? Ich hätte dieses Buch nicht ohne ihn schreiben können. Er hat mich die ganze Zeit hindurch gelobt, getröstet, beraten, mir gut zugeredet – gut zureden kann er besonders gut – mich gefüttert, gegossen, mit Schokolade und Eis versorgt. An schlechten Tagen mußte er mich fast waschen und anziehen.

Dieses Buch ist für ihn.

Natürlich kann es sein, daß er es nicht will, nach dem, was er alles durchgemacht hat, aber er bekommt es trotzdem.